Jules Barbey d'Aurevilly

Die alte Maitresse

Aus dem Französischen von Caroline Vollmann.
Mit einem Nachwort und Anmerkungen
versehen von Carolin Fischer.

Matthes & Seitz Berlin

Die Könige dieser Welt
und selbst Gott
belohnen die Treue.

(anonym)

Erster Teil

1. KAPITEL

Zwei Witwen beim Tee

Eine Nacht im Februar 183…, der Wind heulte und schlug den Regen gegen die Fensterscheiben eines in der Rue de Varennes gelegenen Zimmers, das mit der ganzen künstlichen Eleganz dieses egoistischen Zeitalters ohne Größe möbliert war. Jenes Zimmer – ein Boudoir in Form eines Zeltes – war flachsgrau und blaßrosa, und so warm, so wohlriechend und so weich ausstaffiert wie das Innere eines Muffs.

Es war der Schmollwinkel einer Frau, die nie viel geschmollt hatte und die heute überhaupt nicht mehr schmollte – das Boudoir der alten Marquise de Flers.

Vor einem großen Feuer, dessen Kohlen sich glühend verzehrten, stand ein kleiner chinesischer Lacktisch mit Gedecken aus japanischem Porzellan. Die geöffnete Teekanne wartete auf den duftenden Aufguß. Der silberne Kessel brodelte – ein traumverlorenes Summen, das Wordsworth, der Dichter der Seeschule, besungen hat, obwohl es nicht das Geräusch eines Sees ist.

An den beiden Kaminecken saßen zwei Frauen in großen, mit violettem Samt bezogenen Sesseln, alle beide betagt, die kantigen Stirnen eingerahmt von grauen Haaren – aristokratische Gesichter, wie sie immer seltener werden – und unterhielten sich wahrscheinlich schon seit längerem. Sie arbeiteten nicht, ihre Hände lagen untätig im Schoß; aber das Nichtstun steht dem Alter, besonders wenn es eine solche Würde besitzt. Zwischen diesen beiden vornehmen alten Karyatiden, zu Füßen dieser Greisinnen, deren Hände ebenso gepflegt glänzten wie die Porzellantassen, aus denen sie gleich ihren Tee trinken würden, befand sich, kapriziös auf einem Diwankissen sitzend, ein junges Mädchen, dessen vom scharlachroten Widerschein der Glut beleuchtetes Profil Ähnlichkeit mit der herrlichen griechischen Münze hatte, die Syrakus darstellt, nur daß es sich nicht von einem bronzenen sondern von einem flammenden Goldgrund abhob. Das junge Mädchen hatte den ganzen Abend über schweigend gearbeitet. Aber es war spät und später geworden, und ermüdet von dieser ewigen Stickerei hatte sie die Arbeit mit schmerzlicher Gleichgültigkeit aus den Händen gleiten lassen. Dann war sie aufgestanden, hatte den Teekessel vom Feuer genommen und begonnen, das dampfende Wasser auf die Blätter zu gießen, das bald deren Duft verströmen und die Farbe von Bernstein annehmen würde.

Durch den aus der Teekanne aufsteigenden Dampf betrachtet, war dieses schöne, blasse Gesicht mit den gesenkten Augenlidern, der durch das lange Warten angespannten Stirn, den zusammengezogenen Augenbrauen und dem ernsten Mund von einer fast ebenso großartigen, tragischen Schönheit wie das einer Zauberin, die einen Liebestrank mischt.

Aber ach! Sie mischte keinen Liebestrank ... Nein, sie hatte einen getrunken, einen, der ihr in diesem Augenblick sehr bitter vorkam und ihrem Gesicht den gequälten Ausdruck verlieh, den es ausstrahlte.

»Er wird nicht mehr kommen, mein Kind«, sagte eine der alten Damen, die Marquise de Flers. »Es ist jetzt Mitternacht, und er hat versprochen, um zehn Uhr hier zu sein. Seine Freunde werden ihn im Club aufgehalten haben.«

»Vielleicht kommt er ja doch noch«, antwortete das junge Mädchen mit einer Stimme, die wenig Hoffnung erkennen ließ, in der aber, wie die Großmutter zu hören vermeinte, so etwas wie eine inständige Bitte mitschwang.

»Nein, er wird nicht mehr kommen«, wiederholte die Marquise in bestimmtem Ton, aber ohne Härte. »Und selbst wenn er noch käme, meine liebe Hermangarde, würde ich nicht wollen, daß er dich jetzt noch hier antrifft. Er weiß, daß du dich um Mitternacht zurückziehst, wenn ich nicht meinen Empfangstag habe. Wenn er dich hier sähe, würde er denken, du hättest auf ihn gewartet. Er würde glauben, er bringe deine Gewohnheiten aus dem Gleichgewicht. Dazu ist es wirklich zu früh! Die ernstgemeinteste Liebe ist nicht frei von Selbstgefälligkeit. Sag Madame d'Artelles Gute Nacht und schließe rasch diese großen, blauen Augen, denen ich das Weinen verbiete.«

»Ihre Großmutter hat recht, meine liebe Hermangarde«, sagte die Comtesse d'Artelles nun ihrerseits in einem kühlen, ernsten Ton, der scharf abstach von den gütigen Worten Madame de Flers.

Unter der zweifach geäußerten Meinung dieser beiden ehrwürdigen Weisen gab Hermangarde nach und gehorchte ohne Widerrede. Man mag noch so sehr Pariserin sein, wenn man wohlerzogen ist, beherrscht man die Tugend, stillschweigend zu gehorchen fast ebensogut wie die alten Römer. Das haben gut erzogene Mädchen den nicht so gut erzogenen voraus. Die verwöhnten Kinder der Bourgeoisie gehorchen nur murrend. Hermangarde trug ihren karolingischen Namen im übrigen zu recht. Sie war stolz, stolz und zartfühlend – eine verhängnisvolle Kombination! Da es keine großen Anlässe in ihrem Leben gibt, können die jungen Mädchen ihren Stolz nur in Kleinigkeiten beweisen. Hermangarde bestand also nicht darauf, daß man ihr aus Mitleid, weil sie vergeblich hatte warten müssen, erlaubte, länger aufzubleiben. Wenn die Großmutter alleine gewesen wäre, hätte sie es vielleicht getan; so aber hielt Madame d'Artelles' Gegenwart sie davon ab. Langsam sammelte sie ihre Stickerei auf, faltete sie noch langsamer zusammen und läutete dann mit einer trägen

Handbewegung ihrer Zofe. Sie gewann zwar Zeit mit ihrer Langsamkeit, aber die Zeit verstrich unerbittlich – sie verstrich vergeblich. Hermangarde umarmte Madame d'Artelles und danach ihre Großmutter, die die goldenen Flechten des jungen Mädchens an den Schläfen beiseite schob, den Kopf zwischen beide Hände nahm und mit heiterer Stimme, in der eine gewisse Melancholie mitschwang, sagte:

»Schlaf in Frieden, mein armes Kind; du kannst es ihm ja morgen mit kräftigem Schmollen heimzahlen.«

»Das wird sie nicht tun«, sagte die Comtesse, als das junge Mädchen gegangen war. »Dazu liebt sie ihn leider viel zu sehr. Diese Liebe macht mir wirklich Angst, meine teure Marquise. Sie ist zu heftig.«

»Ihre Angst ist übertrieben, Comtesse«, antwortete die Marquise. »Was ist daran gefährlich, wenn man den Menschen, den man in einem Monat heiraten wird, über alles liebt?«

»Nun«, sagte die Comtesse, »einen Mann zu lieben ist immer gefährlich. Wir sind doch nicht umsonst alt geworden, meine Liebe, Sie sollten das eigentlich wissen. Die Liebe ist, gleich wem sie gilt, immer ein grausames Spiel, aber sie ist fast mit Sicherheit ein verlorenes Spiel, wenn der Charakter des Mannes, der sie einflößt, so wenig Sicherheit gewährt, wie der Ihres zukünftigen Schwiegersohns.«

»Sie mögen ihn offenbar nicht besonders?« entgegnete die Marquise spöttisch tadelnd.

»Ihn nicht mögen, meine Liebe?« sagte die Comtesse. »Nein, meine Abneigung richtet sich nicht gegen ihn persönlich. Er benimmt sich nur wie alle Männer. Er spielt seine Liebeskomödie: Er schmeichelt, er biedert sich an, er betört, er blendet. Und alle fallen darauf herein, die jungen Mädchen ebenso wie ihre Mütter. Aber sollte man nicht erwarten, daß die Großmütter der allgemeinen Verführungskunst nicht so leicht erliegen?«

»Ich bin offenbar jünger als mein Alter vermuten läßt«,

sagte Madame de Flers mit ihrer unerschütterlich guten Laune, »denn ich bin ebenfalls darauf hereingefallen und zwar so sehr, meine Teure, daß mir Ihre ganzen dunklen Andeutungen keinen Schrecken einjagen können.«

»Wie?« entgegnete Madame d'Artelles, und ihre Stimme wurde eine Oktave höher. »Am Vorabend der Hochzeit dieses teuren Kindes empfinden Sie nicht die geringste Angst, nicht die geringste Beunruhigung?«

»Ich bin nie ruhiger gewesen«, antwortete Madame de Flers, und ihre Ironie verlieh ihr Würde.

»Ach, meine Liebe!« rief Madame d'Artelles bestürzt, »Sie haben noch mehr den Verstand verloren als Hermangarde.«

»So ist es«, entgegnete die Marquise mit einem sanften Lächeln. »Kommen Sie, trinken Sie eine Tasse Tee, meine Gute.« Und die liebenswürdige Frau streckte ihre immer noch schöne Hand aus, die zu einem Arm gehörte, der einst schön gewesen war, griff nach der Teekanne und goß das nach Moschus duftende Getränk in die Tasse ihrer Freundin, als wollte sie ihr dabei behilflich sein, das hinunterzuspülen, was diese offensichtlich nicht schlucken konnte: die Heirat der Enkelin und die Ruhe der Großmutter.

»Ja, Sie haben den Verstand noch mehr verloren als Hermangarde«, nahm die Comtesse den Faden wieder auf, bemüht, ihre Verwunderung und ihre Angst zu rechtfertigen, »denn Sie sind Teil der guten Gesellschaft, und für gewöhnlich geben Sie etwas auf das, was diese sagt. Und die gute Gesellschaft hat eine völlig eindeutige und einhellige Meinung über den zukünftigen Gatten Ihrer Tochter, die unglücklicherweise nicht im geringsten schmeichelhaft ist. Man sagt, er sei ein Spieler, der sein ganzes Vermögen, wenn er überhaupt jemals eines besaß, in alle vier Winde und auf den grünen Filz der Roulettetische geschleudert hat. Er ist ein Mann, der immer wie ein Abenteurer lebte und darauf auch noch stolz ist! Und obendrein ist er ein zügelloser Libertin, der eine Menge Frauen kompromittiert hat, deren Namen Sie ebensogut kennen wie ich, meine Liebe. Muß ich Ihnen den Rosenkranz erst herbeten?«

»Ja, beten Sie ihn her, beten Sie ihn her!« unterbrach sie die Marquise. »Das wird vergnüglicher sein, als Ihre ganzen Moralpredigten. Man würde den Kanzelrednern häufiger zuhören, wenn sie Namen nennen würden.«

»Ich predige nicht, meine Liebe. Warum diese Leichtfertigkeit und diese Ungerechtigkeit?« sagte Madame d'Artelles, die nicht erzürnt war, aber ihren ernsten Ton absichtlich beibehielt. »Warum sollte ich predigen? Ich bin nicht fromm. Als ich jung war, war ich nicht prüde und auch jetzt, wo ich alt bin, ist mir nicht daran gelegen, den Schulmeister zu spielen. Ich habe auf ähnliche Weise gelebt wie Sie, allerdings fehlt mir die Erfahrung des Eheglücks, die Sie gemacht haben. Abgesehen davon haben uns jedoch dieselben Meister das Leben gelehrt. Wir lebten in derselben Welt. Wir hatten denselben Geschmack und beinahe dieselben Gefühle. Ist dieser unwahrscheinliche Traum einer Liebe unter Frauen, einer Liebe, die schon vierzig Jahre andauert und die uns jeden Tag zusammengeführt hat, nicht der Beweis dafür, daß wir kaum Meinungsverschiedenheiten haben und daß sich unser Urteil über alles unendlich gleichen muß? Soll ich mich da nicht wundern, daß in einem so herausragenden Fall wie der Verehelichung Hermangardes unsere Meinungen über den Mann, den sie heiratet, so diametral entgegengesetzt sind? Und soll ich mich im Namen unserer Freundschaft und im Namen des Interesses der Kleinen nicht darüber bestürzt zeigen? Kann ich nicht darüber reden, ohne in den Geruch zu kommen, ich wolle predigen?«

»Meine liebe Comtesse, Sie sehen mich jetzt ernst«, sagte die Marquise de Flers bewegt und reichte ihrer Freundin die Hand. »Geben Sie niemals meinem Herzen die Schuld für die Sünden meines Geistes.«

»Es sind ja keine Todsünden«, erwiderte ihre Freundin liebenswürdig und drückte die Hand, die sich ihr mit einem reizenden, über alles erhabenen Feingefühl entgegenstreckte. »Lassen Sie mich also meine Befürchtungen aussprechen, selbst wenn sie unbegründet sein sollten. Solange ich sie habe, werde ich mich an die Hoffnung klammern, daß eine Ehe, die noch nicht geschlossen ist, nicht unbedingt geschlossen werden muß, und werde Sie ein wenig aus Ihrer Ruhe aufscheuchen.«

Einen Moment lang herrschte Schweigen. Dann stellte die Marquise ihre Untertasse auf das Tablett zurück und sagte ernst: »Wenn Sie der Liebe Hermangardes und ihrer Heirat nichts anderes entgegenzusetzen haben als die Gerüchte, die in den Salons verbreitet werden, dann muß ich Ihnen sagen, daß diese böswilligen Gerüchte wenig Einfluß auf eine Frau haben, die ihr ganzes Leben damit zugebracht hat, die Dinge nicht nach ihrer äußeren Erscheinung zu beurteilen, und die Mirabeau noch gekannt hat, der von dem hohen Podest seines Egoismus herunter sagte, großes Ansehen gründe sich auf große Verleumdungen – und er hätte leicht hinzufügen können, geringes ebenfalls.«

»Ich habe nicht nur das entgegenzusetzen«, sagte Madame d'Artelles.

»Nun, was haben Sie denn sonst noch, beste Freundin? Beweisbare Fakten …? Schauen wir sie uns doch an! Wie? Der Enkelsohn meiner Wahl ist ein abscheulicher Monsieur Lovelace, weil er ein paar Frauen hatte, die mit einem in Samt gebundenen Gebetbuch mit Goldverschluß die Messe in Saint-Thomas d'Aquin besuchen? Wir sind in der Zeit Laclos' aufgewachsen, meine Teure, und wir gehören einer Epoche an, in der man solche Dinge leicht verzieh! Seien wir doch gerecht, wenn wir schon nicht nachsichtig sind. Die jungen Leute, die wir kannten und … liebten, trieben es wesentlich toller als die Jugend von heute. Und trotzdem sind wir nicht ledig geblieben. Unsere Mütter besaßen den Heldenmut, uns mit diesen verabscheuenswerten, üblen Subjekten zu verheiraten, und wir hatten das unverschämte Glück, gar nicht so unzufrieden zu sein!«

»Sie können nur für sich sprechen«, sagte Madame d'Artelles. »Sie hatten das ungewöhnliche Glück, zu lieben und geliebt zu werden. Der Marquis de Flers lag Ihnen zu Füßen, er hätte Ihnen seine Maitressen geopfert, wenn er nicht erst wieder Beziehungen zu ihnen hätte aufnehmen müssen, um sie Ihnen opfern zu können. Wenn er sich an sie erinnerte, dann nur, um sich glücklich zu preisen, daß er nun ganz Ihnen angehörte. Sie hatten ihn verzaubert.«

»Nun«, sagte die Marquise, die bei diesem Lob und bei der Erinnerung an Ihren Mann aufblühte und mit doppeltem Stolz – dem Stolz der Ehefrau und dem Stolz der Mutter – lächelte, »Hermangarde ist noch viel schöner als ich es war, und sie wird ihren Gatten ebenso verzaubern!«

»Glauben Sie?« entgegnete Madame d'Artelles mit einem Ausdruck sanfter, tiefer Traurigkeit, der Traurigkeit eines hoffnungslosen Skeptizismus. »Meinen Sie, Ihr zukünftiger Schwiegersohn gehöre zu den Köpfen, die sich verzaubern lassen? Ich habe ihn häufig bei Ihnen und in Gesellschaften getroffen. Ich habe ihn oft beobachtet. Sie haben mich manchmal dabei ertappt; ich glaube nicht, daß ein Mann wie er die Bürde irgendeiner Herrschaft ertragen kann, so sehr ihm die Liebe diese Last auch erleichtern mag. Er hat weitreichende geistige Fähigkeiten, das ist unbestreitbar; aber er ist zum Herrschen geboren, und er entfaltet in allen Lebenslagen ein Machtstreben, das ihn wenig geeignet erscheinen läßt, sich selbst einem solchen zu beugen. Seine Leidenschaften sind die Leidenschaften eines Gebieters. Sehen Sie doch, wie er – trotz seiner Liebenswürdigkeit, die zu reizend ist, um nicht gespielt zu sein – Hermangarde schon heute unterdrückt! Wie er sie durch ein Stirnrunzeln dazu bringt, zitternd zu gehorchen! Und dabei ist Hermangarde ein stolzer und mutiger Charakter! Das hat mich schon oft empört. Seine Tricks machen keinen Eindruck auf mich. Er gilt als sehr redegewandt im Umgang mit Frauen. Er magnetisiert sie mit liebenswürdigen Schmeicheleien oder mit Ungezogenheiten, die er in Zärtlichkeiten verpackt. Er verfügt über obskure und schillernde Worte, die zum Träumen anregen. Aber diese ganze Beredsamkeit, diese geschmeidigen Windungen einer Schlange zu Füßen der Frauen, sind nichts weiter als der Ausdruck seines Hochmuts und seiner Verachtung für uns. Er möchte herrschen, möchte die Seelen seiner Willkür unterwerfen und in seinen Liebesbeziehungen zu Frauen einen Einfluß erlangen, den ihm die Männer, die er mit seinem Stolz beleidigt, streitig machen, und den zu gewinnen ihm die Umstände bisher nicht erlaubten. Im Umgang mit Männern wendet er alle diese Kunstgriffe nicht an. Er hält nicht hinter dem Berg mit seinem Selbstbewußtsein, und dadurch kränkt er sie, oft sogar ohne es zu bemerken. Uns gegenüber fühlt sich sein Hochmut wesentlich wohler, denn die Selbstgefälligkeit der Männer setzt voraus, daß man sich niemals vor uns zu erniedrigen braucht. Er verkehrt mit uns also so, wie sein Stolz ihm nie erlauben würde, mit seinesgleichen zu verkehren, und dies, Marquise, weniger, um bei uns zu finden, was wir schenken können, nämlich Glück in der Zärtlichkeit, als um Macht über uns zu erlangen.«

Madame d'Artelles war in einer Zeit aufgewachsen, in der die Gesellschaft gerne Portraits zeichnete. Soeben hatte sie eines entworfen. Madame de Flers, die gerade ihre Teetasse an die Lippen führen wollte, stellte sie auf das Tablett zurück und sagte:

»Um Himmels willen! Sie legen sich aber mächtig ins Zeug! Es ist jedoch nur ein düsteres Phantasiegemälde, und Sie hatten mir beweisbare Fakten versprochen.«

»Beweisbare Fakten!« sagte die unerschütterliche Comtesse,

die nichts aus der Fassung brachte und nichts entwaffnete. »Nur zu gern nenne ich Ihnen beweisbare Fakten, um Sie davon zu überzeugen, wie gefährlich es wäre, Hermangarde mit diesem falschen und verabscheuungswürdigen Mann zu verheiraten. Ich kenne diese Fakten selbst erst seit gestern, und ich werde sie Ihnen jetzt mitteilen. Unglücklicherweise sind die Dinge schon ziemlich weit fortgeschritten, aber man hat Ehen auseinandergehen sehen, deren Abschluß schon wesentlich näher bevorstand. Wenn ich sage, Ihr schöner Verlobter sei falsch, so will ich damit nicht behaupten, seine Liebe zu Hermangarde sei geheuchelt. Nein! Im Gegenteil, ich glaube, daß er sehr verliebt ist in ihre strahlenden neunzehn Jahre. Aber ich bin der Ansicht, daß er Leidenschaft mit Liebe verwechselt, wie alle Menschen, deren Herzen gewöhnlich und deren Sinnlichkeit roh ist. Im selben Augenblick, in dem er Hermangarde diese Lieder von Leidenschaft und Zärtlichkeit vorsingt, durch die wir uns alle täuschen lassen, Mütter wie Töchter, unterhält er eine Maitresse, meine teure Marquise, eine Maitresse, bei der er alle seine Abende verbringt, und das nicht im Geheimen, sondern vor den Augen der ganzen Stadt, und ohne sich die geringste Mühe zu geben, es zu verbergen! Wahrscheinlich ist er auch diesen Abend bei ihr, anstatt, wie versprochen, hierherzukommen, wo ihn Hermangarde erwartete.«

Während Madame d'Artelles ihre katilinarische Rede hielt, hatte die Marquis de Flers wieder zu ihrer Teetasse gegriffen. Sie trank einen Schluck und ging, mit einem halben Lächeln, in dem sich Nachsicht und Bosheit mischten, auf die Vorwürfe ein: »Ach, Sie meinen Madame de Mendoze?«

»O nein, meine Beste, nein, ich meine nicht Madame de Mendoze«, entgegnete Madame d'Artelles lebhaft.

»Dann also Madame de Solcy?« fuhr die Marquise ungestüm fort.

»Weder die eine noch die andere«, sagte Madame d'Artelles. »Werden Sie mir jetzt den ganzen Faubourg Saint-Germain aufzählen? Sie haben eine noch losere Zunge als ich, meine Liebe. Ich weiß, daß die verachtenswerten Erfolge Monsieur de Marignys zahlreich gewesen sind. Madame de Solcy, Madame de Mendoze und unglücklicherweise noch viele andere haben tausend Dummheiten für ihn begangen, aber das ist kein Grund, sie nicht weiterhin in den Pariser Salons oder auch in ihren vier Wänden zu treffen. In einer Gesellschaft wohlerzogener Menschen darf die Liebe nicht alle Lebensbezüge beeinträchtigen. Die augenblickliche Maitresse von Monsieur de Marigny ist jedoch keine Frau der besseren Gesellschaft. Es handelt sich um eine Person, mit der er schon seit zehn Jahren eine Beziehung unterhält; wahrscheinlich unterhielt er sie schon immer. Als die Pariser Gesellschaft diese Liaison Madame de Solcy und Madame de Mendoze hinterbrachte, und als die Scheinheiligen den Skandal ausposaunten, da belog er diese Frauen, die sich nicht gescheut hatten, sich für seine blauen Augen zu kompromittieren, auf unverschämte Weise. Meine Teure, diese beiden waren in derselben Lage, in der sich Hermangarde befinden wird, aber sie wird dazuhin noch mit ihm verheiratet sein.«

»Woher wissen Sie das?« fragte die alte Marquise, und auf ihrer Stirn, die nachdenklich geworden war, bildeten sich Falten.

»Ich habe es von dem alten Vicomte de Prosny erfahren«, entgegnete die Comtesse. »Er ist ein schlauer Luchs und sehr gewieft und durchtrieben. Er hat etwas von diesen alten Männern, die Susanna im Bade durch das Schlüsselloch beobachtet haben würden; aber wenn er das Leben eines Weisen führte, wüßten wir nichts von all dem, was wir wissen müssen. Der Vicomte kennt die feine Dame. Er verkehrt, oder verkehrte früher bei ihr. Wenn Sie wollen, wird er Ihnen die allergenauesten Details über diese Liaison, die mir reichlich verwerflich erscheint, berichten können.«

»Zehn Jahre!« erwiderte Madame de Flers. »In Persien halten Ehen nur sieben Jahre; und in Italien sind die Verehrer, die manchmal das fünfzigjährige Jubiläum feiern können, ziemlich schwächliche Liebhaber – sie sind die kleine Münze dieses Dummkopfs von Petrarca. Aber zehn Jahre vollkommenen Besitzes ohne durch das Gesetz dazu verpflichtet zu sein«, fügte sie hinzu, und die Erinnerung an das achtzehnte Jahrhundert leuchtete warm in ihren Worten auf, »das ist wirklich etwas Außergewöhnliches mitten in diesem Pariser Leben. Zum Henker! Diese Frau muß entweder sehr schön oder entsetzlich raffiniert sein, wenn sie einen Mann wie Monsieur de Marigny immer wieder aus den Armen anderer Frauen zu sich zurückholt.«

»Nein, sie ist weder das eine noch das andere!« bemerkte Madame d'Artelles, die ihr Gift in alle Gedanken ihrer Freundin einsickern lassen wollte. »Der Vicomte sagt, sie sei ziemlich häßlich, sie besitze einen extravaganten Charakter und sie sei älter als Monsieur de Marigny, der dreißig Jahre alt ist.«

»Oh, das sind allerdings keine überwältigenden Verführungsmittel«, meinte die Marquise. »Aber Ihr Schwerenöter von Vicomte hat diese Frau nur in ihrem Salon gesehen – sie hat doch einen Salon? –, und Marigny hat sie anderswo gesehen. Das ändert alles. Die besten Schauspielerinnen sind nur in bestimmten Stücken gut. Ich stelle folgende Überlegung an, meine Liebe: Entweder ist es eine alte Beziehung, die, seit sie besteht, immer wieder von Auflösung bedroht war, und in diesem Fall wird Hermangarde dieses ausgeleierte und abgenutzte Band spielend zerreißen; oder aber diese Person ist gefährlich, und wenn sie das ist, dann gründlich! Denn Marigny hat im Umgang mit Frauen genug Erfahrungen gesammelt, um diese von Grund auf zu kennen, und in diesem Fall wäre sie – egal ob häßlich oder schön – die Summe aller Verführungen der anderen Frauen, die um ihretwillen verlassen werden; sie wäre im Grunde eine Art Serail-Favoritin.«

Der Ausdruck war gewagt, und die Geste, die ihn begleitete, war es nicht minder. Die Marquise, die 1760 auf die Welt kam und die ganze Korruptheit des Hofes von Versailles, der Emigrationszeit und des Kaiserreichs miterlebt hatte, nahm, wenn erforderlich, kein Blatt vor den Mund. Ihre Beine waren nicht mehr so beweglich wie früher, aber ihr Geist hatte sich seine Beweglichkeit bewahrt – ein Geist, mit dem sich der Fürst de Ligne schon in ihrer Jugend wortreich beschäftigte. Er soll sie mit seinen geschliffenen, kühn gewählten Formulierungen folgendermaßen charakterisiert haben: Ihr Geist sei funkelnd und scharf wie ein Diamant und anziehend wie ein Magnet, und es gäbe kein aufreizenderes, reizvolleres und im Grunde seines Wesens sanfteres Geschöpf! Ihre überaus geistreiche Art, die um 1783 noch verbreitet war, heute aber aus der Mode gekommen ist, hatte ihre Epoche überdauert. Ihr Charme war so tief in ihr verankert, daß sie dem schlechten Ton des Kaiserreichs widerstanden hatte. Die Gesellschaft der Restauration – diese Gesellschaft, die der Scheinheiligkeit der englischen Gesellschaft in nichts nachstand – mußte den scharfsinnigen Geist der Marquise de Flers fürchten. Verlangte nicht gegenwärtig der gute Ton im Faubourg Saint-Germain die äußerste Prüderie in allen Dingen, und wurde dort nicht ein Gesellschaftsideal verwirklicht, das die Familienportraits in ihren Rahmen vor Langeweile hätte sterben lassen, wenn sie nicht glücklicherweise ohnehin nichts mehr gehört hätten? Die sittliche Entartung der Geschlechter zeigte sich in Frankreich vor allem in dem Geist, der die Konversation belebte. Ihr leichter Duft hat sich verflüchtigt. Zum Zeitpunkt des Beginns dieser Geschichte bedurfte es der unübertrefflichen Leichtigkeit der Marquise de Flers, damit ein Rest dieses spritzigen, mitreißenden und wirklich französischen Geistes – dieses hübschen, ruhmreichen Erbes unserer Vorfahren – vor der schmachvollen Verdammung durch die Prüderie gerettet wurde.

»Im ersten Fall«, fuhr die Marquise fort, »wäre es Hermangardes Angelegenheit und eine Sache der Flitterwochen. Keine Frau heiratet einen Engel. Die größten Dummköpfe geben, wenn sie heiraten, aus Selbstgefälligkeit vor, irgendwo eine Geliebte zu haben, die sie ihrer Frau als zusätzliches Brautgeschenk opfern. Marigny braucht keine Frau zum Opfer zu bringen, um die Liebe Hermangardes zu entfachen. Und im übrigen ist er zu vornehm (Sie würden sagen, zu hochmütig!), um diese kleine List anzuwenden. Wenn er daher, wie viele Männer, die lange als Junggesellen gelebt haben, noch gewohnheitsmäßige Liebesbeziehungen hat, wird er sie im Schoß eines neuen und berauschenden Glücks leicht vergessen. Aber im anderen Fall ...«

Sie hielt inne und spiegelte sich nachdenklich in dem Saphir an ihrem kleinen Finger.

»Was wäre im anderen Fall? ...« fragte Madame d'Artelles.

»Nun, das wäre etwas völlig anderes«, bemerkte die Marquise. »Ich würde Ihre Unruhe teilen. In dem Fall läge eine schwierige Aufgabe vor mir. Aber mit Gottes und Ihrer Hilfe, meine Teure, würde ich sie lösen!«

2. KAPITEL

I promessi sposi

Die beiden Witwen saßen in dieser Nacht lange beisammen. Es war spät, als die Kutsche Madame d'Artelles nach Hause brachte. Monsieur de Marigny war nicht mehr erschienen, er hätte mit seiner Gegenwart auch nur ein Zwiegespräch gestört, dessen wesentlicher Inhalt seine Person war. Er kam manchmal nach dem Theater in Madame de Flers

Palais. Er konnte auch zu so später Stunde sicher sein, die Marquise noch munter und bei einer Tasse Tee anzutreffen, selbst wenn niemand mehr bei ihr war; denn trotz ihres hohen Alters liebte die Marquise es, wie eine Dame des achtzehnten Jahrhunderts lange aufzubleiben. Sie hatte ihren Montaigne gelesen und behauptete, lange aufzubleiben verlängere die Lebenszeit. Für sie, wie für alle Frauen ihrer Generation mit ihren in der Glut des Vergnügens gestählten Körpern, die weder Magengeschwüre noch Darmentzündungen kannten – Leiden, die einer Epoche intellektueller Überspanntheit vorbehalten waren – waren Betten nichts für alte Menschen. Indem sie das ihre erst zum spätestmöglichen Zeitpunkt aufsuchte, hielt sie die Erinnerung an ihre Jugendzeit mit einer rührenden Gewissenhaftigkeit in Ehren.

Nachdem ihre Freundin gegangen war, verweilte sie noch lange nachdenklich am langsam erlöschenden Kaminfeuer in ihrem einsamen Boudoir und drehte ihre Schildpatt-Tabatiere zwischen den schmalen Fingern hin und her, eine Bewegung, die ihre innere Unruhe und ihre außerordentliche Besorgnis verriet. Das, was ihr Madame d'Artelles gerade anvertraut hatte, nahm Besitz von ihren Gedanken und verdüsterte sie. Sie empfand für Hermangarde eine echte, großmütterliche Liebe, und nun schien das Glück dieses teuren Kindes bedroht, vorausgesetzt, sie schenkte den Worten ihrer Freundin Glauben. Sie schätzte Madame d'Artelles sehr, die fast so alt war wie sie und die über ein kühleres und vernünftigeres Urteil im Sinne der Gesellschaft, nicht im Sinne der Wahrheit, verfügte. Tatsächlich war die Marquise im Grunde die Überlegenere von beiden, aber die besten Züge ihrer hervorragenden Persönlichkeit verhinderten, daß das erkannt wurde. Für viele Menschen, ja selbst für die Comtesse, war die Marquise das Opfer ihres heiteren Charmes. Weil man ihren leichten Geist sah, glaubte man, ihr Kopf sei ebenso leicht. Aber so wie sich unter dem Rouge, das sie im Alter von zwanzig Jahren auflegte, ein pulsierendes Leben versteckt hatte, so verbarg sich heute unter der leichtsinnigen Oberfläche eine Nachdenklichkeit, die sicher urteilte, und eine Scharfsichtigkeit, der nichts entging. Sie war eine sinnliche Frau, die sinnliche Begierden, jedoch nie mehr Phantasie besessen hatte als jede Französin, das heißt, als jede andere Frau Europas oder der ganzen Welt, die sich bestens auf das bewundernswerte Kalkül der Liebe und die Einrichtung ihres häuslichen Glücks versteht. Diese Poesie der Sinnlichkeit in einem göttlich schönen und reichen Geschöpf, das, wenn es ihm beliebte, wie eine der Prinzessinnen in Brantômes Geschichten, den Geliebten in schwarzen Seidenlaken empfangen konnte, ersetzte bei ihr seit ihrer Jugend die fehlende Phantasie, die ihr Leben vielleicht nur kompromittiert hätte. Sie hatte sich ihren guten Ruf gesichert und erhalten. Trotz vieler vorübergehender Neigungen, deren genaue Zahl niemand kannte, war sie mit einer so katzenartigen Vorsicht und Geschicklichkeit über alles hinweggeschlichen, was Spuren auf den Samtpfötchen der Frauen hinterläßt, daß sie ihren Namen Hermine in den Augen aller zu Recht trug. Sie hieß Hermine d'Ast, Marquise de Flers. Um diesen Ruf zu erlangen, hatte sie weder Unwahrheiten verbreitet, noch sich unwürdig verhalten. Sie hatte auch nicht die widerwärtige Rolle einer Madame Tartuffa gespielt, die in ihrem Alkoven ein Kruzifix anbrachte. Nein! Sie bediente sich eines wundervollen Takts, den in ganz Paris nur noch eine Frau so gut beherrschte wie sie, ohne sie jedoch darin zu übertreffen. Das war ihre einzige Verstellungskunst. Deshalb ist die Geschichte ihrer Jugend ein großartiges Beispiel einer Nachfolge Jesu, und man täte beim gegenwärtigen Zustand unserer Sitten gut daran, es unseren jungen Leuten vorzuhalten. Alle Welt würde daraus Nutzen ziehen können, selbst die Ehemänner.

Ihr eigener Mann, Marquis de Flers, der Hofstallmeister bei Marie-Antoinette gewesen war und in den Kreisen um die Polignacs eine nicht unbedeutende Rolle spielte, hatte sie geheiratet, als sie das Kloster verließ. Dieser Mann, der aufgrund seines Alters ihr Vater hätte sein können und der eigentlich vor allen erdenklichen Zauberkünsten hätte gefeit sein sollen, weil er aus dem Becher der Circe seiner Zeit, der Comtesse Jules, dieser Königin aller Königinnen, getrunken hatte, liebte, ja vergötterte ein Kind, das bei den Ursulinerinnen erzogen worden war. Dieses verrückte, kleine Mädchen, das im Alter von vierzehn Jahren, seine Puppe am Arm hinter sich herziehend, das Sprechzimmer des Klosters verließ und unglücklich darüber war, daß es dieses unbeschwerte Leben aufgeben sollte, um zum Altar und an den Hof zu gehen, wurde ohne jede Vorbereitung zwischen Morgen und Abend, oder vielleicht eher zwischen Abend und Morgen, zur Frau und machte den Marquis, solange er lebte, zum Sklaven ihrer Launen. Sie fühlte schon damals, welche Macht sie hatte. Liebte sie ihn? Er glaubte es und niemals war die Illusion eines erfahrenen Mannes vollständiger. Sie behandelte ihn wie jenes grausame Kind im alten Athen seinen Spatzen. Sie stach ihm die Augen aus … aber ohne ihm dabei weh zu tun, nur damit er nicht sehen konnte, wie sie sich der ihren bediente. Sie betrog ihren Mann, wie man einen Liebhaber betrügt, indem sie peinliche Vorsicht walten ließ. Und so starb der Hofstallmeister – der doch ein Mann von Verstand war – sich im Eheglück wähnend, blind, wie der König von Böhmen in der Schlacht von Crécy.

Als die Revolution ausbrach, hatte Madame de Flers Frankreich bereits verlassen. Ihr Gatte wurde am 10. April ermordet. Aber so wie sie ihren Ruf vor der scharfen Zunge der Salonrichter gerettet hatte, so entzog sie ihren reizenden Kopf, der ihr vielleicht noch wichtiger war, der Sichel, die später die wohlgerundetsten Hälse und die goldensten Locken der Monarchie abhieb. Sie hatte, nebenbei bemerkt, eine Tochter, die sie im Ausland erziehen ließ. Zum Glück wurde das ohnehin schwierige Emigrantendasein nicht auch noch durch Armut erschwert. In einem kleinen, mit feinen Perlen bestickten Portefeuille, in dem sie die Anzahl der Polonaisen, die sie auf den Bällen zu tanzen hatte, notierte, hatte sie ein beträchtliches bewegliches Vermögen mitgenommen. Sie lebte in Triest, Venedig und Wien einen Stil, der an ihr Palais im Faubourg Saint-Germain erinnerte. Der berühmte Abbé de Percy, der wie sie aus der Normandie stammte, der vorletzte männliche Abkomme der Percys in Frankreich, dessen Häßlichkeit und dessen geistreiche Art im Londoner *high life* während der Emigration so berühmt waren, dieser bewundernswerte Abbé, der den heißen Sporn seines Ahnen Hotspur im Geist und die glühende Lampe Fallstaffs im Gesicht trug, erzählte in seinen letzten Tagen, er habe sie 1794 bei seinem Vetter, dem Herzog von Northumberland getroffen, und ihr Charme sei so außergewöhnlich gewesen, selbst in seiner Wirkung auf die Engländer, daß man ihre Gesellschaft der Fuchsjagd vorgezogen habe. Sie war klug genug, um kein Glück zu brauchen und hatte doch so viel Glück, als brauchte sie keine Klugheit. Die Gutsverwalter waren damals Schurken – man schaue sich nur die Komödien der Zeit an; zufällig war der ihre ein ehrlicher Mann. Er kaufte sämtliche Ländereien der de Flers mit den Staatspapieren zurück und war so edelmütig, sie ihrer ehemaligen Besitzerin bei deren Rückkehr wieder zu übergeben. Von diesem Zeitpunkt an verließ Madame de Flers Paris nur noch, um die Bäder oder ihre Güter in der Normandie zu besuchen, und sie behauptete, »sie sei nun genug herumgekommen«. Ihre Tochter, die zweifellos von ihr geliebt wurde, an der sie aber keinen Gefallen fand – eine wichtige Basis für eine echte Zuneigung! –, hatte einen der Nachkommen der de Polastrons geheiratet. Wie die Larochejaqueleins und die Crillons hatte Armand de Polastron es zunächst aus monarchischem Ehrgefühl abgelehnt, in den Dienst Napoleons zu treten, wurde jedoch bald von dem Italiener dazu gezwungen. Armand fiel im ersten Kugelhagel wie ein wahrer Edelmann, der im Angesicht des Feindes alles vergißt. Er ließ seine junge Frau schwanger zurück. Marie-Antoinette de Flers, Vicomtesse de Polastron, blond und hübsch wie ihre Mutter – ohne deren Lebhaftigkeit und ohne das Feuer, das die Kandelaber des Hofs von Frankreich entflammt hatte und das nach 1800 nicht mehr brannte –, starb, gebrochen durch den Tod ihres Gatten, bei der Geburt Hermangardes. Das war der erste Schmerz, der das Herz der Marquise traf. Aber wie die Pfeile, die auf der halbgeöffneten Flanke des Stiers beim Eindringen einen scharlachroten Wimpel aufpflanzen, so hinterließ der Schmerz in ihrem Herzen eine leuchtende Liebe – die Liebe der Großmutter für das verwaist zurückgebliebene Kind.

Nach ihrer Erstkommunion in Sacré-Cœur verließ die Enkeltochter sie nicht mehr. An ihrer Seite wuchs sie als Erbin von achtzigtausend Francs Jahresrente auf. Die Erziehung bestand vor allem darin, im strahlenden Glanz der Marquise zu leben, die in einer Zeit, in der unsere nivellierte und jeglicher Größe beraubte Gesellschaft nur noch angepaßte Zwerge hervorbringt, immer noch eine große Dame war. Hermangarde lernte bei ihrer Großmutter in deren letzten Lebensjahren mehr, als wenn sie alle Stufen der strengen Bildungseinrichtungen durchlaufen hätte, die nur Krankenstuben der Mittelmäßigkeit sind. Als Dame von hoher Geburt besaß Madame de Flers noch den Instinkt für die geheimen Privilegien der alten Geschlechter. Sie wußte, daß alles Höherstehende sich dank einer ihm innewohnenden Kraft, dank einer verborgenen Anziehung von selbst zum Großen und Schönen erhebt wie Pflanzen, deren Stengel nicht erst geknickt werden müssen, ehe sie sich der Sonne zuwenden. Daher war die Marquise, mit Ausnahme der Religion, die von allen menschlichen Angelegenheiten ausgenommen ist, allen Neigungen Hermangardes mit einem gewagten System des *laissez-faire, laissez-aller* begegnet, und diese Neigungen hatten sich wie die Blätter, die Früchte und die Blüten an einem Orangenbaum in Albenga entwickelt, die, von Himmel und Erde begünstigt, ungehindert heranwachsen. Mademoiselle de Polastron war von einer Schönheit, in die sich alle Maler verlieben mußten, und sie besaß eine Seele, die alle Moralisten um den Verstand bringen mußte. Ihre Großmutter konnte sie, ohne unliebsame Folgen befürchten zu müssen, verwöhnen, und tat dies auch ausgiebig. Damit, daß sie die feinsinnigen und stolzen Anlagen ihrer Enkeltochter als das Ergebnis ewig gültiger Gesetze betrachtete, bewies die Marquise de Flers jedoch über ihre große Zärtlichkeit hinaus auch noch eine außerordentliche Klugheit.

Mademoiselle Hermangarde de Polastron war eine ernste, zurückhaltende Natur. Sie besaß nicht die strahlende Heiterkeit und den gewagten, siegesbewußten Charme, diese Eigenschaften, die aus ihrer Ahnin den funkelndsten Stern der Nocturnalien von Versailles gemacht hatten – und sie würde diese auch nie entwickeln. Hermangarde, die keusche Hermangarde, besaß eine weit weniger auf Eroberungen erpichte und im allgemeinen auch nicht so leicht erkennbare Anziehungskraft wie die Marquise de Flers, diese blonde Schönheit mit allen Reizen einer Brünetten, die Applikationen aus hochroten Bändern an ihren Corsagen tragen konnte, ohne ihrem Teint und ihren Augen zu schaden, und die zu den Soupers der Comtesse de Polignac mit der Haartracht einer Bacchantin erschienen war. Diejenigen allerdings, die empfänglich waren für die Anziehungskraft Hermangardes, unterlagen ihr bedingungslos. Sie besaß den Charme, der stärker unterjocht, und den die Natur all den tiefgründigen Dingen verleiht, die man erst aufbrechen muß, um zu sehen, was sich darin verbirgt. Ihre Schönheit war königlicher, als die ihrer Großmutter es jemals gewesen war. Aber ihre Bewegungen, ihr Lächeln und ihre gesenkten Augenlider hätten dem Ideal des achtzehnten Jahrhunderts nicht entsprochen. Wie alle de Flers war sie blond, ihr Blond jedoch war wie flüssiges Gold; ihr Teint strahlte milchig weiß, und das Blendwerk der Rougetöpfe der Epoche hätte ihn entsetzlich besudelt. Gott war der einzige Kolorist, der eine leichte Röte über dieses Weiß breiten und die heilige Glut der Scham und der Liebe darauf auftragen konnte! Sie besaß nicht den Teint eines reifen Blutpfirsichs wie die Marquise, die niemals Schönheitspflästerchen gebraucht hatte, um seinen Glanz hervorzuheben; nicht deren Lippen, die geformt waren wie der flammende Bogen Amors (so nannten dies die Madrigale der Zeit) und die es so gut verstanden, die gefiederten Pfeile der spöttischen Scherze abzuschießen; nicht deren Lächeln, das dem der berauschten Erigone glich und das sich beim Mahl mit so heiterer Wollust im Schaum eines Champagnerglases badete; nicht deren unwiderstehlich verführerischen Blick, der über den Fächerrand sprang und seine Neugier unter dem Schein der Sittsamkeit so gekonnt zu verbergen wußte; nicht deren Augensterne, die so blau waren wie die Flamme eines Punsches und wie das dreifache griechische Feuer des Geists, der Sinnlichkeit und der Koketterie; denn das war die Marquise gewesen: kokett! – bis zum Ende, immerzu, ohne Rast und Ruhe, selbst im Umgang mit ihrer Kammerzofe, wie Fénelon im Umgang mit seinen Dienern; immer angriffslustig, immer unversöhnlich, wie die Römische Republik, die die Waffen nicht niederlegte, ehe sich der Feind nicht gedemütigt und unterworfen hatte, und sie auf seinem Herzen ihren Siegestanz tanzen konnte, der für die Marquise ein pyrrhichischer Tanz war, mit ihren winzigen weißseidenen Pantöffelchen und den purpurroten Absätzen! Hermangarde hatte nichts von dieser geistvollen Schönheit, die wie eine festliche Fanfare die Aufmerksamkeit auf sich lenkte, nichts von dieser süßen, unbezwinglichen Tollheit, von all diesen Bacchanalien des Geistes, des schlagfertigen

Witzes, der verführerischen Herausforderung, »die leider ihre einzigen Ausschweifungen waren«, wie Chamfort mit dem Bedauern des unersättlichen Libertin sagte, wenn von dieser charmanten Hermine de Flers bei den Orgien des Herzogs von Orléans die Rede war. In Hermangarde verbarg sich ein Glanz, der göttlicher war als alles mutwillige Flirren, ein Schweigen, das beredter war als alle sprühenden Reden, eine Insichgekehrtheit, umwölkt von dem Aufruhr der Jungfräulichkeit, die eindrucksvoller war als jedes Feuerwerk … Der Opal mit seinen verschwimmenden Farben übertraf den Diamanten, trotz dessen unerhörter Strahlkraft, die Seele übertraf den Geist, die Poesie des Schleiers den berauschenden Reiz der Nacktheit. Mademoiselle de Polastron hatte in ihrem ganzen Wesen etwas Halbgeöffnetes und noch Verborgenes, Behütetes, sich gerade erst Erschließendes, das einen unwiderstehlichen Eindruck hervorrief und sie einer jener Schöpfungen der indischen Phantasie gleichen ließ, einer dieser schönen Jungfrauen, die aus einem Blumenkelch aufsteigen, ohne daß man genau weiß, wo der Kelch aufhört und wo die Frau beginnt. Die sichtbaren Konturen verschwammen in einem unendlichen Traum. Eine Häufung von Geheimnissen! Auf mysteriöse Weise nahm sie Herz und Verstand gefangen. Eine Art Sphinx ohne spöttisches Lächeln, kraft ihrer reinen Schönheit, ihrer Ruhe und ihrer keuschen Haltung, der die Leidenschaft eines Tages ihr Geheimnis entreißen würde, indem sie ihre stumme Brust sprengte.

Etwas von dem Rätsel hatte sich schon enthüllt. Man kannte die Liebe Hermangardes zu Monsieur de Marigny; aber die Seele Hermangardes kannte man noch nicht. Niemand kannte deren Tiefe, weder ihre Großmutter, die ihre Liebe guthieß, noch Madame d'Artelles, die deren Ungestüm fürchtete, noch Marigny selbst, der deren Glückseligkeit kostete und einen Teil seiner Tage damit zubrachte, seine Blicke in die königsblauen Augen Hermangardes zu versenken, so wie Karl der Große, verliebt in den verborgenen Abgrund, in seinen Bodensee starrte.

Wie war es dazu gekommen, daß sie in so jungen Jahren in Liebe zu Monsieur de Marigny entbrannte? Ihre Entwicklung eilte in allen Dingen ihrem Alter voraus, sie war Blüte und Frucht in einem, und so hatte sie in Begleitung der Marquise de Flers früh am gesellschaftlichen Leben teilgenommen. Die jungen Leute, die sie dort zu sehen bekam, zogen an ihren Augen vorbei, ohne sie zu fesseln. Im Kreis dieser jungen Männer ohne wirkliche Schönheit und Eleganz, die die Salons im allgemeinen bevölkern, mußte ihr die ausgeprägte Persönlichkeit Monsieur de Marignys zwangsläufig auffallen und ihr Interesse wecken. Im übrigen liebte sie ihn schon, ehe sie ihn das erste Mal sah, denn es gibt Liebesbeziehungen, die den Charakter des Schicksalhaften tragen! Durch ein Zusammentreffen an und für sich unbedeutender Umstände, begegnete sie ihm in den Kreisen, in denen sie verkehrte, erst relativ spät. Aber sie hatte sozusagen in der ansteckenden Atmosphäre des Rufs gelebt, der ihm vorausging und der auf junge Mädchen die berauschende Wirkung eines Manzanillabaums ausüben mußte. Monsieur de Marigny, gegen den die aufgeschreckte Madame d'Artelles so heftige Vorwürfe erhoben hatte, war der personifizierte Skandal des Faubourg Saint-Germain. Wie hätte er es auch nicht sein sollen? Er besaß jene geistige Überlegenheit, gegen die man sich hinter dem Rücken derjenigen, die sie besitzen, auflehnt. Er hatte keine Lebensstellung; man wußte nichts über seine Vermögensverhältnisse: die beiden einzigen Auszeichnungen, die gesellschaftliche Anerkennung verschaffen. Man gestand ihm zwar zu, daß er von außergewöhnlicher Liebenswürdigkeit sein konnte, wenn er etwas erreichen wollte, aber man verdammte seine Laster, wenn eine so ausgebrannte Gesellschaft wie die von Paris überhaupt noch zu Verdammungen fähig war. Noch nie hatte jemand (wie Madame d'Artelles schon bemerkt hatte) so viel Anlaß zu Klatsch und Tratsch gegeben wie Monsieur de Marigny. Die Mütter mochten pickierte Mienen aufsetzen, wenn vor ihren Fräulein Töchtern über ihn geredet wurde, sie mochten sich alle Mühe geben, die Worte, die sie wählten, wenn die Sprache auf ihn kam, hinter vorgehaltener Hand zu verbergen, im Kopf Hermangardes, dieser stolzen Diana, die äußerlich so ruhig wirkte und in deren Innerem es brodelte, ohne daß sie wußte weshalb, waren dennoch seltsame Vorstellungen erwacht, als sie mit neugierigen Ohren insgeheim den beiseite gesprochenen Äußerungen, die halb in den Fächern erstickten, einige verstreute Gerüchte entnahm. Ach! Die Aufmerksamkeit auf sich zu ziehen, sei es im Guten oder im Bösen, das war in jedem Fall eine Stärke; und Frauen lieben Stärke, wie man alles liebt, was man nicht besitzt und was man vergeblich zu besitzen wünscht. Aber wenn zu dieser Stärke ein schlechter Lebenswandel kommt, wie man es Monsieur de Marigny nachsagte, ein ausschweifendes Leben – der Schrecken aller gottesfürchtigen Seelen –, dann wird man sich leicht die Verfassung vorstellen können, in die Hermangarde durch das, was sie gehört hatte, gestürzt wurde. Welch furchtbares und ehernes Gesetz, daß alle Herzenspoesien die Frau ihrem Untergang entgegentreiben lassen!

Es gab damals in der Pariser Gesellschaft eine junge, verheiratete Frau, die Monsieur de Marigny kompromittiert hatte. Es war jene Comtesse de Mendoze, auf die, wie wir gesehen haben, Madame de Flers so unverhohlen angespielt hatte. Madame de Mendoze war in Italien aufgewachsen, wo die Gesellschaft die Frauen nicht wie in Frankreich lehrt, den edelsten Regungen ihres Herzens zu mißtrauen; sie hatte Monsieur de Marigny mit einer Aufrichtigkeit geliebt, die ihr zum Verderben wurde. In kurzer Zeit raubte ihr die Leidenschaft alle Gaben, die ihr Leben schmückten. Sie war nicht mehr schön, und sie war von überirdischer Schönheit gewesen. Die Damen des Faubourg Saint-Germain, die sich darauf verstehen, in das schmeichelhafteste Lob noch jenes subtile Gift der Ironie einfließen zu lassen, neben dem das Gift Italiens zur Zeit der Borgias, das den Tod in die Falten eines parfümierten Handschuhs einschloß, eine plumpe Mischung gewesen wäre, nannten sie allen Ernstes *die Göttliche*. Von ihr galt, was Louise de Lorraine, die Prinzessin de Conti, von einer der drei großen Maitressen Heinrichs IV., der Herzogin von Beaufort, sagte: »Diejenigen, die sie nicht zu lieben vermochten, konnten sie nicht hassen.« Ehe die Liebe sie mit ihren Flammenkrallen gepackt hatte, war sie der Typ jener Art von Schönheiten gewesen, die gerade wegen der Anmut ihres Wesens und ihrer Gestalt ganz offensichtlich zum Unglück bestimmt sind. Diese außergewöhnliche Anmut, die nicht mit Schönheit gleichzusetzen ist, denn die Schönheit hat die Kraft der Harmonie, während diese unvergleichliche, erlesene Anmut ihren Ursprung eher in einer Störung derselben, in einem Überwiegen des Überirdischen in der irdischen Erscheinung hatte, überhöhte sich in Madame de Mendoze zu einem wahren Naturereignis. Sie entzückte die Blicke wie ein vollkommenes Wunder und erschreckte sie zugleich wie eine drohende Katastrophe. Für den philosophischen Beobachter war klar, daß das erste Unglück, das ihr im Leben zustoßen würde, dieses zarte, durchscheinende Wesen zerreißen mußte, wie ein Kupferhaken ein Spitzentuch zerreißt, das sich in ihm verfängt. Tatsächlich hätten die blassesten Ladys, die England der bewundernden Welt als die reinsten Muster einer wohlerhaltenen Aristokratie vor Augen hält, den Vergleich mit dieser Frau nicht ausgehalten, deren Konturen und Farben eine Leichtigkeit, einen Schmelz, ein pulsierendes Licht besaßen, die man nur mit dem kaum zu übersetzenden englischen Wort *ethereal* wiedergeben kann. Wenn man dem weißen Schimmer folgte, der am Rand ihrer hellen, bernsteinfarbenen Haare wie ein Marienfaden in der rosigen Morgenluft bis zum Perlmutt ihrer Schultern hinabfloß, hätte man glauben können, man habe eine von Raffael mit wenigen wundervollen, silbrigen Kohlestrichen auf hautfarbene Seide geworfene Phantasiezeichnung vor sich. Ihre Augen – sie war etwas kurzsichtig – waren von jenem zarten, glanzlosen türkisfarbenen Blau, das schläfrig wirkt, und sie hatten den eigenartigen, unbestimmten Ausdruck, den Augen annehmen, wenn sie die Umrisse der Gegenstände nicht mehr scharf erkennen können. Sie schienen matt von Träumereien. Gott hatte Madame de Mendoze nur aus Schattierungen geschaffen. Mit ihrer einzigartigen Mischung aus glanzloser Durchsichtigkeit und milchig schimmerndem Dunkel zog sie die Blicke an und schläferte sie gleichzeitig ein, und höchstwahrscheinlich hätte sie die magnetische Wirkung einer Traumerscheinung hervorgerufen, wenn die sanguinische Glut der Lippen den Blick, der von so viel Trägheit eingeschläfert wurde, nicht wieder geweckt und ihm durch den heftigen Eindruck dieses starken Kontrasts zu erkennen gegeben hätten, daß in dem Körper des Seraphs, der durchscheinend wie ein Opal war, das heiße Herz einer Frau brannte. Madame de Mendoze besaß diese an eine rubinrote Weintraube erinnernde Unterlippe, die das Haus Burgund dem Haus Österreich als Morgengabe mitbrachte. Sie stammte aus einer alten Familie des Beaujolais, in die einer der zahlreichen Bastarde Philipps des Guten eingeheiratet hatte, und an dem zinnoberroten Pulsieren ihres Mundes erkannte man den weit zurückliegenden Einfluß flämischen Bluts, das die herrscherlichen Lippen der lymphatischen deutschen Rasse für den Sinnengenuß umbildete, und das auch über Rubens Palette floß. Dieses gärende Blut, das ihren bleichen Körper so geheimnisvoll durchströmte und sich unerwartet unter dem rötlich schimmernden Gewebe der Lippen verriet; dieser Zug, den ihr zartes und ruhiges Gesicht geerbt hatte und der nicht zu ihm zu gehören schien, war das purpurne Siegel eines Verhängnisses.

Es zeigte deutlich, daß diese zerbrechliche Frau, der gedankenvolle Dichter mystische Edelsteine wie den Beryll oder den Amethyst an die Stirn geheftet und eine hyazinthfarbene Tunika umgelegt hätten, sowohl mit ihrem Körper wie mit ihrer Seele an der doppelten Liebe, die doch nur eine ist, Teil hatte. Ein solches Zeichen trog nicht. Die leidenschaftliche Liebe Madame de Mendozes zu Monsieur de Marigny, die zu einer *relazione* führte, die diese halbe Italienerin nicht einmal ein ganzes Jahr lang aufrechtzuerhalten vermochte, hatte alle entsagungsvollen Züge eines äußersten Unglücks, nachdem sie alle sorglosen Züge eines grenzenlosen Glücks gehabt hatte. Die Comtesse hatte sich so auf doppelte Weise ins Gerede gebracht. Man empfing sie zwar trotzdem weiterhin aufgrund des Ansehens, das ihre Familie in Frankreich und die Familie ihres Mannes in Spanien (sie war verwandt mit dem Geschlecht der Medina-Cœlis) genoß, aber die öffentliche Meinung ersparte ihr keine Grausamkeiten. Sie bot ihnen die Stirn und spielte die Stolze, nicht aus Hochmut, sondern aus einem blinden, verhängnisvollen Trieb, denn sie konnte ihren ehemaligen Geliebten nur in dieser Gesellschaft, die sie unter dem Deckmantel der Höflichkeit verletzte, sehen. Sie verkehrte dort, weil die Hoffnung sie hintrieb. Unter dem Zwang einer fixen Idee schleppte sie sich mit ihrem verheerten Herzen und ihrer verwüsteten Gesundheit immer wieder dorthin. Nichts konnte sie abhalten. Weder Fieberanfälle noch der Krampfhusten einer von der Schwindsucht erfaßten Brust. Sie vertraute noch immer auf die Wirkung ihrer Toiletten und, gebrochen, entkräftet, dem Tode nah, erschien sie überall als erste und ging als letzte, stets in der Hoffnung, ihn, und sei es auch nur von ferne, sehen zu können, selbst wenn die dadurch geweckte Erinnerung an die unwiederbringlichen Tage sie danach umbringen würde – eine verwundete Seele, die den Pfeil nicht herausriß, sondern ihn täglich noch tiefer in sich hineintrieb! Hermangarde hatte zugegebenermaßen nur eine verschwommene Vorstellung von der Geschichte der Madame de Mendoze, aber sie hatte genug gehört, um alle möglichen Phantasien mit dieser Frau zu verbinden, die ihrem Fehltritt bis zum Tod huldigte, mit dieser Stirn der gefallenen Éloa, die sich nicht wieder aufrichten wollte, mit diesem ausgemergelten, bleichen, durch das Feuer eines seelischen Leidens verheerten Gesicht, in dem sich nur noch zwei große, glanzlose, schwarzgeränderte, von Schlaflosigkeit und Tränen blutunterlaufene Augen verzehrten ... Trotz aller durch ihre wahrhaft vornehme Erziehung geweckten Vorbehalte konnte Mademoiselle de Polastron nicht umhin, Madame de Mendoze mit Erstaunen, mit Furcht, mit Eifersucht und mit Mitleid zu betrachten. Deren Erscheinung löste in dieser jungen, reinen Brust Verwirrung, die widersprüchlichsten Gefühle und eine verhängnisvolle Neugierde aus. Sie betrachtete Monsieur de Marigny zu sehr durch diese Frau, die er zugrunde richtete ... Jedesmal, wenn sie Madame de Mendoze begegnete, beobachtete sie mit einem Interesse, das sie zu verbergen suchte, als sei es ein Verbrechen, wie das Leiden sie weiter zerstörte und ihren Körper aushöhlte. Hermangarde ahnte noch nicht, daß sie schon liebte ... daß sie bereits von den Fängen dieser entsetzlichen Chimäre umschmeichelt wurde. »Wann würde sie ihn endlich sehen, diesen Mann, der es so gut verstand, die Frauen zugrundezurichten?« Sie hatte keine Angst vor ihm, sondern empfand dieses süße Gefühl der Furchtlosen, das Caesar, in dem Moment, als er zum Kapitol aufbrechen wollte, wo der Tod auf ihn wartete, und seine Frau ihn vom Gehen abzuhalten versuchte, zu den Worten inspirierte: »Caesar und die Gefahr sind zwei Löwen, die am selben Tag geworfen wurden, aber Caesar ist der ältere und Caesar wird gehen.«

Dieser Aufruhr einer schwärmerischen Seele dauerte schon so lange, daß Marigny ihr, wenn er nicht ein vollkommen gewöhnlicher Mensch war, bei der ersten Begegnung wie ein

Gott erscheinen mußte. Und so war es auch. Eines Abends gab es eine große Gesellschaft bei der Duchesse de Valbreuse, wo auch getanzt wurde. Die Musik, die Ballgeräusche und die Unterhaltungen übertönten die Stimmen der Diener, die die Gäste ankündigten. Es war schon spät. Hermangarde hatte sich nach mehreren Tänzen in die Nähe ihrer Großmutter gesetzt und beobachtete wie gewöhnlich ihr lebendes Drama, Madame de Mendoze, die, auf einem Sofa zusammengesunken, noch mehr litt als je zuvor, und deren gerötete Augen, ermüdet vom Warten, stumpfsinnig und irre vor sich hinträumten. Plötzlich bemerkte Hermangarde, daß sie noch bleicher wurde, und daß ihr verhangener Blick sich weitete und zwei Sonnen aufstrahlten. Eine wahnwitzige Bewegung, die kein Lächeln war, zuckte über ihre entstellten Lippen, die ein Blutstrahl, der sicher vom Herzen aufstieg, färbte.

»Sehen Sie nur die arme Madame Mendoze«, sagte eine Stimme hinter Hermangarde. »Sehen Sie die Wirkung, die Monsieur Marignys Ankunft bei ihr hervorruft?«

Das junge Mädchen hörte nicht weiter zu. Sie hatte keine Augen mehr für Madame de Mendoze. Sie sah nur noch Marigny, der vor der Portiere aus purpurrotem Samt stand, die in zahlreichen Falten hinter seinem Kopf herabfiel, und von der er sich scharf und dunkel abhob. Er war ganz in Schwarz. Sie nahm keine Einzelheiten wahr. Sie fällte kein Urteil. Ihr erster Gedanke war: Der Lara Lord Byrons; der zweite, daß sie ihn liebte.

Dann fuhr sie unwillkürlich und mit dem Gefühl der glücklichen Rivalin - denn er liebte Madame de Mendoze ja nicht mehr – fort, diese zu betrachten. Die arme Comtesse befand sich noch immer in höchster Erregung. Unerschöpfliche Funken sprühten aus ihren brennenden Augen. Aber ihre Lippen bezahlten das in sie zurückgekehrte Leben teuer. Die roten Spuren, die sie in den Spitzen des Taschentuchs hinterließen, verrieten es.

»Trotz allem, eine solche Leidenschaft ist schön!« sagte dieselbe Stimme, die schon vorher gesprochen hatte, hinter Hermangarde. »Sie ist todkrank, die kleine Frau, das sieht man! Das Blut erstickt sie fast. Schauen Sie doch ihr Taschentuch an, Thadée. Und sie? Sie achtet nicht darauf; sie wird keine Schwäche zeigen, solange Marigny da ist.«

Diese kurze Szene, von ebenso schlichter Tragik wie unsere Sitten, deren Regeln einen so engen Rahmen vorzeichnen, löste in der schönen Hermangarde eine seelische Erschütterung aus. Die Marquise de Flers sah, wie ein Zittern über die Schultern ihres Enkelkindes lief, das der Glanz und Stolz der mütterlichen Gefühle ihrer alten Tage war. Sie fürchtete, Hermangarde könne sich erkälten und warf ihr lächelnd den Schal über, der vergessen auf der Sessellehne lag. Monsieur de Marigny seinerseits war ebenfalls in Betrachtung versunken. Unter all den mit Diademen und Blumen überladenen Stirnen hatte er die ungeschmückte, reine Stirn Hermangardes entdeckt. Ihre blonden Haare waren mit einem Kamm straff zurückgesteckt, und die göttlichen Schläfen in ihrer Durchsichtigkeit und Klarheit lagen frei. Trotz seiner reichen Lebenserfahrung und dem Museum seiner Erinnerungen konnte sich Monsieur de Marigny nicht erinnern, jemals etwas so verehrungswürdig Schönes wie Mademoiselle de Polastron gesehen zu haben. Sein abgestumpftes Herz pochte wie das eines achtzehnjährigen Jünglings. Er näherte sich ihr und grüßte, Madame de Mendoze den Rücken zuwendend, Madame de Flers, um dieses Idealbild eines jungen Mädchens, das anziehend, unwiderstehlich und schön wie ein Traumbild war, aus der Nähe sehen zu können.

»Mademoiselle de Polastron?« sagte er, sich vor Hermangarde verneigend, aber dann hielt er inne. Er, der sich so gut auf Schmeichelworte verstand, er, der, wie man sagte, der redegewandteste aller Verführer war, er wagte vor Madame de Flers nicht eine einzige dieser Lobeshymnen anzustimmen, die die Schönheit Hermangardes Männern und Frauen gleichermaßen entlockte. Ein ehrfürchtiges Gefühl, das er nie zuvor einem menschlichen Wesen gegenüber empfunden hatte, veranlaßte ihn zu schweigen. Seine Worte schienen ihm so entweiht, daß er sich nicht getraute, sie in den Mund zu nehmen … Vielleicht fürchtete er ja auch, sich zu verraten; denn seit fünf Minuten liebte er, und zum ersten Mal – welch merkwürdiges und verhängnisvolles Gefühl! – zitterte er davor, nicht wiedergeliebt zu werden.

Aber sein teuflischer Stolz hatte seine Sicherheit schon wenige Tage nach diesem Abend Stück für Stück zurückgewonnen. Er hatte die Marquise besucht, und die schlichte Seele Hermangardes hatte sich wie ein Buch vor ihm aufgeblättert, und auf jeder Seite konnte er seinen Namen lesen. Er hatte das sichere Gefühl, geliebt zu werden und war selbst so verliebt, daß er das höchste Glück, selbst um den Preis der Bande, die er bisher gefürchtet hatte, besitzen wollte; daher bemühte er sich, der Marquise zu gefallen. Um Hermangarde zu gewinnen, bedurfte es keiner Verführungskünste und keiner Koketterie. Sie war der Anziehungskraft der Liebe erlegen, die so widersinnig und so himmlisch ist und häufig durch nichts in dem Menschen, der sie bewirkt, gerechtfertigt wird. Ein so geistreicher Mann, mit einer so überschäumenden Konversationslust – im heutigen Frankreich eine Seltenheit – und einem so glänzenden Auftreten, das der Witwe de Flers die schönsten jungen Männer ihrer Jugendzeit in Erinnerung rief, mußte deren Bewunderung und Begeisterung hervorrufen. Sie war binnen kurzem ganz vernarrt in Marigny. Ein Jahr lang verkehrte er jeden Abend bei ihr, was der eindeutige Beweis dafür war, daß er um die Hand von Mademoiselle de Polastron anhalten wollte. Die adligen Damen des vornehmen Faubourg zogen mit der ganzen Kraft ihrer schrillen Stimmen gegen eine solche Dreistigkeit zu Feld. Aber die Marquise, die den Mut einer Frau des achtzehnten Jahrhunderts besaß und die wahren Gewinnchancen des Lebens kannte, lachte nur und dachte, ein so *übles Subjekt* wie Marigny wäre gar kein so übler Gatte für Hermangarde. Täuschte sie sich? Die Zukunft würde es zeigen. Ganz sicher hatte die Seele Marignys verborgene Falten, in die sie nicht schauen konnte ... tiefe Furchen, wie sie ein neues Jahrhundert im Geist der Generationen eingräbt. Aber konnte die kurzsichtige Gesellschaft des Faubourg Saint-Germain diese etwa besser erkennen? Der gesunde Menschenverstand der Marquise, dem nichts Bürgerliches anhaftete, sagte ihr vor allem, daß in dem Lotteriespiel der Ehe die Eigenschaften von Monsieur de Marigny immer noch der beste Einsatz waren. »Die Leidenschaften«, dachte sie, »richten weniger Unheil an als die Langeweile, denn die Leidenschaften neigen immer dazu abzunehmen, während die Langeweile immer dazu neigt zuzunehmen.« Sie kannte sich schließlich in der Liebe aus, und diejenige Marignys war ernstgemeint und ehrlich. Gut, er hatte Schulden, »aber Hermangarde« – sagte sie sich mit erhabener Würde – »hat achtzigtausend gute Gründe, um auf das Vermögen eines Gatten verzichten zu können.« Eines Abends hatte Hermangarde, verwirrt wie eine edle, keusche Tochter, ihre Liebe gestanden und ihr Erröten, das weißen Marmor hätte eifersüchtig machen können, in den Falten des weichen Hausgewands ihrer Großmutter verborgen. Die alte Witwe hatte ihr Absolution erteilt und sie gesegnet. Sie hatte es eilig, das Glück ihres teuren Kindes vor ihrem Tod zu sichern. Und so gab sie die Einwilligung zu einer Ehe, deren Verlöbnis die glücklichen Kinder in ihren Herzen schon gefeiert hatten. In dem Augenblick, in dem sich der Vorhang zu unserer Geschichte hebt, lag noch ein Monat des Wartens vor den beiden; der längste von allen, weil es der letzte ist!

Seit einem Jahr hatte die Comtesse d'Artelles immer wieder ihre warnende Stimme erhoben. Sie hatte die Liebe Hermangardes, die in dieser vertraulichen Atmosphäre unter den schützenden Fittichen von Madame de Flers immer stärker wurde, mit Mißfallen und Mißtrauen beobachtet. Die Liebenswürdigkeit Marignys prallte an ihrer mit Vorurteilen gewappneten Seele ab, die die Kraft hatte, ihre Vorbehalte aufrechtzuerhalten. Sie hatte sich offen gegen diese Heirat ausgesprochen. Sie liebte Mademoiselle de Polastron, als wäre sie ihre Nichte. Ihr Geist war weniger beeindruckbar als der ihrer Freundin, die unter ihren weißen Haaren jünger geblieben war; sie dachte mehr wie die Allgemeinheit. Irgend etwas an Marigny war ihr nicht geheuer. Zunächst hatte sie gegen diesen Menschen, der einen so großen Einfluß auf die Marquise gewonnen hatte, nur persönliche Vorbehalte und Salongerüchte vorzubringen gehabt; als sie dann auf beweisbare Fakten gestoßen war, hatte sie dies beinahe froh gestimmt. Vicomte de Prosny, der Verehrer ihrer Jugendtage, den sie früher mit zahllosen Armbändern zu ihrem Juwelier geschickt hatte, weil sie die Medaillons auswechseln wollte, würde ihr heute auf andere Weise nützlich sein! Sie hatte den Plan, ihn mit der Erforschung der Beziehungen zu beauftragen, die zwischen Monsieur de Marigny und einer alten Maitresse bestanden, von der er, Prosny – mit dem Gehabe des Feinschmekkers, das die alten Libertins wie die alten Genießer an den Tag legen – sagte, sie sei würdig, in der ersten Reihe mit den Maitressen seiner Durchlaucht, des Comte d'Artois aufzutreten.

3. KAPITEL

Ein altgedienter Verehrer

Mehrere Tage nach der Enthüllung, die die klare Stirn der Marquise umwölkt hatte, trank der Vicomte de Prosny sein letztes Glas Jamaika-Rum bei seiner ehemaligen Gebieterin, der Comtesse d'Artelles, die ihn zum Diner eingeladen hatte.

Sie hatte ihn bewirtet wie eine Greisin, die einen Greis auf die einzige Weise, die noch bleibt, verführen will, indem sie seine größte Leidenschaft ausnutzt – die Hauptsünde, die, leider!, auch die letzte Sünde ist!

Sie hatte ihm ein Göttermahl bereitet: einen kleinen Imbiß, kräftig, wohlschmeckend und auserlesen, dazu bestimmt, anzuregen ohne aufzuregen und eine hinreichende Aktivität in ihm zu wecken ... Zu sagen, woher sie wußte, bis zu welchem Grad das abgekühlte Blut des alten Sünders erwärmt werden mußte, würde bedeuten, die verwerflichen Machenschaften früherer Zeiten zu wiederholen; im übrigen gilt die Regel, daß Frauen immer ganz ausgezeichnet wissen, was für sie zu wissen von Bedeutung ist.

»Ihr Diner bietet alle Genüsse Capuas, meine teure Comtesse«, sagte der Vicomte mit der zärtlichen Dankbarkeit eines Magens, der sich seit eineinhalb Stunden wohlfühlte.

Denn das Glück hatte beim ersten Löffel einer vorzüglichen Suppe begonnen, und der Vicomte, der keine Zähne mehr hatte und Prinzipien besaß, speiste sehr langsam.

»Nicht wahr?« erwiderte die Comtesse, wie ein Frau, die ihre Macht kennt. »Aber Hannibal darf bei diesen Genüssen nicht einschlafen.«

Die Anspielung hatte einen doppelten historischen Hintergrund: Der alte Prosny schlief fast immer nach dem Diner ein.

»Nein, ich werde auf der Stelle nach Rom aufbrechen«, entgegnete der Vicomte. »Das heißt«, fügte er hinzu, »in die Rue de Provence, Nummer 46, zur Señora Vellini.«

»So nennt sie sich also, diese *Person*«, sagte Madame d'Artelles mit der Verachtung der großen Dame, der anmaßendsten aller Verachtungen.

»Ja, so wird sie genannt«, antwortete der Vicomte. »Sie ist

Spanierin und im Jahr 1799 in Malaga geboren, so daß …, so daß …«

»So daß … sie sechsunddreißig Jahre alt ist!« sagte die Comtesse lebhaft, voll Impertinenz gegenüber der infragestehenden Person und gegenüber dem Vicomte, der sie sehr häufig mit dieser Formel reizte, hinter der er reichlich schlecht verbarg, daß er nicht die richtigen Worte finden konnte.

Folgendes in Paranthese. Der Vicomte Éloy de Bourlande, Chastenay de Prosny, war seit seiner Jugend für ein Richteramt bestimmt gewesen. Er gehörte einer alten Familie an, die schon immer Richterämter begleitete. Seine Karriere als Jurist war nur von kurzer Dauer gewesen. Vor der Revolution war er, zusammen mit Monsieur Roy, dem nachmaligen Finanzminister, und vielen anderen, die es später zu Berühmtheit brachten, das, was man damals *avocat de sept heures* nannte. Die *avocats de sept heures* waren bekanntermaßen junge Richter, die am Beginn ihrer Laufbahn standen, und die die Prozesse am Vormittag zu führen hatten, wenn die Berühmtheiten, die Herren von Amt und Würden noch neben ihren Aktenbündeln schliefen. Von Geburt an dazu bestimmt, Parlamentsrat zu werden, hatte die Revolution diese Zukunftspläne vernichtet; immerhin ließ sie seine Person unangetastet. Er war nicht emigriert, sondern hatte sich während der Schreckensherrschaft wie viele Adlige in irgendeinen Winkel der Provinz zurückgezogen. Seine Familie stammte aus dem Nivernais. Er war überaus schön, nach einem Portrait zu urteilen, das im Erdgeschoß seiner Wohnung in der Rue Louis-le-Grand hing; es zeigte ihn mit geflochtenen Zopfpaaren und dem grünen Samtkragen, so wie er aussah, als er heiratete. In diesem schönen Kopf mit den lasurblauen Augen und dem gleichzeitig so schwärmerischen und so aristokratischen Mund war das Profil des heutigen Vicomte de Prosny nicht mehr zu erkennen. Die gebogene Nase war länger geworden, der zahnlose Mund war eingefallen und sah so schlimm aus, wie der Voltaires, als es mit ihm zu Ende ging. Das energische Kinn war der Nase in ihrer Vorwärtsbewegung gefolgt und richtete sich bedrohlich zu dieser auf. Die Gesichtshaut war gelb wie Pergament von altem Adel und die Augen verquollen wie die aller sinnlichen Menschen, die das Leben ausgekostet haben; aber sie schossen noch immer ihre grünen Blitze mit der Energie einer unersättlichen Neugier, die alles ergründen will, es jedoch nicht mehr tut. Über die Stirn konnte man kein Urteil abgeben, denn sie war unter einer hellbraunen, stark gelockten Perücke verborgen, die gerade über den Augen aufsaß. Heute zählt man nur noch zwei Perücken dieses Stils im ganzen Faubourg Saint-Germain. Das war aus dem schönen Prosny geworden, dem gewandtesten Tänzer und der schärfsten Klinge der Zeit nach dem Thermidor. Er hatte sich für den *petit Capet* und den *dix-huit boutons* am Rock geschlagen, als wäre er vor der Niederlage der Monarchie zum Musketier und nicht zur Führung von Prozessen ausgebildet worden. Er war der größte Haudegen unter den Schlägern der Epoche und der eleganteste aller Stutzer. Zu der Zeit verdrehte er einer reichen Erbin mit seinen Wadenmuskeln den Kopf, er heiratete sie und lebte im Überfluß auf seinen Gütern. Zu anderen war er sehr höflich, im eigenen Haus jedoch äußerst pedantisch und despotisch, und seine jähzornige Art machte ihn zum gefürchtetsten aller Friedensrichter seines Landstrichs. Auf galante und diskrete Weise führte er das Leben eines Libertins, war egoistisch wie Fontenelle, ohne dessen Geist zu besitzen, der alles entschuldigt, dafür jedoch ausgestattet mit einem vorzüglichen Benehmen, das den fehlenden Geist fast aufwiegt. Mit diesem Lebenstil brachte er seine todunglückliche Frau ins Grab, auf das er ein wundervolles Kreuz setzte; zu ihrem Gedenken hielt er einen geziemend wehmütigen Satz bereit, den er jedesmal wiederholte, wenn man ihn auf sie ansprach … und damit war der Fall für ihn erledigt. Er war schwer zufriedenzustellen, verteufelt launisch und wollte immer gleich den Degen ziehen, wenn man ihm widersprach; und dies hatte er auch einmal, obwohl er damals schon älter war, ohne viel zu überlegen getan: mit jugendlichem Elan hatte er sich mit einem Kosakenoberst geschlagen, der zu der Zeit, als die Alliierten in Frankreich Einzug hielten, bei ihm einquartiert war und beanstandet hatte, daß der Majorantee, den man ihm zum Frühstück servierte, kein Hayson- oder Souchongtee war, und er hatte ihn dabei verwundet. Sein Schwiegervater hatte ihm großen Verdruß bereitet, was auf Gegenseitigkeit beruhte, und so war er wieder nach Paris zurückgekehrt, um dort ein Junggesellenleben zu führen; vorher hatte er seine Pachtgelder auf der Bank abgehoben, und er hatte sich einen Teufel um die öffentliche Meinung in der Provinz gekümmert, die in ihm einen abartigen Alten sah, wo er doch nur, wie er selbst sagte, seine letzten Tage in Frieden zubringen wollte.

Er war groß gewachsen, aufrecht und dürr wie ein Bambusrohr, und seine Laune war ebenso verholzt. Er liebte das Trictracspiel und den Jamaika-Rum. Obwohl er einmal für das Richteramt bestimmt gewesen war, stotterte er – wenn auch nicht so stark wie Bridoison – und mußte häufig nach den richtigen Worten suchen. Und da man bei Unterhaltungen nicht die Zeit und die Gelegenheit hat, die Worte im Lexikon nachzuschlagen, hatte er mit zunehmendem Alter die Angewohnheit angenommen, am Ende jedes Satzes die Wendung »so daß …« zu wiederholen. Wenn man mit ihm redete, wirkte er immer aufmerksam und höchst erstaunt, obwohl er weit davon entfernt war, naiv zu sein, und er beulte mit seiner Zunge die Wange aus, während er einen ansah.

»So gehen Sie doch endlich, Vicomte!« sagte Madame d'Artelles. »Versuchen Sie, genauere Details für mich in Erfahrung zu bringen, versuchen Sie, in Erfahrung zu bringen, mit welchem teuflischen Zauber diese Frau, die, wie Sie sagen, weder schön noch jung ist, diesen Einfluß auf Monsieur de Marigny gewonnen hat, der sich nicht verliert, während die arme, kleine Madame Mendoze zum Beispiel ihre Jugend und ihre hübsche Figur mit den Tränen um einen Mann zerstört, der die ungeheuerliche Undankbarkeit besitzt, dies nicht einmal zu bemerken.«

»Das wird sehr schwierig sein, sehr schwierig«, antwortete der Vicomte. »Die Dame ist irgendwie ungreifbar. Sie antwortet auf keine Frage und sie entzieht sich selbst der schärfsten Beobachtung. Sie ist wie ein griechisches Feuer oder wie leibhaftiges Quecksilber, so daß … so daß …«

»… Sie selbst durch Ihre Brillengläser nichts entdecken können, mein teurer Zeitgenosse?« unterbrach ihn die Comtesse, die mit einer boshaften Schmeichelei die Ungläubige spielte. »Das scheint mir unwahrscheinlich, bei dem Scharfblick, den ich von Ihnen gewohnt bin!«

»Es ist aber so, meine Teure«, erwiderte der Vicomte, in die Enge getrieben und gezwungen, die Wahrheit zu bekennen. »Früher habe ich mich mit Frauen ausgekannt. Ich habe ihre tausenderlei teuflischen Machenschaften gekannt, mit denen sie uns, wenn es ihnen beliebt, auf allen Vieren gehen lassen, wie den verblichenen Nebukadnezar. Aber sehen Sie! Für die Vellini kann ich nichts Vergleichbares in dem Repertoire meiner Erinnerungen finden. Sie bleibt einem unverständlich! Sie ist ein Logogriph, eine Hieroglyphe, ein chinesisches Rätselspiel, und vielleicht macht all das zusammen ihre Macht aus! Ich habe sie seit längerem nicht mehr gesehen, aber früher habe ich sie häufig besucht, so daß … ich sie gut wieder einmal besuchen könnte. Aber ich glaube nicht, daß ich die Details für Sie in Erfahrung bringen kann, auf die Sie begierig sind, und die Sie der Marquise de Flers versprochen haben.«

»Heuchler!« rief die listige Comtesse, indem sie ihm zwei fast zärtliche Blicke aus alten Tagen zuwarf, mit denen sie der Eitelkeit des altgedienten Verehrers schmeichelte. »Wenn Sie wollen, können Sie den Stein der Weisen bestimmt finden!«

»Nun, ich werde es versuchen!« sagte der Vicomte, der sich durch das Zutrauen der Comtesse im siebten Himmel fühlte. »Auf alle Fälle werde ich der Señora von der baldigen Hochzeit Mademoiselle de Polastrons mit Monsieur de Marigny berichten, und ich rechne mit einem schönen Spektakel.«

»Wenn das Spektakel«, entgegnete die Comtesse, »die Heirat verhindern könnte, hätten sie mir mein letztes Vergnügen bereitet.« Und sie reichte ihm die Hand, indem sie dieses Wort betonte, auf das der Vicomte mit diskreter Zurückhaltung nicht einging, das er aber verstanden hatte. Er küßte diese Hand mit einer süßen Erinnerung, nahm seinen Stock und machte sich auf den Weg zu Señora Vellini.

Das kalte Mondlicht schien in alle Winkel. Der alte Vicomte, der nach dem Essen gerne ein paar Schritte ging, war, leise vor sich hinsingend, in der Rue de Provence angelangt. Das vorzügliche Diner bei der Comtesse hatte seine Beine wie ein Jungbrunnen belebt, und er eilte die vier ihm wohlbekannten Etagen hinauf und läutete an der doppelten Tapetentür. Ein außerordentlich schönes junges Mädchen öffnete ihm.

»Oh, Monsieur de Prosny, Sie sind es!« rief das junge Mädchen, etwas erstaunt darüber, ein ihr früher wohlbekanntes Gesicht, das sie in der Zwischenzeit vermutlich vergessen hatte, wiederzusehen.

»Ja, ich höchstpersönlich!« erwiderte der Vicomte, und er fügte hinzu: »Wie geht es dir, mein Kind?« wobei er mit einer Hand das königliche Kinn anhob, das zwar nur einer Zofe gehörte, dieser aber ausgezeichnet stand. Wie alle Leute seiner Zeit duzte Monsieur Prosny die Angestellten. »Ist die Señora heute abend zu sprechen?«

»Ja, Monsieur«, antwortete Oliva und nahm dem Vicomte den Mantel ab. Diese schöne Zofe mit der Gestalt einer Göttin, war von ungewöhnlicher Schönheit, die durch ihre noch ungewöhnlichere Aufmachung unterstrichen wurde. Sie hatte flammend rote, üppige, unter einem gelblichen Schildpattkamm zu einem Knoten zusammengedrehte Haare, nackte Arme und war in ein seidenes Gewand gekleidet. Diese Aufmachung schickte sich vielleicht nicht ganz für ein Dienstbotin; nur die übliche weiße Schürze erinnerte daran, daß sie eine Kammerzofe war. Sie geleitete Monsieur de Prosny mit einem Kristalleuchter durch mehrere Räume. Ihr Schritt war fest und zugleich voll Sinnlichkeit, und man hörte den türkischen Satin ihrer Stiefeletten auf dem Teppich knistern. Ihre geschmeidige Gestalt warf anmutige Schatten auf die Draperien, die sie im Vorübergehen mit ihrem Leuchter erhellte. Die Señora Vellini mußte sehr von ihrer eigenen Schönheit überzeugt sein, daß sie eine solche Kammerzofe bei sich behielt. Sie besaß offenbar den schrankenlosen Stolz der Frau, die sich ihrer Macht sicher ist. Die hochmütigste Dame des Faubourg Saint-Germain würde ein Zimmermädchen mit einem so vornehmen Aussehen, das ein Tablett oder einen Brief mit einer Haltung überreichte, die ganz von alleine zu den niederschmetterndsten Vergleichen mit den Freundinnen ihrer Herrin und mit dieser selbst herausfordern mußte, ohne weitere Umstände vor die Tür gesetzt haben.

Beim Anblick Olivas kam man auf den Gedanken: »Wenn die Zofe schon so aussieht, wie muß dann erst die Herrin aussehen.« Aber der Vicomte de Prosny brauchte diese Überlegung nicht mehr anzustellen, er kannte die Señora Vellini, und er würde sie um einige Jahre gealtert antreffen.

4. KAPITEL

Eine Serail–Favoritin

Das Zimmer, in das Oliva-la-Rousse Monsieur de Prosny eintreten ließ, glich in keiner Weise dem Zimmer einer Frau. Wenn man den Berichten Glauben schenkte, die der Vicomte de Prosny Madame d'Artelles gegeben hatte, dann stand die Señora vielleicht in der Rangordnung etwas höher als diejenigen, die den Männern das Geld aus der Tasche lokken, indem sie ihre Röcke heben; in der guten Gesellschaft, die klare Verhältnisse schätzt, wurde sie trotzdem – sprechen wir das Wort ruhig aus – eine Kurtisane genannt. Aber hätte man dies auch beim Betreten dieses so stolzen und düsteren Raumes gesagt, der eher einem Studierzimmer als einem Boudoir glich? ... Keine Wollüstigkeit, kein geheimnisvolles Spiel mit Spiegeln, keine Verruchtheit durch verführerische Faltenwürfe der Draperien, kein aufreizender oder verräterischer Parfümduft. Die Wandbekleidungen waren aus grünlich schimmerndem Juchtenleder, ohne jegliche Verzierung. Die riesigen kapuzinerbraunen Samtvorhänge nach italienischer Manier wurden durch braungoldene und kupferrote Kordeln zusammengehalten. Auf dem Kamin standen nur Bronzen. Darüber neigte sich ein auffallend schöner venezianischer Spiegel. Die Sessel aus geschnitztem Eichenholz waren mit einem Samt bezogen, der dem der Vorhänge ähnelte, und der ungewöhnlich dicke Teppich hatte ebenfalls nur die zwei ernsten Farben braun und kupferrot. Sonst waren keine Möbel vorhanden, die auf die Anwesenheit einer Frau hätten schließen lassen, kein Nähtischchen, kein Arbeitskorb. Man hätte meinen können, man befinde sich bei einem Mann; aber bei was für einem Mann? Bei einem Mann der Tat oder bei einem Denker? Es gab weder Pfeifen noch Waffen an den Wänden, keinen Schreibtisch und keine Bibliothek. Das einzig bemerkenswerte Möbelstück mitten in dieser einfachen, klaren Nüchternheit war eine Art Ruhebett aus grünem Satin, getragen von zwei Hippogryphen mit zusammengefalteten Flügeln, die der Künstler mit der allerausschweifendsten Phantasie gestaltet hatte.

Dieser Raum mit seinen ernsten Farben wurde nur schwach erhellt von einem Kaminfeuer und von zwei Lampen, deren buntgefärbte Kristallkugeln einen schillernden, diffusen Lichtschein verbreiteten.

»Der Vicomte de Prosny«, meldete Oliva ihrer Herrin, die vor dem Kamin auf einem herrlichen Tigerfell am Boden lag und sich, um den alten Vicomte zu begrüßen, auf einen Ellbogen aufstützte.

»Wie? Sie sind es, Sie?« sagte sie etwas erstaunt, wie vorher Oliva. Und sie reichte ihm die Hand mit lebhafter Herzlichkeit. Der alte Schwerenöter, der eben noch die Hände seiner früheren Liebe geküßt hatte und dessen Lippen noch feucht waren von dem Jamaika-Rum, den er bei Madame d'Artelles getrunken hatte, drückte diese Hand, wagte aber nicht, sie zu küssen.

Der Berichterstatter Madame d'Artelles, Monsieur de Prosny, hatte nicht übertrieben. Die Señora Vellini war nicht mehr jung und war noch nie hübsch gewesen. Oliva war also keineswegs wie eine strahlende Schwelle, die der übermäßige Stolz vor sich aufgebaut hat, damit man über sie von einer schönen Frau zu einer noch schöneren Frau aufsteigt. Im Gegenteil, es war wie ein plötzlicher Abstieg, wenn man, noch geblendet von der Schönheit Olivas, die häßliche Gestalt der Vellini sah. Der Vergleich überraschte vor allem durch den Kontrast. Die Vellini war klein und mager. Ihre Haut, der es für gewöhnlich an Schmelz fehlte, hatte einen Ton, der fast so dunkel war wie der Wein, den man aus den verbrannten Trauben ihres Heimatlandes keltert. Ihre ohnehin schon schroff vorstehende Stirn wirkte durch eine kleine Vertiefung am Nasenansatz noch gewölbter. Ein zu großer, von blauschwarzem Flaum überschatteter Mund, zusammen mit einer ungewöhnlich flachen Brust, gaben der Señora das Aussehen eines jungen Mannes, der sich verkleidet hat; ja, so sah sie aus, und dieser Anblick enttäuschte zunächst, schockierte auf den ersten Blick, ließ uns, mit unseren an die Konturen des kaukasischen Schädels gewöhnten Augen, sagen, die Señora Vellini sei häßlich; vor allem, wenn man sie so sah, wie der Vicomte sie heute abend sah: blaß vor Langeweile, nachlässig auf ihrem Tierfell liegend, aufgeschreckt aus ihren schweren Träumen, wie ein fieberndes Kind, das für kurze Zeit aus dem Schlaf der Kranken in den Maremmen erwacht. Ihr Kopf, der auf dem geschmeidigen Hals zu weit zurückgesunken war, schien das Gewicht des Körpers mit sich zu ziehen, was ihr ein merkwürdig angespanntes und verkrampftes Aussehen gab. Sie verkroch sich mit einer Art wilden, mißtrauischen, stolzen Scheu in sich, die ihre Häßlichkeit noch mehr überschattete. Sie war wirklich nicht schön … Aber wenn irgendeine Leidenschaft oder eine Laune sie hochschnellen ließ; wenn ein unsichtbarer Trompetenstoß, eine wiedererwachte Regung erstarrter Gefühle ein Zittern durch ihren nervösen, mageren Körper jagte und sie aus ihrem Gedankenschlaf herausriß, dann war sie … nein, nicht schön, das niemals, aber voller Leben – und diese Lebendigkeit wog alle Schönheit der anderen Frauen auf! Ihre Schönheit erschuf der Ausdruck – dieser auf dem Grund unserer Seele verborgene Gott – durch eine überwältigende Metamorphose. Die von ungebärdigem Haar verhangene Stirn, diese enge, eigensinnige, finstere Sklavenstirn, weitete und dehnte sich und beherrschte das Gesicht. Die Nase, deren Ansatz ein Kalmückenmaler gestaltet hatte, endete in halbgeöffneten, feinen, bebenden Flügeln, wie sie der Meißel eines griechischen Künstlers der Verkörperung der Begierde verliehen haben würde. Die Mundwinkel erstarben in wollüstigen Grübchen.

Die Augen mit ihren ungewöhnlich großen, schwarzen, harten, mißtrauischen, lauernden Pupillen, die wie Glutbecken leuchteten, belebten sich mit einem Feuer, das das Tageslicht verbrannte. Es waren teuflische oder göttliche Augen, denn der Mensch verfügt über keine anderen Worte, um ihre verborgene und unergründliche Macht zu beschreiben. Bestimmt waren es solche Augen, durch die das kephtische Distichon inspiriert wurde: »Gib ein Haar mir von dir, damit ich nähe die Augen/Mir zu; nie mehr erblick' schön're, als du mir gezeigt!« In solchen Augenblicken triumphierte die Señora über alle Frauen, die zu jeder Zeit schön waren. Doch die Erregung hielt nicht lange an. Alles erlosch wieder, wenn sie verflogen war. Und die Nacht ihrer Häßlichkeit erfaßte und verschlang die Vellini erneut schweigend und legte sich schwer auf sie – wie ein kalter Basilisk, der sich dort niederläßt, wo er alles aufgezehrt hat …

Um dies schillernde Wesen, das schön und häßlich in einem war, lieben zu können, mußte man ein Poet oder ein verdorbener Mensch sein. Der alte Vicomte besaß keinen Funken Poesie. Daher konnte er die Blitze der Leidenschaft, die die Vellini bisweilen durchzuckten, nicht erkennen; aber da sein sinnliches und sein sittliches Empfinden verdorben, übersättigt und abgenutzt waren, hatte er keine Skrupel, sich mit ihrer Häßlichkeit abzufinden.

»Nun, wie geht es Ihnen, Göttin der Launen?« fragte er mit ungezwungener Vertraulichkeit, indem er sich in einem großen Sessel niederließ, während Oliva verschwand.

»Sie sind genauso launenhaft wie ich, Vicomte«, sagte die Señora, mit der Stimme eines verwöhnten Kindes, das gerade erwacht. »Früher haben Sie mich besucht. Sie haben mich häufig besucht. Sie schienen Wert auf meine Gesellschaft zu legen. Und dann: Basta! Eines schönen Tages verschwinden Sie einfach, man weiß nicht warum, und man sieht Sie nicht wieder … bis heute.«

»Ich war in den Bädern, mein Kleines«, entgegnete der Vicomte, »so daß ...«

»In den Bädern, ohne Unterbrechung, zwei Jahre lang?« unterbrach ihn die Señora, und brach in Lachen aus. »Sie machen sich über mich lustig, Vicomte; solche Entschuldigungen erfindet man nach einem guten Diner!«

»Nach einem Diner? Wieso?« sagte der Vicomte, und riß erstaunt seine grünen Augen auf, wobei er mit seiner Zunge seine Wange ausbeulte. »Wollen Sie damit sagen, ich sei betrunken?«

»Nein, Vicomte, ich weiß, daß sie vorsichtig, um nicht zu sagen vernünftig sind. Sie haben ein krankes Bein, das Ihnen verbietet, sich zu betrinken«, erwiderte sie grausam, denn sie langweilte sich, und um sich die Zeit zu vertreiben hätte sie Prosny dem Tiger vorgeworfen, auf dem sie ruhte, wenn das Tier lebendig gewesen wäre.

»Warte nur, alte Spötterin«, dachte der Vicomte, »deine Anspielungen auf mein krankes Bein werde ich dir gleich heimzahlen.«

Aber die Señora fuhr fort: »Nein, mein guter Vicomte, Sie befinden sich im Zustand vollkommener Nüchternheit; aber Sie haben diniert, gut diniert, vielleicht bei einer alten Maitresse, und nachdem Sie alle Freuden der Tafel genossen hatten, langweilte Sie die traute Zweisamkeit und Sie sagten sich, es wäre amüsant und einmal etwas anderes, wenn Sie bei mir hereinschauten, und so sind Sie gekommen. Der Wein hat Sie zu Ihren Antworten inspiriert und Ihren Geist angeregt – wenn er ihn nicht eher hat verschwinden lassen – und Sie dachten sich: ›Ich werde ihr erzählen, ich sei in den Bädern gewesen, wenn sie mir mein langes Wegbleiben vorhalten sollte‹; und die Wirkung des Desserts verführte Sie vollends dazu, zu denken: ›Sie wird es glauben!‹«

Die Vellini kam der Wahrheit nahe, ohne sie jedoch zu erraten. Sie ahnte nicht, in welcher Mission der alte Fuchs gekommen war, den sie gerade so verletzt hatte, und der, in seiner Eitelkeit gekränkt, ungeduldig darauf wartete, ihr den Hieb, den sie seiner Eigenliebe mit der Anspielung auf sein Bein versetzt hatte, zurückzugeben. Er schwieg eine Minute lang und kam dann energisch zur Sache, indem er geradeheraus fragte: »Besucht Monsieur de Marigny Sie eigentlich noch immer?«

»Gewiß«, entgegnete die Señora unbefangen.

»Aber ist es nicht schon länger her, seit er das letzte Mal bei Ihnen war?« fuhr Monsieur de Prosny fort und fixierte sie mit einem erwartungsvollen, grausamen Blick.

Er schaute auf sie hinunter, weil er auf einem Sessel saß und sie am Boden lag. Sie hatte sich verändert in den zwei vergangenen Jahren. Sie war gealtert. Der Egoist, den sie verletzt hatte, indem sie auf sein körperliches Gebrechen anspielte, sah, daß ihr Scheitel sich verbreitert hatte, und daß sich ein paar Silberfäden in den schwarzen Spiegeln ihrer Haarflechten zeigten. Sie trug eine Seidenbluse ohne Korsett, die nur mit einem Gürtel zusammengehalten wurde. Ihre nackten Füße, die ebenso braun waren wie ihre Wangen, räkelten sich in perlenbestickten Samtpantoffeln. Es war eine verräterische Aufmachung, die leicht erkennen ließ, daß sie nicht mehr fünfundzwanzig Jahre alt war! Das einzig Unvergängliche an ihr war die lässige, jugendliche Anmut, mit der sie ihre kleine Hand um die Goldkralle ihres Tigerfells legte, während sie Monsieur de Prosny zuhörte.

»Vor acht Tagen war er das letztemal da«, antwortete sie. »Er kommt, wann er Lust hat; er ist frei. Wer sieht sich nach zehn Jahren noch jeden Tag?« …

»Und zehn Jahre«, warf der Vicomte ein, »die nicht nur in vollkommener Treue vergingen.« Das war der erste Hieb, mit dem er sich rächte; er würde gleich zum zweiten ausholen.

Sie ließ sich dadurch nicht aus der Fassung bringen und antwortete nicht wie eine Spröde: »Was verstehen Sie schon davon!«, sondern entgegnete gelassen und mit jener Wehmut, die Frauen eigen ist, die das Glück gesucht und dabei nur die Liebe gefunden haben:

»Wir sind beide nicht treu gewesen. Unsere Beziehung war ungewöhnlich«, fuhr sie fort, indem sie laut ihren Gedanken nachhing – denn warum hätte sie diese Dinge dem alten Prosny erzählen sollen? – »wir haben uns mehr gehaßt als geliebt!«

»Nun, um so besser!« sagte der Vicomte, »denn jetzt naht die Auflösung dieser Beziehung, und ich würde nicht gerne sehen, daß Sie unglücklich wären. Sie wissen bestimmt, daß Monsieur de Marigny in Kürze heiraten wird.«

»Ich weiß es, Vicomte«, entgegnete sie ernst, »aber ich weiß es nicht von ihm.«

Der Vicomte betrachtete dieses bronzefarbene Gesicht. Eine Spur von Schönheit, die die innere Erregung erkennen ließ, huschte wie ein Blitz darüber. Aber das Aufleuchten war zu kurz, um von einem so unbedarften Beobachter wie Monsieur de Prosny bemerkt zu werden.

»Ja, ich weiß es«, wiederholte sie und führte dabei plötzlich die Hand, mit der sie die Goldkralle des Tigerfells umfaßt hielt, zum Mund. Sie hatte sich zu heftig auf die scharfe Kralle gestützt und sich daran verletzt, und nun saugte sie in aller Ruhe die blutende Wunde aus. »Von allen Seiten sind *sie* herbeigeeilt, um mir zu sagen, daß Marigny bald heiraten werde. Bei jeder Frau, die er in Ihrer oder meiner Welt gehabt hat, sind *sie* gekommen, um mich zu warnen! Habe ich es nicht immer schon vorher gewußt, schon am Morgen desselben Tages, an dem sich ihm die Frauen abends hingaben? Habe ich ihn nicht häufig zu ihnen zurückgeschickt, wenn er wieder zu mir zurückkam? Diesmal ist es eine Heirat statt einer neuen Liebe.«

»Es ist eine neue Liebe und eine Heirat«, warf der unnachgiebige Vicomte ein.

»Gut! Es ist eine neue Liebe und eine Heirat, wenn Sie wollen«, antwortete sie, »aber es ist keine Auflösung unserer Beziehung. Die Beziehung, die zwischen Monsieur de Marigny und mir besteht, kann nicht aufgelöst werden, Monsieur de Prosny.«

»Wirklich Señora«, sagte Monsieur de Prosny in scherzhaftem Ton, obwohl er innerlich verärgert darüber war, daß diese Frau sich so unangreifbar zeigte, »Selbstsicherheit ist eine wundervolle Sache, und Sie wissen besser als ich, worauf sich die Ihre gründet ... Aber Mademoiselle Hermangarde de Polastron, die Verlobte von Monsieur de Marigny ist schöner als ihre Oliva, und – der Teufel soll mich holen – er ist völlig vernarrt in sie, so daß ...«

»... So daß der Vellini, die alt und häßlich ist«, unterbrach sie ihn voll Ironie, »nichts anderes übrigbleibt, als sich aus dem Fenster zu stürzen, wenn sie Monsieur de Marigny immer noch liebt?«

In dieser Antwort, die sie dem Vicomte gab, schwang zwar Bitterkeit mit, aber in ihren schwarzen Augen, die so grundlos waren wie dichter Samt, der das Licht ohne jeden Abglanz verschluckt, war kein Funken Zorn. Sie waren matt, müde, gleichgültig, aber ebenso ruhig wie bei der Ankunft des Vicomte. Und der arme Mann war so verblüfft über diese unerwartete Ruhe, daß seine Zunge, der keine Antwort einfiel, mit nie gekanntem Eifer seine Wange ausbeulte. Er hatte damit gerechnet, daß sie vor Wut rot anlaufen würde, und er hätte daran als wahrer Liebhaber und Kenner Vergnügen gehabt. Statt dessen legte die launenhafte Señora die allerschönste Kaltblütigkeit an den Tag ... Das war wirklich enttäuschend!

»Dieses Ende wäre etwas hart ...«, sagte de Prosny, der nicht wußte, wie er fortfahren sollte.

»Gewiß!« erwiderte sie, indem sie Stimme und Haltung änderte. »Aber glücklicherweise – oder unglücklicherweise«, fuhr sie in einem klangloseren Ton fort, »gibt es kein Ende.«

Mit bewundernswerter Anmut machte sie eine kleine herausfordernde Bewegung und schleuderte mit der Zehenspitze ihren Pantoffel in die Luft, der, nachdem er sich unter der Decke zweimal um sich selbst gedreht hatte, auf das Bett herunterfiel. Ihre Bewegung enthüllte ein köstliches Bein, dessen Verprechen und Verderbtheit die lüsternen Augen des Vicomte de Prosny wie ein Fußtritt des Teufels traf. Es war eines jener Beine, die dafür geschaffen waren, in den verrücktesten Liebestänzen das Glockenspiel aller Schellenbänder mit einem phantastischen Wirbel erklingen zu lassen, eines jener Beine, um die sich die erregte Einbildungskraft rankt und um die sie sich immer höher emporwindet, wie flammendes Weinlaub um den Thyrsusstab. Spanien wäre in früheren Zeiten fast an einem solchen Bein zugrunde gegangen, damals, als die wollüstige Cava vor den Blicken von König Roderich, der sie heimlich beobachtete, das ihrige mit gelben Bändern schnürte.

»Loses Frauenzimmer!« sagte der alte Prosny mit der flötenden Stimme des Libertins.

»Haben Sie noch mehr zu bemerken?« entgegnete sie in trockenem Ton, indem sie die Falten ihres Kleides mit dem Handrücken um ihre Knöchel wickelte und ihm einen Blick zuwarf, der den Vicomte de Prosny daran erinnerte, daß er in diplomatischer Mission hier war, und nicht den König Roderich zu spielen hatte.

»Jetzt ist ihr Fuß unbekleidet«, fuhr der Vicomte fort, der sich an seine Rolle erinnerte, sich aber nicht dem Bann der Anmut ihres Körpers entziehen konnte. »Ihr Fuß ist unbekleidet wie der einer Magierin, die gleich ihre Zauberformel spricht« – er erinnerte sich daran, daß Madame d'Artelles das Wort »Zauber« gebraucht hatte – »und tatsächlich müssen Sie eine gute und wirksame Formel besitzen, sonst hätten Sie Angst vor der schönen Hermangarde de Polastron.«

»Ja, die habe ich!« sagte sie mit geheimnisvoller und überzeugter Miene, wobei sie den Finger auf den Mund legte wie eine der Hexen in *Macbeth*.

Machte sie sich über ihn lustig? Oder war sie, wie alle Frauen ihrer südländischen Heimat, abergläubisch, und war die Gewißheit, daß die Verbindung mit Marigny ewig dauern werde, vielleicht in diesem Aberglauben begründet? Ihre düstere Stirn gab ihr etwas Wildes, Zigeunerhaftes, Fremdartiges. Sie sang häufig eine Art ungereimter Ballade, die ihre Mutter, als sie mit ihr schwanger war, eines Tages von einer Zigeunerin gehört hatte, die sie, unter einem Kirchenportal zusammengekauert, die ausgemergelte Hand nach einem Almosen ausgestreckt, mit glühenden Augen angestarrt hatte. Ihre Mutter hatte ihr viele Male gesagt, wie sehr sie dieser Frau ähnelte. Aber betraf diese Ähnlichkeit auch die Seele? Und war ihr Denken ebenso wie das dieses vagabundierenden Volksstamms, dem diese Bettlerin angehörte, beherrscht von einem leidenschaftlichen Glauben an Wunder?

Der alte Wüstling des achtzehnten Jahrhunderts nahm allerdings nichts von dieser sprachlosen Poesie wahr, der man ganz zufällig in der Nummer 46 der Rue de Provence mitten im Herzen der geistreichsten und prosaischsten Stadt der Welt begegnete. Er sah in all dem nur Pikanterien und den Ausfluß lasterhafter Vergnügungen. Mit seiner korrumpierten Phantasie deutete er die Worte und die Miene der Señora auf seine Weise:

»Sie sind zwei mächtige Halunken!« sagte er mit einer Heiterkeit, die erkennen ließ, mit welcher Lüsternheit er an sie und Monsieur de Marigny dachte. »Um so fest zusammenzuhalten, muß man eine gemeinsame Sünde begangen haben.«

5. KAPITEL

Das Lebewohl

Der Vicomte de Prosny blieb bis halbzwölf Uhr bei der Señora, aber er umschmeichelte sie vergeblich mit dem Ambraduft seines Parfüms, es gelang ihm nicht dahinterzukommen, was in der Vellini vorging. Er hegte den Verdacht, daß sie verzweifelt und daß ihre Selbstsicherheit nur gespielt sei. Wenn sie nicht erst durch ihn von der Heirat Monsieur de Marignys erfahren hatte, wenn sie es wirklich schon wußte, dann war der Plan Madame d'Artelles zum Scheitern verurteilt. Wie anders war es zu erklären, daß die Señora ruhig auf ihrem Tigerfell liegenblieb, anstatt sich selbst in eine Tigerin zu verwandeln, anstatt in ein Wutgeheul auszubrechen, das Madame de Flers hinreichend von der Gefahr und der Lächerlichkeit hätte überzeugen können, die eine derartige Frau über Hermangarde heraufbeschwören würde, wenn sie Marigny heiratete ...? In jedem Fall war die Reaktion eine herbe Enttäuschung. Sie hatte sich nicht einmal gerührt, sie hatte nicht geschrien, sie hatte nichts kaputtgemacht. Sie hatte auch nicht einen Hauch jener schönen Wutausbrüche gezeigt, die man Karl dem Kühnen anläßlich der Niederlage von Granson nachsagte; früher war de Prosny, wie er sich zu erinnern glaubte, aus wesentlich geringfügigeren Anlässen häufig Zeuge solcher Anfälle geworden – die Vellini konnte entsetzlich heftig reagieren. Sein erster Besuch war nicht gerade ein glänzender Erfolg, das spürte er genau. Und seine Laune wäre wahrscheinlich unausstehlich gewesen, wenn er nicht so vortrefflich gespeist gehabt hätte.

Als er aufbrach, traf er Monsieur de Marigny auf der Treppe. Sie begegneten sich häufig in Gesellschaften. Als sie aneinander vorbeigingen, grüßten sie sich.

»Nanu!« sagte Monsieur de Prosny mit einem breiten Lächeln auf seinem zahnlosen Mund. »Sind Sie Ihrer schönen Verlobten heute untreu, Monsieur de Marigny? Sind Sie nicht bei Madame de Flers?«

»Und Sie, Monsieur?« antwortete Marigny in kaltem, spöttischem Ton, »sind Sie etwa bei Madame d'Artelles?«

»Ich habe dort diniert«, entgegnete der Vicomte, »aber nach dem Essen und dem Kaffee gehe ich gerne ein paar Schritte in der frischen Luft und da dachte ich, ich schaue kurz bei der Señora vorbei. Ich habe sie lange nicht mehr besucht und ich finde sie sehr gealtert, sehr verändert, die gute Dame«, und er beulte seine Wange mit seiner Zunge aus, als sei er tatsächlich verblüfft gewesen über das veränderte Aussehen der Vellini. »Mit Ihrer Heirat, die für die Señora ebenso überraschend sein muß wie für Sie, werden Sie dem armen Teufelsweib den Todesstoß versetzen, *so daß …, so daß* … ich dachte, ein Beidleidsbesuch …«

»… Im voraus …«, unterbrach ihn Marigny.

»… wäre eine Aufmerksamkeit seitens eines alten Freundes«, fuhr der Vicomte fort, als habe er den Einwurf Marignys nicht gehört; »denn trotz allem habe ich die Señora immer gerne gemocht. Sie ist im Grunde ihres Herzens ein gutes Mädchen, auch wenn sie ätzend wie Salpeter ist, ein gutes Mädchen, wie ich schon sagte. Im übrigen würde selbst das allersanfteste fromme Schäfchen nicht ruhig zusehen, wenn es nach einer Erbpacht von zehn Jahren einfach sitzengelassen wird. Zehn Jahre! Du lieber Himmel! Das ist eine Art Verjährung, das ist fast ein unveräußerliches Eigentumsrecht, so daß … ich meinen Degen darauf verwetten möchte (der ehemalige Raufbold schlug bei de Prosny immer wieder durch), daß Sie nicht so schnell mit der wütenden Katze fertig werden, die sie Ihnen zwischen die Beine werfen wird, mein armer Marigny!«

»Glauben Sie?« sagte Marigny in geringschätzigem Ton von oben herab. »Nun, das wird sich zeigen, Monsieur de

Prosny!« Und grüßend ging er die Treppe hinauf, während der Vicomte sie hinabging, die Nase in die Falten seines Mantels vergraben, wie ein Reiher seinen Schnabel in seinen Federn verbirgt, und murmelte:

»Auch wenn sie geschwiegen hat, diese teuflische Señora, die man der Folter der Inquisition aussetzen müßte, wenn man sie zum Reden bringen wollte, so habe ich doch genug gesagt, daß sie diesen Marigny, der sich seiner Sache ziemlich sicher zu sein scheint, gestiefelt und mit Stolz gespornt empfangen wird! Nur zu, nur zu, heute abend wird es Streit im Lager Agramants geben!«

»Intriganter Alter«, dachte Marigny, indem er weiter die Treppe hinaufstieg. Der Besuch des Vicomte bei der Vellini, nachdem er sie so lange vernachlässigt hatte, gefiel ihm nicht. Ihm war nicht entgangen, welche Antipathie Madame d'Artelles gegen ihn entwickelte, auch wenn sie diese zu verbergen suchte. Er ahnte, daß die Comtesse etwas im Schilde führte, und daß ihr alter Verehrer ihr als Werkzeug diente. Beim Eintreten überraschte er die Señora in einer Haltung und mit einem Gesichtsausdruck, die ihm jeden Zweifel nahmen und ihm Klarheit verschafften.

Nachdem der Vicomte sie verlassen hatte, war die Vellini auf ihr Tigerfell zurückgesunken. Sie lag nicht mehr halbaufgestützt da sondern flach auf dem Rücken, wie eine Tote oder eine Sterbende. Ihr Gesicht hatte sie mit einem Taschentuch bedeckt, zweifellos um dessen aufgewühlte Züge vor Oliva zu verbergen. Sie war so niedergeschlagen oder so in sich gekehrt, daß sie den wohlvertrauten Schritt Marignys nicht hörte, als dieser die Portiere hob und eintrat; unbeweglich und verdüstert blieb sie liegen.

Über ihren nach hinten geworfenen, so biegsamen und geschmeidigen Körper lief ein Zucken, das Marigny nicht entging, und das Ausdruck einer inneren Anstrengung oder eines Angstgefühls war.

Er trat zu ihr, schob seine Hände entschlossen und sanft unter sie und hob sie mitsamt ihrem Tigerfell hoch, wie eine Mutter ihr Kind mitsamt dem Bettzeug hochnimmt.

»Fühlst du dich nicht wohl? Was fehlt dir denn?« fragte er sie, indem er das Taschentuch von ihrem Gesicht zog.

»Mir fehlt nichts«, sagte sie, und wagte diese Lüge im Glauben, sie habe sich in der Gewalt.

Aber er trug sie vor einen Spiegel und sagte:

»Sieh nur, wie du lügst«, indem er ihr leichenblasses Gesicht ihren Worten entgegenhielt.

Was für eine schöne, stolze Gruppe, trotz allem – diese Frau mit ihren nackten, braunen Beinen und dem bekümmerten Gesicht, das keine Träne verlor, in den Armen des an ihrem heimlichen Schmerz teilnehmenden barhäuptigen, immer noch in seinen Mantel gehüllten Mannes, über dessen Füße das Tigerfell mit den goldenen Krallen herabhing.

»Laß mich, Ryno«, sagte sie, und richtete sich heftig auf, als schämte sie sich, daß ihr Gesicht sie verriet.

Ryno war der Vorname Monsieur de Marignys. Er war in den letzten Jahren des Kaiserreichs zur Welt gekommen; das war die Zeit, in der die Gedichte Ossians ihren Siegeszug hielten, und so hatte man ihn nach einem der Helden Macphersons genannt. Für jeden anderen als ihn wäre dieser Name einer Idealfigur lächerlich gewesen, aber für die Gestalt und das Aussehen eines Mannes von beinahe überwältigender Vornehmheit, dessen Leben, dessen Vermögensverhältnisse und dessen Abenteuer in Dunkel gehüllt waren, paßte er ausgezeichnet.

De Marigny war offenbar an das ungebärdige Verhalten der Señora gewöhnt, denn er preßte sie weiter gegen seine Brust – mit einiger Anstrengung, gewiß, aber es gelang ihm.

»Nein, nein!« sagte er, »warum willst du dich von mir losmachen? Was hat diese alte Klatschbase von Vicomte dir denn gerade erzählt, daß deine böse Stirn so verstört aussieht?« fügte er mit unbeschwerter Heiterkeit hinzu, indem er sich auf den Diwan setzte und sie auf den Schoß nahm.

»Er hat mir nur gesagt«, antwortete sie ernst, »was ich schon wußte, was du mir selbst gesagt hast. Er dachte, er erzähle mir etwas Neues, wenn er mir von deiner Heirat mit Mademoiselle de Polastron berichte.«

»Stolze Seele, wie muß er dich gekränkt haben!« entgegnete Marigny.

»Mich?« sagte sie mit blitzenden Augen und einer Stimme, die Medeas würdig gewesen wäre. »Lassen sich stolze Seelen etwa vom erstbesten Hergelaufenen kränken?« Und die Verachtung, die in ihr aufstieg, gab ihr jene großartige Schönheit, die diesem häßlichen und unansehnlichen Wesen immer wieder eine so unglaubliche Allmacht verlieh.

War es diese Schönheit, die wie eine Fackel aufflackerte, die Monsieur de Marigny überwältigte, oder waren es Erinnerungen, die die Vergangenheit wieder aufleben ließen? Jedenfalls wurde der Geliebte der schönen Hermangarde seiner Verlobten für einen Augenblick untreu und küßte seine alte Maitresse.

Sein Kuß wurde leidenschaftlich erwidert, aber so, als verhielten sich in Vellini Liebe und Haß auf gleiche Weise wie Häßlichkeit und Schönheit.

»Laß mich!« wiederholte sie, dieses Wesen, das alle Kontraste in sich vereinte. »Ich will deine Küsse nicht, ich verabscheue dich, ich hasse dich.«

Sagte sie die Wahrheit ...? Manchmal gebrauchen Frauen solche Worte, die ihren Gefühlen widersprechen, um den Eindruck zu erwecken, sie hätten sich nicht aus freiem Willen hingegeben. Das steigert den Stolz des Liebhabers – und den Genuß; aber solche Berechnungen waren ihr fremd.

»Ja, ich hasse dich!« wiederholte sie, ganz blaß von diesem Kuß, der ihr durch Mark und Bein gegangen war. »Ich hasse dich, wie jedes stolze Wesen, das zur Freiheit geboren ist, das Schicksal hassen muß, dem es unterworfen ist. Schon so lange bist du mein Schicksal! Wirst du es für immer bleiben? Wird in meinem Leben nie der Zeitpunkt kommen, wo ich diese Fessel abwerfen kann?«

»Glaube mir, Vellini, er wird einmal kommen«, entgegnete Marigny, ohne Verwunderung oder Wut erkennen zu lassen.

Ein merkwürdiges Paar, von dessen Lippen, die sich eben geküßt hatten, solche Worte kamen, Worte, die unwahrscheinlicher zu sein schienen, als die beiden Fabeltiere, auf deren Rücken sie saßen!

»Oh, ich glaube dir nicht«, sagte sie. »Habe ich nicht schon hundertmal versucht, mich ganz von dir zu lösen? Und auch du hast schon versucht, dieses verhängnisvolle Band zu zerreißen. Haben wir es jemals vermocht, Ryno? Ist es nicht über uns, um uns, in uns, verschlungen und verknotet wie eine Schlange. Nichts hat geholfen. Nicht der Schmerz, den du mir zugefügt hast, nicht das Glück, das mir andere schenkten. Ich habe darunter gelitten, wenn du mich jüngerer und schönerer Frauen wegen verlassen hast; aber ich habe mich jedesmal darüber hinweggetröstet. Auch ich habe geliebt, oder ich habe es zumindest versucht, solange du eine andere liebtest. Aber unsere zerrissene Verbindung hat sich immer wieder erneuert, um wieder zu reißen und aufs neue geknüpft zu werden! War es Laune? War es Gewohnheit? Es war etwas weniger oder etwas mehr als Liebe. Wenn ich auf dich wartete, bist du zurückgekehrt, als ob wir es geahnt hätten: ich deine Rückkehr, du meine Erwartung! Jetzt heiratest du ein junges Mädchen, das du liebst. Ich liebe dich nicht mehr, das weiß ich. Und trotzdem sind wir hier zusammen, am selben Ort, an dem wir uns seit zehn Jahren treffen! Ich hatte ganz recht, als ich vorher, gerade ehe du hier eingetroffen bist, zum Vicomte, der mir mit der Nachricht von deiner Heirat das Herz durchbohren wollte, sagte, unsere verhängnisvolle und traurige Beziehung sei unauflösbar!«

»Und doch muß sie gelöst werden, Vellini«, sagte Marigny mit der Entschiedenheit eines Mannes, der sich jede Schwäche vorwerfen würde. »Auch wenn wir aufgehört haben, uns zu lieben, so begegnen wir uns doch immer noch offen und ehrlich. Man betrügt einander nicht, wenn man einen kleinen Rest Stolz besitzt und sich im übrigen gar nicht mehr liebt. Heute abend, Vellini, bin ich gekommen, um das zu tun, was ich die anderen Male, als ich dich verlassen habe, nicht getan habe: Ich bin gekommen, um dir ein allerletztes, unwiderrufliches Lebewohl zu sagen.«

»Du überschätzt deine Seelenstärke, Ryno, wenn du glaubst, es gäbe ein Lebewohl für immer«, sagte sie, und klammerte sich in ihrer Verzweiflung an diese Hoffnung. »Du wirst zu mir zurückkehren! Ich sage dir ohne freudiges Beben, ohne Stolz und ohne siegessichere Eifersucht voraus: Du wirst das Herz des jungen Mädchens, das du heiratest, zertreten, um zu mir zurückzukehren.«

»Nein«, erwiderte er, »nein! Ich kenne deine Macht, Vellini; aber ich liebe dieses jungfräuliche, reizende Kind, das in einer Gesellschaft lebt, die mir mit Mißtrauen begegnet, und das sich mir trotzdem anvertraut hat. Ich werde niemals zulassen, daß sie dafür, daß sie mich geliebt und erwählt hat, unendlichen Leiden ausgesetzt wird.«

»Ach ja«, sagte sie. »Es ist anständig und edel von dir, so zu denken. Aber was gibt dir angesichts der vielen Frauen, die du in den letzten zehn Jahren geliebt hast, das Recht, an die Dauerhaftigkeit selbst deiner großherzigsten Gefühle zu glauben?«

»Oh«, antwortete Marigny, durchdrungen von schwärmerischer Hingabe, »so wie sie habe ich noch niemals jemanden geliebt, nicht einmal dich, Vellini, nicht einmal dich! Die Gefühle, die du in meinem zwanzigjährigen Herzen zum Brodeln gebracht hast, hat sie in einem alten, verbrauchten, dreißigjährigen Herzen neu belebt. Sie hat die Fähigkeit zu lieben, ebenso frisch, reich und überschäumend wie in den ersten Tagen der Jugend und des Lebens in mir wiedererstehen lassen. Nein! Noch nie habe ich jemanden mit einer vergleichbaren Liebe geliebt. Meine Sinne, meine Einbildungskraft, meine Launen und die Bedürfnisse meines Herzens sind nicht alle gleichzeitig von einem Tag auf den anderen dahingeschwunden, sie haben mich nach den unterschiedlichsten Richtungen gezogen. Aber einen Teil meiner selbst habe ich immer zurückbehalten. Diese Hälfte war es, die zu dir zurückkehrte, Vellini! Jetzt ist eine Rückkehr unmöglich. Hermangarde besitzt mich ganz.«

»Kannst du das beschwören?« fragte sie mit einem herausfordernden Lächeln, dessen Hohn er verstand.

»Ach, der Kuß von vorhin!« erwiderte er. »Habe ich dir nicht gesagt, daß ich deine in manchen Augenblicken unerwartet aufscheinende, unbezwingbare, seltsame und unerklärliche Macht kenne, die keine Liebe, die nicht einmal die Erinnerung an Liebe is? Selbst vor ihr will ich fliehen, Vellini. Ich werde es geschickter machen als der Sultan, der einen Säbel zwischen sich und seine Maitresse legte. Ich werde eine große Entfernung zwischen uns legen, das beste Schwert, das es gibt, um alle Bande des Herzens zu zertrennen.«

»Ach, wenn du nur recht hättest!« rief sie. »Wenn wir doch voneinander entfernt leben könnten, du glücklich, und ich wenigstens frei! Es wäre besser gewesen, wenn wir uns nie geliebt hätten, du weißt es. Solange unsere Liebe dauerte, hat sie nur Gewitterstürme hervorgebracht, wahnsinnige Rauschzustände und unendliche Angstgefühle. Als sie zu Ende war, sind die Ängste geblieben. Und wenn ab und zu die alten, unbegreiflichen Rauschzustände aufflackerten, ach!, wie haben wir sie dann verdammt! Mein Gott, was für ein Leben haben wir geführt! Nie fanden wir Ruhe. Es gab nur Mißverständnisse, Streit, schlaflose Nächte. Ryno, warum mußten wir uns lieben? Unsere Seelen verletzten einander, wenn sich unsere Körper umarmten. Sie glichen sich zu sehr. Ich bin genauso stolz und genauso herrschsüchtig wie du. Das erklärt vielleicht unsere anhaltende, ruhelose, grausame Beziehung. Aber könnte es nicht sein, daß sie gerade deshalb ewig dauern wird, Ryno? Bist du vielleicht immer zu mir zurückgekehrt, weil deine stolze Seele die meine nicht demütigen konnte, und weil es dir keine Ruhe ließ, daß es dir nicht gelungen war, sie zu knicken und zu besiegen? Ach, mein Freund, du brauchst eine sanfte und zärtliche Frau, die dich selbstlos liebt; über eine solche Seele kannst du herrschen, an ihr kannst du deine Großmut beweisen.«

»Ich habe sie gefunden«, sagte Marigny. »Ich werde sie in wenigen Tagen heiraten und mit ihr weggehen.«

»Lebewohl, Ryno!« rief Vellini. »Geh, verlasse mich für immer. Du siehst, ich bin nicht mehr eifersüchtig. Diese Hermangarde de Polastron, von der du mit der Begeisterung deiner jungen Jahre sprichst, flößt mir weniger Eifersucht ein, als die Comtesse de Mendoze, die du womöglich nicht einmal geliebt hast. Ich bin ruhig wie ein erloschener Vulkan. *Florinda perdio su flor*. Ja, Lebewohl, Ryno, du kannst gehen. Du hast recht, das einzig wirksame Mittel, eine Verbindung aufzulösen, die schon zu lange gedauert hat, ist, sich voneinander zu entfernen. Wenn du bleiben würdest, könnte dich die Langeweile deiner Seele eines Abends zu der traurigen Vellini zurücktreiben, und wir würden das verhaßte Joch erneut auf uns nehmen. Ach! Ich kann unmöglich glauben, daß wir uns nicht eines Tages wieder darunter beugen werden ... Weißt du warum?« fügte sie hinzu, und ein Lächeln begleitete ihren unergründlichen Blick.

»Was soll das! *Hast du noch immer diese verrückte Idee?*« entgegnete Ryno.

»Ja, die ganze Zeit! Aber du weißt, daß es keine verrückte Idee ist!« sagte sie mit kaum hörbarer Stimme, als spräche das Schicksal tief in ihrem Innern.

Sie redete nicht mehr in dem hochfahrenden Ton, den sie Monsieur de Prosny gegenüber angeschlagen hatte. Sie sprach dieselben Empfindungen aus, aber nicht mehr mit jener Bestimmtheit und mit jenem hocherhobenen Haupt. Sie war wieder in ihren wahren Zustand tiefer Traurigkeit zurückgesunken. So stolz ihr Herz auch war, vor Marigny brauchte sie ihre Verwundung nicht zu verbergen. Sie konnte ihre Ermattung zeigen. Teilte er sie nicht mit ihr? Litt er nicht unter derselben Versklavung? Empfand er nicht denselben brennenden Wunsch wie sie, sich aus diesem Zustand zu befreien ...?

Es war ein langer, kalter Abschied ohne Tränen, Umarmungen, erstickte Schluchzer, letzte Zärtlichkeiten. Marigny war wieder zum Geliebten Hermangardes geworden. Die jähe Schönheit der Vellini hatte sich in ihrer seelischen Niedergeschlagenheit verloren. Sie besaß keinerlei Reiz mehr. Ihre Waffen waren stumpf geworden, sie brachte nicht einmal mehr jenen Haß auf, den sie gerade noch geäußert hatte, als sie sich unter dem brennenden Kuß aufbäumte. Sie war wie von Überdruß gelähmt. So, wie sie dasaß, in sich gekehrt, mit ihrem ausdruckslosen, blassen Gesicht, auf dessen Wangen sich keine Röte mehr zeigte, verkrampft und zusammengekrümmt wie ein gelbes, welkes, verschrumpeltes Blatt, auf dem sich jeden Tag mehr Staub ansammelt, mit eingefallenen Schläfen, starrem Mund und über den finster blickenden Augen gerunzelten Brauen, glich sie jener Zigeunerin, die einen so starken Eindruck auf ihre Mutter gemacht hatte. Auf ihren früheren Geliebten wirkte sie wie zu Eis erstarrt. Er hielt sie nicht mehr auf seinem Schoß, ihre Arme hatten sich gelöst, und sie saßen weit auseinander auf dem grünen Diwan – auf den Hippogryphen, jenen Symbolen einer Liebe, die sie nicht mehr auf ihren Flügeln in die Lüfte tragen würde!

Sie wußten nicht, wie lange sie in dieser gedankenschweren Stille verharrten. Der Abend rückte vor, und als Oliva, verwundert darüber, daß kein Laut aus dem Zimmer ihrer Herrin drang, schließlich dort eintrat, sah sie die beiden aufrecht vor dem erlöschenden Feuer stehen. Monsieur de Marigny legte sich seinen Mantel, der auf den Diwan geglitten war, um die Schultern. Er war im Begriff zu gehen. Die Señora zeigte keine Regung.

»Leuchten Sie Monsieur de Marigny«, befahl sie Oliva, »und bringen Sie mir das Kästchen aus Sandelholz, wenn Sie zurückkommen; es steht auf der Étagère in meinem Schlafzimmer.«

»*Buenas tardès*«, fügte sie in ihrer Muttersprache hinzu. Mit diesen Worten verabschiedete sie Monsieur de Marigny seit Jahren jeden Abend, wenn er sie verließ.

»*Conquè vamos*!« antwortete er mit einem Akzent, den er von ihr gelernt hatte. Und ohne einen Händedruck – sie reichte ihm nicht die Hand – folgte er Oliva in einer merkwürdigen, zwiespältigen Verfassung, die nur diejenigen kennen, die mit dem gebrochen haben, was lange Zeit ihr Leben war, und die keine Rührung mehr empfinden können.

Oliva kam mit dem Kästchen zurück.

»Zünden Sie das Feuer noch einmal an«, sagte die Señora, und sie öffnete die kostbare Schatulle.

Sie holte ein in Gold eingefaßtes Medaillon heraus. Es war ein wertvolles Portrait von Marigny, das sie früher getragen hatte.

Das Feuer flammte dank der Bemühungen Olivas wieder auf.

Mit einer pantherartigen Bewegung schleuderte die Vellini Medaillon, Portrait, Gold und alles ins Feuer. Das Gold schmolz; aber die Geschwindigkeit mit der die Flammen das zarte Bild verschlangen, reichte nicht aus, um ihrer brutalen Anwandlung Befriedigung zu verschaffen, und so griff sie zum Schürhaken und hieb damit wie rasend auf die Stelle ein, wo das Bild verschwunden war, und die glühenden Kohlen barsten und zersprangen unter ihren Schlägen. Und das Unerwartete geschah: Sie wurde wieder schön! Bei ihrem jähzornigen Treiben hatten sich ihre Flechten gelöst, und ihre Haare fielen über ihre mageren Schultern herab. Die alles verzehrende Glut im Kamin war bleich, verglichen mit dem Feuer, das aus ihren Augen sprühte.

Sie hieb immer wieder auf die Glut ein. Für eine fast ähnliche Handlung war Lord Byron von dem weisen, vernünftigen England für verrückt erklärt worden; aber Oliva war trotz ihrer feuerroten Haare keine Engländerin. Sie stand seit vier Jahren in den Diensten der Señora, und sie überließ diese stillschweigend ihrer Laune, ohne sich verwundert zu zeigen … Zweifellos hatte sie schon ganz anderes erlebt …

»Señora«, sagte sie, als die Barbarin ihr Zerstörungswerk vollendet hatte, »Monsieur de Clérisy wartet auf Sie im Salon.«

»Das ist mir egal!« rief die herrische Spanierin. »Er mag warten oder gehen; ich will die Nacht hier zubringen.« Und aus der Schatulle, die offengeblieben war, griff sie sich einen kleinen in Facetten geschliffenen Flakon, entkorkte ihn und trank ihn in einem Zug leer.

»Aber Señora«, sagte die Zofe, »er wartet schon seit zwei Stunden voll Ungeduld auf Sie. Er hat zehnmal nach Ihnen gefragt.«

»Schlimm für ihn!« sagte sie mit dem Stolz derjenigen, die ihre Fesseln abgeschüttelt hat. »Ich bin frei, ich gehorche niemandem mehr.« Und sie legte sich auf ihren Diwan.

Ihr Stolz gab sich einer Selbsttäuschung hin, denn wem – wenn nicht sich selbst – hatte sie jemals gehorcht?

6. KAPITEL

Die Neugierde einer Großmutter

Von allen Glückserfahrungen ist das Glück der Tage unmittelbar vor unserer Hochzeit das schönste, reizendste, ungetrübteste und auch das kostbarste. Es ist wirklich vollkommen; nichts fehlt ihm, – nicht einmal der Hauch von Melancholie, der das Glück, ähnlich wie der samtene Flaum den Pfirsich, überschattet, wenn man beim Kauf von Juwelen und Armreifen, die das Symbol der Ringe sind, auf sein Junggesellenleben zurückblickt. Jeden Morgen schickt man seiner Braut für sechzig Francs oder mehr, je nach der Jahreszeit, die schönsten Blumen, die sie, in zärtliche Träume versunken, über den Spitzen ihres Handarbeitskorbs entblättert: ein letzter Strahl von Ritterlichkeit, der über den Blumen, zusammen mit ihnen, vergehen wird; eine letzte Huldigung, die die egoistischen Männer noch einmal der Frau erweisen, die sie lieben – oder die sie nicht lieben –, die sie aber heiraten!

Diesem frommen Kult, den man der Jungfrau, die eine Madonna werden wird, erweist, oblag Monsieur de Marigny, ein Beaux jener Zeit, mit einer um so inbrünstigeren Hingabe, als er einer echten Liebe entsprang. Das, was so viele gefühllose Männer aus gutem Geschmack, aus Stolz oder aus dem Gefühl einer höheren Eleganz tun, tat er ebenfalls und aus denselben Gründen, aber auch aus einem weiteren Grund, der der beste ist: aus wahrer Leidenschaft! Auch ohne diese Liebe hätte er in den Augen der Gesellschaft und gemessen an deren Kriterien den charmantesten Verlobten abgegeben, aber er liebte wirklich … und diese Liebe gab noch den kleinsten Beweisen seiner Zuneigung einen unendlichen Wert und verklärte sie. Seine lebhaft drängenden Gefühle, die gebremst wurden durch die Schranken, die die gesellschaftlichen Konventionen vor der Neigung errichten, hinterließen auf allen Dingen den Widerschein seiner unterdrückten Glut und seiner entsagungsvollen Zurückhaltung. Er bewies seine Kraft durch das Geschick, mit dem er die konventionellen Regeln einhielt; da er Hermangarde seine Zärtlichkeit nicht offen zeigen und sie einfach in die Arme nehmen konnte, huldigte er ihr auf andere Weise und fand Mitteilungsformen, die an die Stelle der überwältigenden Sprache der Liebe traten, die ihm noch verschlossen war und deren glühende Worte er erst in einigen Tagen aussprechen durfte. Ryno de Marigny überschüttete seine Verlobte mit zahllosen Aufmerksamkeiten, mit jenen reizenden, heiteren Arabesken, die einer Frau, ebenso wie die Blicke und die Schritte des Geliebten, zeigen, daß seine Gedanken nur noch um sie kreisen, und er mischte so viel von seiner Seele in diese obligatorischen Galanterien, die von jedem Mann, der auf sich hält, erwartet werden, und die sonst oft die Dolmetscher eines Herzens sind, das gar nicht liebt, daß sie wie der Vorgeschmack kommender Liebkosungen waren. Diese kleinen Galanterien haben für die Frauen eine große Bedeutung. Frauen verstehen es besser als Männer, mit ihren tiefsten Gefühlen zu spielen, ohne daß diese darunter leiden, und daher sind sie im allgemeinen sehr empfänglich für die Äußerung eines kraftvollen, leidenschaftlichen Gefühls, das neben seinem Zauber auch noch Leichtigkeit und Charme ausstrahlt. Vor allem die Marquise de Flers besaß diese Empfänglichkeit. Sie war zur Zeit Ludwigs XV., des »Vielgeliebten«, geboren, sie war mehr Frau als jede andere Frau, und sie bewunderte, mehr als Hermangarde, die zu verliebt war, um irgend etwas wahrzunehmen, die Kraft und die Stärke dieser Liebe, die sich immer neu und auf die vielfältigste Weise auszudrücken verstand und wie ein stets zu Verwandlungen bereiter Proteus die Kunst der Metamorphosen beherrschte.

Aber obwohl Madame de Flers sich immer aufs neue von diesen Aufmerksamkeiten beeindrucken ließ, dachte sie doch unablässig an die alarmierenden Äußerungen Madame d'Artelles! Sie war den Vorwürfen gegen ihren zukünftigen Enkelsohn noch nicht nachgegangen. Warum hatte sie bisher gezögert? Hatten sich ihre anfänglichen Hoffnungen, alles aufklären zu können, zerschlagen? Hatte sie ganz darauf verzichtet, etwas in Erfahrung zu bringen? Selbst wenn sie die vertraulichen Hinweise ihrer Freundin hätte vergessen wollen, hätte sie das nicht gekonnt unter dem Einfluß einer Frau, die so voreingenommen war, wie die Comtesse, die sie ständig in Unruhe versetzte und sie jeden Tag aufs neue mit dem Netz ihres Mißtrauens umspann, die ihr sichere Beweise dafür versprach, daß die Verbindung zwischen Vellini und Ryno immer noch bestand, die diese Beweise zwar noch nicht erbracht hatte, die sie aber immer noch erbringen wollte. Im übrigen verhehlte sich Madame de Flers nicht, daß eine solche Verbindung, wenn sie wirklich existierte, Hermangarde in ein Unglück stürzen würde, für das die Gesellschaft nur grausamen Spott oder falsches Mitleid übrig hätte. Madame d'Artelles ihrerseits, die sah, daß sie die Informationen, die sie ihrer Freundin täglich so lauthals angekündigt hatte, nicht erhielt, mußte befürchten, daß die nachsichtige Marquise wieder sanft in das weiche Daunenlager ihrer anfänglichen Sicherheit zurücksinken werde. Wie wir gesehen haben, war der Spürhund der Comtesse d'Artelles ohne Beute zurückgekehrt. Vellini hatte sich keine Blöße gegeben. Sie hatte bei der Nachricht von Marignys Heirat weder gekränkte Liebe noch Ressentiments erkennen lassen, und dabei hatten die Comtesse und der Vicomte erwartet, sie werde die schrillen Schreie eines verwundeten Adlers ausstoßen. Nach seinem ersten Besuch war Monsieur de Prosny noch einmal zu dieser »Person!«, wie die Geburtsaristokraten die Señora mit ihrer heuchlerischen Moral nannten, zurückgekehrt. Aber diese »Person« hatte den sehr ehrenwerten und sehr durchtriebenen Vicomte mit ihrer scharfzüngigen Schlauheit, dem brutalen Takt der Frauen, den sie in hohem Maß besaß, hinters Licht geführt. Er erfuhr nicht, daß die beiden Liebenden sich im gegenseitigen Einverständnis getrennt hatten. »Marigny«, äußerte er Madame d'Artelles und Madame de Flers gegenüber, die ihn offen sprechen ließen, »Marigny wird also eine junge Frau und eine alte Maitresse haben. Ich habe schon öfter solche abgestumpften Gaumen getroffen, die wieder zum Pfeffer zurückkehrten, wenn sie sich an Ananas sattgegessen hatten.« Die Damen schrien bei diesen entsetzlichen Worten laut auf, aber diese waren ein Grund mehr dafür, daß die Marquise endlich einen Entschluß faßte.

Sie faßte ihn, wie es ihr als Frau mit Herz und Verstand entsprach. Sie vermied die krummen Wege der Hinterlist, des Herumspionierens und falscher Vorsicht, die Madame d'Artelles eingeschlagen hatte; sie hielt es für besser, das Problem geradewegs und kurzentschlossen anzugehen. Sie tat das, was auf der Hand lag und vermied so ohne Mühe alle Komplikationen; sie handelte wie die großen Diplomaten, die, entgegen ihrem Ruf, fast nie Listen gebrauchen, sondern durch die Klarheit ihrer Entscheidungen Erfolg haben. Im Grunde schätzte sie Monsieur de Marigny sehr, ohne genau sagen zu können warum, einfach aus Intuition, aus einer bestimmten Ahnung heraus, die Frauen mit einem sicheren Taktgefühl besitzen. Auf edelgesinnte Wesen übte Marigny immer eine ungeheure Anziehungskraft aus. Nur gewöhnliche Menschen machte er sich zum Feind. Diese schockierte er durch seine bloße äußere Erscheinung. O, mein Gott, wirklich, er schockierte sie, diese Empfindsamen! Man mußte sie nur reden hören. Sie kritisierten seine Kleidung, seine Physiognomie, seine ganze Erscheinung – die schlimmste Kritik, die einem Angehörigen der besseren Gesellschaft widerfahren kann. War es weiter verwunderlich? Bei den gleichmacherischen, neidvollen Sitten unserer Tage möchte man manche Physiognomien wie Kronen zerstören. Das ist das Königsrecht des Pöbels, das ihm heilig ist und an das er nicht mehr glaubt. Monsieur de Marigny hatte das Pech und befand sich in der gefährlichen Lage, eine dieser auffallenden Persönlichkeiten zu sein, deren ganzes Wesen sich nicht nur in den Gesichtszügen, sondern auch in Gestalt und Haltung ausdrückt. Wie sie über ihn herzogen, diese männlichen und weiblichen Klatschbasen, die mit ihrem Jargon die Meinung der Pariser Salons bestimmen! Der braune, durchsichtige, zartgoldene Schleier seines orientalischen Schnurrbarts, der über seine Lippen herabfiel, verberge nur schlecht den hochmütigen Zug seines Mundes. Seine Haare, die er zu lang trage und mit einer Sorgalt pflege, die unter der Würde eines geistvollen Mannes sei, gäben diesem Gesicht, meinte der Tratsch, einen zu theatralischen Ausdruck, und die Lichter der Intelligenz verlören sich im Schatten der verhangenen Flächen. Seine Augen schließlich – das einzige, was wirklich schön an ihm sei –, diese Augen, die nach Anerkennung dürsteten wie der Tiger nach Blut dürstet, blickten zu starr und unverschämt. All das sei nicht *gentleman-like*, flöteten diese schwachsinnigen Dandys über den Kothurnen ihrer Halsbinden, auf denen sich ihre Hohlköpfe erhoben. Aber die Damen hatten eine andere Meinung, die sie nicht äußerten. Wie die Hirtin in der Fabel liebten sie diesen Liebhaber mit der langen Mähne. Oft schon hatten sich diese Augensterne, in denen unter den faltigen und müden Lidern das unerbittliche und unendliche Licht der vom Wind verwehten Sandwüste leuchtete, sanft und zärtlich auf sie geheftet. Wenn es ihnen gelang, sich über das allgemeine Urteil hinwegzusetzen, so erlagen sie der magnetischen Anziehungskraft, die in Marigny wirksam war. Er hatte unstet gelebt. Da er sich mit seiner Familie, aus Gründen die nicht genau bekannt waren, überworfen hatte, war er mehrere Male aus Paris verschwunden, aber jedesmal wieder dorthin zurückgekehrt. Sein Leben und noch mehr seine tiefsten Gefühle waren ein Abgrund, in den man keinen genauen Einblick hatte; aber unter seiner Undurchschaubarkeit spürte man jene Kraft, deren verborgenes Vorhandensein mehr wert ist, als ihr sichtbarer Einsatz. Wie alle ehrgeizigen Menschen, die das Leben enttäuscht hat, wie alle starken Seelen, die durch die äußeren Umstände an ihrer Entfaltung gehindert wurden, suchte er seine Befriedigung in flüchtigen Rauschzuständen. Aber hinter den Ausschweifungen des Libertin hätte ein guter Beobachter einen jener Männer erkannt, von denen Shakespeare sagte: »Jeder Zoll an ihm ist ein Mann.« Madame d'Artelles, die sich etwas auf ihr Urteil einbildete, hatte sehr viel Scharfblick bewiesen, als sie sagte, sein Verhalten Frauen gegenüber verrate einen falschen Ehrgeiz, nämlich den des Eroberers, der mehr an der Ausübung seiner Macht als am sinnlichen Genuß der Liebe interessiert sei. Was sie allerdings nicht mit derselben Schärfe erkannt hatte, war, daß dieser Ehrgeizling vom Schlage eines Caesar auch ein Innenleben besaß. Wie Macbeth hatte er die Milch aller menschlichen Zärtlichkeiten eingesogen. Er war ein großer Mann, aber vor allem ein Mann, und nicht einer dieser ehernen Götter, die die Dichtung heute erfindet und die unserer Meinung nach nicht mehr Wahrheitsgehalt besitzen als die grotesken Fratzen und Pagoden aus chinesischem Porzellan.

Madame de Flers weihte ihre Freundin nicht in den Plan ein, den sie um Hermangardes Glück willen gefaßt hatte: Sie wollte offen mit Monsieur de Marigny reden. Eines Tages kündigte sie lediglich an, wenn Guillaume Tell das nächste Mal aufgeführt werde, wolle sie in die Oper gehen, und, an Marigny gewandt, fügte sie hinzu: »Sie werden uns begleiten.« Für die Gäste, die an diesem Abend im Palais von Madame de Flers versammelt waren, kam dieser geplante Opernbesuch einer kleinen Sensation gleich, denn die Marquise hatte seit langem auf alle Theaterbesuche verzichtet. Sie zog es vor, zu Hause zu bleiben und sich dort zu unterhalten.

Schauspiele bereiten nur zwei Arten von Frauen Vergnügen: den besonders schönen, die sich dort zeigen können und den besonders trägen, die nur dorthin gehen, um zuzuhören und zu träumen. Aber die Marquise gehörte nicht mehr zur ersten Sorte von Frauen und zur zweiten hatte sie noch nie gehört. »Meine Kinder«, sagte sie zu Hermangarde und Marigny, »vor eurer Hochzeit möchte ich der Pariser Gesellschaft euer Glück zeigen.« Diesem liebenswürdigen Vorwand lag der Wunsch und die Hoffnung zugrunde, bei dieser Gelegenheit vielleicht die Señora Vellini kennenzulernen, von der der Vicomte de Prosny so merkwürdige Dinge erzählte. Die Tocher Evas in ihr, die das Alter nicht tötet, sondern nur noch lebendiger werden läßt, diese Tochter Evas, die bis zum Ende neugierig bleibt, stellte sich die Frage: »Wie hat diese Frau Macht über Marigny erlangt und mit welchen Mitteln übt sie sie heute immer noch aus?« Eine Frau wie die Marquise, mit einem so mikroskopisch feinen, blitzschnellen, analytischen Verstand, vermag viele Dinge zu sehen, die andere Menschen überhaupt nicht wahrnehmen. Und sie wollte sie sehen. Außerdem würde sie vielleicht Gelegenheit haben, zu beobachten, wie Marigny in Gegenwart Hermangardes auf die zufällige Begegnung mit einer alten Maitresse reagierte. Auf alle Fälle aber wollte sie Monsieur de Marigny nach der Oper zu sich nach Hause bitten und eine Aussprache herbeiführen, sobald Mademoiselle de Polastron sich zurückgezogen haben würde.

Von diesem ganzen Plan gelangte nur die Aussprache zur Ausführung. An dem Abend, an dem Paris die schöne Hermangarde de Polastron an der Seite ihres verliebten Bräutigams in der Loge von Madame de Flers bewunderte, war Vellini nicht in der Oper. Der Vicomte de Prosny schaute vergeblich mit seinem Opernglas in alle Richtungen und preßte in der Pause seine grünen Augen und seine lange gelbe Nase gegen die Scheiben der Logentüren, er konnte die Señora nirgends entdecken, und es blieb ihm versagt, der neugierigen Marquise diese kleine Frau zu zeigen, die er mit einem lasterhaften Lachen »den mit rotem Pfeffer gefüllten Flakon Monsieur de Marignys« nannte. Letzterer hatte das unverdiente Glück – so hätte Madame d'Artelles es genannt –, daß er diese eingehende Beobachtung nicht über sich ergehen lassen mußte, und die Schönheit dieser Frau, die an seiner Seite schamhaft und glücklich aufblühte, in Ruhe genießen konnte. Er empfand den Triumph eines stolzen Mann darüber, ein junges Mädchen zu heiraten, das alle begehren, und zu erleben, wie sich einem die Waagschale, in der Schönheit, Jugend, Glück und der Glanz eines Namens liegen, durch die einfache Gottesgabe der Liebe zuneigt. Und ein völlig anders geartetes Gefühl stieg plötzlich in ihm auf. Unter dem Eindruck der Blicke eines ganzen Saales, die sich ihm von allen Seiten, von unten und oben, zuwandten, wurde seine verhaltene Liebe in Gärung versetzt, und seine Brust schwoll angesichts dieses Aufruhrs, den er entfesselte. Ach, scheuen wir uns nicht, es einzugestehen! Wir sind in unserem Leben auf Zuschauer angewiesen, und die Gesellschaft ist häufig ein konzentrischer Spiegel, der die Liebe mit noch mehr Feuer in unsere Herzen zurückwirft. Hermangarde empfand dasselbe an diesem Abend. Auch sie sonnte sich in dem Aufsehen, das sie erregte. Ihre Schönheit war der einzige Gesprächsgegenstand in den Logen. Sie trug ein blaßblaues Seidenkleid, auf dessen schillernden Flächen die Lichter flirrend spielten, und sie thronte mitten in diesem Azurblau – der wahren Zierde der Blondinen – und verbreitete den unschuldigen Glanz und die stille, sanfte Hoheit eines jungfräulichen Schwans. Ihre träumerischen, leicht verschwimmenden Augen und ihr klares, an ein antikes Basrelief erinnerndes Profil, hätten sie dem Vorwurf aussetzen können, sie strahle die Kälte einer zu großen Perfektion aus; aber die Röte ihrer Wangen, die ebenso wie das scharlachrote Band ihrer Lippen strahlte, zeigte deutlich, daß unter dem blendendweißen Marmor lebendiges Blut zirkulierte, das nur darauf wartete, zum Ruhm der Liebe zu fließen. Auf ihrem Gesicht spiegelte sich nicht jene sprühende Heiterkeit, wie sie glückliche Frauen für gewöhnlich zeigen, sondern ein tiefes, überwältigendes Wonnegefühl, das ihr schönes Antlitz wie mit einem einzigen Meißelschlag zu modellieren schien! Welche Siegermiene! Dieses schlanke Mädchen, diese »schöne Kriegerin«, wie Shakespeare von Desdemona sagt, bewegte sich statuenhaft, wie ein Wesen, das dagegen ankämpft, von der Überfülle seines Herzens erdrückt zu werden … Mit Sicherheit waren in diesem Opernsaal, der nicht für die Gebete von Prüden erbaut worden war, erregte und anzügliche Kommentare über das »allzu auffällige Glück« der Mademoiselle de Polastron zu hören. Und tatsächlich äußerte es sich an diesem Abend in so erhabener Weise, daß man es aufdringlich finden konnte.

Marigny, der stärker war – und vielleicht auch weniger verliebt –, trug sein Glück wesentlich leichter. Im Angesicht dieses ganzen Saals, der ihn beneidete und ihn haßte, spielte er weder den Don Juan, noch den Despoten, noch den Hochmütigen. Seine Blicke galten nur seiner Braut und seine ganze Aufmerksamkeit der alten Marquise. Er legte das Verhalten eines vollkommenen Gentleman an den Tag. Er war ein Liebender, dem es gelang, das Unmögliche zu vereinbaren: Äußerlich wahrte er den Anstand, während er innerlich vor Glück halbwahnsinnig war.

Dieser Abend war für beide von großer Bedeutung. Madame de Flers, die allmählich etwas müde wurde, hatte bei jedem neuen Akt vergeblich auf das Erscheinen der Vellini gewartet. Monsieur de Prosny hatte ihr die Loge gezeigt, in der sie für gewöhnlich saß. Die Marquise bemerkte mit Vergnügen, daß sich Monsieur de Marigny nicht ein einziges Mal nach dem leeren Platz umsah. Aber eine so geringfügige Beobachtung konnte sie nicht beruhigen. Sie war in Gedanken mit der Aussprache beschäftigt, die sie an diesem Abend vom Zaun brechen wollte. Sie zitterte um Hermangarde, um Marigny, um sich selbst: Diese Heirat war ihr letzter Wunsch und das Glück ihrer letzten Tage.

Als die Oper zu Ende war, kehrten alle, mit Ausnahme des Vicomte de Prosny, in das Palais der Marquise zurück. Madame de Flers nahm in ihrem bequemen Sessel im Boudoir Platz, und nachdem sie sich noch eine Weile über den Abend unterhalten hatten, sagte sie unvermittelt zu Hermangarde:

»Geh auf dein Zimmer, liebes Kind! Ich habe etwas mit Monsieur de Marigny zu besprechen.«

»Ihr beide verheimlicht mir also etwas?« entgegnete Hermangarde mit dem verlegenen Lächeln einer Frau, die sich geliebt fühlt und die errät, daß man über sie reden und sich um ihr Glück kümmern wird.

»Möglicherweise«, antwortete die Marquise mit ihrem klugen Charme. »Komm her zum Gutenachtkuß, mein liebes Kind, und dann laß' uns alleine.«

Da kniete Hermangarde mit einer Geste voll Edelmut und Kindlichkeit auf das von ihr bestickte Kissen nieder, das unter den Füßen der Großmutter lag,und bot der Marquise ihre Stirn, die diese mit zärtlicher Rührung küßte.

»Sei nicht eifersüchtig, Kleine«, fügte Madame de Flers hinzu, »und Sie«, fuhr sie an Marigny gewandt fort, der schweigend die reizende Haltung Mademoiselle de Polastrons bewunderte, die ihren goldgelockten Kopf den mütterlichen Lippen darbot, und deren nach vorne geneigter Hals dem Hermelinmantel, den sie noch nicht abgelegt hatte, den süßen Glanz streitig machte, – »Sie dürfen sie hier auf die Stirn küssen«, und dabei berührte sie die Stelle zwischen den langen Brauen ihrer Enkeltochter, deren Augen voll Vertrauen in die Zukunft weit geöffnet waren.

Marigny beugte sich über sie und gehorchte mit Entzükken. Er fühlte, wie die schöne Marmorstirn, die er zum erstenmal berührte, zunächst Widerstand leistete, dann aber unter seinem Kuß nachgab und zurücksank. Als er sich wieder aufrichtete, war der weiße Marmor rosig geworden, und das junge Mädchen verbarg sein erregtes Gesicht in seinen Händen.

»Gute Nacht, Maman!« sagte sie rasch, nach einem kurzen Moment des Schweigens, und erhob sich. Sie zögerte den Aufbruch nicht länger hinaus! Selbst nach einer unschuldigen Umarmung gibt es nichts Schöneres für junge Mädchen, als in Träumereien zu versinken! Die Scham und die Liebe trugen sie an dasselbe Ufer und weckten das Bedürfnis nach Einsamkeit. Die Erinnerung an diesen ersten Kuß erfüllte Hermangarde mit einer Glückseligkeit, die sie nicht schlafen lassen würde ...!

»*Auch Ihnen* eine gute Nacht!« sagte sie langsam zu Marigny, wobei in dem samtenen Klang, mit dem sie das »*Ihnen*« aussprach, die ganze Zärtlichkeit ihrer Seele mitschwang; und sie reichte ihm gedankenverloren den Veilchenstrauß, dessen Duft sie den ganzen Abend eingeatmet hatte.

Dann verschwand sie im geheimnisvollen Dämmerlicht der Lampe unter den Faltenvorhängen der Tür, mit der Leichtigkeit einer weiß-blauen Wolke, obwohl der Pelzmantel über den Schultern dieser Walkürengestalt an nördliche Gefielde erinnerte.

»Ich danke Ihnen, liebe Mutter!« sagte Marigny, und ergriff, überwältigt von Glück und Dankbarkeit, die Hand der Marquise.

Aber deren Stimme und Aussehen veränderten sich mit einem Schlag, und die schönen, junggebliebenen Augen sahen ihn mit durchdringenden, forschenden Blicken an.

Nachdenklich und fast schneidend fragte sie ihn: »Und wenn dies nun der Abschiedskuß gewesen wäre?« Er blickte sie verständnislos an.

»Ja, wenn dies der letzte Kuß gewesen wäre?« wiederholte

sie, »wenn Sie Hermangarde nie wieder sehen sollten? Wenn jetzt alles aus wäre zwischen ihnen …?«

Ryno de Marigny stand im Zimmer, den Strauß der schönen Hermangarde in Händen. Bei den Worten der Marquise de Flers wurde ihm schwach und er erbleichte.

»Wie können Sie, die Sie eingewilligt haben, meine Mutter zu sein, auf einen so grausamen Gedanken kommen?« sagte er ernst. »Haben Sie mir nicht Hermangarde anvertraut? Das Band, das Sie geknüpft haben, kann niemand anderes als Sie wieder lösen.«

Seine wenigen Worte erinnerten die Marquise daran, daß sie diese Situation selbst herbeigeführt hatte.

»Sie haben recht«, entgegnete sie, »und selbst ich kann es nicht mehr … Es ist zu spät! Aber hören Sie mir zu, Marigny. Ich bin Ihre alte Freundin. Ich habe Sie trotz aller Warnungen für meine Enkeltochter gewählt. In letzter Zeit haben diese Warnungen jedoch in besorgniserregender Weise zugenommen! Mir sind Dinge zu Ohren gekommen, die eine solche Gefahr für das Glück meiner Hermangarde darstellen, daß ich mich entschlossen habe, alles zur Sprache zu bringen, damit sie mich beruhigen können.«

»Reden Sie«, sagte er mit einer Ruhe, die der Marquise ein gutes Omen zu sein schien, und er legte seine Arme um den Veilchenstrauß Hermangardes und drückte ihn an seine Brust.

»Antworten Sie mir also offen und ehrlich«, fuhr sie fort. »Sie sind das gewesen, was die Gesellschaft einen Libertin nennt; aber Ihr Herz ist edler als deren Moral. Ich habe Ihnen immer vertraut, Marigny. Stimmt es, daß Sie eine Beziehung zu einer Frau namens Vellini unterhalten, einer Art Maitresse, was weiß ich?, und daß Sie seit zehn Jahren mit ihr zusammenleben?«

»Ja, das stimmt«, erwiderte Marigny. »Diese Frau ist lange meine Maitresse gewesen, aber sie ist es nicht mehr.«

»Aber Sie treffen sie noch immer!« sagte die Marquise. »Man hat mir erzählt, daß Sie sich bei ihr aufhalten, wenn Sie sich hier nicht sehen lassen! Und ich kenne die menschliche Natur gut genug«, fügte sie scharfsinnig hinzu, »um zu wissen, daß man sich immer noch liebt, wenn man sich ständig sieht! Wie lange sind Sie nicht mehr bei dieser Vellini gewesen?«

»Vor drei Tagen war ich das letzte Mal bei ihr«, sagte Marigny, »und ich habe sogar Monsieur de Prosny dort getroffen, der gerade das Haus verließ. Da mir der heftige Widerstand Madame d'Artelles gegen diese Heirat nicht verborgen geblieben ist, war mir sofort klar, daß der Vicomte, der seit langem keine Verbindung mehr zu Vellini unterhielt, nur dort gewesen sein konnte, weil man etwas gegen mich im Schilde führt. Aus zweierlei Gründen hatte ich keine Angst davor«, fügte er mit einem Selbstvertrauen, dem er jede Überlegenheit zu nehmen verstand, hinzu: »Erstens, weil Sie die beste und geistvollste aller Frauen sind und zweitens, weil Mademoiselle de Polastron mir die Güte erweist, mich zu lieben.«

»Wie sicher er sich fühlt!« dachte die Marquise. »Aber«, wandte sie in dem leichten Ton, mit dem Frauen der guten Gesellschaft auch die ernstesten Dinge auszusprechen vermögen, ein, »wenn diese beste und geistvollste aller Frauen, der Sie gerade eine zehn Jahre währende Liebesbeziehung gestanden haben, nicht glauben könnte, daß diese Beziehung beendet ist, weil Sie und diese Frau nicht aufgehört haben, sich zu sehen, was, Monsieur de Marigny, denken Sie, würde die beste und geistvollste aller Frauen dann tun?«

»Sie würde mir unrecht tun, nicht mehr und nicht weniger!« antwortete er stolz. »Wenn ich der Marquise de Flers, der Großmutter von Mademoiselle de Polastron, mein Ehrenwort gebe, daß Vellini nicht mehr meine Maitresse ist, so muß man mir Glauben schenken, oder verdächtigt man mich etwa der Nichtswürdigkeit?«

»Nun, ich glaube Ihnen!« sagte die Marquise. »Aber seit wann ist sie es nicht mehr?«

»Schon seit langem!« antwortete er. »Und dennoch … es bedarf einer Erklärung.«

Und er schob einen Sessel neben die Marquise und setzte sich.

»Ich will ganz aufrichtig sein«, fuhr er fort. »Sie stehen zu sehr über den anderen Frauen, um mir ein offenes Geständnis, das Sie selbst heraufbeschworen haben, übelzunehmen. Ich habe die Wahrheit gesagt. Die Vellini ist schon seit langem nicht mehr meine Maitresse. Wir haben uns friedlich und in gegenseitigem Einvernehmen getrennt, weil unsere Gefühle uns beide in neue Richtungen lenkten. Das war lange bevor ich die Bekanntschaft von Mademoiselle de Polastron in der Pariser Gesellschaft machte. Aber wenn ich behaupten würde, ich wäre nicht, wenn mich die Gewohnheit hin und wieder zu dieser Frau, die ich einst liebte, zurückführte, der Erinnerung an die Leidenschaften vergangener Tage erlegen, dann – ja, dann würde ich lügen!«

»Ich verstehe den feinen Unterschied, und lasse ihn gelten«, entgegnete die Marquise, »aber weder für Hermangarde noch für die Gesellschaft ist er akzeptabel. Ob mit oder ohne Liebe, diese Frau ist immer Ihre Maitresse, mein Freund.«

Und mit dem gesunden Menschenverstand, der in der Lebenspraxis gereift ist, fügte sie hinzu:

»Das Übel und die Gefahr liegen hier weniger in den Gefühlen als in dem Verhältnis.«

»Sie haben recht«, antwortete Marigny, »aber das Verhältnis ist aufgelöst. An dem Tag, an dem mir Monsieur de Prosny im Treppenhaus von Vellini begegnet ist, habe ich für immer Abschied von ihr genommen und ihr gesagt, daß ich sie nie wieder sehen werde.«

»Und warum haben Sie das nicht gleich gesagt, mein Kind?« rief die Marquise, indem sie ihm die Hand mit jugendlicher Lebhaftigkeit entgegenstreckte. »Wie hätten Sie mich erleichtert! Sie haben aus eigenem Antrieb edel gehandelt, ohne dazu aufgefordert worden zu sein und unter Bedingungen, unter denen alleine die Tatsache, daß Sie von sich aus gehandelt haben, nicht hoch genug eingeschätzt werden kann. Hätte ich zum Beispiel zu Ihnen gesagt: ›Sie dürfen diese Frau nicht wiedersehen‹, und Sie hätten es mir versprochen, so hätte ich nicht gewußt, ob ich Ihnen glauben kann. Die Leidenschaften, die erloschen zu sein scheinen, schlafen manchmal nur und leben auf merkwürdige Weise wieder auf! Ich hätte einen Rückfall befürchten müssen. Statt dessen haben Sie selbst gehandelt, und ich hätte nicht einmal etwas von Ihrem loyalen Verhalten erfahren, wenn ich nicht als erste die Sprache auf diese Vellini gebracht hätte.

Jetzt bin ich beruhigt, was die Zukunft meines guten Kindes angeht«, fügte sie nach kurzem Schweigen hinzu. »Ich habe nun keinen Zweifel mehr, daß Sie Hermangarde wirklich lieben. Aber Marigny, sind Sie sicher, daß diese Frau nicht eine aufsehenerregende Szene machen wird, wenn sie von Ihrer Heirat erfährt? Die Comtesse d'Artelles und Monsieur de Prosny haben mir in dieser Hinsicht große Angst eingejagt und mir eine Situation vor Augen geführt, die gleichermaßen lächerlich und ärgerlich sein könnte.«

»Die beiden kennen Vellini nicht, wenn sie glauben, diese würde eine Szene machen«, antwortete er. »Vellini ist die stolzeste Frau der Welt. Was immer man ihrem Lebenswandel vorwerfen mag, und so sehr die Gesellschaft sie auch verdammen und verleumden mag, so ist sie doch in vieler Hinsicht eine sehr achtbare Person. Und im übrigen, kann ich Ihnen mehr Sicherheit geben und mich besser vor ihr schützen, als damit, Paris zu verlassen? Ich habe ihr schon gesagt, daß ich weggehen werde. Wir planen ja, und Sie, verehrte Marquise unterstützen diesen Plan, die ersten Monate unserer Ehe auf dem Land auf einem Ihrer Güter zu verbringen;

und wir werden von dort nicht zurückkehren, ehe Sie es nicht gutheißen!«

»Sie machen mich überglücklich, Marigny«, sagte Madame de Flers, »aber Sie überschütten mich mit zu vielen Sicherheiten. Was Sie mir über den Charakter der Vellini gesagt haben, genügt mir. Ich werde nicht die grausame Großmutter spielen, die wie eine Gefängniswärterin darüber wacht, daß man ihrem Enkelkind die Treue hält, und werde Sie von diesem Paris, das Sie so sehr lieben, nicht fernhalten.«

»Ich liebe nur Hermangarde«, sagte Marigny, »aber ich spüre, daß ich mich unbedingt für einige Zeit entfernen muß. Auch wenn zwischen Vellini und mir alle Brücken abgebrochen sind – die Nähe einer solchen Frau ist für niemanden gut; und ich, verehrte Marquise, muß diese Nähe mehr als jeder andere fürchten und meiden.«

Ryno de Marigny sprach diese letzten Worte mit einem solchen Nachdruck aus und war so bleich in dem vom Lampenschirm grünlich gefärbten Lichtschein, daß die weibliche Neugier Madame de Flers, die durch die Erzählungen de Prosnys geweckt worden war, sich von neuem in ihr regte, und wie eine aufgeschreckte Natter zischte. Sie konnte nicht umhin, in den Worten Marignys den Aufschrei einer Seele zu vernehmen, die von einer Art Verhängnis verfolgt wird. »Welch merkwürdige Liebe«, dachte sie, »deren Erinnerungen einen Mann erschrecken und in ihren Bann ziehen, der so stark ist wie Marigny, dessen Wesen und Erregbarkeit die einer Frau und dessen Muskeln und Charakter die eines Mannes sind, und dies obwohl er unter dem Eindruck einer neuen, starken Liebe steht?« Wie alle Menschen, die viel vom Leben mitbekommen haben, hatte sie Reiche der Liebe zusammenbrechen, in Staub zerfallen und vergehen sehen. Und auch sie, die charmante, geschickte Frau, deren Streben nach Liebe und Ruhm nur zu verständlich war, hatte über solche Reiche geherrscht, und sie kannte nicht nur die Schwierigkeit, die Herrschaft aufrechtzuerhalten, sie wußte auch, daß die Erinnerung an zerstörte Gewalten nur sehr kurze Zeit im Gedächtnis der Menschen haften bleibt. Vellini kam ihr wieder in den Sinn, die Vellini, auf die sie eines Abends in der Oper vergeblich gewartet hatte, und die sie, durch die gesellschaftlichen Konventionen gebunden, vielleicht niemals zu Gesicht bekommen würde.

»Mein Gott, wie müssen Sie sie geliebt haben, um sie immer noch so zu fürchten!« meinte sie mit einem Unterton in der Stimme, hinter dem sich tausend Fragen verbargen. »Madame d'Artelles und der Vicomte können sagen, was sie wollen, diese Frau interessiert mich, jetzt, wo ich sie nicht mehr fürchte. Ich wäre ihr gerne in der Oper begegnet. Wußten Sie, daß ich zum Teil ihretwegen dorthin ging ...? Es ist einfach so: Frauen leben nur durch die Liebe, und eine Frau, die es verstanden hat, einen Mann zehn Jahre lang an sich zu binden, hat damit eine Macht bewiesen, deren Ausdruck man auf ihrer Stirn lesen möchte.«

»Sie wären wahrscheinlich sehr überrascht gewesen«, erwiderte Marigny lächelnd. »Sie sind geistreicher als die anderen, und deswegen hätten sie wohl mehr gesehen; aber es ist nun einmal so, daß Vellini in den Augen der meisten in keiner Weise die ungeheure Macht rechtfertigt, die sie auf einzelne Menschen ausübt.«

»Sie haben zu den letzteren gehört«, sagte die Marquise, »und Sie sind ihr hemmungslos zum Opfer gefallen, Monsieur de Marigny! Das ist unglaublich, nach allem, was von Ihnen erzählt wird!«

»Mein Gott!« meinte Marigny, »es ist eben so. Allerdings waren wir beide, einer nach dem anderen, das Opfer. Sie war es nicht mehr als ich, und ich nicht mehr als sie. Das ist eine lange, traurige Geschichte.«

»Erzählen Sie sie mir«, rief die Marquise mit vor Wißbegierde leuchtenden Augen.

»Wozu?« entgegnete er.

»Doch, erzählen Sie, das wäre der Beweis Ihres Vertrauens, die letzte Sicherheit, die Sie einer alten Frau wie mir, die Sie einer Freundin, die in wenigen Tagen Ihre Großmutter sein wird, geben könnten. Lassen Sie mich Ihre Vergangenheit und diese Vellini kennenlernen. Dann werde ich mir ein noch besseres Bild von dem Gatten machen können, den ich für meine Hermangarde ausgesucht habe. Ich bleibe gerne lange auf. Erzählen Sie mir alles.«

»Da Sie es wünschen, will ich es gerne tun«, sagte Marigny.

Die Wanduhr zeigte fast eins. Die Marquise stützte ihren Ellbogen auf die Sessellehne und legte ihr Kinn in die rechte Hand. Ihre ganze Person drückte gespannte Aufmerksamkeit aus. Glückliche Alte mit der Neugier der Jugend, die der Liebe dasselbe Interesse entgegenbrachte, mit dem große Künstler das Metier verfolgen, das sie nicht mehr ausüben, in dem sie jedoch einst Meister waren!

7. KAPITEL

Eine wechselvolle Liebe

»Sie kennen meine Familie«, begann Marigny, »und Sie wissen, welchen Platz sie innerhalb der alten Aristokratie einnahm. Sie erinnern sich gewiß an das Aufsehen, das es in meiner Heimat und im Faubourg Saint-Germain, wohin mein Vater noch viele Verbindungen unterhielt, machte, als ich diese Familie mit zwanzig Jahren plötzlich verließ, um nach meinen eigenen Vorstellungen zu leben. Sie haben nie versucht, mehr darüber in Erfahrung zu bringen. Sie legten eine seltene Zurückhaltung an den Tag und stellten mir diesbezüglich keinerlei Fragen. Hundert andere Frauen hätten, ehe sie mir ihre Tochter anvertraut hätten, wie Sie es taten, die genauen Gründe für diesen Bruch und die Trennung wissen wollen, die ich heute für unwiderruflich halte. Dank Ihrer Klugheit, die Sie Dinge und Personen nur aus sich heraus beurteilen läßt, haben Sie sich nie über das beunruhigt, was die wohlmeinendsten Menschen gegen mich eingenommen hat. Von allem, was Sie für mich getan haben, hat mich das am meisten gerührt. Wie Sie gerade eben sagten, haben Sie an Ryno de Marigny geglaubt, trotz der augenscheinlichen Umstände, trotz seines Rufs, trotz seines leichtsinnigen Lebens und der Fehler, die er begangen hat; denn Fehler habe ich zweifellos begangen, und ich mache mir heftige Vorwürfe deswegen. Sie, meine wahre Mutter, haben ein Gefühl in mir geweckt, das dem ähnelt, dem Mahomet Ausdruck verlieh, als er von Chadidscha sagte: ›Ich habe jüngere und schönere Frauen geliebt, aber keine so wie sie, denn sie glaubte an mich, als noch keiner an mich glaubte.‹«

Ryno de Marigny besaß eine große Rednergabe. Die einfachsten Worte nahmen, wenn sie aus seinem Mund kamen, ganz eigenartige Schwingungen an. Der Beginn seiner Erzählung rührte die Marquise zu Tränen, und sie reichte ihm ihre Hand zum Kuß. Sie empfand das höchste Vergnügen schöner Seelen, das Gefühl, großmütig gewesen zu sein und dadurch die Zuneigung eines edlen Herzens gewonnen zu haben.

Nach kurzem Schweigen fuhr Monsieur de Marigny fort:

»Übrigens war es nur zu verständlich, daß ich mich von einer Familie zurückzog, die kein Verständnis für das aufbrachte, was ich war und was aus mir werden wollte. Sie hatte mich in meinem Ehrgeiz, in meinem Stolz, in allem, was einem im späteren Leben Kraft gibt, verletzt. Ich trennte mich voller Respekt, aber mit Entschiedenheit und in der Absicht, mich nur noch auf mich selbst zu verlassen. Ich war damals noch jung. Ich genoß eine Erziehung, die jeden Widerstand unterdrückte; zum Glück bin ich nicht daran zerbrochen. Als ich mich von dieser Zwangsjacke befreit hatte, erfaßte mich das Glücksgefühl über die gesprengten Fesseln wie ein Rausch. Das allein würde schon genügen, um das leichtsinnige Leben zu erklären, das ich von da an führte. Ein Onkel, der Chevalier de Marsse, den Sie gekannt haben, und der als ehemaliger Kadett nicht viel besaß, vermachte mir sein Vermögen, weil er mein Pate war. So wenig es war, das Wenige ermöglichte mir immerhin ein paar Jahre lang ein unabhängiges Leben. Im übrigen machte ich mir wenig Sorgen um die Zukunft. Ich bin von Natur aus ein Abenteurer. Madame d'Artelles war neulich ganz aufgebracht, als ich dies sagte. Es ist deshalb aber nicht weniger wahr. Ich war es mein Leben lang, und ich bin es immer noch, wenn es gilt, meine Kräfte zu erproben. Ich liebe die Gefahr und die Angst, die auf dem Grund unbekannter Dinge und ungewisser Erfahrungen lauern. Alle Schwierigkeiten ziehen mich an, und vielleicht ist es diese Veranlagung, die mich dazu gebracht hat, Vellini zu lieben.

Zu ihr will ich jetzt kommen. Ich habe nicht die Absicht, Sie mit den Details meiner Jugend aus der Zeit, bevor ich sie kennenlernte, zu langweilen. Wenn Sie irgendwann einmal neugierig darauf sein sollten, kann ich sie Ihnen gerne erzählen, aber im Augenblick würden sie wenig nützen. Ich habe mich in nichts von den leidenschaftlichen Charakteren unserer Zeit unterschieden. Mit großem Einsatz habe ich eine große Unordung in meinem Leben angerichtet … Aber haben Sie mich nicht von all dem freigesprochen, indem Sie mich zu Ihrem Sohn machten …?«

Er hielt inne, als wollte er diese Selbstanalyse, bei der man im allgemeinen so gerne verweilt, nicht zu weit treiben. War es sein guter Geschmack oder gab es ernstere Gründe, die ihn so rasch über diesen Abschnitt seines Lebens, den er zu bedauern schien, weggehen ließen? Er fuhr fort:

»Als dieses ausschweifende Leben auf seinem Höhepunkt

angelangt war, begegnete ich Vellini. Es war Ende des Sommers 18... Ich war von Baden-Baden zurückgekehrt, wo ich meine Tage so zugebracht hatte, wie man sie zubringt, wenn man die Frauen und das Spiel liebt. Das Glück war mir in jeder Beziehung wohlgesonnen gewesen. Mein Ruf als Lebemann war vollkommen, und Sie, Marquise, wissen, aus welchen Elementen sich dieser Ruf zusammensetzt. Ich befand mich damals in einem Zustand der Ermattung, der die Folge allzu heftiger Vergnügungen war. Ich empfand die tödliche Langeweile der Übersättigung. Mit keinem Gedanken dachte ich daran, daß mich eine Leidenschaft aus dem Abgrund heraufholen würde, in den mich eine Ausschweifung nach der anderen gerissen hatte. Im übrigen hatte ich die Liebe schon kennengelernt. Ich besaß nicht mehr jenes jungfräuliche Herz, das man sich manchmal in den Wirren der Jugendzeit bewahrt. Die Umstände, an die ich nicht noch einmal zu erinnern brauche, haben meine erste Liebe zu einem grausamen und langen Leiden werden lassen, das nur langsam geheilt wurde. Aber die Erinnerung daran blieb in mir lebendig und bestärkte mich in meinem Entschluß, mich vor den Gefahren leidenschaftlicher Gefühle in Acht zu nehmen. Ich dachte, ich hätte in der Richtung nichts mehr zu befürchten. In allen Liebschaften, auf die ich mich danach einließ, hatten mich die Sinne, die Phantasie, die Laune, die Eitelkeit geleitet, entweder alle gleichzeitig oder abwechselnd, aber nie wieder hatte die Liebe mein Herz gestreift. Mitten in den glühendsten und zärtlichsten Begegnungen ist es kalt, unerschütterlich, fast berechnend geblieben. Wahrscheinlich hat mir das den Ruf eines Wüstlings eingetragen, den Frauen über einen verbreiten, wenn sie sich nicht genug geliebt fühlen. Ich dachte, so würde es für alle Zeit bleiben. Ich hatte nicht den leisesten Zweifel daran, daß ich nie wieder im Leben lieben würde, als ein einfacher und völlig unerwarteter Umstand mich auf eklatante Weise Lügen strafte.

Eines Abends, als ich aus der Oper kam, traf ich einen meiner zahllosen Freunde jener Zeit, der mich für den nächsten Tag zum Abendessen einlud. Es war der Comte Alfred de Mareuil, den Sie auch gekannt haben, und der vor fünf Jahren bei einem Duell ums Leben kam. Wie Sie wissen, war de Mareuil sehr reich und einer der liebenswürdigsten und geistreichsten Libertins von Paris. Er war vor kurzem aus Spanien zurückgekehrt, und ich hatte ihn seitdem noch nicht gesehen. Er sagte, er habe von seiner Reise eine Menge Raritäten mitgebracht, die er mir gerne zeigen wolle und die meine Bewunderung hervorrufen würden. Eine der seltensten, fügte er lächelnd hinzu, sei eine Malageserin, die launenhafteste *Muchacha*, die je ihren Feuerblick zur Sonne gesandt habe. Ich fragte ihn, ob er sie entführt habe.

Er antwortete: ›Nein! Sie ist noch nicht meine Maitresse, aber – bei Gott! – ich hoffe, daß sie es bald sein wird. Sie ist verheiratet, und ihr Gatte, ein Engländer, den sie am Gängelband führt wie Lady Hamilton den ihren, geht nicht von ihrer Seite. Und ich gehe nicht von seiner Seite; ich mache ihm den Hof, um die Gattin zu erobern. Er ist ein Spieler und ein origineller Mensch. Wir sind zusammen durch die Estremadura, durch Andalusien und Galizien gereist und haben dabei fast die ganze Zeit gespielt, selbst in der Postkutsche, und ich habe aus berechnender Galanterie verloren, um mich dem rechtmäßigen Besitzer meiner Señora zu verpflichten. Mein Gott, diese Frau wird mich teuer zu stehen kommen! Aber sie ist auch das außergewöhnlichste Geschöpf. Ich wußte nicht, daß es so etwas gibt. Ich möchte gerne Ihre Meinung, die Meinung eines Kenners, über diese Frau erfahren. Wenn sie nicht verheiratet gewesen wäre, hätte sie mich, – bei allem Spott, den wir Franzosen dafür übrig haben – wahrscheinlich dieselbe Dummheit begehen lassen, zu der sie den imponierenden Sir Reginald Annesley verleitet hat.‹

›Sie hätten sie geheiratet?‹ fragte ich ihn, ungläubig lachend.

›Mit großer Wahrscheinlichkeit, glauben Sie mir‹, erwiderte er in vollem Ernst. ›Sie hat mir so den Kopf verdreht, daß ich wohl zu allem fähig wäre.‹

›Mein Gott!‹ sagte ich, ›habe ich wirklich die Ehre, mit dem Comte Alfred de Mareuil zu sprechen?‹

Aber er hörte meine ironische Frage nicht mehr. Er hatte einen Wagen erkannt, der gerade auf dem Boulevard vorbeifuhr, wendete und vor Tortoni, an der Ecke der Rue Taitbout, anhielt.

›Sie werden sie gleich sehen‹, meinte er an mich gewandt, ›denn da ist sie! Aber Sie werden sich kein Urteil bilden können.‹

Der Wagen war eine offene englische Kalesche, die von zwei Brandfüchsen gezogen wurde. In ihrem schwarzen, mit orangefarbener Seide ausgeschlagenen Fond waren zwei Personen zu sehen, ein Mann und eine Frau. Der Mann, der um die fünfundvierzig Jahre zählen mochte und dessen starkes Haar stählern glänzte, hatte ein gleichmäßiges Profil und mächtige Schläfen, die aussahen, als seien sie in roten Marmor gemeißelt, so heftig hatte der durch den exzessiven Genuß von Met und Alkohol verursachte Kupferausschlag sein Gesicht erfaßt und überzogen. Das war Sir Reginald Annesley. Die Frau, die neben ihm saß, war seine Gattin, jene Malageserin von der mein Freund, Comte de Mareuil, mir gerade eben mit der Begeisterung eines abgebrühten Mannes erzählt hatte, einer Begeisterung, die, wenn man das Glück hat, sie noch aufzubringen, zu den schönsten zählt.

Wir waren ein paar Schritte gegangen und befanden uns ganz in der Nähe der Kalesche. Der Boulevard war um diese Zeit sehr bevölkert. Elegante Kutschen, die von der Abendpromenade zurückkehrten, parkten vom Café de Paris bis in die Rue Le Peletier. Unablässig entstiegen ihnen Frauen, um, wie es an Sommerabenden üblich war, ein Eis bei Tortoni zu speisen. Ihre Toiletten leuchteten im Vorübergehen in der schwarzen Flut der Herren auf, die immer mehr anschwoll und vor den Stufen des Cafés stockte, wo sich ganz Europa, ohne genau zu wissen warum, ein Stelldichein gab. Es war eine wundervolle Nacht, eine Julinacht, über die sich eine Helligkeit ergoß, in der sich das grelle Licht der Gaslaternen mit dem sanften Schein des Mondes mischte. Man konnte alles genau erkennen, als wäre es Tag.

›Warum werde ich mir kein Urteil bilden können?‹ fragte ich ihn, und betrachtete die Malageserin verstohlen, solange Comte de Mareuil sie grüßte.

›Morgen werden Sie wissen, warum‹, antwortete de Mareuil geheimnisvoll.

Ich ging nicht weiter darauf ein. Ich schaute sie mir sehr aufmerksam an. Was ich sah, weckte keine Bewunderung in mir. Stellen Sie sich eine kleine Frau vor, gelb wie eine Zigarette, von ungesunder Hautfarbe, an der nur die Augen Leben zeigten und deren einziger für mich wahrnehmbarer Reiz in einem rundlichen, wohlgeformten Arm bestand, den sie gerade von seinem Handschuh befreite und mehr gelangweilt als kokett auf den Rahmen der Kalesche legte. Sie war ganz in schwarz gekleidet, und so in eine Mantille gehüllt, die auch noch ihren Kopf bedeckte, daß ich mir keine weitere Vorstellung von ihrem Aussehen machen konnte. Einer der Dienstboten klappte das Trittbrett herunter, und ich dachte, sie würde sich erheben und aussteigen, aber entweder war sie zu bequem oder zu erschöpft, jedenfalls gab sie ihrem Gatten zu verstehen, daß sie sitzenbleiben wolle, und der Diensbote wurde nach den Sorbets geschickt.

Ich befand mich damals am Beginn einer Jugend, die sich ihrer Kraft bewußt war, Marquise. Ich liebte die Künste. Ich las die Dichter. Ich schwärmte für die Schönheit der Frauen. Jede Wahl, die ich bis dahin im Leben getroffen hatte, atmete den Stolz eines Mannes, der sich nur an edlen Dingen, an dem reinsten, himmlischen Nektar berauscht. Diese Frau, die de Mareuil mir zeigte, schien mir keines Blicks würdig zu sein, und ich schalt ihn einen Narren.

›Schon möglich‹, antwortete er mit einer so traurigen Stimme, wie ich sie von einem Mann wie ihm nie erwartet hätte. ‚Aber es könnte sehr gut sein, daß Sie sich morgen ebenso zum Narren machen wie ich.‹

Ich lachte laut auf, und ich muß zugeben, zu impertinent, in Anbetracht der geringen Entfernung zwischen uns und Madame Annesley, die ihr Sorbet mit der Ungerührtheit eines tauben und blinden alten Türken verzehrte.

›Mein Guter‹, sagte ich zu Mareuil, ›Sie sind weder alt genug noch Engländer genug, um sich solche Launen zu erlauben. Das ist wirklich eine Geschmacksverirrung!‹

›Seien Sie vorsichtig‹, erwiderte er, ›Ihre kräftige Stimme ist in dieser prächtigen Abendluft ausnehmend gut zu vernehmen, *sie* könnte Sie hören; und – Gott verdamm mich! – ich glaube, sie hat Sie schon gehört.‹

Tatsächlich hatte die Malageserin sich umgewandt und ihre Augen auf mich geheftet; sie fixierte mich ohne mit den Wimpern zu zucken und durchbohrte mich mit einem Blick voll Verachtung, kalter Empörung und gekränkter Eitelkeit. Zwischen Männern wäre dieser Blick Anlaß zu einem Duell gewesen. Zwischen einem Mann und einer Frau bestand nur die Möglichkeit, ihn mit demselben Blick zu erwidern, und ich gab ihn ihr zurück. Allerdings ohne Erfolg. Das wilde Auge der Malageserin hielt meinem Blick fest und stolz stand. Sie hatte ihr Sorbet fertiggegessen. Sir Reginald gab dem Diener Ordre. Der Wagen fuhr los, bog in vollem Trab in die Rue de Grammont ein und verschwand.

›Ja, Sie fanden sie häßlich‹, sagte der Comte de Mareuil, stützte sich auf meinen Arm und zog mich mit sich weiter. ›Mir ging es wie Ihnen; auch ich fand sie häßlich. Aber Sie werden noch sehen, welch unglaubliche Reize diese Häßlichkeit entfalten kann!‹

›Dann ist sie wohl sehr geistreich?‹ fragte ich, denn ich versuchte, eine Erklärung dafür zu finden, wodurch sie diese tiefe Faszination, die de Mareuil plötzlich hatte erkennen lassen, auf einen Dandy wie ihn ausübte.

›Nein‹, sagte er, ›sie besitzt keinen Geist, zumindest nicht das, was man in Frankreich darunter versteht. Ich kenne Frauen, die in der Unterhaltung mehr Schlagfertigkeit, mehr Witz und mehr Feuer an den Tag legen, als sie. Aber sie hat etwas, das ich nur bei ihr gefunden habe, einen eigentümlichen Zauber, der über ihrem ganzen Wesen liegt, weder in ihrem Geist oder in ihrem Körper alleine: Dieser Zauber ist überall und er ist nirgendwo.‹

›*O strange! very strange!*‹ sagte ich, mit mitleidslosem Spott Hamlet parodierend. ›Mein guter de Mareuil, Ihr Poem ist wirklich rührend. Aber die Liebe ist ein blinder Rhapsode. Sie würden zweifellos anders singen, wenn ihr Blick nicht umnebelt wäre.‹

Wir blieben noch lange auf dem Boulevard; er sprach unablässig mit grenzenloser Bewunderung von der Malageserin, und ich machte mich über ihn lustig, wie jemand, der sich seiner Sache sicher ist oder sich ihrer sicher zu sein glaubt. Ich hielt mir viel darauf zugute, Frauen auf den ersten Blick beurteilen zu können, und der Eindruck, den Madame Annesley bei mir hinterlassen hatte, war alles andere als günstig. De Mareuil überschüttete mich mit Einzelheiten aus ihrem Leben. Über die Zeit vor ihrer Ehe wußte er nichts Genaueres. Bis dahin war sie in eine Wolke aus Gold gehüllt gewesen, wie Juno auf dem Berg Ida – zumindest legte ihr verschwenderischer Umgang mit Geld dies nahe. Wer der Jupiter in dieser Wolke war, wußte man nicht. Die einen sagten, der Generalgouverneur der Provinz, andere, ein reicher Hidalgo, der seinen ritterlichen Stolz daransetzte, sich für sie zu ruinieren. Man behauptete, sie sei nichts anderes als eine *mujer di partido*. Die französischste Verkörperung dieses Worts findet man bekanntlich in vielen Variationen in der Rue Notre-Dame de Lorette. Man erzählte auch – und de Mareuil berichtete es mit einer an Byron geschulten tragischen Miene – sie sei die uneheliche Tochter einer portugiesischen Herzogin, die nach Frankreich geflohen sei, und eines Toreros. Sogar der Name der Herzogin war bekannt. Es war eine Cadaval-Aveïro. Diese Herzogin hatte sie neben ihren ehelichen Kindern im Verborgenen mit der grausamen Gedankenlosigkeit einer egoistischen, überspannten Mutterliebe großgezogen. Wie hätte sie auch nicht blind in sie vernarrt sein sollen? Der Mann, mit dem sie sie gezeugt hatte, ihr Liebhaber, war zu einem Zeitpunkt, als ihre Leidenschaft keine Grenzen kannte, vor ihren Augen keine zehn Schritte von ihr entfernt von einem Stier aufgespießt und getötet worden, und das vergötterte Blut hatte sie über und über bedeckt. Aber die Herzogin von Cadaval-Aveïro, die, wie alle Frauen des Südens, eine Meisterin der Verstellungkunst war, fiel nicht in Ohnmacht; aufrecht und gefaßt blieb sie in dem dampfenden Purpurmantel sitzen, der ihre Schande durch die Art, wie sie ihn trug, verbarg. Sie wartete das Ende des Schauspiels ab. Aber als sie in ihren Palast zurückgekehrt war, wo sie sich zuerst noch ihre Tochter, die kleine Vellini, bringen ließ, um diese mit dem Blut ihres Vaters, das in der Kleidung und an den Armen der Mutter haftete, zu bemalen, da wurde sie ohnmächtig, und die Ohnmacht hielt zwei Tage an. Nach all dem ist es nur zu verständlich, daß sich diese Frau, die sich in ihrem Herzen als Witwe des Toreros verstand, durch eine rasende Mutterliebe an der ungeheuerlichsten, unmenschlichsten Heuchelei rächen mußte, zu der sie ihr gesellschaftlicher Rang als Herzogin und als verheiratete Frau vor den Augen einer ganzen spanischen Arena gezwungen hatte. Dieses Kind, dessen Sklave sie wurde, war das einzige Glück, das ihr geblieben war. Sie liebte es mit jener fürchterlichen Liebe, die das Leben zerstört und das geliebte Wesen vergöttert. Die kleine Vellini wurde erzogen, als bestünde ihre Mitgift aus dem Ertrag dreier Provinzen. Sie erhielt keinerlei Unterricht und wuchs auf, wie es Gott gefiel. Man sagte ihr nicht, daß das Leben häufig stärker ist als der eigene Wille und gebieterischer als alle Wünsche. Man gehorchte ihr aufs Wort und bediente und verwöhnte sie. Sie lebte in einem Zustand der Untätigkeit, der noch demoralisierender war als der königliche Luxus, der sie umgab. ›Sie wird Ihnen selbst noch mit ihrer reizenden Originalität erzählen‹, meinte de Mareuil, ›daß sie mit fünfzehn Jahren weder lesen noch schreiben konnte und einen Teil ihrer Tage damit zubrachte, zu Füßen ihrer Mutter auf dem Boden liegend mit ihrem Finger, den sie an den Lippen befeuchtete, reizende Figuren auf die Marmorfliesen der Zimmer zu malen.‹ Bequemlichkeit, Freiheit, Befriedigung auch der plötzlichsten Launen, all das mußte sie unzähmbar machen. Diese glückliche und gefährliche Jugend fand ein jähes Ende durch den Tod der Herzogin von Cadaval-Aveïro, die an einem der Herzkrämpfe erstickte, die sie seit dem entsetzlichen Tod ihres Geliebten immer wieder befielen. Vellini blieb unversorgt und dem Haß einer mächtigen Familie ausgesetzt zurück; sie besaß nur ein wenig Schmuck und ein paar Werte in beweglichen Gütern, denn ihre Mutter hatte in ihrer blinden Zärtlichkeit keine Vorsorge für die Zukunft getroffen. Sie fiel aus großer Höhe auf das Straßenpflaster von Malaga. Dort wollte sie nicht bleiben und sie verschwand aus der Stadt. Später begegneten ihr frühere Bekannte in Sevilla, wo sie ein Leben in Saus und Braus führte, das sich die Welt, wie alles, was sie nicht versteht, auf ihre Art erklärte. Sir Reginald Annesley, der gerade aus den Kolonien zurückgekehrt war und sich langweilte, hatte sie dort gesehen und sich mit einer Leidenschaft in sie verliebt, die selbst die Vergnügungen des Orients nicht erstickt hatten, und mit der Verachtung des Grandseigneurs für die prüden Ansichten seiner Heimat, hatte er sie geheiratet. Als de Mareuil die beiden kennenlernte, waren sie seit zwei Jahren Mann und Frau. Wie er sich mir gegenüber gerühmt hatte, war er für den Ehemann zu einem so unentbehrlichen Spielpartner geworden, daß dieser mit ihm zusammen gereist war, und er ihm schließlich angeboten hatte, während seines Aufenthalts in Paris mit seiner Frau zusammen den rechten Flügel seines Palais auf den Champs-Elysées zu bewohnen, was dieser gerne angenommen hatte.

Das ist die ganze Geschichte, die er mir berichtete.

›Was Sie mir erzählen entbehrt nicht des Kolorits, mein lieber de Mareuil‹, sagte ich zu ihm.

Aber die Ironie erreichte diesen Mann nicht mehr, den ich als einen so großen Spötter und als die kaltblütigste Giftschlange des Jahrhunderts kennengelernt hatte. Nein! Er war verliebt. Vergnügungen prallte an ihm ab, er war unempfänglich für alles, was nicht seine Liebe betraf.

›Und glauben Sie, Ihre Liebe wird erwidert?‹ fragte ich ihn mit dem Interesse, das ein Mann aufbringt, der am nächsten Tag bei dem anderen soupiert.

›Ach‹, sagte er mit einer hübschen spontanen Regung, ›ich weiß es noch nicht. Versuchen Sie es doch herauszubringen, Sie, der Sie so kaltblütig und ein so guter Beobachter sind. Studieren Sie sie. Was mich betrifft, ich bin völlig aus der Bahn geworfen.‹

›Mein Lieber‹, sagte ich, ›wenn sie etwas von dem liebenswürdigen Temperament ihrer Mutter mitbekommen hat, ist es nicht so leicht herauszubringen.‹

Dies, verehrte Marquise, war meine Unterhaltung mit de Mareuil. Und sie bestätigte den Eindruck, den diese Frau, die einen so tiefen Einfluß auf mein Leben nehmen sollte, schon bei der ersten Begegnung auf mich gemacht hatte. Bei ihrem Anblick, und als ich von ihr sprach, hatte ich mich so verächtlich verhalten, als handelte es sich um ein mir völlig gleichgültiges Wesen. Nachdem ich den Comte de Mareuil verlassen hatte, verschwendete ich keinen Gedanken mehr an ihn und sie … bis zum nächsten Tag, als ich zu dem Souper aufbrechen mußte, zu dem sie eingeladen war, und wo ich sie *besser kennenlernen* sollte.

Ich kam ziemlich spät. Es waren etwa zwanzig Personen versammelt, die sich fast alle kannten. Mit Ausnahme einiger Journalisten – ausgezeichneten Pilzen, wenn sie nicht vergiftet sind, weil sie vom späten Abend bis zum frühen Morgen auf dem Misthaufen dieses Jahrhunderts gezüchtet werden – und mit Ausnahme mehrerer Schauspielerinnen, die anwesend waren, weil Geist und Schönheit sich um Herkunft nicht schert, ist es sehr gut möglich, daß Sie, teure Marquise, mit den Vätern all dieser Gäste des Hauses de Mareuil schon gespeist haben. Es handelte sich um die Elite der glänzendsten üblen Subjekte von Paris. Als man mein Kommen ankündigte, trat Mareuil zu mir, nahm mich an der Hand und stellte mich Madame Annesley vor, die mit einer unaussprechlichen Lässigkeit in der Nähe des Kamins saß. Sie warf mir denselben Blick aus dem Spinnennetz ihrer Wimpern zu, den ich auch bei der ersten Begegnung nicht hatte niederringen können. Sie sagte kein Wort und machte keine Geste. Mit einer Gleichgültigkeit, die meine Eigenliebe aufs Äußerste kränkte, hörte sie dem Comte de Mareuil zu, der liebenswürdige Worte fand, um ihr zu sagen, wer ich bin.

Entschuldigen Sie, Marquise, wenn ich diese Einzelheiten erwähne. Aber ich glaube, sie sind wichtig, um das verständlich zu machen, was folgen sollte.«

»Sie haben recht, sagte die Marquise, unterschlagen Sie nichts. Alles, was die geliebte Frau charakterisiert, charakterisiert auch die Art der Liebe, die man für sie empfindet.«

»Auch wenn ich sie mit der größten Unvoreingenommenheit betrachtete«, fuhr Marigny fort, »um die sklavische Ergebenheit meines armen Freundes de Mareuil etwas besser zu verstehen, blieb ich bei meinem Urteil vom Tag zuvor. Ihr

Gesicht war unebenmäßig. Sie trug ein fremdartig geschnittenes Kleid aus dunkler, grünschillernder Seide, das, zugegebenermaßen, einen sehr feinen Schulteransatz, jedoch ohne jede fleischige Fülle oder Weiche, freigab. Man hätte meinen können, es seien die bronzefarbenen Schultern eines Kindes, das noch nicht zur Reife gelangt ist. Ihre auf dem Kopf zusammengedrehten Haare wurden von grünen Samtbändern zusammengehalten. An ihren Ohren glänzten zwei Smaragde, und Spangen aus demselben geheimnisvollen Stein wanden sich wie Nattern um ihre olivenfarbenen Arme. In der Hand hielt sie den Fächer ihres Landes aus schwarzer Seide und ohne Paillettenbesatz, über dem nur zwei schwarze Augen mit schweren Lidern und einem schläfrigen Blick zu sehen waren. Da die Unterhaltung nicht besonders angeregt war, und sie daran nicht teilnahm, hatte ich Gelegenheit, sie eingehend zu betrachten und sie wie ein Gemälde oder eine Statue zu studieren. Die Ankündigung des Soupers unterbrach meine Studien. De Mareuil stürzte los, um *seiner* Malageserin den Arm zu bieten, und ich richtete es so ein, daß ich hinter ihm ging und auf diese Weise eine Figur wahrnehmen konnte, wie ich ihn kaum jemals gesehen hatte. Madame Annesley war klein, ihre Hüften eher elegant als kräftig, aber der kühne Schwung ihrer Lenden verriet die maurische Herkunft. Der Gang, mit dem sie am Arm von de Mareuil in den Speisesaal hinüberschritt, brachte meine Gedanken in Aufruhr und warf mein Urteil über den Haufen. Es war dieser *meneo* der Frauen Spaniens, von dem ich die Männer, die in diesem Land gelebt hatten, so oft hatte schwärmen hören. Eine andere Frau ging aus dieser Frau hervor. Ich hatte den Eindruck, dieses Rückgrat, das beim Gehen wie der Rücken eines nervösen, geschmeidigen Panthers bebte, sende zwei Blitze aus, und durch ein eigenartiges Zittern verstand ich plötzlich die elektrisierende Kraft dieses Wesens, das vor mir herging.

Zwei Stunden später, Marquise, verstand ich sie noch viel besser, oder vielmehr, ich verstand mich selbst nicht mehr! Oh, diese Frau wurde wirklich durch die Bewegung zur Königin, zur absoluten Königin. Zur *Reina netta*, wie man in der Sprache ihres Landes sagt! Bei diesem zu ihren Ehren veranstalteten funkelnden und feurigen Souper mußte man sie sehen und hören!! Keine anderen Eindrücke, keine anderen Gefühle, kein Glück, kein Genuß und keine der tausend Entzauberungen, die auf die Verzauberung folgen, konnten die Erinnerung daran auslöschen. Wie kam dieses plötzliche Leben in sie? Kam es aus der Schale, in die sie ihre Lippen mit einer flammenden Sinnlichkeit tauchte? Kam es von dem Witz, den die geistreichen und enthemmten Lebemänner, angeregt durch ihre Gegenwart, auf einmal versprühten? Wer wußte es? Wer konnte es sagen? Selbst ich mit meiner ganzen Lebenserfahrung kam nicht dahinter. Ich habe nie herausgefunden, wie es zu dieser ungestümen Verwandlung, diesem Ausbreiten der Schwingen in Sekundenschnelle kam, das sie entführte und uns mit davontrug. Die Zauberkräfte der Häßlichkeit, die Monsieur de Marieul mir vorausgesagt hatte, kamen in Madame Annesley ganz unerwartet zum Vorschein. Ihr schwerer Blick, der mich nicht mehr niederdrückte sondern glühend auf mich fiel, fesselte und beunruhigte mich durch sein unstetes Feuer. Das Blut ihres Vaters, des Toreros, kochte in ihren bernsteinfarbenen Wangen und färbte sie scharlachrot. Man hätte schwören mögen, daß es die Adern sprengen und das Souper mit seiner Lebenskraft überfluten werde, wie es einst in der Arena aus dem bewaffneten Haupt des Stiers gequollen war. Während sie sich unterhielt, warf sie sich unter rauschhaften Zuckungen in ihrem Sessel zurück, und alles, bis hin zu ihrer tiefen Stimme – die ihr Geschlecht kaum verriet, so männlich war sie! – reizte die Einbildungskraft zu einer Neugier, die glühender war als jede Begierde, und weckte in den Seelen den Trieb nach sündhaften Lüsten – die in ihnen schlummernde Sehnsucht nach beispiellosen Wonnen!

Das, was man empfand, was ich empfand, war neu, unbekannt, unerwartet wie sie selbst. Und sie machte nicht einmal den Eindruck, es zu bemerken. Während des Soupers richtete ich mehr als einmal das Wort an sie, aber sie brachte es fertig, mir nie direkt zu antworten, und das ganz ungezwungen. War es neckische Koketterie? Rache? Antipathie? Was immer es war, es versetzte mich innerlich in eine Verwirrung, die Liebesqualen, vermischt mit Wutaufwallungen hervorrief. Mit Nichtigkeiten brachte sie mich auf. An ihrer Seite vergaß ich mich. Hin- und hergerissen zwischen entgegengesetzten Gefühlen, trunken vor Zorn über diese Frau, die mit allen redete, außer mit mir; die sich mit allen abgab, außer mit mir; im Wissen, daß sie nicht viel mehr als eine Kurtisane war, getrieben durch eine Kraft des Gefühls, die ich nicht kannte und durch eine Unterhaltung, die zur Verwegenheit anspornte und diese rechtfertigte, wagte ich, ihr Glas zu ergreifen, als wäre es meines.

›Sie irren sich, Monsieur‹, sagte sie, indem sie mir einen starren, grausamen Blick zuwarf; und sie entwandt mir das Glas mit einer so stürmischen Bewegung, daß es in ihrer Hand zerbrach.

Ihre halbgeöffneten Lippen drückten einen unaussprechlichen Abscheu aus, was jedoch für einen Mann wie mich, Marquise, dem damals eine gewisses Maß an Eitelkeit nicht abging, sehr reizvoll war.

›Oh, Madame, haben Sie sich verletzt?‹ fragte ich sie.

›Ja‹, antwortete sie, indem sie ihre Serviette um die Hand wickelte, ›aber so ist es mir lieber!‹ Und sie begann mit verächtlicher Ironie zu lächeln.

›Mein Gott, mir liegt nichts daran!‹

›Nun, mir auch nicht!‹ gab ich zurück.

Ich log. Mich dürstete nach der Spur ihrer Lippen, die ich

auf dem Rand des Glases, aus dem sie getrunken hatte, gefunden hätte. Sie entzündete meine Sinne bis in mein Innerstes! Aber ihre unverschämte Bevorzugung der anderen ließ in meiner Seele einen Haß aufsteigen, dessen Heftigkeit derjenigen meiner Liebe glich, und ich verspürte ein schmerzliches und rasendes Vergnügen, ihr ihre Verachtung Schlag um Schlag zurückzugeben.

Diese kleine Szene zwischen uns, hatte sich für die anderen in den tausenderlei rauschenden Zerstreuungen eines Soupers, wie wir es begingen, verloren. Nur de Mareuil, der die kleinsten Bewegungen seines Idols verfolgte, hatte bemerkt, was sich zwischen uns abgespielt hatte, und er lächelte uns vom anderen Ende des Tischs aus zu. Seine Beobachtungen waren ihm in doppelter Weise angenehm. Er erkannte einerseits, daß ich seit einer Stunde der Sklave dieser Frau war, deren Macht er mir prophezeit hatte, und daß ich andererseits nie ein gefährlicher Rivale für ihn sein würde.

Als man sich erhob, um in den Salon hinüberzugehen, beugte er sich zu meinem Ohr herunter und sagte: ›Nun?‹

›Nun‹, antwortete ich, ›ich denke wie Sie, ich fühle wie Sie; vielleicht liebe ich schon wie Sie. Sie hätten mich nicht zu diesem Souper einladen sollen, mein lieber Comte, wenn Sie diese Frau für sich alleine besitzen wollen, denn ich bin entschlossen, sie Ihnen mit aller Hartnäckigkeit streitig zu machen.‹

›So, so!‹ sagte er mit der Stimme eines Mannes, der nachts singt, um sich Mut zu machen; ›nur zu, ich habe keine Angst. Ich willige in die Partie ein! Aber ich warne Sie im voraus, daß Sie nicht auf Samt spielen werden. Sie verabscheut sie. Ich vermute immer noch, daß sie gehört hat, wie Sie mir auf dem Boulevard ihre Meinung über sie gesagt haben, denn es wäre verwunderlich, daß sie, ohne irgendeinen Grund zum Groll zu haben, eine so ablehnende Haltung gegen Sie an den Tag legt. Noch heute morgen habe ich mit ihr über Sie gesprochen. Ich habe sie gefragt, ob sie gestern die Person bemerkt habe, die bei mir war. Ich habe ihr erzählt, welche Position Sie in der eleganten Pariser Gesellschaft einnehmen. Ich habe ein herrliches Portrait der Moral … oder der Unmoral, ganz wie Sie wollen, von Ihnen gemalt. Ich war Ihr Van Dyck und der Ihrer Maitressen, deren Namen ich mit aller Sorgfalt in meinen Berichten verzeichnete. Aber nichts hat sie dazu veranlassen können, den artigen Refrain abzuändern, mit dem sie alle meine Berichte begleitete: ›Schon möglich‹, sagte sie, ›aber was wollen Sie? Er mißfällt mir.‹

Heute morgen hat sie mich wissen lassen, daß sie nicht mit uns soupieren werde. Aus diesem Anlaß gab es eine entsetzliche Szene zwischen ihr und Sir Reginald, der für gewöhnlich ihren bizarren Einfällen nachgibt, der jedoch als gastfreundlicher Engländer das Gesetz der Gastfreundschaft nicht dadurch brechen wollte, daß man bei mir, seinem Gastgeber nicht zum Souper erschien. Aus Wut hatte sie sogar eine schöne antike Vase zerbrochen, die aus Paestum stammte und an der Sir Reginald sehr hing, und sie hätte wahrscheinlich, als würdige Tochter jener Spanier, die sechs Jahrhunderte damit zubrachten, die Mauren aus ihrem Land zu vertreiben, dem ehelichen Willen getrotzt, wenn ich nicht auf den Gedanken gekommen wäre, ihr leise ins Ohr zu flüstern:

›Señora, wenn Sie nicht mit Monsieur de Marigny soupieren wollen, bedeutet dies, daß Sie ihn sehr fürchten, und die Furcht ist häufig die ältere Schwester der Liebe.‹

Mein Bester, sie ist ziemlich blaß geworden bei der Unterstellung, sie könnte Sie lieben, und sie hat mir mit einem gezwungenen Lachen geantwortet: ›Wenn es so ist, nehme ich die Einladung an.‹ Bedanken Sie sich also bei mir für den Winkelzug, den ich gemacht habe, um sie dazu zu bringen, mit uns zu soupieren.‹

In Wirklichkeit, Marquise, verdunkelt die Liebe offensichtlich den schärfsten Blick. Comte Alfred de Mareuil war bestimmt zu geistreich und zu beschlagen in den Dingen der Eitelkeit und des Herzens, um nicht zu wissen, daß das, was er mir anvertraute, meinen Wunsch, der Malageserin zu gefallen und sie ihm wegzunehmen, verdoppeln würde. Er glaubte jedoch, ich würde vor der ehernen Mauer zurückschrecken, die er zwischen ihr und mir errichtete. Er vergaß, daß ich wie er das Kind einer altgewordenen Gesellschaft war, versessen auf die beunruhigendsten Widerstände und begierig auf alles, was unmöglich erschien.

Und so setzte ich mich, sobald de Mareuil seine Rede beendet hatte, neben Madame Annesley und gab mich nur noch mit ihr ab. Man stellte einen Spieltisch neben den Marmortisch, auf dem der Punsch in einer weiten, goldenen, mit Figuren geschmückten Schale brannte. Sir Reginald und der Comte de Mareuil setzten beachtliche Summen, aber zum ersten Mal in meinem Leben brachten mich die Chancen des Spiels nicht in Versuchung. In meinen Augen bestand das Glück nur noch in einer Frau, einer Frau, die mich haßte! Mein Stolz war an ihrer Niederlage mindestens so interessiert wie meine Begierde. Das sollte einen Mann beredt machen. Ich glaube, in jener Nacht bin ich es gewesen. Ich redete zu Madame Annesley in einer Sprache, die ohne Anstrengung aus meiner besiegten Seele aufstieg, und die allen Frauen den doppelten Schauer des fiebernden Herzens eingejagt hätte. Es war wie eine Mischung aus abgöttischer Anbetung und unerhörter Verachtung, zärtlicher Schmeichelei und herablassender Unverschämtheit, Geständnis und Zweifel, Eis und Feuer; eine Art intellektuelles russisches Bad, in das ich die Nerven dieser Frau tauchte, um sie geschmeidig zu machen, ohne daß sie auch nur ein einziges Mal nachgegeben hätten. Durch eine plötzliche Verwandlung, wie sie sich sehr häufig bei ihr vollzog, war sie wieder in ihre passive Haltung zurückgefallen; sie war so leblos, wie sie während des Soupers lebendig gewesen war. Sie hörte mir mit einer undurchdringlichen Stirn zu. Sie hatte sich eine Zigarre angezündet und rauchte, während sie mir mit der schweigsamen Würde ihres Landes zuhörte. Eingehüllt in den Rauch, der ihre Stirn noch düsterer machte, lauschte sie zwei Stunden lang diesen widersprüchlichen und verrückten Dingen, die von der größten Liebe Zeugnis ablegen, der Liebe, die gleichzeitig Herrscher und Sklave ist.

›Wirklich‹, sagte sie zu mir, indem sie mich unterbrach und leicht in eine reizende, blaue Spirale blies, die aus ihren Lippen aufstieg, ›*Sie sind nicht alt genug und nicht Engländer genug, um sich solche Launen zu erlauben. Sie zeigen wirklich einen verdorbenen Geschmack.*‹

›Oh‹, gab ich zurück, wie jemand, der plötzlich eine Erleuchtung hat, ›die Spanier sind offenbar ebenso selbstgefällig wie die Franzosen.‹

›Nein‹, antwortete sie, ›aber sie spüren Beleidigungen, und sie verstehen ebenso zu hassen wie zu lieben.‹

›Señora‹, entgegnete ich, mit einer Gewißheit, die einer anderen Frau imponiert hätte, ›Rache ist nicht Haß, und ihre Seele ist groß genug, um ein falsches Urteil zu verzeihen, das auf einer unverständlichen Täuschung beruhte und im übrigen heute Abend genügend gesühnt worden ist.‹

Sie fixierte mich mit ihren Zauberaugen, die sich wie zwei spiralförmige Schwerter in mein Herz bohrten

›Ich habe Ihnen nichts zu verzeihen‹, sagte sie, ›Sympathien unterstehen nicht dem Willen, Antipathien ebensowenig.‹

Und da sie nicht mehr davon sprechen und nichts mehr davon hören wollte, stand sie mit einer abrupten Bewegung auf und begab sich an die Seite ihres Mannes, der trank und spielte. Sir Reginald Annesley, völlig in Anspruch genommen, wie sein gerötetes Gesicht verriet, von dem doppelten Reiz, spürte weder den nackten, seidigen Arm, der seine Wange berührte, während er sich auf seine Schulter stützte, noch den zweifach glühenden Qualm der brennenden Zigarre, der mit dem Atem dieser Frau, die neben ihm stand, in seine Haare zog. Er verspielte Unsummen. Aber als der Comte de Mareuil, sein Gegner, die Malageserin in dieser vertrauten Haltung, die ihn wahrscheinlich eifersüchtig machte, neben Sir Reginald stehen sah, wurde er zerstreut, das Glück begann ihn zu verlassen, und der Engländer gewann wieder wie gewöhnlich. Es schien, als habe seine Frau ihm das Glück wiedergebracht. Man hätte meinen können, die Muse des Spiels persönlich sei zu einem ihrer Günstlinge zurückgekehrt, um ihn zu beschützen. In der Tat besaß Madame Annesley die schrecklichen Zauberkräfte, die man einem Dämon zuschreiben könnte. Ihre flache und geschlechtslose Brust, ihr finsteres und glühendes Gesicht und ihre eindrückliche, kühne und düstere Häßlichkeit – das Einzige, was würdig ist, die verlorene Schönheit auf dem Gesicht eines gefallenen Erzengels zu ersetzen – unterstrichen diesen Eindruck.

Von dem Diwan aus, auf dem sie mich zurückgelassen hatte, betrachtete ich sie, diesen Dämon, und ich spürte, wie sich ihre unsichtbare Kraft mehr und mehr meiner bemächtigte. Ich versuchte, das vor Lebendigkeit und Munterkeit strotzende Wesen wiederzuerkennen, das beim Souper aus ihr hervorgebrochen war, aber der Strahlenkranz um ihren Kopf war wie erloschen, und ich hatte erneut das andere kalte, gleichgültige stumme Wesen vor mir. Am Kamin hatte sie wieder die unbewegliche Haltung eingenommen wie vor dem Souper. Mit erhobener Stirn hing sie ihren gedankenleeren Träumen nach … und sie erinnerte mich an jene phantastischen Löwen, die in den Marmorhöfen der Alhambra hocken und auf ihren Tigerköpfen das kalte Bekken eines wasserlosen Brunnens tragen. Halten Sie es für möglich, Marquise?, in diesem Augenblick gab ich der letzteren dieser beiden Frauen den Vorzug. Ja, dem glanzlosen Wesen, der kleinen, gelbhäutigen und mageren Frau, die ich am Vorabend auf dem Boulevard in der Kalesche mit meiner

Verachtung fast zermalmt hatte! Es gibt Lieben, die alles in den Seelen korrumpieren. Die meine begann, mich mit einer Blindheit zu schlagen, die dem Licht widersteht … die es uns leugnen und verspotten läßt. Ich verstand nun jenen Mann, der an der Maitresse seines Lebens den breiten Scheitel zwischen den schütter gewordenen Haaren, jene armselige Furche, die er am liebsten mit seinen Küssen und seinen Tränen übersäte, allem anderen vorzog! In kürzester Zeit ging es mir wie diesem Mann, und ich liebte nur noch das, was an dem geliebten Wesen am wenigsten schön war. Ich hätte auch das, was an ihm krank war, geliebt! Ich begann den Mangel mit Lust zu genießen; ich begann ihn für Vollkommenheit zu halten; es sollte mich teuer zu stehen kommen. Es war nicht die Liebe, die Hermangarde einflößt. Anstatt die Seele zu erheben, hielt sie sie nieder und erdrückte sie … Es war eine bösartige und stürmische Liebe.«

Er hielt inne. Obwohl die Marquise die Erfahrung einer Frau besaß, die die heftigsten Empfindungen des Lebens ausgekostet hat und sich heute noch bei dem Gedanken an das, was sie dabei kennenlernte, die Lippen leckte, liebte sie Hermangarde so sehr, daß sie glücklich war, als sie hörte, wie Marigny seine Leidenschaft für die Malageserin abschätzig beurteilte und von selbst Gefallen an der Poesie der Moral fand, die die Liebe ihm ins Herz flötete.

Sie unterbrach ihn nicht, und er fuhr fort:

»Der Comte de Mareuil verlor die ganze Zeit. Ich kam auf die Idee, ihn zu rächen. Ich erreichte, daß er mir seinen Platz überließ. Es gefiel mir, diese Frau, die die Goldstücke zu verzaubern schien wie sie mich verzaubert hatte, in der Person ihres Gatten im Spiel zu schlagen. Gegen ihn zu spielen, bedeutete, gegen sie zu spielen. Sir Reginald, abergläubisch wie die meisten Spieler, verglich seine Malageserin mit Josephine, die, wie man sich erzählt, die geheimnisvolle Ursache für Bonapartes Glück war. Heute Abend jedenfalls hatte sie ihm, an seiner Seite stehend, das Glück zurückgebracht, das ihm untreu geworden war. Von allen wirren Gefühlen, die sie in mir weckte, war das ungestümste und unwiderstehlichste, ihr – egal wie – auf das herausfordernde Wesen zu antworten, das ihre ganze Person ausatmete und das in meinem Herzen – welche abscheuliches Gemisch! – das Blut des verletzten Stolzes mit den wiederbelebten Flammen der Begierde verschmelzen ließ.

Ich spielte also –, aber es hatte den Anschein, als habe Sir Reginald recht mit seinem törichten Aberglauben. Ich strengte mich an; ich kombinierte meine Züge, als ob mein Leben von meinen Karten abhinge; ich verstärkte die Aufmerksamkeit, die Kaltblütigkeit, die Geduld; ich verlor genau so viel wie Alfred de Mareuil. Ich war jedoch nicht so reich wie er. Bei weitem nicht! Die Verluste, die ich machte, trafen mich wesentlich mehr; aber die entsetzliche Wut, die ich in mich hineinfraß, kam nicht von den Verlusten, ja, nicht einmal das Gefühl, ruiniert zu sein, hätte sie hervorbringen können. Nein! Die Ursache war einzig und allein das Gefühl meiner Ohnmacht gegenüber dieser teuflischen Malageserin, gegenüber diesem unbeweglichen und gleichgültigen Dämon, der, die brennende Zigarre im Mund, das Feuer mit unentflammbaren Lippen einzuziehen und sich dabei über meine schwachen geistigen Kräfte lustig zu machen schien, die sich gegen ihn auflehnten. Ein schrecklicher Einfluß fuhr fort, mich zu verfolgen und zu unterjochen. Ich spielte und verlor in wenigen Stunden fast alles, was ich besaß. Am nächsten Tag mußte ich von Geborgtem leben.

Aber was kümmerte mich das! Das wahre Elend, das wahre Unglück für mich bestand darin, daß ich liebte, wie ich es tat, und keine – absolut keine! – Macht über das Wesen besaß, das mein Leben, ohne es überhaupt haben zu wollen, einsog, mit derselben Selbstverständlichkeit, wie seine gleichgültige Brust die Luft beim Atmen einsog! Nach jenem verhängnisvollen Souper bei de Mareuil war ich in einem unsäglichen seelischen und physischen Zustand nach Hause zurückgekehrt Ich schloß mich zwei Tage lang dort ein, wütend über meine Empfindungen, aber es gibt Räusche, die man nicht ausschläft ... und ich verstrickte mich nur noch mehr in dem Netz, das mich gefangenhielt. Als ich meine Verwundung genau erforscht hatte, als ich mir über die Unheilbarkeit meiner Krankheit sicher war, machte ich Pläne und faßte Beschlüsse. Ich beschloß, im Sinne dieser Leidenschaft, die ich als unbezähmbar erkannte, zu handeln. Ich sagte mir, daß ich diese Frau, die mir zunächst einen so merkwürdigen Haß entgegengebracht hatte, dazu bringen würde, zu lieben. Ich würde die verborgenen Winkel ihres Charakters studieren. Ich würde die Wege erkennen, auf denen man in dies Herz eindringen könnte. Das alles sagte ich mir ... und dennoch wurde ich von einer heftigen Unruhe umgetrieben, denn in dieser Spanierin, in dieser hochmütigen, an Herz und Geist Taubstummen, schienen die Intelligenz und das Empfindungsvermögen so abgeschottet zu sein, daß sie womöglich für Verführung ebenso unzugänglich war wie für Liebe. Oh Marquise, welch qualvolles Leiden, wenn man fühlt, wie alle Fähigkeiten, die dazu dienen, jemandes Liebe zu erobern, auf die Seele zurückfallen und auf einmal nutzlos, ja sinnlos werden, weil die Frau, die unser Unglück und unser Schicksal ist, sich ihrem Zauber dummerweise entzieht; weil in ihren geliebten, wenngleich blöden Augen die geistigen Dinge, die unübertroffenen Reize des Worts, alles, was uns über die Seelen herrschen läßt, nur Meisterwerke der Kunst in den barbarischen Händen eines Eskimos oder eines Lappen sind! ... Ich ging zu de Mareuils Haus, um Sir Reginald Annesly zu besuchen. Ich wurde nicht vorgelassen. Am nächsten Tag gab Sir Reginald eine Karte bei mir ab, aber weder an diesem, noch an einem der folgenden Tage konnte ich zu Madame Annesly vordringen. Comte de Mareuil sagte mir, daß sie mich absichtlich nicht empfange, daß sie mich nie empfangen werde, daß ihre Antipathie mir gegenüber bei dem Souper, wo sich der Eindruck, den ich von ihr hatte, so sehr zum Guten veränderte, nur noch zugenommen habe.

›Wahrscheinlich wird sie von der Liebe erzählt haben, die Sie ihr so plötzlich zeigten. Sie wird das getan haben, was Frauen so gut verstehen, wenn sie es tun‹ – fügte de Mareuil, dieser gute Freund, der sich freute, mich ärgern zu können, hinzu. ›Sie wird die Eifersucht ihres Gatten angestachelt haben, indem sie sich selbst als tugendhaft darstellte, und sie wird wahrscheinlich den sehr korrekten Sir Reginald Annesley, den größten Gentleman aller englischen Baronets, dazu gebracht haben, Ihnen gegenüber nicht mehr als Mann von Welt, sondern als gewarnter Ehemann aufzutreten.‹

Eine solche Rede war unerträglich für mich, aber ich konnte Alfred de Mareuil nicht verübeln, daß er sie mir hielt. Auch er war, wie ich, in Madame Annesley verliebt. Aus diesem Grund wäre es nicht angebracht gewesen, wenn ich ihn darum gebeten hätte, eine fast unmöglich gewordene Begegnung zu begünstigen. Ausgenommen im Bois und in der Oper konnte ich kaum hoffen, die Malageserin zu treffen. Es war mitten im Sommer. Kein Mensch war mehr in Paris. Und wer weiß, ob dieser Engländer, der sich lieber in Spielhallen als in Salons aufhielt, und diese Frau, die zwar aus Liebe geheiratet worden war, aber eine zweifelhafte Vergangenheit besaß, überhaupt am gesellschaftlichen Leben teilgenommen hätten, wenn die Gesellschaft dagewesen wäre ...? Der Bois und die Oper waren nur zwei schwache Rettungspunkte. Madame Annesleys Wagen hielt nie meinetwegen an, wenn ich sie grüßte. Und da mir ihr Haus verschlossen war, war mir natürlicherweise auch ihre Loge in der Oper verboten, und wenn sie dort war, sah ich – da sie sich nicht nach Art der Französinnen zur Schau stellte – vom Parkett aus, von wo ich sie mit meiner Lorgnette beobachtete, kaum etwas anderes als ihre falschen, kalten Tigeraugen (so erschienen sie mir) über ihrem großen, schwarzseidenen aufgespannten Fächer; im Bois fing ich noch weniger von ihrer Person ein, denn sie hüllte sich von Kopf bis Fuß nach Art der Peruanerinnen in ihre Mantille ein und zeigte mir nur eines ihrer gräßlichen Augen von verhängnisvollem Reiz ... Seit dem Souper bei Alfred de Mareuil hatte ich tausendmal versucht, sie zu treffen und mit ihr zu reden, aber ihr Wille und das Schicksal hatten meine Pläne immer fehlschlagen lassen und die Sache vereitelt. An irgendeinem Abend sah ich sie in Saint Philippe du Roule, denn, sei es aus Gewohnheit von Kindheitstagen oder aus wirklicher Frömmigkeit (wer kann in dieser glühenden und tiefen Seele klar sehen?), sie besuchte als echte Spanierin die Kirche, so wie sie, unter dem Einfluß ihres Vaters, des maurischen Toreros die Moscheen besucht hätte. Ich kam gerade von den Champs-Elysées zurück, wo ich zwanzigmal unter ihrem Fenster auf- und abgegangen war, um sie zu sehen. Beim Vorbeigehen fiel mein Auge auf einen Wagen, der vor den Treppen der Kirche hielt, und den ich unter tausenden erkannt hätte. Es war der Wagen mit den Brandfüchsen und dem orangenfarben ausgeschlagenen Fond, in dem ihr Körper seinen Platz eingeprägt hatte. Ein riesiges Bukett aus Ginster und Jasmin belagerte, zusammen mit der Mantille aus schwarzen Spitzen die eingesunkenen Kissen, auf denen sie für gewöhnlich mit so katzenhaften Bewegungen ihre aufregende und provozierende Trägheit ausbreitete. ›Oh!‹ sagte ich zu mir, als ich den verlassenen Wagen sah, der in mir dieselben Begierden wachrief, die ihr zerwühltes Bett in mir wachgerufen hätten, ›sie wird in die Kirche gegangen sein‹, und ich warf einem Kind, das zufällig dastand, die Zügel meines Pferdes zu. Dann ging ich die Stufen hinauf, die sie hinaufgegangen war, neugierig darauf, zu sehen, wie der böse Gott meines Lebens zu Füßen des seinen etwas erbitten würde. Es war am Abend, kurz vor acht Uhr.

Ich habe in jener Zeit so gelitten, Marquise, daß die kleinsten Details meiner Tage sich mit einer unauslöschlichen Feuerspur in mein Gedächtnis eingebrannt haben. Man sang das Salve regina. Ich suchte die Spanierin ... Was würde ich ihr sagen? Was würde ich tun? Ich hatte keine Ahnung. Ich überlegte nicht, ich suchte sie. Ich gehorchte, ich weiß nicht welcher blinden, unwissentlichen, spontanen, leidenschaftlichen Regung, die mich mit unwiderstehlicher Kraft antrieb. Schließlich entdeckte ich sie in einer Kapelle, auf einem Betstuhl kniend, die nackten Ellbogen auf der Lehne, das Kinn in die flachen Hände gelegt, die mit über den Unterarm hochgehenden langen Spitzenhandschuhen bedeckt waren. Betete Sie? Mit welcher Glut suchte ich es in ihren Blicken und auf ihren Lippen zu entdecken! Wenn sie betete, dann wäre ihre Seele doch nicht ganz gefühllos, abweisend und unzugänglich. Sie könnte mich eines Tages lieben! ... Aber sie betete nicht. Ihre roten und fast grausamen Lippen bewegten sich nicht. Ihr Auge, von keinem Gefühl belebt, schwarz und zäh wie Teer, heftete sich in einer Art Erstarrung, der ihr eigenen Träumerei, auf die brennenden Kerzen, die in der Hitze ihrer Flammen und der Sommersonne, die das Fenster dieser Kapelle, die nach Westen ging, lange beschienen und erwärmt hatte, rasch schmolzen. Die letzten Strahlen, die durch die bunten Scheiben drangen, brachten das Zinnoberrot und das Azurblau zum Leuchten und schienen die Luft um ihr schwarzes Kleid zu entfachen, als wäre sie der Mittelpunkt eines unsichtbaren Feuerherdes. Ach! Ich betrachtete sie lange! Ich stellte mich in ihre Nähe. Nur das Gitter der Kapelle, an das ich meine Stirn lehnte, war noch zwischen uns, während ich sie ansah. Was ich während dieses ergreifenden Abendgottesdienstes, unter den Klängen der Orgel, die ich seitdem nie mehr ohne Erschütterung habe hören können, und beim letzten Licht eines schönen Tages, drei Schritte entfernt von dieser Frau, die ich seit dem Souper bei de Mareuil nicht mehr so aus der Nähe und so lange gesehen hatte, empfand, Marquise, läßt sich nicht in Worte fassen … Ich hatte sagen hören, es gäbe ein Fluidum, das man mit einem leidenschaftlichen Willen aus den Augen entsenden könne, und mit dem man in das widerspenstige Wesen eindringen könne … Ich versuchte, sie mit diesen magnetischen und blitzenden Blicken zu überschütten. Ich hatte das Gefühl, meine ganze Seele entweiche durch meine Augen, um diesen angebeteten, verhaßten Körper zu durchtränken. Nun, die Wissenschaft trog, Marquise; die Leidenschaft trog; alles trog! Sie drehte sich nicht ein einziges Mal nach mir um. Ich hinterließ die Spuren meiner Fingernägel auf dem Gitter, das mich von ihr trennte … Später einmal bin ich mit ihr zusammen nach Saint-Philippe zurückgekehrt und habe ihr dort diese Spuren der Wut gezeigt, die damals in mir aufgestiegen war und die ich im Eisen hinterlassen hatte. Nicht einmal in den Wirren meiner Jugend war ich gottvergessen, aber an diesem Abend, bei dieser religiösen Zeremonie, die mich mit heiliger Andacht hätte erfüllen müssen, sah ich nur diese Frau, vor der ich auf ein Zeichen hin niedergekniet wäre, wie die Gläubigen vor dem Altar niederknien. Sie gab mir jedoch kein Zeichen. Als das Salve Regina zu Ende war, ging sie mit gesenkter Stirn und einem verächtlichen und wilden Blick, ohne mich anzusehen, an mir vorbei … Ich folgte ihr in der Menge, und bei dem Gedanken, daß ich sie vielleicht beim Hinausgehen im allgemeinen Gedränge packen und an mein Herz drücken könnte, fühlte ich, wie meine Knie nachgaben. Gott ließ die Freveltat nicht zu. Sie schien meine Pläne zu erahnen und zu vereiteln. Sie ging zum Weihwasserbecken, tauchte die Hand hinein und ging rasch hinaus. Als ich aus der Kirche kam, hatte sie sich schon in ihren Wagen geschwungen … Ich hatte nicht einmal ihr Kleid berühren können; und als ich mich der Kalesche näherte, in die sie sich zurückgelehnt hatte, fuhr sie los, das Gesicht halbverdeckt durch das Bukett aus Ginster und Jasmin, den Blumen Spaniens, in dessen Düften sie vielleicht – wie in dem Abendgottesdienst, an dem sie gerade teilgenommen hatte – die Eindrücke und die Erinnerungen ihres Landes suchte … Sie werden zugeben, Marquise, daß sie, wenn sie die Absicht hatte, die Liebe durch widersprüchliches und rätselhaftes Verhalten anzustacheln, mit der Kunst der bewundernswertesten Kokette vorging. Aber sie war keine Kokette! Sie war eine richtige Frau, wie Sie sehen werden.

Muß ich Ihnen sagen, daß ich ihr, verliebt wie ich war, und empört darüber, von dieser unbegreiflichen Frau, die mich aus ihrem Leben verbannt hatte, abgewiesen zu werden, geschrieben habe, weil ich nicht mit ihr reden konnte, und daß ich auf die Gefahr hin, sie bei ihrem Gatten zu kompromittieren, diese letzte Chance ergriff, ihr Interesse an der Leidenschaft, die ich für sie empfand, zu wecken. Ich habe ein Dutzend Briefe gewagt, mit der unvernünftigen Hoffnung jener Italienerinnen, die den Jesuiten in Rom jene Briefe senden, die sie dem lieben Gott schreiben. Aber Gott hätte eher geantwortete als sie. Und alle meine Briefe wurden mir mit der unverschämtesten Pünktlichkeit zurückgeschickt.

Indessen begann mich dieser unumstößliche Entschluß, mich zu meiden und alles, was von mir kommen könnte, abzuweisen, allmählich zur Verzweiflung zu bringen. Wenn sie immer eine tugendhafte Wilde gewesen wäre, hätte ich geglaubt, sie schließlich doch noch zu zähmen. Aber sie war eine Tochter des Südens, mit schwarzen, prallen Adern, hervorgegangen aus einer sündigen Liebe im Land des Lebens, und sie war, wie man sagte, aus Prinzip noch nie sparsam mit ihren Launen umgegangen. Solche Wesen sind unbezwingbar, wenn sie sich vornehmen, Widerstand zu leisten. Meine Eigenliebe konnte sich keinerlei Trost verschaffen. Wenn sie mich floh, war dies der Beweis dafür, daß ich ihr tatsächlich so mißfiel, wie sie es mich hatte wissen lassen. Ich wurde nicht geliebt. Was für ein Tiefschlag für meinen Stolz! Aber auch was für ein Tiefschlag für meine Seele! Denn ich liebte sie …! Was ich fühlte, war keine nagende Begierde, die das Herz befällt und die es dann, angesichts der Unmöglichkeit wieder verläßt. Es war eine Liebe, die das Blut und die Gedanken verzehrte; es waren sämtliche Begierden gebündelt in einer einzigen. Und was die Unmöglichkeit betraf, so hätte ich, Gott verdamme mich, selbst seinem Willen getrotzt! Teure Marquise, wenn ich Ihnen mehr über meine Gefühle als über den Verlauf dieser Geschichte erzählt habe, dann deshalb, weil ich Ihnen die Ereignisse nicht wahrheitsgetreu berichten könnte, so entsetzlich waren sie! Ich dachte, in meinem Herzen befände sich ein Krebsgeschwür … Ach!, nicht geliebt zu werden ist immer eine schreckliche Qual, – ein menschlicher Widersinn, denn die Liebe sollte die Liebe herbeirufen; – aber zum erstenmal nicht geliebt zu werden, nachdem die Frauen einen den Stolz des Erfolgs haben kennenlernen lassen, der den vorhandenen Stolz noch vermehrt; nicht geliebt zu werden von einer häßlichen und unansehnlichen Person, die man für nicht ebenbürtig hält, die man mit seiner Intelligenz zermalmt, die man in geistiger und körperlicher Hinsicht beinahe verachtet, und die man trotzdem anbetet und in seine Träume aufnimmt, das ist eine Katastrophe des Herzens, grausamer als jeder Schicksalschlag. Wenn ich die Seelen, die sich mir auslieferten, manchmal zu leichtfertig behandelt habe, so waren sie jetzt gerächt. Ich sühnte die Leiden, die ich verursacht hatte. Sie liebte mich nicht! Aus Ärger, Erschöpfung und Wut machte ich die lächerlichsten und verrücktesten Pläne. Ich verstand nun die widernatürliche Liebe, die Caligula für jene Statue der Diana empfand, die er überallhin mitnahm. Er beherrschte sie wenigstens! Er war der absolute Herrscher! Der Marmor konnte nicht lieben, und die leblose Substanz ließ sich ohne Widerstand verschlingen. Aber sie! Ach, Gedanken an rohe Unterdrückung, an einen entsetzlichen Mißbrauch der Gewalt stiegen in meinem Kopf auf. Im 18. Jahrhundert hätte man mit einem Ausdruck, den wir heute brutal finden würden, gesagt: Ich wollte sie um jeden Preis *besitzen*. Einmal dachte ich daran, nachts wie ein Dieb bei ihr einzudringen und ihr die Pistole auf die Brust zu setzen, so wie es der Oberst Naldy mit der schönen Marquise de Valmore gemacht hatte, die sich mit einer Willfährigkeit erschoß, die unserer korrumpierten Zeit würdig ist. Ein andermal plante ich, sie mit jäher Gewalt zu entführen, als ob es eine leichte Angelegenheit gewesen wäre, eine Frau, die immer in Begleitung ist und nie zu Fuß ausgeht, zu entführen. Ich war allem Anschein nach verrückt.

Eines Morgens war ich ziemlich früh ausgeritten, um die unerträgliche fixe Idee, die mich verzehrte, etwas zu vergessen. Aus Instinkt oder aus Gewohnheit war ich in die Richtung aufgebrochen, wo die Malageserin ihre Langeweile spazierenführte, der ich im Namen der Liebe wie der Rache so gerne grausame Ungelegenheiten bereitet hätte. Ich hatte Passy durchquert, in der Absicht, in den Bois de Boulogne abzubiegen, wo die eleganten Nachmittagsspaziergänger zu finden sind und wo ich vielleicht die schwarz-blaue Kalesche vorbeifahren sehen würde, die mir regelmäßig jeden Tag zur selben Stunde mit ihren spöttischen Rädern über das Herz fuhr. Ich war in jenen Teil Passys gelangt, der sich wie eine Schlucht eingräbt, die nach einer Windung in einem Tal endet, einem kleinen kühlen, schattigen, geheimnisvollen Tal, groß wie die Hand, einer Art grüner Muschel. Landhäuser begannen aufzutauchen. Man nennt diesen verborgenen Teil von Passy, glaube ich, den Weiler von Boulainvilliers. Ich hatte einen Gewaltritt hinter mir und parierte mein erschöpftes Pferd in einer Pappelallee. Plötzlich erschien eine Frau, ebenfalls zu Perd, in einem granatfarbenen Reitkostüm und mit einer Mütze aus schwarzem Samt am anderen Ende des Wegs, auf dem ich mich befand.

Liebende sind wie Schlafwandler; sie sehen nicht nur mit den Augen, sondern mit dem ganzen Körper. Ich erkannte Madame Annesley aus einer Entfernung, die mich jede andere Frau als sie nicht hätte erkennen lassen. Sie war allein. Ach, der Himmel schickte sie mir so! Ich unterdrückte den Schrei eines Wilden.

Da sie nicht dieselben Gründe wie ich hatte, mich von Ferne zu erkennen, kam sie ohne Mißtrauen näher, und als sie mich erkannte, war es zu spät, um mir auszuweichen. Zweifellos unangenehm überrascht sagte sie:

›Caramba!‹, eine Art Fluch in der leichten und klangvollen Sprache ihrer Heimat, den sie häufig mit einem trotzigen und wütenden Ausdruck ausrief, den ich, wie alles an ihr, zu Unrecht je nachdem reizvoll oder verabscheuenswert fand.

Ich grüßte sie, indem ich auf sie zuritt:

›Madame‹, sagte ich, ›der Zufall ist mir gewogener als Sie. Er hat es übernommen, mir ein Rendezvous zu gewähren, um das ich nicht zu bitten gewagt hätte!‹

Unsere Pferde befanden sich nun Kopf an Kopf. Sie hatte angehalten, als sie sah, daß ich anhielt, aber meinen Gruß gab sie mir nicht zurück. Sie blieb aufrecht in ihrem Sattel sitzen, und indem sie mit der Spitze ihrer Reitgerte auf den Weg vor mir und den Weg hinter sich zeigte, antwortete sie:

›Der Zufall ist ein Dummkopf. Es handelt sich hier nicht um ein Rendezvous, sondern um eine zufällige Begegnung. Ihr Weg, Monsieur geht hier entlang, der meine dort; reiten Sie weiter!‹

Von ihrem Pferd herunter, das stolz auf der Stelle trat, und mit der ausgestreckten Reitgerte in der Hand, hatte sie einen Kommandoton, der so uneingeschränkt war, daß er den Widerspruch geradezu herausforderte. Und ich antwortete ihr mit einer Festigkeit und Entschlossenheit, die sie in ihrer hochmütigen Haltung treffen mußte:

›Señora, ich werde nicht gehen. Ich wäre der Dummkopf,

wenn ich mir die unverhoffte Gelegenheit, Sie zu sehen und mit Ihnen zu sprechen, entgegehen lassen würde. Hier werden Sie mir nicht ausweichen … wenn Sie fliehen, werde ich Ihnen folgen … Haben Sie Lust, ein Kirchturmrennen bis nach Paris mit mir zu veranstalten? Ich weiß nicht, ob Sie die Briefe alle gelesen haben, die ich Ihnen geschrieben habe. Hier und jetzt werden Sie mir wenigstens zuhören, wenn Sie schon nicht antworten. Sie sind alleine …‹

›Nicht mehr lange‹, sagte sie, ›Sir Reginald ist noch in einem der Chalets, das er für die Saison mieten möchte. Er wird gleich hier sein.‹

Ich fand es ziemlich geschmacklos, daß sie ihren Gatten erwähnte.

›Nun‹, antwortete ich, ›kommt Zeit, kommt Rat. Solange wir auf ihn warten, bitte ich Sie, Señora, um eine Erklärung für das merkwürdige Verhalten, das Sie mir gegenüber an den Tag legen. Wenn es Gleichgültigkeit wäre, was Sie mir entgegenbringen, würde ich nichts sagen und Sie um keine Erklärung bitten; ich würde im Stillen leiden. Aber es ist Haß; ich habe das Recht, Sie nach dem Grund für diesen Haß zu fragen. Was habe ich Ihnen getan, daß Sie mich hassen …?‹

Die Gefühle, die ich für sie empfand, zeigten sich in der Blässe, die mein Gesicht seit Tagen zeichnete und im Ton meiner Stimme, mit dem ich die wenigen Worte vorbrachte. Ob ihr dies die Sprache raubte …? Da sie immer etwas zerstören mußte, schlug sie mit ihrer Reitgerte wie träumend die jungen Triebe eines Baums am Wegrand ab.

›Ja‹, sagte ich, diese Träumerei als gutes Omen wertend und nur an meine Liebe denkend, ›warum hassen Sie mich, Sie, die ich mit einer Liebe liebe, die den gerechtfertigsten und tiefsten Haß entwaffnen würde? Was habe ich Ihnen getan? Habe ich Sie beleidigt? Ich habe mich ja entschuldigt für diese Worte von neulich, an die Sie mich bei dem Souper im Hause de Mareuils so grausam erinnerten. Ich entschuldige mich noch einmal dafür. Ich werde mich immer wieder dafür entschuldigen. Es war Blasphemie aus Unwissenheit; ich kannte Sie nicht. Es war Blasphemie gegenüber dem unbekannten Gott, den ich nun anbete.‹

All das, Marquise, war nicht sehr gut ausgedrückt, aber es war ernst gemeint! Und die Aufrichtigkeit meines Herzens, die aus meinen Worten herausklang, gab ihnen vielleicht einige Kraft. Auf jeden Fall hörte sie mich an.

Unsere Pferde berührten sich … unsere Ellbogen ebenfalls. Ich brauchte nur den Arm auszustrecken und diese schlanke und aufreizende Taille zu umschlingen, die die Begierde durch ihre Geschmeidigkeit erregte, wo andere sie durch die Kontur erregen. In zwei Augenblicken konnte ich, wenn ich wollte, die kühnen Träume der vergangenen Tage in die Tat umsetzen, konnte sie aus dem Sattel heben, vor mir über mein Pferd legen und sie aufs Land entführen, ehe ihr jemand zu Hilfe kommen konnte.

Dieser Gedanke schoß mir durch den Kopf und mir wurde schwindlig. Ich widerstand jedoch, als ich sah, daß sie fast gerührt war von meinen Worten, in der kühnen Hoffnung, wie ein Ritter geliebt zu werden, nur geliebt zu werden; lieber geliebt zu werden als glücklich zu sein!

›Señora, sagen Sie mir‹, sagte ich, ›daß Sie an meine Reue und meine Liebe glauben. Sagen Sie mir, daß Sie es nicht zurückweisen, wenn ich ihnen Ausdruck gebe; daß Sie mir erlauben, Sie manchmal zu sehen, mich, der ich Sie immer suchen werde.‹

Aber das unerforschliche Wesen hob seine Augen – seine bronzenfarben umrandeten Augen –, die trügerische Träume gesenkt gehalten hatten, und wies erneut mit der Reitgerte auf den Weg, der vor mir lag.

›Ich habe Ihnen nichts weiter zu sagen, Monsieur de Marigny‹, antwortete sie, ›zum zweiten Mal, hier ist Ihr Weg, reiten Sie weiter!‹

Das war zuviel. Diese kühle Verachtung, in dem Augenblick, wo ich glaubte, das Interesse einer Frau geweckt zu haben, die sich geliebt sieht; diese eisige, unversöhnliche, lakonische und eigensinnige Verachtung, ließ einen ungeheuren Zorn in mir aufsteigen, der die letzten Rücksichten meines Herzens schwinden ließ. Die Idee, die ich niedergekämpft hatte – sie von ihrem Pferd herunterzuholen und sie wie eine Beute zu entführen – bemächtigte sich meiner mit der Gewalt einer glühenden Begierde.

Die Liebe und die Wut hatten alles in mir getötet, alles vernichtet, außer dem Mann. Ich packte sie über den Hüften und mühte mich, sie vom Sattel zu ziehen, aber sie war eine ausgezeichnete Reiterin, und außerdem hatte meine Bewegung sie gewarnt, ohne sie zu erschrecken. Sie zog die Zügel ihres Pferdes kräftig an und schützte sich mit dem Hals des edlen Tieres, indem sie es sich aufbäumen ließ.

Ihre Wut erreichte das Ausmaß der meinen. Ich hatte einmal bei Sonnenuntergang in den Wäldern Korsikas einen Adler mit einem Schuß verletzt. An ihn erinnerte sie mich.

›Sie sind ein unverschämter Kerl!‹ sagte sie. ›Machen Sie mir Platz, oder ich schlage Sie auf der Stelle mit dieser Reitgerte!‹

Sie war herrlich bleich, herrlich zornig, herrlich stolz auf ihrem sich aufbäumenden Pferd. Zunächst hatte sie mich wütend gemacht, aber – oh Widerspruch der Liebe – nun gefiel sie mir, gefiel mir über alle Maßen. Ich fand sie anbetungswürdig. Ich liebte diese Wut, sie stand ihr gut … und statt ihr zu gehorchen, begann ich, sie voll Entzücken zu betrachten.

Meine Betrachtung wurde heftig gestört. Ein blendender Peitschenhieb, der mich tausend Blitze sehen ließ, fuhr über mein Gesicht und zeichnete eine blutende Spur darauf.

Trotz des Schmerzes, den ich empfand, stürzte ich mit meinem Pferd auf das ihre zu, dessen Zügel sie wieder locker gelassen hatte, und ich fand die Kaltblütigkeit und die Geschicklichkeit, mit meiner offenen Hand ihr Handgelenk zu fassen, das sich blitzartig wieder erhoben hatte, um ein zweites Mal zuzuschlagen, und es auf halbem Weg aufzuhalten.

Jede Ohrfeige aus der Hand einer Frau ist ein Vorteil für den, der ihn zu nutzen versteht.

›Oho, jetzt ist es genug, meine schöne Clorinde‹, sagte ich zu ihr, wobei ich unter meinem Schmiß lachte; der spanischen Wut konnte ich nur den französischen Witz entgegensetzen. ›Sie zeichnen die Dinge, die Ihnen gehören, schon beim ersten Hieb so gut, daß es keines zweiten bedarf.‹

Ich hielt ihr kleines Handgelenk fest, das sich in meiner geschlossenen Hand drehte und wand. Sie hätte es gerne befreit. Unmöglich! Sie hätte gerne gesehen, wie ich wütend werde über meine Wunde, und ich scherzte nur. Ich war der Stärkere. Ich war ihr Bezwinger; ich war ihr Beherrscher. Ihre Empfindungen waren unaussprechlich. Das, was mir vorher mißlungen war, konnte ich nun tun. Während ich ihre Hand in der meinen festhielt, faßte ich sie mit meinem freien Arm um die Taille. Ich umschlang sie fest. Sie wehrte sich. Unsere Pferde stießen sich, bissen sich. Man hätte uns für zwei Feinde im Nahkampf halten können. Sie war tatsächlich mein Feind.

Sie begann so laut sie konnte ›Reginald! Reginald!‹ zu rufen.

›Señora‹, sagte ich, ›dieser Name ist schlimmer als ein Peitschenhieb! Ich werde ihn auf Ihren Lippen ersticken.‹

Und obwohl sie sich auf den Rücken des Pferdes zurückwarf, um meinem Rachekuß zu entgehen, hätte sie ihn trotzdem empfangen, wenn nicht eine geschlossene Faust, die mit einem eisernen Handschuh bewaffnet zu sein schien, mit ihrem ganzen Gewicht auf meine Schulter heruntergesaust wäre und mich in meinem Sattel zum Schwanken gebracht hätte.

Ich drehte mich um. Es war Sir Reginald Annesley, den ich, während ich mit der Malageserin kämpfte, nicht hatte kommen hören. Sein gewaltsames Dazwischentreten war eine Beleidigung und ein Angriff. Und zudem hatte sie ihn herbeigerufen, zu ihrer Verteidigung gegen mich! Er zahlte für beide, für sich und für sie: Ich gab ihm den Peitschenhieb zurück, den sie mir ins Gesicht gegeben hatte.

Mit der britischen Affektlosigkeit, die auch eine Beredsamkeit ist, zog der Baronet zwei kleine Pistolen aus der Tasche und reichte mir eine davon:

›Vier Schritte‹, sagte er, ›und Feuer!‹

›Nein Monsieur‹, erwiderte ich mit derselben Kaltblütigkeit wie er, indem ich seinen Arm zurückstieß. ›Nicht jetzt, nicht vor Madame, aber morgen, wann Sie wollen.‹

›Gut‹, antwortete er, ›morgen um zehn Uhr, und auf diesem Weg, der die Beleidigung gesehen hat und der die Bestrafung sehen wird!‹

›Abgemacht, zehn Uhr!‹ sagte ich, indem ich diese unerhörte Frau ansah, die der Grund für dieses Duell war, das ich gerne für sie auf mich nahm.

›Warum nicht gleich?‹ fragte sie, wobei sie die Stirn runzelte wie ein zorniges, tyrannisches Kind. Und mit einem Bedauern von himmelschreiender Grausamkeit sagte sie an mich gewandt:

›Ich hätte es vorgezogen, schon heute dabei zuzusehen, wie Sie getötet werden.‹«

8. KAPITEL

Blut gegen Blut

Eine wechselvolle Liebe, Fortsetzung

Als er an diesem Punkt seiner Erzählung angelangt war, schwieg Monsieur de Marigny einen Augenblick, als wolle er der Marquise Gelegenheit zu einer Bemerkung geben. Aber ihr Wunsch, den Fortgang der Geschichte zu erfahren und ihr Interesse waren zu lebhaft:

»Fahren Sie fort, fahren Sie fort«, sagte sie zu ihrem zukünftigen Schwiegersohn.

»Wir kehrten von verschiedenen Seiten nach Paris zurück«, sagte Marigny. »Ich suchte Alfred de Mareuil auf und erzählte ihm mein Abenteuer. Zuerst war er verwundert, dann amüsierte er sich gewaltig über meine Hiebwunde im Gesicht, die ich dem Ehegatten heimgezahlt hatte. Er willigte ein, mir als Sekundant zu dienen. ›Höchstwahrscheinlich‹, fügte er hinzu, ›wird Sir Reginald mich um denselben Dienst bitten, den Sie von meiner Freundschaft erwarten. Es war klug von Ihnen, als Erster zu kommen.‹ Wir unterhielten uns lange über die Malageserin. Ich gestehe, daß ich seine Gefühle in seinen Zügen zu erkunden suchte. Aber nichts in seiner Person oder seinen Worten verriet die Vorsicht eines glücklichen Mannes.

Am nächsten Morgen um neun Uhr waren wir im Weiler Boulainvilliers, der Comte de Mareuil, der Comte de Cérisy, den Mareuil hinzugezogen hatte und ich. Auf dem Weg hatte mir Mareuil erzählt, daß sich seine Ahnung bestätigt hatte, und daß Sir Annesley ihn am gestrigen Abend gebeten habe, in seinem Duell zu sekundieren. ›Auf meinen abschlägigen Bescheid hin wird er sich wahrscheinlich an irgendeinen durchreisenden Landsmann gewandt haben, denn er kennt niemanden in Paris.‹

In dem Augenblick, als wir das eine Ende der Pappelallee, die wir für unsere Begegnung gewählt hatten, betraten, tauchte am anderen Ende die englische Kalesche von Sir Reginald Annesley auf. In leichtem Trab gezogen von den beiden herrlichen Füchsen kam sie auf uns zu. Sir Reginald Annesley war ein wirklicher Gentleman. Da es sich um ein Duell handelte, hielt er auf äußerste Pünktlichkeit. Er stieg mit derselben Behendigkeit aus seiner Kalesche, wie er es vor Tortoni getan hätte. Zwei junge Leute begleiteten ihn.

›Dies sind meine Sekundanten, meine Herren‹, sagte er,

indem er uns höflich und würdevoll begrüßte und dem Comte de Mareuil die Hand reichte.

›Und dies die meinen, Monsieur‹, antwortete ich, indem ich mit der Hand auf de Mareuil und de Cérisy wies.

Nun mußten nur noch die Vorbereitungen für einen Kampf getroffen werden, dessen Notwendigkeit niemand von uns in Zweifel zog. Wir sollten uns auf Pistolen schlagen. Die Distanz zwischen uns wurde auf vierzig Schritte festgelegt; wir sollten aufeinander zugehen, und wir durften schießen, wann wir wollten, selbst aus allernächster Nähe.

Während die Schritte abgezählt wurden, hatte ich – halten Sie das für möglich, Marquise? – in dem zweiten Sekundanten Sir Reginalds die Malageserin erkannt!!! Ich ergriff den Comte de Mareuil am Arm und zog ihn beiseite:

›Erinnern sie sich‹, sagte ich zu ihm, ›an das Duell zwischen dem Herzog von Buckingham und dem Herzog von Shrewsbury, bei dem die Herzogin, als Page verkleidet, das Pferd ihres Liebhabers hielt und sich mit ihm aus dem Staub machte, als der arme Teufel von Gemahl am Boden liegen blieb? Dies hier ist die Entsprechung und das Gegenstück zu jenem berühmten Abenteuer! Hier haben wir ein spanisches Fräulein vor uns, das der hohen englischen Dame eine Lektion in Moral erteilen wird! Sehen Sie sie nur an!‹

›Verdammt noch mal, das ist die Malageserin!‹, rief Alfred de Mareuil verblüfft. ›Das wird immer unverständlicher! Welch teuflischen Haß haben Sie in dieser Frau zum Lodern gebracht? Das übertrifft jedes bekannte Maß; aber ich gestehe, es beginnt mich aufzubringen. Ja, bei meiner Ehre, ich kann noch so sehr in sie verliebt sein, eine solche Leidenschaftlichkeit macht sie nicht schöner. Es ist widerwärtig! Und Sir Reginald‹, sagte er weiter, ›willigt ein, seine Frau als Sekundantin in einer so ernsten Angelegenheit zuzulassen! Diese Engländer! Treiben sie ihre Exzentrik nicht etwas weit? … Ich habe gute Lust, diesen Herren zu erklären, daß dies der Fall ist, und gegen die Ungehörigkeit der Anwesenheit einer Frau zu protestieren.‹

›Hüten Sie sich ja, das zu tun‹, antwortete ich. ›Gestern, als Sir Reginald mir vorschlug, den Kampf auf der Stelle auszutragen, habe ich denselben Gedanken gehabt; aber heute nicht mehr! Wir wollen diese Frau ergründen. Wir wollen bis zum Ende gehen. Wir wollen des Rätsels Lösung, wenn es eine gibt. Und da die Tochter des Toreros gierig auf Blut ist, soll sie es fließen sehen!‹

Als ich das sagte, sah ich sie an. Ich konnte meinen Blick nicht von ihr wenden. War dies eine letzte Illusion? Nein, noch nie war sie mir reizender erschienen. Alle Unregelmäßigkeiten, alle Härte, alle Magerkeit, die sie als Frau zeigte, verschwanden, wenn sie Männerkleider trug. Ihr schwarzsamtener, an der Taille zusammengegürteter Umhang zeichnete anmutig ihren sehnigen und geschmeidigen Oberkörper nach, der die bebenden Umarmungen der Liebe so sehr herausforderte, indem er ihnen widerstand. Von uns allen, die wir da waren, um zu töten oder um dem Tod zuzusehen, war sie mit ihrer wollüstigen Haltung und ihrem grausamen Gesichtsausdruck bestimmt am wenigsten erregt. Stiller Haß verhüllte ihr kühnes Gesicht wie eine Maske aus erloschener Lava. In ihren kleinen, zarten und ruhigen Händen hielt sie eine der Pistolen, die uns dienen sollten, und war damit beschäftigt, sie zu laden.

Das Duell dauerte nicht lange, Marquise! Auf ein Zeichen von Comte de Mareuil gingen Sir Reginald und ich aufeinander zu. Ich schoß als erster beim zehnten Schritt. Und da ich viel mehr meine Zauberin im Blick hatte als meinen Gegner, ging meine Kugel daneben und blieb in einem der Bäume am Weg stecken. Ich muß ihm in diesem Punkt Gerechtigkeit widerfahren lassen: Sir Reginald Annesley war von großmütigen Instinkten beseelt. In seinem vom Alkohol und vom Spiel verzehrten Blut flossen noch ein paar edelmütige Tropfen. Er hatte sich mir genähert, mit herabhängender Hand, die Mündung seiner Pistole auf den Boden gerichtet. Als ich geschossen hatte, blieb er stehen, als verachte er es, den Vorteil zu nutzen, gefahrlos auf mich schießen zu können. Er zögerte und hielt seine Waffe weiterhin gesenkt.

›Schieß und töte ihn endlich!‹ rief die unversöhnliche Malageserin. ›Worauf wartest du?‹

Und ich, der ich nicht hinter diesem Mann zurückstehen wollte, der mit Größe zögerte, ging geradewegs auf ihn zu, bot ihm meine Brust offen dar und zwang ihn so, seine Waffe zu heben, denn es hätte ihm widerstrebt, mich aus nächster Nähe zu töten. Der Sohn der ersten Freibeuter der Welt hatte sein Ziel noch nie verfehlt. Er kniff die Augen zusammen, schoß mit sicherer Hand und streckte mich vor seinen Füßen nieder.

Die Kugel hatte mich durchbohrt.

Ich weiß nicht, wie lange ich ohne Bewußtsein war, aber als ich wieder zu mir kam, befand ich mich in meinem Zimmer, von heftigem Fieber und unerträglichen Schmerzen geplagt. Meine Sekundanten hatten mich nach Hause gebracht. Sie erwiesen mir eine liebevolle Zuwendung, die sich bis zur Ergebenheit steigerte, insbesondere der Comte de Mareuil, den ich auch wesentlich besser kannte als den Comte de Cérisy. Während der Zeit, die ich auf meinem Marterbett verbrachte, besuchte er mich fast täglich. Es war unvermeidlich, daß ich ihm gegenüber die Malageserin erwähnte. Ihr Bild und der Gedanke an sie verließen mich nicht mehr. Nachts, wenn die Schmerzen, die mich am Schlafen hinderten, nicht zu groß waren, sah ich sie immerzu in ihren Männerkleidern. Ich hörte ihre wütende Stimme wie am Tag des Duells rufen: *›Töte ihn, Reginald!‹*, und es erübrigt sich fast zu sagen, daß die Liebe unseren größten Stolz in Feigheit verwandelt! So viel Haß rief keineswegs meinen Haß hervor! Ich liebte meinen Peiniger. O, welche Qual, seinen Peiniger zu lieben! ›Mein

Lieber‹, sagte de Mareuil zu mir, ›wir verlieren uns in diesem Abgrund. Bei aller Liebe, die ich für sie empfinde, hat sie mir bis zu dem Moment, wo Sie getroffen wurden, Abscheu eingeflößt. Aber kaum lagen sie am Boden, hat sich die Frau in ihr wieder zu regen begonnen. Sie wurde so bleich, wie man sonst kurz vor dem Tod wird. Ich war zu sehr damit beschäftigt, Ihnen erste Hilfe zu leisten und Sie nach Paris zurückzubringen, um die Art der Gemütsbewegung, die sie erfaßte, zu erforschen oder zu erraten. War es zufriedengestellter Haß, Mitleid oder einfach die sich lösende nervliche Anspannung ...? Ich weiß es nicht, aber auf alle Fälle hatte sie jenen Ausdruck finsterer und kalter Wut verloren, der mich während des Kampfverlaufs so aufgebracht hatte.‹ Alfred de Mareuil fügte noch eine Menge anderer Dinge hinzu. Zum Beispiel, daß nach dem Duell mehrere Tage vergingen, ohne daß er sie sah, obwohl sich Sir Reginald recht zartfühlend bei ihm nach meinem Ergehen erkundigt hatte, und sie beide die intime Freundschaft, die schon so lange bestand, weiterhin pflegten. Als er sie dann wieder traf, hatte er dieselbe Frau wie immer vorgefunden. Sie schien die ungewöhnliche Rolle, die sie in diesem Duell spielte, dessen Anlaß sie gewesen war, vergessen zu haben. Er wagte, sie darauf anzusprechen, aber sie sagte einfach, so, als wäre dies eine Erklärung für ihr merkwürdiges Auftreten: ›*Ich haßte ihn, das ist alles!*‹ Und seine weiteren Fragen ließ sie unbeantwortet. ›Ich hoffe, daß er es Ihnen heimzahlt, Señora‹, entgegnete ihr de Mareuil; ›er verdankt Ihnen einen Pistolenschuß, der ihn den hübschesten Frauen seiner Zeit hätte rauben können. Der Verliebte wird, Gott sei Dank, nicht daran sterben, aber die Liebe könnte wohl daran sterben.‹ War es dem Comte de Mareuil ernst mit diesen Worten? Wußte er nicht, daß der Kummer, den einem eine geliebte Person bereitet, ein Grund ist, sie noch mehr zu lieben, und daß große Leidenschaften von dem zu leben verstehen, was mittelmäßige Gefühle töten würde?

Diese Erfahrung machte ich nun. Von den heftigsten körperlichen und seelischen Leiden zerrissen, vergötterte ich die Malageserin, die alle diese Schmerzen verursacht hatte. Meine Verwundung war so gefährlich, daß ich mehr als zwei Monate lang zwischen Tod und Leben schwebte. Dabei befolgte ich die Anordnungen des Arztes mit dem blinden Gehorsam eines Mannes, der unbedingt wieder gesund werden will. Ich wollte gesund werden, um *Sie* wiederzusehen. Das, was mir de Mareuil erzählte, konnte meinen Durst nach dieser Frau nicht stillen. Die Liebe, selbst wenn sie so ungestüm und zuckend war, wie ich sie empfand, hindert nicht den Gebrauch des Verstandes; im Gegenteil, sie verdoppelt seinen Einsatz. Der Haß dieser Spanierin war in zweifacher Hinsicht ein Problem: Er stachelte einerseits die Neugier des Geistes an, andererseits vergrößerte er die Leidenschaft des Herzens. Dazuhin bemerkte ich bald, daß mein geneigter Freund de Mareuil auf meine Fragen nur zurückhaltend antwortete, was mich sehr beunruhigte. Ich begann, eifersüchtig zu werden. Ich gelangte zu der Überzeugung, de Mareuil sei es peinlich, angesichts unserer engen Beziehung zueinander von einer Frau zu sprechen, die ihn inzwischen möglicherweise liebte und glücklich machte. Dieser Gedanke verstärkte meine übrigen Qualen. Es handelte sich um eine unheilbarere Wunde als die in meiner Brust, die von Tag zu Tag mehr vernarbte. Ich sehnte mich nach der Zeit, wo ich wieder ausgehen könnte. Ich stand auf und ging in meinem Zimmer herum, aber mehr erlaubte mir der Arzt nicht. Abends befiel mich immer ein Nervenfieber, das eher seelische als physische Ursachen hatte und das mich zwang, ins Bett zu gehen. An einem jener Abende hatte ich mich früh hingelegt; ich war müde und erschöpft und hatte nicht einmal mehr meinen Hausmantel ausgezogen, so sehr hatte ich mich beeilt, jenen Schlaf zu finden, den ich der Träume wegen liebte, die er mir immer brachte. Es war Anfang September. Die Hitze, die meine Heilung erschwerte, war erstickend. Die Sonne war schon untergegangen, aber die Nacht war noch fern. Ich schlief nicht lange. Etwas, das heißer war als die erdrückende Hitze, strich über meine geschlossenen Augen und weckte mich. Als ich sie öffnete … Ach, ich glaubte an eine Halluzination meines geschwächten Kopfes! Ich sah klar und deutlich die Malageserin am Fußende meines Bettes sitzen, den Oberkörper über mich gebeugt und mit der Hand Halt neben meiner Schulter suchend. Ihr Gesicht berührte fast das meine, und es war zweifellos der Atem aus ihrem halbgeöffneten Mund gewesen, der meine Augenlider gestreift hatte. Sie saß unbeweglich, stumm und bleich da, abgemagert, verändert, fast unkenntlich, aber ihre Augen lebten wie immer –, diese Vampiraugen, die einem das Herz aus dem Leib saugten, wenn sie einen anblickten, und die zum erstenmal die meinen mit einer unbekannten Sanftheit suchten.

›O, mein Gott, immer dieser Traum!‹ rief ich aus, gleichzeitig erschrocken und glücklich, daß er so sehr dem Leben glich.

›Es ist kein Traum‹, sagte sie mit ihrer schönen Altstimme, die mir ebenfalls bestätigte, daß es kein Traum war, ›es ist Wirklichkeit, es ist Vellini.‹

Und, Marquise, sie war es tatsächlich, sie war bei mir! Sie saß an meinem Bettrand! Wie war sie dahin gekommen? Sie, Vellini, meine Feindin, diese grausame Frau, die mich hatte sterben sehen wollen?

Ich glaubte an irgendeine schreckliche List, an eine herzlose Ironie dieser rachsüchtigen und haßerfüllten Frau, die vielleicht meine Verwundung ausnutzen wollte, um gefahrlos der glühenden Leidenschaft zu spotten, die sie angefacht und enttäuscht hatte.

›Ah‹, dachte ich, ›Unkluge, du wagst dich in die Höhle des Löwen!‹

Ich setzte mich auf. Mein Gesicht verriet meine Gedanken nur zu deutlich. Sie durchschaute mich.

›Bleiben Sie‹, fuhr sie fort, ›Ich habe schon gemacht, was Sie tun wollen. Die Tür ist doppelt verriegelt. Hier ist der Schlüssel.‹

Und sie hielt ihn mir hin, wie man dem Eroberer einer Stadt den Schlüssel dazu überreicht.

›Ich habe keine Angst, Ryno‹, sagte sie, indem sie entschlossen die Arme über der Brust kreuzte; ›ich habe mich lange gewehrt, aber ich bin besiegt. Ich ergebe mich nicht: Sie haben mich erobert; machen Sie mit mir, was Sie wollen.‹

Selbst in ihrer Unterwerfung war sie klar und kühn. Das war jedoch nicht genug … Es gibt ein Glück, das so groß ist und so unerwartet kommt, daß man nicht weiß, wie man es aufheben soll, wenn es einem eines Tages vor die Füße fällt.

›Wie, sollten Sie mich etwa lieben?‹ antwortete ich ihr.

›Wie ein Wahnsinnige‹, unterbrach sie mich mit einer Leidenschaft, die auf mich den Eindruck plötzlich auflodernder Flammen machte. ›Zuerst habe ich Sie gehaßt. Aber mein Haß war damals schon Liebe. Als ich Sie vor Tortoni zum erstenmal sah, war die Frau, die Ihnen so kalt erschien, wie vom Blitz getroffen. Ich weiß nicht, was mich warnte, daß Sie mir gefährlich werden, und die stolze Vellini, die ihr Leben lang nur mit den Männern gespielt hatte, gefügig machen könnten. Ich erschrak so, daß ich Sie wie rasend zu hassen begann. Die Geringschätzung, die Sie mir entgegenbrachten, diese hochmütige Miene, die mir mißfiel, imponierten mir gegen meinen Willen und setzten sich in meiner Erinnerung fest; was Comte de Mareuil mir von Ihnen und Ihrer Macht über die Frauen erzählte, vermehrte meinen Schrecken und meinen Haß – denn diese beiden Gefühle existierten in mir. Ich bin ein stolzer Mensch. Ihr Stolz verwundete und reizte den meinen. Als Sie mir dann anläßlich des Soupers bei de Mareuil von Ihrer Liebe sprachen, glaubte ich, dies sei der blasierte Einfall eines von den Frauen verwöhnten Mannes. Sie hatten mich häßlich gefunden, dennoch widerstand ich!

Ich sah in dieser Annäherung nur ein Zeichen Ihrer Selbstsicherheit und den Ausdruck ihrer Kraft und ihrer Launenhaftigkeit. Später glaubte ich an Ihre Liebe. Aber als ich nicht mehr an Ihrer Leidenschaft für eine Frau zweifelte, die immerhin schon mehr als einen entflammt hatte, war ich glücklich … ja, glücklich!, Sie leiden zu lassen. Leide nur, du Stolzer!, sagte ich mir; leide durch mich und für mich! Dieser Gedanke ließ mich nicht mehr los. Ich kostete ihn im Innersten meiner Seele aus. Ich floh Sie nur, um Sie noch mehr leiden zu lassen, dabei schützte ich mich vor Ihnen. Oh! Ich wollte ich selbst bleiben! Ich schürte den Haß in meinem Busen, wenn die Schlange schläfrig werden wollte. Ich übertrieb ihn, ich machte ihn größer, um der Liebe zu entkommen, von der ich bedroht wurde, – die ich in meinem Haß spürte! In meinem Haß, der sie nicht erstickte! Der sie nicht erstikken konnte! Ich war aufs höchste empört über diese Ohnmacht. Ich wollte mir durch mein Handeln beweisen, daß es nicht so sei. Deshalb bin ich zu dem Duell mitgekommen, dessen Opfer Sie wurden. Deshalb habe ich die Waffe geladen, die Sie verwunden sollte; deshalb habe ich gerufen: *Töte ihn Reginald …!* Ich dachte, ich könnte die Macht, die Sie über mich besaßen und gegen die ich ankämpfte, in Ihrem Blut ertränken; ich brauchte niemanden mehr zu fürchten, wenn Sie tot wären. Aber ich hatte mich getäuscht. Ich war töricht. Als Sie unter der Kugel zusammenbrachen, fühlte ich, daß ich verloren war … Wenn Sie tot gewesen wären, hätte ich mich erdolcht …!‹

Wie im Fieber nahm ich sie in die Arme und bedeckte sie mit Liebkosungen.

›Ja, drücke mich an die Brust, deren Verwundung ich zuließ‹, sagte sie. ›Zeige mir durch die Kraft deiner Umarmungen, daß das Leben in dich zurückgekehrt ist, Ryno! Eine andere als ich würde dir alles erzählen, was sie während vierzig langen Tagen gelitten hat. Ich nicht! Ich bin nur stolz, dich zu lieben! Hier, schau her, du kannst es ahnen‹, fügte sie hinzu, indem sie ihre Flechten, einen Schwall schwarzer, an den Schläfen kräftig gelockter Haare, hochhob, ›meine Haare sind ganz weiß geworden.‹ Und es stimmte, Marquise!

›Ach, ich bin unter den Gewissensbissen und dem Bangen so vieler Nächte gealtert‹, fuhr sie fort. ›Mit Hilfe von üppigen Trinkgeldern bin ich heimlich hierhergekommen. Diejenigen, die dich pflegten, ließen mich die Nächte bei dir zubringen. Wenn du aufgewacht bist, habe ich mich verborgen, um keine schädliche Wirkung hervorzurufen. Du hast nicht geklagt, du hast wie ein Mann gelitten. Aber es war auch nicht nötig, daß du klagtest, ich spürte auch so in meinem Busen den reißenden Stahl, der deine Brust durchbohrt hat. Es war die Hölle für jemanden, der das Blut in den Adern hat, das in den meinen fließt! Ich mußte deine Ruhe respektieren; ich durfte den Mund, der meinen Namen im Schlaf aussprach, und die Stirn, die ich gezeichnet hatte, nicht küssen! Ich, die ich meiner Seele noch nie auch nur den kleinsten Wunsch versagt habe, war endlich gebändigt durch die Furcht, dem Mann, den ich liebte, zu schaden …‹

Trunken von diesen glühenden Worten unterbrach ich ihre Rede mit Küssen. Plötzlich berührte meine Hand etwas Hartes, das zwischen dem Korsett und der Brust der Malageserin hin- und herrollte.

›Was ist das?‹ fragte ich sie.

›Das ist mein kostbarstes Schmuckstück‹, antwortete sie, indem sie den Rand ihres herzförmig ausgeschnittenen Kleides zurückschlug, und sie zeigte mir die Kugel, die man aus meiner Wunde geholt hatte, und die ihre braune, zarte Haut wundscheuerte.

›Siehst du‹, fuhr sie fort, ›als man deine Wunde untersuchte, war ich dabei. Du hast mich nicht gesehen, ich verbarg mich hinter den Vorhängen, aber ich war da. Ich trat erst an dein Lager, als du unter den Schmerzen, die du ertragen mußtest, endgültig in Ohnmacht gefallen warst. Der Arzt hielt mich für deine Maitresse; er täuschte sich: Ich war schon nur noch deine Sklavin. Ich warf mich über die blutende Wunde; er drängte mich beiseite; aber ich ergriff sein Skalpell und drohte, ihn damit zu treffen, falls er sich meinem Willen widersetzte. Ich hatte gehört, daß das Aussaugen von Wunden verhindere, daß diese zum Tod führten, und ich wollte deine Wunde aussaugen.

Ich habe dein Blut getrunken!‹ fügte sie mit dem unaussprechlichen Stolz sinnlicher, zärtlicher Liebe hinzu. ›In meinem Land sagt man, das sei ein Zaubermittel … Wenn man Blut voneinander trinke, könne einen nichts mehr trennen, und die Ketten der Liebe könnten nie mehr gesprengt werden. Deshalb, Ryno, will ich, daß du auch von meinem Blut trinkst, so wie ich von deinem getrunken habe. Du wirst es tun, nicht wahr, Liebster?‹

Und schnell entschlossen, denn sie besaß im selben Maß Entschlußkraft wie Trägheit, zog sie einen kleinen Dolch heraus, den sie in ihrem Gürtel verborgen hatte, und ließ seinen Stahl mit einer wilden, koketten Handbewegung aufblitzen.

Ich hielt ihren Arm energisch fest.

Aber der Zorn in ihren dunklen Augensternen blitzte schneidender und blauer als die funkelnde Klinge in ihrer Hand. Sie stampfte heftig mit dem Fuß auf. Die Adern an ihrem Hals schwollen und färbten sich schwarz.

›Es wird geschehen!‹ rief sie mit einer Heftigkeit, die in ihrem Charakter begründet war und die jeden Widerstand in ihrem Leben wie ein Orkan niedergemäht hatte. Und mitten im größten Zorn begann sie zu lächeln.

›Du wirst meine Hand nicht ewig festhalten‹, sagte sie mit herausfordernder Ruhe.

Ich wußte, daß sie ebenso hartnäckig wie heftig war. Sie hatte nicht umsonst jene gewölbte Stirn, auf der sich das Licht besiegt brach. Ich verzichtete darauf, ihre Tollkühnheit weiter zu reizen, indem ich sie bekämpfte: Ich ließ die Hand los.

Da öffnete sie mit einer langsamen, triumphalen Bewegung den Spitzenbesatz, der die flache Brust bedeckte.

›Hören Sie‹, sagte ich mit aller mir zur Verfügung stehenden Autorität, ›Sie haben mir gesagt, Sie gehörten mir; Sie haben mir gesagt, ich sei Ihr Herr. Dies hier gehört mir! Ich verbiete Ihnen, sich hier zu verletzen!‹

›Gut, dann am Arm!‹ antwortete sie.

Er war unbekleidet. Ich versuchte, ihre Hand zu lenken, und das Stilett daran zu hindern, die Haut zu berühren; es war umsonst. Sie stieß mit größter Entschiedenheit zu. Ein tiefroter Schwall ergoß sich über ihren braunen Arm.

›Hier, trinke!‹ sagte sie zu mir.

Und ich trank aus diesem lebenden Kelch, der unter meinen Lippen zuckte. Ich hatte das Gefühl, flüssiges Feuer zu trinken!

Das alles war ziemlich verrückt, abergläubisch, unvernünftig, ja barbarisch, Marquise; aber hätte ich die Frau so geliebt, wie ich sie liebte, wenn das alles nicht gewesen wäre? Bestimmt sog ich aus dieser geöffneten Ader den Vorgeschmack der grausamen Wollust und der Gier nach rastlosem, brennendem, stürmischen Glück, die für lange Zeit mein Leben bestimmten. Von diesem Abend an war Vellini meine Maitresse, und sie rechtfertigte diesen Titel, auf den sie so stolz war, durch ihre königliche Großzügigkeit und die Macht ihrer unbeschreiblichen sinnlichen Reize.«

»Allein nach dieser Probe«, sagte die Marquise, »verstehe ich schon ihre zehn Jahre.«

»Nicht wahr, sie verstehen«, erwiderte Marigny, »daß sie immer ein wenig jenen ersten Augenblicken glichen, die ich eben beschrieben habe. Die Liebe trägt in ihrer ersehntesten Intimität, in der Ungezwungenheit ihrer teuersten Gewohnheiten stets das Gepräge ihres Ursprungs. Man liebt sich so, wie man sich zu lieben begonnen hat. Vellinis Liebe hatte ihre Existenz sich selbst gegenüber verleugnet; sie hatte sich mit größter Heftigkeit gegen die ihr innewohnende Kraft gewehrt. Im Namen des beunruhigten und verletzten Stolzes, im Namen der Unabhängigkeit des bedrohten Lebens, hatte sie sich gegen denjenigen, der sie hervorrief, mit einer wütenden Beharrlichkeit gewehrt. Schließlich hatte sie sich für besiegt erklärt, sich vor ihrem Besieger niedergeworfen und ihm, nach dem doppelten Glück des Vertrauens und der Zärtlichkeit lechzend, die Siegesbeute ihres vergeblichen Widerstands zu Füßen gelegt. Aber diese Liebe vermochte den Charakter Vellinis nicht zu ändern. Diese herrschsüchtige Seele, die sich dem Haß hingegeben hatte, um sich nicht der Liebe auszuliefern, hatte sich nicht so vollkommen und vollständig unterworfen, daß sie sich nicht manchmal unter meiner Hand wieder zu ihrer vollen Größe aufgerichtet hätte, wie der Stahl eines Degens wieder emporschnellt, den man auf dem Pflaster umbiegt. Auch wenn dieses Herz mit Feuerbanden an mich gekettet war, erhob es sich oft gegen mich. Ich dagegen (welch geheimnisvolle und natürliche Wechselbeziehung!), der ich nicht versucht hatte, die Leidenschaft, die Vellini in meiner Seele entfachte, zu ersticken, spürte manchmal, daß Haß und und Wut meine Liebe durchkreuzten. Selbst in unserer tiefsten Intimität machten uns diese plötzlichen Erschütterungen unserer beiden Seelen zu Feinden, die sich bekriegten, und gaben den Zärtlichkeiten, an denen wir uns berauschten, eine entsetzliche Wildheit.

Aber in den ersten Tagen nach dem Abend, an dem die Malageserin ihre Niederlage zugab, war es noch nicht so; das kam erst später. Wir waren zunächst einfach nur glücklich; und wenn uns das Glück auch verzehrte, so schonten wir uns doch gegenseitig. Meine Wunde war bald vollständig geheilt; aber ich hatte keinen Grund, eine Wohnung zu verlassen, die Vellini jeden Tag aufsuchte. Sie kam heimlich und verschleiert zu mir. Wenn sie das Zimmer betrat, sprang sie mir in die Arme und riß mich mit sich auf den Boden, wo sie sich mit den Bewegungen einer liebestollen Tigerin auf dem Teppich wälzte. Marquise, einer Frau wie Ihnen kann ich solche Dinge erzählen. Manche mehr oder weniger verliebte Herzen hatten schon unter meiner Hand gezittert, aber solche leidenschaftlichen Aufwallungen hatte ich noch nie gesehen und noch nie gespürt. In Vellini wirkte ein versteckter Magnetismus, an dessen Herrschaft sie mich teilhaben ließ und der unwiderstehlich bis in meine innersten Tiefen eindrang, von wo er ins Zentrum ihres Wesens zurückkehrte. Vor Ihnen, Marquise, die sie über der Scheinheiligkeit dieses Jahrhunderts stehen, werde ich keine falsche Scham haben. Ja, unsere Liebe – diese Liebe, die mit Haß begonnen hatte und die Blut getrunken hat, um ewig zu dauern –, diese Liebe war vor allem physisch und wild. Nur die Besitzergreifung, die für gewöhnlich so tödlich wirkt, hielt sie am Leben und ließ sie wachsen, anstatt sie auszulöschen. Es gab weder das träumerische Schmachten noch die stumme Mattigkeit, die Liebende nach der Befriedigung erfaßt und sie zwischen zwei Happen Zärtlichkeit ins Seelenleben zurückwirft. Unsere ermüdeten Sinne waren nie befriedigt! Vellini war vielleicht die einzige unter allen Frauen, die dem Wonnetaumel der Wollust Dauer zu verleihen verstand.

Wir verbrachten fast zwei Wochen in dieser feurigen Umarmung, die zwei glückerfüllte Menschen die Welt vergessen läßt … Meine Wohnung lag in der Rue de la Ville-l'Évêque, im Pavillon eines geheimnisvollen Gartens, in dem das Licht ebenso wie die Geräusche erstarben. Dort schufen wir uns die für die Liebe notwendige Einsamkeit. Ich empfing niemanden. Allen, die kamen, um mich zu besuchen, wurde gesagt, ich sei auf dem Land. Auf diese Weise wollte ich dem Comte de Mareuil entgehen, dessen Verhalten meiner Meinung nach untadelig gewesen war, und ihm ersparen, mein Glück in meinen Augen oder Blicken lesen zu müssen. Und außerdem wollte ich frei sein! Vellini, die Herr über ihre Zeit und ihr Tun und Lassen war, kam früh und verließ mich spät. Ich wartete auf sie, solange sie noch nicht da war, und wenn sie gegangen war, wartete ich wieder auf sie; ein Kreislauf heftiger Gefühle, in dem meine atemlose Seele ihre Kräfte verausgabte und verbrauchte! Das Leben existierte für mich nur in Vellini. Ich verbrachte es im Zwiegespräch mit meinen Erinnerungen der vergangenen Tage, des letzten Abends, der verflossenen Stunde, berauschte mich an den Spuren auf den Möbeln, die ihr geschmeidiger, warmer Körper hinterlassen hatte, und suchte sie dort immer noch … Solche Tollheiten lassen sich nicht erklären. Und es ist eine weitere Tollheit, daran zu erinnern. Während dieser ersten zwei Wochen, die durch die verwirrenden Überraschungen einer glühenden Wollust, durch die Entdeckungen der Genüsse einer Liebe, die alles kann und will, geweiht war, war ich, dieser Marigny, den Sie kennen, Marquise, völlig dem Despotismus dieser Frau unterworfen, die sich danach gesehnt hatte, mich zu lieben. Ich gab ihr einen Schlüssel zu meiner Wohnung; ich ließ mich von ihr dort einschließen. Ich genoß mein Sklavendasein. In unserer Beziehung spielte ich die Odaliske und sie den Sultan; das gefiel ihr; es schmeichelte dem Stolz ihrer Seele ebenso, wie es die lebhafte Eifersucht, die jeder großen Liebe innewohnt, beruhigte; und auch mir gefiel es. Es gefiel mir, sie als Herrscherin und Maitresse zu erleben; stark und gebieterisch, selbst in meinen Armen; eine bebende Löwin, deren Zorn der Zärtlichkeit eng benachbart war!

Ich habe Ihnen erzählt, Marquise, daß sie mich spät verließ. Ihr Mann, Sir Reginald Annesley, der von der Spielleidenschaft besessen war, verbrachte die Nächte in den Spielsälen und kam erst gegen Morgen nach Hause. Um diese Zeit lösten sich unsere umschlungenen Arme und ein letzter Kuß besiegelte den traurigen Abschied. Bleich von Lust und mit immer noch heftig pochendem Blut, wickelte ich sie in einen langen Schal, der ihre Gestalt verbarg, und brachte sie, manchmal zu Fuß, manchmal im Wagen, zurück. Einmal wurde es später als sonst. Die Uhr hatte vergeblich geschlagen. Versunken und verloren im Abgrund unserer Gefühle, hatten wir sie nicht gehört. Der Tag dämmerte schon, und ich sagte es ihr.

Aber sie nahm die kleine Schreckensbotschaft, ohne mit der Wimper zu zucken, auf.

›Bah‹, antwortete sie mit der unbekümmerten Kühnheit großer Leidenschaften und der Phantasie der Töchter des Südens. ›Ryno, ich will, daß mich die Sonne heute früh in deinen Armen sieht.‹

Nichts hatte diese neue und jähe Laune angekündigt, die zwar der Liebe entsprang, aber eine gefährliche Unvorsichtigkeit sein konnte. Ihre Stirn, über die bisweilen die Flammen befriedigter Leidenschaft huschten, die jedoch, selbst wenn der Mund vor Lust aufschrie, immer undurchdringlich blieb; ach!, diese Stirn der geliebten Frau, die mich oft hatte verstehen lassen, daß Caligula seiner Frau den Kopf abtrennte, um zu erfahren, was dieser Kopf verbarg, hatte während der fünf Stunden, die sie, bedeckt von meinen Küssen, an meiner Schulter ruhte, ihren Gedanken nicht verraten. Jetzt enthüllte sie ihn.

›*Carino*‹, sagte sie, ›sprich nicht von Unvorsichtigkeit. Ich will bleiben und ich kann es. Schau meine Hand an! Ich trage keinen Ehering mehr. Ich habe ihn unter meinem Stiefelabsatz zertreten, als ich Sir Reginald mitteilte, daß ich dich liebe.‹

›Wirklich?‹ entgegnete ich, weniger erstaunt als glücklich über diesen Schritt; denn ich wußte, in welche stolze Form sie Gott gegossen hatte und wie sehr ihre energische Natur der Aufrichtigkeit bedurfte.

›Ja!, sagte sie, ›ich wollte ihn nicht hintergehen. Als er mich in Sévilla heiratete, wollte ich ihn lieben, aber das, was du in meinem Herzen angerichtet hast, Ryno, hat mir gezeigt, daß ich die Liebe nicht kannte.‹

›Und was hat er geantwortet?‹ fragte ich.

›Er ist entsetzlich eifersüchtig‹, gab sie zurück, ›und nach dem Spiel und dem ingwerfarbenen Portwein bin ich das, was er am meisten liebt. Er ist also wütend geworden. Ich war darauf gefaßt. Wenn ich ihm nicht ausgewichen wäre, hätte er mir einen der Faustschläge, die in seinem Land gebräuchlich sind, in die Brust versetzt. Um ihn nicht so zu schlagen, wie man in meinem Land schlägt, habe ich meinen *cuchillo* in die andere Zimmerecke geschleudert. Meine Ruhe hat seine sanguinische Wut abgekühlt. Er ist in vollkommene Apathie verfallen. Und ich habe in aller Ruhe meine Mantille umgehängt und das Hotel, in dem er wohnt, verlassen, um nie wieder, hörst du, nie wieder diesen Fuß hier hineinzusetzen!‹

Und sie hob ihren Fuß leicht an, einen hochgewölbten Fuß, der die Rasse ihrer Mutter bestätigte. Ich nahm ihn in die Hände und küßte ihn.

›Du gehörst mir nun also ganz!‹ sagte ich mit dem Stolz des uneingeschränkten Besitzers, der nicht mehr bloß hinter den Vorhängen eines Alkovens gegen die Falschheit der Gesellschaft triumphiert, sondern voll Verachtung alle Masken zertritt und sich dieser herzlosen Gesellschaft mutig zeigt.

›Ja!‹ gab sie zurück, indem sie den Kopf mit einem Stolz zurückwarf, der noch strahlender war als der meine. ›Bisher war ich nur hier deine Maitresse. Jetzt werde ich es überall sein. Ich war die legitime Gattin eines englischen Barons, Sir Reginald Annesley. Nun bin ich nur noch Vellini, die Malageserin, die öffentliche Maitresse von Ryno de Marigny.‹«

9. KAPITEL

Gemeinsamer Egoismus

Eine wechselvolle Liebe, Fortsetzung

»Am nächsten Tag«, fuhr de Marigny nach einer erneuten Pause fort, »wußte ganz Paris, das Paris der jungen Leute der Stufen von Tortoni und des Balkons der Oper, daß Madame Annesley ihren Gatten verlassen hatte, um mir zu folgen. Meinen Freund, Comte de Mareuil, traf diese Nachricht wie ein Donnerschlag; aber seine alte Eitelkeit und das Dandytum, das ihn immer noch die weißen Zügel seines Benehmens wie die seines Tilbury in der behandschuhten Hand halten ließ, bewahrten ihn davor – obwohl seine Leidenschaft echt gewesen war –, eine Szene zu machen, und unsere Freundschaft in Frage zu stellen. Ich hatte die berühmte Wette gewonnen, die wir eines Abends miteinander geschlossen hatten und deren Einsatz die Malageserin gewesen war. Wir hatten mit offenen Karten und offenem Visier gespielt. Er hatte sogar schon gelacht, weil er glaubte, ich hätte verloren. Dabei war er der Verlierer! Was konnte er mir vorwerfen? … Ich verstand nun das Schweigen, in das er sich bei seinen letzten Besuchen geflüchtet hatte, wenn ich auf die Malageserin zu sprechen kam. Mit dem Spürsinn des verliebten Mannes hatte er gemerkt, daß ich von dem Augenblick an geliebt worden war, als ich, mißtrauisch wie jedes sehnsüchtige Herz, nicht mehr auf ein solches Glück zu hoffen gewagt hatte. Sein Schmerz war frei von Rachegefühlen. Er suchte mich mehrere Male auf und sprach offen darüber, wie sehr er litt.

›Immerhin‹, sagte er eines Tages, ›ist sie Ihnen ziemlich teuer zu stehen gekommen. Der Preis war Ihr Blut. Sie hätte fast Ihren Tod verschuldet. Und da ich nicht will, daß sie mich langsam zu Tode quält, werde ich wieder reisen und versuchen, sie durch die Entfernung und Zerstreuung zu vergessen.‹

Und wenige Tage nach dieser Unterhaltung brach er auf. Ich habe ihn seither noch zweimal wiedergesehen, einmal in Hamburg und einmal in Stuttgart. Er war ein ebenso leidenschaftlicher Spieler geworden wie Sir Reginald Annesley. Beide Male als er mich sah, fragte er mich dasselbe: ›Haben Sie sie immer noch?‹ Ich wußte, von wem er sprach, und ich bejahte seine Frage. ›Und auch ich‹, erwiderte er mit einer Traurigkeit, die mich tief berührte, ›auch ich habe Sie immer noch … im Herzen.‹ War sie immer noch darin, als er später wegen eines törichten Zwists im Kartenspiel von einem Degenstoß getötet wurde? Wie dem auch sei, Marquise, es ist ein weiterer Beweis der Macht Vellinis, daß sie eine so tiefe *unerwiderte* Leidenschaft in einem geistvollen und reichen Dandy wie dem Comte de Mareuil entfachen konnte, der sein ganzes Leben lang über unglückliche Lieben gespottet hatte.

Ich blieb diesen ganzen Winter in Paris. Ich richtete mich auf ein weiteres Duell mit Sir Reginald Annesley ein; aber zu meinem großen Erstaunen hörte ich nichts mehr. In der Lage, in der ich mich ihm gegenüber befand, schickte es sich ebensowenig, ihm aus dem Weg zu gehen, wie ihn aufzusuchen. Ich mußte auf ihn warten; er kam nicht. Ich hörte, daß er sich mit doppelter Leidenschaft in das Spiel und den Alkohol gestürzt habe. Er bemühte sich zweifellos, diese Frau zu vergessen, die er mit umnebeltem Verstand und verwirrten Sinnen geheiratet hatte, und die ihn bei der ersten Gelegenheit wegen eines anderen verließ. Sie haben gesehen, Marquise, daß er ein Mann mit einem energischen Temperament war; eine kräftige Mischung aus Normanne und Engländer. Warum trieb ihn weder sein Stolz noch sein Schmerz zu mir, um sich für die Kränkung seiner Ehre zu rächen …? Was hielt ihn zurück …? Jede Männerseele ist sonderbar, aber die Seele eines Engländers ist es zweimal …! Ja, vielleicht dachte er, daß er, auch wenn er alles daran setzte, diese Frau im Namen seines gesetzlichen Anspruchs oder seines persönlichen Einflusses zurückzuholen, noch lange nicht mit uns fertig wäre; daß er es mit zwei Personen zu tun hätte, von denen er eine kannte; aus Erfahrung mußte er wissen, daß es nicht leicht sein würde, Vellini ins Joch zu zwingen. Vielleicht dachte er auch, daß er, wenn er diesen Weg einschlagen würde, seine Spielleidenschaft für immer aufgeben müßte, die ihm noch mehr am Herzen lag, als die Malageserin –, die er so liebte, wie Engländer lieben: aus Stolz, aus Langeweile; die er einst geheiratet, gekannt, besessen hatte! Er war vor allem ein Spieler, und als solcher gewohnt, an den Zufall zu glauben; als Vellinis Herz nur noch für mich schlug, bedeutete dies für ihn, daß das Schicksal gesprochen hatte. Er hatte kein Kind von ihr. Sie legte seinen Namen ab. Sie verlangte keinen Pfennig von seinem Vermögen. Von den ganzen Reichtümern, die er nun dem Spiel in den unersättlichen Rachen werfen konnte, hatte sie nur ein paar Schmuckstücke, die sie von ihrer Mutter bekommen hatte, und ihre Mantille mitgenommen. Er kam also nicht: Er ließ sie mir.

Sie wollte bei mir in meiner Wohnung in der Rue Ville-l'Évêque wohnen. Ich war nur halb damit einverstanden: Nicht aus einem edlen Motiv konventioneller Natur; ich war ja so jung und so verliebt! Nein, es hatte einen viel oberflächlicheren Grund, der nur den eleganten Sitten geschuldet war. Ich fand es unter meiner Würde, mit meiner Maitresse in ein und demselben Haus zu wohnen wie mit einer legitimen Ehefrau; aber sie verlangte es mit solcher Heftigkeit, und sie umgarnte mich mit den Banden einer so mächtigen Glückseligkeit, daß ich nachgab. Teure Marquise, Sie können sich vorstellen, welches Aufsehen dieses öffentliche, offizielle Zusammenwohnen einer verheirateten Frau mit ihrem Liebhaber hervorrief, einer Frau, die ihren Gatten, der wußte, wohin sie ging, verlassen hat, und wie sehr es allen Konventionen Hohn sprach. Der Skandal war riesengroß. Ich, der ich durch Geburt und Verbindungen den höheren Schichten der

Pariser Gesellschaft angehörte, flößte den Frauen, die Sie kennen, jeden erdenklichen Schrecken ein, die mir dennoch nicht ihre Salons verschlossen. Vellini, die dieser Gesellschaft, die ihre Meinungen auf den Lippen trägt, nicht angehörte, hatte unter ihren Urteilen nicht zu leiden, da sie nicht zu ihr drangen. Hätte sie sie gehört, würde sie darüber gespottet haben. Ihr Wunsch, mit mir zusammenzuwohnen war sowohl darin begründet, der Gesellschaft die Stirn zu bieten, wie auch darin, ihr Leben enger und intimer mit dem meinen zu verbinden. Mit der Kühnheit eines kaltblütigen Herzens, ohne jemals die Vorurteile zu entwickeln, die feiges Verhalten im Leben von Frauen hervorruft, nach außen gewandt wie die Töchter des Südens, empfand sie ein männliches Vergnügen daran, ihre Liebe demonstrativ zu zeigen. Am liebsten hätte sie auf ihre Visitenkarten geschrieben, daß sie meine Maitresse war. Welch merkwürdige Verbindung von stolzer Unterwerfung und hartnäckiger, herrischer Launenhaftigkeit! Vor aller Augen hätte sie am liebsten ihr Dressurhalsband mit meinem eingravierten Namen blitzend zur Schau getragen; und mit mir alleine, im Schoß der Liebe vereint, hätte sie es gerne abgenommen, um es mir um den Hals zu legen!

Das erste Jahr dieser Verbindung, die zehn Jahre dauern sollte, verbrachten wir in Paris. Wie jeder Mann, der die tausenderlei Freuden einer Leidenschaft, die ihn erfaßt hat, bei sich zu Hause genießt, ging ich nur gedrängt und getrieben von meinen Freunden aus. Ich kehrte rasch wieder zu Vellini zurück, hungrig nach ihrem ganzen Wesen und noch begieriger auf jene Intimität, in der wir beide unserer Lust nachgaben. Wenn ich zurückkam, erwartete sie mich an dem Platz und in der Haltung, in der ich sie verlassen hatte, mit offenem Gürtel und gelöstem Haar, versunken in jenen trägen Halbschlaf, unter dem die Elektrizität der sinnlichen Naturen vibriert. Obwohl sie so eifersüchtig war, daß sie mit ihren Wutanfällen an jene Margarita erinnerte, die Lord Byron während seines Aufenthalts in Venedig liebte, konnte sie doch, wenn ich zurückkehrte, an meinem Ausdruck mit Sicherheit erkennen, daß sie keine Rivalinnen hatte. Was bedeuteten mir nun noch die Frauen, die ich am meisten bewundert hatte, diejenigen unter den Patrizierinnen des Faubourg Saint-Germain, die die eindrucksvollste Schönheit mit der höchsten Anmut der Sitten und der blitzendsten Schärfe des Geistes verbanden ...? Verblendung der Leidenschaft! Zauberkraft des Neuen! Stellen Sie sich vor, Marquise, ich zog ihnen meine träge Malageserin vor, deren Leben wie das der Löwinnen in der Wüste zwischen schläfriger Erstarrung und wollüstiger Liebestollheit verstrich; zwischen erschöpfter Siesta und erfrischtem Erwachen auf meinem Herzen! Ihre nervöse und kräftige Natur war voller Kontraste. Sie blieb bis in die alltäglichen Kleinigkeiten diejenige, als die sie sich beim Souper des Comte de Mareuil gezeigt hatte. Bald legte sie eine unwiderstehliche Lebendigkeit, bald eine schwere und teilnahmslose Trägheit an den Tag. Sie war unbeständig wie das Meer und brauste ebenso schnell auf, aber sie war wenigstens nicht falsch. Im Gegenteil. Sie besaß die Ehrlichkeit starker Geschöpfe, die furchtlose Unbekümmertheit eines verwöhnten Kindes oder einer Kurtisane, die Gefühlstiefe ihrer Mutter, der Herzogin, und unter ihrem zarten Körperbau das Blut und die Muskeln ihres Vaters, des Toreros! Comte de Mareuil hatte bei der Erzählung ihrer Kindheit nicht übertrieben. Sie war so erzogen worden, daß sich alle ihre Instinkte, ob gut oder schlecht, in ihrer ganzen ungebändigten Kraft entwikkeln konnten; und ich, der ich bisher nur Damen von Welt gekannt und begehrt hatte, atmete mit freudigem Herzen die herbe Süße dieser kraftvollen Unabhängigkeit.

Am Ende dieses Jahres, Marquise, brachen wir nach Italien und nach Tirol auf. Von da an haben Vellini und ich uns vier Jahre lang nicht getrennt, gleich ob wir uns auf Reisen befanden oder uns vorübergehend in Paris aufhielten. Laras

Page folgte ihr nicht treuer als mir diese Frau, die mich auf meinen wechselhaften Wegen begleitete und in allem mein Schicksal teilen wollte. Jeder Gefahr, der ich ausgesetzt war, hat sie sich mutig gestellt. Die Liebe, wie sie sie verstand, hätte alleine schon genügt, sie mir überallhin folgen zu lassen, aber ihre seelische Veranlagung kam ihr zu Hilfe und erleichterte ihr dieses Leben. Stolz, Einbildungskraft, Abenteuerlust, all das arbeitete in ihr wie in mir. Sie sagte oft zu mir: ›Meine Seele und deine Seele sind Zwillinge‹, – und das stimmte nur zu sehr; denn das war der Grund für jene ausgedehnten und grausamen Kämpfe, von denen ich Ihnen schon erzählt habe, und die selbst im Schoß der Wollust zwischen uns ausbrachen. Sie verstand es, meine Gefühle mit den Absonderlichkeiten und der Hartnäckigkeit ihres Stolzes zu reizen, und sie brachte mich, gerade wenn ich am meisten der Geduld und der zärtlichen Zuwendung einer Frau bedurfte, mit ihren unglaublichen Launen derart zur Verzweiflung, daß ich mich öfter dabei ertappte, wie ich die Hand gegen sie erhob; eine Aufwallung, für die ich mich in der nächsten Minute mit tausend Küssen entschuldigte. Sie war allerdings auch nicht friedfertiger. Ich mußte ihr viele Male ihren *cuchillo* entreißen, wenn sie ihn gegen mich, für den sie ihr Leben hingegeben hätte, richtete. Sie spüren, Marquise, daß es eines in der Hölle einer unerbittlichen Leidenschaft gestählten Bandes bedurfte, um diesen gewalttätigen Anwandlungen Widerstand zu leisten. Wir schleppten dieses in den Flammen der Lust erprobte seelische und körperliche Band nicht wie eine Kette mit uns herum! Wir trugen es wie eine glühende Trophäe, auf die wir stolz waren. So aneinander gebunden, durchreisten wir einen Teil Europas, ohne etwas davon zu sehen. Wir waren blind für alles, was uns umgab, weder die Monumente der Natur und der Künste noch die Eigenarten der Völker konnten uns aus der niedrigen oder erhabenen Interesselosigkeit einer Leidenschaft herausreißen, für die das Universum nicht existierte. Nur wenige Ereignisse waren in der Lage, ein solches Leben und ein solches Aufgehen zweier Menschen in denselben Gedanken zu beeinflussen. Das einzige, was unsere Gefühle füreinander noch vertiefen konnte, traf tatsächlich ein. Wir bekamen ein Kind.

Das Schicksal hatte es so bestimmt, daß nichts, was Vellini oder die Liebe, die ich für sie empfand, betraf, dem gewöhnlichen Leben glich, jenen mehr oder weniger alltäglichen Umständen, die für alle Menschen ungefähr die gleichen sind. Vellinis Kind kam vor dem Termin. Sie brachte es am Fuß der Alpen am Ufer eines Wildbachs zur Welt, an dem wir in jenem Sommer 18.. fast täglich spazierengingen, einem Ort, der ziemlich weit von dem Chalet entfernt war, in dem wir wohnten. Dort überraschten sie die Wehen. Ich lag mit dem Kopf auf ihren Knien. Da sah ich plötzlich, wie sie bleich wurde und Angst und Schrecken in ihren tiefen, schwarzen Augen aufleuchteten. Menschliche Hilfe war nicht in Reichweite, und ich wagte nicht, sie zu verlassen. Wie ein Geschöpf der Wüste, wie eine Tochter der Natur kam sie mit einem Kind nieder, das offenbar leben wollte, gesund, schön und kräftig wie es war! Dreißig Monate später verloren wir es; es erlag einer heftigen Krankheit. Vellini hegte für dieses Kind – es war ein Mädchen – eine Leidenschaft, die fast mit der Liebe einer Tiermutter für ihre Jungen zu vergleichen war. ›Ach!‹ sagte sie, ›ich werde es lieben, wie meine Mutter mich liebte.‹ Ich wußte, wie ihre Mutter, die Herzogin, sie geliebt hatte. De Mareuil hatte es mir erzählt, und sie hatte es mir bestätigt. Sie ließ die schwärmerische Mutterliebe wieder aufleben, die konvulsivisch über ihre eigene Wiege hereingebrochen war und die ihre Kindheit, die sie in Freiheit und von ihrer Mutter vergöttert zugebracht hatte, erhellte. Aber Vellini bedurfte nicht wie die Herzogin eines hehren und grausamen Ersatzes für eine verlorene Liebe; sie brauchte nicht alle Gefühle für einen Toten auf ein Kind zu übertragen, das sie an diesen erinnerte. Ich lebte, ich war bei ihr, ich liebte sie mit einer Raserei, die stärker war als alle Gewitterstürme, die manchmal über uns hinwegzogen. Für eine Seele wie die ihre, hätten die mütterlichen Regungen ihre Würde verloren, wenn sie so weit geführt hätten, daß sie nur noch ein Ersatz für die Liebe gewesen wären. Nein! die Liebe, die sie für ihre Tochter hegte, tat der, die sie mir gegenüber empfand, keinen Abbruch, denn sie war keine jener Frauen, bei der die Mutterschaft alles andere tötet oder in den Schatten stellt. Ihr Herz war groß genug für zwei.

Teure Marquise, die dreißig Monate, die das Kind lebte, vergingen mit der Geschwindigkeit eines schönen Traums, ohne daß dieser die herbe Wirklichkeit der Liebe, die uns aneinander kettete, gestört hätte. Wie überall, so auch an der Wiege ihrer Tochter war Vellini, wie sie gesagt hatte, immer die Maitresse Ryno de Marignys. Zahllose Male trafen sich unsere Küsse über unserer schlafenden Tochter und errichteten über ihrem Schlummer einen Dom heimlicher Liebkosungen! Aber diese Augenblicke sanfter, träumerischer Zärtlichkeit waren nicht von Dauer. In dieser braunen Tochter Malagas war eine unverbesserliche sinnliche Glut, die sich noch in den keuschesten Instinkten ihres Wesens wiederfand, vielleicht eine der letzten Zuckungen jenes maurischen Bluts, das während Jahrhunderten auf allen Scheiterhaufen Spaniens geflossen war und diese heller erleuchtet hatte als die Fackeln der Henker. Wenn ihre Tochter weitergelebt hätte, hätten die leidenschaftlichen Regungen, die sie für diese empfand, bestimmt eine Gefahr in sich getragen. Sie hätten deren ruhige Entwicklung gestört. Sie hätten unter Umständen früh jene Wollust geweckt, die in der Unschuld schläft; aber Vellini konnte sich nicht vorstellen, daß man seine Tochter anders liebt, als sie die ihre liebte. Sie gehorchte ihrer Natur. Sie handelte unbewußt mit der unwiderstehlichen Spontaneität der herrlichsten Gefühle. Ich wußte es, ich sagte es mir wiederholt; aber ich litt darunter, sie als Sklavin und Gefangene einer abgöttischen Liebe zu sehen! Die verrückten Dinge, die sie mit ihrer Tochter machte, hatten Ähnlichkeit mit anderen Verrücktheiten, die ich schon von ihr kannte … Es waren Schreie, Tollheiten, ähnlich dem Lecken wilder Tiere … Sie saugte die großen Augen aus, die sie anschauten, ohne das mütterliche Ungestüm zu verstehen. Sie biß liebevoll in das junge, zarte Fleisch, in dem die erste Frische des Lebens rann. Welch erregendes Schauspiel für meine Seele! Der Vater war weniger stark als der eifersüchtige Liebhaber! – ›Was hast du, Ryno?‹ fragte sie, indem sie den berauschten Kopf vom Gesicht des Kindes löste, das sie in den Armen hielt. ›Ach‹, fuhr sie, in meinen Augen lesend und sich an dem Glück, mich so entsetzlich eifersüchtig zu sehen, noch mehr berauschend, fort, – ›bist du nicht auch mein Kind …?‹ Und indem sie ihre Tochter, auf die Gefahr hin, sie zu verletzen, beiseite warf, stürzte sie sich auf mich, umfaßte mich mit ihren zerbrechlichen Armen als wären sie aus Eisen, hob mich hoch und trug mich ans andere Ende des Zimmers. Dort drängte sie sich mit ihrem Kopf an mich und wälzte ihn auf meiner Brust. Ach ja, es war der reine Wahnsinn! Aber sie wollten ja alles erfahren, Marquise. Es war ein Wahnsinn, von dem uns selbst ein großes Leid nicht heilen konnte. Wir verloren unsere Tochter. Es war in Triest. Nach fünf Tagen und Nächten heftiger Schmerzen und einem Todeskampf, dessen Qualen wir teilten, hauchte sie ihr Leben aus. Die Verzweiflung Vellinis war zunächst stumm und fürchterlich; denn bei dieser Frau, die im Glück Schreie ausstieß, war das Schweigen, in dem sie versank und verharrte, tragischer als Tränen und Schluchzen. Ich fürchtete einen Augenblick um ihren Verstand … Sie wollte den Leichnam des Kindes nicht hergeben. Mit halboffenem Mund, gesträubten Haaren, halberstarrt, hätte man sie für eine Statue des Entsetzens halten können. Erst als sich ein blauer Schleier, der dichter und schrecklicher als der Tod war, über die Stirn der armen dahingeschiedenen Kleinen senkte, begriff sie, daß sie sich von ihr trennen mußte. Aber die Vorstellung, daß das Wesen, mit dem sie sich in so großer Zärtlichkeit verbunden sah, die Beute einer scheußlichen Zersetzung werden würde, drückte diese einfache Seele nieder; ihre Einbildungskraft gab allem eine greifbare Gestalt, und sie hätte ihr Leben lang – wie der Zahuri im Volksglauben ihrer Heimat – die Auflösung des geliebten Körpers durch den Erdboden und die Blumen hindurch gesehen. ›Laß sie uns lieber verbrennen, Ryno‹, sagte sie eines Abends. Diese Idee war einer Frau würdig, die, wie sie, mühelos und ihrem inneren Gesetz folgend, das gewöhnliche Leben mit Füßen trat; aber ihre Angst hatte einen so erhabenen Charakter, und ich teilte alle ihre Gefühle so sehr, daß ich beschloß, ihr zu gehorchen.

Irgendwo, auf der anderen Seite von Triest, am Ufer des Adriatischen Meers, gibt es einen einsamen Strand, der denen, die dort vorbeikommen, nichts sagt, der mir jedoch für alle Zeiten heilig sein wird. Dort verbrannten wir unser Kind, dieses Kind, das aus Liebe geboren, in Liebe aufgezogen und umgeben von der Liebe derjenigen, die ihm das Leben gaben, gestorben ist. Mit Geld und inständigen Bitten hatte ich alle Genehmigungen erhalten, so daß sich niemand dieser ungewöhnlichen Zeremonie widersetzen konnte. Sie fand nachts im Dunkeln statt, und nur Vellini und ich sowie ein paar treue Diener waren Zeugen. Ich hatte am Ufer einen Holzstoß aus Pinienholz errichten lassen. Auf ihn legte Vellini eigenhändig den Körper ihrer heißgeliebten Niña, unserer kleinen Juanita. Sie hatte sie in ihrem Wagen auf dem Schoß gehalten, als lebte sie noch, und ihr eines jener Kleidchen angezogen, die sie für sie erdacht hatte, und die am besten zu der stolzen und düsteren Schönheit des Kindes paßten. Vellini, die noch blasser und düsterer als der Leichnam war, den sie in ihren leidenschaftlichen Armen trug, legte sie auf das Totenlager. Im Licht unserer Fackeln sah ich, wie sie ein letztes Mal diesen violetten und eiskalten Mund küßte, in den sie Ströme von Leben hätte fließen lassen, wenn der Tod nicht stärker als die Liebe gewesen wäre, – dann nahm sie einem der Dienstboten die Fackel aus der Hand und entzündete gleichmütig den Holzstoß. Diesen äußersten Augenblick werde ich nie vergessen, Marquise! Die Nacht war kalt und finster. Das Meer, das ebenso kalt war, wie die Nacht, murmelte dumpf und traurig und warf uns im glatten Spiegel seiner Fluten die Flammen zurück. Vellini, deren Augen bisher fiebrig flackerten und den Glanz einer verzweifelten Entschlossenheit zeigten, begann still zu weinen, und die Tränen flossen über ihre verheerten Wangen, während die Flammen wirbelnd in den bedeckten Himmel aufstiegen. Ich war tieftraurig, aber der Schmerz, den ich empfand, verstärkte sich, weil er mich durch den ihren erreichte. Ich sah in den Flammen nur sie. Ich dachte mehr an sie als an jene bleiche Gestalt, die gleich für immer verschwinden würde. Plötzlich versiegten ihre Tränen, und ihrer Brust entrang sich ein heiserer Schrei. Das Gesicht ihrer Tochter war in Flammen gehüllt … es war vorbei! Ein Wunsch – der rasende Wunsch einer starken Seele, die glaubt, das Unmögliche erreichen zu können – hatte sich ihrer bemächtigt. Sie hatte das Kind noch nicht genug geküßt, und sie stürzte sich ins Feuer, um es den Flammen zu entreißen, die unter dem Wind aufstoben! Sie schien ebenfalls zu verschwinden, aber mit einem Sprung war ich bei ihr! Ich zog sie aus der Glut, die sie verzehrt hätte, und trug sie mit verbrannten Augen, halbtot zurück …«

»Welch ein tapferes und mutiges Geschöpf!« sagte die Marquise bewegt, deren Rührung so aufrichtig war, daß sie es nicht unterlassen konnte, Marigny zu unterbrechen.

»In meinen Armen«, fuhr Marigny fort, »hat sie immer

wieder ins Leben zurückgefunden. So auch dieses Mal. Aber vergeblich wollte ich sie von diesem grausamen Schauspiel abhalten. Vergeblich versuchte ich, sie in den bereitstehenden Wagen zu ziehen. Sie beharrte darauf, bis zum Morgen dazubleiben. Der Tag sah sie auf den erloschenen und noch rauchenden Resten des Holzstoßes andächtig die Asche einsammeln, die von ihrer Tochter übriggeblieben war. Eine Erinnerung an Spanien, eine Rückbesinnung auf ihre Vergangenheit, ließ sie sie am nächsten Tag ins Karmeliterinnenkloster von Triest bringen, wo sie in heiliger Erde beigesetzt wurde. Zuerst kehrte die Frau und danach die Spanierin zurück. Selbst wenn sie an jenem Tag des Unglücks der Macht irgendeiner Gläubigkeit nachgab, die sie in einer Falte ihrer Seele wiedergefunden hatte, so erfuhr sie doch keine Linderung ihres Leids. Lange Zeit verharrte sie in einem grausamen, wilden Schmerz. Als die von Wehklagen und Tränen erschöpft war, fiel sie in eine düstere Erstarrung. Ich, dessen Liebe von der ihren lebte, gestehe, daß meine egoistische Leidenschaft angesichts der Tiefe ihres Kummers erschrak. Ich zitterte, sie könnte die Liebe töten, nach der ich immer noch dürstete. Marquise, meine Sorge war unbegründet. Ihre Liebe hielt ebenso stand wie die meine. In meinen Armen vergaß die Mutter das Kind, das ihrer Brust entrissen worden war. Vellini war mehr Maitresse als Mutter. Sie war so vollkommen für die Wollust geschaffen, daß sie ihrer immer, selbst mit gebrochenem Herzen, bedurfte. Erneut warf sie sich ihr mit einer unersättlichen, finsteren Gier in die Arme, und wie immer, seit wir zusammenlebten, ließ sie mich daran teilhaben.

Nach dem Tod unserer Tochter reisten wir eine zeitlang. Aber die Ortsveränderungen konnten Vellini, die vor Traurigkeit trübsinnig geworden war, nicht zerstreuen. Habe ich es Ihnen nicht schon gesagt, Marquise? Die Außenwelt existierte nicht für sie. Ich allein konnte sie von dem verzehrenden Gedanken an den Verlust unseres teuren Kindes ablenken. Um zu vergessen, tauchte sie tiefer ein in diese Liebe, um derentwillen sie den Zorn Gottes in Kauf genommen hätte. Wenn sie allerdings aus diesen Rauschzuständen, die sie ständig zu erneuern suchte, wieder auftauchte, kehrte sie bleich, erschöpft, lebensüberdrüssig und kraftlos zur ihren schmerzlichen Gedanken zurück. Ich litt alle ihre Leiden mit, ich vermählte mich ihrer ganzen Seele, ich versuchte immer wieder, die richtigen Worte für ihr gebrochenes Herz zu finden, aber ihre Seele war stolz und keinem Trost zugänglich. Ihr Kummer machte sie hochmütig, launenhafter, herrschsüchtiger. Sie stieß mich zurück und verletzte mich dadurch. Zorn, der so leicht aus jeder wahren Leidenschaft entspringt, packte mich und rief den ihren hervor. Die Ungerechtigkeit Liebender richtet so viel Unheil an! Grausame Szenen spielten sich ab … Ach, wenn ich sie weniger geliebt hätte, hätte ich mich vielleicht beherrschen können; aber ich liebte sie so sehr, daß dies unmöglich war! Sie war wieder ganz die, die sie am Anfang unserer Liebe gewesen war. Sie erschien mir hart, eigensinnig, verrückt, alles das, was ich schon einmal verflucht hatte, und der Gedanke, daß sie das alles tatsächlich war und trotzdem die uneingeschränkte Herrschaft über meine Seele besaß, daß sie die Macht besaß, meine Seele leidenschaftlich zu erregen, brachte mich auf und machte mich fast rasend. Ich verlor bittere, scharfe, von Haß vergiftete Worte; denn in diesen Momenten haßte ich sie wirklich …! Ich verstand, wie nah Haß und Liebe in der menschlichen Seele beieinanderliegen! Manchmal wünschte ich ihren Tod, was für ein entsetzlicher Wahnsinn!, und ich hätte sie bestimmt getötet, wenn ich eine Waffe in der Hand gehabt hätte. Eine andere Frau, die sich wie sie ihres Einflusses sicher gewesen wäre und die gesehen hätte, wie sehr sie mich aus der Bahn wirft, wäre dadurch vielleicht gerührt gewesen und hätte mich mit einem Wort oder einer Geste entwaffnet, mit einer jener Herausforderungen, die einen so großen Reiz besitzen, weil die

Gewißheit geliebt zu werden darin aufleuchtet und sie diktiert! Nicht sie! Im Gegenteil, sie schien sich noch mehr in sich zurückzuziehen, schien ihre vorstehende, dunkle, triebhafte, umwölkte Stirn noch mehr vorzurecken, die allem verschlossen war, der Liebe, dem Mitleid, der Vernunft, allem, was sensible und intelligente Menschen leitet! Um mich nicht zu irgendeiner verhängnisvollen Tätlichkeit hinreißen zu lassen, ging ich weg, ich verließ sie, von Wut erschöpft, niedergeschlagen, entmutigt! Ich gelobte mir, sie meinen Groll spüren zu lassen … und wenn ich sie bei der Heimkehr immer noch so stumm, rachsüchtig und kalt antraf, bemüht, meinen Zorn erneut anzustacheln, indem sie ihr grausames Schmollen zu einer korsischen Vendetta hochspielte, dann sagte ich mir, daß ich immerhin der Mann sei, das heißt der Stärkere von beiden, derjenige, der zurückkehren und als erster verzeihen mußte, und nahm ihre stummen Schläfen in meine beiden Hände, um Vellini in den bodenlosen Abgrund unserer Liebkosungen zurückzuwerfen, damit sie dort ihre Rachegefühle vergäße.

Und sie vergaß sie dort tatsächlich, Marquise! Der ganze Haß schmolz in diesem Feuer … Doch irgendwann beginnt die Liebe bei diesen entsetzlichen Spielen zu sterben; in diesen Schlachten zweier Herzen bricht sie verwundet zusammen; sie erhebt sich wieder für kurze Zeit, um danach noch tiefer verwundet zusammenzubrechen, und eines Tages erhebt sie sich nicht mehr. Ach, Marquise, fast sieben Jahre kann man nicht Stunde für Stunde protokollieren, und außerdem drängt es mich, den Bericht, um den Sie mich gebeten haben, abzukürzen. War es nur die sonderbare Bitterkeit, mit der der Tod unseres Kindes Vellinis Seele erfüllte, die unserer Liebe zum Verhängnis wurde, oder verrichtete einfach die Zeit ihr Werk in unseren Herzen? Jedenfalls begann die anfängliche Leidenschaft, jene ausschließliche, verzehrende Leidenschaft, bald schwächer zu werden. Nachdem unsere

Charaktere so heftig aufeinandergeprallt waren, entfremdeten sie sich. Wir führten ein nach außen gewandtes Leben, unsere Intimität genügte uns nicht mehr, wir gingen Interessen und Vergnügungen nach, an die wir bisher nicht gedacht hatten. Schon zwei Jahre zuvor, in der Zeit von Vellinis Schwangerschaft, hatten sich diese Ermüdungserscheinungen und der Wunsch nach irgendeiner Veränderung eingestellt. Nun wurde er sowohl in mir wie auch in Vellini laut. Aber sie als Frau konnte es sich nicht eingestehen; denn die Frauen haben Angst, die letzte Schaufel Erde ins Grab einer vergangenen Liebe zu werfen und mit Pascal zu sagen: ›Für alle Zeiten!‹ Man liebt nicht mehr, aber man küßt sich noch, man wagt nicht zu gestehen, daß man sich nicht mehr liebt. Wir waren wieder nach Paris zurückgekehrt, mehr voneinander als von der langen Reise ermüdet. Was mich betraf, so hatte ich keine Illusionen mehr bezüglich dieser Frau, die meine Seele so sehr mit Illusionen erfüllt hatte. Wie hatte ich sie einst bewundert! Jetzt sah ich ihre Fehler, ohne etwas dagegenhalten zu können. Ich bewunderte diese Fehler nicht mehr, ich litt darunter. Sie erinnern sich, Marquise, daß ich ihre störrische Art zu Beginn unserer Liebe manchmal reizvoll gefunden hatte. Sie verschaffte meiner Einbildungskraft Sensationen, die Dichter und leidenschaftliche Spieler suchen. Wenn ich mit ihr zusammen war und sie mir gehörte, spürte ich in meinem Herzen die Erregung, mit der die Seele Jean Barts zu kämpfen hatte, als er voller Stolz seine Pfeife auf einem lecken Pulverfass anzündete. In jeder Minute, die verging, bei jedem Kuß, mußte ich eine Explosion befürchten, denn ich beherrschte diesen launenhaften Dickkopf nicht genug, um verhindern zu können, daß er sich dem, was er bisweilen mein Joch nannte, entzog. Ich hatte von jenen französischen Offizieren gehört, die während des Krieges von 1809 das Glück in den Armen erbitterter Spanierinnen genossen, die ihnen am Abend zuvor Kugeln geschickt hatten und ihnen am nächsten Morgen wieder welche schicken würden ... Im Augenblick hatte ich genug von solchen Gefühlen. Ich wollte nichts davon wissen. Andererseits war sie auch lange Zeit eifersüchtig gewesen, und ihre verrückte Eifersucht hatte Anlaß zu den lebhaftesten Kämpfen zwischen uns gegeben. Ich hatte diese absurden Wahnvorstellungen eines geliebten Wesens, dem ich, ohne zu lügen, jederzeit hätte schwören und wiederholen können, daß ich treu war, häufig mit stolzem und zärtlichem Vergnügen beobachtet. Nun ärgerten mich diese Eifersuchtsanfälle, die mich eigentlich gar nicht mehr interessierten. Ach, das war das Ende unserer Liebe, Marquise! Aber würden Sie es glauben? In dieser sterbenden Liebe steckte immer noch ein Rest Leben. Das, was bei den anderen zuerst zugrunde geht, sollte bei uns nicht sterben. Durch eine erstaunliche Ausnahme von der Regel verband uns trotz der Trennung unserer Seelen auch weiterhin die Glut der Leidenschaft. Weder der Kampf zweier Seelen, die sich erbittert Widerstand leisteten, noch die Wunden, die sie sich gegenseitig zufügten, noch das langsame Schwinden all dessen, was ihre Phantasie beflügelt hatte, noch der unbestrittene Besitzanspruch, der mehr Lieben tötet als die Hoffnungslosigkeit, hatten diese Kraft zerstören können, deren Geheimnis nicht in unseren Herzen begründet war. Wir fühlten uns auf ewig in den Maschen eines unsichtbaren Netzes gefangen. Es bestand nicht nur aus vergangenen Eindrücken, Erinnerungen, Gewohnheiten, aus jenen wunderbaren Kettengliedern, die das Leben ausmachen. Es bestand aus ... ich weiß es auch nicht. Manchmal dachte ich, nur die Wissenschaft könne dieses Phänomen erklären. Der männliche Stolz versucht, die herbe Röte der Scham so gut wie möglich wegzuwischen. Ich schämte mich, Marquise. Wenn ich nicht bei Vellini war, warf ich mir meine Schwäche vor. Ich schwor mir, in Zukunft den Begierden zu widerstehen, die durch keine Liebe mehr geheiligt wurden. Aber meine Entschlüsse wurden in ihrer Gegenwart von den Wogen der glühenden Leidenschaft, die von diesem so viele Male umarmten Körper, dem Quell unerschöpflicher Wollust ausgingen, verschlungen! Wie oft habe ich erlebt – selbst dann noch, als die verwundete Liebe die Schändlichkeit unserer hemmungslosen Leidenschaft nicht mehr entschuldigte –, wie sie mich nach erbitterten Szenen (meist aus den oberflächlichsten Anlässen) mit ihren glänzenden, merkwürdigen Augen und den Bewegungen eines jungen Jaguars bestrickte, und wir erneut in einem unvergänglichen Rausch vergaßen, daß wir seit langem aufgehört hatten, uns zu lieben!

Ich beschloß, diese allmächtige Gegenwart zu fliehen. In der Gesellschaft, im Club, mit meinen Freunden fand ich wieder ganz zu mir. Ich war wieder ich selbst; ich erkannte meine Situation klar; ich beherrschte sie. Sie beunruhigte mich und demütigte mich zugleich. In meinen Augen handelte es sich nur noch um ein schlechtes Zusammenleben, das mit Recht nach einer Trennung verlangte. Ich hätte mich für einen Narren gehalten, wenn ich dieses Recht nicht in Anspruch genommen hätte.

›Hören Sie, Vellini‹, sagte ich am Abend eines Tages, der einigermaßen friedlich verlaufen war, denn ich wollte nicht, daß sie meine Absicht verkannte und glaubte, es handele sich um einen unüberlegten und im Zorn gefaßten Entschluß, ›wir leben nun schon über sechs Jahre wie Mann und Frau miteinander. Ich habe Sie immer überallhin mitgenommen. Sie sind meine Gefährtin und meine Maitresse gewesen. In diesen sechs Jahren eines so engen, beständigen Zusammenlebens mußte unsere Liebe am Übermaß ihres Glücks zugrundegehen. Sie, die Sie unter der Sonne Spaniens in Freiheit herangewachsen sind, Sie, in deren Adern reines maurisches Blut fließt, Sie, die die Leidenschaft schon kannten, als Sie mir begegneten, Sie hatten nie die Vorstellung von einer ewigen Liebe im Kopf, die, unerachtet der Natur der Dinge, in den Frauen falsche Herzensverpflichtungen entstehen läßt. Unsere Liebe war sterblich wie alle Lieben, und wir haben sie durch die Qualen der Lust, die wir immer suchten und die uns immer erreichbar waren, schneller getötet. Die Leidenschaft, die uns hinriß, hat wahre Wilde aus uns gemacht. Die Intimität war die Axt, mit der wir den Baum fällten, um die Früchte zu genießen. Nun hat sie sich gegen uns selbst gewandt. Warum sollten wir uns nicht die grausamen und zahllosen Verletzungen ersparen und uns, da wir zusammen nicht mehr glücklich sind, trennen?‹

Sie hörte mir mit jener Gleichgültigkeit zu, die jedes Mitleid überflüssig macht. Sie saß – ich erinnere mich daran, als wäre es gestern gewesen – am Fuß einer rosafarbenen Vase aus Marmor, die ich aus Venedig mitgebracht hatte. Sie rauchte gelangweilt ihre Zigarre, stumm, mit trägem Blick, die Arme über der Brust verschränkt, der Brust eines jungen Gottes der Antike, den Kopf auf die Schulter gelegt, die von einer Flut scharlachroter Chenille bedeckt war, welche aus einer griechischen Mütze hervorquoll; diese saß verwegen auf ihrer gewölbten Stirn und gab ihr mehr das Aussehen eines türkischen Pagen als das einer Odaliske. Ich versuchte, ihre Seele zu ergründen und darin zu lesen, aber weder Blässe noch Röte drangen durch die orangefarbene Haut. Trotzdem hatte ich Angst, ich sei zu hart zu ihr gewesen, und ich fügte hinzu:

›Wenn unser Kind am Leben geblieben wäre, Vellini, hätte uns ein unauflösliches Band verbunden. Dann würde ich nicht von Trennung sprechen. Aber Gott selbst scheint dafür Sorge getragen zu haben, uns voneinander zu befreien. Nichts verpflichtet uns nun mehr dazu, uns weiter an den Händen zu halten, wo unsere Herzen sich voneinander gelöst haben.‹

›Ich werde gehen, wenn Sie es wollen‹, sagte sie.

Ihr Stolz zügelte ihre Heftigkeit.

›Nein‹, entgegnete ich, ›nicht so, nicht, wenn ich es will. Ich mache Sie zum Richter über das, was geschehen soll. Kann dieses unruhige, qualvolle, abwechselnd bedrückende und bedrückte Leben das ersetzen, was wir sechs Jahre lang genossen …? Ihre Seele ist zu leidenschaftlich und zu groß, um das auszuhalten, Vellini. Bei ihrem Charakter, bei dem Ungestüm ihres Herzens, können Sie sich nicht mit dieser Ehe auf kleinster Flamme ohne Würde und Liebe einverstanden erklären.‹

Ich hörte auf zu reden. Was ich gesagt hatte, traf nicht die verborgene Saite, die für gewöhnlich in ihr zitterte und zum Reißen gespannt war.

Sie behielt ihre lässige Haltung und ihren Blick voller *grandezza* bei.

›Wer ist die Frau, die verlangt, daß Sie nicht mehr mit Vellini zusammenleben, Ryno?‹

›O, es gibt keine!‹ antwortete ich mit einer Erregung, die ihr ein Lächeln abnötigte, denn sie hatte mich fast ebenso sehr wie sich selbst mit diesem Verdacht beleidigt, den ich zerstreute. ›Selbst wenn ich jemals eine Frau so lieben würde, wie ich Sie geliebt habe, Vellini, so würde ich Sie doch nie deren Eitelkeit oder Haß opfern. Diese sechs Jahre haben eine goldene Spur in meinen Gedanken hinterlassen, und niemand wird dieser Erinnerung ihren Glanz nehmen.‹

›Ich glaube es auch nicht‹, entgegnete sie, indem sie mir die Hand reichte. ›Verzeihen Sie mir diese Worte, aber ich bereue nicht, daß ich sie ausgesprochen habe, denn sie veranlaßten Sie dazu, mir diese Gewißheit zu geben.‹

Ich nahm ihre Hand und setzte mich neben sie auf die Causeuse.

›Wir lieben uns also nicht mehr?‹ sagte sie mit trauriger Stimme und Miene.

›Mein armes Kind‹, antwortete ich, ›Sie wissen so gut wie ich, daß wir uns nicht mehr lieben! Selbst auf ihrer Stirn ist es zu lesen. Die Langeweile erdrückt Sie. Sie haben keine Ablenkung ... Ich gehe aus (früher tat ich das nicht so häufig), ich verausgabe meine Energie bei den tausenderlei Aktivitäten, die das Leben eines Mannes ausmachen. Aber Sie sind immer allein zu Hause, und bei meiner Rückkehr treffe ich Sie jedesmal noch ein wenig niedergeschlagener und finsterer an als bei meinem Weggang. Wenn ich heimkomme fragen Sie mich nicht mehr, was ich während meiner Abwesenheit gemacht habe. Früher waren Sie beunruhigt, mißtrauisch, eifersüchtig. Heute sind Sie es nicht mehr. Wenn es zu Auseinandersetzungen zwischen uns kommt, dann nicht mehr wegen unserer Liebe. Das ist schmerzlich und alltäglich wie alles, was die Leidenschaft nicht mehr belebt und heiligt!

›*Es verdadero!*‹ antwortete sie mit trauriger Miene.

›Nun denn‹, fuhr ich fort, ›trennen wir uns! Das ist das einzige Mittel, um dieses Elend würdig zu beenden. Sie waren immer aufrichtig. Sie gleichen nicht ihren Geschlechtsgenossinnen. Sie sind kein schwaches Geschöpf, das lügt. Trennen wir uns! Wir werden Freunde bleiben. Wenn wir noch einmal wirklich lieben sollten, wird uns das nicht hindern, uns ohne Furcht und Scham die Hand zu reichen, wie jetzt. Wir werden uns nie belogen haben.‹

Marquise, endlich hatte ich die Saite gefunden, die unvergängliche Saite! Die offene, entschlossene, fast ritterliche Art der Trennung fand Widerhall in dieser tapferen und ehrlichen Seele. Großmütigkeit blitzte in ihren schläfrigen Augen auf.

›Sie haben recht; verlassen wir uns‹, rief sie. ›Ich werde morgen gehen, Ryno.‹

Die eigenartige Begeisterung, mit der sie sich mir, vibrierend und lebhaft zuwandte, legte eine Art Sternenband um ihre scharlachrote griechische Mütze. Für einen Augenblick strahlte sie wieder jenen jähen, bestrickenden Glanz aus, der sie zu dem macht, was sie ist, eine Frau von überwältigendem Reiz, der denjenigen, die sie nicht so kennen und nie so gesehen haben, wie Sie, Marquise, unverständlich bleibt. Sie warf ihre Zigarre mit einer Geste fast erhabener Entschlossenheit auf den Boden und trat sie mit dem Fuß aus, als wäre dies die letzte Fackel ihrer Liebe, die sie zum Erlöschen bringe.

Ich beging einen Fehler, Marquise, aber ich bewunderte sie; die Bewunderung flackerte in den Ruinen und den Ascheresten der Liebe und ließ eine erstickte, tote Leidenschaft noch einmal aufflammen. Es war ein Fehler, ich gestehe es, aber ich konnte nicht anders, ich sagte zu ihr:

›So würde ich dich gerne in Stein hauen, Vellini!‹

Gewiß, ich sagte es, wie es ein Künstler zu ihr gesagt haben würde, aber meine Worte genügten, um den Verführerinstinkt zu wecken, der in jeder Frau schlummert … Bei Vellini, bei dieser glühenden, unverbildeten, fast wilden Natur war jedes Zeichen einer Vergötterung eine Aufforderung zur Zärtlichkeit. Ein Rausch ergriff uns, wir fielen einander in die Arme, und mit dem festen Entschluß im Herzen, uns zu verlassen, ließen wir noch einmal, ohne Liebe, die verrückteste Stunde unserer Liebe aufleben, die Tollheiten der Wollust, angesichts derer die schönsten Gefühle des Lebens verblassen. Wie die Witwe von Malabar, die sich samt ihren Schätzen auf dem Scheiterhaufen ihres Mannes verbrennt, verzehrten wir uns in dieser letzten und flammenden Stunde der Lust! Im Moment unserer Trennung warfen wir der Vergangenheit diesen glühenden Scheidegruß zu; wir leerten diesen letzten Kelch zu ihren Ehren.«

»Es war der Abschiedstrunk«, warf die Marquise mit der Kühnheit einer geistreichen alten aristokratischen Dame ein. »Als Bassompièrre der Schweiz den Rücken kehrte, trank er aus seinem Reitstiefel auf das Wohl der dreizehn Kantone.«

10. KAPITEL

Die erneuerten Fesseln

Eine wechselvolle Liebe, Fortsetzung

Ryno de Marigny mußte über die Äußerungen Madame de Flers lachen. Die Morgendämmerung drang herein und kämpfte mit dem Lampenschein, der das Boudoir erhellte.

»Es wird Tag!«, sagte er, indem er sie darauf aufmerksam machte, »ich fürchte, Sie sind müde, Marquise?«

»Nein«, antwortete sie. Und tatsächlich waren ihre Gesichtszüge ebenso munter, ihre Augen ebenso klar, ihre Aufmerksamkeit und ihr Interesse ebenso wach wie zu Beginn des Berichts von Monsieur de Marigny. Den Ellbogen auf die Sessellehne gestützt, saß sie in leicht vornübergebeugter Haltung da, um besser hören zu können, nicht eine Falte ihres mit der Meisterschaft der großen Damen von einst aufgebauschten Gewandes war zerknittert, und ihr Rouge hatte nicht gelitten.

»Erzählen Sie weiter, mein Freund«, fügte sie hinzu. »In meinem Alter schläft man nicht mehr, und ich habe in früheren Zeiten genug Nächte schlafend zugebracht. Lange Geschichten an Kaminen sind die Bälle alter Menschen.«

»Am nächsten Tag«, fuhr Monsieur de Marigny also fort, »waren wir getrennt. Vellini bezog eine Wohnung in der Rue de Provence, in der sie bis heute lebt. Ich hatte ihr versprochen, daß wir Freunde bleiben würden. Ich bewies es ihr, indem ich mich um ihre materiellen Angelegenheiten kümmerte, die ihrer südländischen Trägheit sehr zuwider waren. Ich schätzte mich glücklich, ihr nützlich sein zu können und gelobte mir, solange ihr keine neue Verbindung Halt gäbe, meine schützende Hand so unauffällig über sie zu halten, daß sich ihr Stolz nicht verletzt zu fühlen brauchte. In der ersten Zeit dieses neuen Lebens, das wir nun führten, sah ich sie jeden Tag und manchmal auch mehrmals täglich. Ich versuchte, ihr die Langeweile der Einsamkeit zu ersparen. Ich zeigte das Zartgefühl eines Mannes, der nicht mehr liebt, in dessen Herzen jedoch eine tiefe Dankbarkeit für das lange gekostete Glück zurückgeblieben ist. Vellini und ich waren so häufig zusammen wie seit Jahren nicht mehr. Ich begleitete sie ins Theater. Ich ritt mit ihr aus. Meine feinen Freunde, die für gewöhnlich ihre Maitressen vor die Tür setzten, wenn sie genug von ihnen hatten, machten sich über mich und diese sentimentale Trennung lustig. Ich ließ sie spotten und fuhr fort, mich dieser Frau gegenüber, die ihren Mann verlassen hatte, um mir zu folgen, so zu verhalten, wie die Pflicht es mir gebot.

›Mein Lieber‹, sagten sie manchmal zu mir, ›du wirst nie von dieser Frau loskommen. Du glaubst nur, daß du sie nicht mehr liebst, du liebst sie immer noch.‹ Ich war vom Gegenteil überzeugt, Marquise. Die Freude, die ich bei der Rückkehr in mein Junggesellenleben empfand war zu groß, als daß ich auch nur eine Minute an der vollkommenen Wiederherstellung meiner Freiheit zu zweifeln vermocht hätte. Ein Gefangener, dem man seine Ketten abnimmt, kann nicht erleichterter sein, als ich es war. Der Gedanke, daß ich mit meiner Maitresse nicht den traurigen Roman von *Adolphe*, der sich so häufig abspielt, wiederholt hatte, wirkte erlösend und erfrischend auf meinen Geist. Vellini akzeptierte, ohne darunter zu leiden, daß wir uns nicht mehr liebten. Sie war ruhig wie ich, wie eine Seele, die einen Entschluß gefaßt hat und nicht von ihm abweichen will. Sie verlangte von ihrem Herzen nichts mehr, was ihr Herz ihr verweigert hätte. Aber für sie, die Tocher eines abergläubischen Landes, in deren Seele eine fixe Idee lebte, konnte die Liebe ruhig sterben und das damit verbundene Glück entschwinden, konnten unsere Lebenswege sich trennen und in verschiedene Richtungen gehen, sie glaubte dennoch unerschütterlich daran, daß wir selbst vom Ende der Welt und aus allen Himmelsrichtungen des Lebens immer wieder, vom Schicksal getrieben, zurückkehren und in den Armen des anderen stranden würden, wie auf einer Zwillingsklippe. ›Ich habe dein Blut getrunken‹, sagte sie, ›du hast das meine getrunken. Meine Mutter glaubte an dieses Zaubermittel. Von der entsetzlichen und heiligen Wirkung dieser blutigen Kommunion zehren wir bis zu unserm Tod …‹ Ich hörte mir diese Worte mit einem ungläubigen Lächeln an. Aber schien nicht alles vor und selbst nach der vollzogenen Trennung jenem Aberglauben, den ich verachtete, recht zu geben? Wir lebten wie Bruder und Schwester; aber dieser geschwisterliche Umgang, der, da ihm die Erfahrungen der Liebe vorausgingen, so keusch und so gefestigt hätte sein sollen, wurde immer wieder durch eine gewissen Unruhe erschüttert, die das Feuer wieder anfachte. Vellini war für mich nie wie eine andere Frau. Wenn wir mit der größten Unbekümmertheit plauderten, weckte der Rauch ihrer Zigarre, der ihren zerstreuten Lippen entwich, auf meinen Lippen das alte Verlangen. Und wenn sie im Bois, nachdem sie kurz vom Pferd gestiegen war, um wieder in den Sattel zu gelangen, ihren Fuß in meine Hand setzte, dann hinterließ dieser geliebte Fuß, den ich zehn Jahre lang besessen und mit Küssen verschlungen hatte, für den ganzen Tag dort, wo er gestanden hatte, einen glühenden Abdruck, und in solchen Augenblicken hatte ich das Gefühl, die paar Tropfen ihres Bluts, die mit dem meinen in meinen Adern flossen, brausten auf, als wollten sie zu ihrer Quelle zurückkehren!

Als ich die Señora Vellini in der Rue de Provence gut untergebracht hatte und dachte, sie habe sich an ihr neues Leben gewöhnt, suchte ich sie wesentlich seltener auf. Einige meiner Freunde, die auch die ihren gworden waren, verkehrten nun häufiger bei ihr und bildeten einen engeren Kreis um sie als bisher. Das ergab sich ganz von selbst. Als sie bei mir lebte, als sie so offensichtlich und offiziell meine Maitresse war, mußte man auf mich Rücksicht nehmen. Sie war zu sehr mein Eigentum, als daß man die Tragweite von Huldigungen nicht hätte abschätzen können. Ich war wirklich nicht eifersüchtig gewesen. Ihres Herzens, das offen vor mir lag, und ihrer Aufrichtigkeit sicher, hatte ich meinen Freunden gegenüber nie den widerwärtigen Argwohn des Besitzers gezeigt, der den Mann herabwürdigt, und die Treue der Frau nicht rettet. Aber der Anstand hatte auf natürliche Weise eine Schranke zwischen ihr und ihnen errichtet. Nun bedurfte es dieser Schranke nicht mehr, zumindest nicht in dem Maße wie vorher. Vellini nahm wieder eine unabhängige Stellung ein. Den anderen gegenüber war sie nicht mehr gebunden. Sie konnte voll und ganz über sich verfügen. Diejenigen unter ihren Verehrern, die ihr schon immer beharrlich den Hof gemacht hatten und die sie wirklich liebten, konnten ihren Gefühlen nun freier Ausdruck verleihen. Ich verfolgte das mit Vergnügen. Ich sagte mir, daß es Vorteile für sie mit sich brächte; und erleichtert im Hinblick auf ihre Zukunft, stürzte ich mich wieder in die Gesellschaft, ins Spiel, in die Ausschweifungen, die sie unterbrochen und ersetzt hatte, sie, meine einzige Ausschweifung, meine einzige Torheit während sechs langer Jahre!! Da man annehmen mußte, daß sie immer noch an mir hing – denn die Eitelkeit einer Liebe, die lange gedauert hat, ist das letzte Band, das hält –, zweifelte ich nicht daran, daß die Männer, die sie begehrten, sie über alle meine Schritte auf dem laufenden halten würden, in der Hoffnung, eine Enttäuschung dieses stürmischen Herzens zu ihren Gunsten nutzen zu können; aber wenn sie enttäuscht war (und Vellini hat mir dies inzwischen bestätigt), konnte ich es in jener Zeit weder an ihrer Stimmung noch an ihrem Verhalten mir gegenüber erkennen. Sie empfing mich immer mit derselben ruhigen und vertrauensvollen Zwanglosigkeit, die unsere Vergangenheit beredt bestätigte. Wenn meine Freunde mich im Spaß mit irgendeinem Frauennamen in Verbindung brachten, hörte sie diesen Anspielungen zu, als gingen sie sie nichts an.

›Warum erzählen Sie mir denn, daß er Madame de Solcy liebe?‹ antwortete sie eines Tages in meiner Gegenwart einem von ihnen. ›Ist er nicht frei? … Glauben Sie, ich sei eifersüchtig? Wir sind nur noch Freunde, Ryno und ich. Er hat das Recht, zu lieben, wen er will, wie ich das Recht hätte, Sie zu lieben‹ – fügte sie mit einer grausamen Unverschämtheit hinzu –, ›wenn ich es könnte.‹

Ich verließ Paris für einige Zeit. Ich reiste mit dem Schotten, der in jenem Jahr einen so großen Erfolg in der Gesellschaft hatte, diesem durch seinen originellen Geist und seine Tanzkunst berühmten Douglas de Kilmarnock, – Sie müßten sich noch an ihn erinnern, Marquise – auf die Hebriden. Während meiner Abwesenheit, die fast sechs Monate dauerte, schrieb man mir aus Paris. Man berichtete mir, daß die Señora Vellini einen Geliebten habe, und man erzählte mir die Geschichte. Der Antrieb, der meinen Herren Freunden diese Neuigkeit in die Feder diktierte, war ganz bestimmt eine jener Liebenswürdigkeiten, die La Rochefoucauld in seinem Kapitel über die Freundschaft nennt, aber in der Lage, in die ich mich gebracht hatte, war diese Neuigkeit das Beste, was ich mir wünschen konnte …

Vellini und ich hatten uns nicht geschrieben; ich aus Berechnung, denn mein Plan war, endgültig mit einer Vergangenheit zu brechen, die nur stark war, wenn wir vereint waren; sie, weil sie, träge wie alle Frauen ihrer südländischen Heimat und obendrein ganz den augenblicklichen Stimmungen hingegeben, noch nie gerne geschrieben und sich immer über die kalte Art der französischen Frauen lustig gemacht hatte, die die Liebe in Sätzen festhielten. Mit Ausnahme dessen, was man mir berichtet hatte, das heißt, der Äußerlichkeit der Wahl eines Geliebten (es war übrigens Comte de Cérisy, der bei dem Duell mit Sir Reginald Annesley mein Sekundant gewesen war), hatte ich keine Ahnung, was für ein Leben sie führte, während ich in Schottland war. Allerdings glich es, den brieflichen Berichten einiger Lästermäuler nach, sehr dem, das sie in Sevilla vor ihrer Heirat mit dem englischen Baron geführt hatte. Meine teure Marquise, Sie sehen, ich mache sie vor Ihnen nicht besser, als sie ist. Ich erzähle Ihnen unerschrocken, wie alles war. Jede andere als Sie, würde in ein Zetergeschrei ausbrechen und es ablehnen, sich mit einer solchen Person zu beschäftigen …«

»Ich weiß!« antwortete die Marquise. »Heute huldigt man eben der Unschuld. Bei den Moralaposteln unserer Zeit ist dies zur Sitte geworden. Erst neulich habe ich gehört, wie eine unserer schönsten Herzoginnen Mademoiselle Lespinasse eine Dirne nannte, weil sie zwei Liebesverhältnisse hatte. ›Eine Frau *comme il faut*‹, sagte sie, und blickte dabei melancholisch zum Kranzgesims ihres Salons auf, ›hat nur eines und stirbt daran.‹«

Die Marquise de Flers, die Erygone der sagenumwobenen Soupers der Comtesse de Polignac, wiederholte diese Worte mit einer so natürlichen Komik, daß Monsieur de Mareuil, der mit seinen Sitten ebenfalls noch ein wenig dem 18. Jahrhundert verhaftet war, über die Parodie der hohen Ansprüche des 19. Jahrhunderts zu lachen begann, das sich schon öfter in Gestalt seiner Herzoginnen gegen ihn erhoben hatte.

Aber da der Klatsch für eine Weltdame wie die Marquise de Flers immer einen Reiz besaß, fuhr sie fort:

»Es war also Ihre Malageserin, die den armen Teufel Cérisy ruinierte?«

»Das ist gut möglich«, antwortete Marigny, »denn sie ist eine Frau, der man, wenn man sie besitzt, am liebsten, wie jener berühmte Lord des vergangenen Jahrhunderts, die Sterne schenkte, wenn sie erkennen ließe, daß sie Gefallen daran fände. Die Sterne sind jedoch etwas teuer. Aber ich weiß mit Bestimmtheit, und würde meine Ehre und mein Leben dafür verpfänden, daß sie, auch wenn sie Cérisy runiniert hat, nichts von ihm verlangte, nicht einmal einen Fächer.

Als ich aus Schottland zurückkam«, fuhr Marigny fort, »hatte ich mich, wie mir schien, so gut von ihr gelöst, daß ich einige Tage in Paris zubrachte, ohne sie aufzusuchen. Ich fragte mich sogar, ob es nicht besser wäre, überhaupt nicht mehr in die Rue de Provence zurückzukehren. Aber ich sagte mir, daß sie unweigerlich zu mir kommen würde, wenn ich nicht zu ihr ginge; daß ich zu viele Leute kannte, bei denen sie verkehrte, um ihr nicht eines Tages doch zu begegnen; und daß sie außerdem ein anständiges Mädchen war, das auf meine Freundschaft zählte. Durch diese Argumente veranlaßt, suchte ich sie eines Abends auf, um ihr zu sagen, daß ich wieder da sei.

Sie war auf ihrem steinernen, in maurischer Weise behauenen Balkon, über dem sie mit viel Geschmack eine merkwürdige Tendetta aus rosa Zwillich angebracht hatte. Dieser Balkon war wie eine Heimat für sie. Spanischer Jasmin blühte neben anderen Blumen der warmen Länder, und das Geräusch der Wagen, durch die Entfernung abgeschwächt und in der Höhe ihrer Etage nur noch verschwommen vernehmbar, ließ sie vielleicht im Schutz ihrer vom Abendrot golden glühenden Tendetta vom Rauschen des Mittelmeers am Strand von Malaga träumen!

Sie hörte mich nicht kommen. Die dicken Teppiche im Salon, dessen Glastüren offenstanden, hatten das Geräusch meiner Schritte gedämpft. Ich wollte sie überraschen. Sie war hinter der schmalen Lehne eines niederen Stuhls verborgen, und ich sah zuerst nur ihre Haartracht, eine dieser Haartrachten, die mich so sehr verwirrt hatten, in der Zeit, als ich sie liebte. Man nannte sie *Grecque*, nach den Griechinnen, die sie erfunden hatten. Aber anstatt der goldenen Nadel der Töchter von Zakynthos, hatte sie einen blanken Dolch, dessen einziger Schmuck der Glanz seines reinen Stahls war, durch den glänzenden Knoten ihrer schwarzen Haare gesteckt. Plötzlich griffen ihre kleinen Hände nach dem Dolch und zogen ihn heraus. Das alte Herzklopfen, das diese Circe des

Unvorhergesehenen sieben Jahre lang in mir geweckt hatte, überkam mich wieder. Ich näherte mich, ohne zu wissen, was sie vorhatte. Aber sie begann ruhig mit der Spitze des Dolchs irgendwelche unentzifferbaren Buchstaben in die Brüstung des Balkons zu ritzen.

Ich begrüßte sie auf spanisch.

Sie wandte sich mit einem Schrei um und sagte: ›Oh, du bist es, Ryno!‹

Und sie warf sich wie früher an meine Brust. Sie hing sich an meinen Hals; sie hatte den Dolch aus ihrer Haartracht immer noch in der Hand, und die blanke Klinge ruhte durch die angewinkelte Haltung ihres Arms wie von selbst auf meinem Herzen.

›Du hast mich nicht erwartet wie?‹ sagte ich und küßte sie.

Sie war gelber und magerer als je zuvor. Ihre Augen glühten, von schwarzen Schattenringen umgeben. Die dumpfe Hitze ihrer Arme war durch meine Kleidung hindurch zu spüren.

›Mein Gott, du glühst, du hast Fieber, du bist krank!‹ sagte ich zu ihr.

›Ich weiß nicht,‹, antwortete sie, ›aber ich langweile mich.‹

›Vielleicht erinnern dich dieser Balkon und der Jasmin aus Spanien zu sehr an deine Heimat!‹ erwiderte ich.

›Meinst du?‹ entgegnete sie auffahrend, ›könnte das die Ursache sein?‹ Und sie ließ meinen Hals los, landete auf den in Satinhausschuhen steckenden Fußspitzen, stürzte sich auf den Jasmin, hackte mit dem Dolch unzählige Male darauf ein, schleuderte die Fetzen über ihrem Kopf in die Luft, kippte die Blumenträger um und warf zwei prachtvolle Vasen aus chinesischem Porzellan gefüllt mit Heliotrop über die Brüstung des Balkons.

›Du bist also immer noch die Vellini von früher‹, sagte ich, über ihre stürmischen Anwandlungen lächelnd; ›immer noch das wilde Geschöpf, dem nichts widerstehen darf?‹

›Ach, das ganze Leben widersteht mir!‹ antwortete sie mit einem Ausdruck tragischer Traurigkeit, stampfte mit dem Fuß auf und stieß den Dolch ins Leere. ›Ich weiß nicht, was mir fehlt, aber ich leide … Mit dir, Ryno, war ich glücklicher.‹

›Mißfällt dir Cérisy, mein armes Mädchen?‹

›Ach der!!!‹ sagte sie. ›Du weißt also davon? … haben sie es dir geschrieben? Oh nein, er mißfällt mir nicht, der arme Junge. Er liebt mich mit einer sklavischen Ergebenheit. Aber seine Ergebenheit langweilt mich. Dein Haß wäre mir lieber.‹

›Du machst dir also nichts mehr aus ihm?‹ fragte ich sie.

›Ich habe ihn vierzehn Tage lang geliebt‹, antwortete sie, ›um mir vorzumachen, du habest einen Nachfolger gefunden, Ryno. Wir haben alle Tollheiten der Leidenschaft durchlebt; aber nach vierzehn Tagen bin ich kalt und angeekelt wieder zu mir gekommen. Ein Traum mehr, den ich auf den Stapel meiner Träume legen konnte!‹

›Und du hast ihn nicht einfach über die Rampe des Balkons gestoßen, so wie gerade vorhin diese Vasen?‹

›Ich hatte gute Lust dazu‹, sagte sie lachend, ›aber siehst du, er ist so gut und so ergeben, daß mich das Mitleid packte. Ich hatte nicht den Mut, ihm weh zu tun, indem ich ihn wegschickte. Ich ließ mich von ihm weiterlieben. Mitleid‹, fügte sie nachdenklich hinzu, ›dieses Gefühl kannte ich bisher nicht! Du hast es mich nicht gelehrt, Ryno.‹

Als sie das sagte, schien sie die Vergangenheit so lebhaft zu bedauern, daß es mich gleichzeitig erstaunte und rührte, denn für gewöhnlich neigte sie wenig zu solchen Überlegungen. Sie lehnte an der Brüstung des Balkons, warf den Dolch an der Klinge in die Luft und fing ihn am Griff wieder auf, als ob sie damit jonglierte. Ich hatte mich auf den niederen Stuhl gesetzt, auf dem sie gesessen hatte, und versuchte, in ihrem ungewöhnlichen Gesicht das Geheimnis ihrer verborgensten Gefühle zu erforschen. Ihre Augen, die Augen eines verletzten Adlers, sahen auf mich herab.

›Und du‹, sagte sie mit einer fast neidischen Zärtlichkeit, ›bist du glücklich …?‹

›Und wenn ich es nicht wäre?‹, antwortete ich.

›Versuche nicht, Vellini zu täuschen‹, sagte sie. ›Ich weiß alles. Du tust nichts, was ich nicht erfahre, Ryno! Sie glauben immer noch, daß ich dich liebe. Sie haben immer noch Angst, unsere Vergangenheit könnte wieder lebendig werden, und um das zu verhindern, verletzen sie mein Herz wann immer sie können. Man hat dir geschrieben, daß ich Cérisy liebe, nicht wahr? Nun, mir hat man erzählt, daß du einer Frau nach Schottland gefolgt bist, und daß ihr zusammen nach Paris zurückgekommen seid!‹

›Die Frau, von der du sprichst‹, antworte ich, ›ist eine Frau aus dem Faubourg Saint-Germain. Ich habe sie am Lac Lhomond getroffen. Sie reiste mit ihrem Gatten. Wenn man im Ausland Landsleuten begegnet, schließt man sich schnell aneinander an; wir haben tausend freundliche Höflichkeiten getauscht und sind zusammen nach Paris zurückgekehrt. Das stimmt … und es ist völlig harmlos, wie du siehst.‹

Sie hörte auf, mit ihrem Dolch zu jonglieren.

›Und du behauptest, du liebst diese Frau nicht!‹ schrie sie. ›Warst du nicht gestern mit ihr in der Oper? Du warst dort, Ryno. Vellini hat dich gesehen. Aber du warst so mit deiner Maitresse beschäftigt, daß du Vellini nicht bemerkt hast.‹

Und schon grollte ihre heftige Natur in ihr wie ein ferner Donner auf den die meine antworten würde. Ich fühlte es voraus. Ich fand es ungerecht und erstaunlich, daß diese Frau, die ich nicht mehr liebte, die sich einen Geliebten genommen hatte, wie eine Maitresse zu mir sprach und sich das Recht anmaßte, sich zu entrüsten und Fragen zu stellen. Mir schien, diese Eléonore gehe einen Schritt zu weit und trete etwas zu spät in unseren Beziehungen auf.

›Und wenn es so wäre?‹ entgegnete ich. ›Es wäre nicht die erste Frau, die ich seit unserer Trennung geliebt habe. Warum nimmst du diesen Ton an, Vellini? … Du mußt sehr krank sein, mein armes Kind, daß du dich so nervös benimmst wie eine Pariserin.‹

›Es war nicht recht von mir‹, sagte sie. Und sie begann zu weinen. Aber Vellinis Tränen flossen nicht wie die anderer Frauen. Es waren stolze Tränen, die lange in den Wimpern hängen blieben und dann in aller Stille mit trostloser Majestät über die Wangen und die zitternden Mundwinkel hinabrollten.

In diesem Augenblick überfiel mich das Mitleid, von dem sie vorhin gesprochen hatte, und ich zog sie auf meine Knie, um ihre Augen mit meinen Lippen zu trocknen.

Sie leistete so wenig Widerstand wie eine Tote. Sie lag mit der regungslosen Wachsamkeit des Wilden in meinen Armen und ihre Augen senkten sich in mein Herz.

›Tränen sind wie Blut!‹ sagte sie mit einer übermenschlichen Leidenschaft von göttlicher Kraft, denn sie holte mich zurück in jene Vergangenheit, die uns nicht mehr gehörte, und die sie wieder entfachte. ›Trink, Ryno, trink! Trink immerzu!‹ wiederholte sie, indem sie mir gierig ihre Augen und ihren Mund darbot. Sie hatte recht, diese abergläubische Frau! Die Tränen schmeckten wie das Blut, das ich schon getrunken hatte … Der Zauber wirkte … Ich ergriff sie und eilte in den Salon; es war mir, als winde sich eine Schlange in Spiralen um mich.

Eine Stunde später sagte sie im Bewußtsein einer unbesiegbaren Macht:

›Liebe sie, wenn du willst, Ryno; liebe sie alle; verleugne mich als deine Maitresse; das gemeinsame Blut in unseren Adern ist stärker als du!‹«

»Das war eine Erklärung wie sie Zigeuner geben«, sagte die Marquise. »In Wahrheit liebten Sie sich trotz allem immer noch.«

»Nein, Marquise, nein!« unterbrach sie Marigny, »im Gegenteil! Ich liebte eine andere. Vellinis scharfer Blick hatte sich nicht getäuscht, als sie mich in der Oper sah. Die Frau, der ich in Schottland begegnet war, hatte mich mit Eigenschaften bestochen, die denen, die mich so lange gefangenhielten, genau entgegengesetzt waren. Sie besaß den erlesenen Geschmack der Dame von Welt und einen Adel der Schönheit und der Sitten, der ihres großen Namens würdig war. Nach Vellini, der braunen Tochter des Toreros, übte diese hellhäutige, blonde, schmachtende Patrizierin einen besonderen Reiz auf mich aus. Sie verkörperte nach der verzehrenden Glut der Wüste die blaue Frische der reinen Seen, an deren Ufern ich sie getroffen hatte. Zu der Zeit gehörte mir diese Frau noch nicht; aber später ist sie ins Gerede gekommen, und unsere Beziehung hat ein solches Aufsehen erregt, daß es geschmacklos von mir scheinen könnte, ihren Namen zu nennen, wären wir hier nicht unter uns, und würde ich nicht in ein paar Tagen Ihr Enkel sein.«

»Es wäre im übrigen weder überheblich noch eine Indiskretion«, entgegnete die Marquise de Flers. »Die Wappen der de Marignys und der de Mendozes sind für alle Zeiten durch die Wappenherolde der Pariser Lästerzungen geviertteilt. Man hat die arme Comtesse, diese Heldin der wahren Liebe, nicht geschont. Sie mußte das edle Verschulden, zuviel Herz zu besitzen, um sich klug zu verhalten, teuer bezahlen.«

»Ja«, sagte Marigny traurig, »sie hat viel durch mich gelitten; und das ist die Unerbittlichkeit der unbewußten Gefühle, daß man für die Leiden, die man verursacht hat, keine Entschädigung bieten kann. Man kann ein Leben zerstören, ohne daß man sich ein Unrecht vorzuwerfen hätte, denn nicht mehr zu lieben ist ein Unglück. Warum hört man auf, eine Frau zu lieben? Der geniale Kopf, der darauf eine Antwort weiß, muß noch gefunden werden.

Ich brauche Ihnen«, fügte der zukünftige Schwiegersohn der Marquise de Flers hinzu, »von meinen Gefühlen gegenüber Madame de Mendoze nur insoweit berichten, als sie meine Beziehung zu Vellini beeinflußten (und sie haben sie beeinflußt). Soweit man in diese Seele blicken kann, die das forschende Auge durch ihre Unruhe und ihre Tiefe irreführt, schien mir, daß Vellini, die sich damit abgefunden hatte, mich nicht mehr zu lieben, und die einen neuen Liebhaber hatte, trotzdem wieder ebenso eifersüchtig war wie in den Zeiten, als wir uns in aller Augen angehörten. Dabei gab es andere Frauen, von denen man ihr dasselbe erzählt hatte, was sie von Madame de Mendoze wußte. Aber seit unserer Trennung hatte ich nicht beobachtet, daß der Gedanke an eine andere Frau ihre argwöhnische Stirn umwölkt oder verfinstert hätte. Es konnte sich um einen jener plötzlichen Stimmungsumschwünge handeln, wie sie in der menschlichen Seele so häufig vorkommen! Gewiß, sie machte mir keine wütenden Szenen mehr wie früher, aber sie zeigte mir die bittere und stumme Härte, die unerbittlichen Charakteren eigen ist. Sie war launischer, als je zuvor. Sie ließ Cérisy ihre Verachtung spüren. Über seinem Haupt entluden sich alle ihre wechselhaften Stimmungen. Ich war Zeuge dieser Ungerechtigkeiten, und da ich außerdem mit meiner schönen Comtesse sehr beschäftigt war, an die ich, nur um sie zu sehen, alle Zeit verschwendete, die man normalerweise für die Damen der Gesellschaft erübrigt, sagte ich Vellini, daß ich in Zukunft darauf verzichten würde, in die Rue de Provence zu kommen.

›Hochmütiger!‹ rief sie mit einem Stolz, der durch den meinen angestachelt wurde. ›Bildest du dir etwa ein, ich liebte dich immer noch und ich sei unglücklich? Glaubst du, mich zu schonen, indem du dich zurückziehst? Fliehst du vor mir wie vor einer Maitresse, deren Verfolgungen du fürchten mußt? Habe ich dir nicht gesagt, du sollst ruhig deine Comtesse de Mendoze lieben? Liebe sie, Ryno. Es ist mir egal …!‹

Das alles warf sie mir, blaß, die bleichen Wangen von zwei roten Punkten gezeichnet, mit einer von Wut entstellten

Stimme, die ihre Verachtung erkennen ließ, an den Kopf. Diese Disharmonie zwischen ihren Leidenschaften und ihrem Willen, diese unbezähmbare Ursprünglichkeit ihrer Seele, die jede Verstellung zunichte machte, waren ebenfalls Stärken, die sie mir häufig gezeigt hatte und die sie von ihrer Mutter, der hochmütigen Herzogin von Cadaval-Aveïro, geerbt hatte.

›Du glaubst mir nicht‹, fuhr sie fort, ›du blickst mich so zweifelnd an! Nun, lege deine Hand auf mein Herz und erzähle mir die Glückseligkeiten, die du mit deiner neuen Maitresse erlebst, und wenn mein Herz dabei schneller schlägt, dann verachte mich, Ryno.‹

Ihre hochgezogenen Augenbrauen und die Lachfalten zeugten von der Kühnheit einer Frau, die den Kampf mit dem Blitz aufgenommen hätte. Ich nahm den Fehdehandschuh auf, den sie mir hinwarf. Vielleicht hätte ich es nicht tun sollen. Einer Maitresse wie Vellini hätte ich nicht Einblick in die Geheimnisse einer neuen Liebe geben dürfen; aber etwas, das offenbar stärker war als meine Vernunft, regte sich in mir und trieb mich dazu, die Herausforderung anzunehmen! Ich war immer noch derselbe Marigny, der eines Tages auf einer seiner Reisen, herausgefordert durch jene Vellini, die ihn nun wieder herausforderte, mit ihr auf der schmalen und glatten Plattform eines dreihundert Fuß hohen Turms getanzt hatte. Ich tat, was sie von mir verlangte. Ich ging wie sie das Wagnis ein. Ich legte ihr die Hand zwischen dem geöffneten Einsatz der Korsage aufs Herz, und ich erzählte ihr von meiner Liebe zu Madame de Mendoze und von unseren Glückseligkeiten mit jenen begeisterten und sinnlichen Worten, die sie, wie ich wußte, ansprechen mußten, dabei übertrieb ich den Bericht noch, weil ich wünschte, Klarheit über ihre Seele zu erhalten, und ihren teuflischen Stolz zu brechen; aber dieses stolze Herz schlug unter diesem Bericht und unter meiner Hand ungerührt weiter, als tanzte es immer noch am Rand des dreihundert Fuß hohen Turms!

›Du kannst also wiederkommen!‹ sagte sie voller Freude über die bestandene Probe und mit dem herrlichsten ihrer Blicke. Und ich kam wieder. Ja, Marquise, ich kam wieder zu ihr. Das Mitleid, das sie in mir erregt hatte, weil ich dachte, sie sei eifersüchtig, verschwand aus meinem Herzen und kehrte nie zurück. Ich kam wieder, angezogen durch die Stärke dieser Seele, die so wenig gemein hatte mit der tükkischen und verlogenen Koketterie der anderen Frauen. Die Liebe war erloschen, aber das Interesse erschien erneut in einer anderen Form. Sie hatte mich geliebt. Liebte sie mich nun nicht mehr? Die Erinnerungen an die Sklaverei und die Neugierde quälten mich und trieben mich zu ihr zurück. Wenn ich die Comtesse verließ, eilte ich zu ihr. Ich mochte noch so verliebt sein – und ich war es wirklich! –, ich verbrachte trotzdem mehr Stunden bei Vellini als im Palais der de Mendoze. Ich weiß nicht, wie Vellini es anstellte, Cérisy so zu bestricken; jedenfalls bemerkte ich nie, daß er über meine Besuche eifersüchtig war. Sie sprach oft mit mir über die Comtesse. Es gab eine Menge Dinge, die sie nicht verstand an dieser Liebe einer Patrizierin, die um ihre Ehre kämpfte und sich dabei hingab oder diese beweinte, nachdem sie sich hingegeben hatte. Madame de Mendoze besaß tausend feine Schattierungen, die ihr entgingen. Sie war anderer Meinung als die Gesellschaft, die behauptete, diese Frau liebte mich zu sehr; sie meinte, diese kalte Comtesse liebe mich nicht genug und sie verstünde nicht zu lieben. Ach, im Gegenteil! Sie hat mich geliebt bis zur Selbstaufgabe; aber die Tochter des Toreros schätzte mehr die leidenschaftliche Liebe als die hingebungsvolle Liebe. Als ich ihr, weil sie mit Fragen in mich drang, von der keuschen und erhabenen Hingabe erzählte, mit der diese zärtliche Frau, die mir immer heilig sein wird und die sie der Kälte beschuldigte, an mein Herz und in meine Arme fiel, verzog sie ihre Lippen verächtlich: ›Schau an, das ist also mehr wert‹, sagte sie mit einer Aufwallung merkwürdiger Selbstgefälligkeit und zügelloser Glut, und sie drückte diese verächtliche Lippe mit einer immer gegenwärtigen und unvergleichlichen Leidenschaft an meine Lippen, daß ich mich der geliebten Frau wegen über die Herrschaft derjenigen, die ich nicht mehr liebte, empörte.

Diese zauberische Herrschaft, Marquise, die Vellini dem Talisman des gemeinsam getrunkenen Bluts zuschrieb und die nicht nur der Talisman gemeinsamer Erinnerungen war, überdauerte meine Beziehung zu Madame de Mendoze. Als diese zerbrach, übte sie weiter ihre Wirkung aus. Die paar Jahre, die zwischen meiner Trennung von Madame de Mendoze und der Begegnung mit ihrer Hermangarde in der Gesellschaft vergingen, waren erfüllt von jenen leichten Eroberungen, die keine Zukunft haben. Keine von ihnen sollte und konnte das entkräften, was die Liebe nicht hatte zerstören können, und Vellini blieb für mich das, was sie war. Auch sie hatte Liebschaften, erlebte jene jähen Aufwallungen der Phantasie und des Herzens, die die Gesellschaft als ein entsetzlich oberflächliches Übel bewertet, weil sich dahinter gewisse leidenschaftliche und kräftige Naturen verbergen. Sie überwarf sich mit Cérisy; aber die Erfahrung bestätigte ihr die Idee, von der sie besessen war: daß wir immer zueinander zurückkehren müßten. Dieser Glaube ist unverrückbar. Aber teure Marquise, glauben Sie ja nicht, diese Überzeugung mache sie glücklich. Ihre stolze Seele wehrt sich bisweilen ungehalten dagegen. Während meiner Beziehung zu Madame de Mendoze und auch danach, hat sie mehrfach versucht, diese Kette zu sprengen, die sie zuvor unzerreißbar genannt hatte. Sie wollte ihren neuen Lieben alles sein; aber die Langeweile, die Öde, die Vergangenheit – was weiß ich? –, trieben sie mir immer wieder traurig, niedergeschlagen zu, wobei sie behauptete, mich nicht zu lieben und gleichzeitig mit einem düsteren Stolz erneut die Kette um uns legte, die ihren verzweifelten Zerstörungsversuchen widerstanden hatte! Als ich sie, da ich als Mann stärker war als sie, nach einigen neuen Zerwürfnissen, mit dem Versprechen, nie wieder zu ihr zurückzukehren, verlassen hatte, fand ich sie eines Abends bei mir zu Hause vor, wo sie auf mich wartete. Sie wand sich nicht zu meinen Füßen, sie flehte mich nicht an; sie bat mich nicht um Verzeihung, weder für ihre Gewalttätigkeit, noch für ihre Launen noch für ihre trübseligen Stimmungen noch für sonstige Dinge, die mich verletzt und zur Flucht getrieben hatten. Aber sie nahm mich mit dem ruhigen Gewissen eines Menschen, der sich als Werkzeug des Schicksals sieht, an der Hand und versetzte mich in die Zeit ihrer alles verzehrenden Herrschaft zurück!

Marquise, ich muß zum Ende kommen. So lebten wir zehn Jahre lang. Die Gesellschaft hat nur die Oberfläche einer Intimität gesehen, von der sie nichts verstand. Ich habe versucht, Sie auf den Grund blicken zu lassen. Obwohl ich, aus Respekt vor Ihnen – und auch vor uns! – viele Auftritte und Einzelheiten übergangen habe, die leider die Kehrseite der meisten Intimitäten sind, habe ich doch ihrem erfahrenen Scharfblick genug mitgeteilt und gezeigt, woraus sie ersehen können, wie bewegt unsere Beziehung gewesen ist. Die Gesellschaft hat sie für eine jener Intimitäten gehalten, die die Gewohnheit heiligt, nachdem die Liebe nicht mehr existiert. Vellini empfing viele Männer aus ihrem Faubourg Saint-Germain. In der Rue de Provence traf ich auch den Vicomte de Prosny zum ersten Mal. Die Malageserin versammelte Künstler und Frauen ihrer Art um sich. In ihrem Salon wurde ein sehr hohes und gewagtes Spiel gespielt, und man traf mich allabendlich dort an. Da man sich mit einem bestimmten Auftreten in den zweideutigsten Lagen Respekt verschaffen kann, schickten sich die Männer, die vielleicht das Recht für sich in Anspruch hätten nehmen können, die Art Autorität, die die Vellini sich über mich anmaßte, unangebracht zu finden, in das … was sie nicht verhindern konnten. Um meine ständige Gegenwart bei dieser Frau, die früher meine Maitresse gewesen war, zu erklären, führte man das Spiel und die Ungeniertheit des Umgangs an, neben allen möglichen Gründen, die hinter vorgehaltener Hand geäußert wurden. Letztere«, fügte Monsieur de Marigny mit einem feinen Lächeln hinzu, »flüsterte man sich ins Ohr; ich konnte sie leicht erraten, aber ich will sie Ihnen nicht wiederholen.«

Monsieur de Marigny hatte seinen Bericht beendet. Er hielt inne und schaute die Marquise an, die in Gedanken versunken ihre perlmuttene Tabakdose in den Händen drehte.

»Der alte Prosny ist gar nicht so dumm!« sagte sie mit einer Heiterkeit, der ein Bedauern einen Hauch von Traurigkeit verlieh, »es wäre mir lieber, er wäre es!«

11. KAPITEL

Die Hochzeit

Als Monsieur de Marigny sein umfassendes Geständnis vor der Marquise de Flers beendet hatte, bekam er es tatsächlich mit der Angst zu tun. Er hatte mit der Aufrichtigkeit einer Seele gesprochen, die der Seele, die ihr zuhört, vertraut; er hatte diesen Luchsaugen, die er nicht fürchtete, Einblick in die geheimsten Falten seiner Vergangenheit gewährt. Er hatte die Größe bewiesen, nichts zu verschweigen. Aber jetzt war es genug! Von nun an würde er diese Geschichte, die ihm so nobel über die Lippen gekommen war, nicht mehr erwähnen: Und dieser Mann, der bisher so beherzt gewesen war, erschrak über das, was er gemacht hatte. Zweifel befielen ihn. Wenn die Witwe de Flers nicht die Frau war, für die er sie hielt; wenn die Geschichte dieser Liebe, von der er vielleicht zuviel preisgegeben hatte, in ihr jene Instinkte der Vorsicht geweckt hatte, die er sich gar nicht erst bemüht hatte einzuschläfern, dann war er verloren. Die Hand der schönen Hermangarde würde ihm vielleicht verweigert werden. Bei diesem Gedanken stand ihm der kalte Schweiß auf der Stirn. Fast bereute er seine Offenheit gegenüber der Marquise, so sehr liebte er Mademoiselle de Polastron! Er war zwar ein Mann, aber die Liebe hatte die köstlichen Schwächen der Frau in ihm geweckt, und Angst befiel ihn, wie sie Frauen, selbst eine Jeanne d'Arc, befällt, wenn die heroische Tat vollbracht, wenn der Schlag ausgeführt ist.

Die Marquise, diese Fee mit dem Seherblick, erriet die Verzagtheit seiner großen Liebe. Die Luchsaugen, die Monsieur de Marigny mit Recht nicht gefürchtet hatte, schauten ihn freundlich und zärtlich an; sie wirkten sehr jung angesichts der fünfundsiebzig Jahre ihrer Trägerin, aber sie paßten zu dieser Frau, deren Geist und Herz ewig anbetungswürdig waren, und die die Materialisten ihrer Tage, die die Unsterblichkeit der Seele leugneten, wenn sie ebenso lange gelebt hätten, als einen sehr starken Einwand gegen ihre Theorie betrachtet haben würden.

»Was haben Sie, mein Kind?« sagte sie, als sie bemerkte, daß er fast bestürzt war über das, was er zu berichten gewagt hatte. »Bedauern Sie, die Wahrheit gesagt zu haben? Seien Sie beruhigt. Ich werde das Eheversprechen nicht lösen. Sie haben mir vertraut, nun denn – Vertrauen gegen Vertrauen! Ach, Monsieur de Marigny, Sie müssen meine liebe Enkeltochter sehr lieben, wenn Sie meine Reaktion so fürchten, wie es Ihre Züge erkennen lassen.«

»Dann hat also das, was ich Ihnen gesagt habe, nichts an Ihrem Entschluß geändert!« rief Marigny ganz außer sich.

»Nein«, antwortete sie. »Während Sie mir von dieser Vellini berichteten, habe ich tatsächlich mehrere Male einen Schrekken in mir aufsteigen fühlen; aber ich habe mir gesagt, daß, bei Licht besehen, keine Heirat möglich wäre, wenn man vorher den Beweis für die Sicherheit des Glücks verlangte. Das ist ziemlich traurig; aber man sollte nicht über die menschliche Natur klagen: Für mich geht es darum, meine Enkeltochter zu verheiraten, und ich bin fünfundsiebzig Jahre alt. Wenn ich heute Ihre Hochzeit rückgängig mache, könnte es sein, daß ich Hermangarde in Tränen zurücklasse, die meine Hände nicht mehr trocknen können … Im übrigen habe ich als Unterpfand für das Glück, das immer, gleich was man tut, unsicher ist, Ihre Liebe und Loyalität, die unvergleichliche Schönheit Hermangardes und jene Distanz zu Vellini, die sie selbst für nötig erachten. Man hat sich oft mit weniger Ballast auf jenes Meer begeben, das Sie befahren werden.«

Hochbeglückt über diese Versicherung, verabschiedete sich Monsieur de Marigny von der Marquise, die er in ihrem großen Sessel ihren Träumen über den ausgezeichneten Stand der Dinge, den er nicht mehr gefährdet sah, überließ. Er glaubte wieder an sein Glück. Er lächelte ein wenig bei dem Gedanken an Madame d'Artelles und an das Gesicht, das sie machen würde, wenn sie hörte, daß er die Geschichte dieser *Beziehung*, die zu erkunden sie Monsieur de Prosny ausgeschickt hatte, der Großmutter Hermangardes selbst erzählt hatte und ungestraft davongekommen war. Monsieur de Marigny kannte seine Comtesse d'Artelles. Die starrköpfige Freundin der Madame de Flers mußte an seiner gewagten, unvorsichtigen Offenheit gegenüber der Marquise, die von Erfolg gekrönt war, weil er nichts verheimlicht, den mächtigen Einfluß seiner alten Maitresse nicht heruntergespielt und diese mit der ganzen Kraft seiner Erinnerungen geschildert hatte, Anstoß nehmen und sich, weit entfernt davon, dadurch umgestimmt zu werden, noch mehr gegen ihn aussprechen. Und tatsächlich entgegnete sie, als die Marquise ihr erzählte, was sich zwischen ihr und ihrem zukünftigen Enkelsohn zugetragen hatte:

»Wie, meine Liebe, er besaß die Kühnheit, Ihnen diese Geschichte zu erzählen …?« und bekundete, wie man sieht, ein Erstaunen, das Monsieur de Marigny nicht zum Vorteil gereichte.

»Ja, meine Liebe, er hat die Kühnheit besessen«, gab die Marquise mit dem neckischen Unterton zurück, der jeder festen Freundschaft so gut steht, »und wie immer bei uns Frauen, gleich ob wir jung oder alt sind, hat die Kühnheit Erfolg gehabt. Sie hat mich ihm noch enger verbunden. Denn er wußte bestimmt, daß er sein Glück aufs Spiel setzte, indem er so offen zu mir war. Es ging um mehr als sein Leben. Ich habe das als sehr nobel empfunden … fast ritterlich. Sie, die Nachfahrin der ältesten Bannerherren Frankreichs, werden wohl kaum wagen, mir darin zu widersprechen!«

Und klug wie sie war, gelang es der redegewandten alten Dame mit dieser Art *heraldischem* Argument das letzte Grollen des Widerwillens gegen Monsieur de Marigny bei Madame d'Artelles zu ersticken. Von diesem Augenblick an kam die Comtesse nicht mehr auf die Heirat zu sprechen, die ihr jedoch weiterhin Kummer bereitete. Sie sah, daß de Marignys Genie den Sieg über das ihre davontrug.

»Vicomte«, sagte sie aufgebracht zu Monsieur de Prosny, »können Sie das verstehen? Sie liebt Marigny offensichtlich mehr als ihre Enkeltochter.«

Es war kaum von Bedeutung, ob Prosny das verstand oder nicht. Aber die Jugendlichkeit des Herzens von Madame de Flers, die sich in dem Gefühl zeigte, das ihre Freundin ihr vorwarf, konnte man nicht genug bewundern. Ja, die Marquise liebte de Marigny, nicht mehr als ihre Hermangarde, aber sie liebte ihn, und ihre Zuneigung war nicht der Widerschein der Liebe, die er im Herzen ihrer Enkelin entzündet hatte. Wenn sie keine Kinder gehabt hätte, würde sie ihn zu ihrem Sohn erwählt haben. Die Freundschaft ist in jeder Seele das schönste aller möglichen Gefühle, aber in der Seele einer Frau, die sich an der Grenze des Lebens befindet, die alles ausgeschöpft zu haben und unverführbar zu sein scheint, ist sie etwas Erhabenes. Der junge Mann, der sie weckt, sollte darauf stolzer sein als auf alle stürmischen Leidenschaften, die er in Herzen erregt, die seinem Alter näherstehen. Hermangarde wußte ebensogut wie Madame d'Artelles, daß ihre Großmutter Marigny um seiner selbst willen liebte, und die zärtliche und hochherzige Enkeltochter freute sich für ihren Verlobten.

»Geben Sie doch zu, daß Sie ihn ebenso sehr lieben wie mich, Maman!« sagte sie in triumphierendem Ton am Vorabend des Tages, der für die Hochzeit festgesetzt war, die sie alle beide in gleicher Weise herbeisehnten.

Nach den Besuchen und den Gratulationen, die ein solcher Tag mit sich bringt, waren sie allein mit der Marquise zurückgeblieben. Hermangarde war die einzige, die noch nicht müde war. Als strahlende Königin hatte sie ihre Krone nicht gedrückt, und sie hatte ihr Glück mit der Reinheit und Natürlichkeit ihrer Seele und wahrer Jungfräulichkeit offen gezeigt. Mit einem Entzücken, das eine feine Zurückhaltung bändigte, ohne es verbergen zu können, hatte sie die üblichen Komplimente aus neidischen oder gleichgültigen Mündern entgegengenommen. Das Liebesglück sang so laut in ihrer Seele, daß sie alle seine Echos gerne vernahm. Sie hatte aus ganzem Herzen genossen, was jede Frau, die weniger verliebt gewesen wäre, etwas in Verlegenheit gebracht hätte. Als Ryno de Marigny diese sanften, von den himmlischsten Modulationen der Liebe inspirierten Worte hörte, drückte er die schöne Hand, die er in seinen Händen hielt, und die ihm schon gehörte.

»Und wenn es so wäre?« antwortete die Marquise lachend. »Ich würde dir dein Eigentum ja nicht lange streitig machen, denn in vierundzwanzig Stunden werdet ihr eins sein.«

Am nächsten Tag um zwölf Uhr nahm der ganze Faubourg Saint-Germain an der Hochzeit von Mademoiselle Polastron und Monsieur de Marigny teil. Die Witwe Marquise de Flers hatte dieser Zeremonie die Feierlichkeit geben wollen, die man ihr in ihrer Jugend gab. Gegenwärtig hat eine falsche Scham, eine englische Scham, die alles in ihren unziemlichen Schleier hüllt, aus der Hochzeit eine Art geheimnisvolle geschlossene Gesellschaft gemacht. Man verbirgt sein Glück, als wäre es etwas Sündhaftes. Heute versteht man es nicht mehr, gleichmütig den Blick der Männer auf seiner erhobenen Stirn zu ertragen, wenn man seine Hand einem schönen Mädchen reicht, das man unter den Augen Gottes und an seinem Altar zur Frau nimmt. Man zieht es vor, verstohlen den Segen eines Priesters zu empfangen und sich in einer Postkutsche davonzumachen, wie ein Tier, das seine Beute wegträgt, anstatt dem Akt der Familiengründung die ausführliche und würdevolle Observanz der äußerlichen Formen zukommen zu lassen, die ihn früher begleitete. Die Marquise de Flers war nicht fromm, aber sie hielt an den Traditionen eines anderen Zeitalters fest. Sie wollte das Glück, das das Werk ihrer Hände war, mit kirchlichem und gleichzeitig mit weltlichem Prunk krönen. In Saint-Thomas d'Aquin – dieser Kirche der Aristokratie, wo sich der Stolz der Geschlechter darin gefällt, sich vor Gott auf die Knie zu werfen – erinnerte man sich noch lange an die Hochzeitsmesse der Mademoiselle de Polastron. Die Musik war von einer ihrer Freundinnen komponiert worden, die inzwischen zu Berühmtheit gelangte, und die Seele dieser Frau verband sich in diesem Stück – von dem ganz Paris sprach und das nie wieder aufgeführt wurde –, um es noch rührender zu machen, mit den männlichen Einfällen der Künstlerin. Die Marquise de Flers, die verwandtschaftliche und gesellschaftliche Verbindungen mit dem Hochadel von Paris und von ganz Europa hatte, hatte dessen erstes und zweites Aufgebot zur Hochzeit eingeladen. Die kleine Kirche von Saint-Thomas d'Aquin bot ein Schauspiel, das der letzten schönen Tage der Restauration würdig gewesen wäre. Man hätte sich in jene Epoche weltlicher Verehrung versetzt fühlen können, wenn man die nicht abreißende Menschenmenge betrachtete, die die wappengeschmückten Wagen jeden Augenblick auf den Stufen der Vorhalle absetzten, und die sich etwas ungeordnet im Schiff und bis in den Chor zusammenzudrängen begann. Überall sah man noble Gesichter, feingeschnittene oder stolze Profile, ausgesuchte und schlichte Trachten, auf denen ab und zu ein diamantener Ordensstern funkelte. Bemerkenswerterweise waren in dieser imposanten Menge die Frauen in der Überzahl. Eine Liebesheirat ist für sie ein Fest! Und sie kamen wie zu einem Fest, elegant und herausgeputzt, in ihren reizendsten Vormittagstoiletten, lächelnd, verträumt, gespannt und vor allem neugierig! Neugierig darauf zu sehen, wie eine der reichsten Erbinnen Frankreichs einen einfachen Edelmann ohne Titel, arm wie Hiob, wetterwendisch wie die Karten und dem Vernehmen nach ein Wüstling wie Valmont in den *Liaisons dangereuses,* zum Mann und Gebieter nahm. Für Französinnen, bei denen Torheiten aus Liebe so selten sind, war dies ein lohnendes Schauspiel!

Man hatte zwei karmesinrote Samtsessel mit goldenen Fransen und Kissen in derselben Farbe auf die oberste Stufe des Hochaltars gestellt. Dort sollte das Brautpaar während der Messe sitzen. Als Monsieur de Marigny mit Mademoiselle de Polastron, ihr die Hand reichend, die Stufen hinaufstieg, verbreitete sich, obwohl alle die beiden kannten, bei den Männern ihretwegen ein Murmeln der Bewunderung, und bei den Frauen seinetwegen eine andachtsvolle Stille.

Ohne Zweifel hielt man sie füreinander würdig. Man begriff, daß ihre Liebe vom Schicksal vorherbestimmt war.

Mademoiselle de Polastron war in Weiß gekleidet und in Spitzen gehüllt wie alle Bräute. Ihre langen Wimpern senkten sich auf ihre von der Erregung blassen Wangen, aber die Blässe leuchtete. Angesichts der Fluten indischer Musselines, die ihre heilige Schönheit wie in eine Wolke hüllten, und unter denen ihre leichten Bewegungen die klarsten, reinsten Konturen verrieten, und angesichts der jungfräulichen Haltung, in der die Reinheit und die Liebe auf himmlische Weise verschmolzen, dachte man unwillkürlich an den Morgenstern, der in den Litaneien angerufen wird. Ihr Schleier aus Brabanter Spitzen – dieser hoheitliche Mantel aller Bräute, der, leider!, so zartgeknüpft ist wie ihre Herrschaft, fiel bis zu ihren Füßen herab, und sie trug ihn so, daß die den großen Namen der Tochter Karls des Großen, den man ihr zu geben gewagt hatte, rechtfertigte. Marigny ging neben ihr. Er war mit der Einfachheit eines Mannes gekleidet, der sich seiner Macht bewußt ist. Gewiß war er glücklich, denn er heiratete die, die er seit langem liebte; aber warum verlieh der Gedanke, daß er in wenigen Stunden dieses anbetungswürdige Mädchen an sein Herz drücken durfte, seinen Schläfen keinen helleren Glanz? Welche unbekannten Phantasien verdunkelten seine nachdenkliche Stirn ...? Wer, außer ihm konnte wissen, welche Empfindungen ihn auf seinem Gang zum Altar begleiteten ...? Dachte er, wie der junge Mann im *Traum* von Lord Byron, unter der leuchtenden Kuppel dieser Kirche, die ein rosiges Licht auf den Nacken seiner Hermangarde warf, an irgendeinen fernen, dunklen Schlupfwinkel, wo er einst eine andere Hand drückte, als die, die nun in der seinen lag ...? War es die Zukunft oder war es die Vergangenheit, die sein Antlitz in dem Augenblick, wo es hätte strahlen sollen, so verdüsterte? Oder war es einfach die Beklemmung übergroßer Seligkeit, die Melancholie des Glücks? Menschen, die glücklich gewesen sind, sagen ja, das Glück habe auch seine melancholischen Seiten.

Neben dem Brautpaar, nur eine Stufe tiefer, in einem ebenfalls mit karmesinrotem Samt bezogenen Sessel sitzend, blickte die Witwe Marquise de Flers, die eine hellbraune, glanzlose Seidenrobe, einen schwarzen Umhang und Handschuhe trug, mit mütterlichen Augen, in denen eine hundertjährige Erfahrung strahlte, auf ihre Enkeltochter und Marigny.

»Schauen Sie sie an, Vicomte!« sagte Madame d'Artelles zu ihrem alten Cicisbeo, ihr aufgeschlagenes Gebetbuch vor den Mund haltend, um ihre Bemerkung nur zu ihm gelangen zu lassen, »verliert sie nun vollends den Kopf, meine arme Freundin? Sie wirkt glücklicher als Hermangarde. Ich glaube, wenn sie ihren Marigny nicht mit ihrer Enkeltochter verheiratet hätte, würde sie ihn tatsächlich selbst heiraten.«

»Das wäre die erste Dummheit, die sie begehen würde«, antwortete der Vicomte, still vor sich hinlachend, »denn sie hat bisher wegen eines Mannes nie eine begangen. Sie ist eine schlaue Person. Aber schließlich ist es nie zu spät, irgendwann muß sich die Jugend austoben.«

Und entzückt über seine geistreiche Bemerkung, richtete Monsieur de Prosny mit einer hochmütigen Geste seine Lorgnette auf die Versammlung, die das Kirchenschiff füllte. Er nickte allen seinen Bekannten huldvoll zu. Sein herumschweifender Blick blieb an der Orgel hängen, die in diesem Moment ihre Klangfluten unter den Gewölbebogen der bebenden Kirche verströmte, und plötzlich sah er auf der Empore, die sich zu beiden Seiten des majestätischen Instruments ausbreitete, eine Person, mit deren Anwesenheit er zweifellos nicht gerechnet hatte, denn sein Gesicht zeigte eine außergewöhnliche Überraschung, und indem er seine Wange mit der Zunge ausbeulte und mit seinem Ellbogen den Ellbogen der Comtesse d'Artelles anstieß, sagte er ohne Rücksicht auf die Heiligkeit des Ortes :

»Der Teufel soll mich holen, wenn das da oben nicht die Señora Vellini ist!«

Man war gerade beim feierlichsten Moment der Messe angelangt, aber der halblaut gesprochene Satz von Monsieur de Prosny bewirkte, daß sich die Comtesse d'Artelles umdrehte und dem Altar sehr unehrerbietig den Rücken zeigte. Sie hätte selbst Gottvater vernachlässigt, um die Señora Vellini zu sehen. Zehnfache Neugier ließ sie ihre brillenbewaffneten Augen auf die Stelle richten, die ihr der Vicomte bezeichnete. Sie wollte Vellini kennenlernen, diese fürchterliche, zehn Jahre überdauernde Maitresse! Es war dieselbe weibliche Neugier, die Madame de Flers an den Tag gelegt hatte. Und es war auch die Neugier der Feindin! Warum war die Señora zu dieser Hochzeit gekommen? War es untröstliche Liebe, die ihre Wunde wieder öffnete und bluten ließ? War es der Plan, irgendeine Szene, irgendeinen Skandal zu provozieren, vielleicht, sich zu rächen? Welches Gefühl hatte sie am Ende nach Saint-Thomas d'Aquin getrieben, um ihre Augen und ihre Seele an dem für sie schmachvollen Glück Monsieur Marignys zu weiden? Fragen, die Madame d'Artelles innerlich aufrührten. Einen Augenblick lang sah sie die Señora an, als wäre die Kirche ein Theater und Vellini eine Schauspielerin.

»Das ist also diese Vellini, von der Sie so oft reden!« sagte sie im selben Ton, den Monsieur de Prosny angeschlagen hatte, aber mit dem Ausdruck heftigster Verachtung.

Die Spanierin saß auf der rechten Seite der Empore. Bei der Haltung, die sie einnahm, sah man nur ihren Oberkörper. Sie trug die Tracht ihres Landes, ein Kleid aus leuchtendem Satin mit schwarzen Spitzen darüber, und über dem Kopf ihre Mantille. Eine sonderbare Bekleidung für Frankreich, wo alles, was nicht jeder trägt, gewagt erscheint. Sie hatte den Ellbogen auf der steinernen Balustrade der Empore aufgestützt und ihre Wange ruhte in ihrer Hand. Der Kontrast zwischen ihrer schwarzen Kleidung und ihrem braunen Teint ließ sie noch gelber erscheinen als sonst. Ihre Augen waren auf Mademoiselle de Polastron gerichtet, die in diesem Augenblick Madame Ryno de Marigny wurde.

Ihr starrer und tiefgehender Blick enthielt einen so unerklärlichen Magnetismus, der nicht einmal den Blick des anderen zu treffen brauchte, um seine Wirkung auszuüben, daß

Hermangarde seine lastende Schwere auf ihren unschuldigen, lieblichen Schultern durch die Wolke der Spitzen hindurch spürte. Ohne daß sie es wollte und trotz der unaussprechlichen Wonnen, in denen ihre Seele schwamm, wandte sich die Braut zerstreut um, auf der Suche nach der Ursache dieses Gefühls, das sie dem Wetter zuschreiben mußte, denn es war Juni, und die Hitze war drückend.

Madame d'Artelles konnte diesen undurchdringlichen Blick nicht deuten.

»Mein Gott!« sagte sie flüsternd zu ihrem alten Vicomte, »Sie hatten wirklich recht. Sie ist sehr häßlich und hat das schamlose Aussehen der Frauen ihrer Art. Ihr Kostüm ist das einer Ballettänzerin. Ich will des Todes sein! Der Geschmack der Männer der heutigen Zeit im allgemeinen und der von Monsieur de Marigny im besonderen ist sehr merkwürdig!«

Monsieur de Prosny antwortet nicht darauf. Er hatte die Señora Vellini häufig besucht, und wahrscheinlich hatte er mehr Nachsicht mit dem Geschmack der Jugend der heutigen Zeit als Madame d'Artelles.

»Sie wirkt zu ruhig, um eine Szene machen«, fügte die Comtesse hinzu. »Und doch, mit welcher anderen Absicht könnte eine Frau wie sie zu dieser Hochzeit gekommen sein? Was meinen Sie, Monsieur Prosny?«

Monsieur de Prosny meinte überhaupt nichts. Er war damit beschäftigt, die linke Seite der Empore durch seine Lorgnette zu betrachten, auf der sich eine andere Frau befand, ebenfalls in Schwarz wie die Señora, deren Erscheinung jedoch weniger stolz und weniger weltlich war. Diese Frau kniete, in sich zusammengesunken, das Gesicht in die mageren Händen gestützt und darin verborgen, auf einem Betstuhl, der am Rand der Balustrade stand. Man hätte meinen können, sie sei die Gefangene ihres eigenen Gebets, wenn sie überhaupt eines in den Himmel schickte, oder aber die ihrer eigenen Gedanken, wenn sie nicht betete.

»Comtesse«, flüsterte de Prosny, der seine Erregung kaum unterdrücken konnte, »das ist wirklich ein sehr merkwürdiger Zufall! Wer, denken Sie, ist diese Frau auf der anderen Seite der Empore, die das Pendant zu Señora Vellini abgibt …? Schauen Sie … dort …! Sie scheint Angst davor zu haben, erkannt zu werden, und verbirgt deshalb ihr Gesicht in den Händen …!«

»Ich kann nicht gut sehen …«, antwortete Madame d'Artelles und beugte sich etwas vor, weil ein Pfeiler ihr die Sicht auf die Person verstellte, von der Monsieur de Prosny sprach.

»Es ist die Comtesse de Mendoze!«

»Nein, ist das möglich?«

»Ja, sie ist es!« erwiderte Monsieur de Prosny. »Es ist die arme Comtesse, das Opfer des glücklichen Scheusals, das sich in diesem Augenblick so gut vor dem Altar ausnimmt. Gefällt Ihnen die Begegnung …? Das schwärmerische Herz hat denselben Gedanken gehabt wie die verlorene Frau, und der größte aller Romandichter, der Zufall, hat es gewollt, daß alle beide, vier Schritte voneinander entfernt, an der Hochzeit ihres ehemaligen Liebhabers teilnehmen, *so daß … so daß* … der Teufel von Marigny, wenn er seine Frau zu seinem Wagen führt, seinen Triumph von heute durch die Gegenwart seiner alten Eroberungen gekrönt sehen kann.«

In der Stimme Monsieur de Prosnys schwang der Neid des alten eitlen Gecken mit, der in seiner Jugend mit der Grausamkeit eines fühllosen Herzens das egoistische Vergnügen ausgekostet hätte, das er Marigny unterstellte, und der sich nun, da es sich ihm nie geboten hatte, mit dieser üblen Nachrede rächte.

Madame d'Artelles erkannte Madame de Mendoze.

»Es fehlte nur noch«, sagte sie, »daß alle Frauen die er kompromittiert hat, hier wären. Das wäre wirklich lustig. Sie haben eine Brille, Ihnen entgeht nichts, Vicomte. Suchen Sie und sagen Sie mir, wenn Sie welche ausfindig machen.«

Vielleicht waren sie wirklich da; unter den Frauen der Gesellschaft, die in diesem Augenblick ihre langen Wimpern scheinheilig über ihren Gebetbüchern senkten, befanden sich vielleicht mehrere, die Monsieur de Marigny *gehabt* hatte, – wie Monsieur de Prosny mit einer in diesem Fall zumindest passenden Ungeniertheit gesagt haben würde. Die Damen der Gesellschaft vergessen oft mit einer wunderbaren Leichtigkeit. Man hat sie irgendwann besessen, und wenn sie einem zufällig wieder begegnen, erweisen sie einem nicht einmal die Ehre, einen wiederzuerkennen. Sie verhalten sich kühl und lächeln mit jenem stereotypen kühlen Lächeln auf den Lippen, das sie für jeden übrig haben. Man könnte meinen, sie hätten einen nie gesehen. Sie haben nicht genug Blut in den Adern, um sich durch ein Erröten zu verraten. Von dem Altar aus, an dem er die Ehe einging, hätte Marigny sich von einem Kreis dieser vergeßlichen und auf naive Weise schamlosen Frauen umringt sehen können, wie Richard III. bei Shakespeare von den Gespenstern seiner Opfer; aber er, Marigny, dieser Richard III. der Verführungskunst, hätte weder Gewissensbisse noch Furcht und Entsetzen in einem solchen Schauspiel empfunden; denn den Herzen, die er zugrunde gerichtet hatte, ging es sehr gut.

Außer einem – das die Liebe nicht entweiht, die Vergangenheit nicht verleugnet, nicht vergessen hatte – das Herz von Madame de Mendoze, die an einem zu starken Gefühl dahinsiechte, zerrissen von den Spürhunden der Gesellschaft, und die in der letzten Stunde der Verzweiflung gekommen war, um an den Stufen des Altars, wo ihr Marigny sich an das Leben einer anderen Frau kettete, wie eine verwundete Hirschkuh am Rande des Wassers zusammenzubrechen.

Und sie, die sanfte und gute Seele, die Comtesse Martyre de Mendoze (so hieß sie, denn sie war mit der Geburtszange aus dem Leib ihrer Mutter geholt und dabei zerquetscht worden, und deshalb hatte man sie Martyre genannt. Kann ein

Name so zum Schicksal werden …?) war nicht durch eine egoistische und schlechte Leidenschaft, eine haß- oder neiderfüllte Neugier getrieben, hierher gekommen. Die geknickte Lilie, die keinen Duft mehr verströmte seit der Schmerz ihre weißen Blütenblätter ausgebleicht hatte, empfand keinen Groll gegen Hermangarde und verzieh Marigny. In ihrer zärtlichen Demut erkannte sie heroisch, daß er sie nicht mehr liebte, und ging daran zugrunde. Sie war von dem Gedanken besessen, an dieser herzzerreißenden Zeremonie teilzunehmen, die ihrer unglücklichen Seele den letzten Stoß versetzen mußte; jedes Detail, eines nach dem anderen, wollte sie auskosten … Gebrochene Herzen haben schreckliche Phantasien! Man reizt die blutende Wunde; man leert den Giftbecher Tropfen für Tropfen.

Ach! An diesem Tag litt sie mehr als sie jemals gelitten hatte, seit Monsieur de Marigny sie verließ; aber eine übermenschliche Kraft ließ sie ihren Schmerz, der ihr zerrissenes Herz umspannte, zurückdrängen und nach Saint-Thomas d'Aquin eilen. Sie hatte keine Einladung erhalten … Der noble Marigny, der ihr nur unfreiwillig und aus Gründen, die in der menschlichen Natur liegen, Leid zugefügt hatte, hätte es als unverzeihliche Ironie empfunden, diese Frau, für die er achtungsvolles Mitleid empfand, zu seiner Trauung einzuladen. Er hatte den zartfühlenden Einfall gehabt, ihre Erinnerung hochzuhalten, indem er so tat, als habe er sie vergessen. Durch die Sonderstellung, die er ihr unter all den Gleichgültigen einräumte, die er zum Schauspiel seines Glücks einlud, ließ er erkennen, welchen Raum die gemeinsame Vergangenheit in seiner Seele einnahm.

Aber diese edelmütige Fürsorge war überflüssig. Madame de Mendoze hatte sich entschlossen, in einem Wagen ohne Bediente und Wappen unerkannt zur Trauungszeremonie zu fahren, und die Arsinoés der Gesellschaft hatten es nicht versäumt, sie Tag und Stunde wissen zu lassen. Sie führte ihren

Plan aus, obwohl es unvernünftig war …. denn wozu sollte man sich ein weiteres Mal bestätigen lassen, daß man verloren ist; daß das Schicksal, das einen seit langer Zeit zugrunde richtet, einem den letzten Stoß versetzen wird …? Aber wer nicht bis zum Wahnsinn liebt, hat nie geliebt wie diese Frau liebte.

Sie glaubte, man würde sie nicht bemerken … sie könne sich dem fiebrigen Rausch ihres Tränenstroms hingeben, der ihr Leben mit sich fortschwemmte. Dort zu weinen … zehn Schritte von ihm entfernt, ohne daß er es wußte … zu spüren, wie sein Fuß auf ihr Herz trat, zu spüren wie der Fuß einer Rivalin, die ihr vorgezogen wurde (und der sie verziehen hatte!), einen noch unerträglicheren Druck darauf ausübte, und für beide zu beten; Gott mit gefalteten Händen zu bitten, daß er sie segne und ihre Liebe unsterblich mache: Das war der erhabene Wahnsinn, den sie, ehe sie das Leben endgültig verließ, noch verwirklichen wollte. Sie war schon mehr als halbtot, und nur noch die schwärmerische Verzweiflung hielt sie am Leben.

Gott stand ihr bei, – denn Gott liebt den Wahnsinn der Seelen, die er unsterblich geschaffen hat. Während dieser Messe, die lange dauerte, gaben die Nerven dieser zerbrechlichen Blonden, die durch eine Leidenschaft, die stärker war als das Leben, bis zur Durchsichtigkeit aufgerieben waren, unter der Leidenschaft des Herzens nicht nach. Kein Schluchzer durchbrach mit seinem heiseren Klang die Stille, die diese ins Gebet versunkene Frau umgab. Keine Krämpfe warfen sie zu Boden. Sie verharrte, ohne schwach zu werden, auf ihren Knien. Sie sah alles, sie hörte alles: den Priester, der die beiden segnete, die Menge, die die beiden bewunderte, den zweifachen Ring, das zweifache Ja, das mit so viel Liebe von beiden Stimmen ausgesprochen wurde; und sie ertrug diese Qual, reglos, verschleiert, die Tränen trinkend, die ihre Wangen überschwemmten, und ohne daß jemand in ihrer Nähe etwas von ihrer Marter ahnte. Monsieur de Prosny und die Comtesse d'Artelles hatten sie zwar erkannt, aber was sie litt, sah Gott allein, und er hatte Mitleid. Sie durchlebte für Marigny die Worte der heiligen Theresa, die mit Gott wettete, daß er sie nicht daran hindern könne, ihn zu lieben, selbst wenn er sie verdammte, selbst wenn er sie in seiner Hölle leiden ließe. Erst nachdem alles vorbei war, als das *consummatum est* des Glücks für die beiden und das Unglück für sie ins Buch des Schicksals eingeschrieben war, spürte sie, wie ihre fieberhafte Erregung nachließ und erlosch. Solange es etwas von der herzerreißenden Zeremonie zu sehen gegeben hatte, derentwegen sie gekommen war, hatte sie die Stärke der Resignation bewiesen, atemlos vor Neugier, wie süchtig nach dem Martyrium, das sie für den Gott ihres Lebens erdulden wollte, der es, ebenso wie der Gott des Himmels, nicht sehen und es ihr nie vergelten würde ... Aber als die Neuvermählten nach der Messe, gefolgt von einem Geleit Verwandter und Freunde, durch die prunkvolle Versammlung, die sich um sie drängte, das Kirchenschiff verlassen hatten; als die letzten Wagengeräusche in der Ferne verklungen waren und in der Kirche, die sich nach und nach leerte, wieder die gewohnte Stille eingetreten war, kehrte die Schwäche in die Seele der unglücklichen Comtesse zurück, und sie glaubte, sie müsse gleich sterben. Der Boden schien sich um sie zu drehen. Sie hatte Angst, auf dieser leeren und einsamen Empore, auf der sie zurückgeblieben war, ohnmächtig zu werden. Schwankend ging sie die Treppe hinunter und hatte nur noch den einen Gedanken, den einen Wunsch, bald, aber nicht hier, zu sterben: Ausfluß der rührenden Scham einer unglücklichen Frau, der letzten Regung des Stolzes einer Mendoze, die ihr Andenken vor der Schmach, die ihr Leben bedrohte, bewahren wollte.

Als sie am Weihwasserbecken ankam, wo ihre zitternde Hand Halt fand, sah sie auf der anderen Seite dieser Marmorschale, die das heilige Wasser enthält, eine Frau, die ihre Hand hineintauchte.

»Oh!!!« riefen sie alle beide, als sie sich erkannten. Dieser gleichzeitig und unfreiwillig ausgestoßene Ruf erhielt eine merkwürdige Tiefe durch das Aufleben eines alten Hasses. Die Kirche hallte von dem kurzen und düsteren doppelten Ruf wider. Aber die beiden befanden sich allein in dem Raum, und niemand störte sich daran, daß die Stimmen der Leidenschaft den Frieden des Heiligtums störten.

Sie hatten sich schon früher gesehen. Während der Beziehung von Monsieur de Marigny und Madame de Mendoze hatte Vellini, neugierig und vielleicht eifersüchtig (wer konnte in diesem unergründlichen Herzen lesen?), die Frau, die inzwischen ihren Platz im Herzen ihres Geliebten einnahm, mit hartnäckigen Nachforschungen verfolgt. Sie war immer wieder und überall aufgetaucht, wo sie sie treffen konnte. Oft hatte Madame de Mendoze unwillkürlich gezittert, wenn sie in der Menge – sei es im Theater, auf den vorderen Sitzen einer ihr gegenüberliegenden Loge, sei es auf den Stufen der italienischen Oper, wo sie mit tausend anderen darauf wartete, daß ihr Wagen kam – eine schmale Frau in stolzer Haltung sah, hochaufgerichtet wie die Schlange auf dem Wappenschild der Sforza, deren wie Karfunkel blitzende Augen sie unnachgiebig verschlangen. Man hat schon früher gesehen, daß die Liebe der Comtesse de Mendoze, die einem so glühenden Herzen und einer so keuschen Zurückhaltung entsprang, der leidenschaftlichen und sinnlichen Vellini schwach und jämmerlich vorkam. Und dieses Unverständnis ließ ihren Blick (wenn sie mit Madame de Mendoze zusammentraf) noch durchdringender und unerträglicher werden.

Heute begnügte sie sich nicht damit, sie zu beobachten, sie redete mit ihr.

»Ach, Sie sind es, Comtesse de Mendoze!« sagte sie in einer ungezwungenen, der unehelich geborenen Tochter einer Herzogin würdigen Art, zweifellos im Glauben, angesichts der Liebe seien alle gleich. »Es ist lange her, seit wir uns das letzte Mal gesehen haben. So begegnen wir uns also wieder.«

»Sie wissen meinen Namen, Madame«, antwortete die Comtesse mit einer traurigen Würde, die von dem kühnen Ton der Señora abstach; »ich weiß den Ihren nicht. Aber ich kenne Sie seit langem. Bisher haben Sie mich nicht angesprochen, aber wahre Gefühle lassen sich erraten. Ich glaubte früher, daß sie böse Pläne mit mir hätten. Ich fühlte die Rivalin in Ihnen. Ich fühlte, daß Sie wie ich Ryno de Marigny liebten.«

»Nein, ich liebte ihn nicht mehr«, erwiderte Vellini, »ich hatte ihn geliebt! Wenn ich Sie in der Menge verfolgte, wenn ich versuchte, durch ihr weißes Gesicht hindurch in ihrer Seele zu lesen, dann deshalb, weil ich nicht verstehen konnte, daß der Ryno, der mir gehört hatte, nun Ihnen gehören sollte!«

»Ach, wenn ich darauf zu stolz gewesen sein sollte«, sagte Madame de Mendoze, die diese arrogante Verachtung weniger empörte als kränkte, »dann bin ich genug dafür bestraft worden. Eine Schönere als ich hat den Sieg davongetragen.«

»Eine Schönere als wir beide, Madame!« entgegnete Vellini, gerührt durch diese bescheidene Größe und bestrebt, daran Teil zu haben, indem sie ihre Mängel zugab. »Sie waren schöner als ich; aber der Grund dafür, daß ich nicht verstand, daß er Sie lieben konnte, war, daß ich Ihre Liebe aus seinen Erzählungen kannte.«

»Ach, Madame«, fragte die arme Comtesse, der ihr reines Herz nichts vorzuwerfen hatte, »wie war denn Ihre Liebe, daß die meine Ihr Mitleid erregen konnte?«

»Oh, die meine …!« sagte Vellini, ihren Kopf zurückwerfend, mit einem hellen Klang in der Stimme, dem ein zitterndes Echo der Orgel antwortete. Dann holte sie der Aberglauben der Spanierin ein, und sie fügte leiser hinzu: »Aber das läßt sich nicht in der Kirche erzählen …«

Und als wollte sie die beiden Dämonen der Wollust und des Stolzes fern halten, die sie dazu ermunterten, vor ihrer Rivalin die Erinnerungen an ihre Liebe auszubreiten, schlug sie – die für gewöhnlich so wenig an Gott dachte – ein Kreuz über der Brust.

Die Comtesse errötete unter ihrer Leichenblässe. Der Ausruf der Malageserin enthüllte ihr grausenerregende Glückseligkeiten, die ihrer Seele bisher verborgen geblieben waren, ihrer Seele, die jungfräulich war wie der Schnee der Gletscher, aber wie der Schnee der Gletscher, wenn er unter den starken Strahlen der Sonne zu schmelzen beginnt.

»Ich möchte es auch nicht wissen«, sagte Madame de Mendoze mit dem Ausdruck entsetzten Bedauerns. »Aber Liebe ist Hingebung, und wenn Sie ihn noch liebten, Madame, wie ich es immer noch tue, sagen Sie, was hätten Sie dann heute getan?«

»Wenn ich ihn noch liebte!!! Sehen Sie diesen *cuchillo*, Comtesse?« erwiderte die Señora, indem sie Madame de Mendoze über das Weihwasserbecken hinweg eine Art grobes Messer hinhielt, die vor der Bewegung und dem Instrument zurückschreckte. »Ich wäre hierher gekommen, an die Stufen dieses Altars, und hätte das Messer derjenigen ins Herz gestoßen, mit der er sich vermählte, damit er nie ein Kind von ihr bekommen könnte.«

Und bei dem Gedanken stieg ihr das Blut in den Kopf und in die grausamen Augen, die sich röteten. Ihr Gesicht verdunkelte sich. Man sah, daß sie nicht prahlte, und daß sie durchaus fähig war, das zu tun, was sie sagte.

»Und ich, Madame«, sagte die Comtesse, »ich habe etwas Besseres getan. Ich habe für ihn gebetet, ich habe für sie gebetet. Ich habe Gott angefleht, sie und ihre Kinder zu segnen. Verachten Sie mich ruhig für diese Schwäche, aber ich glaube, ich liebe ihn auf eine bessere Art als Sie.«

Es war deutlich, daß die Tochter des Toreros kein Verständnis für diesen Heroismus einer hingebungsvollen Liebe aufbrachte. Eine Faust in die Hüfte gestützt, die Stirn in Falten gelegt, hörte sie sich mit blinder Verachtung die Worte von Madame de Mendoze an ... Und als schleudere sie ihr einen Blitz entgegen, sagte sie triumphierend:

»Beten Sie nur ... und lieben Sie ihn, es wird vergeblich sein! ... Sie werden ihn nie wieder zu Ihren Füßen liegen sehen. Ich, Vellini, liebe ihn nicht mehr; ich werde nicht beten; und trotzdem wird er zu mir zurückkehren!«

Nun war die Comtesse diejenige, die nichts mehr verstand.

»Sie ist verrückt«, dachte sie, »die Liebe hat sie verwirrt. Sollte das wahr sein? Sollte sie ihn mehr lieben als ich?«

»Ja, er wird zu mir zurückkommen!« fuhr diese seltsame Prophetin der erloschenen Leidenschaften fort; »uns verbindet die *Kette des Bluts*. Sie glauben mir nicht, Madame? Hören Sie mir zu ...«

Und sie nahm sie bei der Hand und zog sie zum Portal, als ob sie das, was sie ihr zu sagen hatte, nicht an dem heiligen Ort aussprechen könnte; – gemeinsam verließen sie die Kirche.

Zweiter Teil

1. KAPITEL

Die Comtesse d'Artelles an den Vicomte de Prosny

Carteret ... Oktober 183...

»Wie, teurer Vicomte! Vier Monate ohne einen Brief von Ihnen! Sollte ich gezwungen sein, Ihnen zuvorzukommen? Nun, ich habe mich lange genug in die majestätische Würde des Schweigens gehüllt, und auf ihre Huldigung gewartet, die nicht eingetroffen ist. Diese Würde beginnt mich zu langweilen, und im übrigen kompromittiert man sich in unserem Alter nicht mehr, wenn man den ersten Schritt tut. Fühlen Sie sich also geehrt, denn ich komme Ihnen wirklich entgegen. Warum schreiben Sie mir nicht? Glauben Sie, ich sei so sehr damit beschäftigt, die acht Glückseligkeiten des Honigmonds unserer teuren Hermangarde zu betrachten, daß ich keine Aufmerksamkeit und kein Interesse mehr für Sie aufbrächte? Die Marquise de Flers hat Ihnen ebenso wie mir die Liebenswürdigkeit erzeigt, Sie auf ihren Landsitz einzuladen. Sie haben es, Gott weiß warum, ausgeschlagen! Aber Sie haben immerhin versprochen, mir zu schreiben, und seit ich hier bin, habe ich noch keine Nachricht von Ihnen erhalten. Früher (wir gebrauchen dies Wort nun so häufig!), früher, Vicomte, waren Sie zuverlässiger und beflissener. Ich glaube, ich könnte in einem Winkel meines kleinen Sekretärs aus Kirschbaumholz, ohne lange kramen zu müssen, zwei mit einem rosa Seidenband verschnürte Briefbündel finden, deren Briefe alle zusammen weniger Zeit brauchten, um zu mir zu gelangen, als der, auf den ich heute noch warte. Ich weiß wohl, daß wir uns nicht mehr ganz dieselben Dinge zu sagen haben wie damals. Die Zeit, die über uns beide hinwegging, hat dafür gesorgt, Ihnen Entschuldigungen zu liefern und Ihre Schreibfaulheit zu rechtfertigen. Wenn sie auch nicht das Vergessen in Ihr Herz legte, so hat sie doch die Gicht über Ihre Finger gebreitet. Nur, Monsieur, hat sie die meinen denn verschont? Diese Dirne von Sophie Arnould, die in ihrem ganzen Leben nie eine anständige Frau gekannt hat, sagte, die häßliche Gicht, die einen daran hindere, seine Ringe zu tragen, sei das Kreuz des heiligen Ludwig von ... es fällt mir nicht mehr ein. Sie, Monsieur de Prosny, tragen dieses Kreuz wahrscheinlich zu recht, aber ich, die, Gott sei Dank!, nicht so gelebt hat wie Sie, mein lieber Vicomte, trage es ebenfalls auf meiner Schulter, wie die Nonnen das ihre. In diesem Augenblick, wo ich Ihnen schreibe, ist nicht nur die Schulter befallen. Sogar die Hände, die Sie so hübsch gefunden haben, sind mit einer kleinen Schwellung geschmückt, die weit davon entfernt ist, sie zu verschönen. Aber ich lasse nicht zu, daß meine Leiden meine Gefühle aufhalten, und so kritzle ich meine Grüße an Sie mit dicken Handschuhen, um Ihnen einmal mehr zu beweisen, daß wir Frauen, sowohl was die Freundschaft wie was die Liebe betrifft, besser sind als die Männer.

Wenn die Gicht überhaupt die Ursache dafür ist, daß Sie mir nicht schreiben! Vielleicht hat Ihr Stillschweigen weniger schwerwiegende Gründe, als ich annehme. Ich stelle Sie mir leidend vor und Ihnen geht es womöglich ausgezeichnet, Sie treiben sich überall leichthändig (obwohl Sie mir nicht schreiben können) und leichtfüßig herum, dinieren in der Stadt, spielen Tric-trac bis Mitternacht und denken höchstens am Abend beim Nachhausekommen beiläufig an Ihre alte Freundin, wenn sie die Krawattennadel in das Kissen stecken, das ich für Sie gestickt habe: welch überflüssiges, stummes Andenken! Ja, wahrscheinlich haben Sie sich nach und nach an meine Abwesenheit gewöhnt. Die ersten Tage werden schwer gewesen sein. Ich habe Ihnen zweifellos sehr gefehlt, denn Sie verbrachten sonst Ihre Abende immer bei mir. Aber dann werden Sie die Witwe de Vandœuvre aufgesucht haben (meine Rivalin einer anderen Generation), und Sie werden deren Lehnsessel schließlich ebenso weich gefunden haben wie meinen großen Fauteuil à la Voltaire, und ihre Klatschgeschichten ebenso unterhaltsam wie die meinen. So ist das Leben! Man vergißt nicht, aber man ersetzt. Sie sehen, daß der Skeptizismus, dieses posthume Kind der Erfahrung, bereitsteht, um mich von meinen Illusionen zu heilen, falls ich mir welche über Sie mache. Widersprechen Sie nicht! Regen Sie sich nicht auf! Ich beklage mich nicht. Ich kann einem Freund wie Ihnen seine kleinen Fehler und seine kleinen Mängel verzeihen und ihn obendrein noch lieben. Ich versichere Ihnen, daß das der Zuneigung, die ich für Sie hege, keinen Abbruch tut. Solange man jung ist, liebt man sich zwar nicht mit geschlossenen Augen, aber blind vor Glut oder Tränen. Man sieht sich nicht, wie man wirklich ist. Aber wenn man alt ist, kann man sich mit offenen Augen lieben, selbst durch die Brillen, die man trägt, um besser zu sehen. ›Ein trauriges Gefühl!‹ werden die komplizierten Herzen sagen, denen die Zeit eines Tages das Maul stopfen wird, aber im Grunde das löblichste Gefühl, denn wenn man sich so liebt, ist keine Selbsttäuschung mehr möglich, und deshalb hält einen nichts zurück, sich wirklich zu lieben.

Erkennen Sie mich in diesen Worten wieder, mein teurer Vicomte? Sie sehen, die vier Monate, die ich entfernt von Ihnen verbracht habe, haben mich nicht verändert. Sie haben diese Sucht, über die Liebe zu moralisieren, die mich seit dreißig Jahren beherrscht, nicht zu heilen vermocht. Erinnern Sie sich noch daran, wie Sie mich Ihre *schöne Metaphysikerin* nannten …? Ach, mein alter Freund, ich konnte sie anwenden, meine Metaphysik, seit ich in diesem Land bin. Die Gefühle Hermangardes für ihren Gatten und die Monsieur de Marignys für Hermangarde sind ein wunderbarer Gegenstand, der sich durch einen wohltätigen Zufall zur Beobachtung und Analyse anbietet. Ich nehme – zweifeln Sie etwa daran? – an einem jener Schauspiele teil, die man nicht oft im Leben zu sehen bekommt: an dem durch die Ehe geheiligten Schauspiel der Liebe, dem Schauspiel der legitimen und glücklichen Liebe! Ich genieße es aus ganzem Herzen, wie einen wärmenden Sonnenstrahl, der mein Alter mit Melancholie erfüllt, weil er die Mängel meiner Vergangenheit noch mehr hervortreten läßt. In diesem so reinen und sanften Licht, in Gegenwart dieses so großen und ruhigen Glücks, sehe ich besser, was alles meiner Jugend gefehlt hat; aber ich sehe es, ohne deshalb zu leiden. Das Bedauern, das der Bodensatz des Lebens so vieler Frauen ist, wirft seinen Schatten auf meine Gedanken, aber es weckt in meiner Seele keine neidischen oder bitteren Gefühle. Wenn meine Kräfte lebensvoller und mein Lebenshunger gieriger gewesen wären, hätte ich dieses Schauspiel, ehe ich sterbe, nicht noch einmal ertragen können, dieses Schauspiel, das so schön ist, mein teurer Vicomte, daß alles, was man uns vom Paradies erzählt, dagegen verblassen muß!

Staunen Sie über das, was ich Ihnen berichte? Nicht wahr, sie tun es. Ach, mein Gott, auch ich staunte, ja, ich war sogar verwirrt vor Staunen! Zumindest zu Beginn. Aber ich mußte eingestehen, daß diese unvorsichtige Heirat in Wirklichkeit von allen Waghalsigkeiten die glücklichste war. Ich mußte klein beigeben und meiner alten Freundin, der Marquise de Flers, Genugtuung leisten, denn es zeigte sich, daß sie Monsieur de Marigny und seine Liebe richtiger beurteilt hatte als ich und die Pariser Gesellschaft. Sie erinnern sich, welches Mißtrauen ich diesem Mann entgegenbrachte, der zu überlegen war, um nicht, wenn er falsch spielte, äußerst gefährlich zu sein. Ich betrachtete ihn durch die Brille des verabscheuenswerten Rufs, der ihm anhing. Das Blutbad von sich opfernden Frauen, von dem die Gesellschaft sprach, die Krankheit und der Schmerz Madame de Mendoze' und vor allem diese zehnjährige Verbindung mit jenem Greuel von Spanierin, die ich nicht kannte, und die Sie mir bei seiner Hochzeit zeigten, all das hat *uns* dazu gebracht, uns gegen den Entschluß unserer Freundin, die ihre Enkelin Monsieur de Marigny zu Frau geben wollte, zu verschwören. Sie erinnern sich gewiß daran, wie wir mit allen Mitteln vorgegangen sind! Wir haben alles versucht, um Hermangarde dem schrecklichen Unglück zu entreißen, das ihr durch den Dickkopf ihrer Großmutter drohte! Und nun, wer hätte das gedacht? Dieser Dickkopf hatte recht, und unsere Urteilskraft versagte, mein werter Freund. Der Wüstling, der Don Juan, der Lovelace war ernsthaft und echt verliebt. Der Teufel wurde, noch ehe er alterte, zum Eremiten, aber zu Füßen einer so göttlichen Madonna, daß alle Wollust des Lebens weniger Verlokkungen bot, als diese süße Liebesbuße. Ach, Sie werden es nicht auf der Stelle glauben können. Solche Dinge glaubt man erst im äußersten Fall. *Aber ich habe es gesehen, mit meinen eigenen Augen gesehen, was man sehen nennt!* ... Ich beobachte nun schon vier Monate lang diesen Marigny, der mir so suspekt war, ihn und seine Frau, und ich wage wirklich nicht zu sagen, wer von den beiden mehr liebt. Wenn ich auf einen von ihnen wetten sollte, auf meine Ehre, ich glaube, ich wettete auf ihn.

Und denken Sie, im Bestreben, meine Kehrtwendung zu erklären, ja nicht, daß er mich ebenfalls verführt habe, dieser große Eroberer; daß er sich meiner bemächtigt habe, wie er es mit der Marquise vor der Hochzeit tat, und daß er mich durch respektvolle Liebenswürdigkeiten, mit seinem außerordentlichen Takt und dem Geist einer ganzen Hölle, die der Befehlsgewalt eines jener Erzengel untersteht, die man ›die

Herrschaften‹ nennt (denn all dies steht ihm zur Verfügung, wenn er erfolgreich sein will) geblendet hat, nachdem er mich eroberte. Nein! Ich besitze nicht die ewig junge Einbildungskraft der Marquise. Ich habe die starke Wirkung, die von Monsieur de Marigny ausgeht, immer festgestellt, aber ich bin ihr nie erlegen. Ich bilde mir ein, klug zu sein, und ich halte ziemlich lange an meinen Vorurteilen fest, wenn ich welche habe. Kann sich eine Frau, die früher geliebt hat, unter diesen Voraussetzungen irren oder täuschen? Ist es nicht einfach, die wahre Liebe von dem zu unterscheiden, was keine Liebe ist, selbst wenn es die unlöschbarste Begierde, angefacht durch die anbetungswürdigste Schönheit, wäre? Gewiß, Hermangarde ist wunderschön. Sie kann in der Brust des ausschweifendsten, schändlichsten Mannes das leidenschaftlichste Herzklopfen der Jugend wiederbeleben. Aber das ist etwas anderes als dieses durch und durch ungetrübte, gleichmäßige Leben der glücklichen, besitzergreifenden Liebe. Ich täusche mich nicht. Ich bin sicher, daß ich mich nicht täusche. Das, was Monsieur de Marigny im Augenblick empfindet ist mehr, als ein vorübergehender, oberflächlicher Rausch. Es bedarf nicht des versunkenen Lächelns von Hermangarde, der schönen Blässe, die das Glück über die Wangen der Frauen breitet, deren Herz übervoll ist, der Träumereien, unter denen sie ihre vor Seligkeit strahlende Stirn senkt, um mir zu zeigen, daß sie bewundert und geliebt wird. Ich brauche nur Marigny anzusehen. Seine Stimme, seine Haltung, seine ganze Person, das, was er sagt, das, was er nicht sagt, atmet Liebe und gibt ihr mit der unwiderstehlichsten Beredsamkeit Ausdruck. Für alle Dinge des Lebens breitet er unter Hermangardes Füßen den Samtmantel aus, den Raleigh unter den Füßen seiner Herrin ausbreitete, und er, er allein, ist der Herr und Gebieter seit vier Monaten. Ach, an Hermangarde zweifelte ich nicht! Sie liebte ihn so, daß es selbst mich erschreckte. Ich zweifelte nur an ihm, der in meinen Augen unwürdig war, in diesem zu empfindsamen Kind eine so tiefe und anhaltende Glut zu entfachen. Die Eigenliebe der Beobachterin sagt mir, daß ich wahrscheinlich nicht Unrecht hatte, aber die Heirat hat Marigny verwandelt. Sie würden ihn nicht wiedererkennen. Das, was ich an ihm haßte, ist verschwunden: der Hochmut des Allmächtigen, der auf seiner Stirn brannte, selbst wenn er sie vor Ihnen neigte; dieser Eindruck vermessener Vertraulichkeit, den er allen Frauen gegenüber an den Tag legte, und der sogar in den höflichen Formen seiner Ehrerbietung durchschien; schließlich diese Haltung des Glücksritters, die er in der Gesellschaft zur Schau trug, als sei er das Maß aller Dinge und wolle sich von seinen Standesgenossen absetzen, die sich auf ihre Geburt und ihre Beziehungen berufen. Heute, mit seinen achtzigtausend Pfund Rente, die ihm die schönste Tochter Frankreichs in der Schleppe ihrer Hochzeitsrobe gebracht hat, ist er nur noch ein großartiger Edelmann mit standesgemäßen Auftreten und vorzüglichen Manieren, jedoch gemäßigt durch die Liebenswürdigkeit eines köstlichen Gefühls, das in und um sich eine unaussprechliche Harmonie verbreitet. Welche Zauberkraft besitzt das Glück! Welch samtenen Glanz legt es über alle Dinge! Und wie vervollkommnet sich der Mensch, vorausgesetzt er ist edlen Ursprungs, wenn er liebt und glücklich ist!

Das Entzücken der Marquise brauche ich Ihnen nicht zu schildern, teurer Vicomte. Sie schwebt im siebten Himmel. Ihre Freude darüber, daß Hermangarde der Gegenstand einer Fürsorge ist, die mehr einem Kult ähnelt als einer Folge von leidenschaftlichen Aufmerksamkeiten, wird verdoppelt durch die Überraschung, die ich an den Tag legte als ich sah, daß sich die Dinge so anders entwickelten, als ich dachte und befürchtete. Sie feiert einen doppelten Triumph. Obwohl sie immer glücklicher gewesen ist als ich, und dieser arme Marquis de Flers sie mit einer grenzenlosen Hingabe und Ergebenheit liebte, bekennt sie dennoch, daß das Glück ihrer Enkeltochter weit größer sei, als das ihre je war. ›Ich war‹, sagte sie, indem sie den Unterschied richtig erkannte, ›das Idol von Monsieur de Flers, und das war alles, oder fast alles; aber meine Enkeltochter und Marigny sind jeder das Idol des anderen. Ihre Wonnen sind also um die Hälfte größer als die meinen.‹ Sie hat recht. Zweifellos erinnert Monsieur de Marigny nicht an den kleinen Marquis de Flers mit seiner schnarrenden Stimme – Sie haben ihn noch gekannt –, der so hübsch ›mein Herz!‹ zu seiner Frau sagte und Puder in der Haarfarbe der Königin trug. Der Gatte Hermangardes hat nichts von dieser kühlen und zarten Pastelleleganz. Sein Reiz liegt im geschmeidigen Ausdruck seiner Kraft. Sein Wesen und sein Äußeres strahlen etwas so männliches, so *löwenartiges*, wie die Schriftsteller unserer Tage sagen würden, aus, daß die Liebe, die er einflößt, ein Dauerzustand der Erregung sein muß, und die Liebe, die er empfindet, die berauschendste Bestätigung der eigenen Stärke, weil er sie zu zügeln vermag. Das ist göttlich. Solche Gefühle und solche Empfindungen hatte die Marquise nicht kennengelernt, die ihren Gatten mit den Knien lenkte – wie die guten Reiter ihre Tiere – und das mit so großer Leichtigkeit, daß sie, um den Ruhm ihrer Herrschaft zu wahren, alle Geschicklichkeit darauf verwandte, dies zu verbergen. Sie hatte, es muß gesagt werden, auch nicht die anspruchsvolle Phantasie Hermangardes, – dieser idealen Malvina, der alle de Flers dieser Welt mit ihren Adonisgestalten und ihrem aristokratischen Äußeren nicht einmal einen Blick aus dem Augenwinkel abgenötigt hätten, – aber sie ist genug Frau geblieben, um zu erkennen, daß die Liebe einer Frau zu einem Mann mit viel Respekt und etwas Furcht gemischt sein muß, wie die Liebe zu Gott.

Wissen Sie, mein teurer Vicomte, womit sie und ich unsere Tage in Carteret zubringen? Damit, an unseren zehn Fingern alle Gründe aufzuzählen, die diese gute Hermangarde zur glücklichsten aller Ehefrauen machen. Jeden Tag entdekken wir neue, wir fügen immer noch etwas zu der Summe all ihres Glücks hinzu. Niemals haben Andächtige die Perlen ihres Rosenkranzes so ausgiebig durch die Finger gleiten lassen, wie wir die lange Kette von Wonnen, die das Leben unseres schönen, reizenden Kindes ausmachen. Sehen Sie uns, dort wo Sie sind, vor sich, andächtig versunken in diese inbrünstige und ständige Beschäftigung? Die Bühne dieser frommen Übung ist ein verdammt großes Schloß, das ich nicht lieben würde, wenn man sich darin nicht so liebte … Es ist der einzige Besitz der Marquise, den ich bisher nicht kannte. Dieses Schloß, das einen strengen Eindruck erweckt, ist an der Küste, am Fuß einer Felswand, die es überragt, erbaut. Das Meer ist so nah, daß es zu bestimmten Zeiten des Jahres an die Mauern des großen Hofes schlägt, die schräg abfallen, um die Kraft der Wellen zu brechen. Aus den Fenstern des Zimmers, in dem ich Ihnen schreibe, sehe ich einen langen, ziemlich monotonen Sandstrand, der für so abgenutzte und müde Augen wie die meinen nicht besonders reizvoll ist. Mein teurer Vicomte, Sie werden nur schwer erraten, was die Marquise dazu bewogen hat, ihr Gut in Carteret ihrem schönen, sehr bequemen Schloß de Flers, das ebenfalls in der Normandie liegt, vorzuziehen und die ersten Monate der Ehe ihrer Enkeltochter hier zu verbringen … Nun, der Grund für diese Wahl ist die Neugier Hermangardes, die das Meer noch nie gesehen hat, und deren junger Kopf anders gebaut ist als unserer, denn sie schwärmt für diesen Ort, den sie herrlich und entzückend findet. Die Marquise und ich haben also unseren Rheumatismus und unsere Neigungen diesem Wunsch *unserer* Tochter geopfert und haben unsere verzärtelten Körper der großen Damen, die in einem Jahrhundert groß geworden sind, das sich, obwohl es viel davon sprach, reichlich wenig um die Schönheiten der Natur kümmerte, tapfer der Salzluft dieser Küste ausgesetzt. Hermangarde, die ihre Jugend nicht in jenen seidengefütterten Schachteln verbrachte, in denen wir lebten, ohne je von den roten Absätzen herunterzukommen, auf denen man uns herumstelzen ließ, Hermangarde zieht die Küste von La Manche Paris vor. Verwundern Sie sich nicht zu sehr über diese Laune, mein teurer Zeitgenosse! Sie möchte den ganzen Winter hier verbringen. Sie hat uns kürzlich diesen Entschluß einer bezauberten Seele mitgeteilt, deren Bedürfnis nach Intimität und Einsamkeit noch nicht befriedigt ist. Als sie uns das sagte, haben ihre Großmutter und ich schon im voraus aus Mitgefühl gefröstelt, denn die Kälte in diesem seit langem unbewohnten Schloß, dessen Mauern ganz grün sind von dem feuchten Wind, der vom Meer herweht, ist entsetzlich. Monsieur de Marigny äußerte denselben Wunsch wie seine Frau. Ihm ist sehr viel daran gelegen, nicht so bald nach Paris zurückzukehren, wo er dieser Malageserin wiederbegegnen könnte, mit der er zehn Jahre lang ein so skandalöses Verhältnis hatte. Die Marquise, die über sein Vorleben genau Bescheid weiß, ist sehr gerührt über diese Vorsichtsmaßnahme, die er gegen sich selbst und seine alten Erinnerungen ergreift. Aber ich, die ich gesehen habe, um was für eine Frau es sich handelt, und von dem Augenblick an kein Wort mehr von den Märchen aus *Tausend und eine Nacht*, die Sie mir von ihr erzählt haben, glauben mochte, halte die Vorsichtsmaßnahme de Marignys für völlig überflüssig und wertlos.

Es scheint also abgemacht, mein teurer Vicomte: Die beiden werden den Winter vermutlich, ihrem Wunsch entsprechend, hier verbringen. Sie sind jung, sie sind kräftig, sie sind gesund, sie beten sich an, sie wollen alleine sein. Das ist gut so. Aber die beiden Witwen werden nach Paris zurückkehren. Wir überlassen die beiden einander, und wir werden uns diesen Winter in dem rosa-grauen Boudoir in der Rue de Varennes mit Ihnen über sie unterhalten. Wir haben keine Lust, uns um den Anblick eines Eheglücks zu bringen, das unser eigenes Glück ist, indem wir vorzeitig an einem zurückkehrenden Rheumatismus oder einem Katarrh sterben. In unserem Alter ist Kälte tödlich. Zerbrechliche Dinge muß man in viel Watte packen. Die Kälte wird uns von hier vertreiben wie die Schwalben, das einzige, was uns alte Menschen mit den Vögeln des Frühlings verbindet! Wir werden bei den ersten Nordwinden flüchten. Wann das sein wird? Ich weiß es nicht. Der Herbst ist dieses Jahr noch nicht sehr fortgeschritten. Er ist in der Normandie die schönste Jahreszeit. Sie werden bestimmt noch Zeit haben, mir zu antworten und mir von Ihrem Leben dort unten zu erzählen, so wie ich es von meinem getan habe. Was treiben Sie? Was haben Sie vor? Haben Sie diese Vellini wiedergesehen, die ich nicht mehr fürchte? Und tröstet sich die arme Madame de Mendoze endlich, oder besteht sie darauf, zu sterben ...? Schreiben Sie, Vicomte. Ich verlange es. Die Marquise läßt Ihnen durch mich die freundlichsten Grüße ausrichten, die man einem so gleichgültigen Menschen wie Ihnen senden kann. Ich, jederzeit zur Nachsicht bereit, liebe Sie trotz Ihrer Untaten, und ich hülle für Sie tausend Vorwürfe in tausend Zärtlichkeiten, das macht zusammen zweitausend liebenswürdige Dinge, die Sie nicht verdienen.

Y. de Bigorre, Comtesse d'Artelles«

2. KAPITEL

Unbegründete Sorge

Als Madame d'Artelles, die sich zum Schreiben in ihr Zimmer zurückgezogen hatte, den vorstehenden Brief an den ihr dienstbaren Freund Monsieur de Prosny versiegelt hatte, verließ sie die Fensternische, in deren Licht sie ihre Botschaft verfaßt hatte, und ging in den Salon hinunter.

Es war die Zeit, in der sich für gewöhnlich immer jemand dort befand. Es hatte gerade fünf Uhr geschlagen. Zu dieser Stunde hatte Madame de Flers, die das Mittagessen alleine einnahm und tagsüber Monsieur de Marigny, Hermangarde oder Madame d'Artelles bei sich empfangen hatte, ihre Toilette beendet und konnte, wenn nötig, allen Pflichten der Schloßherrin nachkommen. Diese unvergleichliche Witwe, die in unseren Tagen nicht mehr ihresgleichen hat, paßte nämlich die Dauer ihrer Toilette ihrem zunehmenden Alter an. Sie dachte, wie jener junge liebenswerte Weise, der durch seine Gebrechen vorzeitig gealtert war und dessen Mutter zu sein ihrer würdig gewesen wäre: daß man sich *je älter man wird um so mehr schmücken müsse*. In den verschiedenen Phasen ihres Lebens hatte sie sich mit dem Geschmack einer Frau gekleidet, die alle Nuancen beherrscht. An ihrem Lebensabend bewies sie, daß sie die Rolle der alten Frau ebensogut zu spielen verstand wie alle Rollen auf den einzelnen Stufen der Treppe der Zeit, die sie hinabgestiegen war wie in ihrer Jugend die große Treppe von Versailles. »Frauen wie wir«, pflegte sie zu sagen, »sind es sich schuldig, in ihren Spitzen zu sterben.« In ihren Augen durfte man den Purpur nie mehr ablegen, wenn man eine der Königinnen der französischen Aristokratie gewesen war, die im Trianon ihren Fächer als Szepter trugen.

Die Korrektheit der großen Dame, die die Marquise de Flers in ihrer ganzen häuslichen Existenz wahrte, bewies sich auch heute. Man sah sie an ihrem angestammten Platz in ihrem bequemen Lehnsessel sitzen, der vor dem Wandspiegel zwischen Kamin und Fenster stand. Dieser Sessel, bezogen mit heller, durchwirkter, schon etwas vergilbter Seide, und ein zweiter völlig gleicher, wahrscheinlich für Madame d'Artelles bestimmt, waren die einzigen Möbel einer neueren Epoche in diesem weitläufigen Salon, der im Stil Ludwigs XIII. eingerichtet war, und dessen mit hochrotem Samt bezogene Möbel aus geschnitztem Eichenholz eine königliche Pracht ausstrahlten. Diese Sessel stellten übrigens einen eigenartigen Kontrast her. Sie veranschaulichten dem Beobachter deutlich den Wandel der Zeiten und die Verweichlichung der Geschlechter. Diese Frauen, die unter den Bettvorhängen des achtzehnten Jahrhunderts auf die Welt gekommen waren, und die ohne die Französische Revolution nie gezwungen gewesen wären, zu Fuß zu gehen, hätten die Beschwerlichkeit nicht aushalten können, lange in einem jener großen Sessel zu sitzen, in denen Maria de Medici, in ihr Korsett geschnürt, Haltung bewahrte. Ihre schwächlich gewordenen Körper fanden sich gerne in der Bequemlichkeit einer Jugend wieder, die den Zusammenbruch der Monarchie erleben mußte, um die Eigenart einer Rose kennenzulernen.

Als Madame d'Artelles die Portière des Salons hochhob, war die Marquise alleine, wie immer mit bloßen und untätigen Händen: die eine auf die Armlehne ihres Sessels gelegt, die andere auf ein einbeiniges Tischchen gestützt, auf dem Zeitungen, ein paar Bücher, eine Tabakdose und eine Brille in ihrem Etui aus Chagrinleder lagen. Sie schien so abwesend, daß sie ihre Freundin nicht gleich bemerkte. In der Hand, die auf dem Tischchen lag, hielt sie einen gefalteten Brief, den sie in kurzen Abständen immer wieder ansah. Ihre klare Stirn, durchzogen von langen, geraden Falten, verdunkelte sich unter ihren sorgenvollen Gedanken. Manchmal hob sie ihren Blick von dem Brief in ihrer Hand und schaute durch das Fenster auf das Meer, dessen aufsteigende Fluten, die im Abendlicht grüner geworden waren, den kleinen von der Natur gebildeten Hafen, den man Port Carteret nennt, überschwemmten.

Madame d'Artelles wunderte sich über ihre ungewöhnliche Träumerei. Aber die Zerstreutheit reichte in einem Wesen mit einem so wachen Geist, wie Madame de Flers es war, nicht so tief, daß sie nicht das Rascheln des Seidenkleids der

Comtesse gehört hätte. Sie wandte ihrer Vertrauten, die ihr ganzes Leben begleitet hatte und nun ihr Haus mit ihr teilte, ein feines, noch immer schönes Gesicht zu und grüßte sie mit einem kurzen, freundlichen Kopfnicken.

»Wo waren Sie denn, meine Teuerste?« fragte sie unbefangen und aus ihrer Träumerei zurückgekehrt.

»Ich?« antwortete Madame d'Artelles. »Ich habe geschrieben und mich dabei vergessen. Verzeihen Sie, meine teure Freundin; ich hätte wissen müssen, daß Sie alleine hier unten sind, denn es ist noch zu früh für die Rückkehr von Hermangarde und Monsieur de Marigny.«

»Ach, meine Teure, sie haben vollkommene Freiheit«, antwortete die Marquise. »Ich habe Respekt vor der Unabhängigkeit derer, die ich liebe. Ich wäre eine Geißel der Freundschaft, wenn ich Sie nicht für eine Stunde unserem teuren Vicomte de Prosny überlassen könnte.«

»Ja, ihm habe ich geschrieben«, sagte Madame d'Artelles. »Stellen Sie sich vor, er hat mir seit unserer Abreise aus Paris nicht ein einziges Mal geschrieben! Seine Saumseligkeit ist wirklich unerträglich!«

»Er ist eine Schildkröte, was das Schreiben anbelangt«, erwiderte die Marquise, »Sie können tun, was Sie wollen, Ihre bittersten Vorwürfe werden an seinem Panzer abprallen. Wenn es ihm die gleichen Schwierigkeiten bereitet, seine Briefe zu beginnen wie seine Sätze zu vollenden, haben Sie einen schönen Briefpartner an ihm.«

»Sagen Sie von ihm, was Sie wollen!« rief Madame d'Artelles, indem sie ihren Lehnsessel zu ihrer Freundin hinrollte. »Ich bin zu ärgerlich über seine Faulheit, als daß ich ihn Ihnen gegenüber in Schutz nehmen würde,«

Sie setzte sich jedoch nicht … aber mit der Neugier, die Frauen, die sich zu benehmen wissen, sehr gut unter einer gewissen Leichtigkeit zu verbergen verstehen, sagte sie:

»Wie das Meer steigt!« während sie zum Fenster ging, dort

einige Sekunden stehen blieb und die Stirn gegen das Glas preßte.

»Ja«, antwortete Madame de Flers, »es ist Hochflut. Monsieur de Marigny wird nicht daran gedacht haben. Wohin ist er denn mit seiner Frau gegangen? Wenn sie sich zu sehr verspäten, wird der Steg dort unten überflutet sein, und sie werden durchs Wasser waten müssen.«

»Sie machen sich doch nicht etwa Sorgen …?« fragte die Comtesse, indem sie sich umwandte. Und ihr Adlerauge fiel auf den Brief; aber die Marquise drehte die Botschaft in der Hand hin und her, so daß Siegel und Adresse verschwammen, und sie nicht sehen konnte, was sie sehen wollte.

An einem anderen Tag wäre sie nicht von einer solchen Neugier besessen gewesen, die den Gewohnheiten einer Frau von so gesitteter Lebensart unwürdig war, aber beim Eintreten hatte sie den veränderten Gesichtsausdruck ihrer Freundin bemerkt, auf den die kluge Gelassenheit eines seit langem ruhig gewordenen Geists und der Widerschein von Hermangardes Glück für gewöhnlich eine unendliche Heiterkeit legte.

Madame d'Artelles zweifelte nicht daran, daß zwischen dem Brief und der Sorge, die sie zu beherrschen schien, ein geheimer Zusammenhang bestand.

»Nein«, sagte Madame de Flers, »ich mache mir keine Sorgen. Ich habe nur Angst, Hermangarde könnte sich erkälten. Es ist Abend. Wir haben Oktober, und wenn die Sonne untergegangen ist, wird die Kälte am Meer schneidend.«

Die Comtesse ging langsam zu ihrem Lehnsessel zurück und setzte sich.

»Haben Sie sich auf dieselbe Weise beschäftigt wie ich, Marquise?«, fragte sie im natürlichsten Ton der Unbefangenheit, während sie mit ihren Fingerspitzen die Falten ihres Kleides zierlich zurechtrückte. »Ich sehe einen Brief in Ihrer Hand, haben Sie jemandem geschrieben?«

Ein Lächeln huschte über das Gesicht von Madame de

Flers, und sie erlaubte sich die kleine Bosheit, ebenfalls im natürlichsten Ton zu antworten:

»Wem sollte ich schreiben, meine Beste? Ich habe keinen Monsieur de Prosny, den ich rügen könnte. Der Brief, den Sie hier sehen – (Madame d'Artelles sah ihn keineswegs) – ist weder von mir noch an mich. Er ist an Monsieur de Marigny adressiert, und man hat ihn mir eben überbracht.«

Die Comtesse öffnete ihren Arbeitsbeutel und suchte nach ihrer Brille.

»Kommt er aus Paris?« fragte sie, als wolle sie die Unterhaltung forführen, und gab sich den Anschein, der Antwort nicht die geringste Wichtigkeit beizumessen, wobei sie die Goldbügel ihrer Brille in die schönen Trauben ihrer weißen Haare schob.

»Ja, er kommt aus Paris«, antwortete die boshafte Marquise kurzangebunden, mehr um sie zu necken als um sie auf die Folter zu spannen. Es hatte sich schon öfter gezeigt, daß die Marquise Spaß an Neckereien hatte. Das war eine der Ausdrucksweisen dieses wohlwollenden Geistes, in der sich ihre immer vorhandene Herzensgüte bisweilen auf bewundernswerte Art spiegelte.

Madame d'Artelles war an einem Punkt angelangt, wo sie nicht mehr weitergehen konnte. Sie besaß zu viel Takt, um eine Indiskretion zu wagen, selbst gegenüber einer so engen Freundin wie Madame de Flers. Sie fand sich tapfer damit ab und machte sich an ihre Häkelarbeit.

Eine Weile herrschte Stille. Aber die Witwe, die die Comtesse liebte und in diesem Augenblick, wo sie ein beunruhigender Gedanke verfolgte, jemanden brauchte, dem sie sich anvertrauen konnte, gehorchte dem Instinkt ihrer unruhigen Seele. Sie befürchtete keine böswilligen Unterstellungen von seiten ihrer Freundin. War sie nicht Zeuge gewesen, wie Monsieur de Marigny nach und nach alle Vorurteile, die die Comtesse ihm gegenüber hegte, zerstreut hatte …?

»Kennen Sie diese Schrift?« fragte sie, indem sie ihr den Brief reichte.

Madame d'Artelles nahm den Brief, schaute ihn an, hielt ihn unter die Augen, schaute ihn noch einmal an und schüttelte den Kopf:

»Was für eine schauderhafte Schrift!« rief sie aus. »Mein Gott, Marquise ich kenne niemanden, der so schreibt!«

»Es ist die Schrift einer Frau«, sagte die Marquise.

»Einer Kammerzofe«, warf Madame d'Artelles ein.

»Nein«, sagte die Marquise. »Kammerzofen falten ihre Botschaften anders, und sie haben kein solches Siegel. Sehen Sie nur!«

Sie hatten beide in gewisser Weise recht. Es war tatsächlich eine unregelmäßige, schlecht leserliche, weibliche Schrift, aber sie war nicht unsicher. Sie ließ eher eine energische und kühne Hand erkennen. Es war eine jener Schriften, die man extravagant nennt, mit großen Buchstaben mitten in den Wörtern; das Gegenteil, wie Madame d'Artelles richtig erkannt hatte, von jenen eleganten, verschwindend kleinen und schrägen Schriftzügen, deren Charakter darin besteht, keinen Charakter zu haben, und die es deshalb verdienen, von hübschen Frauen gebraucht zu werden, die sonst nichts zu bieten haben.

Aber Madame de Flers hatte auch richtig beobachtet, daß der Brief auf eine aristokratische und untadelige Weise gefaltet und mit einem süßen und gewählten Duft parfümiert war. Das Siegel hatte anstatt eines Wappens in der Mitte eine geheimnisvolle arabische Devise, die die beiden Damen, die keine Orientalistinnen waren, niemals, das sei betont, niemals würden entziffern können.

»Ich weiß nicht warum«, sagte die Marquise, »aber dieser Brief beunruhigt mich. Sein Äußeres ist mir nicht geheuer. Seit seiner Heirat hat Monsieur de Marigny nichts ähnliches erhalten. Ich bin abergläubisch, wenn es um das Glück Hermangardes geht. Ich habe das Gefühl, in den Falten dieses Briefes steckt eine Bedrohung.«

»Mein Gott«, überlegte Madame d'Artelles, »könnte es sein, daß diese alte Maitresse, die bisher stillgehalten hat, ihren Sinn ändert ...?«

Sie hatte an den entsetzlichen Verdacht gerührt. In den vier Augen der zwei Frauen blitzte derselbe Gedanke auf, als sie sich anschauten.

»Das ist gut möglich«, fuhr die Comtesse fort. »Sie hat sich vier Monate lang tot gestellt und plötzlich ersteht sie wieder auf. Es ist soweit. Sie denkt, nach vier Monaten sei das Glück, eine junge und schöne Frau zu haben, schon ziemlich alt und abgenutzt, und Marigny müsse sich entsetzlich langweilen bei diesem Glück. Sie hat ihm gerade genug Zeit gelassen, den Geschmack daran zu verlieren, und schon setzt die Verfolgung wieder ein. Nun, meine Kleine!«, fügte Madame d'Artelles heiter hinzu, »du täuschst dich, wenn du an einen Erfolg glaubst. Monsieur de Marigny ist noch heftig verliebt in seine Frau, und du hast den Stil und die reizende Handschrift in deinem Liebesbrief umsonst bemüht!«

Madame de Flers mußte lächeln, als sie die fröhliche Sicherheit von Madame d'Artelles sah. Sie fragte sich, ob diese Frau, die so heiter reagierte, dieselbe sei, die der Ehe zwischen de Marigny und Hermangarde einen so großen Widerstand entgegengesetzt hatte. Diejenige, die die größte Furcht gezeigt hatte, zeigte heute das größte Vertrauen. Madame de Flers kannte die menschliche Natur zu gut, um sich darüber zu wundern. In Madame d'Artelles hatte eine echte Reaktion stattgefunden. Und ist es nicht jeder Reaktion eigen, daß sie den Geist in eine Richtung lenkt, die der bisher verfolgten genau entgegengesetzt ist? Da das Vertrauen der Marquise tiefer verankert gewesen war als das Mißtrauen Madame d'Artelles', war ihre Unruhe begründeter als die augenblickliche Sicherheit ihrer Freundin. Ihr Verstand, oder besser gesagt, ihre Gefühle, täuschten sie weniger. Es wurde schon gesagt, aber man kann es nicht oft genug wiederholen, daß die Marquise Madame d'Artelles überlegen war, trotz der Überzeugung der *Schwätzer* vom Faubourg Saint-Germain, die glaubten, ihr Wohlwollen genug strapaziert zu haben, wenn sie ihr zugestanden, die Liebenswürdigere zu sein. Sie zitterte im übrigen nicht ohne Grund. Sie war gewarnt. Sie kannte Vellinis Geschichte. Sie erinnerte sich an den Bericht, den ihr Marigny eines Abends auf ihre Bitte hin gegeben hatte. Er war wie ein flammendes Gedicht, in dessen Schein sie den auch heute noch möglichen Einfluß dieser merkwürdigen und undurchschaubaren Frau ahnte. Sie hatte sie am Hochzeitstag Hermangardes nicht gesehen. In ihren erfahrenen Augen war die Vellini nicht nur, wie in den flüchtigeren Blicken der Comtesse, eine Frau, der Jugend und Schönheit mangelten und deren Reize gefahrlos waren. Sie stellte sie sich immer so vor, wie Marigny sie gemalt hatte. »Wenn er sie gemalt hat, wie sie ist, welche Macht!« dachte sie; – »und wenn er sie nicht gemalt hat, wie sie ist, erst recht: welche Macht, daß sie einen solchen Maler aus Marigny machen konnte!«

Aber trotz ihrer geheimen Befürchtungen sagte sie, indem sie der Comtesse die Hand reichte:

»Ihr Vertrauen beruhigt mich, meine teure Freundin.« Und die beiden Frauen schlossen sich mit dem starken und immer jungen Gefühl einer unsterblichen Zuneigung bewegt in die Arme, wie man es angesichts einer zu erwartenden Gefahr tut.

»Ja, beruhigen Sie sich, beruhigen wir uns!« erwiderte Madame d'Artelles. »Ist der Brief von dieser Vellini? Und wenn er von ihr ist: Ich habe sie gesehen; wir erweisen ihr zuviel Ehre, wenn wir beim ersten Zeichen ihrer mageren Hand zu zittern beginnen. Was macht ein Brief denn schon? Monsieur de Marigny, der durch seine Liebe meinen anhaltenden

Zweifel an seiner Liebe besiegte, hat hier in den Mauern dieses Schlosses, wo wir seit fast fünf Monaten keinen Menschen empfangen haben, sehr schnell und gründlich die Pariser Gesellschaft, deren Sklave er zu sein schien, vergessen, ebenso wie seine Clubfreunde, seine schlechten Gewohnheiten eines Lebemanns und seine Spielleidenschaft, die schlimmer war, als alles andere. Wir sollten daher nicht gleich beim ersten Brief, den eine verlassene Frau ihm schreibt, den Kopf verlieren. Ja, wenn wir in Paris wären! Dort hätte man vielleicht Grund, Nachstellungen oder eine Begegnung zu befürchten; aber hier, in hundert Meilen Entfernung! Hier, in dieser entlegenen Gegend, in der Marigny den Winter verbringen will! Und außerdem, meine Liebe, Sie wissen doch: Was ist ein Brief für Männer! Selbst die besten brauchen in der Liebe die persönliche Gegenwart. Und obendrein glaube ich nicht«, fügte sie hinzu, »daß eine Frau wie diese Vellini jemals wie *La Religieuse Portugaise* schreibt!«

Die Marquise sagte zwar ja zu allem, aber, und das gestand sie ihrer Freundin nicht, unter der auf das zerfurchte Elfenbein ihrer Stirn zurückgekehrten Ruhe vernahm sie ein beunruhigendes Murmeln in ihrem Innern. Den fraglichen Brief hatte sie auf das Tischchen gelegt, das neben ihr stand, aber von Zeit zu Zeit nahm sie ihn gegen ihren Willen in die Hand und betrachtete ihn. Ihre schwachen Augen konnten die Schrift nicht mehr lesen. Um diese Jahreszeit geht die Sonne rasch unter. Sie war bereits hinter einer Nebelbank verschwunden. Im Salon dämmerte es plötzlich, und die Möbel und die Tapeten nahmen eine dunkle Farbe an. Die Comtesse legte ihre Handarbeit beiseite und trat noch einmal ans Fenster. Das Meer stieg immer noch, und der Hafen, schon völlig überschwemmt, wurde eins mit der grünlichen Wasserfläche, die in der Ferne, besetzt mit Schaumkronen, die Sandstrände eroberte.

»Ich melde Ihnen«, sagte sie, »Monsieur de Marigny und

seine Frau. Sie steigen gerade am Fuß der Mauer des großen Hofs aus dem Boot. Sie haben recht gehabt, meine teure Freundin; der Steg stand wohl unter Wasser.«

Fünf Minuten später traten die beiden, von der Marquise und Madame d'Artelles schon erwartet, in den Salon, ohne zu ahnen, daß gerade von ihnen gesprochen worden war, und daß sie der Gegenstand erneuter Unruhe seitens der beiden Frauen waren, die ihr Leben so vorausschauend und besorgt begleiteten, daß sie sie zu Schildwachen ihres Glücks hätten berufen können.

Madame de Marigny umarmte ihre Großmutter, während ihr Mann respektvoll Madame d'Artelles' Handschuh küßte.

»Liebes Kind, ihr seid zu spät zurückgekommen bei diesem Hochwasser«, sagte die Marquise, als sie die kühle Feuchtigkeit spürte, die ihre Enkeltochter in den Haaren und in den Kleidern mitbrachte. »Wenn du dir eine Krankheit holtest, würde ich sterben. Klingeln Sie bitte, Marigny, damit man rasch Feuer bringt, und sie ihre Kleider trocknen kann.«

»Ach, gute Maman, machen Sie sich keine Sorgen«, sagte sie; »Es ist nur etwas Gischt und Schaum auf mein Kleid gespritzt, während wir im Boot die Stelle passierten, wo der Steg unter Wasser liegt; man sieht nicht einmal mehr das Geländer. Mir war nicht kalt, und ich bin nicht empfindlich. Ich härte mich für unseren Winter in Carteret ab. Als Frau eines Liebhabers des Meeres muß ich mich ja an die See und an den Wind gewöhnen!«

Während sie sprach, hatte man Feuer und Kerzen gebracht, und man konnte den glücklichen, koketten, zufriedenen Blick der Rivalin sehen, den sie bei diesen Worten jenem Liebhaber des Meeres zuwarf, der noch viel mehr der ihre war!

Sie stand vor dem Kamin und hielt ihre grauen, vom Meerwasser durchnäßten Stiefelchen über die prasselnden Flammen des Rebenholzes. Auf ihrem Spaziergang hatte sie gegen die plötzliche Abendkühle einen bläulichen Seidenumhang getragen, und nachdem sie ihren Hut abgenommen hatte, hatte sie die Kapuze über die Stirn gezogen. Beflissen, ihre Großmutter rasch zu begrüßen, hatte sie die Kapuze nicht zurückgeschlagen, und in dieser Art Heiligenschein aus sich bauschender Seide war sie, trotz ihrer achtunggebietenden Schönheit, hübsch wie die Laune selbst. Aus den schönen goldenen Schlangen ihrer blonden Haare tropften Schaumperlen auf ihre durchsichtigen, durch die Heirat etwas bleicher gewordenen Wangen, auf die der Seewind für eine Stunde den Schimmer der Jungfräulichkeit zurückgebracht hatte. Mit ihren feuchten Wimpern, den feuchten Lippen, den feuchten Augen, die durch den Tau der Nacht und des Meeres, der sie in allen Farben schimmern ließ, noch feuchter zu sein schienen, strahlte sie eine so zerbrechliche Schönheit aus, daß man fast Angst hätte bekommen können, sie werde beim Trocknen an dieser gewöhnlichen irdischen Flamme wie ein Regenbogen vergehen.

»Monsieur de Marigny«, sagte die Marquise, indem sie ihm den Brief reichte, »man hat mir einen Brief für Sie übergeben, er kommt aus Paris.«

Marigny dankte, nahm den Brief, brach das Siegel und las ihn im Licht der Kerzen, die auf dem Kamin standen. Hermangarde, deren Herz von einer bewundernswerten Vertrauensseligkeit erfüllt war, zeigte nicht die unbesonnene Neugierde jener jungen Frauen, die alles wissen wollen, und die mit einem geschmacklosen Eifer hinter dem Siegel der Briefe, die an ihre Männer adressiert sind, herspionieren. Nein! Sie war anders als ihre Geschlechtsgenossinnen; sie liebte genug, um ruhig zu sein, und sie war zu stolz, um nicht zurückhaltend zu sein. Während Marigny las, hatte sie ihren Handschuh ausgezogen und strich sich halb träumend mit dem Rücken ihrer schönen Hand die nassen Haare, die in den Grübchen ihres lächelnden Mundes festklebten, aus dem Gesicht.

Aber auch wenn sie Marigny nicht ansah, so taten es doch die beiden Witwen an ihrer Stelle. Ihre forschenden Blicke ließen ihn nicht aus den Augen.

Er, der nicht ahnte, daß er das Ziel einer doppelten und ängstlichen Beobachtung war, las den Brief, ohne mit der Wimper zu zucken, mit unbewegtem Gesichtsausdruck und aufmerksamem, aber ungerührtem Blick. Als er am Ende angelangt war, zerknüllte er ihn in seinen ruhiggebliebenen Händen und warf ihn ins Feuer.

Dann faßte er seine Frau, die, immer noch in ihren bläulichen Umhang gehüllt, ihm gegenüber am Kamin stand, plötzlich um die Taille und küßte sie mit einer keuschen Verehrung zwischen die Augen, dorthin, wo er sie, man wird sich daran erinnern, zum ersten Mal geküßt hatte.

In dieser reinen und einfachen Liebkosung lag eine so wahre Liebe, daß die beiden Witwen sich einen verständnisinnigen und triumphierenden Blick zuwarfen.

Ihre Sorge war verflogen.

3. KAPITEL

Ein halkyonisches Nest

Wenn alles auf der Welt seinen Schauplatz hat, so ist die Meeresküste in der Tat derjenige, den Gott für die glückliche Liebe geschaffen hat. Unter dem höheren Gesichtspunkt der Analogie ist für das Schönste, das es in der menschlichen Seele gibt, und für dessen Auftritt und günstige Entfaltung, allein der schönste Ort angemessen, den die Natur zu bieten hat. Nur dort ist – für denjenigen, der ein Gefühl für Harmonie besitzt– der Rahmen des Bildes würdig. Die Natur ist zwar überall schön und gewaltig, aber sie geht nicht diese dreifach strahlende Ehe zwischen Erde, Himmel und Ozean ein, die so gut geeignet ist, wie ein neuer Spiegel Armidas die viel geheimnisvollere Ehe zweier Herzen widerzuspiegeln. Die Dichter haben dies übrigens richtig erkannt. Hat nicht der vielleicht Größte von allen das neue Bild einer erhabenen Liebe wahrer Leidenschaft und Unschuld in den Buchten einer der Kykladeninseln aufgehängt? In jedem Liebenden steckt ein großer Dichter. Hermangarde und Marigny hatten dem richtigen Instinkt der Liebe nachgegeben, als sie die Meeresküste wählten, um dort den Honigmond zu verbringen, der – wie der sichtbare Mond – am Wasser milder leuchtet.

Hermangarde kannte das Meer noch nicht. Dieser große Gedanke fehlte in ihrem Geist. Sie hatte ihn sich in dem Augenblick aneignen wollen, als ihre Seele auf dem Höhepunkt ihrer Kräfte angelangt war und sich durch die Teilhabe an allen Facetten der Liebe weiter entfaltete. Marigny, der Abenteurer Marigny, der so viele Leben gelebt hatte, empfand nicht mehr jenen süßen Rausch der erstmals erwachenden Kräfte und jenen köstlichen Schwindel des Herzens, der den Menschen glauben macht, er sei nur deshalb, weil er geliebt wird, ein Gott; aber er war am Meer zur Welt gekommen und, wie er sagte, »mit den Füßen in den Wellen« großgeworden, und von all seinen Erinnerungen an die Kindheit war der Gedanke an die Zeit, die er am Ozean verbracht hatte, der einzige, der nicht schmerzlich war. Verjüngt durch das unerwartete Glück seiner Gefühle für Hermangarde, das ihn eigentlich hätte zittern lassen müssen – denn so viel Glück mußte ins Gegenteil umschlagen –, verlor er sich mit der Gott versuchenden Sicherheit des Spielers in dem Leben, das ihm das Schicksal an dieser weiten Küste bescherte, deren Felsenriffe den glücklichen jungen Mann nicht einmal an die Möglichkeit eines Schiffbruchs gemahnten!

So hatten beide, Marigny und Hermangarde, ihre Gründe, sich dort, wo sie waren, wohlzufühlen und das kleine Dorf

Carteret, das Madame d'Artelles nicht leiden konnte und zu unrecht verachtete, allen anderen Gegenden vorzuziehen. Die Comtesse fand das Herrenhaus von Carteret weniger bequem und weniger schön eingerichtet als das Schloß von Flers, das im Land lag und durch seine Wälder vor den Herbststürmen geschützt war. Wie ein Großteil der Frauen ihrer Zeit hatte Madame d'Artelles außer der Liebe keinerlei romantische Gefühle. Die gewaltigen Schönheiten der Natur, ihre wechselnden Ansichten, ihre karge, manchmal erhabene Einfachheit sprachen dieses Geschöpf des achtzehnten Jahrhunderts nicht an, das aus den Erfahrungen seines gesellschaftlichen Lebens nur viel Geist und Witz davongetragen hatte und jene Güte, die sich nicht verliert, wenn man in der Jugend eine zärtliche Seele sein eigen nannte. Sie sah daher nicht, sie konnte nicht sehen, was Hermangarde und Marigny an dieser Küstenlandschaft so gut gefiel. Sie war ungerecht und blind; denn auch ohne verliebt zu sein wie die beiden und ohne das Netz göttlicher Illusionen zu besitzen, das die Liebe über alles wirft, ist es doch erlaubt, Carteret einen der malerischsten und ursprünglichsten Orte der normannischen Küste zu finden. Man wird es aus dieser getreuen Skizze ersehen, die aus der Perspektive einer langen Abwesenheit entworfen und durch die Erinnerung illuminiert ist.

Es ist ein Dorf mit zwei Gesichtern, einem heiteren auf der einen Seite und einem ernsten auf der anderen, das am Fuß einer mächtigen Felswand liegt: einer Art natürlicher Festung, die sich auf der Spitze der Halbinsel des Cotentin erhebt. Gegenüber liegt Jersey – Jersey, diese Zwitterinsel, die nicht französisch und auch nicht englisch ist, obwohl sie zu England gehört. Die Überlieferung dieses Küstenstreifens berichtet, daß in einer lange zurückliegenden Epoche über diese Meerenge, die sich inzwischen durch den Abbruch der Klippen vergrößert hat, eine Holzbrücke führte. Was es mit diesen Erinnerungen, die durch Generationen weitergegeben werden, auch auf sich haben mag, Carteret und Jersey schauen einander an und aus solcher Nähe, daß man fast sagen könnte, sie sähen sich in die Augen. Von einem Ufer zum anderen erkennt man sie verschwommen oder deutlich am Horizont – dunkelblaue Flecken im Nebel, weiße Häuserumrisse bei klarem Wetter. Wenn man den Fuß dieser zerklüfteten Felsen betrachtet, die jeden Tag mehr von der anbrandenden Flut untergraben werden und deren zahllose ausgespülte Brocken draußen im Meer einen Gürtel gefährlicher Riffe bilden, ist man tatsächlich versucht, dieser Überlieferung einer Nachbarschaft in früheren Zeiten Glauben zu schenken. Der Hafen, der sich vor der Felswand öffnet und sich bis unter die ersten Häuser von Carteret eingräbt, wird den Seeleuten durch eine Art grober Leuchttürme angezeigt – zwei im Wasser verankerte Holzpfosten, die aus der Ferne wie die Masten eines untergegangenen Schiffs aussehen. Früher wurde der Zugang zu diesem kleinen natürlichen Hafen im Falle eines Kriegs durch einen mit Schießscharten versehenen breiten Turm bewacht, der in die Felswand eingelassen war und dort Halt fand. Dieser Turm hieß der Ausguck. Auf seiner einsamen Plattform fand man noch vor wenigen Jahren ein Kanonenrohr großen Kalibers, das dort, ohne seine Laffete, dem Regen und dem Rost überlassen war. Von diesem erhöhten Standpunkt aus überschaut man das Meer und den Strand, dessen gelber, durch Ebbe und Flut zerschnittener Sand von einer wellenförmigen Linie glitzernder Schaumkronen gesäumt wird, die sich unterhalb von Les Rivières – welch reizender Spottname für dieses Dorf, in dem es außer jenen Gräben, die das Meerwasser bis zum Fuß der Ginsterbüsche durch den Sand zieht, keine Flüsse gibt –, dann unterhalb von Saint-Georges – einer Pfarrei mit einem halb englischen, halb normannischen Schutzpatron – entlangschlängelt, und sich schließlich mehr als eine Meile dahinter bei Portbail verliert. Das ist im eigentlichen Sinn die stolze und schöne Küste von Carteret, die Küste, die poesie-empfänglichen Menschen teuer ist. Zu ihrer Rechten das unendliche Meer, vor ihnen die riesige Sandfläche, die der Wind an manchen Stellen zu Dünen verweht, die dicht und hoch genug sind, daß der Zollbeamte, der die Küste bewacht, sich darin einen Unterschlupf für die Nacht und schlechtes Wetter einrichten kann, zu ihrer Linken, den Horizont im Osten begrenzend, wie das Meer ihn im Westen abschließt, die braunen Dächer von Barneville und der merkwürdige viereckige Glockenturm seiner Kirche, der vielleicht Belagerungen überstanden hat: dieses ganze etwas herbe aber großartige Ensemble muß träumerisch veranlagte Gemüter gefangennehmen. An einem nebligen Herbstabend, wenn die Möwe schreiend mit ihren zitternden Flügeln über die Wellen streift und das Meer stürmisch und bewegt ist, könnte die bleiche Minna Walter Scotts dort erscheinen, um ihren Cleveland auf den rauhen Höhen dieser Klippen mit ihren von den Fluten heimgesuchten Höhlen zu erwarten und sich auf den Hebriden zu glauben.

Aber wenn man dem Meer den Rücken zuwendet und der Linie des Hafenbeckens folgt, ändert sich das Bild und nimmt einen anderen Charakter an. Das Dorf kommt in den Blick, das auf dem unberechenbaren Sand erbaut ist. Jedes Haus hat seinen Weinstock, seinen Feigenbaum und seinen kleinen Garten, dessen frische Farben, auch wenn die Vegetation unter dem salzigen Küstenwind etwas spärlich wächst, für die vom blendenden Glanz der Sandfläche ermüdeten Augen eine Wohltat sind. Die ersten Häuser des Dorfs – das Herrenhaus Madame de Flers' ist eines davon – sind fast alle von einer Hof- oder Gartenmauer mit einer äußeren und einer inneren Treppe umgeben, die auf das Ufergeröll führt und deren Stufen das Meer bei hoher Flut überspült wie die Treppenstufen von Venedig. Hinter dieser weißen, sauberen Häuserzeile erhebt sich der Kirchturm inmitten einer Baumgruppe, die den Reisenden, der versucht sein könnte, dies zu vergessen, an das üppige Pflanzenwachstum in der Normandie erinnert. Sechzig Schritte entfernt von den an diesem Uferwinkel so harmonisch zusammenstehenden Häusern, führt ein aus Balken und großen, hintereinander im Wasser liegenden Steinen errichteter roher Steg über einen der Meeresarme, die sich häufig in den Rillen der Strände bilden. Dieser Steg, der bei Flut unter den langsam ansteigenden Wellen verschwindet, und den Monsieur und Madame de Marigny an jenem Abend, als sie spät von ihrem Spaziergang zurückkehrten, überschwemmt vorfanden, bildet die Grenze von Carteret. Nach dem Steg finden sich noch ein paar mit Seefenchel und Gestrüpp bewachsene Stellen; dann betritt man Ackerland, Felder mit Weizen, Hanf und Gerste, die sich bis Barneville und zu den benachbarten Dörfern erstrecken.

So sah, mehr angedeutet als genau beschrieben, der Ort aus, für den Mademoiselle de Polastron nach ihrer Heirat, zusammen mit ihrem Mann und ihrer Großmutter, der Marquise de Flers, Paris verlassen hatte. Bei einem jungen Mädchen, das nichts anderes gesehen hat als Vichy und Plombières, wohin ihre Großmutter sich manchmal begab, mußte dieses abgelegene, rauhe und vor allem einzigartige Land, diese wilde Spitze an der Küste von La Manche einen Eindruck herber Süße hinterlassen. Alles zog ihre Blicke auf sich, nichts erregte ihren Anstoß. Die Bevölkerung unter der sie lebte, war klug und trotz aller Derbheit nicht ungehobelt. Die Armut hatte sie nicht entwürdigt. Das Meer ernährte sie, denn diese Küste, die karg zu sein scheint, ist ganz im Gegenteil reich an allen Arten von Fischen. Man findet hier in unerschöpflichen Mengen Steinbutte, Schollen, Rochen, breit wie Fächer, Seezungen, deren plattes Fleisch wie das Meer gewellt ist, den Sandaal, den man im Sand fischt, den Knurrhahn mit seinen zartrosa Flossen, der vielleicht identisch mit dem Delphin ist, von dem uns die Alten so viel erzählt haben;

schließlich die besondere Zierde der normannischen Tafel, die Streifenbarbe, diese Schnepfe des Meeres, was den delikaten Geschmack des Fleisches betrifft, und deren zerquetschte Leber purpurfarben ist. Auch Muscheltiere gibt es im Überfluß: die Krabbe, die sie *clopoint* nennen; den Hummer mit einer tiefblauen Schale; Garnelen, weiß und durchsichtig wie Perlen; die *vrelins*, lebende Spiralen in geheimnisvollen Gehäusen, die man mit Nadeln ißt; kurzum alle Arten dieser Meerestiere. Das ist das sich unaufhörlich erneuernde Glück, der natürliche Reichtum der Bewohner dieser Küste. Sie fischen alle, die einen, um davon zu leben, die anderen, um ihre Fische auf den benachbarten Märkten zu verkaufen. Aber Hermangarde war weniger an den Sitten dieses Landes interessiert als am Meer selbst. Sie hatte einen Teil Frankreichs durchquert, weil sie neugierig auf das große Wunder war, das sie nur auf der leblosen Leinwand der Maler gesehen oder sich in ihren Gedanken ausgemalt hatte. Bisher hatte ein anderer Traum, der Traum, der alles andere zerstört, mit seiner Flamme das schöne Traumbild, das sie sich vom Ozean machte, verdunkelt. Aber da der erste Traum nun zu ihrem Leben geworden war, wollte sie, daß der zweite sich auch verwirklichte. Er tat es, und es war ein Glück im Glück für sie, eine Freude der Seele, die sie durch die Augen erreichte. Sie liebte. Sie bewunderte. Sind Liebe und Bewunderung nicht Schwestern? Nie würde sie die Stunde vergessen, wo der erste Eindruck des Meeres ihre Seele erfüllte. Es war Abend … ein glühendheißer Sommerabend. Sie war den ganzen Tag im Reisewagen gefahren, als plötzlich an einem bestimmten Punkt der Fahrt unter großem Getöse von den Pferdehufen aufgewirbelter Wasserschaum an der Kutsche hochspritzte. Die Pferde trabten durch jenen flußartigen Meeresarm, der die Grenze von Carteret bildet. Die Sonne war schon vor einer Stunde verschwunden. Aber nicht nur die Stelle ihres Untergangs, der ganze Abendhimmel war purpurrot. Dunstschleier von verklingendem Rot ertränkten den Horizont, vor dem sich die erhabenen Konturen der dunklen Felswand abzeichneten; und das Meer, das anstieg – das sich Hermangarde majestätisch zu nähern schien, so wie Hermangarde sich ihm näherte –, schien unter dieser in Purpur getauchten Luft, die alles mit ihrem sieghaften Licht durchdrang, die alles umfloß wie das aufgewühlte Blut der unsterblichen Natur, in seinem Alabasterschaum Rosentang mit sich zu führen. Es war ein elysisches Schauspiel. Hermangarde nahm es, den Kopf an die Schulter ihres geliebten Ryno gelehnt, in sich auf. Dieser erste Eindruck, dieses Meer, das in Flammen stand wie ihr Herz, dieser Abend mit seiner glühenden Melancholie, der so gut auf all das, was in ihr brannte, antwortete, machten ihr das kleine Dorf Carteret, in das sie kam, um ihr Leben den Blicken zu entziehen, heilig. Sie fühlte, daß sie hier glücklich sein würde. Nichts wies sie darauf hin, daß sie hier einmal Kummer und Leid einholen könnten. Von Begeisterung erfüllt, sah sie nicht, wie alt (und eingestandenermaßen etwas trübselig) das Herrenhaus war, vor dessen Portal ihre Großmutter sie aussteigen ließ. Sie durchquerte fröhlich den mit Kieselsteinen gepflasterten Hof und die lange Galerie, deren Wandfüllungen im Wind, der durch die Spalten der schlecht schließenden Fenster eindrang, klapperten. Als die Marquise endlich zu Bett gegangen war, zog sie Marigny zu der Treppe an der Mauerböschung, die zum Strand führte. Sie setzte sich auf die Granitstufen, als wäre sie eine einfache Fischersfrau aus der Gegend. Das Wasser war zurückgegangen. Der Himmel war klar, und die Sterne spiegelten sich auf der kaum gekräuselten Oberfläche des Hafens und in den runden Gräben, in denen sich das Wasser um die freiliegenden Felsbrocken sammelte. Marigny, der sich über die jugendliche Ausgelassenheit eines Wesens, das ihm so nahe stand, freute, ließ ihr ihren Willen. Er legte nur seine Arme und seinen Mantel um sie, zum Schutz vor dem kühlen Seewind. »Welch reizende Landschaft!« sagte sie, indem sie mit ihren großen Augen, in denen das geheimnisvolle Blau der Sterne widerleuchtete, zu ihm aufschaute, »das wird unser halkyonisches Nest werden«. Und von da an trug Carteret, das Fischerdorf, das bei Flut auf dem Meer zu schwimmen scheint, in all ihren Unterhaltungen nur noch diesen Namen.

Seit jenem Abend und jenem ersten Eindruck liebten sie dieses Dorf, dem Hermangarde einen so wilden und so sanften Namen gegeben hatte, nicht nur, weil es der Ort ihrer Liebe war, wie Madame d'Artelles gesagt haben würde, sondern auch, weil sie es wert waren, alle Sprachen der Natur an dieser abgelegenen Küste zu verstehen, die nur ein paar Fischer, einfache Menschen, und eine kleine Anzahl von Seeleuten, die im Alter vom Ende der Welt zurückgekehrt waren, beherbergte. Das Leben, das sie dort führten, war nicht mehr das in sich kreisende und enervierende Leben von Paris, das man so oft aufs Land mitbringt. Der Hafen, die Klippen, der lange Sandstrand, die fernen Dünen, die mit Tang überzogenen Felsen, die bei Ebbe auftauchen, waren für sie mehr als ein Seegemälde, das im großen Salon von Madame de Flers zwischen den beiden Vorhängen des Fensters hing, um es durch dieses betrachten und sich daran erfreuen zu können. Ihre Tage in Carteret vergingen nicht auf diese gemächliche und bequeme Weise. Sie bewunderten die Gegend nicht aus der Distanz. Ihre jugendlichen Gefühle machten sie unternehmungslustig, und das gemeinsame Glück ließ keine körperliche Erschöpfung aufkommen (die einzig denkbare Form der Ermüdung), so daß sie die herbe Poesie der Küste, wie diese es verdiente, in ihrer einzigartigen Größe nach und nach kennenlernten. Die ganze Zeit, die sie nicht der vortrefflichen Marquise widmeten, verbrachten sie damit, die Gegend in allen Richtungen zu durchstreifen, und sie kannten sie bald in- und auswendig. Manchmal drangen sie in die bebauten Gebiete vor, aber am liebsten gingen sie einfach, den Windungen der Küste folgend, vor sich hin. Zum Glück kannten sie inzwischen die Gezeiten, denn die Spaziergänge können leicht gefährlich werden, wenn man zu lange auf den von der Flut bedrohten Stränden verweilt. Manchmal sah man sie auch auf den dunkelgrünen Höhen der Felswand oder in deren tiefen Höhlen. Nach ein paar Monaten gab es keine dieser in den Fels gegrabenen Spalten und keines dieser Kaps mehr, wo sie nicht gewesen waren. Die Krevettenfischerin, die mit ihrer Kiepe auf dem Rücken und dem Kescher über der Schulter barfuß nach Hause zurückkehrte, und der Zollbeamte, der drei Schritte vor seinem Unterschlupf saß und rauchte, sahen sie aus der Ferne dort oben sitzen, versunken in den Anblick des Meeres, mit den Füßen über dem Abgrund baumelnd, als wären sie zwei Verliebte aus der Gegend und von Jugend an gewohnt, diese furchterregenden Klippen zu besteigen. Manchmal schoß Marigny mit seiner Flinte Möwen, während die schöne Hermangarde, unbekümmert um ihren Teint, den die Seeluft und die Sonne schon zu bräunen begannen, Meerfenchel pflückte. Lange Spaziergänge, unterbrochen von göttlichen Unterhaltungen mit dem tausendfachen Reiz der Intimität! Ach! Sie vergaßen Paris und die Welt und alles, es gab nur noch sie und diese Einsamkeit! Wenn sie ein Sturm, ein Regenguß oder ein Gewitter überraschte und sie zwang, im zerklüfteten Innern eines dieser Felsen Schutz zu suchen, dann glich Hermangarde in ihrer steinernen Nische einer übernatürlichen Erscheinung. Für eine Madonna, für eines dieser einfachen, bleichen, bei den Matrosen so beliebten Heiligenbilder war sie zu stolz und zu großartig; aber mit ihrer achtunggebietenden Gestalt und ihrem vom Wind gepeitschten Kleid, hätte sie eine lebhafte Einbildungskraft für den Genius und die Gebieterin des Sturms halten können. So verbrachten sie ihre Tage damit, sich das abgelegene Land und seine wilden Sitten so gut sie konnten zu eigen zu machen. Hermangarde fürchtete sich nicht einmal davor, mit ihrem Gatten die Fischerboote zu besteigen, die während der Flut an der Küste entlangfuhren. Madame de Flers hatte sich mit diesen kleinen Expeditionen nicht ganz einverstanden gezeigt. »Was befürchten Sie denn, Maman?« hatte Hermangarde ihr im Hochgefühl des Vertrauens geantwortet und dabei auf ihren Gatten gezeigt, »habe ich nicht meinen Glücksstern …?« Und die Marquise, die die unerschrockene Seele einer Frau ihrer Abkunft besaß, hatte nachgegeben. Im übrigen sollte man nicht übertreiben, die Gefahr, der sich ihre Enkeltochter aussetzte, war nicht sehr groß. Die Küstenbewohner dieser Gegend, die von frühester Jugend an mit dem Meer vertraut sind, lenken ihre Segelboote, die allgemein Nußschalen genannt und zum Fischen oder zum Schmuggeln gebraucht werden, mit einer beruhigenden Beherztheit. Sie besitzen die Kühnheit und Geschicklichkeit des bretonischen Seemanns, der an der Küste ihr Nachbar und auf dem Meer ihr Rivale ist. Sie sind Normannen. Sie sind die Abkömmlinge der Piraten, die Karl den Großen zum Weinen brachten und die auf leichten Weidenbarken den Boden eroberten, in dem sie sich festhakten wie ein Anker, der sich nie wieder heben läßt.

4. KAPITEL

Der Antwortbrief

Die Comtesse d'Artelles hatte den Vicomte de Prosny auf das Spiel neugierig gemacht. Wenn die vortreffliche Dame nur seine Gefühle angesprochen hätte, so wären deren Reste zu spärlich gewesen, um ihn aus seiner egoistischen Bequemlichkeit aufzurütteln. Aber sie hatte ihm so ungewöhnliche Dinge mitgeteilt, unter anderem und vor allem die Kehrtwendung ihrer Meinung zu Gunsten de Marignys, daß sich das Erstaunen, das ihn so häufig erfaßte, auf nie gekannte Weise steigerte. Er mußte sich in einem Brief Erleichterung verschaffen. Obwohl er der Comtesse ergeben war und sie auf seine Art, gewiß nicht sehr überschwenglich, aber doch treu, liebte, war es ihm nicht unangenehm, sich manchmal über seine gute Freundin lustig zu machen, wenn sie ihm inkonsequent oder auf Abwege geraten zu sein schien. Diese kleinen Akte der Auflehnung taten ihm gut. Sie rissen ihn von Zeit zu Zeit aus der doppelten Erniedrigung der Unterwerfung und der Gewohnheit. Es war, als blühe sein Charakter wieder auf. Hinter dem Cicisbeo kam etwas vom Mann zum Vorschein. Unter den gegenwärtigen Umständen war dies ein Grund mehr zum Schreiben. Er beantwortete den Brief prompt; er opferte sogar einen ganzen Abend dafür, denn er schrieb nicht sehr viel leichter als er sprach. Es bereitete ihm Mühe, seine Gedanken zu formulieren, und weder der Überschwang noch die Klarheit waren charakteristische Zeichen seines Genies. Die Witwe Vandœvre, die Madame d'Artelles ersetzte, wartete an diesem Abend vergeblich auf ihn, eine weitere verlassene Frau vor ihrem einsamen Tric-Trac-Spiel.

Sein Brief, der weniger bruchstückhaft und weniger zerhackt war als seine Rede, war ebenfalls weniger wirr als seine Unterhaltung, dieses Muster des Mangels an Logik, der Zusammenhanglosigkeit und der immer obsiegenden Schwierigkeiten. Trotz des häufig eingestreuten *so daß* ..., das sie für gewöhnlich schmückte, war sie geistreich, aber der Geist ertrank in den trüben Fluten eines gallertartigen Wortschwalls. An Tagen, an denen die Marquise de Flers dem Vicomte wohlwollend gesonnen war und sich im Rahmen der von ihm bevorzugten Bilder bewegen wollte, verglich sie seine Unterhaltung mit einem Gericht aus Rühreiern und Spargelspitzen. Die Spargelspitzen waren die manchmal sehr scharfen Epigramme, mit denen er seine Reden würzte.

Hier folgt der Brief des Vicomte Chastenay de Prosny an die Comtesse:

Paris, den 17. Oktober 18…,
Rue Louis-le-Grand, Nr. 5

Meine teure Comtesse, ich habe nie an Ihren vortrefflichen Verdiensten gezweifelt. Ich habe immer, wie es sich gehört, in aller Bescheidenheit gedacht, daß sie den meinen hoch überlegen seien. Habe ich denn andere, als die Gunst Ihrer Freundschaft? Es ist sehr zu bezweifeln, oder vielmehr: nein!, es ist nicht zu bezweifeln. Ich kenne meine Laster. Früher fand ich sie nicht so zahlreich, und heute, wo mir nur noch so wenige geblieben sind, sind es immer noch zu viele. Die Bequemlichkeit ist eines davon, das stimmt. Was die Gicht betrifft, so ist sie weit schlimmer als ein Laster, sie ist eine Krankheit. Sie haben die beiden Gründe für mein langes Schweigen erraten und mir vergeben. Sie haben mir in Ihrer unfehlbaren Güte jenen vollkommenen Ablaß gewährt, den man um so eher erhält, je unwürdiger man seiner ist, denn für wen wäre er gedacht, wenn nicht für die Sünder?

Ich küsse also zum Zeichen meiner Dankbarkeit diese angeschwollene Hand, deren Geschwollenheit, die Sie nicht am Schreiben hindert, anbetungswürdig ist. Ich würde sogar Ihren Pantoffel wie den des Papstes küssen, wenn Sie noch einen hätten, aber man trägt heute keine Pantoffeln mehr. Sie paßten zu den Füßen unserer Jugendzeit, diesen armen Füßen, die davongeeilt sind, als hätten sie Flügel! Ach, Comtesse, erst gestern Abend fragte ich mich, wo diese Füße geblieben sind, als ich die der Witwe Vandœvre anschaute, wirkliche Krüppel, wenn Sie das gerne hören, und deren Gelenke deshalb wesentlich mehr schmerzen als unsere. Ich hatte Ihren Brief am Vormittag erhalten. Ich mußte an Sie denken. »Gesegnet sei Ihre hübsche kleine gichtige Hand, Madame!« sagte ich zu mir, als ich die Schienbeine einer der einst besten Menuettänzerinnen von Versailles in den fürchterlichsten Babuschen stecken sah, die für von der Elephantiasis befallene Gliedmaßen geeignet waren.

Die arme Vandœvre! Wissen Sie, daß es nicht recht von Ihnen ist, Comtesse, mir, trotz der Freundschaft und Güte, die Sie mir entgegenbringen (aber selbst die besten Frauen sind noch grausam), zu sagen, sie ersetzte Sie in meinem Leben und sie übernehme während Ihrer Abwesenheit *interimistisch* Ihre Rolle. Wie sollte das möglich sein? Wie sollte man Sie ersetzen? Man könnte Sie allenfalls ablösen. Aber sie löst Sie nicht ab. Ich habe meine Gewohnheiten im Umgang mit ihr seit Ihrer Abreise kaum verändert. Ich besuche sie nicht häufiger und nicht seltener, weil Sie weg sind. Ich spiele dort zweimal in der Woche mein Tric-Trac und bin mittwochs zum Diner bei ihr. Sie hat niemals vertraulich mit mir geplaudert wie Sie. Sie nimmt nicht mehr am gesellschaftlichen Leben teil wie Sie, die Sie trotz der zunehmenden Jahre nicht gealtert sind. Außer zwei oder drei ewigen Kommandeuren des Saint-Louis-Ordens und ihrem Diener empfängt sie niemanden. Daher erfährt ihr Magazin alter Geschichten keine Verjüngung. Im übrigen, unter uns gesagt, seit ihre *Zipperlein* zunehmen, nimmt ihr Humor ab. Ich glaube, es geht bergab mit ihr … Sie wird eine schlechte Spielerin. Beim Tric-Trac und beim Piquet diskutiert sie jeden Zug. Sehen Sie selbst, Madame, ob das alles dazu angetan ist, den treuesten Ihrer Anhänger für Ihre Abwesenheit zu entschädigen und ihn diese vergessen zu machen.

Nein! Nichts kann dafür entschädigen. Bedenken Sie doch, daß ich Sie, als Sie in Paris waren, jeden Tag, den der liebe Gott gemacht hat, besucht habe; daß ich seit zwanzig Jahren nicht ein einziges Mal meine Perrücke aufsetzte, ohne Ihnen, wie der Königin meines ganzen Lebens, als erster den Anblick der neugewellten Locken zu gönnen! Erlauben Sie mir, es auszusprechen, teure Comtesse: Das ist nicht nur Freundschaft, das ist Ehrerbietung. Ich hätte es mir vorgeworfen, wenn ich die Zeit, die ich mit Ihnen verbrachte, irgend jemand anderem aus Ihrem Bekannten- oder Freundeskreis gegönnt hätte. Ich sage dies, weil Sie mich dazu zwingen, Ihnen das ganze Zartgefühl meines Herzens zu zeigen; weil Ihre Verdächtigungen mein Schamgefühl verletzen. Wissen Sie, was ich getan habe, um die Zeit, die ich Ihnen widmete, niemand anderem zu schenken? Ich habe sie allen geschenkt, das heißt, ich habe sie regelmäßig in meinem Club in der Rue de Grammont zugebracht. Dort spielt man besser Tric-Trac und kann mehr dabei gewinnen als bei der Witwe Vandœvre, und man erfährt mehr als anderswo über das Pariser Salonleben.

Dort, teure Comtesse, habe ich Berichte in den schönsten und buntesten Farben über jene Heirat zu hören bekommen, die heute Ihrer Erbauung dient, nachdem sie Ihnen so lange zum Ärgernis gereichte. Wie! Wie!! Wie!!! Ist es wirklich die Comtesse d'Artelles, die mir schreibt, was ich da lese? Sind es wirklich Sie, die so fest an das schmachtende Eheglück Monsieur de Marignys glauben? Sind es wirklich Sie, die angesichts des grenzenlosen Glücks der Mademoiselle de Polastrons, welche ohne Titel Madame de Marigny geworden ist, von Rührung erfaßt werden und mir dies in einer Prosa berichten, die fast hymnisch klingt? Mein Gott, was für ein Wind hat plötzlich über Ihrer Klippe von Carteret geweht, um Ihre Meinung, die unumstößlich schien, wie eine Wetterfahne in eine andere Richtung zu drehen? … Ja, Erstaunen ergriff mich! Bei meiner Ehre, ich glaubte zu träumen. Ich habe die Gläser meiner Brille gerieben, um besser sehen zu können. Aber ich sah immer dieselbe Sache, eine erstaunliche Sache, eine unglaubliche Sache! Daß Sie der Ritterlichkeit Monsieur de Marignys und dem Glück seiner Frau erlegen sind. Daß Sie über diesen Punkt die Meinung Ihrer Freundin, der Marquise de Flers, teilen. Nun, Sie wird sich – ich bitte Sie, diesen Ausdruck zu entschuldigen – eins in ihren Bart lachen, die Marquise de Flers!

Glauben Sie mir, Comtesse, ich bedaure es unendlich: Warum hat man nicht die öffentliche Meinung von Paris per Post nach Carteret geschickt? Sie hätte sich vielleicht bei dem sprechenden Gemälde der ehelichen Liebe, das Sie behext, auch geändert. Und warum konnte ich mich nicht mit der öffentlichen Meinung auf die Reise machen? ... Da beides nicht möglich war, wird man hier, fürchte ich, weiterhin in der Heirat von Mademoiselle Polastron und Monsieur de Marigny die erste Dummheit einer Frau sehen, die bis dahin keine begangen hat. Ach, daß die gute Marquise de Flers so in Verruf kommen mußte! Es war der erste Fehler, den man ihr nachsagen konnte, aber man rächte sich, weil man so lange darauf hatte warten müssen! Sie wurde zur Zielscheibe des Spotts! Man hat sich sogar auf Ihre Ansicht der Dinge gestützt, teure Comtesse, um seine Pfeile besser zu spitzen! Denn nichts ist angenehmer, als eine Freundin mit ihrer Freundin zu schlagen, wie man ein Glas an einem anderen zerschlägt; jeder Treffer zählt doppelt bei diesem Spiel! Zweifellos dachte man nicht, daß Sie anderen Sinnes werden könnten! Wenn man es erführe, würde es einen schönen Aufstand geben – Hurrarufe und Verwunderung wären die Folge! Der Pariser Spott würde zum großen Halali blasen, und ich würde Qualen ausstehen, wenn ich dabei zusehen müßte, wie Sie von den reizenden Messern der Ironie und des Hohns getroffen würden, die töten und skalpieren und die Ihnen, wenn sie Sie getötet und skalpiert hätten, die Haut über die Ohren zögen. Ach, meine arme Comtesse, ich werde Sie nicht einer solchen Gefahr aussetzen! Ich bin zu sehr Ihr Freund, um Madame de Lally, Madame d'Outremont, Madame de Vanvres und vor allem Ihrer reizenden Kusine, Madame de Bigorre, die, als würdige Verwandte, keine Gelegenheit ausläßt, über Sie herzufallen, diese Freude zu bereiten. Mein Gott! Was für ein

Höllenspektakel würde Ihre Begeisterung neuesten Datums für diesen Taugenichts de Marigny auslösen! Denken Sie doch, Comtesse, seine Freunde, selbst seine besten Freunde können Ihr Vertrauen nicht teilen. Sie verkehren fast alle in meinem Club in der Rue de Grammont, und das, was sie erzählen, bestätigt auf entsetzliche Weise meine eigenen bescheidenen Beobachtungen, auf die ich mir früher, als Sie sie noch ernst nahmen, etwas zugute tat. Diese Freunde sagen, Marigny habe sich mit großer Charakterstärke – die gestehen sie ihm zu – seit zehn Jahren der Herrschaft einer Maitresse unterworfen, die ihre Macht kenne und sie auch weiterhin wie bisher ausüben werde. Eine so lange Vergangenheit sei eine Hypothek auf die Zukunft. Ich glaube, sie haben recht. Wie viele Male hat Marigny mit dieser Frau gebrochen, um erneut zu ihr zurückzukehren, zu einer Frau, die Sie und die Damen des Faubourg Saint-Germain zu unrecht verachten, weil ihre Schönheit nicht den Erwartungen der Salons entspricht, und die dennoch den Geist und die Sinne eines – gestatten Sie mir das Wort – blasierten Mannes gefangenhält, der, wie es scheint, die Sahnetörtchen von Herzoginnen und Comtessen, die er jeden Tag stapelweise und im freien Angebot vor sich sah, satt hatte.

Während er sich dort unten darauf einrichtet, in dem alten Herrensitz seiner Schwiegergroßmutter den ganzen Winter über ein improvisiertes Einsiedlerleben in Liebe und ehelicher Treue zu verbringen, werde ich Ihnen, meine teure Comtesse, brieflich eine Vorstellung davon geben, was seine Freunde in der Zeit in Paris tun! *Gleich und gleich gesellt sich gern*, sagt ein altes Sprichwort. Sie haben sich also nach dem Souper in einem hohen Rat versammelt, diese Doktoren des eleganten Stutzertums, die den Hermelin weder auf den Schultern noch sonstwo tragen, und haben eine großartige Diskussion über die interessante Frage eröffnet, ob unter den gegebenen Umständen die Ehefrau die Maitresse oder die Maitresse die Ehefrau stürzen werde. Überall sind leidenschaftliche Wetten darüber abgeschlossen worden, als ginge es um zwei Pferde oder zwei Jockeys. Ist das nicht entsetzlich …? Ich weiß nicht, wie lange die unverschämte Wette gilt. Aber ich weiß, daß die Vellini, die immer das Gegenteil von dem tut, was man von ihr erwartet, weder durch ihren Lebenswandel noch durch ihr Verhalten zu den dreisten Verdächtigungen dieser Herren Anlaß gibt. Comte Rupert, einer der mitgewettet hat, sagte gestern zu mir: »Man muß zugeben, daß diese Spanierin die Verstellungskunst einer Italienerin beherrscht; man würde nicht auf die Idee kommen, daß sie daran denkt, Marigny seiner Frau wieder wegzunehmen. Sie legt in diesem Punkt eine unbegreifliche Gleichgültigkeit an den Tag, obwohl es in dieser Wette doch auch um sie geht. Ist die Eigenliebe nicht die letzte all unserer Lieben …? Da ich für mein Teil nicht unbedingt meine dreihundert Louis verlieren möchte, wollte ich sie auf andere Weise an meiner Wette beteiligen; aber nichts da! Sie hat mich mit einem Stolz abblitzen lassen, den man ihr, ich weiß auch nicht warum, durchgehen läßt, als sei die Favoritin des Königs Boabdil.«

Rupert hat recht, ich habe die Señora nach der Hochzeit von Monsieur de Marigny besucht, und sie ist mir sehr ruhig vorgekommen und hat sich offensichtlich mit den vollendeten Tatsachen abgefunden; aber wer weiß, vielleicht gewinnt der Teufel am Ende doch. Sie war zwar nicht erregt, aber war sie gleichgültig? Sie zeigte die Ruhe, die ich immer an ihr beobachtet habe, wenn es um die Heirat ihres früheren Geliebten ging: Die Sicherheit eines Menschen, der seiner Sache gewiß ist und an seine Sterne glaubt. Ich muß Ihnen von diesem Besuch erzählen, meine teure Comtesse. Es gab mancherlei Gründe, ihn zu machen: Neugierde und auch Bosheit; denn ich habe es immer noch nicht verschmerzt, wie sie mich an jenem Abend behandelte, als ich sie in Ihrem Auftrag aufsuchte. Erinnern Sie sich daran …? Sie war unverschämt; ich konnte ihr nicht beikommen; nun wollte ich die Gelegenheit richtig auskosten, die mir erlaubte, ihr diese alte Schuld heimzuzahlen. Außerdem hatte ich eine unglaubliche Sache gehört, die ebenso erstaunlich ist wie Ihre gegenwärtige Meinung über Monsieur de Marigny: Am Tag der aufsehenerregenden Hochzeit habe man nach Beendigung der Feierlichkeiten die Señora Vellini gemeinsam mit der Comtesse de Mendoze die Treppe von Saint-Thomas d'Aquin hinabgehen sehen. Und man versicherte, sie seien beide in denselben Wagen gestiegen. Wer erzählte das? Wer hat es gesehen? Man nannte keinen Namen, aber man erzählte es sich hinter vorgehaltener Hand, obwohl jeder in der Öffentlichkeit sagte, das sei lächerlich, absurd, unmöglich. Dieses Gerücht ging mir nicht aus dem Kopf. Ich wollte wissen, was daran ist, und deshalb besuchte ich, ein paar Tage nachdem Sie aufgebrochen waren, die Señora.

Ich traf sie in ihrer Wohnung in der Rue de Provence an, die sie immer noch bewohnt. Man sagte mir, sie sei mit ihrer Toilette beschäftigt, denn es war drei Uhr, und sie richtete sich zum Ausgehen. Ich machte es wie der frühere Großsiegelbewahrer Frankreichs an der Tür des Königs, ich klopfte dreimal kurz, und erlaubte mir einzutreten. Sie saß vor einem großen Spiegel, in einen luftigen, schwefelgelben Morgenmantel gehüllt, der ihre ungläubigen Schultern bedeckte, und schien auf jenen Mantel zu warten, den der Teufel ihr eines Tages im Boudoir der Hölle umlegen würde, und der wirklich aus Schwefel bestünde. Eine kräftige Zofe, die sie Oliva nennt, und die tatsächlich in meinen Augen das schönste weibliche Tier ist, das jemals mit seinen Blicken die Sinne eines Christen angefacht hat, stand hinter ihr und hielt in ihren kräftigen, von Gesundheit und Jugend rosigen Händen die schwarzen Haare der Señora, um sie zu frisieren. Ich habe, nebenbei gesagt, außer der Duthé und der Señora Vellini niemanden gekannt, der den noblen Mut besessen hätte, Zofen von einer alles überstrahlenden Schönheit bei sich zu haben. Die Duthé mit ihrem ägyptischen Profil hatte jedoch nicht viel zu fürchten, während die Vellini mit ihrem unregelmäßigen, olivgrünen Gesicht natürlich in den Schatten geriet.

»Treten Sie ein«, sagte sie recht liebenswürdig zu mir, indem sie mir mit einem Lächeln ihre weißen Zähne zeigte, die Sie Schaufeln nennen würden, denn sie sind etwas breit; »treten Sie ein, Monsieur de Prosny. Ich werde frisiert, aber was tut das schon! Empfingen die Damen früher nicht immer bei ihrer Toilette? Wenn ich es wie sie mache, werde ich Ihnen Ihre Jugend ins Gedächtnis zurückrufen.«

Ich setzte mich und betrachtete sie, auch wenn ich mir wenig Hoffnung machte, auf ihrem Gesicht die Spuren zu entdecken, die, wie ich annahm, die vergangenen Tage dort hätten hinterlassen müssen. An ihren Gesichtszügen kann man nichts ablesen, es sei denn eine plötzliche Erregung erfaßt sie. Ihre düsteren Schläfen bewahren ihr Geheimnis.

Ich mußte diese Erregung hervorrufen, und schon einmal hatte ich erlebt, wie schwierig das ist. Nach einigen kurzen Höflichkeitsfloskeln sagte ich laut:

»Nun ist es also geschehen! Marigny ist verheiratet, und ich habe Sie bei seiner Hochzeit gesehen. Das war eine komische Idee von Ihnen, Señora, den Feierlichkeiten beizuwohnen.«

»*Porque no …?*« antwortete sie, indem sie eine rotgoldene Nadel mit einem Topaskopf in eine ihrer Flechten steckte. »Was ist daran verwunderlich, daß ich mit eigenen Augen diejenige sehen wollte, die, wie Sie und alle sagen, die legitime Frau Ryno de Marignys werden würde …? Wenn man mich jemals töten sollte, Vicomte, so würde ich, ehe ich sterbe, meinen Henker ansehen.«

Sie sagte dies auf eine sonderbare Weise. Ihre Stimme war sehr ernst. War es ein Irrtum? Aber ich glaubte plötzlich, sie fühle sich wie getötet, seit sie Hermangarde gesehen hatte.

»Und wie finden Sie sie?« fuhr ich fort, um sie wenigstens aus der Reserve zu locken.

»Sie?« antwortete sie mit einem Sinn für Gerechtigkeit und Wahrheit, der mich verblüffte. »O, sehr schön! Ja, sehr schön; noch schöner als meine Mutter, die ich bisher für die schönste Frau hielt.«

Sie haben mir manchmal meinen verdutzten Gesichtsausdruck vorgeworfen, meine teure Comtesse; wahrscheinlich war er zurückgekehrt, denn sie sah mich an, und als ich nichts antwortet, fügte sie hinzu:

»Sie sind offenbar sehr erstaunt über das, was ich gerade sagte«. Und tatsächlich befremdete mich dieses Fehlen jedes Schattens von Eifersucht oder Zorn noch mehr als das erste Mal, als ich ihr von der *bevorstehenden* Hochzeit de Marignys erzählt hatte. Damals konnte es immerhin eine List gewesen sein, denn noch war nichts unabänderlich. Aber daß sie heute, wo es sich um eine vollendete Tatsache handelte und wo sie Hermangarde gesehen hatte, immer noch diese unglaubliche Kaltblütigkeit zeigte, und, wenn sie von der siegreichen Rivalin sprach, diese Art wohlwollender Gerechtigkeit an den Tag legte, das brachte mich zu den alten Gedanken zurück, die Sie so heftig bekämpften, und die Sie meine *Befürchtungen* nennen. Sie war fertig frisiert. Sie hatte den schwefelgelben Morgenrock von ihren Schultern gestreift, der nun zu ihren Füßen lag. Sie trug nur einen gestickten Unterrock und ihr Korsett. Ich beichte Ihnen, teure Comtesse: Ich betrachtete die mit einem braunen, dichten Flaum bedeckten Schultern und die geschmeidigen Arme mit ihren fließenden Bewegungen und fragte mich, welche unbekannten gymnastischen Kräfte in diesem kleinen, offensichtlich so schmächtigen Körper verborgen waren, der – wie ihre Kammerzofe in meiner Gegenwart feststellte – die besten Korsettstangen aus Stahl sprengte. »Teufelsweib«, dachte ich, »mit welchem eingesalzenen Störrogen hast du deinen Marigny all die Jahre gefüttert, daß du glaubst, er werde beim ersten Pfiff von dir voll Verlangen nach deinen Liebkosungen zurückkehren …?‹«

Ihr Kleid wurde gebracht. Sie zog es an. Das riß mich aus meinen nachdenklichen Betrachtungen.

»Um noch einmal auf diese Hochzeit zu kommen, Señora«, nahm ich das Gespräch wieder auf, »man hat mir etwas berichtet, das ich nicht glauben wollte.«

»Und was?« fragte sie.

»Daß Sie Arm in Arm mit der Comtesse de Mendoze Saint-Thomas d'Aquin verlassen hätten – einer *Sitzengelassenen* wie Sie, meine arme Señora – und daß Sie in deren Wagen weggefahren wären, als wären Sie schon immer Freunde gewesen.«

»Porque non?« gab sie wieder zurück.

Sie machte mich wirklich ungeduldig mit ihrem *porque non? Porque non?* Sie mußte doch, verdammt nochmal, wissen, warum die Comtesse de Mendoze sich nicht öffentlich mit einem Mädchen ihrer Art zeigen konnte, und ich hätte es ihr womöglich in Erinnerung gerufen, da sie es vergessen zu haben schien, aber die Neugier gebot mir Vorsicht, und ich hielt mich zurück.

»Verflucht«, sagte ich, »um so schlimmer für mich! Denn ich habe gewettet, das sei ein Märchen. Ich habe geschworen, das sei unmöglich.«

»Sie haben Unrecht gehabt, Monsieur le Vicomte«, antwortete sie, während sie ihr Armband mit einem trockenen Geräusch schloß, »es stimmt, und Sie haben verloren.«

»Bah!« erwiderte ich laut. »Und welches Motiv hat zu dieser plötzliche Beziehung geführt? War es die Sympathie, die aus dem gleichen Unglück entsteht? Denn vor dieser unseligen Hochzeit, kannten Sie sich doch noch nicht, wie ich annehme, so daß …‹«

Aber sie unterbrach mich mit dem Ausspruch Talleyrands: »Sie sind sehr neugierig!« und sie sagte dies mit einem Hochmut, um den sie eine Prinzessin von Bénévent gewiß beneidet hätte. Man sagt, daß sie von seiten ihrer Mutter von adliger Abstammung sei, und es gibt Augenblicke, wo man es, bei meiner Ehre!, glauben könnte.

Ich nahm eine Cachou-Pastille aus der Bonbonniere, die Sie mir geschenkt haben und begann eine Melodie zu pfeifen, während ich sie aus dem Augenwinkel beobachtete. Sie war jetzt angezogen … Sie trug ein Kleid aus schwarzem Tuch, das Sie unschicklich kurz gefunden hätten, denn es ließ ihre Beine, die bemerkenswert wohlgeformt sind, in enganliegenden Seidenstrümpfen frei. Dieses Kleid war vorne mit ebensolchen Topasen geschlossen, wie sie sich vorher ins Haar gesteckt hatte. Gewiß, eine solche Aufmachung war bizarr. Aber das Bizarre steht ihr am besten! Wenn sie einen Ring in der Nase trüge, wie ein Bison oder eine Bajadere, würde sie uns alle mit diesem teuflischen Ring verführen! Sie setzte, ein Lied singend, einen Männerhut mit einer Feder, die bis auf ihre Schulter herabfiel, auf den Kopf, als wolle sie ein Pferd besteigen und eine Kompanie schwarzer Musketiere befehligen.

»Da kommt Monsieur de Cérisy«, rief sie, »ich höre seinen Wagen. Wir dinieren in Ville-d'Avray, Vicomte. Wollen Sie mit uns dinieren?«

Ich lehnte ab. Es war mein Mittwoch bei der Witwe de Vandœvre. Während ich ihr noch dankte, trat Cérisy ein; sein Glück über die Gnade, die sie ihm nicht alle Tage gewährte, seiner Einladung zum Diner zu folgen, war auf seinem Gesicht abzulesen. Obwohl er aussieht wie ein großes Schaf, ist Cérisy ein geistvoller Mann mit vielen Qualitäten. Er stößt sich seine Hörner noch an mancherlei Torheiten ab, aber es ist ja auch nicht nötig, daß die jungen Leute sich zu früh unsere Klugheit aneignen. Denn was bliebe uns dann noch, um uns bei diesen Burschen Respekt zu verschaffen …? Er vereinte seine dringlichen Bitten mit denen der Señora, aber ich bin meinen Freunden und meinen Gewohnheiten treu und blieb bei meiner Ablehnung.

»Ich will Sie nicht aufhalten«, sagte ich und erhob mich. Oliva holte einen prächtigen Bronzeleuchter aus einer Ecke, dessen drei Arme auf drei riesigen Löwentatzen ruhten, und hielt die dreifach flackernde Flamme an die Zigarre ihrer Herrin. Ich komme nun schon beinahe zehn Jahre zur Vellini, und Tag und Nacht, zu jeder Jahreszeit und jeder Stunde habe ich diesen Leuchter angezündet und brennend vorgefunden. Die einen sehen darin ein Sinnbild, einen Aberglauben dieses merkwürdigen Geists; die anderen sagen einfach, die Señora, die wie alle Frauen ihres Heimatlandes rauche, wolle jederzeit Feuer zur Hand haben.

Wir gingen gemeinsam die Treppe hinunter. Eine Kutsche mit vier Pferden erwartete uns.

»Alle Wetter, mein guter Cérisy, das ist ja fürstlich!« sagte ich, als ich sein luxuriöses Gespann sah.

»Sie sind nicht ganz leicht zu lenken«, antwortete er in einem galanten Ton, der seines Vaters würdig gewesen wäre, den ich gut gekannt habe, und den wir *den schönen Muguet* nannten; »aber unter der schmalen Hand der Señora sind sie fast so gefügig wie wir.«

»Wie! Der Señora …?« fragte ich. Aber sie hatte sich schon mit der Leichtigkeit eines Pagen auf den Kutschbock geschwungen. Der Kutscher hatte sich hinten auf den Wagen begeben. Sie hatte die Zügel in jene schmale Hand genommen, von der Cérisy gesprochen hatte, und sie schwang die Peitsche und schlug damit auf die Mähnen der beiden vorderen Pferde ein, die unter dem flammenden Zischen dieser feurigen Liebkosung aufsprangen, sich aufbäumten und, indem sie den Kopf in den gespannten Zügeln einzogen, unter dieser guten Führung zitterten.

Cérisy war aufgestiegen: »Wenn Sie möchten Señora«, sagte er. Die kühne Spanierin schien die Kruppen der vier

Pferde gleichzeitig zu treffen. Sie schossen los … Aber bei der zweiten Radumdrehung stoppte der Wagen, und sie ließ das mächtige Gefährt zu mir zurückrollen:

»Monsieur de Prosny«, sagte sie mit ernster Stimme und undurchdringlichen Blicken, »bestellen Sie Madame de Mendoze meine besten Grüße, falls Sie sie vor mir sehen sollten.«

Und der Wagen schoß wie der Blitz davon. Die Pferde galoppierten wie entfesselt die Rue de Provence hinauf. Ich sah, wie der leichte Wagen – der fast die Beine der edlen Tiere einholte, die ihn zogen und sich ungeduldig bemühten, ihm zu entkommen – an der Ecke zur Rue de la Chaussée d'Antin einlenkte und verschwand!

Schelten Sie mich nur, wenn sie Lust haben, Comtesse! Das, was wie ein Meteor vor meinen Augen vorbeigezogen war, hatte keine Ähnlichkeit mit all dem, was ich in meiner Jugend bewunderte. Aber wenn ich auch nur ein alter Edelmann bin, so regte sich doch etwas in mir, das mich verjüngte, und das alle Torheiten der Marignys und Cérisys dieser Welt, die sie wegen einer Frau wie dieser begingen, fast zu entschuldigen vermochte!

Aber dieses Gefühl dauerte nur einen Augenblick; es war eine teuflische Regung oder eine Regung des Teufels, die nicht anhielt, Comtesse. »Papperlapap«, sagte ich zu mir *in petto*, »sie macht sich doch nur über mich lustig mit ihren Grüßen an Madame de Mendoze, diese Schwätzerin. Nun, zum Henker, ich werde sie ihr überbringen, gleich heute noch. Wir werden schon sehen! Vielleicht ist Madame de Mendoze, die ihren Kummer ganz Paris zeigt, nicht so diskret wie diese teuflische Señora. Ich werde herausbekommen, welche Verbindung zwischen diesen beiden Frauen besteht, die im Leben und in der Gesellschaft durch einen Abgrund getrennt sind.« Und indem ich dies sagte, lenkte ich meine Schritte zum Hôtel de Mendoze. Aber das Unglück wollte, daß ich zu spät dort ankam. Die Comtesse war nicht mehr dort; sie hatte Paris vor einigen Tagen verlassen und sich auf einen ihrer Landsitze begeben. Erst später erfuhr ich – ich glaube es war bei Madame d'Outremont –, daß die *unglückliche* Comtesse (so nennt man sie allgemein) sich auf ihr Schloß in La Haie d'Hectot, in der Normandie zurückgezogen hat, das heißt, daß sie anderthalb Meilen entfernt von Madame de Flers wohnt. Wußten Sie das, meine teure Freundin? Die Pariser Gesellschaft, die alles, selbst die Topographie des Cotentin, kennt, wenn es darum geht, einen Skandal aufzudecken, hat genau bemerkt, daß Madame de Mendoze von all ihren Gütern dasjenige gewählt hat, dessen Lage sie de Marigny am nächsten brachte.

Genau so wie geschildert verlief mein Besuch bei der Señora nach Ihrer Abreise, meine teure Comtesse. Sie sehen, ich habe kein Glück bei dieser Frau; denn nun ist es mir schon das zweite Mal nicht gelungen, ihre Gefühle oder ihre Absichten in Erfahrung zu bringen. Sie stellt alle Vorurteile über die Frauen auf den Kopf. Dazu kommt, daß ich keine Ahnung habe, ob sie wirklich Beziehungen zur Comtesse de Mendoze geknüpft hat, die immerhin, wie Sie sich erinnern werden, lächerlicherweise am Tag der Hochzeit in Saint-Thomas d'Aquin war. Ich weiß also auch nicht mehr als die anderen und bin ebenso beunruhigt wie sie. Nehmen Sie dies für den Hauptgrund, weshalb ich Ihnen so lange nicht geschrieben habe. Ich rechnete fast damit, Ihnen die berüchtigte historische Nachricht: *Hüten Sie sich, der Teufel ist los!* nachschicken zu können, aber der Teufel zeigt sich nicht. Ich habe die Malageserin noch öfter besucht. Jedesmal dasselbe Bild: Mit der Zigarre im Mund, friedlich rauchend wie ein Vulkan, der nie ausbricht, wiegte sie sich in ihrer Hängematte, die an der Decke befestigt ist, und strahlte eine unduchdringliche und spöttische Ruhe aus; aber der Tiger ist auch ruhig, ja schläfrig, ehe er aufspringt, und sein erster Hieb sitzt so genau, daß er kein zweites Mal zuschlagen muß. Wird die

Señora es wie dieses liebenswürdige Tier machen, mit dem sie vielleicht in mehr als einer Beziehung Ähnlichkeit hat? Wird sie ihre Zähne in das wohlschmeckende Glück Hermangardes schlagen? Ich halte zu denen, die darauf gewettet haben. Machen Sie sich nicht lustig über meine Zukunftsvision! Sie beruht auf Erfahrung. Ich erhebe keinen Anspruch darauf, ein Moralist zu sein, aber ich buchstabiere nun schon fünfzig Jahre lang das Alphabet der menschlichen Natur, und ich denke, daß eine Frau wie diese Vellini der empfindlichen Sache, die Sie das erlaubte Glück der Ehe nennen, und das so selten wie schön und zerbrechlicher als alles ist, sehr gefährlich werden kann. Ist es ihr kleiner Körper, der behext, oder ist es ihre Seele? Wenn Sie sie kennten wie ich, würden Sie ebenfalls glauben, daß sie über irgendein Geheimmittel verfügt, mit dem sie einen Mann zu sich zurückholen kann. Ich höre Sie aufschreien, das, was ich Ihnen zu schreiben wage, sei sehr garstig. Aber was wollen Sie, beste Comtesse! Es ist nicht mein Fehler, wenn man diese jungen Mädchen nicht dazu erzieht, gegen alte Maitressen anzutreten, die jede Schande getrunken haben, die jedoch im Gegenzug den Männern mancherlei zu trinken gaben, dessen Geschmack sich nie verliert. Die hübsche Madame de Marigny mit ihrer übernatürlichen Schönheit wird ihrem Gatten dasselbe Glück schenken, das sie alle ihren Gatten schenkten, und das diese reizende, inzwischen verblühte Teerose, Madame de Mendoze, Marigny schenkte – der sie verlassen hat, um zu dieser Vellini zurückzukehren. Es ist immer das gleiche Lied. Sie nennen das den siebten Himmel. Ausgezeichnet! Aber die Liebenden verlieren die Lust daran wie ein Musiker, den man dazu verdammte, ein ganzes Stück auf einer einzigen Saite zu spielen. Sie werden zugeben, daß das für den Musiker schließlich langweilig würde. Was geschieht also? Man findet das, was einem so rein schien, bald völlig abgeschmackt. Und die Treue nach dem Besitz (von der anderen spreche ich nicht, von der Treue, die ich beispielhaft zu Ihren Füßen bezeugte) bleibt für anständige Frauen weiterhin ein Fabelwunder, das noch niemand gesehen hat, obwohl es existiert, zwar in Form einer Ungeheuerlichkeit, aber einer wirklichen, lebendigen Ungeheuerlichkeit mit einem verheißungsvollen Alkoven!

Und nun bitte ich tausendmal um Entschuldigung, meine teure Freundin, wegen meiner Prophezeiungen, die ein Glück bedrohen, das Ihnen am Herzen liegt. Gott ist gewiß Gott, trotz aller Philosophen, die dies in meiner Jugend leugneten, und ich bin nicht sein Prophet. Ich kann mich also leicht täuschen und es mir hinterher ausgezeichnet schmecken lassen, wie ich es, nebenbei gesagt, erst gestern bei Chevalier de Falnat, einem Freund dieses armen Daigrefeuille, tat. Was meine Ansichten über alte Maitressen und junge Eheleute angeht, so habe ich, während ich sie niederschrieb, von hier aus gesehen, wie Sie in Carteret jene gebieterische Miene aufsetzten, die Ihnen immer gelang, wenn ich das Unglück hatte, Ihnen zu mißfallen, und ich hörte Sie sagen: »Schweigen Sie, Monsieur de Prosny!« Und so schweige ich nun, meine teure Comtesse, und verlängere diesen Brief, der ohnehin schon zu lang ist, nur noch durch die Versicherung meiner zärtlichsten Hochachtung. Sie wissen, daß sie ehrlich gemeint ist!

Éloi de Bourlande-Chastenay
Vicomte de Prosny

5. KAPITEL

In einer Fensternische

Das mit einer boshaften Genauigkeit abgefaßte Antwortschreiben Monsieur de Prosnys an Madame d'Artelles erschreckte diese nicht etwa, sondern machte sie ungeduldig.

Sie fand darin alle Vorurteile wieder, die sie abgelegt hatte, aber sie schätzte Monsieur de Prosnys Verstand nicht so hoch ein, daß sie sie seinetwegen wieder aufgenommen hätte. Außerdem war ein gewisser Spott darin enthalten; dieser war harmlos, denn der Spott Monsieur de Prosnys, in dem er selbst einen kleinen Akt der Emanzipation sah, war nie ein Akt wirklicher Auflehnung. Das hätte er nicht nur nicht gewagt, nein, er hätte nicht einmal daran gedacht, es zu wagen. Sie war seit dreißig Jahren die alleinige Herrscherin über sein Herz, und diese Alleinherrschaft dämpfte er durch kleine Spötteleien, so wie die des französischen Königtums durch Chansons gedämpft worden war. Die Comtesse, klug wie Regierungen sein sollten und nicht umsonst die engste Freundin von Madame de Flers, die sie eine mustergültige Herrschaft über den verstorbenen Marquis hatte ausüben sehen, fühlte sich nicht verletzt durch die Späße ihres Sklaven. Sie besaß die Langmut jener italienischen Schlaubergerin, die die Geschichte, die sich wenig um das Geschlecht der Seelen kümmert, wegen ihres Latzkragens und ihres Schnurrbarts Kardinal Mazarin nennt. Sie verzieh die Illusion einer kleinen Gegenwehr im Interesse ihrer Macht.

Aber da sich eine Frau in allem ein wenig wiederfinden will, packte sie Ungeduld und Unwillen beim Lesen des Briefs, in dem der Vicomte, der nie besonders standhaft gewesen war, an seiner Meinung über Vellini festhielt. »Sehen Sie«, sagte sie zu der Marquise, »wie Monsieur de Prosny über mich spottet, weil ich wie Sie an die Lauterkeit des Herzens von Monsieur de Marigny glaube. Es ist ein wahres Sturmgeläut, das er mit den Glocken seiner Narrenkappe für uns anstimmt. Man ist fast versucht zu glauben, er sei seinerseits in diese widerwärtige Frau verliebt, die selbst Greise noch zum Träumen bringt, und über die er uns sechs lange Seiten schreibt, wo er sich für gewöhnlich mit wenigen kurzen Worten begnügt! Und das alles, meiner Treu!, weil er sie bei ihrer Toilette halbnackt in ihrem Korsett oder in ihrer feinen Rolle als Kutscher auf dem Wagen Monsieur de Cérisys gesehen hat!«

Zweifellos hatte Madame d'Artelles mit ihren konventionellen Vorstellungen das Recht, sich zu wundern. Aber die Marquise, die das Leben besser kannte und um das geringe Gewicht der Gesetze des Anstands in der Waagschale der Leidenschaften wußte, teilte nicht die Verachtung der Comtesse für diese Frau, die, wie ihre Freundin sagte, selbst Greise noch zum Träumen bringe.

Für sie war diese Frau, diese Vellini, wirklich ein Rätsel, über das sie allerdings mit niemandem außer mit Madame d'Artelles, und auch mit ihr nur knapp und in wenigen Worten, sprach, das jedoch ihren Geist beschäftigte und ihn Tantalusqualen leiden ließ. Wie Monsieur de Prosny, aber auf andere Weise, träumte sie unablässig von ihr. Wenn sie in ihrer Bergere vor dem Kamin oder am Fenster ihres Salons die Augen schloß und den Kopf senkte, glaubten ihre Kinder, die sie beobachteten, sie sei eingeschlafen, sie jedoch dachte an Vellini. Die beiden, die sie fast ebensosehr liebten, wie sie es verdiente, sprachen leiser von ihrer zärtlichen Liebe, um ihren Schlaf nicht zu stören. Sie hüteten, während sie sich verständnisvoll zulächelten – mein Gott!, wie süß ist so geteilte Kindesliebe –, diesen Schlaf, den sie für einen Erschöpfungszustand der Organe hielten. Sie betrachteten sie mit Wehmut, sie, die ihnen gegen Freund und Feind ihren Segen gegeben hatte. Als Hermangarde gerührt den leichten Schlaf ihrer Großmutter sah, diesen Schlaf der Greise, der den Tod vorwegnimmt, und den Franz von Sales in seiner letzten Stunde *den Bruder, der seine Schwester erwartet*, nannte, wandte sich die Gattin, in der sich die Tochter behauptete, mit einer Träne im Auge ihrem Gatten zu, der diese schweigend trank – die einzige Art von Tränen, die die reinen Augen dieser glücklichen Frau kannten! Es gab keinen Anlaß zur Sorge, ihre Angst war ganz umsonst; sie war nicht in Schlaf gefallen. Dieser lebendige, reizvolle Geist ließ seine Schwingen nicht sinken; diese Greisin, die Gott so reich ausgestattet hatte, erlahmte nicht. Sie hatte sich nur in sich zurückgezogen und verbarg ihre Überlegungen unter dem trügerischen Schleier des Schlafs, der die beiden beunruhigte. Aber das innere Leben schwelte im Schoß dieser Ruhe. Vellini, und immer wieder Vellini tauchte in den Tiefen dieser verborgenen, aber wachsamen Überlegungen auf und erhellten sie mit einem flackernden Licht. Sie sah sie, wie Marigny sie ihr gezeigt hatte; wie Monsieur de Prosny, der (o Wunder!) in ihrer Beschreibung zum Maler geworden war, sie ihr seinerseits vorgestellt hatte; und sie suchte das Lösungswort des Rätsels, das unleserlich und verschwommen war. »Es gibt Schwierigeres, als eine Eroberung«, dachte sie, »nämlich seine Eroberung zu halten. Für die Frauen ist das das große Problem!« Und sie, die vielleicht diese Quadratur des Herzens gesucht hatte, ohne sie je zu finden, fragte sich, ob Vellini nicht unbewußt das Genie besitze, um sie zu finden ohne sie zu suchen; um die unzähmbare Chimäre zu zähmen, deren geflügelter Rücken jede Frau in ihrer Jugend in Versuchung führt ... Da wurde ihr angst und bang um Hermangarde, und sie schreckte hoch und öffnete die Augen. Aber das, was sie vor sich sah, verjagte ihre Furcht wie einen schlechten Traum. Waren sie nicht alle beide da? Sie waren da, Seite an Seite, einmal hier, einmal dort, und immer drückte sich die Liebe ihrer Seelen in ihren Blicken und ihren Gesten aus. Manchmal saßen sie einfach Hand in Hand zufrieden da, und die Gedanken und Wonnegefühle spiegelten sich in ihren Augen. Andere Male hielt Marigny, die so wahre Geschichte von Herkules, der zu Füßen seiner Omphale spann, erneuernd (seine Pariser Freunde, die ihn den stolzen Sigamber nannten, hätten es nicht für möglich gehalten), – dieser Marigny, dessen enge Beziehung zu Vellini, wie Madame de Flers wußte, ein einziger Kampf gewesen war – den Seidenstrang Hermangardes zwischen seinen Händen, und diese verwirrte das Garn beim Aufwickeln absichtlich, um den Atem des Gottes ihres Lebens länger auf ihrer sanften Stirn und ihren langen Wimpern zu spüren. Nebensächlichkeiten, idealisiert durch das Herz, durch diese Liebe voller Schönheit und Geheimnis, die allen Staub des Lebens mit Strömen der Wollust und Poesie überschüttet! Mühelos und widerstandslos beruhigte sich die Marquise bei diesem Schauspiel, in dem der Mann so viel an Anmut und die Frau so viel an Kraft gewinnt, beim Anblick der göttlichen Vereinigung zweier Seelen, die ihre Fähigkeiten vermischen, indem sie sie teilen! Ach, welche Frau, und wäre sie hundert Jahre alt, erinnerte sich nicht leidenschaftlich an das dahingeschwundene Glück der Liebe, angesichts dieser so deutlich ins Leben eingravierten Glückseligkeit, die man für eine Radierung hätte halten können, deren Vollkommenheit für die schwächsten Augen sichtbar war ...! Dieser Art waren die Empfindungen der Marquise. Sie genoß das Glück ihrer Kinder, halb derentwegen, halb ihretwegen. Sie verbrachte viele Stunden, die Hände über ihrem Gürtel gefaltet, in der Betrachtung dieses Meisterwerks des Schicksals, an dem sie mitgewirkt hatte, und das alles zerstreute und weniger große Glück ihres Lebens in dem einzigen Glück Hermangardes zusammenfaßte. Man hätte schwören mögen, sie bete. Und wer weiß? Vielleicht betete sie wirklich. Sie war nie fromm, aber auch nie ungläubig gewesen. Das, was sie von Gott für sich nicht erbeten hatte, erbat sie nun vielleicht für ihre Enkeltochter von ihm. Alle großen Gefühle befördern die Frömmigkeit. Ja, sie liebte Hermangarde so, daß sie, diese Frau des achtzehnten Jahrhunderts, mit Freuden Novenen für die Jungfrau Maria, die Beschützerin der heiligen Liebe, die Mutter allen Erbarmens gebetet hätte, damit sie die hehre Zerbrechlichkeit einer solchen Liebe beschütze; damit sie Erbarmen mit einer so heiligen Liebe habe.

Aber ob sie das nun tat oder nicht, sie war jedenfalls nicht die Frau, die sich allein auf den Himmel verließ, wenn es um Hermangardes Glück ging. Sie gedachte, es mit ihren eigenen Händen zu beschützen, es durch menschliche Unterstützung zu sichern. Dieser Gedanke beschäftigte sie die ganze Zeit, wie es eine der letzten Unterhaltungen beweisen wird, die sie mit ihrer Enkeltochter führte, wenige Tage bevor sie das Herrenhaus von Carteret verließ und nach Paris zurückkehrte.

An diesem Tag waren sie nicht ausgegangen. Seit dem Morgen fiel Regen, jener feine, dichte Regen der letzten Oktobertage, der aus einem grauen Himmel herabrieselt und das Meer mit seinem Schleier zu trüben scheint; denn auch das Meer war grau und sein Schaum quoll über die Kieselsteine bis zum Ufer. Dunst verhängte den Horizont. Jersey lag schwarz da – ein böses Zeichen, wie die Bewohner dieser Küste sagen. Der Wind, der klagend über die Klippen heulte, kündigte für den Rest des Tages Regen an und machte jeden Spaziergang unmöglich. Sie hatten den Salon nicht verlassen. Madame d'Artelles hatte sich, ihrer Gewohnheit folgend, zu einer bestimmten Stunde auf ihr Zimmer zurückgezogen, und das junge Paar war mit der Marquise allein zurückgeblieben. Hermangarde stickte. Marigny, den Arm hinter ihr auf der Stuhllehne, beobachtete die schläfrige Bewegung ihrer schönen Hände, die arbeiteten. Zunächst hatten sich alle drei unterhalten. Dann schien die Marquise einzuschlafen. Aber nur ihre geschlossenen Augenlider, nicht ihre Gedanken trennten sie von den beiden. Zartfühlend nahm sie Rücksicht auf das so empfindliche Schamgefühl ihrer Tochter, indem sie auf diese Weise vermied, Zeugin eines Kusses auf diesen Hals zu werden, dessen geschwungene Linie so nah vor Rynos Mund lag.

Nach einiger Zeit, die ihnen zu kurz erschien, hob ein Dienstbote den Türvorhang zum Salon. Ein Pächter fragte nach Herrn de Marigny. In diesem Augenblick öffnete Madame de Flers auch wieder die Augen.

»Hat Ryno sie aufgeweckt, Mutter?« fragte Hermangarde. Trotz der Vorsichtsmaßnahmen, die er ergriffen hatte, war es möglich, daß Marigny beim Durchqueren des Salons irgendein Geräusch gemacht hatte.

»Nein, mein Kind«, antwortete die Marquise, »dein Mann hat mich nicht aufgeweckt; ich habe nicht geschlafen.«

»Böse, gute Maman«, sagte Hermangarde, »die fast eine Stunde lang nicht mit ihren beiden Kindern spricht! Was haben Sie denn in der Zeit in aller Stille hinter geschlossenen Augenlidern getan …?«

»Oh«, antwortete die Marquise, geistreich wie immer »Ich habe Euch zugehört, wie Ihr Euch geliebt habt.«

Ein Hauch von Röte huschte über die bleichen Wangen der schamhaften Frau, die mehr als einmal gezwungen gewesen war, ihre Hand auf die Lippen ihres Gatten zu legen, um die glühenden Seufzer zu ersticken, die besser als Worte eine Zärtlichkeit erflehen.

»Mutter«, sagte sie nach einer kleinen Pause, »denken Sie, Sie könnten uns jemals zuviel werden? Werden wir Sie nicht ohnehin lange genug nicht hören, wenn Sie uns bald verlassen werden? Sie sollten uns also nicht, solange Sie noch hier sind, um Ihren Witz und Ihre Stimme bringen.«

Und sie warf einen traurigen Blick zum Fenster, durch das man den Regen langsam auf den Strand fallen sah.

»Richtig«, antwortete die Marquise, die dem Blick Hermangardes gefolgt war, »es wird Winter; wir werden bald aufbrechen müssen. Madame d'Artelles hat es eilig nach Paris zu kommen, und sie klagt über ihren Rheumatismus. Ihr werdet allein zurückbleiben, meine guten Kinder, aber Eure Großmutter wird von uns dreien am alleinsten sein, wenn sie fern von Euch ist.«

»Gute Maman«, sagte Madame de Marigny, gerührt durch

den Ton der Marquise, indem sie ihre Stickerei weglegte, um den Platz einzunehmen, den sie als junges Mädchen immer eingenommen hatte, und auf dem Schemel zu Füßen ihrer Großmutter niederzuknien, »ich liebe dieses Land; hier bin ich glücklich, der Sommer hier hat mir so wohl getan; aber Sie ziehe ich allen Ländern dieser Welt vor! Wenn ich es will, wird Ryno nach Paris zurückkehren …!«

»Nein! Nein!« erwiderte die Marquise lebhaft, die ihre Rührung überwand und zu ihrer Entschlossenheit zurückfand. »Nein, mein liebes Kind, ich will kein Opfer von dir. Bleibt hier, wo ihr euch gerne aufhaltet; ich weiß euch fast lieber hier als in Paris, wo ihr euch ohne mich in der Gesellschaft bewegen würdet, und wo ich euch auch nicht viel häufiger zu Gesicht bekommen würde.«

Sie nannte nicht den wahren Grund, weshalb sie sie den Winter über lieber in Carteret als in Paris wußte. Aber wenn sie von der Gesellschaft und den gesellschaftlichen Zerstreuungen sprach, dachte sie ausschließlich an Vellini.

Zärtlich strichen ihre Hände über das reine Oval des Gesichts ihrer Enkeltochter, die ihren Kopf in den mütterlichen Schoß geschmiegt hatte, und während sie die ihr zugewandte Wange Briseis' liebkoste, sagte sie mit zärtlicher Melancholie in der Stimme:

»Mein schönes Herz, du weißt nicht, wie zerbrechlich das Glück einer Frau ist. Du kennst nichts anderes als dein Glück. Hüte es, indem du hier bleibst. Alle, die an ihren Schätzen hängen, verbergen sie an einem einsamen Ort. Ryno liebt dich abgöttisch. Er ist ein edler Charakter, aber die Liebe, die er für dich empfindet, ist nicht von anderer Art als die der Männer sonst. Wen sollte er hier lieben außer dir? In Paris dagegen gibt es Zerstreuungsmöglichkeiten aller Art; und für eine Frau, die geliebt wird, ist jede Zerstreuung ein Feind.«

Die schöne Wange, der die Marquise mit der Hand schmeichelte, wechselte die Farbe.

»Willst du wohl nicht so erbleichen, du törichtes Kind!« fuhr die Marquise fort. »Großer Gott, was habe ich denn gesagt, das dich so in Aufregung versetzten könnte?... Mein liebes Kind, ich gebe dir nur im Interesse deines Glücks, das auch das meine ist, einen Rat.« Und sie küßte die bleiche Stirn, die bleich blieb. »Hat die Liebe dich so um den Verstand gebracht, daß du glaubst, lieben und sich lieben lassen genüge, um die Liebe zu erhalten, die man erregt? Glaubst du denn, dein Mann, der kein Kind mehr ist wie du, habe nicht geliebt, ehe er dich kennenlernte? Ach, das Männerherz! Welche Frau könnte sich rühmen, diesen Abgrund gut verschlossen zu haben und den Schlüssel dazu nie zu verlieren?«

»Sie haben recht, Großmutter«, entgegnete Hermangarde, indem sie ihr beunruhigtes Gesicht hob. »Keine Frau kann sich einer solchen Macht rühmen, kann ihre Seele in einer so süßen Sicherheit wiegen. Daran habe ich gedacht, als ich vorhin erbleichte ... Ich dachte an die unglückliche Madame de Mendoze, deren Erinnerung mich seit jenem Abend verfolgt ...«

»Welchem Abend?« unterbrach sie die Marquise, »und wer hat dir gesagt, daß Marigny Madame de Mendoze geliebt hat?«

»Ach, Mutter«, antwortete Hermangarde, »niemand und jedermann. Die Ohren junger Mädchen sehen, und ihre Augen hören. Bei den wenigen Abendgesellschaften, zu denen Sie mich vor meiner Hochzeit mitnahmen, habe ich, ohne Fragen stellen zu müssen, alles erfahren, was man Madame de Mendoze vorwarf, alles, was man sich von ihr und Ryno erzählte. Damals wußte ich noch nicht, was lieben heißt ... Ich fand das Getuschel über Monsieur de Marigny sehr seltsam, die Frauen redeten von ihm wie von einem Dämon; ich tat, als hörte ich nicht zu, aber ich fragte mich, welche Mittel die Männer gebrauchen, um zu erreichen, daß eine Frau wie Madame de Mendoze ihn immer noch liebte, wie sie es dem

Vernehmen nach tat, obwohl er sie verlassen hatte. Ich beobachtete diese Frau überall, wo ich ihr begegnete. Mein Gott! Wie groß war mein Mitleid mit ihr! Sie, die früher so hübsch gewesen war, war nicht mehr zu erkennen. Man sagte, sie sei dem Sterben nahe. Ich konnte ihr die Anteilnahme, die ich ihr aus tiefstem Herzen entgegenbrachte, nicht zeigen. Wenn ich sie so unglücklich sah, überkam mich bisweilen die Lust, den Salon, in dem ich mich befand, zu durchqueren und zu ihr hinzugehen, um sie vor aller Welt wie eine Schwester zu umarmen. Wenn man sie beschuldigte, war ich immer versucht, sie zu verteidigen; ich wußte nicht, wie ich sie merken lassen sollte, welche Sympathie ich ihr entgegenbrachte. Sie, die nur einen Gedanken und einen Schmerz kannte, ahnte nicht, was sich in meinem Herzen für sie rührte. Eines Tages, als wir bei Madame de Bruck aufbrachen, legte ich ihr ihren Umhang um die Schultern, und ich konnte mich nicht enthalten, ihre Hand zu küssen. Zum Glück war die Vorhalle dunkel; Sie sahen mich nicht, niemand sah mich, aber ich sah in der Dunkelheit genau ihre Augen, die erstaunt, gerührt und verwirrt in die meinen blickten! Einige Tage danach begegnete ich ihr bei Madame de Valbreuse; als man Monsieur de Marigny ankündigte, war sie einer Ohnmacht nahe, und das Blut schien sie ersticken zu wollen und stieg in ihre Lippen. Ich sah ihn zum ersten Mal, und ich verstand …«

»Was hast du verstanden, mein armes Kind?« fragte die Marquise.

»Ich habe verstanden«, antwortete Hermangarde, und wurde dabei rot, als wäre sie noch ein junges Mädchen, »daß man nur noch sterben kann, wenn *er* einen nicht mehr liebt.«

»Und du hast mir das nie gesagt, Kleine?« meinte Madame de Flers, weniger vorwurfsvoll als nachdenklich.

»Nein, gute Maman«, sagte Hermangarde, »ich habe es nicht gewagt; ich liebte ihn. Hätte ich mit Ihnen über Madame de Mendoze gesprochen, hätte ich befürchten müssen, mir selbst zu schaden, indem ich Ihre Meinung über Ryno beschädigte. Sie wußten, was geredet wurde, aber warum sollte ich Ihnen Tatsachen in Erinnerung rufen, die Sie gegen ihn eingenommen hätten? Er kam Abend für Abend, und das, was ich für ihn empfand, ließ mich im übrigen Madame de Mendoze rasch vergessen. Alle meine Gedanken gehörten ihm; ich hatte keinen mehr für sie übrig.«

»Unglückliche Frau«, sagte die Marquise, »und merkwürdiges Schicksal! Gerade du, die ihr ein Interesse entgegenbrachte, das sie nicht mehr genoß, du mußtest den Mann heiraten, den sie mit einer so tiefen Leidenschaft liebte.«

»Wissen Sie, was aus ihr geworden ist, Maman?« fragte Hermangarde. »Ich habe mit Ryno nie darüber gesprochen.«

»Madame d'Artelles und Monsieur de Prosny sagen beide, sie hätten sie bei deiner Hochzeitsmesse auf einer der Emporen von Saint-Thomas d'Aquin gesehen. Sie wollte wahrscheinlich die Vollendung ihres Unglücks mit eigenen Augen sehen. Sie hat an diesem Tag auf grausame Weise ihre Fehler gesühnt ... Nur Frauen können verstehen, wieviel Mut sie aufgebracht hat. Ahntest du, mein armes Kind, daß du so viel Leid verursacht hast?«

»Ach, hätte ich es gewußt, wäre ich nicht so glücklich gewesen, gute Mutter!«

»Sie scheint inzwischen hier draußen unsere Nachbarin geworden zu sein«, fuhr Madame de Flers fort. »Monsieur de Prosny, der die Neuigkeiten von Paris am besten ausposaunt, hat Madame d'Artelles erst kürzlich geschrieben, daß sich Madame de Mendoze auf ihr Schloß in La Haie d'Hectot zurückgezogen hat. Wenn sie wirklich dort ist, dann lebt sie fürchterlich alleine, denn außer uns gibt es niemanden in der ganzen Umgebung.«

Hermangarde wurde sehr nachdenklich. Sie war eine großmütige Seele. Das Mitleid, das sie früher empfunden hatte, überkam und überwältigte sie mit neuer Kraft. Wenn es nicht eine Art Frevel an Ryno gewesen wäre, hätte sie ihr so teuer erkauftes Glück bereut.

Madame de Flers, die lebendige Vernunft dieses Kopfes, der, wie alles, was in der Welt groß ist, bewundernswert romantisch war, legte den Finger auf Hermangardes Stirn.

»Von welch unmöglichen Dingen träumt dieser Kopf?« sagte sie zu ihr, als ob das gleiche Blut, das durch ihre Herzen floß, sie von den Gefühlen ihrer geliebten Tochter unterrichtet hätte, und als ob die Erfahrung ihres ganzen Lebens sich diesen zu hehren Gefühlen entgegenstellen müßte, – die im übrigen sinnlos, wenn nicht gar gefährlich waren.

»Ja«, antwortete Hermangarde, »es sind unmögliche Dinge. Ich dachte daran, vor diese Frau zu treten, die Ryno geliebt hat, und die von ihm geliebt worden ist. Ich dachte, sie um Verzeihung für mein Glück zu bitten ... Und wenn ich zu ihr gegangen wäre, würde ich sie wahrscheinlich noch mehr verwundet haben.«

»Du bist eine edle und gute Frau, meine teure Tochter«, sagte die Marquise, »aber es ist eine Lebensnotwendigkeit, seinen besten Gefühlen nicht nachzugeben. Nicht nur die Gesellschaft, die allen Dingen unwürdige Motive unterstellt, würde den kleinsten Schritt, den du auf Madame de Mendoze zugehst, falsch auslegen, nein, diese selbst würde ihn wahrscheinlich nicht richtig verstehen. Du bist für sie nichts als eine glückliche Rivalin, und dein Mitleid würde sie beleidigen. Zwischen dir und ihr ist eine Wand, die höher ist als die chinesische Mauer. Deine Heirat. Ihr könnt euch in der Gesellschaft begegnen, weil ihr beide derselben Schicht angehört, aber die Gesellschaft verpflichtet euch durch ihre Anstandsregeln dazu, euch in jene höfliche Gleichgültigkeit zu kleiden, über die das schärfste Auge wie über eine makellose Rüstung gleitet.«

»Mir würde es große Mühe bereiten, Großmutter«, erwiderte Hermangarde naiv, »die Frau, die von Ryno geliebt worden ist, jemals wie andere Frauen zu betrachten.«

»Aber sie wird nicht mehr von ihm geliebt«, erwiderte die Marquise. »Man sagt, sie sei sehr unklug gewesen; sie habe ihr Glück schlecht behandelt. Mein liebes Kind,« – fügte diese mit der Wissenschaft der Liebe vertraute Frau hinzu, indem sie sich in ihrem schwarzen Umhang wiegte wie ein Professor in seinem Hermelin und wieder einmal die Gelegenheit wahrnahm, ihre Enkeltochter an ihrem gründlichen Wissen teilhaben zu lassen – »man muß nicht alle Schuld bei den Männern suchen, wenn sie sich eines Tages trennen. Der Fehler liegt auch bei den Frauen, die ihre Macht mißbrauchen oder sich ihrer nicht zu bedienen wissen. Ich habe es dir gerade gesagt, mein schönes Herz. Es ist nicht alles, zu lieben und geliebt zu werden. Es gibt die Liebe; und es gibt die Politik der Liebe. Sie ist unumgänglich. Frauen, die nicht verstehen, das Herz, das sie liebt, zu regieren, verlieren bald ihre Herrschaft. Man sagt, dies sei die Geschichte von Madame de Mendoze. Sie ist eine bezaubernde Seele, aber bezaubernde Seelen müssen doppelt geschickt sein, wenn sie den widrigen Winden des Lebens standhalten wollen. Ich verurteile sie nicht, die arme Frau; ich bedaure sie. Man sagt, sie habe Marigny, ohne an die Zukunft zu denken und mit einer sklavischen Hingabe geliebt, was vielleicht erklärt, warum sie verlassen worden ist. Wir sind nicht mehr in Konstantinopel, mein gutes Kind. So zärtlich man sein mag, man muß egoistisch bleiben. Man darf nicht einfach ein spitzenbesetzter Gegenstand sein, wie das Kopfkissen, auf dem man glücklich ist.«

Hermangarde hörte ihrer Großmutter mit der Aufmerksamkeit zu, die sie einem Orakel geschenkt hätte, und da das Orakel immer ein wenig dunkel ist, verstand sie diese Politik der Liebe, die alle beherrschen müssen, die geliebt werden wollen, nur zur Hälfte. In ihrem ganzen Wesen lag ein Stolz, oder besser gesagt eine Reinheit des Stolzes, die sie stark unterschied von jener schwachen Madame de Mendoze, die nur von einem einzigen Gefühl durchdrungen war: der Liebe. Aber sie glich der Comtesse dennoch darin, daß sie sich auf eine ebenso edelmütige und vollständige Art ganz dem Glück des Mannes, den sie liebte, auslieferte und ihm selbst die Liebe opfern würde. Und das beunruhigte die Marquise. Im Augenblick, wo sie das Herrenhaus von Carteret verlassen mußte, stimmte sie dies trauriger als die Abreise. Sie, die Monsieur de Flers so lange sein *sanftes Joch* hatte tragen lassen, wie die *Imitatio* sagt, sie, die in Dingen der Liebe immer eine *Princesse des Ursins* gewesen war, ohne wie diese in Ungnade zu fallen, verzweifelte darüber, zusehen zu müssen, wie in dieser Brust, dem Tabernakel der heiligsten Dinge, das jedoch Stolz und Scham verschlossen, der Dämon der Herzensintrige erwachte, der einen zwar nicht davon abhält, sich heftig zu verlieben, der einen aber manchmal davon abhält, aufrichtig zu sein. Schmerzlich fühlte sie die Gefahr, die die Seele ihrer Tochter für diese darstellte. Sie konnte nicht glauben, daß eine Frau mit einem solchen Gesicht sich jemals den unschuldigen Listen beugen würde, die für die Liebe dasselbe sind, wie die Nadeln für die Spitzenarbeit. Gibt es nicht Seelen, die durch ihre Größe, ihre Einfachheit und die anbetungswürdigste Zurückhaltung in Glücksdingen zwangsläufig erhabene Pechvögel sind? »Warum bist du so wie du bist? Und warum bist du mehr wert als ich?« dachte sie, als sie Hermangarde in der anbrechenden Dämmerung betrachtete. Sturm peitschte den Regen. Trostlos und bösartig schlug das Meer gegen die Felsenriffe. Es gibt Tage, wo alles Omen ist. Durch das Fenster, das die Nacht auszufüllen begann, sah man die flackernden Feuer der Leuchttürme, die im Wind schwankten. Angesichts dieses Schauspiels verstand Madame de Flers besser die Unbeugsamkeit der realen Verhältnisse, an denen das Herz ohne sein Zutun scheitert. Sie küßte vergeblich die Stirn, in die sie gerne die ganze Erfahrung ihres Lebens hätte eingehen lassen, und die ganze Erfahrung ihres Lebens rief ihr ins Gedächtnis, daß Ratschläge auf unfruchtbaren Boden fallen, wenn es um die Seele geht!

Zum Glück betrat Marigny den Salon und riß sie aus dem Schweigen und der Traurigkeit, in die sie zu versinken drohte. Er trug einen Leuchter in der Hand. Der Schein seiner Gegenwart drang heller in ihre Seelen als der Kerzenschein. O Macht des trauten Familienlebens, Zauber des Beieinanderseins, Wirkung der Versammlung von Herzen, die sich lieben im Schutz eines Salons! Sie waren wieder heiter und unbeschwert. Die eine vergaß Madame de Mendoze und die andere ihre bösen Ahnungen. Ihr Glück, das an diesem Abend durch jenes gewisse Etwas bedroht worden war, das vielleicht der Anfang vom Unglück ist, blieb ungetrübt; – dieses Glück, das der Mensch nur dadurch beschreiben kann, daß er es tausendmal beim Namen nennt!

6. KAPITEL

Der Schutzengel geht

Wenige Tage nach diesem Abend verließ die Marquise de Flers in Begleitung der von ihr unzertrennlichen Madame d'Artelles Carteret und kehrte nach Paris zurück. Sie fuhren in einem bequemen Reisewagen los; das Wetter war stürmisch, aber es ließ die Grausamkeiten der Jahreszeit, vor denen sie flohen, Frost und Kälte, noch nicht erkennen. Die beiden Frischvermählten, die sie in ihrem halkyonischen Nest zurückließen, wie sie das dem Meer benachbarte Schloß gerne nannten, das sie bewohnten, begleiteten sie bis an die Heide von La Haie d'Hectot, jenseits von Barneville, jenes normannischen Fleckens, der wegen seines viereckigen und gezackten Turms bemerkenswert ist. Ein Dienstbote führte hinter dem Wagen an der Hand zwei feurige Pferde, die Monsieur und Madame de Marigny nach Carteret zurückbringen sollten.

Der Kummer darüber, ihre Großmutter zum ersten Mal in ihrem Leben verlassen zu müssen, warf einen rührenden Schimmer der Wehmut auf Hermangardes ernstes Gesicht. Ihre große Gestalt war heute in ein Reitkostüm aus schwarzem Samt gekleidet, und auf ihren blonden, glatten Flechten, die wie flüssiges Gold über ihre Schläfen herabfielen, trug sie einen Hut à-la-Ludwig XIII. mit der dunklen Feder, die bei jeder Bewegung zitterte. Man hätte sie in diesem strengen Reiterkostüm, das einer Männertracht glich, aber keine war, für eine Skulptur halten können. Welch ein Anblick: das Mieder eingezwängt unter den Jettknöpfen des Reitkostüms, das die festen Konturen der Brust wie einen schwarzen Panzer erscheinen ließ und dessen Rock unter seinen sich aufbauschenden Falten die üppigen Formen, die den Gang einer Frau durch ihr göttliches Gewicht träge machen, nicht verbergen konnte. Durch den Ausdruck, die Haltung, das Betragen, die Ruhe die sie an den Tag legte, überragte sie die Frauen dieses Jahrhunderts und ihre Morbidezza! Sie verkörperte die ernste und romantische Größe ihres Namens und einer historischen Gestalt; sie glich einem aus der Vertäfelung irgendeines Schlosses herausgelösten Portrait eines anderen Zeitalters. Obwohl sie majestätisch wie eine Königin und ideal wie eine Heldin war, erinnerte sie an keine durch ihre Schönheit, ihren Mut oder ihr Schicksal bekannte Königin oder berühmte Heldin ... Sie war nur sie selbst; aber sie repräsentierte den Geist einer ganzen Rasse; ja noch mehr: die Aristokratie selbst, die Gabe der Herrschaft durch das Blut, – die in diesen elenden Tagen geleugnet wird wie Gott, aber ebenso sichtbar ist wie er.

Monsieur de Marigny, der in der Kutsche neben seiner Frau saß, Madame de Flers gegenüber, hielt die rechte Hand der Marquise, deren linke in Hermangardes Hand lag. Sie plauderten im Lärm der rollenden Räder wie man plaudert, wenn man im Begriff ist, einander zu verlassen, und sich lange nicht mehr sehen wird. Die Abschiedsstimmung hüllte die vier Personen, deren Knie sich durch das Schwanken des Wagens berührten, deren Seelen sich jedoch noch viel näherstanden, in eine von dunklen Ahnungen schwangere Atmosphäre. Bildeten sie nicht eine Familie, eine Familie, deren innerster, lebendiger Zusammenhalt heute durch die Trennung und morgen und die anderen Tage durch die Entfernung zerrissen wurde …? Sie verbargen den dumpfen Schmerz, dessen Opfer sie waren, nur schlecht unter Lachen, Scherzen oder Bemerkungen, die sich zufällig oder aus Anlaß der schlechten Straßen ergaben; aber sie spürten ihn, sie litten darunter, vor allem Hermangarde, die Antigone ihrer Großmutter, deren Schulter immer für diese dagewesen war, nicht so sehr als Stütze, sondern um die mütterliche Hand darauf zu fühlen; und Marigny genauso, Marigny, der Abenteurer Marigny, der vor seiner Hochzeit nicht gewußt hatte, was das ist, der Schutz einer Familie, das Geflecht der Zuneigungen, die sich gegenseitig verstärken und den Mann an sein Heim binden. Sie würden nun allein sein in der Einsamkeit ihres Glücks … Das fortgeschrittene Alter der Marquise erinnerte daran, daß diesem Abschied bald ein anderer folgen würde. Ob auch sie daran dachte? Wenn sie es tat, erstickte sie ihre Rührung standhaft und versuchte, die traurige Stimmung, die alle erfaßt hatte, zu vertreiben. Mit ihrer geistreichen Art belebte sie die nicht ganz so niedergeschlagene Madame d'Artelles, die sich darauf freute, in Paris wieder ihre alten Gewohnheiten aufzunehmen. Aber die Selbstbeherrschung kostete sie eine übermenschliche Anstrengung. Dieses Muster einer vernarrten Großmutter wollte lieber ihre

Tränen unterdrücken als ihrer Enkeltochter welche zu entlocken; selbst nicht solche, die rein, heiß und ohne Bitterkeit ganz von selbst aus den übervollen Augen fließen, wenn eine Tochter zum ersten Mal ihre Muttter verläßt, die sie wahrscheinlich bald wiedersehen wird. Ja, selbst solche Tränen wollte sie nicht *über ihr altes Herz, das diese nicht verdiente*, fließen sehen, wie sie sagte. So versuchte sie mehr als je zuvor selbst die kleinste Wolke zu vertreiben, die ihre Schatten auf die Oberfläche eines Glücks werfen wollte, das sie so tief verankert hatte; ähnlich dem Steinschneider, der, abgöttisch verliebt in einen mit Meisterschaft geschliffenen Diamanten, seine Zeit damit zubringt, die zufällig auf die Facetten des funkelnden Steins gefallenen Staubkörner wegzublasen. Beispiellose Frau, der das Glück ihrer Kinder mehr am Herzen liegt, als diesen selbst! Auf der Fahrt von Carteret nach La Haie d'Hectot gab sie in immer neuen Abwandlungen den köstlichsten Empfindungen Ausdruck, die diejenigen, die einen lieben, trösten sollen, wenn man aufs Schafott geht. Im Grunde war sie die Traurigste. Die beiden waren jung und glücklich in ihrer Liebe. Sie hatten den berauschenden Lotos der Zärtlichkeiten, um ihre Abwesenheit zu vergessen. Und sie – die nur die beiden hatte, und sie einander ließ, und ihr Alter bis zum Lebensende in verzehrender Einsamkeit verbringen würde – hatte, weil sie auf ihren Stirnen eine verständliche Traurigkeit, den Beweis einer Zuneigung, die sie gewiß verdiente, sah, nur den einen Gedanken, diese Traurigkeit durch scheinbare Heiterkeit, zartfühlende Worte und ein fröhliches Lächeln zu zerstreuen! Man erkannte leicht die Frau, die folgenden Spruch erfunden hat, um die ihr zur Gewohnheit gewordene Besorgnis zu rechtfertigen: *Eine Großmutter, das sind zwei Mütter, die sich auf den Schultern stehen. Das, was die eine, wenn das überhaupt möglich ist, bezüglich des Glücks ihrer Tochter übersieht, könnte die zweite nicht übersehen.*

Aber zur Ehre von de Marigny und Hermangarde muß gesagt werden, daß diese edelmütigen Versuche selbstloser Liebenswürdigkeit scheiterten. Zum ersten Mal riefen die Schwingungen dieses Geistes, der die Tränen hinter seiner harmonischen Stimmung verbarg, keine Reaktionen und kein Echo in ihnen hervor. Die ganze Zeit, die sie mit der Marquise im Wagen verbrachten, hörten sie nur den Ruf des Abschieds, der das Herz bluten läßt, während der Mund lacht. Als sie an der für die Trennung vorgesehenen Stelle angekommen waren, hielt der Wagen einen Augenblick. Die Pferde dampften. Sie keuchten. Man war fast in der Mitte der Heide von La Haie d'Hectot, an einem etwas erhöhten und kahlen Punkt, von wo aus man zur Linken und zur Rechten die weite Landschaft sehen konnte. Der Himmel war grau, der Horizont bläulich. Der Dunst der Pferde hüllte die Kutsche ein, hielt die kalte Luft fern und erlaubte, die Fenster der Kutsche zu öffnen. Hermangarde schloß Madame de Flers lange in die Arme.

»Adieu, gute Maman«, wiederholte sie immer wieder. »Sie gehen und wir bleiben zurück. Aber wenn Sie Sehnsucht nach uns haben, geben Sie uns ein Zeichen, und wir werden nach Paris zurückkommen.«

Die Zärtlichkeiten mußten beendet werden. Die Marquise de Flers, die durch die Tränen hindurch, die in den stolzen und bescheidenen Wimpern ihrer Enkeltochter glänzten, in deren Seele las, wünschte, daß sie in ihrem Beisein das Pferd besteige. Sie wußte, wie sehr die körperliche Bewegung in gewissen Momenten das Herz zu erleichtern vermag; und da sie außerdem nicht nur das kindische sondern auch das große Herz der Mütter besaß, wollte sie sich an dem Anblick der kühnen Anmut ihrer Bradamante erfreuen. Hermangarde stieg also mit ihrem Gatten aus dem Wagen. Marigny führte selbst das Pferd heran, und hob seine Frau, die ihren in Hirschleder gekleideten Fuß in seine Hand stellte, rasch in den Sattel. Das ungeduldige und schöne Tier tanzte gleich unter dem leichten Gewicht auf seinen bebenden Flanken. Es schien stolz zu sein, daß es Hermangarde tragen durfte, als habe Gott ihm Augen für die menschliche Schönheit geschenkt, und wiehernd warf es den Kopf zurück und durchnäßte seine Kandare mit weißen Schaum. Im Nu saß Marigny an der Seite seiner Frau auf dem für ihn bestimmten Pferd.

»Finden Sie mir ein schöneres Paar im ganzen Faubourg Saint-Germain!« sagte die Marquise ganz leise, aber völlig hingerissen, zu Madame d'Artelles.

Sie lenkten ihre feurigen Reitpferde zum Wagenschlag und nahmen, während sie die Hände küßten, die die beiden Witwen ihnen hinhielten, die letzten Ermahnungen entgegen. Als Hermangardes Pferd sich unter dem sanften und runden Knie, das es drückte, aufbäumte, erschrak die Marquise etwas, aber als sie die olympische Haltung Ryno de Marignys sah, die Kraft und Ruhe ausstrahlte, beruhigte sie sich wieder.

»Wächter über Leib und Seele«, sagte sie zärtlich und zugleich heiter, »beschützen Sie die Königin unserer beider Seelen! Es ist die meine und die Ihre, hüten Sie sie für uns beide.«

Und der Wagen fuhr jäh davon und ließ sie, ihm regungslos nachsehend, zurück. Er brauchte ziemlich lange, bis er in dieser Stechginsterwüste verschwand, wo kein Baum den Blick beschränkte. Die beiden Freundinnen lehnten sich aus der Wagentür und winkten mit ihren Taschentüchern. Dann verloren sich Taschentücher, Pferde, Wagen und selbst der Lärm der Räder hinter einer Bodenfalte.

»Nun sind wir alleine«, sagte Hermangarde, indem sie sich mit dem Stiel ihrer Reitgerte zwei lange zurückgehaltene Tränen abwischte. Und sie sah ihren Mann an, als suche sie einen Ausgleich für den Verlust ihrer Mutter; als könne sie mit ihrem Ryno das Leben beschwören und alles Leid davon fernhalten!

»Glaubst du nicht«, antwortete ihr Mann, »daß sie immer bei uns sein wird, auch wenn sie abwesend ist, und glaubst du, sie wüßte das nicht …?« Sie lenkten ihre Pferde in Richtung Barneville. Aber es war noch nicht spät. Die Heide war so einsam, die Luft so stumm, die Landschaft so ergreifend, daß Hermangarde sagte:

»Laß uns noch nicht zurückkehren; laß uns lieber noch etwas durch die Heide reiten.« Und wie Kinder – denn die Liebe ist eine heilige Kindheit – faßten sie sich an der Hand und galoppierten los. Wenn die Leute der besseren Gesellschaft, die spottlustigen Freunde de Marignys, ihn dabei hätten sehen können, wie er seine Frau an der Hand hielt, hätten sie einen Köcher voll spöttischer Spitzen über ihm ausgegossen; aber die Gesellschaft war weit weg mit ihren unbarmherzigen Schützen, die vielleicht, leider Gottes!, ihre Pfeile in das Blut ihres eigenen Herzens tauchen und das Glück häufig nur deshalb verhöhnen, weil es ihnen unerreichbar ist! Sie waren allein. Um sie war nur Natur und Stille. Auf der Heide, die mit Thymian, Ginster und Quendel bewachsen war, hörte man kaum die Schritte ihrer Pferde. Sie begegneten niemandem, erst am Rand der Heide, als sie sich schon den bebauten Feldern näherten, sahen sie am Rand eines ausgefahrenen Wegs ein kleines Mädchen sitzen, eine kleine Bettlerin, mit tonfarbenem Teint und wirren Haaren, halb nackt, stumpf, fast leblos, neben einer grünlichen Pfütze. Sie ließ sie vorbeireiten, ohne sie um etwas zu bitten. Aber sie kehrten um und erkundigten sich. Sie zeigte auf eine jener Hütten mit niedrigem Dach, die man im normannischen Dialekt *bijudes* nennt, und erzählte mit schleppender Stimme, daß sie dort mit ihrer Großmutter wohne. Das Wort Großmutter aus diesem armseligen, kläglichen Kindermund wühlte Hermangarde in ihrem Innersten auf. »Liebst du sie? Liebe sie, deine Großmutter!« entrang es sich ihren gerührten Lippen. Und sie gab ihr alles, was sie bei sich trug. Das Kind entfernte sich erstaunt, und starrte abwechselnd die glitzernde Seide dieser vollen Geldbörse, die sie in ihrer mageren, schmutzigen Hand hielt, und jene schöne, ach, so schöne Dame an, die sie ihr gegeben hatte. Sie sahen, wie sie langsam zu jener alleinstehenden *bijude* zurückging und sich auf jeder Wegkuppe umdrehte, um ihnen von ferne jenen scheuen und tiefen Blick der Verzweiflung, der Neugier und des Unverständnisses nachzuwerfen. Als sie sie nicht mehr sahen, ritten sie weiter und berauschten sich an der frischen Luft, an ihrer Güte und an wehmütigen Gefühlen! Nachdem sie diese Heidesteppe, die sich in ihrer Mitte wie ein Hügel aufwarf, in mehreren Richtungen durchstreift hatten, kamen sie wieder zu der Stelle zurück, wo sie Madame de Flers verlassen hatten. Ihre Herzen glühten, und sie schwelgten im Anblick der Landschaft, die sich vor ihnen auftat. Zu ihren Füßen fiel die Gegend ab und mündete in eine schmale Schlucht, aber nur, um jenseits einer Steinbrücke, die über das nicht sehr tiefe Wasser führte, das die benachbarten Gräben speiste, sofort wieder anzusteigen. Dieses Wasser, das klar und flach über die eisenhaltigen Kiesel floß, diente zur Bewässerung einer Wiesenfläche in der Nähe des Forsts von La Taille, einem ehemaligen Kloster mit reichen Besitzungen, das während der Revolution verkauft worden war, und dessen Pächter eine Thermalanlage daraus gemacht hatte. Zu ihrer Linken sahen Hermangarde und Marigny die kahlen Wipfel des ausgelichteten Forsts und durch seine braunen Äste das Gebäude und die Türmchen des Klosters. Auf der anderen Seite der Brücke schlängelte sich, eingegraben in den Hang, eine Landstraße nach Barneville hinauf, dessen Turm den Horizont, vor dem sich die Schornsteine des Fleckens wie schwarze Zacken abhoben, krönte. Zu ihrer Rechten säumte eine dichte Hecke den Weg, und der Boden fiel plötzlich, so wie er auf der anderen Seite anstieg, ab. Er war in mehrere durch Hecken voneinander getrennte Äcker aufgeteilt, und da er durch sein unvermitteltes Abfallen eine breite Schneise bildete, gab er am äußersten Rand Barnevilles und noch ferner im Hintergrund unerwartet den Ausblick auf das Meer und seine Strände frei. Bei klarem Wetter konnte man die Bucht von Carteret und selbst Jersey, diese in Dunst getauchte Cyklade von La Manche, erkennen. An diesem Tag sah man nichts. Der wolkenverhangene Himmel glich glanzlosem Perlmutt. Das Meer war nicht mehr blau wie im Sommer und hatte auch nicht mehr jene blaßgrüne Farbe des Aquamarins, die es hier für gewöhnlich zeigte. Es war auch nicht mehr übersät mit jenem tausendfach glitzernden Goldflitter, den die Sonne manchmal an seine Wogen heftet und den die Wellenkämme als flüssige Diamanten zurückwerfen. Erloschen aber unverfälscht befand es sich im Einklang mit dem verhangenen, träumerischen Himmel und lag als breites silbriges Band glatt wie ein Ölteppich da. Hermangarde und Marigny genossen, auf ihren in Schweiß gebadeten Pferden sitzend, lange Zeit dieses Schauspiel, das so gut zu einem Abschiedstag paßte! Alles trug zu der melancholischen Stimmung bei: die fernen Klänge der Glocken von Barneville, die den samstäglichen Nachmittagsgottesdienst einläuteten, das Muhen einer Kuh, die irgendwo am Fuß der Heide im Gestrüpp verborgen war, die Zeit, die in den kurzen Novembertagen so rasch vergeht und den Tag mit sich nimmt! Sie verharrten stumm und wie gebannt vom Zauber. Der Zauber war in ihnen und umgab sie. Nie war ihnen dieses Land, das sie mit ihrer ganzen Liebe liebten, dieser Liebe würdiger erschienen.

Sie ritten im Schritt den Abhang hinab, der vor ihnen lag, denn die Hufe der Pferde glitten auf dem rutschigen Boden aus, dann schlugen sie, Seite an Seite, immer noch in Gedanken versunken, den Weg über die Brücke ein; Rynos Hand lag auf der Mähne von Hermangardes Pferd; sie redeten nicht miteinander, aber ihre im Schoß dieser fruchtbaren

Stille vereinten Seelen unterhielten sich besser, als wenn sie miteinander gesprochen hätten.

Plötzlich bog ein schwarzes, elegantes und schlichtes Coupé, das sie gleichzeitig hörten und erblickten, aus einem uneinsehbaren Seitenweg, der zum Kloster führte, fuhr an dem Fluß mit dem tausendfachen Gerinsel von Mineralwasser entlang und raste auf den Brückenkopf zu, auf dem sie ihre Pferde verschnaufen ließen. Sie machten Platz, um das ungestüme Gespann vorbeizulassen. Das Pferd de Marignys, das sich aufbäumte, wäre fast von einem der Räder erfaßt worden. Sie erkannten Madame de Mendoze und grüßten sie. Keiner von ihnen ahnte, daß sie sich begegnen würden … Diese für alle unerwartete Erscheinung war wie ein Blitz aus heiterem Himmel. Madame de Mendoze war nur noch ein Schatten ihrer selbst. Man hätte glauben können, der durchsichtige Körper, den ein angesichts ihrer Schwäche zu schwerer Umhang aus karmesinroter Seide auf den Kissen des Coupés erdrückte, besitze weder Fleisch noch Knochen. Sie fuhr rasch vorbei. Sie konnten die schrecklichen Einzelheiten einer Veränderung, deren Ursprung lange zurücklag, die nun aber ein rasches Ende zu nehmen versprach, nicht im einzelnen beurteilen. Als die erloschenen und leeren Augen dieses Totenkopfes, den Madame de Mendoze auf ihren gebeugten Schultern trug, auf Madame und Monsieur de Marigny fielen, zeigte sich darin eine Art nervöses Zittern, wie es manchmal auf Lippen erscheint. Das war alles. Sie hatte nicht mehr genug Blut, als daß auch nur ein Tropfen aus ihrem Herzen in ihre hohlen Wangen hätte aufsteigen können, und ihre Blässe war so groß, daß sie nicht mehr größer werden konnte. Hermangarde, die für diese unglückliche Frau ein so heftiges Mitleid empfunden hatte, heftete begierig ihre Blicke auf sie und wandte sie voll Entsetzen wieder ab. Monsieur de Marigny dagegen spürte einen jener Stiche im Herzen, die das Leid, das man jemandem zugefügt hat, manchmal dort verursacht. Er versuchte, seine Verwirrung zu verbergen, wie ein Mann, der auf ein anderes Glück Rücksicht zu nehmen hat. Das furchtbare Aufbäumen seines Pferdes hinderte Hermangarde vielleicht daran, eine Erregung zu bemerken, die sie erschreckt hätte, – denn die Liebe schürt Ängste! Sie erlaubt der Mildherzigkeit nicht, zu gefühlvoll zu sein. Sie sagt mit ihrer mißtrauischen Tyrannei: »Ich möchte gerne Mitleid mit der Frau haben und mit dem Kummer, dessen Ursache du bist, aber ich will nicht, daß du zuviel Mitleid zeigst.«

Hermangarde hätte sich im übrigen getäuscht. Die Erregung ihres glücklichen Gatten hatte nichts mit Madame de Mendoze zu tun. Er war aufgewühlt, weil er im Coupé der Comtesse eine andere Frau gesehen hatte. Er hatte Vellini erkannt.

7. KAPITEL

Der Schreier

Monsieur und Madame de Marigny ritten langsam den steilen Hang hinauf. Der Eindruck, den dieser kurze, aber einprägsame Anblick bei ihnen hinterließ, verschloß ihnen für einige Zeit den Mund. Ein leicht verständliches Zartgefühl hatte sie immer daran gehindert, über Madame de Mendoze zu sprechen, andererseits hatten sie seit ihrer Heirat auch nie Anlaß dazu gehabt. Nun ergab sich zum erstenmal die Gelegenheit, und zwar so, daß sie nicht zu umgehen war.

»Monsieur de Prosny hatte recht«, sagte Hermangarde, »er hat Madame d'Artelles berichtet, daß sich Madame de Mendoze in ihrem Schloß in La Haie d'Hectot aufhält.«

Sie sagte dies einfach, um nicht zu schweigen; denn nach dieser Begegnung zu schweigen, wäre schlimmer gewesen, als zu reden. Sie wollte ihren Gatten nicht glauben lassen, sie errate seine heimlichen Gedanken und leide darunter. Sie befürchtete, durch eine Bemerkung über den entsetzlichen Zustand der mit dem Tode ringenden Comtesse die Gewissensbisse, die Ryno, wie sie vermutete, heimsuchten, zu vermehren. Sie liebte ihn genug und sie war gütig genug, seine Gewissensbisse zu teilen, sie, die unschuldig war und dennoch in ihrem Herzen den Schrei hörte: »Dein Glück ist mit ihrem Leid erkauft!«

Ryno antwortete nicht. Er dachte nicht an Madame de Mendoze. Er dachte an die *andere* … an Vellini. Wie kam sie in das Coupé der Comtesse? Warum rückte diese Frau, die ihn freiwillig und aus eigenem Antrieb verlassen hatte, nun auf einmal wieder seinem Leben so nahe? Was plante, was bezweckte sie? Seit seiner Heirat hatte er ihr durch das hartnäckigste Schweigen bewiesen, daß er sie nicht mehr liebte und daß er nur noch Hermangarde liebte; aber warum hatte er dann diesen Dolchstoß im Herzen gespürt, als er das ihm so vertraute häßliche, düstere und gleichgültige Gesicht neben Madame de Mendoze gesehen hatte?

»Wer war denn die Frau, die Madame de Mendoze begleitete?« fragte Hermangarde, und versuchte, ihren Mann dadurch von dem traurigen Schauspiel abzulenken, das ihn, wie sie dachte, immer noch beschäftigte. »Man kennt sich eigentlich im Faubourg Saint-Germain, aber dieses Gesicht habe ich dort nie gesehen.«

»Es ist vielleicht eine Frau aus einem der Schlösser der Umgebung«, sagte Marigny, der zum erstenmal in seinem Leben unaufrichtig gegenüber Hermangarde war.

»Sie sieht wie eine Ausländerin aus«, sagte die junge Frau. »Die Comtesse ist in Italien aufgewachsen. Vielleicht ist es eine Jugendfreundin, die sie besucht, um sie zu pflegen.«

Die Unterhaltung geriet wieder ins Stocken. Die Kälte, die der Abend und auch der Seewind mit sich brachten, der immer stärker blies, je mehr sie sich dem Meer näherten, ließ sie ihre Pferde antreiben. Dieses schöne Liebespaar, das gerade noch mit leichtem Herzen und einem Lächeln auf den Lippen Hand in Hand durch die Heide von La Haie d'Hectot galoppiert war, trabte nun verdüstert über die steinigen Wege, und die Handbewegungen, mit denen sie die Peitsche über dem Nacken ihrer Tiere schwangen, verrieten mehr ihre innere Erregung als die Ungeduld, nach Hause zu kommen. Der Tag verflüchtigte sich nach und nach. Es war schon finstere Nacht, als sie die schlecht gepflasterte Straße von Barneville hinabritten. In den Häusern begann man die qualmenden Lampen anzuzünden, und ihr Licht drang durch die kleinen Fensterscheiben. Hermangarde litt offensichtlich unter dem anhaltenden Schweigen ihres Mannes. Sie dachte, der Anblick Madame de Mendoze habe ihn zu lebhaft an eine zerstörte Vergangenheit erinnert; aber waren die Gewissensbisse vielleicht von Bedauern begleitet ...? Die Eifersucht legte ihre grausame Pranke auf Hermangardes Herz, als befühlte sie die Stelle, an der sie in Kürze zuschlagen würde. Marigny ahnte nichts von dem Kummer, den er schon jetzt dem schönen Kind bereitete, das ihm sein Herz und sein Leben geschenkt hatte. Er liebte Hermangarde mit einer so aufrichtigen Leidenschaft, daß er vor allem ihretwegen die quälende Vision Vellinis aus seinen Gedanken zu verdrängen versuchte. Wie alle Männer, die ein Bild abschütteln wollen, das wie ein Joch auf ihrer Erinnerung lastet, empfand er das Bedürfnis nach körperlicher Bewegung, nach dieser unfruchtbaren Bewegung, die die Ängste in unserer Brust vergebens aufrührt und uns nicht von unseren schmerzlichen Gefühlen befreit! Als sie Barneville verließen, gab er seinem Pferd, ohne richtig zu wissen was er tat, die Sporen, als wäre er allein, und galoppierte mit ungezügeltem Ungestüm auf dem sandigen Ufer entlang. Hermangarde folgte ihm mit der gleichen Geschwindigkeit. Sie war unerschrocken und liebte die Gefahr und das

Herzklopfen, das sie hervorruft, und noch wenige Stunden zuvor hätte sie diesen wilden, unvorsichtigen, atemlosen und ziellosen Ritt genossen. Jetzt aber litt sie darunter wie unter ihren Gedanken. Dieser Ritt schien ihr unheilverkündend. Ryno, der vor ihr herjagte, schien vor ihr zu fliehen. Sie folgte ihm, und Tränen rannen über ihre Wangen. Der Wind und die salzige Seeluft trockneten sie auf ihrem verstörten Gesicht. Er sah sie nicht; er galoppierte immer weiter ... »Was hast du, Ryno! Warum reitest du so schnell ...?« rief sie mehr als einmal hinter ihm her. Aber er hörte nichts. Der Wind, der ihnen ins Gesicht peitschte und den sie mit ihren beiden Köpfen durchschnitten, wie die Köpfe von Schwimmern das Wasser zerteilen, trug den verzweifelten Schrei Hermangardes machtlos zu ihr zurück. Würde ihre Liebe ebenfalls zurückkehren? Sie durchritten den Meeresarm, der am Eingang von Carteret unter der Bohlenbrücke floß. Das Meer war gestiegen, das Wasser tief. Es reichte den erhitzten Pferden bis an die Brust. Das wallende Reitkostüm, das, durch den Ritt aufgebläht, wie der Flügel eines schwarzen Schwans flatterte, die in Hirschleder gekleideten Füße, diese Füße einer Jägerin, die jedoch zart wie die Füße einer Pariserin waren, und die Knie Hermangardes wurden von diesem eiskalten und mörderischen Wasser durchnäßt. Man hätte ihren Weg von dem Meeresarm bis zum Herrenhaus an der nassen Spur, die ihr Kostüm und ihre Schuhe hinterließen, verfolgen können. Sie hatte das Gefühl, es sei das Blut ihres Herzens, das in den Sand tropfte. Diese Vorstellung erschöpfte ihre Kräfte. Die Einbildungskraft nervöser Menschen verstärkt die Gefahren des Kummers! Es war höchste Zeit, daß sie nach Hause kam: Sie konnte sich nicht mehr im Sattel halten. Sie wurde ohnmächtig. Als ihr Pferd vor der Außentreppe des Herrenhauses ankam und dort stehenblieb, war Ryno, der immer noch vor ihr hergeritten war, schon abgestiegen und trat zu ihr. Er wollte sie aus dem Sattel heben und bemerkte, daß ihr Hals feucht, blaß und kalt war wie der einer Schiffbrüchigen; er spürte, wie sie auf seiner Schulter zusammenbrach – eine geknickte Lilie in den Händen, die sie trugen –, und er stieg mit seiner kostbaren Last rasch die Treppen hinauf, indem er mit seinem ganzen Körper die durchnäßten Knie wärmte, sie gegen seine glühende Brust preßte und mit seinen Armen wie mit zwei lebenswarmen Bändern umschloß. Er legte sie in ihrem Zimmer auf das Bett, auf dem sie weniger geschlafen als gewacht hatten, gegenüber dem Kamin, in dem für ihre Rückkehr vorsorglich ein Feuer angezündet worden war. Das Gesicht Rynos, aus dem die Angst um seine Frau alle anderen Sorgen vertrieben hatte, dieses Gesicht, das Liebe und bange Zärtlichkeit widerspiegelte, seine gerührte Stimme, seine erregte Brust ließen Hermangarde zum Leben, zum Lächeln, zum Glück zurückfinden und brachten die heftigen Gefühle, die sie empfunden hatte, im Nu zum Verschwinden. »Es ist vorbei! Beruhige dich, es geht mir gut«, sagte sie. »Ja, es geht mir wieder gut«, wiederholte sie, und atmete erleichtert auf. Sie saß, den Federhut neben sich, auf dem Bett; ihre Kammerzofe kniete vor ihr, hielt ihre Füße in der Hand und schnürte ihr die Stiefel auf, wobei sie sich so tief über ihre Arbeit beugte, daß sie die beiden nicht sah, die sich anblickten, als wären sie alleine. Hermangarde, die wieder glücklich war, schloß die Augen, um unbemerkt zwei Tränen, die an ihren Lidern hängengeblieben waren, darin zu ertränken und schob dabei ihren Kopf unter die Lippen ihres Gatten, der ihre Lider küßte und dort entdeckte, was sie hatte verbergen wollen.

»Es ist nur Meerwasser, das mir in die Augen gespritzt ist«, sagte sie heiter, indem sie ihre göttlichen Augen wieder aufschlug, feuchte Saphire, deren Leuchten von Zärtlichkeit überstrahlt wurde!

Der Rest des Abends entschädigte Hermangarde für den ersten Kummer, der ihre Seele durchzuckt hatte. Er zerrann in den liebevollen und ungestümen Wonnen einer Zweisamkeit ohne Zeugen. Man hätte meinen können, Madame de Flers – die das Band ihrer Liebe darstellte, so sehr liebten sie sie alle beide!, so sanft vermittelte sie zwischen ihren Herzen – habe sie einander nähergebracht, indem sie sich aus ihrem Leben zurückzog. Und wenn dies auch für ihre Liebe nicht zutraf, denn konnten ihre Herzen noch enger zusammenwachsen?, so traf es doch für ihre Häuslichkeit zu, deren Einsamkeit sich verdoppeln würde. Es gibt nur eine Luft, in der die Liebe nicht erstickt, die Einsamkeit. Wie der Adler, der die Unendlichkeit einer azurnen Einöde braucht, so entfaltet die Liebe ihre Spannweite und die mächtige Urwüchsigkeit ihrer Regungen nur in einer unendlichen, tiefen, vollkommenen Einsamkeit, einer höheren Region von Einsamkeit! Wer wüßte das nicht? Selbst diejenigen, die sich in den besten Familienverhältnissen unter demselben Dach auf die legitimste und anerkannteste Weise lieben, bemerken jeden Augenblick, daß sie nicht alleine sind und leiden unter dieser Einschränkung … Das geteilte Glück stört sie empfindlich, und sie verkrampfen sich, selbst unter dem nachsichtigsten Blick, und halten das Aufblühen ihrer Seele zurück, die sich wie eine geschwollene Blüte öffnen möchte, deren Duft entweichen will. Diese Momente der Begierde, gegen die man sich nicht zu wehren versteht, die Sehnsüchte, die einen plötzlich erfassen, die unwiderstehliche Lust, seinen Kopf auf die geliebte Schulter fallen zu lassen – den lebendigen Beichtstuhl, auf den die Köpfe der Liebenden niedersinken, um den Wonnerausch zu verbergen oder in die Erinnerung zu entfliehen –, all diese Regungen muß man unterdrücken und verschieben. Einer schwachen Seele mutet man zu, was selbst Gott seiner wunderbaren Natur nicht antut – denn Gott, der den Wildbach vom Berggipfel in den Abgrund stürzen läßt, denkt nicht daran, seine leuchtende Bahn auf halbem Weg zu unterbrechen und sein in der Sonne schäumendes

Band unerwartet zu zerreißen. Durch die Abreise der beiden Witwen war das verheiratete Liebespaar von der grausamen Qual unterdrückter Begierde befreit worden. Endlich würden sie sich ungestört aneinander freuen und alle sinnlichen Regungen ihres Lebens in den beiden Abgründen des siebten Himmels der Liebe – der Freiheit und dem Mysterium – verbergen können. Für sie sollte es nun keine verbotenen Augenblicke mehr geben, die für das Glück nutzlos und für die Zärtlichkeit verloren waren. Das Perlenband der glücklichen Stunden würde niemals zerreißen! Die Liebe, die aufblühte, weil sie keinen fremden Blicken mehr ausgesetzt war, und die ihr ganzes Tun und Lassen durchdrang, würde sie mit ihrem goldgesprenkelten Purpur färben und sie in die Narde ihrer köstlichsten Essenzen tauchen. An diesem Abend begannen sie, es zu spüren. Sie genossen ihr Glück in vollen Zügen. Sie waren nicht undankbar gegenüber ihrer abwesenden Mutter … sie waren nur verliebt. Wären sie weniger verliebt gewesen, hätten sie die Leere des Hauses, in das sie zurückgekehrt waren, bemerkt. Sie hätten beim Anblick des Sessels, in dem Madame de Flers nicht mehr saß, Trauer über ihre Abreise verspürt. Marigny ließ sich darin nieder und nahm seine Frau auf den Schoß, ohne an die zu denken, deren Platz er einnahm. Hermangarde hatte ihr Reitkostüm gegen ein Kleid aus leichter Seide mit einem nachlässigen und koketten Schnitt ausgetauscht. Die Ärmel des Kleids waren bis zum Ellbogen geschlitzt und ließen in ihren herabfallenden Falten die schönen, runden Arme Madame de Marignys mit den darumgelegten Opalarmbändern sehen. Ryno liebte Armbänder an Frauen. Diese wilde Leidenschaft für alle funkelnden Edelsteine hatte er von Vellini, die mit den ihren auch schlief und es liebte, ihre kupferfarbene Haut damit zu tätowieren, von Vellini, dieser Zigeunerin mit dem barbarischen Geschmack, der Verderberin seines Lebens. Hermangarde, die in ihrer Aufmachung, wie alle Frauen mit einem vornehmen

Charakter, Schlichtheit bevorzugte, hatte rasch den Gefallen ihres Mannes an Schmuck erkannt, und sie hatte ihre Arme, die Arme einer antiken Statue, die stolz auf ihre schmucklose Nacktheit waren, in diese Edelsteinringe gesperrt, obwohl sie ihnen die schwarzen, mit einer einfachen Stahlspange geschlossenen Samtbänder, die sie früher als junges Mädchen um die Handgelenke trug, vorgezogen hätte. Sie liebte ihren Gatten mit einer so ungeteilten Leidenschaft, daß sie alles liebte, was er liebte. Wenn es am meisten um sie ging, dann drehte sich immer noch alles um ihn. Sie existierte nicht mehr. Ihre ausgelöschte Person erstand in Ryno wieder auf. Wenn Ryno auf ihrem angebeteten Gesicht gerne Blatternarben gesehen hätte, wie einst Ludwig XIV. auf dem Gesicht Mademoiselle de Vallières, hätte sie sich der Ansteckung mit Freuden ausgesetzt und die Krankheit auf sich genommen, um ihm reizender zu erscheinen ... um ihm noch etwas mehr zu gefallen.

Sie hatten ihre Abendmahlzeit unbeobachtet von den Dienstboten, die sie weggeschickt hatten, nachdem das Essen aufgetragen war, eingenommen, und bei diesem Diner unter vier Augen, oder besser gesagt Herz an Herz, konnten sie näher zusammenrücken; ihre Hände, ihre Beine, ihre feuchten Stirnen berührten sich, und sie überließen sich willenlos allen Launen der Verliebtheit. Ach, welch schöner Augenblick in der Liebe, wenn die Schamhaftigkeit ihre Verwirrung nicht mehr verbirgt und spürt, wie ihr Schwanengefieder Feuer fängt! »Trink aus meinem Glas«, hatte Hermangarde mit einem glühenden, sehnsüchtigen Lächeln zu Ryno gesagt, »du wirst meine Gedanken erfahren. Diese Gedanken, die ich nicht in Worte fassen kann«, fuhr sie beklommen fort, »du wirst erfahren, ob sie dir gehören!« Und sie hinterließ absichtlich am Rand des Glases etwas anderes, als ihre Gedanken. Diese nektarähnliche Spur junger, feuchter Lippen, diesen *Haschisch* des geliebten Mundes, der mehr berauscht und zum Träumen verführt als alles Opium des Orients, hatte Ryno schon viele Male mit unerschöpflicher Sinnenlust genossen; aber diese glühende Sinnenlust läuterte sich, ohne zu erkalten, im Äther der keuschesten Zärtlichkeit. Hier war nichts von der fiebrigen Zügellosigkeit und dem vergifteten und krankhaften Feuersturm zu spüren, mit denen die Vellini ihn bis ins Mark verfolgte. Es war eine Wollust höheren Ursprungs, in der die Seele mehr Raum einnahm als der Körper. Mit ihren Flechten, die einem goldenen Heiligenschein glichen, ihrem himmlischen Profil, ihren samtigen blauen Augen und ihren flatternden Ärmeln hätte ein Dichter sie für einen schönen Erzengel halten können, der nicht gefallen war, der nie fallen würde, und dem Gott erlaubt hat, Ryno mit seinen Flügeln zu decken. Sie läuterte alle seine Begierden, indem sie sie ihm einflößte. Als sie in den Salon zurückgekehrt waren, den eine mit einem rosigen Schleier verhangene Lampe erhellte, hatten sie sich in jener wollüstigen und geheimnisvollen Pose, die der Maler Francesca da Rimini und Paolo Malatesta gab, als sie am Auge Dantes in einem melancholischen Dunst vorbeizogen, auf das Ruhebett im Hintergrund des Raums gesetzt. Es war spät geworden. Ihre Unterhaltung – diese Unterhaltung über Nichtigkeiten, die dem Herzen so wichtig sind – war in ihren Küssen erstickt, die sich auf die Dauer selbst auf ihren Lippen erstickten. Sie hörten nur noch das Pochen in ihren Adern und das Meer, das, wie Gott, sein Herr und Meister, in alle Ewigkeit Wache hält, und dessen erschöpfte Wellen sanft gegen die Mauerböschung des Herrenhauses schlugen.

Plötzlich erklang ein durchdringender Schrei in der tiefen Stille. »Was ist das für ein Schrei?« fragte Hermangarde überrascht und erschreckt. Auch Ryno hatte gezittert, als er ihn vernahm.

»Oh, mein Gott! Ist das vielleicht der *Schreier*«, sagte sie, »von dem sie uns vor ein paar Tagen in Les Rivières beim

Fischer Bas-Hamet erzählt haben? Laß uns lauschen«, fügte sie neugierig hinzu.

Der Schreier ist eine Ausgeburt des Aberglaubens der Gegend. Man erzählt sich, daß am Vorabend eines Sturms – eines unvermeidlichen, ungewöhnlichen Unglücks – ein Mann, dessen Gesicht noch niemand gesehen hat, in einen braunen Mantel gehüllt, sattellos auf einem schwarzen Pferd mit voller Mähne und vollem Schweif sitzend, die sandigen Küsten und die Klippen durchstreift und sie mit seinen unheilverkündenden Schreien erfüllt. Weder Treibsand noch schlüpfriger Tang, noch Wassergräben, noch Felsspitzen halten den wilden Ritt dieses Mannes und seines schwarzen Pferdes auf, dessen rotglühenden Hufe aus einer höllischen Schmiede zu kommen scheinen, denn das Wasser vermag sie nicht zu löschen und zischt und dampft schwarzgeworden noch lange Zeit nachdem sie es durchquert haben. Hermangarde, die eine poetische Ader hatte, war erstaunt, an einer einsamen Küste der Normandie noch Legenden anzutreffen, die jenen ähnelten, die uns Walter Scott aus Schottland überliefert hat; Hermangarde, die jedermann mit dem Wohlwollen der Schloßherrin behandelte, die durch ihren persönlichen Charme die verlorenen Vasallen ihrer Vorfahren zurückgewinnt, hatte sich die Geschichte des Schreiers mehr als einmal erzählen lassen.

Aber der Schrei kehrte wieder, diesmal noch durchdringender und klarer. Man hätte meinen können, er werde am Fuß der Hofmauer ausgestoßen.

»Nein, das ist nicht der Schreier«, sagte Hermangarde. »Es ist eine menschliche Stimme, das ist der Schrei einer Frau!«

Und alle beide, die Frau und der Gatte, erhoben sich, um den Fenstervorhang aufzuziehen und zu schauen, wer dort in der Dunkelheit so laut schrie.

Die Flut, die ihren Höhepunkt erreicht hatte, ging ein wenig hohl, aber nichts kündigte einen Sturm an. Der Himmel war dunkel, wolkenlos und mit Sternen übersät; und obwohl es tiefe Nacht war, sah man das Meer. Die Seeleute nennen das sternenklares Wetter. Ein kleines Segelboot, das vom Fuß der Mauer abzulegen schien, fuhr in Richtung der beiden Leuchttürme des Hafens, als wolle es ausfahren.

»Das, was Sie für den Schreier halten«, sagte Marigny, »sind Küstenschmuggler, die die Leichtgläubigkeit und die Angst der Leute hier nutzen, um sie von der Stelle fernzuhalten, an der sie ihre Ware verladen wollen. Ich möchte wetten, daß dieses Schiff voller Schmuggler ist.«

»Aber das, was wir gehört haben, war nicht der Schrei eines Mannes!« erwiderte Hermangarde, bei der der Schrei ein unerklärliches Entsetzen ausgelöst hatte; denn von Natur aus hatte sie ein tapferes Herz und starke Nerven wie die Frau eines Königs.

»Du wirst dich getäuscht haben, mein Leben«, sagte Ryno. Und er zog sie mit einer ungestümen Bewegung an sich, die sie für die süße Raserei einer in ihren unaussprechlichsten Genüssen unterbrochene Liebe hielt.

Aber er wußte genau, daß sie sich nicht getäuscht hatte, und er wußte auch, aus welcher Brust dieser seltsame Schrei gekommen war.

8. KAPITEL

Der Teufel ist los

Am Tag nach diesem zärtlichen Abend, den sie in jener trauten Einsamkeit verbracht hatten, in der sich ihr ganzer Winter abspielen würde, blieb Madame de Marigny, etwas erschöpft von ihrem Ritt und den Eindrücken des vergangenen Abends, auf ihrem Zimmer. Sie schrieb an ihre Großmutter: Sie wollte, daß ein Brief mit einem Bericht von ihren Kindern möglichst gleichzeitig mit ihr in Paris ankäme. Als Ryno sah, daß seine Frau beschäftigt war, machte er sich allein in Richtung der Klippen auf den Weg. Es war zwölf Uhr. Der Himmel war klar aus dem sich verflüchtigenden Nebel hervorgegangen, dessen Fetzen der Wind bis an den Rand des Horizont geblasen hatte. Eine flache, dünne Wolkenschicht hielt die Sonne noch gefangen, aber ihr schillerndes Licht begann die Ränder mit einem feurigen Goldband auszufransen. Ryno ging in Gedanken versunken an dem verlassenen Hafen entlang. Das unglaubliche Glück, das er seit mehr als fünf Monaten erlebte, hatte in seiner Seele, die wir so großen Stürmen ausgesetzt gesehen haben, nicht einen Moment lang jene unvermeidliche Langeweile hervorgerufen, durch die alles im Leben ein Ende nimmt, bedauerlicherweise auch die Liebe. Ihn erfüllte eine überschwengliche Freude, die die menschliche Natur Lügen strafte, so wie sein Glück das Schicksal widerlegte. Aber seien wir offen, die Sicherheit dieses Glücks hatte soeben zwei Erschütterungen erfahren. Zwei für niemand anderen als die getroffene Seele wahrnehmbare Pfeile waren von einem unsichtbaren Bogen abgeschossen worden, der immer auf ihn gerichtet war. Vellini, die eine Gefahr für ihn darstellte, weil sie durch ihre Gegenwart die Vergangenheit beschwor, war in der Nähe. Sie war es gewesen, die Wahnsinnige, die gestern Abend zweimal jenen Schrei ausgestoßen hatte, in dem er trotz Dunkelheit und Entfernung ihre Stimme wiedererkannte, die er zehn Jahre lang in seiner Seele getragen hatte. Die erste Aufregung, in die ihn ihr Anblick im Wagen von Madame de Mendoze versetzt hatte, und die sich erst am Herzen Hermangardes wieder verlor, hatte ihr nicht gereicht. Selbst an diesem Herzen, seinem Reich und seiner Festung, wo er alles vergaß und nichts fürchtete, suchte sie ihn ein weiteres Mal heim. Ach, wenn die Frauen, die man einmal liebte, wüßten, wieviel Macht sie auch dann noch besitzen, wenn man sie nicht mehr liebt, würden sie weder so qualvoll verzweifeln noch so feige verzichten!

Marigny stieg in Gedanken den Sandweg an den Klippen hinauf. Wie immer hatte er seine Flinte mitgenommen, um auf Möwen und Seeschwalben zu schießen. Zwei herrliche dänische Doggen, Titan und Titania, gingen vor ihm her. Die beiden Hunde, die mit ihrer kräftigen Geschmeidigkeit und ihrem glänzenden Fell zwei weißen gezähmten Tigern glichen, waren ein Geschenk von Vellini. Sie hatte sie ihm eines Tages, lange bevor er heiratete, gegeben. Viele Male hatte er die Tiere mit Hermangarde, die es liebte, die wie aus Elfenbein gemeißelte Hand auf ihren vierschrötigen Schädeln und ihren schwarzen Schnauzen ruhen zu lassen, betrachtet, ohne an diejenige zu denken, deren braune Hand sich auf dieselben Stellen gelegt hatte. Viele Male hatte er ihnen dabei zugesehen, wie sie sich niederlegten und ihre breiten Pfoten auf den Saum von Hermangardes Kleid legten, der sich auf dem Teppich ausbreitete, wenn sie saß, und nie hatten sie ihn von dieser Frau ablenken können, deren kostbare und empfindliche Kleidung sie mit ihrer schönen Kühnheit zerknitterten. Heute, wo diese geliebte Frau nicht da war, um mit ihrem Charme alles auszulöschen, erinnerten ihn Titan und Titania mit einer Gewalt, die nur durch die Aufregungen des gestrigen Abends zu erklären war, an die Hand derjenigen, die sie ihm geschenkt hatte. Trunken von der frischen Luft, tobten die edlen Tiere auf der Rückseite der Felsen herum und schienen mit ihren weißen, schwarzgesprenkelten Rücken die Buchstaben von Vellinis Namen wie eine schicksalhafte Arabeske in den Sand zu zeichnen. Es stand geschrieben, daß er diesen Erinnerungen, auf die er seinen Fuß gesetzt hatte wie auf die Leiche eines Besiegten, und die nun wieder auferstanden, nirgendwo entkommen würde. »Hermangarde! Hermangarde!« rief er im Gehen, wie der Fromme, der Gott anruft, wenn der Teufel seine Gedanken heimsucht. Wer hätte nicht manchmal den stärkenden Namen der geliebten Frau ausgerufen? Wer hätte sich an schwachen Tagen nicht unter diesen Schutz begeben, wie unter ein Zauberschild? Als Marigny beim Ausrufen dieses Namens sein Herz erforschte, war er sich sicher, daß seine Liebe nicht abgenommen hatte; daß sie vielmehr anschwoll, wie das Meer zu seinen Füßen, das mit der ruhigen Kraft seiner Allmacht tosend an die Klippen schlug. Es hatte seinen höchsten Stand erreicht und war wunderschön. Die salpeterhaltige Brise kräuselte seine Oberfläche zu kleinen, sanften Wellen, auf deren Kämmen sich Schaum bildete. Der Himmel spiegelte am Horizont die blassen smaragdfarbenen Töne des Meeres, das einsam und verlassen dalag und wie der Busen einer stolzen Frau, der kein Bild eines Mannes in sich trägt, auf seinen hochmütigen friedlichen Fluten keine Schiffe trug. Um dieses großartige Schauspiel besser genießen zu können, schlug Marigny den Weg zu der Plattform des Ausgucks ein, der am Rand der Felsen eingelassen war; seine beiden Hunde waren ihm mit freudigem Gebell vorausgerannt. Als er die verfallene Plattform betrat, sah er, wie sie sich vor Freude zu Füßen einer Frau wälzten, die sie mit der Witterung unvergänglicher Treue, die diese edlen Tiere instinktiv besitzen und die den Menschen zur Lehre dienen könnte, von weitem erkannt hatten. Es war Vellini.

Sie saß auf dem alten verrosteten Kanonenrohr, das ohne Laffete auf dem Boden lag, und das spielende Kinder bis zur Mündung mit Sand gefüllt hatten. Sie war allein. Die Hunde hatten sie, als sie an ihr hochsprangen, mit ihrem Anprall überrascht, und sie drängte sie mit der Hand sanft zurück, während sie sie wie üblich streichelte. Als sie sich abwandte, um den an ihr hochspringenden Tieren auszuweichen, die ihr Gesicht ablecken wollten, zeigte ihre schmale Taille eine unendliche Anmut und Geschmeidigkeit, und als sie mit den Augen nach *dem* suchte, der ihnen folgen mußte, wandte sie sich noch etwas weiter um und verdrehte sich schlank und zerbrechlich auf ihren Hüften … Ryno sah seine Schlange wieder – die Liane seines Lebens –, deren Windungen ihn so lange gefangengehalten hatten.

Sie war gekleidet wie eine Frau, die nach einer Überfahrt vom Schiff steigt. Sie trug ein Reisekleid aus Schottenstoff mit großen scharlachroten Karos und eine Hose von derselben Farbe. Wenn sie die ungebleichte Mütze und den ewiggrünen britannischen Schleier getragen hätte, hätte man sie für eine Frau halten können, die gerade von den Inseln – von Jersey oder Guernesey – an Land gekommen war. Aber auf ihrem Kopf saß, befestigt mit einem Kinnband aus geflochtenere Seide, eine jener wohlgefälligen Glanzlederkappen, welche die Marineoffiziere an Bord tragen, und die gut zu ihrem hageren, dunkelhäutigen Gesicht paßte. Am Boden lag ein gummierter Mantel, noch feucht vom Meerwasser, der wahrscheinlich bei einer ungestümen oder nachlässigen Bewegung von ihren Schultern geglitten war.

»*Sie* haben mich vor dir erkannt«, sagte sie zu Marigny, »aber ich bin sicher, daß du mich ebensowenig vergessen hast wie sie, Ryno!«

Ihre ersten Worte waren Worte des Selbstvertrauens. Er fand sie wieder so vor, wie er sie verlassen hatte, fest überzeugt von der Unvergänglichkeit der Gefühle, die sie verbanden.

»Nein, ich habe dich nicht vergessen«, sagte Marigny, bemüht, einen ernsten Ton anzuschlagen. »Aber warum bist du hierhergekommen, Vellini?«

Ihre dicht beieinanderstehenden Augenbrauen führten einen furchtbaren Tanz über ihren Augen auf:

»Weil ich Lust hatte«, antwortete sie. »Gehört mir die freie Luft etwa nicht …?«

Aber Ryno, der ihr aufbrausendes und eigensinniges Wesen kannte, ergriff ihre Hand mit einer entwaffnenden Sanftheit. Ihr Zorn fiel in sich zusammen. Ihre Augen, die schwarz waren wie der Tod, strahlten wie das Leben, und ein Lächeln, das ihre schmollenden Lippen verschwinden und ihre Wangengrübchen hervortreten ließ, entblößte ihre *weißen Schaufeln*, wie Monsieur de Prosny sagte, von denen ein Glanz ausging, der ihr ganzes Gesicht erhellte und bis zu ihrer Stirn emporstieg.

»Ich bin hier«, fuhr sie fort, »weil ich es leid war, dich nicht zu sehen, weil du mir nicht auf meine Briefe geantwortet hast, weil deine Heirat nichts als eine Lüge ist. Deine wahre Frau ist Vellini!«

»Erinnerst du dich denn nicht an unseren Abschied?« sagte Monsieur de Marigny. »Hast du vergessen, mit welcher Lässigkeit du meine Heirat wie eine Befreiung aufgenommen hast?«

»Nein«, antwortete sie, »aber du bist der, der vergißt. Habe ich an jenem Tag, an dem wir uns verlassen haben, nicht die Vorahnung geäußert, daß wir zueinander zurückkehren werden? Nur dachte ich, du würdest vor mir zurückkommen. In diesem Punkt habe ich mich getäuscht. Meine Seele ist weniger robust als deine. Ich komme als erste zurück, Ryno.«

»Und umsonst, meine arme Freundin«, sagte er mit einer Sanftheit, die sie die Grausamkeit seiner Worte vergessen lassen sollte.

»Das hast du auch gesagt«, antwortete sie, »als du Madame de Mendoze geliebt hast. Sie war so schön wie Hermangarde, und trotzdem hast du sie verlassen, um zu deiner alten Maitresse, zu Vellini zurückzukehren!«

»Die arme Frau!« sagte er, gerührt durch die Erwähnung des Namens der Comtesse de Mendoze. Und in Erinnerung an das, was er am Vorabend gesehen hatte: »Wie hast du sie denn kennengelernt? Was für unerklärliche Verbindungen bestehen zwischen euch beiden?«

»Unsere Verbindung!« antwortete sie, »das bist du. Ich habe sie bei deiner Trauung getroffen. Sie hatte wie ich den schmerzlichen Einfall, dorthin zu gehen. Wir sahen uns dort; wir erkannten uns. Am Fuß des Altars, an dem Hermangarde soeben deine Frau geworden war, gab es keine Rivalinnen mehr. Wir waren beide verlassene Frauen! Wir sprachen miteinander. Wir faßten Vertrauen zueinander. Sie schilderte mir ihren Schmerz; ich erzählte ihr, wie glücklich ich gewesen war. Tränenüberströmt wunderte sie sich darüber, daß meine Augen trocken blieben. ›Ich verliere keine Tränen, weil er zu mir zurückkommen wird‹, sagte ich. Aber sie nannte mich hoffärtig. Sie hielt mich für eine Verrückte. Einige Tage später brach sie in die Normandie auf, wo du warst. Ich, die alleine zurückblieb und die nie schreibt, schrieb dir einen Brief. Du hast nicht geantwortet. Paris wurde mir unerträglich. Ich bekam dort keine Luft mehr. Cérisy ruinierte sich, um mich zu zerstreuen, ohne jeden Erfolg. Ich faßte einen Entschluß, ließ Oliva in der Rue de Provence zurück und überraschte eines Morgens Madame de Mendoze. ›Ich muß Ryno wiedersehen‹, sagte ich zu ihr. ›Wenn Sie mich nicht bei sich haben wollen, werde ich woanders hingehen.‹ Unglücklich, dem Tode nahe und allein wie sie war, sagte sie: ›Sie werden mir in meiner letzten Stunde beistehen‹, und nahm mich bei sich auf. Das hat mich gerührt. Im Grunde ist Vellini kein böses Mädchen. Ich wurde ihre Krankenwärterin. Eine unruhige, ungeschickte, schlechte Krankenwärterin, die ihr alles kaputtmacht, aber die sie wenigstens von ihrem Bett aufs Sofa tragen kann, ohne ihr dabei weh zu tun!«

Auf seine Flinte gestützt hörte Marigny ihr zu und war doppelt gerührt, sowohl über die, die im Sterben lag, wie über die, die lebendig vor ihm stand und ihren Reiz erneut ausübte, indem sie ihm auf die ihr eigene natürliche und rasche Weise erzählte, wie sie Madame de Mendoze kennengelernt hatte: frei von Schicklichkeitserwägungen, wie sie uns unsere Sitten nahelegen und sich über diese hinwegsetzend … ohne sie nur zu berühren.

»Gestern, als es ihr etwas besser ging«, fuhr Vellini fort, »machten wir bei dem schönen Wetter eine Ausfahrt in die Heide, und dabei haben wir dich und deine Hermangarde auf der Brücke getroffen. Ach, wie glücklich habt ihr ausgesehen! Wir saßen Seite an Seite im Wagen und fühlten gegenseitig unser Zittern. ›Sie sind auch noch nicht geheilt‹, sagte Martyre de Mendoze mit einem Lächeln, das ich gut verstand, denn manchmal wünscht man, die ganze Welt möge an der Wunde sterben, die man selbst im Herzen trägt. Das würde einen vielleicht erleichtern. Wir schwiegen lange Zeit. Unsere Spazierfahrt war traurig. ›Sie wollten Ryno wiedersehen‹, sagte sie schließlich. ›Sie haben ihn wiedergesehen, sind Sie nun glücklich ...?‹ Ich habe nicht geantwortet. Du hast so glücklich ausgesehen! Während unseren ganzen zehn Jahren hast du nie so ausgesehen, selbst nicht in meinen Armen. Oh, ich dachte nicht an Hermangarde, ich haßte sie nicht. Warum sollte ich sie hassen? Ich liebe dich nicht mehr, was immer Madame de Mendoze sagen mag. Ich kann beurteilen, was Liebe ist, wo ich für dich eine so tiefe und starke empfunden habe. Nein, es war keine verletzte Liebe, die ich in meinem Herzen bluten fühlte. Aber das Glück, das ich nach fünf Monaten noch ebenso strahlen und leuchten sah wie am Tag deiner Trauung an den Stufen des Altars, beleidigte alles Glück unserer Vergangenheit. Am Abend, als die Comtesse schlief, verließ ich sie. Ich ging in das Dorf, das dort unten liegt« – und mit dem Finger deutete sie auf Les Rivières. »Ich wollte dich wiedersehen, mit dir reden, wollte, wenn nötig, um dein Haus herumstreifen. Jedermann an dieser Küste kennt dich. Ich bat die Fischer, mich nach Carteret zum Herrenhaus der de Flers zu bringen. Sie sagten, das Meer sei zu hoch, man könne den Steg nicht passieren. Aber was ist das Meer, Ryno?« fuhr sie mit ihrem stolzen Willen, den er kannte, fort. »Was ist das Meer, was ist ein Hindernis angesichts des Verlangens der Vellini? Ich befahl, ich bezahlte; sie nahmen ein Boot, und wir legten mit dem Boot an der Mauer an, hinter der du glücklich warst! Zwei Fenster leuchteten in der Dunkelheit. ›Dort sind sie jetzt‹, dachte ich, und ich stieß einen Schrei aus, der dich erreichen mußte. ›Er wird mich erkennen‹ sagte ich zu mir; ›dieser Schrei wird ihn vielleicht aus einer Liebkosung aufschrecken. Er wird sich sagen: Vellini ist da!‹ Und ich wiederholte den Schrei, den ich durch die Mauern hindurch in dein Herz senken wollte. Ich hatte recht. Du hattest mich gehört. Ihr kamt an das Fenster. Ich sah, wie sich eure beiden Schatten vor der Lampe, die hinter euch stand, bewegten. Was habt ihr zueinander gesagt? Eure zusammengesteckten Köpfe, diese stummen Mauern, die euch schützten, machten mir Fieber. Der kühle Seewind und die Schaumspritzer, die die See mir zuwarf, taten mir gut. Ich sagte den Männern, sie könnten fischen, wenn sie wollten, ich würde bei ihnen bleiben. Und sie fuhren aufs offene Meer hinaus. Ich habe die Nacht in diesen Mantel gehüllt auf dem eisigen Meer verbracht,« fügte sie hinzu, indem sie mit dem Fuß auf den Wachstuchmantel trat, der auf den Boden gefallen war.

Sie sprach erregt, wie immer, wenn sie nicht unbeteiligt war. Jedes Wort, das sie mit ihrem fremdländischen Akzent, ihrem Blick, ihren Gesten begleitete, tausend verborgene, unsichtbare Dinge, die von Frauen, die wir einmal geliebt haben, ausgehen wie Düfte, die man noch lange riecht und die man wieder zu riechen beginnt, all das überflutete Ryno wie das Meer, das, Woge um Woge, Atom um Atom, mit seinen feinen Wellen, die wie zarte Schraffuren sind, die Sandbänke überflutet und schließlich bedeckt. Er spürte es genau; er ließ es nicht zu! Dieser Mann mit einem großen Herzen wehrte sich gegen die Einflüsse, die ihn umzingelten. Er wand sich wie der Löwe in einem seidenen Netz, und wie dieser, wollte er sich mit einem einzigen Hieb daraus befreien.

»Vellini«, sagte er zu seiner alten Maitresse in einem feierlichen Ton, »hast du mich wirklich geliebt?«

»Und er fragt das noch!« gab sie mit einem verwunderten Blick zurück, als habe er die Sonne selbst verleugnet, die Sonne, die sich endlich aus ihrer Wolkenschicht löste, und deren Strahlen über das Meer glitten und glitzerndes Licht darüber ausgossen.

»Nun, wenn du mich jemals geliebt hast, Vellini, dann kannst du nicht wollen, daß Ryno de Marigny sich verachtet, und er würde sich verachten, wenn er auch nur einen Augenblick aufhören würde, der treue Gatte Hermangardes zu sein. Dein Auftauchen in dieser Gegend; diese Nacht, diese Schreie; dieses blinde Vertrauen, daß es zwischen uns ein Band gibt, das nichts zerreißen kann, ein Band, das nicht die Liebe sein kann, denn die Liebe in meinem Herzen gehört einer anderen Frau, Vellini, das alles sind Tollheiten, große und fruchtlose Tollheiten, deren Wahnsinn zu teilen mir nicht mehr erlaubt ist. Ach, mein Kind, du hast dich getäuscht! Kehre zu der Comtesse de Mendoze zurück. Suche nicht weiter, dich in ein Leben zu mischen, in dem du keinen Platz mehr hast, auch wenn du ihn in meinem Herzen immer behältst. Als wir uns das letzte Mal bei dir gesehen haben, mein Schatz, warst du es, die zu mir sagte: ›Verlasse mich!‹ Nun sage ich es zu dir. Gib mir deine Hand wie eine tapfere Freundin. Ich will nicht, daß wir auseinandergehen ohne das Zeichen einer männlichen Zuneigung, denn auch ich halte die Erinnerungen hoch; aber wir müssen uns verlassen und nicht mehr versuchen, uns wiederzusehen.«

»Ach, unsere Erinnerungen gleichen sich nicht!« erwiderte sie bitter, ohne ihm die Hand zu reichen, um die er bat. Sie war blaß geworden (war es aus Kummer …?), als sie ihn reden hörte. Die Herbstrosen, die der auf der Plattform heftig blasende Seewind auf ihren gebräunten Wangenknochen hatte aufblühen lassen, waren verschwunden. Ihr Gesicht, ihre Augen, ihre Seele hatten ihren gewöhnlichen Bronzeton wieder angenommen, und aus diesem versammelten Metall stieg eine wütende Stimme auf, laut und hart.

»Und wenn ich nicht gehen will?« rief sie, indem sie sich von dem Kanonenrohr erhob, auf dem sie saß, ein Bild des wiedererwachten Krieges! »Wenn ich nicht gehen will, wenn ich Lust habe, an diesen Gestaden zu leben, meine Tage an dieser Küste zu verbringen, mich vor der Tür deines Hauses niederzulassen, wirst du mich dann von den Fischern der Gegend vertreiben lassen, weil deine ängstliche Seele befürchtet, zu Vellini zurückzukehren? Gehört das alles«, sagte sie, indem sie mit ihrer Hand einen Halbkreis in der Luft beschrieb, um den weiten Raum, den sie von der Plattform aus überblickten, zu bezeichnen, »gehört das alles nicht mir so gut wie dir? Ich liebe dieses Land, und ich will hier leben. Wenn ich dich hier störe, dann mußt du es eben verlassen! Was mich betrifft« – und ihre Arme breiteten sich aus, als wolle sie ihre Eroberung umschlingen – »ich nehme es heute in Besitz.«

»Man soll nicht denken«, fuhr sie nach einer kurzen Pause fort, während der er sie mit jenen altvertrauten Blicken voll Bewunderung, Schmerz und Ungeduld betrachtete, die sie in seinen Augen – vielleicht ohne daß er es ahnte – wieder entzündete, »ich sei wie eine Bettlerin hierhergekommen, um einen Blick des Herrschers zu suchen, der mich verbannt hat!« Und ihr zurückgeworfener Kopf zeigte die Stärke, die die Leidenschaft immer an ihre Medusenstirn heftete. Ihre Nasenflügel bebten und ihre kleinen Füße stampften auf den Boden, als wollten sie den Stolz ihrer Mutter, der Herzogin von Cadaval-Aveïro in den tiefsten Tiefen ihres Grabes wachrufen.

Ryno entkam keiner der verschiedenen Spielarten der Erinnerung. Er erkannte sie durch und durch wieder. Die Zeit gab sie ihm zurück, wie sie sie ihm genommen hatte. Noch vor einem Augenblick war sie die sehnsüchtige und leidenschaftliche Vellini gewesen, das war nur die eine Vellini. Nun zeigte sich die andere! Die Vellini, die er so lange seinen Orkan, seinen Sturm genannt hatte, und deren verrückte Wutanfälle ihm gefielen, obwohl sie ihn mit ihrem ungestümen Fieber ansteckten. Ach, die Vergangenheit, die Vergangenheit entläßt uns nie aus ihren Fängen!

Mit dem Blick der Frau, die ein Herz in ihren Händen geknetet hat und die selbst die kleinste seiner Schwächen kennt, sah sie genau, daß sie Rynos Herz verwirrte, und ihre Wut ging in Freude über.

»Ach, endlich bist du wieder da, Ryno!« rief sie, »du bist wieder da! Ich habe dich wiedergefunden! Du siehst wieder aus wie früher, wenn deine Vellini aufbrauste und du sie zur Beruhigung in die Arme nahmst. Nimm sie in die Arme! Beruhige sie! Schau!« fügte sie mit einem anbetungswürdigen Lächeln hinzu, »ich bin schon ganz ruhig. Dein Blick hat genügt; ich habe deine Arme gar nicht gebraucht.«

»Aber gib sie mir trotzdem, Ryno!« Und mit einer Geste, die geeignet war, alles durch die stille Raserei ihres Charmes zu erzwingen, ergriff sie seine Arme, die er auf sein Gewehr gestützt hatte – selbst auf die Gefahr hin, sich zu verletzen, sich die Stirn mit der geladenen Waffe, die losgehen konnte, zu zerschmettern.

»Ach Vellini, du schreckliches Kind«, sagte er, indem er sie ihr zunächst überließ und sie dann, nachdem sie sie sich um den Hals gelegt hatte, wieder zurückzog, »du hast deinen Zauber, aber ich, ich habe meine Liebe!«

»Du hast von meinem Blut in deinen Adern!« antwortete sie, auf die fixe Idee zurückkommend, die sich hartnäckig und gegen alle Vernunft in ihrem Kopf festgesetzt hatte, »das ist mein Zauber! Du wirst es nie loswerden, selbst wenn du dein Blut bis auf den letzten Tropfen in das Herz deiner Hermangarde gießen würdest! Ach Ryno, was kann deine Liebe dagegen ausrichten! Wir sind miteinander verbunden wie das Kind mit seiner Mutter, deren Blut es geteilt hat. Ich will dich deiner Frau nicht wegnehmen! Wirklich nicht!

Du hast mir nicht geglaubt, oder du kanntest mich nicht. Ich bin gekommen, weil ich dich nicht mehr sah, weil ich, wenn du nicht da bist, das Gefühl habe (wie oft empfand ich es!), mein Herz habe ein Loch, durch das mein ganzes Leben ausfließe. Das Band des Bluts! Denk daran … Es ist haltbarer als die Liebe. Erinnerst du dich an deine Juanita, unser Kind, das wir verbrannt haben? Selbst als ich ihre klägliche Asche in den Händen hielt, fühlte ich, daß da noch etwas von meinem Blut war. Und auch du würdest, wenn ich tot wäre, fühlen, daß Vellini ein Teil von dir ist, der nicht mehr da ist!«

Und die Angst und die wilde Zärtlichkeit ihrer Worte ließen ihre laute Stimme brechen und entrissen ihr Laute, von denen Rynos Herz blutete.

»Aber bis ich einmal sterbe«, fuhr sie fort, »brauchst du nicht hoffen, hörst du!, daß sich Vellini, fern von dir, ruhig verhält und du, fern von ihr, dein Glück genießen kannst! Nein!, das wird nicht eintreten. Das vermengte Blut will es anders! Allerdings« – fügte sie mit einer erschreckenden, tiefen Wehmut hinzu, denn er hatte sie sanft zurückgestoßen, als sie versuchte, sich unter das Joch seiner Arme zu beugen – »wenn deine Frau einen wirksameren Liebestrank besitzt als ich, Ryno, dann mußt du mich töten, um die Vellini loszuwerden, die keinen wirksameren gefunden hat, als den, den sie aus deiner Wunde trank.«

»Höre«, sagte sie nach einer weiteren Pause, denn Ryno erlag der Gewalt einer Seele, die sich in ihre Empörung hineinsteigerte, »das Leben ist mir eine Last. Ich langweile mich mehr als damals, als du aus Schottland zu mir zurückgekehrt bist. Wenn du es ablehnst, deine Arme für eine Minute um den Hals deiner Malageserin zu legen, dann kannst du mich töten, ich leide zu sehr und will nicht länger leiden. Ja, wir sind allein auf dieser Plattform, nimm dein Gewehr. Die Hunde lieben mich und werden es nicht weitersagen. Sie sind stumm. Ich werde mich in diese Nische stellen. Gib Feuer! Wenn man dich hört, wirst du eine Möwe verfehlt haben, und ich werde ins Meer gestürzt sein.«

Und sie stellte sich entschlossen zwischen zwei Zinnen der Plattform. Die Brüstung des Gemäuers, die mit der Zeit zerfallen war, war nur noch handhoch. Einen halben Schritt weiter und sie würde hintenüber in die Tiefe fallen und auf den Felsenriffen zerschellen. Unbekümmert um die Gefahr stand sie mit dem Rücken zum Abgrund, ein erhabener Anblick. Sie wollte nur von der Hand Rynos sterben.

Ryno kannte sie. Er hatte Angst um sie. Er sah sie schwanken … da stürzte er zu ihr, umfaßte sie und trug sie in die Mitte der Plattform zurück, wie ein Kind, das die Mutter zitternd vom Rand eines Brunnens zurückreißt. Sie war glücklich über die Gefahr, in der sie sich gerade befunden hatte, denn sie hatte von Ryno umarmt werden wollen und nun hielt er sie in seinen Armen.

9. KAPITEL

Das rote Kleid

Als Monsieur de Marigny Vellini dem Tod entrissen hatte, der ihr sicher gewesen wäre, wenn sie noch ein paar Sekunden länger an der Brüstung stehengeblieben wäre – um die Gefahr zu begreifen, in der sie geschwebt hatte, muß man sich vergegenwärtigen, daß sich der Ausguck auf einem Felsvorsprung befand, der unter dem Fuß des Turms in großer Höhe über dem Meer hing –, war es zwei Uhr Nachmittags, und die Luft, die am Morgen neblig gewesen war, hatte unter einer frischen Nordostbrise die Reinheit und Klarheit von Kristall angenommen. Die Sonne, die hinter Barneville aufgegangen war und nun über Saint-Georges stand, fiel schräg auf die Plattform, auf der sich soeben eine Szene abgespielt hatte, die für die ruhigen Sitten dieser Küste befremdlich war. Diese leidenschaftliche Szene, deren Schauplatz sich zwischen Himmel, Erde und Wasser befunden hatte, sollte, wie es schien, keine anderen Zeugen haben als Gott und die Meerschwalben, die über die Köpfe von Ryno und Vellini geflogen, und, erschreckt durch ihre Stimmen, mit ein paar Flügelschlägen höher in den Himmel aufgestiegen waren. Durch einen ungewöhnlichen Zufall zeigte sich an diesem Küstenstrich, an dem sonst immer ein paar Zweimaster in Richtung Cherbourg oder Küstenboote auf Fischfang entlangfuhren, kein einziges Segel. Und auch auf dem sandigen Uferstreifen war niemand zu sehen, nicht einmal der Zollbeamte, der durch die schon fortgeschrittene kalte Jahreszeit in sein Sandloch vertrieben worden war. Alles war verlassen. Es war nicht die Stunde der *nackten Beine*, der Krebs- und Hummerfischer, die nur bei Ebbe ans Meer kommen, wenn die Riffe freiliegen. Niemand hatte also von nah oder fern diese merkwürdige Gruppe, die sich auf der Plattform bewegte, gesehen: niemand – außer dem einzigen Wesen, das Anlaß dazu hatte, sie zu beobachten und darunter zu leiden.

Nachdem Hermangarde einen ausführlichen Brief an ihre Großmutter geschrieben hatte, klingelte sie und fragte nach Monsieur de Marigny. Sie konnte nicht lange ohne *ihren* Ryno sein. Als das Zimmermädchen ihr mitteilte, Monsieur sei vor einer Stunde ausgegangen, antwortete Hermangarde: »Gut, ich werde ihn schon finden«, und sie entschloß sich, ebenfalls spazierenzugehen.

»Madame wird frieren und Madame ist leidend«, hielt ihr ihre Kammerzofe entgegen, während sie ihr den blauen Umhang umlegte.

»Ich werde mich gut einhüllen«, antwortete Hermangarde munter. Und sie zog ihre wattierte Kapuze über den Kopf und band, aus Angst vor dem Wind, noch ein besticktes Halstuch darüber.

»Es ist wirklich unvorsichtig«, bemerkte die Kammerzofe, »möchte Madame nicht wenigstens, daß ich Sie begleite?«

»Nein«, erwiderte Hermangarde, »bleiben Sie nur hier.« Und sie ging alleine los, wie sie es an dieser Küste häufig tat, wo sie jedermann kannte und mochte, und wo die Achtung, die man ihr entgegenbrachte, ihre Einsamkeit genügend schützte.

»Welchen Weg soll ich einschlagen, um ihn zu finden?« fragte sie sich, als sie das große, vom Regen braunverfärbte Hoftor geschlossen hatte. Sie machte sich zunächst auf den Weg zu dem Steg, der nach Barneville führt. Als sie beim Näherkommen niemanden sah, kehrte sie um, ging am Fuß der Treppen, die zu ihrem Haus hinaufführten, vorbei in Richtung der Klippen, dem bevorzugten Ziel ihrer Spaziergänge. Es waren ungefähr siebenhundert Schritte vom Herrenhaus bis zu der Felswand, die man auf den Strandsteinen am Rande des Hafens zurücklegte. Da an diesem Tag keine Hochflut war, konnte sie ihre Füße, ohne daß sie naß wurden, auf diese mit Muscheln bewachsenen Steine setzen. Als sie die letzten Häuser von Carteret, die dem stillen Hafen zugewandt sind, hinter sich gelassen hatte, traf sie unterhalb der Dünen, die sich bis zu den Klippen aneinanderreihen, einen alten Seemann, der, in dem morschen Gerippe eines nicht mehr benutzten, am Ufer liegenden Boots sitzend, seine Netze flickte. Er arbeitete mit geübten Griffen, denn er war halb blind, und außerdem war sein Gesicht dem Meer zugewandt, dessen beißenden Wind seine bronzefarbenen Nasenflügel einatmeten.

»Guten Tag, Vater Griffon«, sagte sie zu ihm. Sie besaß das Namensgedächtnis, das Königinnen so beliebt macht. Es gab keinen Bettler, keinen Fischer, keinen Algensammler an diesem Strand, den sie nicht beim Namen hätte nennen können.

»Haben Sie zufällig meinen Gatten vorbeikommen sehen?« fügte sie hinzu.

»Die Stürme, das Pulver und das Alter«, antwortete der greise Seemann, »haben nicht viel von meinen Augen übriggelassen. Aber ich meine, ich hätte Monsieur de Marigny vor etwa einer Stunde mit seinen beiden Hunden in Richtung der Klippen gehen sehen.«

»Da das Meer zurückgeht«, dachte sie, »wird er vielleicht zu unserer geliebten Höhle gegangen sein.«

Sie meinte damit eine Schlucht am Fuß der Felsen, wo sie viele Stunden zusammen verbracht hatten. Dorthin gingen sie, um dem Meer zuzusehen, wenn es sich nach der Flut wie ein großes Netz, das man einholt, zurückzieht. Dort waren sie vor Wind und Regen geschützt. Der Fels bildete dort rohe, naturgeschaffene Sitze, auf denen sie sich niederließen, um sich zu unterhalten und zu lesen; Hermangarde auch, um an irgendeiner Stickerei zu arbeiten, während Marigny mit seiner Flinte Seemöwen und Meerschwalben schoß, die seine Hunde draußen in den Fluten suchen gingen. Dieser tiefe Winkel ihrer Höhle war genau in dem Felsenknick, der sich unterhalb des Ausgucks befand. Als Hermangarde dort ankam, wurde ihr herumirrender Blick von dem in der Sonne leuchtenden Rot des Kleides einer Frau angezogen, die auf der Plattform aufrecht zwischen zwei Zinnen stand, den Rücken dem Abgrund zugewandt, als ob sie Angst hätte und dieser Angst zugleich die Stirn böte. Fast im selben Moment umfaßten die Arme eines Mannes diese Frau, und zwei Köpfe verschwanden hinter den Zinnen. Aus so weiter Entfernung konnte sie nicht erkennen, wer *das rote Kleid* war, aber Ryno hätte sie aus jeder Entfernung erkannt!

Ein Schauder durchfuhr sie bis in die Haarspitzen. Derselbe Schauder, so schien ihr, der sie in der vergangenen Nacht durchzuckte, als sie jenen Frauenschrei hörte, den Ryno für eine Schmugglerlist gehalten hatte. »Ach, List, Betrug!« dachte sie, indem sich in ihrem Kopf plötzlich entsetzliche, niederschmetternde Assoziationen einstellten! Sie gebot ihren Gedanken Einhalt, denn sie spürte, daß sie im Begriff war, wahnsinnig zu werden. Sie nahm den Kopf zwischen die Hände, um wieder zu sich zu kommen; dann lächelte sie, als erwachte sie aus einem Traum und sagte: »Verzeih mir Ryno!«, und dieser Gedanke ließ ihre Verwirrung schwinden.

Dennoch eilte sie so schnell sie konnte zu der Felswand und begann, sie zu erklimmen. Aber obwohl sie eine robuste Frau war und kräftiger als irgendeine Tochter der Normandie, die das Getreide mit der Sichel mäht und am Abend mit der Kupferkanne auf dem Kopf zum Melken geht, konnte sie den langen und steilen Anstieg, der ihre Kräfte auf eine harte Probe stellte, nicht so rasch bewältigen. Der Ausguck war nicht so schnell zu erreichen. Sie blieb kurz stehen, dann setzte sie ihren Weg entschlossen fort. Sie traf einen Hirten, der, zwei magere Schafe vor sich hertreibend, herabkam während sie hinaufstieg. Sie fragte ihn wie den alten Seemann, ob er Monsieur de Marigny gesehen habe.

»Er ist mit einer schönen Dame dort unten«, antwortete das Kind. Er nannte sie schön, weil sie in Rot gekleidet war, das harmlose Kind!

»Wo dort unten?« fragte sie. »Auf dem Ausguck?«

»Nein, dort unten«, erwiderte das Kind; und es zeigte auf die Klippe, die dem Turm gegenüber lag.

Das war möglich. Die Felsen sind so hoch! Man erklimmt sie so langsam! Sie wußte, welche Mühe ihr der Anstieg bereitete … Dennoch, das Kind konnte sich täuschen. Es machte einen schwachsinnigen Eindruck … Sie setzte ihren Weg zum Ausguck fort. Als sie erschöpft dort anlangte, sah sie, daß das Kind recht gehabt hatte: Sie waren nicht mehr dort!

Ach, wer könnte nicht ihren Kummer verstehen? Sie rief Rynos Namen. Sie wartete, sie horchte, sie betrachtete die

Nische, in der sie die Frau gesehen hatte, die die Arme ihres Gatten vor ihren Augen vom Abgrund zurückgerissen hatten. »Nun«, sagte sie sich, bleich vor Angst und Unruhe und erfüllt von schmerzvollen Vorahnungen, »was veranlaßt mich eigentlich, mich so zu beunruhigen? Sie war im Begriff, sich umzubringen, er wird sie gerettet haben. Was veranlaßt mich, einen so entsetzlichen Schmerz zu empfinden ...?« Und während sie sich bemühte, vernünftig zu sein, begann sie zu weinen, ohne es zu bemerken. Irgend etwas sagte ihr, daß diese unbekannte Frau, die sich ins Wasser hatte stürzen wollen, nicht zufällig mit Ryno zusammengetroffen und für ihn keine Unbekannte war. Das instinktive Gefühl eines nahenden Unglücks zerstörte alle vernünftigen Überlegungen. Es setzte der Vernunft seine erschreckende Evidenz entgegen. Ach, wenn das Unglück seine schon lange ausgestreckte Hand um unseren Hals legt, können unsere eigenen Hände so lange sie wollen über unseren versklavten Nacken streichen, um uns zu beweisen, daß sich dort nichts befindet, die Seele, die sich nicht täuschen läßt, hat das Klirren gehört und das grausame Halseisen sitzt fest!

Lange suchte sie die Klippen nach Ryno ab, ohne ihn zu sehen. Sie irrte auf den Felsen umher, auf denen nur kurzes, schlüpfriges Gras wuchs, und da sie sich ohnehin schon elend fühlte, verschlimmerte sich ihr Zustand noch mehr. Aber was waren die Leiden ihres Körpers im Vergleich zu jenen ihrer Seele ...? Der Gedanke, den sie durch eine edelmütige Willensanstrengung und ihren Glauben an Ryno vertrieben hatte, kehrte langsam in ihren Kopf zurück. Wie wir gesehen haben, hatte sie durch die Gesellschaft erfahren, daß Monsieur de Marigny ein Libertin gewesen war. Madame de Mendoze war nicht die einzige Frau, die er verführt hatte. Auf einmal erschien ihr die Vergangenheit ihres Mannes, die sie immer heroisiert und in ein poetisches Gewand gekleidet hatte, in einem bedrohlichen Licht. Diese Vergangenheit entfachte die

Eifersucht in ihrem Herzen. »Kann ein Mann, der ein ausschweifendes Leben geführt hat«, dachte sie mit dem heiligen Entsetzen der Unschuld, »jemals von diesem Laster geheilt werden?« Sie betrachtete es als eine Krankheit und fragte sich, ob diese entwürdigende Sucht Ryno erneut befallen habe. »Wer war diese rote Frau …? Wenn sie nicht mehr bei ihm ist, wenn ich ihn sehe, und wenn er schweigt, werde ich es nie erfahren …« Und dieser Gedanke weckte in ihr die Aussicht auf eine ewige Unruhe, denn sie kannte ihre vornehme Natur, sie kannte die stolze Zurückhaltung ihres Herzens, die der grausamste Schmerz nicht besiegen würde. Ihr Schicksal war es, wie alles Große auf der Welt an den eigenen Tugenden zugrundezugehen. Der Gedanke an eine Frage oder Klage entrüstete die noble Seele. »Wenn dich dein Mann betrügen würde«, hatte sie in ihrer Jugend eines Tages eine Pensionatsfreundin gefragt, »was würdest du dann tun?« – »Ich würde still leiden«, hatte sie geantwortet, »bis in den Tod. Mein Schmerz bliebe mein Geheimnis.« – »Du fühlst dich wohl besonders stark?« bemerkte ihre Freundin. – »Nein«, gab sie zurück, »ich bin wahrscheinlich schwächer als du, und wahrscheinlich würde ich aus Schwäche schweigen.« Sie täuschte sich damals, als sie das zarte Empfinden einer stolzen, engelhaften Seele ohne jeden Egoismus und Hochmut und das göttlichste aller göttlichen Dinge: die Scham eines tiefen Gefühls, das sich, wenn es leidet, hinter heroisch weggewischten Tränen verbirgt, so wie es sich, wenn es glücklich ist, hinter einem Erröten verbirgt, für Schwachheit hielt.

Inzwischen war sie es leid, umsonst herumzuirren, umsonst zu rufen, umsonst zu leiden, und unter der Ungewißheit zusammenbrechend, begann sie, gebeugt, mit vom Wind und von Tränen brennenden Augen, die Felswand hinabzusteigen, in der Hoffnung, Ryno könnte heimgekehrt sein; denn die Zeit hatte sich weiterbewegt wie sie. Die Sonne ging eben unter; der Nebel, der sich am Morgen aufgelöst hatte, begann sich hier und da wieder zu bilden; man sah ganz hinten am Horizont in Richtung Jersey nur noch einen Zipfel des blauen Meeres, das sich zurückgezogen hatte. Auf einer weiten Fläche ragten die spitzen, grünlichen Felsen zwischen den Wassergräben, die sie wie eine Menge kleiner Seen von verschiedener Gestalt und Größe trennten, heraus. Die Kälte peitschte das Gesicht. Sie ging rasch, weniger, um der rauhen Luft eines Novemberabends zu entfliehen, als um den wiederzufinden, den sie so lange gesucht hatte. Sie kam wieder an dem alten Seemann vorbei, der sich in seinem auf dem Trockenen liegenden Boot erhoben hatte und, im Begriff nach Carteret zurückzukehren, pfeifend sein Netz zusammenfaltete.

»Haben sie Monsieur de Marigny nicht getroffen?« fragte er mit respektvoller Vertraulichkeit. »Er ist gerade aus den Dünen heruntergekommen und zum Herrenhaus gegangen.«

»War er alleine«, fragte sie lebhaft. Sie konnte die Frage nicht zurückhalten und errötete wie über eine Ungehörigkeit. Das edle Blut der Polastrons trat fast so schnell auf ihre Stirn, wie die Frage von ihren Lippen sprudelte.

Der alter Griffon bejahte es in seinem normannischen Dialekt, der ihn bis ans Ende der Welt begleitet hatte, von wo er ihn immer wieder mit zurückbrachte.

Sie rannte mehr als sie ging am Hafen entlang und schon bald sah sie Ryno, der ihr ebenso schnell entgegenkam, wie sie ihm entgegeneilte. Als Monsieur de Marigny zu Hause angekommen war, hatte er als erstes nach seiner Frau gefragt. Man hatte ihm geantwortet, sie sei vor mehr als zwei Stunden weggegangen, um ihn zu suchen. Er wurde von Unruhe gepackt. Er wußte, daß seine Frau unpäßlich war und fürchtete, sie könne sich in der Abendluft erkälten. Rasch griff er nach ihrem weiten Mantel aus Zobelfell und rannte los, um sie zu suchen. Als er sie zurückkommen sah, stürzte er ihr pfeilschnell entgegen. Unzufrieden mit sich selbst, fast ärgerlich über die Schwäche, die er bei der aufregenden Szene auf dem Ausguck an den Tag gelegt hatte, sehnte er sich danach, das Oval dieses ruhigen Gesichts zu sehen, den wolkenlosen Stern seines Lebens, und seine Seele in das blaue Wasser ihrer bezaubernden Augen zu tauchen, aus denen sie wie aus einer himmlischen Quelle erfrischt und gereinigt wieder hervorgehen sollten.

Wie wurde ihm zumute, als er die Verwüstung sah, die zwei Stunden der Verzweiflung auf dem Gesicht Hermangardes angerichtet hatten ...! Zum ersten Mal waren diese sanftmütigen Züge von Tränen verheert. Das unter dem Kinn verknotete Halstuch, das ihr Gesicht einrahmte wie das Haarband einer jüdischen Frisur, verlieh ihr die rührende Schönheit schöner Frauen, die viel geweint haben; denn die wahre Schönheit der Frau besteht vielleicht darin, Opfer zu sein. Als Ryno sie so sah, war ihm, als würden seine Augen geblendet und als verkrampfte sich sein Herz.

»Mein Gott, was hast du?« fragte er sie, »und warum bist du ausgegangen?«

»Ich bin erschöpft und etwas leidend«, antwortete sie lächelnd. Sie empfand es als angenehm, daß sie nicht log, indem sie sagte, sie leide. »Ich bin zu lange spazierengegangen«, fügte sie hinzu, und nahm den Arm, den er ihr bot.

»So wie du zu lange weg warst!« sagte sie zu ihm. »Ich glaubte, dich auf dem Ausguck zu sehen, und ich bin hinaufgestiegen, aber du warst schon nicht mehr dort.«

Ihr Arm zitterte in dem ihres Mannes. Ihre Stimme zitterte; sie war so weit gegangen wie sie konnte, ohne ihm eine mißtrauische oder eifersüchtige Frage zu stellen. Ryno verstand bei ihrem »ich glaubte dich zu sehen« – einem Satz, der so sanft von ihren Lippen fiel wie ein Tropfen Blut aus einer Wunde, die zu bluten beginnt –, daß sie ihn gesehen hatte, und wenn sie ihn gesehen hatte, hatte sie auch Vellini gesehen. Er schwieg, wie ein Mann der zwischen zwei Gefahren gefangen ist. Lügen wäre sinnlos gewesen. Die Wahrheit, ja, alles zu sagen, hätte bedeutet, in Hermangardes Seele Befürchtungen zu wecken, die noch viel schrecklicher gewesen wäre, als die, die schon in ihr keimten. Im übrigen gibt es in der Vergangenheit der Männer Dinge, die ein Ehemann, der eine edle Seele hat, seiner Frau nie eingestehen könnte. Er senkte den Kopf und schwieg, traurig über das, was er in Hermangardes Seele las. Auch sie schwieg, die Unglückliche, bedrückt über das Schweigen ihres Mannes, der ihr seine Erlebnisse nicht erzählte und dadurch in ihrer Seele den Grund für eine ewige Unruhe legte. Sie kehrten in das Herrenhaus zurück, in ihr weiches halkyonisches Nest, in das mit ihnen die dunkle Saat des Sturms Einkehr hielt – des grausamen Sturms der Herzen. Sie litten. Ryno litt um Hermangardes willen. Er kannte dieses bis in seine Zärtlichkeiten zurückhaltende Herz. Er wußte, daß diese Sphinx der stummen Glückseligkeit, die sich niemals ganz öffnete und sich in der Wollust der Umarmung in ihren eigenen Abgrund versenkte, sich in eine Sphinx verzehrenden Schmerzes verwandeln würde, wenn sie leiden müßte. Man hat solche keusche Wesen gesehen, die über dem Leben stehen und lieber sterben wollen, als, um zu genesen, ein Geheimnis ihres Körpers der Wissenschaft preiszugeben. Hermangarde gehörte zu dieser Art von Menschen: Seelen aus reinem Marmor, der dem Meißel widersteht, denn seine Spuren wären eine erste Öffnung; und sie bleiben verschlossen. Selbst die Liebe, die Ehe, der Schmerz, das Alter, die sie durchdringen, die sie zerbrechen, die sie mit Füßen treten, schließen diese göttlichen Seelen nicht ganz auf, die bis zu ihrem Tod in einem Winkel ihrer Seele so etwas wie eine stille und unangreifbare Jungfräulichkeit bewahren.

10. KAPITEL

Zwei unterschiedliche Kaminwinkel

Das Leben der beiden Glücklichen, die bald nicht mehr glücklich sein sollten, mußte sich von diesem Tag an, wenn nicht an der Oberfläche so doch im Untergrund, verändern. Der erste Kummer, so leicht er auch sein mag, hat immer mehr Gewicht als das Glück ertragen kann, und er fällt haltlos bis auf den Grund unserer Glückseligkeit, wie ein Stück Blei, das ins Wasser fällt. Ryno und Hermangarde liebten sich immer noch mit der gleichen überbordenden Leidenschaft, aber etwas, worüber sie nicht sprachen, stand zwischen ihnen. Für zwei feinfühlige Herzen, die aus dem Zauberbecher des Vertrauens getrunken haben, gibt es keine größere Qual. Hermangarde sah immerzu die Spitze eines Schwerts, das vielleicht nur in ihrer Einbildung existierte, auf ihre Brust gerichtet ... würde es ihr jemals gelingen, herauszubekommen, ob diese Vision, die ihr Angst einjagte, einen realen Hintergrund hatte ...? Die Furcht verstärkte den quälenden Augenschein. Ryno ahnte, welche Gedanken die Seele seiner Frau heimsuchten und konnte nichts dagegen tun; er ließ sie ihr.

Er versuchte jedoch, sie einzuschläfern und sie in den zahllosen Äußerungen einer Liebe untergehen zu lassen, die keiner Anstrengung bedurfte, um beredt und aufrichtig zu sein. Er heuchelte nicht. Er war weiterhin der verliebte, ihr zu Füßen liegende, von glühender Hingabe und grenzenloser Leidenschaft beseelte Ryno, der er seit sechs Monaten war, ohne daß die Farben dieser Liebe verblaßt wären! Aber genügte es denn nicht, all das weiterhin zu sein – nicht mehr höher aufsteigen zu können, immer in diesem Feueräther zu schweben –, um im Rausch der Umarmung das Vergessen ins Herz der geliebten Frau zu gießen? Nein, es genügte leider nicht!

Der Gedanke, daß sie bei den unwillkürlichsten Herzensregungen in den Falten ihrer schüchternen Seele, im Grunde dieses duftgeschwängerten Kelchs, aus dem er unablässig den nichtversiegenden Tau schlürfte, einen Schmerz empfinde, überschattete die leidenschaftlichsten Zärtlichkeiten Rynos mit einer Melancholie, deren trauriger Reiz für Hermangarde zunächst neu war. Sie genoß ihn wie eine wollüstige Kasteiung. Mit der glühenden Sehnsucht der Mystiker zog sie den Duft der Blume ein, die an dem Dornenzweig zurückgeblieben war, der ihr die Brust blutig riß. Aber unter dem Zwang der eifersüchtigen Gedanken, die die Szene auf dem Ausguck in ihrem unruhigen Herzen unbestimmt und verworren hatte aufkeimen lassen, suchte sie nach einer Erklärung für diese Melancholie, und die Erklärungen, die sie fand, bereiteten ihr neue Qualen. Hatte sie unrecht? War sie allein der Grund für Rynos Traurigkeit, die vielleicht aus dem Gefühl entsprang, an die Grenzen des Liebesglücks gestoßen zu sein, und die seinen zu früh ans Ziel gelangten Sinnengenüssen die tiefe und schmachtende Glut einer gewissen Verzweiflung verlieh? Hatte nicht auch die Vergangenheit, eine andere Frau, das *Rote Kleid*, dieser blutige Meteor, der plötzlich am Himmel ihres Glücks aufgetaucht war, etwas mit dieser Melancholie zu tun, die vielleicht auf neuen Begierden, Gewissensbissen, Bedauern und, ja!, auch noch ein wenig auf Liebe, aber einer Liebe, die im Sterben begriffen war, beruhte? Das alles sagte sie sich voll Bitterkeit, und versank in verzehrenden Grübeleien. Warnte sie das erstaunliche Gefühl der Frauen, die lieben? Oder war Ryno ihrer immer noch würdig und nur deshalb traurig, weil er ihr die Ruhe, die sie verloren hatte, nicht zurückgeben konnte?

Jedenfalls hatte er Vellini nicht wiedergesehen. Wo war sie hingegangen, nachdem er sie auf den Klippen verlassen hatte? Was waren ihre letzten Worte gewesen? Hatten sie sich versprochen, sich wiederzusehen? Hatten sie die Trennung, die frühere Trennung, auf die sich Ryno immer berufen hatte, erneuert und die Schranke zwischen sich wieder befestigt …? Was hatte sich zwischen ihnen abgespielt, nachdem Madame de Marigny auf der Plattform des zerfallenen Turms angelangt war? Ryno wußte es, und sein Wissen bestimmte sein Verhalten. Er gab einige Tage lang vor, nicht, oder nur in Begleitung seiner Frau spazierengehen zu wollen. Er antwortete auf ihre stumme Eifersucht, indem er nicht von ihrer Seite ging.

Im übrigen erlaubte der herannahende Winter immer seltener längere Spaziergänge. Sie sahen die Küste, die sie so oft durchstreift hatten, fast nur noch durch die Fenster ihres großen Salons. Die Landschaft, über der gewöhnlich ein grauer Himmel hing, der die eintönige Weite unter sich begrub, entsprach nur zu sehr ihrer Seelenverfassung. Mit seiner Grenzenlosigkeit und seiner bedrohlichen Färbung glich er der wolkenverhangenen Unendlichkeit ihrer Liebe! Der Wind, der sich in der Bucht verfing, wurde so schneidend, daß sie auf ihre Höhle und die Klippen verzichten mußten. Sie beschränkten sich darauf, wenn es nicht regnete, die Treppen an der Hofmauer hinabzusteigen und ein paarmal am Hafen und am Strand auf- und abzugehen, wo außer den Elementen nichts zu leben schien. Nun begann die Zeit des Landlebens, die Madame d'Artelles und die Marquise gefürchtet, sie dagegen mit dem arglosen Wagemut der Liebe sehnlichst herbeigewünscht hatten. Es war verständlich. Wenn man sich so liebt, wie sie sich liebten, als sie in diese Gegend kamen, möchte man an einem eng begrenzten Ort wohnen, um einander näher zu sein. Der Winter, der in Carteret rauher ist als anderswo, nagte sozusagen den Boden um sie herum weg. Sie konnten sich nicht mehr darauf bewegen. Die Natur drängte sie zusammen und sagte: »Genügt euch!« Ach, die Natur ist eine gute Mutter! Der wahre Platz für die Liebe ist auf dem Land, im Winter, wenn man keinen Fuß vor die Tür setzen kann, und die Erde, die, in ihrem Reifbett erstarrt, schläft, keine jener Zerstreuungen und Schauspiele mehr zu bieten hat, die für das ängstliche Gewissen einer kostbaren Liebe fast Treulosigkeiten sind. Dann erschafft man sich, weit weg von allen Zudringlichkeiten der Welt und im segensreichen Schutz des schlechten Wetters und der schlechten Wege, im Innern, tief im Innern des einsamen Hauses, in dem man liebt, wunderbare Stunden der Andacht und unerschöpflicher Ruhe. Die Häuslichkeit sammelt sich an einem Ort. Die Kaminecke wird zum Mittelpunkt des Hauses. Dort lebt man, dort wärmt man sich, zu zweit auf der gleichen Causeuse – diesem für die Liebe erfundenen Möbel – sitzend, zwischen den aufgefalteten Blättern eines lackierten Paravent, der die Wärme verdoppelt, indem er sie zurückwirft, und der weitere geheimnisvolle Schatten auf Gestalten und Gedanken wirft! Man nährt seine Träumereien, während man drinnen das Heimchen hört – diese Grille des menschlichen Herds –, das in der glühenden Asche singt, wie die Sommergrille in den von der Sonne verbrannten Getreidefeldern, und draußen, in der Ferne, hinter den durchsichtigen Bollwerken der Fenster, das Heulen des Nordwinds in den Klippen, das Klirren der Fenster unter dem dampfenden Regen, und die Stille (denn auch die Stille kann man hören) des Schnees, dessen Flocken senkrecht und ruhig vom Himmel herabfallen, als wären es die Federn eines Schwans, den eine in den Wolken versteckte Hand rupft. Alle diese seufzenden oder stöhnenden Äolsklänge der Natur wiegen die Seele und schläfern sie wie in einer Hängematte des Wohlklangs ein. Und dabei ist das nur ein Teil unserer Empfindungen! In dem Oval, das der Paravent bildet, in dem Winkel am immer brennenden, immer seine Strahlen aussendenden Feuer, erscheint die geliebte Frau in einem Widerschein, der ihrer Schönheit Züge verleiht, die man noch nie an ihr gesehen hat. Das Tageslicht dringt kaum durch die dreifachen Draperien der Vorhänge.

Die Schleier der Helligkeit kämpfen und unterliegen in den Winkeln des Salons, wo die weißen Büsten im Dunkeln verschwinden. Alles Licht geht vom Kamin aus, wie von seinem innersten Heiligtum. Bald strahlend und heiter, mit der prasselnden Flamme des Rebenholzes, die flackert und erlischt und die man *Hochzeitsfeuer* nennt, um damit die kurzlebige Wärme und Heiterkeit zu bezeichnen; bald düster und dennoch glühend mit der schweren Lohe des Eichenholzes. Und es färbt das geliebte Haupt mit Tönen, die, obwohl einheitlich in ihrer Färbung, doch so unterschiedlich sind, daß man meinen könnte, mehrere Pinsel seien am Werk. Mitten in diesem von den Flammen mit einem zinnoberroten Schein übergossenen Halbschatten funkeln die Augen der Geliebten in den Farben des Chamäleons und des Rubins, wie es die antike Tradition dem sterbenden Delphin zuschreibt. Die goldenen Haare – die Fessel unseres Lebens – nehmen eine bronzene oder rötliche Farbe an ... Die Wangen, vom Schein des Feuers durchdrungen, durchlaufen in sukzessiven Stufen die ganze Skala der Farbe der Liebe, vom luftigen und zärtlichen Rosa bis zum tiefsten Purpur; und wenn die Königin unseres Herzens lacht oder lächelt, wirft die Flamme ihre Tropfen wie fleischfarbene Perlen auf das feuchte Email ihrer errötenden Lippen. Ach!, wie köstlich verbringen Liebende die Wintertage, diese so rührenden halben Nächte, versunken in müßige, nachdenkliche, verliebte Betrachtungen am Kaminfeuer! Nein, nichts kommt dieser Zärtlichkeit gleich, die sich in einem gut verschlossenen Salon verkriecht, der erfüllt ist vom Atem zweier Geschöpfe, die sich mit ihren Blicken und mit allen ihren Ausdünstungen durchdringen – denn die Haut atmet wie die Brust –, und die den Abend erreichen in diesem feuchten Bad menschlicher Luft, das von ihren Körpern ausgeht und sie in der verheerenden Sehnsucht nach erstickenden, wollüstigen Umarmungen ertränkt.

Marigny und Hermangarde versanken in diesem häuslichen Leben, aber die durch Schweigen und Einsamkeit verdichteten Tage waren bald wie die Reste einer verbrauchten Flüssigkeit, nach denen man am Rand eines leeren Flakons sucht. Schon durchtränkte das Aroma eines unsichtbaren Gifts die öligen, diamantenbesetzten Tropfen des reinen, kristallisierten Nektars, den sie sich von den Lippen saugten. Der unausgesprochene Gedanke, dieser kleine schwarze Fleck, an dem die gesündesten und stärksten Beziehungen zugrunde gehen können, begann ihr Glück mit fauligen Farben zu marmorieren, die bittere und brennende Wirkung der Frucht, die sie verzehrt hatten. Die ständige Gegenwart Rynos konnte diesen immer wiederkehrenden Gedanken nicht bannen. Selbst in seiner Nähe spürte Hermangarde, wie er in ihren Adern floß, in ihren Augen aufblitzte, auf ihren Lippen erstarb, in ihr immer wieder die Runde machte, wie das Blut, das, vom Herzen ausgesandt, wieder zum Herzen zurückkehrt. Ryno sah es genau. Er konnte in jeder Minute sagen, in welchem Organ dieser in aller Heimlichkeit erkrankten Frau das schleichende Gift zirkulierte oder anhielt, das Gift, das seine Hand in ihr Herz gegossen hatte! Ihr verborgener Kummer, der allem widerstand, weckte manchmal für kurze Momente Gefühle der Erbitterung in ihm. Im Bewußtsein der Macht, die er besaß, beschwor er sie, bereit sie auszunutzen oder zu mißbrauchen. Er – Gott dieser Frau und Gott durch sie – ließ den flammenden Ozean der Liebkosungen anschwellen und ansteigen und über diesem kleinen Fleck zusammenschlagen, den die Flut nicht mit sich riß, nicht zum Verschwinden brachte, und der wie das Blut an der Hand von Lady Macbeth festklebte. In diesen Momenten (keusche Frauen werden sich nicht darüber wundern!) bot Hermangarde ihre Brust nicht mehr wie früher dem Blitzstrahl dar. Eine unaussprechliche Unruhe all ihrer Gefühle hielt sie am Herzen ihres Mannes zurück, ähnlich einem ängstlichen Vogel, der seinen Kopf unter die Flügel steckt. Sie hätte sich losgerissen, aber vielleicht war er ja immer noch der Ryno ihrer Träume und der ersten Zeit ihrer Ehe? Doch, mein Gott, wo bleibt das Glück der Liebe, wenn der Zweifel an der Ehrlichkeit der Liebkosungen uns ergriffen hat?

Dieser Zweifel lähmte sie. Sie hatte wohl daran gedacht, ihrer Großmutter zu schreiben, was ihre Seele bedrückte. Aber sie hatte sich gesagt, »wozu soll ich die letzten Tage einer hervorragenden Frau, deren Glück in meinem Glück besteht, mit meinen Befürchtungen belasten …?« Dieses fromme Mitleid hatte sie davon abgehalten. Jedoch der Rest von Jugend, der sich in ihrer Seele erhalten hatte, und die tödliche Angst, ließen sie danach dürsten, sich jemandem anzuvertrauen, ein Durst, der nicht gestillt werden konnte. Die düstere Aussicht, diesen grenzenlosen Druck still ertragen zu müssen, lastete auf ihr.

Eines Tages, als sie allein im Herrenhaus zurückgeblieben war, litt sie besonders heftig darunter. Monsieur de Marigny, der seit mehreren Wochen nicht mehr ausgegangen war, hatte ein Pferd satteln lassen und war nach Barneville geritten, um die Briefe abzuholen, die sie aus Paris erwarteten. In ihrer seelischen Verfassung war eine so einfache Sache wie der Aufbruch und die zweistündige Abwesenheit ihres Gatten für Hermangarde Anlaß zu unglaublichen Herzensbeklemmungen gewesen. Und trotzdem hatte sie sich nicht widersetzen wollen! Früher (sie sagte schon: früher!) hätte sie schmeichlerisch das Wort »Bleib!« gemurmelt, und er wäre geblieben. Als er sie im Moment des Aufbruchs küßte, hatte sie nichts dergleichen gesagt, und er war mit den Worten aufgebrochen, er komme bald zurück, denn Barneville sei ja nicht weit! Er konnte sie nicht mitnehmen. Sie war leidend – der Beginn einer Schwangerschaft, an die sie noch nicht glaubte –, und der Arzt hatte ihr jede Art von Anstrengung verboten. Außerdem zog Nebel auf.

Sie war also alleine, sozusagen verwitwet, an der Kaminecke auf der Causeuse zurückgeblieben, ihrem angestammten Platz, der Bühne einer so zärtlichen Intimität und des stummen, traurigen Dramas, das sich unablässig daruntermischte. Tapfer griff sie zur Nadel, nahm ihre Stickerei auf und versuchte durch die Konzentration auf ihre Arbeit die innere Erregung niederzukämpfen, die in ihr aufstieg. Sie senkte die umwölkte Stirn über ihre Hände von königlicher Schönheit, die ihre zarte Handarbeit hielten ... Aber weit davon entfernt, die Gedanken zu zerstreuen, sammeln sie solche weiblichen Tätigkeiten gerade. Wer Frauen schon dabei beobachtet hat, wenn sie völlig versunken zu sein scheinen in die Schwierigkeit einer geduldерfordernden Ausbesserung oder die Fertigstellung einer Festonblume, der vermag aus ihren Bewegungen und ihrer Haltung wie aus einem aufgeschlagenen Buch manches Gedicht verborgenen Kummers, lachender Hoffnung oder heimlicher Begierde zu lesen. Das gesenkte Gesicht enzieht sich, aber die Hände sprechen. Sie können die Nadel auf so unterschiedliche Weise rasch oder so schlaff in Richtung ihrer Brust oder seitwärts führen; sie haben so viele Arten, den Faden abzuschneiden, verwirrt, träumerisch, hingebungsvoll, gefaßt, entschieden, gebieterisch, grausam, wütend, zögernd, zitternd, geschickt und raffiniert, ungeschickt und aufgeregt! Derjenige, der Sinn für diese untrüglichen Geständnisse hat, versteht, daß es nicht die zarten Stoffe sind, an denen sie herumschneidern, sondern ihre Seelen. Hermangarde fand daher in ihrer Handarbeit nicht das, was sie suchte. Sie hätte es wissen müssen. Gab es nicht im grau-rosa Boudoir der Rue de Varenne eine Decke, deren Blumen, die sie während der letzten Tage ihrer Mädchenzeit gestickt hatte, alle der Liebe gewidmet waren ...? Die Marquise nannte diese Blumen, in deren offene oder geschlossene Blüten ihre Enkeltochter so viele Gedanken gegossen hatte, lächelnd *das Akrostichon von Monsieur de Marigny*. Und dasselbe geschah heute, mit der Zuverlässigkeit eines Gesetzes, aber diesmal mit umgekehrten, schmerzlichen Vorzeichen. Hermangarde floh vor ihren Gedanken und hielt sie vor ihren Augen mit jedem Nadelstich fest. Ihre Erregung nahm zu. Dicke Tränen, die wegen ihres gesenkten Kopfes nicht erst über ihre zitternden Wangen rollten, fielen direkt von ihren Wimpern auf ihre Hände und ihre Festonarbeit. Sie vergaß, sie wegzuwischen. Andere folgten ... Als sie nichts mehr sah, ließ sie schließlich, mitgerissen und besiegt von den ansteigenden Wogen dieser Sintflut, ihre tränenüberströmten Hände in den Schoß sinken, legte ihren Kopf auf die Lehne der Causeuse zurück und ließ den Tränen ihren Lauf, – wie manche Vögel, die zu trinken beginnen, wenn sie sich unbeobachtet glauben.

So also endet das Glück! Sie verharrte lange in dieser nervösen Tränenohnmacht, aber als ihre Kammerzofe hereinkam, um eine Lampe anzuzünden, weil es wegen des dichter werdenden Nebels rasch dunkel geworden war, ging sie zum Fenster und drückte ihre glühende Stirn an das Glas, um den schrecklichen Zustand ihres Gesichts vor ihr zu verbergen. Die Kälte der vereisten Scheiben tat ihr wohl. Sie hielt nach *ihm* Ausschau, aber sie konnte nichts erkennen. Der Nebel hing über dem Strand jenseits des Hafens. Er hüllte Barneville und Les Rivières ein und schob sich wie eine undurchdringliche Mauer aus grauem Alabaster vor das Auge. Lediglich zwischen dem Hafen und dem Herrenhaus konnte man die Dinge noch erkennen und die Entfernungen abschätzen. An verschiedenen Stellen des Ufers sah man Schiffe auf dem Trockenen liegen. Die Stürme der vergangenen Tage hatten sie gezwungen, die Bucht von Carteret anzulaufen, und sie warteten nun auf die Flut, die sie wieder hinaustragen sollte. Unter diesen Schiffen, die den gelben Sand mit der schwarzen Farbe ihrer Kiele tigerten, war eines, das schöner und stattlicher war als die anderen, und das Hermangarde aus der Ferne für eine Brigg hielt. Es lag nicht halb auf der Seite und wartete auf die Schlagwelle, die es wieder aufrichten würde, nein, es hielt sich aufrecht und gerade als ankerte es im vollen Hafen. Mehrere Personen umringten es, und man hatte drei Schritte von seinem Oberdeck entfernt ein großes Feuer angezündet. Was war das für ein Schiff? Was machten diese Leute, die verschwommen im Nebel und in den ersten Schatten der Nacht zu erkennen waren? Hermangarde wollte Ryno bis dorthin entgegengehen. Das fragliche Schiff lag nicht weit entfernt vom Tor des großen Hofs. Im übrigen würde die Kälte, deren wohltuenden Einfluß sie auf ihrer Stirn fühlte, die brennende Entzündung ihrer verweinten Augen lindern, so daß Ryno nicht sehen würde, wie sehr sie geweint hatte. Sie nahm ihren Umhang und ging mit Titania los, denn Titan war mit Marigny unterwegs.

Das Schauspiel, das sie angezogen hatte, war eindrucksvoll und etwas fremdartig, obwohl die Küste wahrscheinlich öfter so etwas zu sehen bekam. Sie hatte sich nicht getäuscht: Das Schiff, das sie vor sich hatte, war tatsächlich eine elegant und robust gebaute Brigg. Zwei Matrosen in grauen Jacken und gestreiften Unterziehhemden waren gerade damit beschäftigt, seinen kräftigen Rumpf, der unter den scharfen Kanten der Felsenriffe gelitten hatte, mit Teer abzudichten. Der Teer kochte zäh und dickflüssig in einem Kessel, der auf einem Dreifuß stand, an dem die Flammen eines Feuers aus verfaulten Planken und alten Faßdauben hochleckten. Ein am Boden hockender Schiffsjunge unterhielt das Feuer, das im Nebel rötlich glühte und Funken versprühte. Um diese offene Feuerstelle saßen und standen mehrere Personen – Schaulustige von der Küste, für die eine ausländische Brigg ein Ereignis war. Sie unterhielten sich ungeniert miteinander, während die Matrosen und der Schiffsjunge, die die Sprache, die um sie herum gesprochen wurde, nicht verstanden, ihre Arbeiten stumm und mit einer Gemessenheit verrichteten, die der Flagge, die über ihnen wehte, würdig war. Es war die spanische Flagge.

Madame de Marigny blieb einen Augenblick im Hintergrund stehen, um die das Feuer umringende, so gespenstisch beleuchtete Gruppe zu betrachten und den Gesprächen zu lauschen.

11. KAPITEL

Die weiße Caroline

»Bei der heiligen Barbara! Capelin, mein Freund«, sagte Vater Griffon, den wir schon kennenlernten, »es ist lange her, daß wir ein so verwegenes und kühnes Segelschiff in unserem Hafen gehabt haben!«

»Ei, Vater Griffon, das imponiert euch wohl? …« antwortete der Krabbenfischer, mit dem er sich unterhielt; ein alter Triton, der, in einer fettigen Weste, die aussah, als wäre sie in Fischtran gefallen, auf seiner mit feuchtem Tang gefüllten Kiepe saß. »Was würdet ihr erst sagen, wenn ihr gesehen hättet, wie es heute Nacht im Sturm bei steigender Flut seine Knoten fuhr! Pierre le Caneillier und ich haben es gesehen. Wir fischten Sandaale unterhalb der Dünen. Da tauchte es vor Jersey auf und fuhr, seine Segel einholend, auf Carterct zu. Es fuhr mit einem Höllentempo! Ich dachte, es würde wie eine Faïence an der Felsenklippe zerschellen, aber es ist heil zwischen den Leuchtfeuern durchgekommen und hat den Ehrenplatz im Hafen eingenommen, wie ein Bräutigam, der am Tag seiner Hochzeit das Kirchenschiff hinaufschreitet, aber die Riffe haben doch seine Flanken gestreichelt, und seine Segel sind beschädigt.«

»Bah!« gab der alte Matrose zurück, »was machen zwei oder

drei Schrammen hier und da auf einem solchen Kiel!« – und er legte seine breite Hand darauf, als streichle er die Brust eines lebendigen Tiers. »Ach!« rief er überglücklich aus, »die Mutter Gottes von Délivrande sei gepriesen, daß sie dem alten Griffon, ehe er vollends ganz erblindet, noch einmal die Gelegenheit gibt, ein Schiff zu sehen, das ihn an die Zeiten erinnert, wo er an Bord der *Espérance* unter dem großen Bailli de Suffren zur See fuhr!«

»He, he, Vater Griffon, war es dort nicht *nobel?*« entgegnete der Krabbenfischer in spöttischem Ton, indem er sich eines Ausdrucks bediente, den die alten Seeleute gebrauchten, wenn sie sich in den Abendstunden ihre alten Geschichten erzählten.

»Nein«, antwortete der Matrose, »es war nicht nobel! Es waren rauhe Zeiten. Aber man war jung. Man hatte Augen, die so scharf sahen wie das Fernrohr eines Kapitäns, und eine sichere Hand. Krieg führen, sich mit diesem rasenden Bailli auf See zu schinden, das war immer noch besser, als auf dem Sand zu stranden, wie ein alter Fischotter, der dort eines schönen Tages verreckt.«

»Ich glaube«, warf ein Bettler ein, der, gebeugt vom Alter und von der Last seines Sacks, von Zeit zu Zeit mit der eisernen Spitze seines Stocks die brennenden Faßdauben unter den Kessel schob, »daß man seit der weißen Caroline kein Hochseeschiff von drüben in der Gegend gesehen hat.«

»Sprich nicht von der weißen Caroline, alter Herumstreicher!« antwortete der Krabbenfischer auf seiner Kiepe, den Griffon Capelin genannt hatte, und er schien sich wirklich zu fürchten. »Ich muß heute Nacht bei Ebbe fischen, und ich lege keinen Wert darauf, sie in diesem teuflischen Nebel auftauchen zu sehen. Das würde meinem Fang Unglück bringen, und ich würde nicht einmal einen Striegelkrebs fangen, der fürs Frühstück der Wirtshauskellner taugte.«

»Sie spukt also immer noch an der Küste herum?« entgegnete der mit dem Bettelsack, der weiter drinnen im Land zu Hause war.

»Wie kann man nur so fragen!« antwortete der Krabbenfischer. Dann lenkte er ein: »Ach, bin ich dumm!« fuhr er fort. »Ihr seid ja nicht von hier, daran hab ich nicht gedacht. Ihr kommt ja aus Saint-Maurice.«

»Nicht direkt!« antwortete der Bettler. »Bin aus Sortôville-en-Beaumont, aus dem Weiler Les Lubées, Richtung Carbonnel.«

»Nun, ist ja egal«, sagte der Krabbenfischer, »Sortôville-en-Beaumont oder Saint-Maurice! Ihr könnt nicht wissen, was an der Küste von Portbail in Carteret geschieht, während ihr in eurer Bruchbude schlaft.«

»Oho! Ich war dort oft, spät abends und zu jeder Jahreszeit«, erwiderte der Bettler und richtete sich unter seinem Ranzen auf, stolz auf sein allgegenwärtiges Vagabundenleben an diesem Küstenstrich. »Bin oft spät abends durch eure lumpigen Dünen gestreift, obwohl der Treibsand für meine armen Holzschuhe ziemlich unbequem ist. Hab sie aber nur einmal zu sehen gekriegt, die Caroline! Und das ist nun auch schon fünfzehn Jahre her …! Ja, tatsächlich, fünfzehn Jahre« –, wiederholte er und suchte in seinem alten Gedächtnis wie ein Antiquar in einem vergilbten Pergament. »Damals gab's kein Haus an der ganzen Küste, in dem nicht über die Caroline geredet wurde! Es war ein Samstag. Ich erinnere mich daran, als wär's gestern gewesen. Ich bin nach Portbail gegangen, um meine wöchentliche Brotration abzuholen und dort zu übernachten, weil am nächsten Tag Markt war. Ich hatte mich in Barneville beim Bäcker Bonnetard, der auch einen Ausschank betreibt und zollfreien Cidre verkaufte, etwas verspätet. Einen königlichen Cidre«, betonte er melancholisch, »wie ich seither, glaube ich, keinen mehr getrunken habe! Ach, an jenem Abend war es nicht neblig wie heute. In den Dünen war es spiegelklar. Der Mond war so gelb und leuchtend wie die kupfernen Barbierschüsseln, die über der Ladentür eines Barbiers schaukeln. Ich war frohen Muts. Ich machte mir keine Sorgen: denn es waren gute Zeiten. Man lief nicht Gefahr irgendwann in irgendeinem Graben Hungers zu sterben, wie heute. Da sah ich plötzlich zwischen Les Rivières und den Mühlen auf der Anhöhe von Saint-Georges etwas Weißes, das wie ein Stück Leinwand in einer Hecke flatterte, und ich sagte mir: ›Sollte das die Caroline sein ...?‹ Und tatsächlich, so wahr ich ein Christ und auf den Namen Loquet getauft bin, sie war es! Groß und weiß wie eine der Waschfrauen am Waschplatz von Fierville. Über der Hecke kam sie so gerade wie mein Stock auf mich zu«, sagte er, indem er seinen eisenbeschlagenen Stock mit einer anschaulichen malerischen Geste in den Sand stieß. »Sie sprach mich nicht an. Ich ging mit gesenktem Kopf unter meinem großen Hut weiter. Ich hatte in meiner Jugend von einer alten Spinnfrau, der großen Jeanne, die, wie man in Sortôville sagte, mit dem Teufel im Bunde stand, gehört, daß man nie als erster mit Wiedergängern reden darf, wenn man nicht noch im selben Jahr sterben will. Ich ging und ging, aber sie bewegte sich genau so schnell wie ich. Als wir an den ersten Häusern von Portbail anlangten, verließ sie mich. Das ist die ganze Geschichte«, fügte er hinzu, indem er zum Beschluß in die Runde der Zuhörer blickte. »Man sagt, sie rede nie jemanden an und tue niemandem etwas zuleide. Aber wenn sie so dicht neben einem hergeht, ist es alles andere als angenehm! Ein alter Herumstreicher wie ich, ist nicht so leicht zu erschrecken, aber der Teufel soll mir ein Rübenfeld in den Bauch pflanzen, wenn ich nicht die ganze Zeit, als sie neben mir herging, eine Art kalten Schweiß gespürt habe, der über meinen Rücken bis in meinen Futtersack rann!«

»Was hat es mit dieser weißen Caroline auf sich, Vater Griffon?« fragte Hermangarde, indem sie aus dem dichten Nebel in den erleuchteten Kreis heraustrat und ihre behandschuhte Hand auf die schweren Schultern des alten Matrosen legte.

»Das ist die Dame aus dem Herrenhaus, die Tochter der Marquise«, flüsterten sich der Bettler und der Fischer mit gesenkten Köpfen zu. Und sie begrüßten sie mit dem keineswegs unterwürfigen Respekt freier und tapferer Männer.

»Ah, die Caroline! Meine feine Dame«, sagte der alte Matrose von Suffren, indem er seine Hände mit einer gewichtigen Bewegung in die Taschen seines abgenutzten Überrocks aus blauem schwerem Stoff steckte und sich auf seinen krummen, spindeldürren Beinen wiegte, als stünde er auf einem schlingernden Schiff. »Die Caroline! Das war ein Kriegsschiff, eine Brigg wie diese hier, die vor langer Zeit in unserem Hafen anlegte. Der da mit dem Bettelsack sagte vor fünfzehn Jahren, aber ich sage euch, es ist mindestens siebzehn Jahre her; denn das war zu der Zeit, als ich zum drittenmal von Goa zurückkam. Damals lebte meine Frau Mutter noch. Ja, bei Gott, es liegt mehr als siebzehn Jahre zurück. Diese Brigg kam aus den Nordmeeren und fuhr unter dänischer Flagge. An Bord befand sich ein junges Mädchen, das ich zweimal mit den Offizieren in der Herberge zum *Marsouin qui fume* oben in der Rue de Carteret gesehen habe, wo sie ihre Rum- und Branntweingelage feierten und Karten spielten, während die Sturmschäden der armen Brigg repariert wurden, genau an der Stelle, wo diese Brigg jetzt liegt. Ich war damals wie heute ein rauher Seemann, dessen gegerbte Haut den Blikken der jungen Mädchen standhielt, ein hartgesottener Fischer, der alle Meere befahren und alle Häfen der Welt gesehen hat, aber bei meinem ewigen Seelenheil, nie ist mir eine solche jugendliche Schönheit begegnet, und ich werde sie nie vergessen. Ich sehe sie immer noch vor mir! Stellen sie sich ein Kind von sechzehn Jahren vor, schöne Dame, zart wie eine Perle und weiß wie ein Albatros: ein Meisterwerk des lieben Gottes, ach was, eine zierliche elfenbeinerne Spindel, wie sie die Seeleute in Dieppe anfertigen, so schmal und zerbrechlich, daß man sie, wenn man sie etwas hart angefaßt hätte, leicht in der Hand hätte zerdrücken können. Sehen Sie, so etwas war nicht dafür geschaffen, mit Seeleuten zusammenzuleben, Männern, die mit Stahl und Tauen hantieren und disziplinlos schreien, fluchen, sich besaufen, sich prügeln, und, gestatten Sie mir, es auszusprechen, sich paaren wie die wildesten Tiere dieser heruntergekommenen Welt! Arme Caroline …! Die Offiziere und die ganze Besatzung nannten sie nach dem Namen ihres Schiffs. Aber wer weiß? Vielleicht hatten sie das Schiff nach ihr benannt. Soviel ist jedenfalls sicher, am Vorderdeck hatten sie eine geschnitzte weiße Figur angebracht, die ihr glich … und die sich ebenso dabei zu langweilen schien, in einem fort die Wellen mit den Spitzen ihrer Brüste zu teilen, wie sie sich dabei langweilte, im Pfeifenqualm und Punschgeruch die Gespräche der betrunkenen Männer anzuhören! Nein, sie war nicht dazu geschaffen, mit Seeleuten zusammenzuleben, und trotzdem war sie bei ihnen! An Bord waren fast alle verrückt nach ihr … Sie waren wie verhext von von dieser armen Schneeflocke, die sie unter allen Himmelsstrichen wie ein Zeichen ihres Landes mit sich führten. Sie! Sie liebte niemanden, nicht einmal den Kapitän. Man sagte, sie habe Heimweh. An einem Abend, es war der Tag der heiligen Jungfrau und den ganzen Tag über hatte es geregnet und gewindet, hörten wir von der Brigg, die inzwischen repariert war und vor Anker trieb, fürchterliche Schreie. Man ermordete sich an Bord wegen des bleichen Kindes. Der Kapitän hatte einen seiner Schiffsoffiziere, rasend vor Eifersucht auf ihn, zu einem Duell auf Leben und Tod herausgefordert. Sie kämpften auf dem Zwischendeck im Fackelschein mit Enteräxten. ›Der Offizier‹, erzählte mir ein holländischer Matrose, der auf der Brigg diente, und den ich aus meiner Zeit in Java kannte, ›wurde wie ein Baum, den man fällt, zerhackt, Zweig für Zweig, Glied für Glied, und als nur noch der Rumpf von ihm übrig war, setzte der tobende Kapitän den Fuß darauf und begann, ihn mit seinem Enterbeil zuzurichten wie ein Zimmermann einen Balken zurichtet.‹ Bei der Seele des Teufels! Dieser Kapitän hatte alle Dämonen der Hölle in seinem Leib, denn zwei Tage später ließ er die weiße Caroline nächtlicherweise von Negern, die er aus Virginia zurückgebracht hatte, an Land tragen und – verflucht seien sie und er! – bei lebendigem Leib im Sand vergraben.«

»Oh, ist das schrecklich!« rief Madame de Marigny empört. »Und an welcher Stelle der Küste haben diese Ungeheuer das unglückliche junge Mädchen verscharrt?«

»Das weiß man nicht«, sagte Vater Griffon. »Die Zollbeamten behaupten, in jener Nacht am Ufer nichts gehört und nichts gesehen zu haben, aber wenn ein paar arme Teufel einen Ballen Schmuggelware dort versteckt hätten, wären diese verdammten Burschen bestimmt aus ihren Dachslöchern herausgekrochen! Ich und viele andere haben lange nach der Stelle gesucht, wo sie sie im Sand vergraben haben. Wir haben nie etwas entdeckt. Deshalb, sagt der Pfarrer, komme sie zu bestimmten Zeiten des Jahres wieder und flehe um ein Grab in geheiligter Erde. Was die Brigg, die so hieß wie sie, angeht, so setzte sie am nächsten Tag die Segel und legte bei Flut ab. Man hat nie wieder etwas von ihr gehört …«

Aber Hermangarde hörte Vater Griffon nicht mehr zu. Ihre Aufmerksamkeit wurde durch etwas Wichtigeres als den erschütternden Bericht des alten Seemanns gefangengenommen. Als sie sich der Menge, die das Feuer umstand, näherte, hatte sie am Fuß der Brigg auf einem Haufen zusammengerollter Taue eine Person bemerkt, die sie mit einem eigenartigen Ausdruck beobachtete. Sie hatte diese Person zunächst für irgendeinen Offizier der Besatzung gehalten, der die Arbeit der Matrosen zu überwachen hatte. Sein zarter Körperbau, der wirkte wie der schmale, jugendliche

Körper eines Seekadetten, war vom Hals bis zu den Füßen in eine Art graues, weites Cape gehüllt, und sein Kopf war mit der unter dem Kinn verknüpften Wachstuchmütze bedeckt, die die Seeoffiziere an Bord tragen. Die über das Ohr gekämmten Haare, die ernste, schläfrige und nachdenkliche, sich hinter dem Rauch einer Zigarre verlierende Miene; die Gesichtsfarbe, deren dunkles, galliges Blut erkennen ließ, daß sie derselben Rasse angehörte wie die Matrosen, diese sonnengebräunten Söhne, die ihr Schiff teerten; der samtige Schimmer eines Barts am Rand der Lippen und dieser tiefschwarze Blick, der von Zeit zu Zeit aus seinen dunklen Tiefen Blitze schoß, all das täuschte Madame de Marigny für einen Augenblick. Dennoch erinnerte sie sich undeutlich an dieses tragische Gesicht. Wo hatte sie es gesehen? Sie hatte es in der Tat schon einmal gesehen, damals im Wagen von Madame de Mendoze auf der Brücke bei La Haie d'Hectot. Hier hatte sie es unter einer Männerfrisur, halb verdeckt, halb beleuchtet vor sich. Wie hätte sie es erkennen sollen? Sie erkannte es nicht. Es war nur eine verschwommene Erinnerung, sonst nichts. Diese durchbrach wie ein schwacher Lichtstrahl die Aufmerksamkeit, mit der sie der Erzählung von Vater Griffon gelauscht hatte. Als der Seemann seine Geschichte beendet hatte, kehrte Titania, die, wie alle Hunde, die längere Zeit eingesperrt waren und plötzlich freigelassen werden, weite Kreise im Nebel geschlagen hatte, zum Feuer und zu Hermangarde zurück; aber plötzlich warf sie sich voll unbändiger Freude auf das graue Cape, das, ungeduldig über diese ungebärdigen Liebkosungen, eine gebieterische Geste machte und der Hündin mit wütender Stimme Worte in Spanisch entgegenschleuderte, die diese zu verstehen schien, die Hermangarde jedoch nicht hören konnte: *»Afuera, perro del diablo, afuera!«*

Und sie hob ihre Hand. Durch die ungestüme Bewegung öffnete sich das Cape, und Madame de Marigny erkannte das

Kleid mit den scharlachroten Karos, das sie auf dem Ausguck im Wind hatte flattern sehen. »Titania!« rief sie mit überraschter und angsterfüllter Stimme, »Titania!« Aber Titania hatte sich zu Füßen ihrer alten Herrin niedergelassen, sie war taub gegenüber der Stimme, die sie rief, und rührte sich nicht von der Stelle, als meuterte sie. War dieses Detail von Bedeutung? Madame de Marigny, die nicht wußte, woher Ryno den Hund hatte, brach dieser Ungehorsam das Herz. Sie glaubte, daß alles was an Treue in diesem immer treuen und edlen Tier steckte, sich als Verrat gegen sie wandte.

»Vater Griffon«, fragte sie erregt und niedergeschmettert, aber immer noch selbstbeherrscht genug, um ihre Stimme zu senken und den Matrosen beiseite zu ziehen, »wißt Ihr, wer diese Frau ist, die dort auf den Tauen sitzt?«

»Die?« sagte Griffon, erstaunt über die Frage von Madame de Marigny. »Kennen Sie sie denn nicht? Jedermann kennt sie inzwischen in dieser Gegend. Oh, es ist nicht die weiße Caroline! Es ist die *Mohrin von Les Rivières*, wie sie die Leute von da unten nennen. Seit dieses Schiff hier gelandet ist, weiß man, daß sie Spanierin ist, denn sie redet mit den Seeleuten spanisch; und ich, der ich von den Sprachen aller Länder an allen Küsten etwas aufgesammelt habe, habe gehört, wie sie ihnen sagte, daß sie Landsleute seien. Ehe die Brigg kam, wußte ich so wenig wie die anderen, woher sie kam, obwohl ich gut sah, daß sie von weither und aus warmen Ländern stammt; denn die Sonne hat ihr einen teuflischen Geburtsschein ins Gesicht geschrieben, der leichter zu lesen als auszulöschen ist.«

»Und was macht sie hier in Les Rivières«, fragte Hermangarde, deren Neugier aufs äußerste gespannt war, »und wie ist sie hierher gekommen?«

»Das weiß man nicht«, sagte Vater Griffon ruhig. »Sie muß auf dem Landweg gekommen sein, denn sie hält sich schon einige Zeit bei den Bas-Hamets von La Butte auf, und seit September ist mit Ausnahme dieser Brigg kein fremdes Schiff im Hafen gelandet. Und was sie hier macht, weiß ebenfalls niemand. Manche behaupten, sie sei nicht ganz richtig im Kopf. Man trifft sie häufig völlig allein am Strand an. Manchmal fährt sie mit Fischern aus der Gegend zum Fischfang hinaus. Sie nehmen sie auf ihren Nußschalen mit, und sie überläßt ihnen für ihre Mühe königliche Rationen Branntwein und Tabak. Wie Sie sich denken können, reicht das, um sie zufriedenzustellen! Im übrigen stört sie nicht auf See. Sie haben mir erzählt, daß sie stundenlang auf dem schlingernden Boot sitzt, wie hier auf den zusammengerollten Tauen, ohne jemals mit jemandem zu sprechen, aber immerzu rauchend.«

Madame de Marigny trat zu dem Kreis, der bei ihrem Näherkommen verstummt war. Die Auskünfte des alten Griffon hatten den spitzen Stachel der Neugier nur noch tiefer in ihre Seele getrieben, wie eine Glassonde, die in der Wunde abbricht; seit der Szene auf dem Ausguck steckte dieser Stachel in ihr, und sie hatte ihn nicht herauszureißen vermocht ohne gleichzeitig ihre Seele herauszureißen. Durch eine dieser herben Regungen, die leidenden Menschen eigen sind und von denen zum Tode Verurteilte manchmal Zeugnis abgelegt haben, indem sie sich in die verzweifelte Betrachtung ihres Folterwerkzeugs versenkten, betrachtete sie mit einer entsetzlichen Gier diese Frau, die ihr wie eine düstere Bedrohung erschien, wie eine Gewitterwolke, die sich über ihrem Herzen öffnen sollte. Auf einmal erinnerte sie sich deutlich daran, daß sie sie gesehen hatte, damals, kurz aber unverkennbar, als sie im Coupé von Madame de Mendoze an ihnen vorbeifuhr, an der Seite dieser sterbenskranken Frau, die an Rynos Hieben zugrunde ging. Sie erinnerte sich an die Verwirrung, die ihn, Ryno, bei diesem Anblick erfaßt hatte und an jenen, durch eine entsetzliche Unruhe angestachelten Galopp, mit dem er damals hinter Barneville losjagte … Verstört durch diese Erinnerungen warf sie sich mit grausamer Ironie vor, daß sie so töricht gewesen war, damals an die Wirkung eines Gespenstes zu glauben, wo neben diesem Gespenst, das bald ins Grab sinken würde, eine Frau saß, die lebte. Ihr schönes Gesicht verriet die ganze Empörung und Qual ihrer Seele. Sie war bleich, und ihre Züge waren verzerrt und bebten. Ihre blauen Augen, die mit einem Ausdruck leuchteten, den sie bisher noch nie hatten – jene Art Augen, die fürchterlich sind, wenn sich in ihnen der Phosphor der grausamen Wut entzündet –, fielen über dem Feuer, das sie beide trennte, auf diese geheimnisvolle Frau, die sie mit einem unerklärlichen Haß haßte, und die ihr als Antwort einen ihrer langen, gleichgültigen, ruhigen, schwarzschimmernden, schläfrigen Blicke sandte, Blicke, wie sie uns manchmal Tiger aus ihren schrägen goldenen Pupillen zuwerfen. Diese beiden Blicke fochten einen schrecklichen Kampf aus!

Plötzlich ertönte das Wiehern eines Pferdes, und ein Mann tauchte aus dem Nebel auf.

»Da kommt Monsieur de Marigny!« sagte Vater Griffon.

Er war es tatsächlich. Er hatte seine Frau erkannt. Er brachte sein Pferd dicht hinter ihr zum Stehen und blickte in die Runde; er sah die Matrosen, die im Schein des Feuers, das unter dem Teerkessel brannte, an dem Schiff arbeiteten, den Schiffsjungen, den Fischer, den Bettler, den alten Seemann von Suffren – und Vellini, die im Schatten des Schiffs saß und rauchte. Marigny hatte von seinem Pferd herunter, in der Pose des römischen Soldaten, der das Martyrium des heiligen Symphorian betrachtet, wie Ingres es in seinem wundervollen Gemälde zeigt, alles gesehen und befürchtete Schlimmes, denn auch hier handelte es sich um ein Martyrium.

»Was für eine Dummheit!« sagte er zu seiner Frau; »warum bist du bei einem solchen Wetter vor die Tür und bis hierher gegangen?«

»Das Alleinsein langweilte mich so sehr, da bin ich dir entgegengegangen«, antwortete sie, indem sie ihren von den vergossenen Tränen geröteten schönen Kopf hob und ihm ihre opalfarbenen Wangen zeigte, auf denen sich, von den Augen ausgehend, eine schwarze Spur abzeichnete, in der tausend unterdrückte Gefühle zitterten. »Du hast recht«, fügte sie ernst hinzu, »es war falsch von mir, auszugehen, und ich muß es büßen.«

»Fühlst du dich denn schlechter?» fragte Marigny mit einer Erregung, die er nur zur Hälfte zeigte. »Wir müssen schnell nach Hause zurück, mein Liebes. Steig auf, dann geht es rascher als zu Fuß.«

Und er beugte sich zu ihr hinunter und reichte ihr die Hand. Sie ergriff sie, und indem sie ihren Fuß auf den Fuß ihres Gatten stützte, schwang sie sich mit der Leichtigkeit eines Vogels aufs Pferd und setzte sich vor ihn auf den Sattel, umschlungen von seinen Armen, die sie so gerne um ihre Taille spürte – in ihren jugendlichen Gefühlen noch ganz Kind, obwohl schon Frau in ihrem Schmerz! Ihr Kopf lehnte an der Brust, deren Herz sie so gern erforscht hätte, und sie verfolgte dessen Pochen. In dem weiten faltenreichen Umhang wirkte sie mit ihrer leblosen Gesichtsfarbe wie eine Mutter Gottes, die von ihrem Altar gefallen ist, und dieser Anblick rührte die Matrosen.

»Ach«, sagte Vater Griffon, »es war vielleicht falsch, daß ich Madame de Marigny die Geschichte von der Caroline erzählt habe. Eine junge Dame wie sie ist doch leichter beeindruckbar als alte Seebären wie wir.«

»Nein, mein guter Vater Griffon, die Kälte wird ihr nicht bekommen sein und sie angegriffen haben«, beruhigte ihn Ryno, der sie liebevoll in die Falten ihres Seidenumhangs einhüllte und sich um sie kümmerte wie um seinen teuersten Schatz.

Das Pferd ritt los.

»He, he, Monsieur de Marigny, pfeifen Sie doch Ihren Hunden«, rief der alte Griffon.

Hermangarde hatte genau bemerkt, daß sie nicht mitkamen. Titan hatte Titania weggeschubst und wälzte sich nun seinerseits freudig bellend zu Vellinis Füßen, die keine Rührung zeigte.

Das Schicksal hatte ihr auch noch diesen Schlag aufbehalten, und er traf ihre ohnehin schon mit Bitterkeit getränkte Seele, die jeder weitere Tropfen zum Überlaufen bringen mußte. »Sollten die Hunde weniger lügen als ein Mann?« dachte sie, während sich ihr Stolz an dieser Brust aufbäumte, die zweifellos aufgewühlt, aber doch nicht die eines Verräters war.

Marigny pfiff wütend. Die Hunde folgten dem davonschießenden Pferd, und alles verschwand im Nebel.

12. KAPITEL

Das Fatwa einer Maitresse, die lange die Favoritin war

Einige Tage später, es begann zu schneien, saßen sich Monsieur und Madame de Marigny in einem der Räume ihres Herrenhauses in Carteret gegenüber. Es war ein weitläufiger, hallender Speisesaal, in dem sie schweigend das Frühstück einnahmen. Hermangarde, in einem grauen Seidenkleid, trank mit derselben Gleichgültigkeit, mit der sie Gift getrunken hätte, Tee aus einer Meißner Porzellantasse. Sie war durch und durch unglücklich. Sie vertraute Ryno nicht mehr, und obwohl sie ihren Schmerz zu verbergen suchte, hatte dieses fehlende Vertrauen, das auf so vielen Zweifeln beruhte, die letzte Wärme und Intimität zwischen ihnen zum Erstarren gebracht. Sie liebten sich, und sie waren kalt. Vor

Marigny, dessen erregte Seele Trost suchte, stand eine jener Buchsbaumschatullen voller Flakons aus geschliffenem Felskristall mit goldenen Stöpseln, die man Vorratskeller nennt. Mit jener wilden Gier, die nur jemand verstehen kann, der leidet, goß er sich seit einer Stunde von diesen parfümierten Essenzen ein, deren Grundlage ein mörderischer Alkohol ist, und die alle von ihren Gedanken verfolgten Menschen anbeten, weil sie berauschen und abtöten – ein zweifaches Glück, das immer in unserer Reichweite ist!

Dieser Speisesaal mit seinem schieferfarbenen Marmorboden und den beiden Springbrunnen in ihren tiefen Becken wäre um diese Jahreszeit eisig gewesen, wenn nicht ein großer weißer Porzellanofen gebrannt und die dumpfe, schwere Wärme des Kohlenfeuers im Raum verbreitet hätte. Es läßt sich nichts Traurigeres denken, als dieser Saal, der für fünfzig Tischgäste eingerichtet war, und in dem sich an diesem Morgen nur zwei Menschen verloren. Die weißen Wände, die an ein Grab erinnerten, waren durch den Seewind, der durch die Ritzen der Fenster des lange unbewohnt gewesenen Herrenhauses eingedrungen war, in den Ecken grün verfärbt. An den Wänden hingen ein paar Landkarten und dunkle, strenge, im Lauf der Jahre verräucherte Familienportraits; die Reste einer herrlichen Ahnengalerie, die die Revolution zerstört hatte. Diese Heimsuchung hatte sich nicht damit begnügt, tausenden von Menschen den Kopf abzuschlagen, nein, sie hieb ihn auch noch den Portraits und den Statuen ab. So hatte sie auch dieses gemalte Familienarchiv geschändet und mit einer mörderischen Stange das Wappen der de Flers durchbohrt. In Carteret existierten nur noch wenige alte Gemälde der Generationen aus mehreren Jahrhunderten. Als die Marquise aus der Emigration zurückgekehrt war, hatte sie die Portraits aus der Ahnengalerie in den Speisesaal des Herrenhauses bringen lassen. Da hingen sie nun als würdige Gäste aus vergangenen Zeiten, mit ihren stolzen Mienen, die einen in Hirschleder, die anderen in Stahl gekleidet, die Brust mit ehrwürdigen Orden geschmückt, die Hand auf den Degen oder auf den mit Lilien verzierten Kommandostab gestützt. Durch einen eigenartigen Zufall befanden sich das erste und das letzte Glied dieser durch die Revolution zerstörten Ahnenreihe einander gegenüber. Man sah jenen Almaury de Flers mit halbgeschlossenem Visier, den Bannerherrn Ludwigs IX., der als erster vor der Küste von Ptolemais von seinem zyprischen Schiff ins Meer sprang; und Hector-Sylvain, Marquis de Flers (den letzten der de Flers und den Ehegatten unserer Marquise), gemalt im Alter von zwölf Jahren, in einem ovalen Rahmen und auf himmelblauem Hintergrund, im weißen Anzug, rosa gepudert, mit aufgelöstem Haar, ein Goldjunge, der mit seinen hübschen Fingernägeln die Seiten seines Katechismus zerreißt – ein Vergehen, das die Peitsche verdient hätte, und das man malte, weil man es reizend fand und weil es mehr ein Vergehen des Jahrhunderts als des Schülers war. Es hat seither seine Entsprechung in Gedankenlosigkeiten wie der edelmütigen Dummheit gefunden, die Mathieu de Montmorency 1789 dazu veranlaßte, seine Nachkommen und seine Ahnen zu opfern und durch einen trügerischen Handel das, was ihm nicht gehörte – seine Adelstitel –, auf den Altar des Vaterlandes zu legen.

In diesem großen, bei aller Trübseligkeit imposanten Saal mit seiner hohen Balkendecke und seinen grünverfärbten Wänden, saßen unsere beiden Eheleute also, unter den starren Blicken dieser düsteren Gesichter, die weniger düster waren als die ihren. Wer sie so hätte sehen können, beide – getrennt durch den runden Tisch – ernst und freudlos beschäftigt, sie damit, ihren Tee mit leblosen Lippen zu trinken, er damit, sich den feurigen Rum mit fiebrigen Lippen einzuverleiben, hätte sofort verstanden, daß ihr Honigmond vorbei war.

Die Dienstboten hatten sich nach beendeter Aufwartung auf einen Wink ihrer Herrschaft hin zurückgezogen. Durch die beiden Fenster des Saals konnte man den Schnee sehen, der die Dünen bedeckte und dessen Flocken unablässig ins Meer fielen, wo sie sich auflösten und verschwanden. Das Meer, das immer etwas grünlich, bewegt und hochgehend war, schien noch glasgrüner durch den Kontrast zu all dem Weiß, über das die Wellen lautlos brandeten, wie über ein weiches Daunenbett, das eine Fee aus dem Flaum der Seemöwen gefertigt hat. Der Speisesaal und die Gesichter von Monsieur und Madame de Marigny waren in jenes bleierne Licht getaucht, das nicht vom Himmel sondern von den Schneeflächen ausgeht und das die Gegenstände gleichsam von unten erhellt. Sie hörten – hörten sie es überhaupt? – nichts als das Prasseln des Feuers im Ofen und von Zeit zu Zeit, wenn der Wind sie herantrug, die klagenden Klänge einer fernen Glocke, die für die Toten läutete.

»Ach!« sagte Marigny, der, nachdem er sein Glas geleert hatte, als erster das Schweigen brach, »Sir Reginald Annesley wußte, warum er den Alkohol so liebte, der uns erwärmt und aufrichtet!«

Diese Worte sagten genug darüber aus, in welcher Richtung sich seine Gedanken bewegten. Sie kamen von seinen Lippen, als habe er zu sich selbst gesprochen und als wäre er allein.

»Wer ist dieser Sir Reginald Annesley, mein Freund?« fragte Hermangarde. »Ich habe dich nie von ihm sprechen hören.«

Er schaute sie erstaunt an, als habe er vergessen, daß sie da war.

»Ach!« sagte er mit jenem unaufrichtigen Lächeln, das heiter wirken soll, obwohl man leidet, »ein englischer Baron, den ich in meiner Jugend kannte und der jeden Morgen ein kleines Faß dieses ausgezeichneten Rums trank, um seine Nerven wieder aufzurichten.«

»Ich hoffe«, sagte sie mit einem unbestimmten Lächeln, das ebenfalls traurige Gedanken enthielt und erkennen ließ,

»daß die deinen nicht so niedergeschlagen sind, mein Freund, daß du ihn dir zum Vorbild nehmen und es ihm gleichtun mußt. Dein Baron muß sehr gelitten haben, daß er sich in so maßlosem Genuß erniedrigte.«

»Vielleicht«, sagte Ryno, »ja, vielleicht hat er gelitten. Wer kennt den Bodensatz des Lebens? Wer kann sagen: ›Das was man in diesem Menschen sieht, das was in diesem Menschen steckt, ist das, was das Schicksal ihm bestimmt hat?‹ Ach, Sir Reginald war eine starke Natur, einer jener Kämpfer, die das böse Geschick in ihren fürchterlichen Armen ersticken, eines jener Geschöpfe, die Gott mit seinen beiden Händen geknetet hat, als er sie aus dem Chaos erschuf. Ich habe ihn gesehen, von Angesicht zu Angesicht«, fuhr er fort, indem er mit seinem Dessertmesser eine Geste machte, als ziele er mit einer Pistole, »er war bis in die Fingerspitzen voller Leben, und trotzdem brauchte er jeden Morgen diesen feurigen Trunk, um sein zähflüssiges Blut daran zu hindern, in seinen weiten Adern zu stocken. Aber richtig! Ja ... wer vermag zu sagen, ob er nicht gelitten hat, ob er nicht leidet? Und ob diese Löwenkraft nicht irgendwo verwundet ist ...?«

Und er verfiel wieder in seine Grübeleien. Aber Hermangarde hatte diesen Aufschrei einer erstickenden und blutenden Seele vernommen, den er ausgestoßen hatte. Gewiß waren seine Gedanken durch den Alkohol, den er getrunken hatte, aufgewühlt, aber in ihm wirkten nicht nur diese elenden materiellen Gärstoffe ... es gab andere, die er seit einer Stunde stillschweigend aus der sprudelnden Quelle der Vergangenheit schöpfte. Oh! Wer jenen entsetzlichen Nektar genossen hat, hat den Durst selbst getrunken, wie die Verdammten, die das flüssiges Feuer aus ihrem erstarrten Feuerkelch trinken!

Arme Hermangarde! Sie sah, wie sehr er litt, und sie konnte nichts dagegen tun. Die Liebe, die ihre Krone verliert, leidet mehr darunter als alle Könige dieser Welt!

»Nun, Ryno«, sagte sie nach längerem Schweigen, »denkst du immer noch an Sir Reginald Annesley …?«

Ryno war in den Abgründen der Erinnerung untergegangen und gab keine Antwort. Er goß sich ein weiteres Glas dieses starken und heimtückischen Likörs ein, der anstelle des Vergessens, das man in ihm sucht, alle Aspekte des verflossenen Lebens in sein Gold taucht, damit wir sie noch mehr lieben und ihnen nachtrauern. Sie war bis ins Herz getroffen von dieser stummen Haltung. Sie ließ sie nur zu deutlich erkennen, daß es in der Seele ihres Mannes Räume gab, in denen sich andere aufgehalten hatten, ehe sie überhaupt wußte, daß es einen Ryno gibt! Ein Schmerz, den sie bisher nur unbestimmt empfunden hatte, trat nun deutlich und grausam in ihr Bewußtsein. Es war der Schmerz darüber, einen Mann geheiratet zu haben und zu lieben, der im Leben schon mehr erlebt hatte als sie; einen Mann, der, wie Dante, schon durch das Paradies und die Hölle gegangen ist; der gefühlt, gelebt, geliebt hat, während man selbst noch ein Kind war, das im Wickeltuch einer Amme lag oder ein kleines Mädchen, das im Vorhimmel der Pubertät schlummerte.

Sie wiederholte die Frage, die ohne Antwort geblieben war, nicht noch einmal, und wieder breitete sich Stille zwischen ihnen aus. Ein Windstoß trug die Klänge der fernen Glocke, die irgendwo in der Gegend für die Toten läutete, noch deutlicher vor das Fenster.

»Wie es läutet!« sagte sie melancholisch. »Ist es in Les Rivières oder in Saint-Georges …?«

»Nein, Madame«, antwortete ein Dienstbote, der einen Brief für Monsieur de Marigny brachte. »Der Fischer Capelin der gerade in die Küche gekommen ist, hat uns gesagt, daß es die Totenglocke von La Haie d'Hectot ist. Die Comtesse de Mendoze ist gestern gestorben.«

»Tot! Die Comtesse de Mendoze!« rief Hermangarde, die erbleichend ihren Gatten anblickte, der ebenfalls blaß wurde.

Eine himmlische Regung weiblichen Zartgefühls veranlaßte Madame de Marigny aufzustehen und mit Tränen in den Augen in den Salon hinüberzugehen. »Er wird sie beweinen wollen«, sagte sie sich, »denn sie stirbt für ihn. Ich will jedenfalls nicht, daß er meinetwegen seine Tränen unterdrückt, wenn er noch welche für sie übrig hat. Ach, ich habe ihn an meinem Herzen gewiegt, und ich weiß, daß er eine großmütige Seele hat. Das, was er vor mir verbirgt, das, was er empfindet, sein Schweigen, seine Heimlichkeiten, alles beweist es …! Es ist nicht seine Schuld, wenn ich all seine Anstrengungen durchschaue. Ach! Inzwischen werde ich nicht mehr geliebt als Sie, Madame de Mendoze. Wenn Sie meinetwegen gelitten haben, so sind Sie gerächt.«

Und sie setzte sich, den verstörten Kopf zwischen den Händen, auf die Causeuse und weinte, wie alle Frauen weinen, denn die schönsten Augen der Welt sind scheinbar weniger dafür geschaffen zu sehen, als zu weinen.

Sie blieb lange im Salon, aber als er nicht nachkam, ging sie, halb aus Furcht und halb aus Mitleid, wieder in den Speisesaal hinüber, wo sie in zurückgelassen hatte; er saß an derselben Stelle, ohne zu trinken, die Stirn in die Hand gestützt, weiß wie das Tuch, das den Tisch bedeckte. Todesangst sprach aus seinen verzerrten Lippen und Augenbrauen. – Er sah sie nicht in der halboffenen Tür stehen, denn er blickte nur in sein Inneres, und das, was er dort sah, bannte ihn zweifellos und beschränkte seinen Gesichtsradius. Obwohl er den Tod von Madame de Mendoze seit langem erwartet hatte, war er doch sehr erschüttert darüber. Sein ausschweifendes Leben hatte seine Seele nicht abgestumpft. Er war keiner jener Männer, die ihre verliebten Arme besinnungslos um ein lebendes Geschöpf legen und es eines Tages daraus entlassen, ohne je wieder an es zu denken. Er vergaß nicht. Ein trauriges Gefühl, eine Art Bedauern, etwas Schwärmerisches und Religiöses, so etwas wie Dankbarkeit, schuf seinen Liebesverhältnissen, die nicht mehr existierten, in seinem Herzen unsichtbare Mausoleen. Diese von der Welt verkannte Veranlagung einer tiefen Seele (denn die Welt hält häufig die Geistesart, die man an den Tag legt für den Charakter, den man nicht hat), diese geheimgehaltene Veranlagung, ließen Vellini zu seinem Schicksal werden. Die Gesichtszüge Marignys, die für gewöhnlich in ihrem poetischen Stolz so ruhig waren, schienen wie aus den Fugen geraten, so verdüstert waren sie. Unter den verkrampften Händen erkannte man die Stirn nicht wieder, der das Glück und die Liebe ein Diadem aufgesetzt hatten, das schöner war als der linnene Reif, der Stern aus Smaragden, den Sardanapal einst trug, dieser seinerzeit königlichste unter den glücklichen Menschen! Die Gesichtszüge Rynos erinnerten an den großen und ergreifenden schottischen Ausspruch: Man sah, daß er von dem schwarzen Stier zertrampelt wurde. Von dem schwarzen Stier zertrampelt werden bedeutet, unter dem Tod eines nahestehenden Menschen zu leiden, bedeutet, das Verhängnis auf seinen Schultern gespürt zu haben. Hermangarde, die ihn liebte, wie die Märtyrer Gott lieben, um dessentwillen sie leiden, konnte die Insichgekehrtheit ihres Ryno nicht mitansehen, ohne jene großmütige Regung der schönen Seelen zu empfinden, die jede Situation meistert. Sie ging zu ihm an den Tisch, wo er saß, und indem sie seinen Kopf in ihre Arme nahm und an ihre Brust drückte, sagte sie:

»Du leidest Ryno, und du rufst nicht nach deiner Hermangarde! Schuldest du ihr nicht die Hälfte des Kummers deines Lebens, egal was es sei?«

»Hermangarde«, antwortete er, gerührt durch das himmlische Mitleid seiner Frau, »du bist ebenso edel wie schön und ebenso gut, wie du geliebt wirst!»

Und im Sitzen umfaßte er die Taille der vor ihm Stehenden mit derselben Leidenschaft, mit der eine bekümmerte Seele den Altar umarmen würde.

»Geliebt?« fragte sie. »Werde ich wirklich geliebt?« – und sie warf ihm einen jener zärtlichen Adlerblicke zu, die in die letzten Falten der Seele, in die letzten Winkel des Herzens spähen möchten.

»Warum solltest du daran zweifeln?« antwortete er, »ach, du, mein Leben! Ja, du wirst wirklich, aufrichtig, wahrhaftig geliebt. Niemals, seit deinem ersten Blick bis zu dieser Stunde, habe ich aufgehört, dich anzubeten. Wie oft habe ich die Tage bereut, die vergangen sind, ohne daß ich dich kannte, wie oft habe ich darunter gelitten, auch nur eine einzige Minute meines Lebens, ohne dich zu lieben und ohne durch dich zu leben, verbracht zu haben; wenn sich die Schatten meiner *Vergangenheit ohne dich* auf meiner Stirn spiegeln und das Herz, das dir gehört, bedrücken, braucht dich das nicht zu beunruhigen, Liebste; manchmal sind sie eben da!«

Es war ihm ernst mit dem, was er sagte. War es nicht die Vergangenheit, unter der er litt? War es nicht das Trugbild der Vergangenheit, das sich der Wirklichkeit seines Glücks in den Weg stellte …? Nur dachte er bei diesen Worten nicht an Madame de Mendoze sondern an Vellini.

Und wie sollte er in diesem Moment nicht an sie denken? Gerade hatte sie ihm geschrieben, und er trug ihren Brief auf seinem Herzen. Es war der Brief, dessentwegen der Fischer Capelin gekommen war, und den der Dienstbote ihm vorhin überreicht hatte. Die plötzliche Nachricht vom Tod Madame de Mendoze hatte Hermangarde daran gehindert, dieses Detail zu bemerken. Aber ihn hätte keine noch so starke Erschütterung daran hindern können, die auf das Papier geworfenen Buchstaben der Malageserin zu erkennen, die den Zickzacklinien eines erstarrten Blitzes glichen, und in den Falten dieses Briefes, den ein Fischer gebracht und mit seinen schuppigen Händen beschmutzt hatte, den Geruch wahrzunehmen, der seinen Sinnen so lange vertraut gewesen war, das Parfüm, das er einst in der Kleidung, in den Bettlaken, in den Haaren, an der Haut einer Frau gerochen hatte, und das diese beim Schreiben aus ihrer glühenden Hand auf die Seiten hatte fallen lassen: Aroma, das zu ihr gehörte und das sie verströmte, menschlicher Duft, in dem die weibliche Substanz alles andere überwog!

Während Hermangarde drüben im Salon gewesen war, hatte er diesen Brief gelesen, oder vielmehr: er hatte ihn mit den Augen getrunken, um rasch fertig zu werden, ehe seine Frau zurückkommen würde. Aus diesen mit Blut geschriebenen Zeilen – Vellini hatte in der Hütte der Fischer, in der sie lebte, keine Tinte gefunden und sich Ersatz beschafft, indem sie sich mit einer Haarnadel eine Ader aufstach – kam ihm eine Stimme entgegen, die so übermächtig war, daß sie die fernen Glocken plötzlich zum Schweigen brachte, die den Tod von Madame de Mendoze in seinem Herzen einläuteten.

»Ryno, Ryno«, sagte der Brief, »schon seit mehreren Tagen schweigst du! Schon seit mehreren Tagen ist Vellini, deine abgezehrte Wölfin, nicht mehr in der Umgebung deines Hauses herumgestreift! Sie war in La Haie d'Hectot. Die Comtesse, der es schlechter ging, hatte mich dorthin gerufen, und sie ist vorgestern Abend, bei Einbruch der Nacht gestorben. In ihrer Sterbestunde las sie zum tausendsten Mal einen deiner alten Briefe, während der Priester in einer Ecke des Zimmers die Sterbegebete sprach. Mit der letzten zukkenden Bewegung ihrer Hand glitt der Brief zu Boden. Ich habe ihn aufgehoben und in der Flamme der Totenkerze, die weiterbrannte, vernichtet … *Pobre mujer!* Wirst du sie der Verdammnis überantworten, wie du sie dem Tod überantwortet hast? Unheilbringender Ryno! Unheilbringend für uns alle! Bringst du uns um das ewige Leben …? Ich habe auch alle anderen Briefe verbrannt, die sie von dir hatte, dieses Gift, das sie alle Tage zu sich nahm … Ach, so möchte ich auch alle Worte verbrennen, die du nun deiner Hermangarde sagst! So möchte ich aus allem, das du je geliebt hast einen einzigen Aschehaufen machen, in dem man später, lebend und engumschlungen, die beiden alten Liebenden Ryno und Vellini wiederfindet. Es wird so kommen, cariño. Du glaubst es nicht, aber ich weiß es. Aber leider ist deine Frau so schön, daß es bis dahin noch lange dauern kann!

Und dieses Warten bringt mich um, Ryno. Du weißt, du, o Glut meiner Jahre, ob deine *muchacha* zum Warten geschaffen ist. Meine anbetungswürdige Mutter, diese feurige Frau, die meinen Körper und meine Seele gemacht hat, hat ihren Falken nicht dazu abgerichtet, auf der Faust eines untätigen Schicksals sitzenzubleiben und sich vor Sehnsucht zu verzehren. Ich will diese Folter nicht aushalten. Ich habe sie abgekürzt, indem ich zu dir gekommen bin. Das Warten in Paris war zuviel! Hier muß ich wenigstens nur auf das Ende einer vergänglichen Liebe warten (sie ist vergänglich, wo unsere schon vergänglich war!), ich werde dich sehen, ich werde dich hören, ich werde nicht völlig aus deinem Leben ausgeschlossen sein. Ich werde den Kreis, in dem wir später wieder vereint sein werden, jeden Tag enger ziehen. Werde nicht ärgerlich, Ryno! Was verlangt Vellini denn von dir? Nichts, als dich zu sehen, dich zu sehen wie in Paris, wo du während deiner Liebe zu dieser Comtesse, die nun tot ist, und auch während deiner anderen Liebe zu deiner Frau, die damals deine Verlobte war, jeden Abend in die Rue de Provence gekommen bist.

Widersetze dich mir nicht, Ryno! Was befürchtest du? Habe ich mich nicht neulich abends – an jenem Abend, als es so neblig war – beim Anblick der Frau, die du liebst, still und ruhig verhalten? Habe ich auch nur einen Moment lang mit der Wimper gezuckt, als ich sie in deinen Armen sah, auf dem Pferd, das euch alle beide davontrug …? Und dabei hast du mich in *unserer* Jugend viele Male so getragen wie du sie trugst. Du dachtest nicht daran. All deine Gedanken legten sich wie die Falten ihres Umhangs um ihren Körper. Keiner blieb übrig, weder für Vellini noch für unsere Erinnerungen. Nur ich dachte daran, während ich dich beobachtete, und das Bild unserer vergangenen Tage, das plötzlich in meiner Seele aufstieg, hat nicht einmal den *cigarro* zwischen meinen Lippen zittern lassen. Ich bin gefaßt geblieben. Die Seele meiner Mutter hat mir Kraft gegeben. Was befürchtest du also von deiner *muchacha*? Ich bin keine von deinen französischen Frauen, Ryno. Ich werde Hermangardes Herz nicht zerreißen. Nein! Ich werde ihr Glück nicht mit der Spitze meines *abannico* streifen. Ich bin sicher, daß es von alleine sterben wird! Niemals, *hombre!,* wird mir dir gegenüber ein bitteres oder ein spöttisches Wort über die Frau entschlüpfen, die deinen Namen trägt und die dich liebt. Wenn ich dich mit der Raserei von früher liebte, wäre ich zu einem Messerstich fähig, aber du, der du so lange an meiner Brust geruht hast, weißt, daß ich Heimtücke und Ironie verabscheue. Diese feige Art, jemanden umzubringen, ist der Tochter meiner Mutter nicht würdig. Also, Ryno, du hast weder Verunglimpfungen noch Unvorsichtigkeiten von Vellini zu befürchten!

Warum solltest du mich also nicht sehen? Warum solltest du mich meiden, wie du es seit jenem Tag auf dem Ausguck tust? Warum solltest du mich an dieser Küste, an der ich zu jeder Tageszeit herumstreife und vergeblich darauf hoffe, dich zu treffen, sterben lassen, du, der trotz seines Hochmuts so gut ist …? Ach Ryno, du, du hältst eine Frau in deinen Armen, die du liebst, wie du mich geliebt hast. Du bist glücklich! Aber ich, deine alte Maitresse, dein alter, vom Leben zerzauster Adler, der seine stolzen Schwingen geschlosssen hat, ich verschränke meine Arme über meiner einsamen Brust, an die sich kein Kopf mehr schmiegen wird. Nun, rührt dir die Vorstellung, daß ich alleine bin, während ihr zu zweit und ineinander verliebt seid, wie wir es einst waren, nicht ein einziges Mal das Herz, Ryno? Ach, ich habe dich so oft mit einer Großherzigkeit, die mir schön vorkam, sagen hören: ›Ist denn alles zu Ende, wenn die Liebe vorüber ist?‹ Hast du mich nicht auf dieser Klippe, selbst als du mich zurückgestoßen hast, deine Freundin genannt? Und was anderes erflehe ich heute von dir, Ryno, als Freundschaft?

Ja, ich will dich sehen, während ich darauf warte, daß du zu mir zurückkehrst, und ich schwöre, ich werde dich sehen! Reize also *deine Ungestüme* nicht bis zum Äußersten! Fliehe mich nicht weiter! Du würdest mich zu irgendeiner Torheit verleiten, die das Glück deiner Hermangarde gefährden könnte. Denke daran cariño! Du kennst den Willen deiner Vellini. Du kennst diese *böse, gewölbte* Stirn, wie du sie genannt hast, die sich senkt und das Hindernis auf die Hörner nimmt, auf die Gefahr hin, daß es dabei zerschellt! Sieh dich vor! Fordere es nicht heraus! In Les Rivières haben sie mir gesagt, daß deine Frau eine Kammerzofe braucht. Was würdest du sagen, wenn ich die Kleider von Bonine Bas-Hamet (einer Fischerin von hier, die meine Größe hat) anziehen würde, und mich bei deiner Frau vorstellte? Vellini, die stolze Vellini würde die Dienerin von Madame de Marigny, bloß, um dich zu sehen! Nur, um dich zu sehen! Was würdest du tun, Ryno? Würdest du ihr sagen, wer ich bin? Oh, vielleicht würde sie es ja ahnen ...! Neulich abends bei dem Feuer, das die Matrosen meiner Heimat angezündet hatten, hat sie mich mit funkelnden, mißtrauischen Blicken angeschaut, Blicken, wie wir sie wechseln, wenn wir unsere Rivalin entdecken. Aber das macht nichts, ich würde das Spiel spielen, um dich zu sehen. Meine Mutter hat mir in meiner Jugend oft die Geschichte von dem jungen Mädchen erzählt, das die Comtesse de Policastro lebendig in ihrem Alkoven einmauern ließ, weil sie es dabei überraschte, wie es im Spiegel ihrem Gatten zulächelte, während es sie entkleidete. Dieses Schicksal fürchte ich nicht. Vellini ist keines jener schwachen Geschöpfe, die man in einer Mauer einschließen kann wie einen Vogel, dem man den Schnabel, die Krallen und die Flügel gestutzt hat, oder die man wie jene *weiße Caroline*, von der sie uns neulich abends erzählten, im Sand verscharren kann. Aber sie würde es, Ryno, wenn sie sich schweigend diesem Schicksal aussetzte, um von Ferne und ohne sie zu berühren diese Stirn zu sehen, die so oft an ihrer Brust geruht hat. ›Sehen ist haben‹, sagt das Zigeunerlied. Wenn ich dich sehe, habe ich dich, Ryno!

Ach, ich weiß nicht, was ich dir noch schreiben soll, um dich von meiner Aufrichtigkeit zu überzeugen, cariño. Ich verstehe es nicht wie deine Französinnen, dir in den Falten eines leichten Papiers kleine Stücke meiner Gedankenwelt, aneinandergereiht wie die Perlen meiner Korallenkette, zu schikken. Ich bin Spanierin und fast Maurin. Meine Gedankenwelt, das bin ich, das ist mein ganzes Wesen, und ich habe sie dir lange mit unauslöschlicher Tinte ins Herz geschrieben. O Rynetto! Daß ich sie dort noch lesen könnte! Daß ich, falls die Zeit die Buchstaben hat verblassen lassen, diese mit der roten Tinte, die mein Leben ist, und mit der ich dir schreibe, nachziehen könnte. Siehst du, es ist schicksalhaft. Das Blut, das unsere Verbindung besiegelt hat, findet sich überall und muß alles zwischen uns färben. Hier, in dieser Fischerhütte hatten sie nichts, womit man schreiben kann. Ich habe mir die Ader aufgeritzt, aus der du getrunken hast, und ich schreibe diese kaum leserlichen Worte mit der Nadel aus meinem Haar auf dieses Blatt, das ich aus einem alten Gebetbuch gerissen habe. Wirst du dieses Blut wiedererkennen, das dich ruft, das auf diesem Papier nach dir schreit, wie es in den Tiefen meiner glühenden, erschöpften, von der Galle einer tödlichen Langeweile durchströmten Adern schreit? Das was ich empfinde, ist wie Heimweh. Zehn gemeinsam verbrachte Jahre, war das nicht eine Heimat, die ich in deinem Herzen hatte …? Du hast mich daraus vertrieben. Ich bin überall eine Fremde, und ich verzehre mich im Exil. Ryno, ich warte heute Abend in Bas-Hamet bei Les Rivières auf dich. Komm für eine Stunde, aber komm! Laß mich deine

Augen wiedersehen, stille den Durst meines Herzens mit ein wenig von dir! Ich bitte dich um unserer zehn gemeinsamen Jahre und um unserer Ninette willen, diesem Band der Liebe und des Todes, diesem sanften, verlorenen Kind, das dort unten an der Küste Italiens so ruhig schläft, während diejenige, die es von dir empfangen hat, sich, verlassen von dir, an der rauhen Küste eines anderen Meers in Seelenangst windet! Ryno, du bist noch nicht Vater durch Hermangarde. Du warst es durch Vellini. Im Namen des letzten Vorsprungs, den ich ihr gegenüber habe und der auch bald wie alle anderen eingeholt sein wird, bitte ich dich zu kommen!«

So lautete dieser sonderbare Brief, der der Person würdig war, die ihn geschrieben hatte. Hier und dort waren seine Ränder übersät mit Zeichen stürmischer Leidenschaft, mit Hieroglyphen wilder und wollüstiger Anhänglichkeit, wie sie Gefangene, die durch Langeweile und Einsamkeit verdorben sind, manchmal an die Wände ihrer Zellen kritzeln. Man hat offenbar Briefe von Heinrich VIII. an seine Maitresse Anne de Boleyn gefunden, unter denen es während der Zeit des Getrenntseins solche wahnsinnigen Phantasien einer von Leidenschaft und Langeweile wild gewordenen Feder gibt. Durch eine Laune ihres widerspenstigen Kopfes hatte Vellini, die zu poetischen Anwandlungen neigte, die Ecken ihres Briefs verkohlt, wie die Klephten, die die Enden ihrer stolzen Billette an die Paschas anbrannten, wenn sie ihnen mit Feuersbrünsten drohen wollten. War diese schwarze Spur einer erloschenen Flamme in Vellinis Brief ebenfalls eine Drohung, oder war sie der symbolische Ausdruck einer halb verzehrten Seele …? Im übrigen erstand jedes Wort, das sie mit einer von einsamer Glut trunkenen Hand niedergeschrieben hatte, belebt von dem unwiderstehlichen Klang ihrer Stimme, in Marignys Erinnerung; diese Stimme weckte in ihm das Echo seines Lebens, ein Echo das nie geschlafen hatte, und das jeden Tag anschwoll. In Schrecken versetzt durch den Gedanken, das mißtrauische Auge Hermangardes könne auf das glühende Bittschreiben Vellinis fallen, hatte er es auf seiner Brust verborgen; aber seine Stirn, auf der die Qualen der Erinnerung zu lesen waren, hatte er nicht verbergen können. Hermangarde hatte es gesehen. Wir wissen, wie sehr sie davon betroffen war.

Sie stand immer noch vor ihm, in der morgendlichen Unaufgeräumtheit; Schlaflosigkeit, Tränen und eine Schwangerschaft, deren Anzeichen sich bestätigten und die aufregend zu werden drohte, zeigten ihre Spuren. Sie war nur halb geschnürt. Ihr graues Kleid, das durch die Posen der Unruhe zerknittert und an den Schultern aufgehakt war, als hätte es dem Wogen der Brust, das ihre Korsage dehnte, nicht standhalten können; der aufgelöste goldene Haarknoten, der sich mit einem orangefarbenen Schimmer über ihren Nacken ergoß; ihre großen Augen mit den dunklen Rändern; ihre über die bleichen, hier und da mit glühenden Flecken übersäten Wangen herabhängenden Flechten, all das ließ die seelischen und körperlichen Leiden erkennen, die sie schon zu sehr geschwächt hatten. Hinter dieser entsetzlichen, verheerten Maske, die ihr der Schmerz aufsetzte, ahnte man die Gährung kranker Organe und die fiebrige Erhitzung des Gehirns. Sie hörte Ryno eher berauscht als vertrauensvoll zu, und ihr von seinem Lächeln entflammtes Herz erlosch in einer Art dunklen Verwirrung – wie eine rote Nelke, die man in ein starkes, schwarzes Gift tauchte, um sie sterben zu lassen. Sie hörte die traurige Stimme ihres Gatten, die ihr sagte, daß sie geliebt werde, die ihr (aber in einem so merkwürdigen Ton, den sie noch nie gehört hatte) Worte wiederholte, die sie, wenn er sie nur einmal gesagt hätte, überzeugt hätten. So überzeugten sie sie nicht mehr. Sie wirkten nur noch dadurch, daß sie sie früher einmal überzeugt hatten, was immerhin ein Talisman war … Er hielt sie immer noch wie anfangs in den Armen, indem er um ihre kräftigen Hüften einen geschlossenen Gürtel legte, den sie nicht zu sprengen versuchte. Sein Gesicht war in der Höhe ihres reinen Schoßes, der sich unter der Schwangerschaft schon dehnte, wie ein Segel, das sich in der Brise aufbläht, ehe es sich völlig entfaltet, und kein wollüstiger Gedanke stieg in ihm auf, als er an seiner Stirn und seinem Mund den Atem dieses schönen Körpers spürte, der so viele schmerzhafte Geheimnisse barg, dieses verdoppelte Wesen, das ein anderes in sich trug, welches sich in dem sanften und warmen Chaos des Mutterleibs zu rühren begann. Dieser Körper war für ihn nichts als eine laue lebende Wiege, in der ein neues Leben schlummerte! Plötzlich drang aus diesen menschlichen Untiefen, in die der Mann das Leben schleudert, das Gott heranwachsen läßt, ein kaum wahrnehmbares Beben. Sie bemerkten es alle beide, und sie, die an allem zweifelte, die unter allem litt, glaubte, sie könne mit ihrem mütterlichen Schoß Rynos Liebe zurückgewinnen.

»Kannst du mir bei *ihm* oder bei *ihr* schwören«, sagte sie, und er verstand was sie meinte, »daß du mich immer noch so sehr liebst wie am Tag unserer Hochzeit?«

»Ich schwöre es dir!« antwortete er, indem er einen langen Kuß auf den schwangeren Leib seiner Frau drückte, den sie bis in die Tiefen spürte, in denen die Frucht ihrer Liebe schlummerte, auf die sie ihn zu schwören bat.

Und es war kein Meineid! Ryno de Marigny empfand nicht zu wenig Liebe. Er litt nur unter zu viel Vergangenheit, und diese kehrte in sein Herz zurück wie das Meer ans Ufer zurückkehrt, das es verlassen hatte. Dieser auf ihren Schoß geleistete Schwur, der mehr der Mutter als der geliebten Frau galt, schenkte Hermangarde noch einmal für einige Augenblicke ein Gefühl von Glück. Aber leider war es das letzte!

13. KAPITEL

Die Treulosigkeit der Treue

Das Dorf Les Rivières, von dem in dieser Erzählung so oft die Rede war, liegt ganz nahe bei Barneville, zwischen diesem etwas weiter im Land liegenden Weiler und den ausgedehnten Sandstränden. Man erreicht Les Rivières von der Küste aus über kleine ansteigende Flugsandwege, die mitten durch Gersten-, Hanf- und Weizenfelder führen, oder auch, indem man dem Saum dieser mit Reisig eingezäunten Felder folgt. Würdig von einem Dichter wie Burns besungen zu werden, gleicht es Carteret, dem weißen Fischerdorf, so wenig wie eine Miesmuschel einer Perlmuttmuschel. Es besteht aus einer schlecht gepflasterten Straße mit niedrigen Häusern, die mit Stroh gedeckt sind, das von der Zeit braun oder vom Regen grün geworden ist, und die ihr Licht entweder durch ein kleines Fenster mit verbleiten Scheiben oder durch eine oben in den Bogentüren angebrachte Öffnung erhalten. Wenn Sie zwischen diesen Hütten, die sich in ihrer Einfachheit alle gleichsehen, eine oder zwei finden, die sich bis zum Luxus eines zweiten Stockwerks aufschwingen, dessen Fensterscheiben den Schein der untergehenden Sonne durch die verwachsenen Ranken und die vergilbten Blätter eines kümmerlichen Weinstocks hindurch widerspiegeln, können Sie sicher sein, daß sie irgendeinem Kapitän gehören, der lange zur See fuhr und mit seinen Handelswaren Erfolg hatte. Das sind die Oberherren des Orts. Im übrigen besteht Les Rivières, wie alle Ortschaften, deren Entstehung langsam fortschreitet, nicht allein aus diesen zwei Reihen niedriger Häuser. Es hat zerstreute Ableger, die hier und dort an verschiedenen Stellen entstanden, und einer davon ist der Weiler Bas-Hamet (den die Küstenbewohner so nennen, weil er unterhalb von Les Rivières liegt), in den sich Vellini zurückgezogen hatte.

Zu der Zeit, als sich unsere Geschichte abspielte, sah dieser Weiler sehr trübselig und ärmlich aus; wer weiß, was inzwischen aus ihm geworden ist. Man zählte dort höchsten fünf oder sechs Hütten, die im Winkel einer Hecke oder einer Düne zusammenstanden, wo sie durch einen mit kurzem Gras und Binsen bewachsenen Hügel vor dem Seewind Schutz fanden. In diesen Katen und hinter diesem Hügel – auf dem man einen Stock aufgepflanzt hatte, an dem ein Stechpalmenstrauß hing, um den Sonntagsspaziergängern und den Matrosen, deren Schiffe in Carteret im Hafen lagen, anzuzeigen, daß man hier genauso wie in Barneville Cidre ausschenkte – wohnten mehrere Fischerfamilien zusammen. Und da diese Familien immer untereinander heirateten, gab es zwei mit demselben Namen, von denen eine, um sich von der anderen zu unterscheiden, den Namen dieses einsamen Weilers angenommen hatte und im ganzen Umkreis nur noch unter dem Familiennamen Bas-Hamet bekannt war. Diese Bas-Hamets waren die Wirte von Vellini. Sie hatten ihr für eine kleine Summe einen Teil ihrer Hütte überlassen, Tür an Tür mit ihnen, unter demselben Dach, nur durch eine Wand abgetrennt. Dort lebte sie. Eine merkwürdige Verirrung des Schicksal! Die Tochter der verschleierten Balkone Malagas hatte nichts anderes, um die trägen Träume ihrer langen schwarzen Augen zu zerstreuen, als den immergleichen Anblick des vor den Türen der Katen aufgehäuften Tangs, der, wie die Bewohner der Gegend sagen, mit Sand vermengt und verrieben, einen ausgezeichneten Dung abgibt. Bei schönem Wetter sah sie die kleinen barfüßigen Kinder spielen, während ihre Väter die Fische auf den steinernen Türschwellen schuppten und auswuschen, und ihre Mütter und ihre älteren Schwestern die Wäsche auf der Hecke des benachbarten Grabens ausbreiteten. Im Winter sah sie niemanden. Wer sollte das vergessene Land aufsuchen? Das Meer war dort mehr zu Hause als die Menschen. Es kommt zweimal im Jahr während der Springflut, schleudert seine Gischt über den Hügel wie eine Frau, die wütend den Kopf mit der Schleierhaube schüttelt, rüttelt an den Läden, dringt unter den Türen durch, und – so erzählte die magere Charline, die Frau des alten Steuermanns Bas-Hamet in ihrem metallischen Tonfall – holt ihren Kessel von seinem Haken und steigt am Bett ihres Mannes hoch, in dem er ebenso ruhig wie in einer Hängematte schläft. Gewiß, ein weniger abgehärteter Menschenschlag wäre vor diesen periodisch wiederkehrenden Überschwemmungen zurückgewichen und hätte einen Ort gemieden, der feuchten Besuchen von so gefährlichem Charakter ausgesetzt war, nicht so diese Küstenbewohner! Seit Kindesbeinen waren sie an das Hochwasser zur Zeit der Tag- und Nachtgleiche gewöhnt. Ihre Wiege war wie Moses' Wiege von den Wellen geschaukelt worden, die mit ihr spielten und sie verschonten. Sobald sie sich auf den Beinen halten konnten, hatte man sie mit dem Meer vertraut gemacht. Im Meer waren die lockigen Haare ihrer Töchter gewachsen. Im Meer hatten die harten Muskeln ihrer Söhne ihre Geschmeidigkeit erlangt. Ihre dunkelblauen Augen hatten den grünlichen Glanz des Meeres und ihre Zähne den weißen Schimmer des Schaums, der nur so lange hält, bis die Wogen zurückbranden. Wie die Robben lebten sie mehr im Wasser als auf dem Land. Das Meer war die Seele ihres Lebens. Es hatte sie kühn gemacht, und sie ertrugen seine entsetzliche, vertraute Nähe mit einem Lächeln – wie man alles erträgt, wenn man liebt.

An dem Tag, an dem Marigny den Brief erhielt, den Capelin ins Herrenhaus gebracht hatte, war Vellini, die früh aus La Haie d'Hectot zurückgekommen war, nicht mehr ausgegangen. Der Schnee, der einen großen Teil des Tages in dichten Flocken gefallen war, hatte sie in ihre Hütte getrieben. Dort saß sie, den Blick starr auf eine plumpe Uhr mit Gewichtszügen gerichtet, die die Stunden mit einem schmetternden Ton schlug, und deren kupfernes Pendel groß und rund wie eine antike Diskusscheibe vor der weißgekalkten Wand hin- und herschwang. Die Dandys des Zirkels der Rue de Grammont hätten es sich nicht träumen lassen, daß Vellini – diese berühmte *mujer del partido* der Rue de Provence – in diesem Moment in einer Fischerkate an einer der vergessensten Küsten des Ozeans jämmerlich die Stunden zählte. Sie fragte sich, ob Ryno dem Flehen ihres Briefes nachgeben würde. Ob er, wie sie ihn gebeten hatte, heute Abend kommen würde? War ihre Stimme immer noch überzeugend? Diese Ungewißheit und der Tod von Madame de Mendoze, dessen Zeuge sie gewesen war, und der sie auch beeinflußte, umwölkte ihre Stirn mit Gedanken, die finsterer waren als die Nacht. »Was ist denn mit der *Mohrin* los?« hatte Bonine, das lächelnde junge Mädchen mit den runden Wangen, von dem Vellini in ihrem Brief gesprochen hatte, zu seiner Mutter Charline gesagt. »Sie ist diesen Mittag mit völlig verstörtem Gesicht und verschlossener Miene zurückgekommen.« Diese geheimnisvolle Fremde, deren Teint und deren Augen von einer fernen Herkunft zeugten, beschäftigte die unverbrauchte Einbildungskraft der Mädchen dieses Küstenstrichs. Die Neugier Bonines, die bei Vellini ein wenig die Stelle Olivas vertrat, war ständig auf dem Posten, wenn es um diese magere Spanierin ging, deren müßiggängerisches Leben sich so sehr von allem unterschied, was sie bisher kennengelernt hatte.

Sie zündete im großen Kamin der Kate ein großes Reisigfeuer für die Señora an. Mit den schlecht behauenen Balken und den geweißelten Wänden glich diese armselige und nackte Behausung einer Art Scheune. Die Möblierung bestand aus der plumpen Uhr mit den Gewichtszügen und einer Eichentruhe, die die Zeit und das Meer spiegelblank poliert hatten. In letzterer bewahrte Vellini all ihren Putz auf, ihre Kleider, ihre Wäsche und den unersetzlichen Schmuck, den man ihr eines Tages von La Haie d'Hectot gebracht hatte. Außerdem sah man noch zwei rohe Stühle, einen dreibeinigen Hocker und ein sauberes, aber hartes Bett, das direkt auf dem Fußboden aufgeschlagen war, das war alles. Die aufmerksamen Wirtsleute hatten Vellini ihr eigenes großes Bett mit den blauen Sergevorhängen geben wollen, aber sie hatte es abgelehnt, worauf ihr der alte Steuermann aus alten Schiffsegeln, die nicht mehr gebraucht wurden, Gardinen angebracht hatte. Außerdem hatte sie in einer Ecke ihre rosa Hängematte mit den seidenen Stricken ausgespannt, in der sie Monsieur de Prosny häufig dabei angetroffen hatte (so hatte er Madame d'Artelles geschreiben), wie sie sich vor der Nase der Leute mit der unverschämten Schläfrigkeit einer Favoritin räkelte. In der Kaminecke hatte sie sich mehrere Garben Weizen- und Rapsstroh aufschütten lassen, die man ihr jeden Tag erneuerte, und darauf ruhte sie mit Vorliebe und genoß die Wärme der Glut oder der lodernden Flammen. Und so ersetzten die leuchtenden, ausgedroschenen Halme des Getreides und die blütenlosen Stengel des Raps dieser Frau, die den Luxus des Pariser Lebens gewohnt war, das Seidenbett und das Tigerfell mit den goldenen Krallen.

An diesem Tag hatte sie Bonine weggeschickt, die sie für gewöhnlich freundlich behandelte und der sie allen möglichen Krimskrams schenkte, über den das arme Mädchen überglücklich war. Und die pausbackige Sirene des Meeres hatte recht. Die *Mohrin* war nicht in ihrer gewöhnlichen Verfassung. »Was für eine Gräte ist ihr denn im Hals stecken geblieben?« sagte Charline, indem sie sich eines Sprichworts aus der Gegend bediente. Diese harmlosen Frauen wußten nichts vom Leben der Fremden. Sie ahnten nicht, daß sie einen Mann erwartete, den sie ihr Schicksal nannte, und der vielleicht nicht kommen würde, weil er sich an den Gürtel einer anderen Frau gehängt, geknüpft, gehakt hatte und in seiner hochherzigen Liebe zu ihr übertrieben ehrenhaft war!

Bonine war verletzt und unglücklich über die harte Miene der Señora, aber Warten ist etwas so Grausames, daß das junge Mädchen, dessen Verlobter Richard Matrose war und sich auf hoher See, tausende von Meilen entfernt von ihr auf den Wellen befand, Mitleid mit Vellini empfunden und ihr verziehen hätte, wenn sie Bescheid gewußt hätte.

Verwundert und neugierig beobachteten Mutter und Tochter bei Einbruch der Dunkelheit mehr als einmal durch eine Ladenritze, was die *Mohrin* machte. Vellini hatte sich angezogen, und sie waren so verblüfft wie der Königssohn im Märchen, der durchs Schlüsselloch ins Zimmer von Eselshaut schaut, und sie in ihrem schimmerndem Mondscheinkleid sieht. Die Señora hatte am Kaminfeuer eine jener kleinen Schnabellampen angezündet, die man mit einem Haken an der Wand aufhängt, und sie glättete ihre schwarzen Flechten mit einem kleinen Kamm, der in ihrer Hand wie Gold glänzte. Sie hatte ein seltsames Kleid an, wie Bonine und Charline noch nie eines gesehen hatten, weder bei den Badegästen im Sommer noch bei den schönen Damen, die die Quellen von La Taille in der Prieuré besuchten. Dieses Kleid war aus gemsfarbenem Atlas mit Schleifen aus schwarzen Bändern. An den nackten Armen trug sie drei oder vier Arten von Armbändern übereinander, aber am meisten staunten die beiden Neugierigen über die Füße der *Mohrin*. Sie waren mit scharlachroten maurischen Pantoffeln bekleidet, eine malageser Arbeit, die Vellini in Erinnerung an ihre Heimat gerne anzog. Durch die Haltung die sie, zurückgelehnt auf ihre Bank aus Strohhalmen, einnahm, war ihr Rock etwas hochgerutscht, und durch die dünnen Seidenstrümpfe sah man ihre zarten, wohlgestalteten Fesseln, die in denselben goldverzierten Ringen eingeschlossen waren wie ihre Handgelenke. Diesen Anblick bot sie, während sie in Gedanken verloren ihre Schläfen puderte und von Zeit zu Zeit in einen kleinen Spiegel schaute, der um ihren Hals hing. Ach, es war keine Koketterie, die sie mit weitgeöffneten Augen in diesen fast trüben Spiegel mit seinem gewöhnlichen Zinnrahmen blicken ließ. Man hätte meinen können, sie betrachte eine andere als sich. Sie lächelte sich nicht zu. Zwischen ihren Augenbrauen stand dieselbe Wolke wie am Morgen, ihr Mund hatte dieselben Falten, ihr Blick zeigte dieselbe Niedergeschlagenheit. Ihre gelblichen Wangen sahen aus wie rot angemalt, so sehr ließ die Erwartung sie glühen! Trotz ihrer Aufmachung und ihrer Juwelen behielt sie ihre schmollende, traurige, verdrossene Häßlichkeit; die Häßlichkeit der Löwin, die zum Sprung ansetzt, um die Schlange, die ihr Herz angreift, mit einem kräftigen Biß zu erledigen. »Wie schade, daß sie mit einem so schönen Putz nicht hübsch ist!« sagte Bonine leise zu ihrer Mutter. Das arme Mädchen wußte nicht, daß in dieser häßlichen Frau eine andere Frau steckte, die Schönste der Schönen, und daß diese gleich aus ihr hervorbrechen würde!

Die beiden Fischerinnen verließen den Ladenspalt, gelangweilt von dem Anblick der reglos dasitzenden Spanierin, die sie mit ihrem beschränkten Kopf nicht verstehen konnten. Außerdem war die Nacht eisig. Es schneite nicht mehr, der Schnee begann zu frieren und wurde so hart, daß die Füße knirschend einbrachen. Der dunkle Nachthimmel zeigte sich zwischen den Wolken, die der Nordwind auseinanderjagte. Ihre Fetzen zogen über die Mondsichel, die mit ihnen in den Lüften um die Wette zu laufen schien, als ob sie, von der unbarmherzigen Winterkälte durchdrungen, darum stritten, wer in dem unendlichen Raum schneller laufen könne, um sich zu erwärmen! Es schlug zehn Uhr. In diesem rauhen Land ist der Abend um diese Zeit zu Ende. Man löscht die Lampen, und jeder sucht sein Bett auf. Während die verschiedenen Glocken nacheinander schlugen, gingen die Lichter, die durch Türritzen und Fensterläden nach außen drangen und diese mit einem hellen Saum umgaben, in allen Hüttten von

Bas-Hamet aus. Für die abgearbeiteten Menschen begann der Nachtschlaf. Nur durch den Laden von Vellini drang noch Licht. Was war zehn Uhr für diese Bewohnerin von Großstädten anderes als der Morgen der Nacht? Ihre Augen blickten immer noch starr auf den Zinnspiegel. Plötzlich vertrieb das, was sie darin sah, die Falten auf ihrer Stirn und zauberte einen Strahl der Hoffnung und der Freude auf ihr Gesicht. »Er bricht auf!« sagte sie. Und nach einer kurzen Pause fuhr sie fort: »Jetzt ist er am Steg!« und sie wischte sich mit dem Handrücken über die Schläfe, auf der leichter Schweiß perlte. *»Muy bien!«* fügte sie hinzu, die Augen voll flammenden Triumphs. »Oh, er kommt zu mir, mit der ganzen Geschwindigkeit seines Pferds. Armer Ryno. Wie blaß er ist! Denkt er an mich oder an sie ...?« Sie machte wieder eine Pause. »Wo ist er jetzt?« fragte sie sich; und ihr scharfer, lebhafter Blick drang wie eine Sonde in den Spiegel ein. »Auf dem Weg nach Barneville. Ach, in zehn Minuten wird er hier sein!« rief sie mit einer Stimme, die metallisch klang wie eine sieghafte Fanfare. Und sie erhob sich glückstrahlend, holte aus der Truhe ein orientalisch geformtes Tablett aus Kristallglas und zündete darauf rosen- und ambrahaltige Kügelchen an, deren berauschender Rauch sich in der Hütte ausbreitete, die sich darüber verwundert hätte, wenn sie ihn hätte riechen können. Ein Pferd, das zwischen der Hecke und dem Hügel wendete, war auf dem knirschenden Schnee zu hören. Stürmisch öffnete sie die Tür und zischte zwischen ihren mit Ringen beladenen Fingern Rynos Namen. Er hatte sie gesehen; er hatte sie gehört; er war schon aus dem Sattel gestiegen und hatte sein in Schweiß gebadetes Pferd, über dessen Rücken er zum Schutz seinen Mantel warf, an dem Eisenring festgebunden, der neben allen normannischen Türen eingelassen ist. Er ging auf sie zu, und indem er sie von der eisigen Schwelle, wo sie mit nackten Armen und bloßem Kopf stand, wegzog, sagte er: »Nur zu! Eine weitere Unklugheit!« und trat ein.

Die Tür war zugefallen, und sie setzten sich auf das ausgedroschene Stroh. Ryno, den eine heilige Erregung zittern ließ – denn er wußte genau, daß es unrecht von ihm war, zu dieser nächtlichen Zusammenkunft zu kommen, während seine Frau arglos schlief –, legte eine majestätische Traurigkeit an den Tag, die mit dem Feuer, das Vellinis Gesicht belebte, einen heftigen Gegensatz bildete. Gegen die Kälte trug er eine Mütze aus Marderfell – ein poetischer Einfall Hermangardes – und einen dunkelgrünen, gegürteten Überrock, der mit demselben Marderfell verbrämt war, aus dem die Mütze bestand. Seine weiten Falten fielen von den Hüften bis über die Reitstiefel hinab, an denen die Sporen blitzten. In dieser Kleidung sah er aus wie ein geheimnisvoller Jäger aus den Schweizer Alpen oder wie ein Ritter aus vergangenen Zeiten, der ein enganliegendes Panzerhemd trägt. Er zeigte die reife Schönheit eines Mannes, der auf dem Höhepunkt seiner Kraft, seiner Leidenschaft und seiner geistigen Fähigkeiten angelangt ist, und der wie die Sonne in einem Feuerwagen langsam zur Mitte des Lebens aufsteigt. Vellini betrachtete ihn von oben bis unten mit einem Blick zurückgewonnener Jugend:

»Die Zeit lügt wie deine Heirat«, sagte sie, »sie lügt wie die Liebe, die stirbt und deswegen sagt: ›Es ist für immer vorbei!‹ Du bist gekommen Ryno! Heute Abend überschatten keine zehn Jahre unsere Häupter. Du bist schöner als damals, als ich dir zum ersten Mal begegnet bin, und die gestorbene Liebe hindert uns nicht daran, Hand in Hand hier zu sitzen und unsere Vergangenheit und unsere Liebe wieder erstehen zu lassen!«

»Schweig!« sagte er, »Schweig!« und sein Blick und seine Haltung hatten eine solche Macht, daß die launische und stolze Vellini verstummte!

Aber nach einer kurzen Pause fuhr er fort: »Sprich, wenn du willst«, als wäre er es seit langem müde, zu kämpfen. »Sage was du willst. Es ist leider nur zu wahr: Ich bin gekommen. Ich konnte deinem Brief nicht widerstehen. Ich konnte jener Erinnerung an die Vergangenheit nicht widerstehen, die du seit dem Tag auf dem Ausguck in meinem Herzen wieder geweckt hast. Ich habe versucht, sie zu ersticken. Ich habe es nicht gekonnt. Noch nie hat sich ein Andächtiger so vor einem Altar niedergeworfen wie ich mich vor Hermangarde. Ich habe diese anbetungswürdige Frau, die schön wie der Tag und edel wie eine Königstochter ist, an mich gedrückt; ich habe sie an mich gedrückt, wie ein Mann, der ertrinkt und spürt, daß das Meer über ihm zusammenschlägt, die rettende Planke an sich drückt. Gott ist mein Zeuge, daß du, neben der ich jetzt sitze, der Anlaß für mehr Küsse, mehr Umarmungen, mehr Zärtlichkeiten gewesen bist, als ich Hermangarde während der Zeit, in der meine Liebe frei war, jemals schenkte! Ich sagte mir, daß sie schön sei, ich fühlte, daß ich sie so sehr liebte, daß ich die unerbittliche Erinnerung an die Vergangenheit, diesen Zauber, der zum Leben in Widerspruch steht, diese grausame Wahnvorstellung, die immer wieder ihre Faszination auf die Gedanken ausübt, in den Rauschzuständen, in die sie mein Herz versetzt, vergessen könnte! Ich habe mich in ihren Schoß versenkt. Ich habe mich in ihrer Seele verborgen, wie die Verdammten in der Hölle ihre Stirn in den Händen verbergen, um Gott nicht zu sehen. Es ist sinnlos, es ist überflüssig! Sie sehen ihn trotzdem. Sie spüren trotzdem seine glühende Hand auf ihrem Herzen. So auch ich! Die Vergangenheit, dieser Gott meines Lebens, hat mit beiden Händen mein innerstes Wesen gepackt und läßt es nicht mehr los! Deshalb bin ich gekommen, Vellini. Ich habe gehört, daß Rassepferde sich, wenn sie in der Schlacht von Bajonetten an der Brust getroffen werden, von ihrem Schmerz getrieben, unverständlicherweise weiter in die Spitzen stürzen, die sie verletzten, und sie sich bis ins Herz rennen. Eine ähnliche Regung treibt mich, seit dem Tag, an dem ich dich wiedergesehen habe, zu dir, Vellini. Alle unsere Erinnerungen schliefen in mir unter den friedlichen und allmächtigen Atemzügen Hermangardes. Dann habe ich dich gesehen. Du hast die toten Dinge, die sich nach und nach in meinem Gedächtnis aufgelöst hätten, bis in ihre Tiefen aufgewühlt, und wie ein Kind, das die Pest über einen ganzen Landstrich bringt, weil es mit seinen Füßen den Schlamm eines Sumpfes aufwühlt, hast du mich, ohne Liebe, mit Berufung auf das vergangene Leben, hierhergelockt, du hast die Seuche deiner Seele in meine Seele gesät und mein Glück vergiftet!«

»Das alles weiß ich!« sagte sie ruhig. Sie hatte ihren Kopf an die Brust gelehnt, die eben ihrem heftigen Schmerz lauten Ausdruck verliehen hatte, und nachdem sich dieses grollende Gewitter über ihrem Haupt entladen hatte, war ihre einzige Antwort, die sie wiederholte: »Das alles weiß ich, – es war so vorherbestimmt. Wir hatten das Leben geteilt wie ein Goldstück, das man in zwei Teile schneidet, damit jeder die Hälfte mitnehmen kann, aber das Leben ist nicht wie dieses tote Metall«, fügte sie hinzu, indem sie den goldenen Kamm zerbrach, den sie in der Hand hielt, und seine beide Enden in die Luft warf, als wären es die Bruchstücke eines Haselnußstocks. »Früher oder später begegnen sich die beiden Teile wieder; die halbierten Herzen müssen sich wieder finden, und sei es nur, um unter ohnmächtigen Zuckungen gemeinsam zu sterben! Du hast unter dieser schicksalhaften Notwendigkeit gelitten, weil du geglaubt hast, das Glück, das Hermangarde dir schenkt, würde dich der Welt entrücken und deine Erinnerungen auslöschen. Erinnere dich doch, Ryno! Hast du nicht einst mit mir in den Cevennen einen verwundeten Adler gesehen, der sich mit seiner Wunde in den Himmel emporschwang und die gewundene Spur seines Flugs mit Blut in die Luft zeichnete? Ryno, Ryno, das ist deine Geschichte! Während du in den Armen Hermangardes zu dem reinsten und blauesten deiner Träume aufgestiegen bist, hast du die zehn mit Vellini verbrachten Jahre in deiner Brust getragen, und weder die Glückseligkeit, die dir deine Frau schenkte, noch der Äther – wenn es dem Adler, an den ich mich erinnere, gelungen sein sollte, bis dahin aufzusteigen – konnten deine oder seine Wunden heilen! Ach, Ryno, du hast umsonst gekämpft ... Ich weiß, daß du gekämpft hast«, fuhr sie fort, und ihr Blick und ihre Stimme verrieten ihr Geheimnis: »Mein Spiegel hat es mir gesagt; ich habe es gesehen.« Und sie zeigte ihm den kleinen Zinnspiegel, der an ihrem Korallenkollier hing. Es war ein Zauberspiegel, ein Talisman, den die Zigeunerin vom Kirchenportal in Malaga ihrer Mutter zum Dank für ein Almosen geschenkt hatte. »Du hast gegen mich gekämpft, gegen dich, gegen das Schicksal, gegen das Blut! Der Spiegel hat sich lange Zeit getrübt. Alles verschwamm darin. Alles darin war ein einziger dunkler, dunstiger Wirbel. Dann endlich wurde er wieder klar. Heute Abend habe ich gesehen, wie du das große Tor des Herrenhauses in Carteret verlassen hast und zu mir geeilt bist, als hättest du die Flügel eines Erzengels an deinen Schultern und dein Pferd die des Hippogryphen!«

Er lächelte, als er diese überspannten Worte hörte, aber er kannte Vellini. Wenn sie überspannt war, war sie aufrichtig, und Aufrichtigkeit ist die Kraft Gottes, die den menschlichen Händen für einen Augenblick anvertraut wird. Vor Ungläubigkeit, aber gerührter Ungläubigkeit, lächelnd, beugte er sich hinab, um in den Spiegel zu schauen, den sie ihm mit ihren Fingerspitzen hinhielt. Er sah nichts als den trüben, grünlichen Schimmer des Metalls, aber beim Vorbeugen berührte seine Wange die samtige Wange der Malageserin. Ach! Seine Haut kannte diese Haut! Der Körper hat wie die Seele seine Erinnerungen. Schon die mit Blut auf ein gefühlloses Papier geschriebenen und dort geronnenen Buchstaben waren heiß in Rynos Augen eingedrungen und warm in sein

Herz gefallen, aber das Blut hier war noch frisch. Es pulsierte, es zirkulierte, ein glühendes Rot hinter seiner durchsichtigen Wand. Diese elektrische Berührung der beiden Wangen war der Funke, der das Pulver entzündete!

»Ach, ich weiß genau«, sagte Ryno, der sich wehrte, »ich weiß genau, daß ich morgen Gewissensbisse haben werde, daß ich nachher, wenn ich von dir gehe, einen dumpfen Ekel vor mir mitnehmen werde, warum bist du nur die, die du bist, Vellini ...?« Und schon schaute er sie an und verlor sich in ihren großen Augen, deren Iris sich durch die wiedererwachte Leidenschaft weitete und die bläuliche Hornhaut zu überschwemmen, aufzusaugen schien – wie ein heftiges Feuer, das einen vollen Milchtopf ausleckt und seinen verkalkten, schwarzen Boden zum Vorschein bringt.

»Nicht ich bin es, Ryno, es ist das Schicksal, es ist das Blut!« entgegnete sie langsam, beharrlich, verblendet, und mit einem solchen Wohlklang in ihrer schönen Altstimme, daß Ryno erneut – wie in den ersten Tagen ihrer Jugend – ein geheimnisvolles, übernatürliches Wesen in ihr sah, dessen Stimme, dessen Blick, dessen Lippen überschattet waren; ein Wesen das gerade durch diese Schatten herausforderte und wie ein Zwitterwesen zu namenloser Wollust reizte.

Wie man bereits gesehen hat, war dies einer der Gründe für Vellinis Allgewalt, der Ryno immer erlegen war. Er hoffte zweifellos, wenn er diesem unwiderstehlichen Reiz nachgäbe, der ihre Häßlichkeit Lügen strafte, wenn er sich ihm vorbehaltlos überließe, würde es ihm gelingen, ihm seine Kraft zu nehmen. Der Unglückliche! Er sagte sich, das alles seien nur Trugbilder, Gefühle der Vergangenheit, wiederaufgelebt durch die Entfernung, Irrlichter herumgeisternder Erinnerungen ... Und er preßte sie mit einer wahren Wut an sein Herz, im Glauben, sie sei nur ein Gespenst, im Glauben, er könne dieses Gespenst durch seine Umarmung ersticken, und der Zauber, dessen Opfer er war, wäre endlich ... endlich gebrochen! So schwollen seine leidenschaftlichen Regungen durch den Wunsch, sie zu erschöpfen an. In seinen Augen war er der Spartaner und der Helote zugleich. Der Helote betrank sich, um dem Spartaner den Rausch zu vergällen; aber o Grausamkeit des Schicksals! Im Schoß dieses verwünschten Glücks wollte der Zauber nicht brechen. Das Phantom war aus Fleisch und Blut, es widerstand der wütenden Umarmung und beantwortete sie, indem es sie zurückgab, mit unstillbaren Exstasen. Der Rausch wuchs an, aber es stellte sich keine Übersättigung ein, und dem Heloten gelang es nicht, dem Spartaner das Trinken zu vergällen. Vergeblich wartete er bei jedem Kuß, bei jedem Biß darauf, daß seine Begierde in seinen angeschwollenen Adern erlöschen werde, daß seine Stirn abkühle, daß seine Brust sich beruhige; aber das Schicksal – wie die abergläubische Vellini es nannte – enttäuschte seine Hoffnungen aufs Bitterste. Je mehr er in den verwünschten See der Liebkosungen von früher eintauchte, desto tiefer versank er in in diesem Meer schmerzlicher Wonnen, und desto weniger erreichte er dessen Grund – jenen sandigen Grund auf dem, wie er hoffte, die sündige Wollust ihr Ende finden würde! Er glich jenem ägyptischen Priester, der die lange angebetete Erbärmlichkeit von Isis sehen wollte, und der ihr mit rasender Hand ihre linnenen Schleier und ihre Bandagen vom Leib riß. Aber ach! Nach jeder zerrissenen Bandage fand er wieder einen wunderbaren Schleier und unter jedem Schleier, der zerrissen herabfiel, erschien wieder eine Bandage; und die Göttin, die weiterhin unsichtbar blieb, trotzte dem Frevel an ihrer geheimnisvollen Gottheit und machte ihn zunichte.

Vellini ihrerseits verstand in ihrer Aufgewühltheit, wie tief Hermangardes Bild in Marignys Seele eingegraben war; denn Hermangarde war der Grund für die grauenvolle Sühne, die Ryno mit dieser leidenschaftlichen Hingabe vollzog, damit ihn nie wieder eine ähnliche Leidenschaft überwältigte! Seine

Gewissensbisse, die seinen Rausch nicht verminderten, dieses Opfer für eine Treue, deren Verlust er bedauerte, hätten der Spanierin eigentlich die Krone des stolzen Triumphs über die andere Krone der Erfüllung ihrer Wünsche aufs Haupt setzen müssen. Aber so war es nicht. Eine andere Frau als Vellini hätte alle Säfte des zufriedengestellten Stolzes wie eine saure Zitrone in jenen Becher gepreßt, in den die Wollust ihr den Smaragdstaub ihrer feurigsten Kanthariden goß. Sie, diese Tochter eines freien Geschlechts, wandte sich in ihrem Stolz nicht gegen Hermangarde und weidete sich nicht an den Demütigungen ihrer Rivalin. Sie war nicht stolz auf ihren triumphalen Sieg. Sie erklärte ihn sich mit dem Aberglauben, der sie durch ihr Leben begleitet hatte, wie sich der Wilde die Welt durch Manitou erklärt, den er in seinem Lendenschurz bei sich trägt. Sie glaubte an den Zaubertrank, den sie gegenseitig aus ihren Adern getrunken hatten, als ob es eines Zaubertranks bedurft hätte, um die Hingabe von einst, die zurückgekehrt war, und den alten Wonnetaumel, der sie wieder erfaßt hatte, zu erklären; als ob nicht die Erinnerung an all die Früchte, die sie in ihrer Jugend genossen hatten, ausreichte, um die lechzenden Lippen, trotz der Wunden, die die Zeit darauf hinterlassen hatte, in Versuchung zu führen!

Aber auch wenn sie nicht stolz war, so genoß sie doch Rynos Leidenschaftlichkeit mit unendlicher Freude, und sie hätte sie gerne wie einen verlorenen Schatz gehütet, den man endlich wiedergefunden hat. »Ach, mein Ryno«, sagte sie zu ihm, »warum ist deine Miene bei meinem Anblick so traurig? Daß du hier bist, ist nicht deine Schuld. Es ist auch nicht die meine. Aber sag! Bist du hier nicht glücklich gewesen …? Ach! Sieh doch, dieses Glück wird immer wiederkehren; du wirst es hier immer wiederfinden. Das Schwierigste ist jetzt getan, der erste Schritt zu mir, die ich dich in ensetzlicher Angst erwartet habe. Habe ich dir nicht den Weg gezeigt, der zu mir zurückführt? Wehre dich nicht dagegen«, fügte sie hinzu, denn bei diesen Worten hatte er eine Bewegung gemacht, die der eines Pferds ähnelte, das vor einem Hindernis scheut und sich weigert, darüberszuspringen; »wehre dich nicht dagegen, cariño!« Und sie warf ihm einen jener Blicke zu, die einen Löwen gebändigt hätten. »Denke nicht, ich berauschte mich an meiner Macht! Wenn ich manchmal Träume hatte, habe ich sie mir immer aus dem Herzen gerissen. Sieh«, sagte sie, indem sie ihre volle Stimme senkte, »möchtest du, daß ich dir den verlorenen Traum dieser letzten Tage erzähle, das armselige, kostbare Ding, das ich zerstört habe, wie ich damals, als ich noch ganz klein war, die Perlen, die meine verrückte und heißgeliebte Mutter aus ihren Ohren nahm, um sie mir zu geben, zwischen zwei Kieselsteinen zerstörte?«

Und er überließ sie der langsamen, stummen Beschaulichkeit ihrer Erzählung, mit der sie ihn immer wieder verblüffte; natürlich und fremdartig in einem; Kind, Frau, Tier, Chimäre, eine aus vielen himmlischen Zutaten zusammengeknetete Mischung; eine menschliche Statuette, gefertigt aus drei von der Hand Gottes geschleuderten Strahlen, wie der Blitz der Alten!

Das Feuer auf dem Herd erlosch. Die Flamme der Lampe an der Wand wurde immer schwächer. Die Hütte versank im Dunkel. Die Glut im Kamin und das flackernde Lampenlicht beleuchteten nur noch die Gruppe auf dem Stroh, deren Umrisse – gebrochene Linien, die der Blick nicht mehr verfolgen konnte –, in dem unsteten von Schatten durchschnittenen Licht kaum noch zu erkennen waren. Was man sah, waren nicht mehr die keuschen Posen ehelicher Liebe, die der seraphische Swedenborg königliche Liebe nannte, und die er in den Schwänen, den Paradiesvögeln und den Turteltauben symbolisierte. Es waren erschöpfte, aufgelöste Posen; verschlungene, ermattete Körper. Der dunkle Kopf Rynos lag unterhalb des Schoßes der Spanierin, die mit einer Hand mit ihrem Spiegel spielte.

War es der Arm dieser Frau, der den Hals Rynos umschlang? Oder war es ihr schlankes Bein – für ihren Arm war es fast zu weiß –, das sanft über den Schultern ihres ehemaligen Geliebten lag, der sich an sie schmiegte? Eine Funkengarbe stob am äußersten Ende über diese undeutliche Linie … Aber trug sie nicht um die Fesseln wie um die Handgelenke goldene, mit Edelsteinen geschlossene Ringe? In dem unordentlichen, an der einen Stelle ausgebreiteten, an der anderen hochgeschobenen Kleid fand sich das andere Bein mit dem scharlachroten Pantoffel irgendwo im Stroh, während der andere Pantoffel am Rand des Kohlefeuers in der Asche lag und dort einsam und leer funkelte, wie der gläserne Schuh, den Aschenputtel einst verlor.

»So höre meinen Traum«, fuhr sie nach kurzem Schweigen fort. »Du hast dieses spanische Schiff gesehen, das immer noch im Hafen liegt, und das in einigen Tagen die Segel setzen wird. Ich habe mit dem Kapitän und den Matrosen gesprochen. Sie kennen mich alle. Sie kommen aus Malaga und kehren dorthin zurück. Sie haben mir viele Male vorgeschlagen, mich in mein Land mitzunehmen. Sie wissen nicht, Ryno, daß ich in dieser Erde, die die deine ist, verwurzelt bin, daß ich auf dieser Erde dein Schatten bin, daß Vellini die Kette eines Mannes um den Hals trägt. Sie wissen es nicht, aber ich bin mir dessen bewußt … Da du zu mir zurückkehren mußt, wie ich zu dir zurückgekehrt bin, da deine Heirat der edle Betrug eines verliebten Herzens ist, das sich nur ein weiteres Mal täuschte, sagte ich mir, wir könnten zusammen aufbrechen und dieses eisige Land verlassen, wo die Frauen nicht an den Zauber der Liebe sondern an die Macht ihrer verräterischen Schönheit glauben, um frei und vereint zusammen zu leben, wie wir es früher taten. Welches Glück! Welche wiederauferstehende Jugend! Du, Ryno, gegenwärtig in meinen Augen, die Sonne Malagas auf meinen Armen, diese Sonne, die mir als Kind die Haut bräunte und sie so machte, wie du sie kennst! Ach, cariño, das war die Idee, die mir kam und die ich in meinem Busen liebkoste, wie einen Vogel, den man töten muß! Denn ich sagte mir, sie sei verrückt«, fügte sie hinzu, und stellte fest, daß sie zitterte, während sie sprach, als hätten sie ihre Worte elektrisiert, »ich wiederholte mir, um mich zu beruhigen, daß du Hermangarde nie verlassen würdest; daß du nie in etwas einwilligen würdest, das ihr das Herz zerreißt … und so riß ich meinen Traum aus meinem Herzen.«

Merkwürdige, eindringliche Worte, wild und zärtlich, heuchlerisch und wahr, die sie aus den Lippen preßte wie Tropfen einer brodelnden Flüssigkeit, und die Marigny durchdrangen und sich in seiner erregten Seele stürmisch ausbreiteten.

»Aber wenn wir nicht wegfahren sollten«, fuhr sie unsicher fort, denn sie zweifelte daran, daß das Lasso, das sie um sein Herz geworfen hatte, wirklich festsaß, »wenn die malagesische Brigg Vellini an diesem Ufer zurückläßt, dann, Ryno, sage mir wenigstens, daß wir uns hier von Zeit zu Zeit für ein paar Stunden so wie heute wiedersehen können. Ach, Ryno, das ist kein Traum! Oder sollte es doch einer sein?« sagte sie, mit einem Ton unterwürfiger Liebe in der Stimme, der sanft wie der anschwellende Klang einer Flöte war – »und muß ich auch ihn aus meinem Herzen reißen? Sieh, deine Vellini ist nicht böse. Sie will dir die Liebe Hermangardes nicht nehmen. Sie will nur dich, für kurze Augenblicke, dich, hier, im Dunkeln, ohne daß ein lebendes Wesen etwas davon weiß, weder Hermangarde, noch die Welt, noch irgend jemand! Deine Frau, Ryno, soll deine Liebe haben und ihr Glück behalten, denn sie ist deine Frau, aber ich will dich: die Vergangenheit soll jede Nacht oder jeden Tag einmal für eine Stunde zurückkehren und zwischen uns wiedererstehen! Das ist genug für Vellini. Du wirst alle Vorsichtsmaßnahmen der Zärtlichkeit ergreifen. Du wirst die vertrauensvolle Seelenruhe deiner Frau behüten; ich selbst werde vorsichtig sein. Ja, ich, Ryno, deine ungestüme Vellini! Es wird mir nichts ausmachen. Ich werde meinen Charakter ändern. Ach, wenn er mir doch Widerstand leistete! Wir werden uns verstecken. Zum erstenmal in ihrem Leben wird Vellini sich verstecken, selbst wenn sie daran ersticken müßte! Sie wird sich verstekken, als hätte sie Angst. Sie wird feige werden, um Hermangardes Glück zu erhalten. Diese abgelegene Küste ist günstig. Ich habe beim Herumstreifen alle ihre Winkel kennenglernt. Der Winter ist hart, deine Frau ist zart. Sie kann dich nicht mehr auf deinen Spaziergängen begleiten. Du kannst Vellini also gefahrlos treffen. Die Tochter des Toreros«, fügte sie etwas lauter und mit wildem Stolz, der sie die Arme über den Kopf hochreißen ließ, hinzu, »hat die Muskeln ihres Vaters, des Toreros, und kann den Elementen trotzen. Keine Düne, keine Bucht, keine Felsengrotte, die ich nicht kenne und wo ich dich nicht erwarten könnte, wenn du sie mir als Treffpunkt nennen wirst. Vielleicht«, fügte sie träumerisch hinzu, »vielleicht sind die Frauen der Schmuggler häufig an dieselben Orte gekommen, um die, die sie liebten und die zur See fuhren, zu erwarten. Ich werde dort ein ebenso kühnes und geduldiges Bild abgeben ... Während Hermangarde schlafen wird und dich auf ihrem Seidenlager erwartet, werde ich, die dich wie sie erwartet, auf meiner Klippe nicht schlafen.«

Sie hielt inne. Ryno blickte sie voll Bewunderung an, bezwungen von ihrem Charme, der einen an einen Zauber hätte glauben lassen können. Er schaute sie an und hörte ihr zu, der Lebensquelle, die plötzlich wieder zu sprudeln begann, wo er sie versiegt geglaubt hatte. Er trank den Klang ihrer Stimme und die Blicke ihrer Augen. Er befriedigte den Durst der langen Abwesenheit, den er mit Hermangarde überlistet hatte, wie man seinen Durst, wenn man kein Getränk hat, mit dem saftigen Fleisch einer köstlichen Frucht überlistet. Bald fielen die Schatten zwischen sie, wie Äste, die auf eine

Quelle fallen. Die Lampe war vollends erloschen. Der Nordwind pfiff um die Hütte, und das Pferd, das an der Tür angebunden war, wieherte und machte einen erschreckten Sprung zur Seite, der die Wand einzudrücken schien.

»Was hat mein Pferd?«, fragte Ryno, als quälte ihn sein schlechtes Gewissen, und sie erhoben sich im Finstern von ihrem ländlichen Diwan.

»Das sind die Bas-Hamets, die aufstehen«, sagte Vellini. »Sie werden uns durch die Wand gehört haben, oder vielleicht geht der Vater heute nacht zum Sandaalfischen.«

Sie verweilten noch einige Zeit in der Dunkelheit. Dann versuchte sie, die Lampe wieder anzuzünden, und als ihr das nicht gelang, nahm sie eine Handvoll Stroh und warf sie auf die Kohlen im Kamin. Plötzlich schlug eine helle Flamme auf, genährt von dem Reisig, das sie darauf legten, und beleuchtete alle Winkel der Hütte mit ihrem flackernden Schein.

Marigny horchte immer noch auf das schwache Geräusch, das sie gehört hatten, und durch das sein Pferd erschreckt worden war. Sie gingen alle beide zur Tür, öffneten sie und schauten von der Schwelle aus hinaus. Sie sahen niemanden. Das Geräusch hatte sich nicht wiederholt. Die Ohren des Pferds zitterten noch immer und seine Augen blickten unruhig, aber alles war still, ruhig, verlassen. Der Mond, der sich in die Leichentücher der Wolken hüllte, verbarg sein bleiernes, sterbendes Licht. Der Frost ließ den frischgefallenen Schnee glitzern. Alles in der Runde war weiß, mit Ausnahme des Stechpalmenstraußes, der auf dem Hügel aufgepflanzt war und an dessen glänzenden, dunklen Blättern die Schneeflocken abgeglitten waren. Die Kate der Bas-Hamets war in unendlichen Frieden getaucht. Der Schlaf hatte sie aufgesucht; und durch die dünnen Wände und die schlecht schließenden Türen hörte man in der gewaltigen Stille der Nacht den Atem derer, die darin schliefen.

Sie ließen sich wieder auf dem Stroh nieder. Ryno, der, seit er bei ihr war, nur Augen für Vellini gehabt hatte, sah sich nun in der eigenartigen Scheune um, die dieser Tochter des Luxus und der Städte als Wohnung diente.

»Hier wohnst du also?« sagte er, erstaunt über die nackte Armut der Dinge, die sie umgaben.

»Ja, hier!« antwortete sie stolz. »Du siehst, Rynetto, ich habe schon mit dem Leben der Frauen dieses Küstenstrichs begonnen. Ich habe mich schon abgehärtet. Die Señora der Rue de Provence, die Spanierin, die Cérisy ruinierte, gibt es nicht mehr. Wenn ich dir sage, daß ich tags und nachts, zu jeder Stunde, wann immer du mich zu sehen wünschst, an dieser Küste auf dich warten werde, übertreibe ich nicht, Ryno; ich habe es schon viele Male getan seit jenem Tag auf dem Ausguck. Ich bin tagelang in den Dünen gesessen oder darin herumgeirrt und habe auf dich gewartet; aber du bist nicht gekommen.«

»Jetzt wird es weniger hart sein«, fügte sie hinzu, »denn du wirst kommen, nicht wahr, cariño?« Und sie rang ihm das Versprechen ab. Er war gerührt, daß sie seinetwegen ein so rauhes Leben an dieser Küste führte, deren Kälte für eine zarte Tochter des Südens tödlich sein konnte. Und vor allem rührte ihn ihr Edelmut, dem sie nie abschwor und den sie immer an den Tag legte, wenn sie von Hermangarde sprach. Er wiederholte sich, daß es vor allem um das Glück der anbetungswürdigen Hermangarde gehe, und daß es noch möglich wäre, es zu retten!

Eine unaussprechliche Mattigkeit befiel sie auf dem Strohlager, auf das sie zurückgesunken waren. Ach, wer kennt nicht diese Entspannung aller Organe nach den Zuckungen des Liebestaumels, diese fiebrige, dumpfe Müdigkeit, die ihre eigene Wollust besitzt? Man könnte es für einen Opiumrausch halten, der sich Glied für Glied in uns ausbreitet und den Körper einschlafen läßt, ehe der Gedanke sein geheimnisvolles Auge geschlossen hat. Sie wiegten sich mit offenen Augen in diesem Schlaf, in diesem durchsichtigen, somnambulen Zustand der befriedigten Sinne! Sie umschlangen sich weiter, aber mit einer dahinsterbenden, trägen Zärtlichkeit, einer Zärtlichkeit, in der die Träumerei mehr Raum einnimmt als die zitternde Hast der Begierde. Niemals hat die Erinnerung an die Liebe mehr der Liebe selbst geglichen. Niemals hatten diese beiden Menschen besser begriffen, daß die Erinnerung an Zeiten, die Herz an Herz vergingen, die Herzen wieder zueinandertreibt; daß von allen Wirklichkeiten des Lebens das Trugbild der Vergangenheit die mächtigste ist.

Vom Kirchturm in Barneville schlug es Mitternacht, und die plumpe Uhr mit ihren Gewichten, »die schwor, daß es wahr sei«, riß sie aus ihren Träumereien. Ryno erhob sich. »Ich muß gehen«, sagte er mit Bedauern, »ich muß ins Herrenhaus zurück.« Mit diesen Worten verließ er sie immer in der Rue de Provence. Und auch an diesem Abend sagte er ihr wie damals auf Spanisch Lebewohl, in der Sprache, die sie ihn gelehrt und die er nur mit ihr gesprochen hatte, denn er hätte zweifellos befürchtet, daß diese Worte, die für ihn von Liebe erfüllt waren, von Liebe entleert wie der Becher des Königs von Thule, auf gleichgültigen Lippen hohl und ironisch geklungen hätten.

Er bestieg sein Pferd. »Ich werde dein Page sein«, sagte sie mit ihrem gewagten Charme, ihrem knabenhaften, mutwilligen, kühnen Charme; »laß mich dir die Steigbügel halten!« Und er ließ sie gewähren, wie eine Mutter, trunken von ihrer Mutterschaft, das unvergleichliche Kind, das sie bewundert, gewähren läßt. Vom Pferd herab küßte er sie auf den Kopf, als ob er dort seine Gedanken hinterlegen wollte. Dann ritt er los, und sie sah ihn von der Schwelle aus hinter der Hecke, gegenüber dem Hügel, verschwinden.

Es war eine strenge Winternacht, voll düsterer Ruhe, voll tiefem Schweigen. Die Luft war scharf und der Wind schneidend. Der Mond war früh aufgegangen und ging früh wieder unter. Die letzten Spuren seiner Sichel streiften den frischgefallenen Schnee, dem sie einen matten Glanz verliehen. Das Meer zur Linken von Ryno ließ nicht, wie gewöhnlich, seine laute, vage, monotone Stimme hören. Und obwohl die Kälte in diesen Gegenden nie so stark wird, daß sie das Meer erfaßt, hätte man an diesem Abend glauben können, das Eis habe es eingeschlossen. Die traurige und stumme Natur; die Sandsteppen, denen der Schnee einen Charakter verlieh, der für dieses Land ungewöhnlich war; die Kälte, die Reinheit der Luft, all das riß Ryno aus der Welt der leidenschaftlichen Gefühle, in der er gerade bei Vellini gelebt hatte, und stellte ihn grausam sich selbst gegenüber. Die äußeren Eindrücke übermannten ihn. Bis tief in sein Herz spürte er die eisige Hand der Natur. In Bas-Hamet war er mit heißer Stirn, pochenden Adern und glühendem Herzen aufgebrochen, aber während er über den beschneiten Strand auf sein Haus zuritt, in dem die betrogene Hermangarde schlief, kühlte er immer mehr ab. Ja, er erlosch unter dem eisigen Nordwind, der weniger schneidend war als seine Gedanken, – erlosch wie jene Fackeln, die die Zollbeamten manchmal auf dem Gipfel der Dünen errichten, um den Schiffern in Seenot die Richtung zu weisen. Nur sein Pferd, das den Stall roch und im langen Trab ritt, störte die Stille mit seinem Wiehern. Das erinnerte Ryno an das Wiehern des edlen Tiers vor der Hüttentür, und ein Gedanke, der ihn dabei blitzartig durchzuckt hatte, und den er ins Reich der Unmöglichkeit verwiesen hatte, kehrte zurück … Er verjagte ihn wieder, diesen törichten Gedanken, und trotzdem erbleichte er. Bei dem Tempo, das er am eintönigen Ufer einschlug, erreichte er rasch den Meeresarm und den Steg. Ein Mann kam ihm entgegen. Als er die Hufschläge des Pferdes im Wasser vernahm, hielt er auf der Mitte der Bohlenbrücke an, die Hand an der Stange, die als Geländer diente.

»Sieh an, Monsieur de Marigny, zu so später Stunde!« sagte eine verwunderte Stimme.

Marigny erkannte den Fischer Capelin, der von den Klippen zurückkam.

»Ja, ich bin es«, antwortete er, denn er wollte nicht den Eindruck erwecken, sich zu verleugnen. »Habt ihr einen guten Fang gemacht, Vater Capelin?«

»Nichts!« entgegnete der Fischer. »Kein Krabbenschwanz weit und breit. Das Meer ist nicht danach, und der Wind auch nicht. Schlechte Zeiten für arme Leute, Monsieur de Marigny! Die Caroline ist die ganze Nacht in den Dünen herumgestreift. Hab sie zweimal in der Nähe ihres Hauses gesehen.«

»Mir ist sie nicht begegnet«, sagte Ryno in halb ungläubigem, halb ernsthaftem Ton; denn er fand es unnötig, diese einfachen Menschen vor den Kopf zu stoßen, indem er ihre abergläubischen Vorstellungen in Zweifel zog. Und er gab seinem Pferd die Sporen.

Schon bald errreichte er das Tor des Herrenhauses von Madame de Flers. Er stieg ab, um das große rote Tor zu öffnen. Seine Überraschung war groß, als er bemerkte, daß es nur angelehnt war und sich ohne Widerstand in den rostigen Angeln bewegte. Er beruhigte die bellenden Hunde, die ihn erkannten, mit einem Zuruf, und nachdem er sein Pferd in den Stall gebracht und ihm eigenhändig das Zaumzeug abgenommen hatte, betrat er das Haus über die Treppe und die Glastür, die nie abgeschlossen wurde.

Er erinnerte sich an das, was Capelin über die Caroline gesagt hatte. Sind es nicht Kleinigkeiten, die etwas zur Gewißheit werden lassen …? Im Speisesaal zündete er einen Leuchter an; er war bleicher als die alten Portraits, die ihn aus ihren Rahmen heraus mit Augen betrachteten, die ihn die seinen niederschlagen ließen. Von unaussprechlichen Gedanken, ja, von einem Verdacht gepeinigt, der stärker war als seine Vernunft, betrat er auf Zehenspitzen das Schlafzimmer seiner Frau, um zu sehen, ob sie noch so schlief, wie er sie verlassen hatte und ob ihr Schlaf nicht gestört worden war.

Als er aufgebrochen war, schlief sie im Ehebett unter dem weichen Schutz ihrer Decken mit einem bleichen aber ruhigen, von ihren langen Wimpern überschatteten Gesicht. Bei seiner Rückkehr fand er sie ohnmächtig auf dem Bettrand vor, unordentlich gekleidet, den Umhang über den Schultern, ohne Handschuhe, mit blaugefrorenen Händen, und an den halbaufgeschnürten Stiefeln, in denen ihre Füße steckten, hingen Schneereste, die auf dem Teppich zu Wasser zerrannen. Da verstand er alles ... das Wiehern des Pferdes in Bas-Hamet, das angelehnte Tor und die in den Dünen herumirrende weiße Caroline, von der Capelin gesprochen hatte.

14. KAPITEL

Die eine löst das Band

Ryno de Marigny war eine starke Natur. Seine Leidenschaften waren heftig und rüttelten an seinem robusten Wesen wie der Wind an der Krone einer Eiche, aber sein Verstand zügelte sie. Er besaß eines jener Temperamente, in denen sich Kaltblütigkeit und Heißblütigkeit vermischen, ein Privileg, das großen Spielern und Politikern in die Wiege gelegt wird, eine entsetzliche Doppelrolle, für die man büßen muß; denn die Natur scheint auf die Gaben eifersüchtig zu sein, die sie ihren Günstlingen schenkt. – Bei aller seelischen Erschütterung, war Marigny immer noch fähig zu Überlegungen und Berechnungen. Gewiß, als er seine Frau ohnmächtig entdeckte, empfand er einen fürchterlichen Schmerz. Mit einem Blick übersah er die Reihe der gräßlichen Qualen, die sie von zehn Uhr abends an durchgemacht hatte, bis sie, mit dem Tode ringend, an dieses Bett zurückgekehrt war, das sie in höchster Angst verlassen hatte. Und dennoch hielt er in Gegenwart dieser Unglücklichen, die halberfroren über der Bettkante zusammengebrochen war, einen Moment lang inne und fragte sich, was er tun sollte. Sollte er klingeln und dann in sein Zimmer flüchten, um den Anschein zu erwecken, Hermangarde habe selbst geklingelt, ehe sie ohnmächtig wurde? Konnte er zulassen, daß die erstaunte Kammerzofe ihre Herrin zu dieser Tageszeit angekleidet, mit vom Schnee durchnäßten Schuhen und eiskalter Stirn vorfand? Und wenn er es selbst übernähme, Hermangarde wieder ins Leben zurückzuholen? Würde er dann die Kraft haben, sich der Szene auszusetzen, die sich aus diesem gräßlichen Tête-à-tête ergeben mußte …? Nach welcher Seite er sich wandte, von überall bekam er dieselbe Antwort auf diese Situation: eine häusliche Tragödie, ein verfehltes Geschick! Das Glück Hermangardes war unwiderruflich zerstört. Dieses Glück, das seit einiger Zeit durch eine ganze Reihe von Umständen bedroht war, und um das er sich noch vor kurzem bei Vellini besorgt gezeigt hatte, war unmöglich mehr zu retten. Dann kehrten seine Gedanken zu seiner Frau zurück, zur Person seiner Frau und zu ihrem Gesundheitszustand.

Er kniete vor ihr nieder und zog ihr die vom Schnee durchweichten Stiefel und die nassen Strümpfe aus. Er wärmte ihre Füße mit seinem Atem. Wie eine Mutter, die ihr schlafendes Kind auszieht, streifte er ihr ihren Umhang und ihr Kleid herunter; dann schlug er die Decken zurück, und hob ihren reglosen Körper, den er noch nie leblos in seinen Armen gehalten hatte, hoch, legte ihn ins Bett und träufelte jene scharfriechenden Essenzen auf ihre Schläfen, die das bewußtlose Gehirn in die Wirklichkeit zurückholen. Das alles brauchte lange und war vergebens. Hermangarde bewegte sich nicht. Das Leben hatte sich so tief in sie zurückgezogen, daß Ryno es mit der Angst zu tun bekam. Über sie gebeugt beobachtete er jeden Pulsschlag, der ihre Brust, ihre Stirn oder ihre Arme durchzuckte. Welch merkwürdiges Schauspiel, dieser Mann in diesem einsamen Zimmer, in einem Schloß voll schlafender Dienstboten, der gestiefelt und gespornt in entsetzlichen Ängsten am Bettrand einer ohnmächtigen Frau wachte! Er wartete noch einige Zeit in höchster Ungeduld, aber als er sah, daß die Lethargie Hermangardes seiner Fürsorge und seinen Bemühungen widerstand, entschloß er sich doch, Hilfe zu holen. Davor ging er jedoch in sein Zimmer, um seine Schuhe wegzubringen, die seinen nächtlichen Ausritt verraten hätten. Seine Nerven lagen so bloß und er wurde von so düsteren Gedanken beherrscht, daß ihm auf dem Weg dorthin das Klirren seiner Sporen auf dem Fußboden unwillkürlich einen Schauer über den Rücken jagte! Er hatte das blasse Gesicht seiner Frau vor Augen, das ihn an eine andere Blässe erinnerte, die durch seine Schuld für immer auf dem Gesicht einer anderen Frau lag – auf dem Gesicht von Madame de Mendoze, die er unter Vellinis Liebkosungen ganz vergessen hatte, deren Geist nun jedoch wie ein Racheengel mit dem Finger auf Hermangarde zeigte und sagte: »Gestern hast du die eine getötet; wirst du morgen die andere töten…?« Und er zitterte. Als er seinen Schlafrock anzog, hatte er das Gefühl, er hülle seine Gewissensbisse in eine Lüge. Mußte er sich nicht auf eine scheinheilige Komödie vorbereiten, um die neugierigen Augen der Dienerschaft zu täuschen? Er ging ins Zimmer seiner Frau zurück und klingelte. Er befahl, daß man den Arzt aus Barneville holte. Hermangarde hatte zu phantasieren begonnen, und bei den ersten im Delirium gesprochenen Worten mußte der unglückliche Marigny die Kammerzofe, die auf das Klingeln hin gekommen war, wieder hinausschicken, damit sie die Enthüllungen nicht zu hören bekam. Diese sollten sich nur in ihm verlieren. Er wollte der alleinige Zeuge dieser fürchterlichen Ausbrüche und dieser unfreiwilligen Aufschreie sein, die wie ein unterirdisches

Feuer aus dem Schweigen dieser Frau hervorbrachen, die für gewöhnlich alles in den reinen und stolzen Tiefen ihres Herzens verschloß. Für sie unvernehmbar, für ihn jedoch um so deutlicher, zeigten sie ihm in niederschmetterndem, grausamem Licht was er bisher nur geahnt hatte … »O!« stöhnte sie, mit purpuroten Wangen, weitgeöffneten, verwirrten Augen und fiebertrockener, rauher, stockender, keuchender Stimme, einer Stimme, die einem das Blut vor Entsetzen unter den Fingernägeln gerinnen läßt, wenn sie aus dem Mund einer geliebten Person kommt, »Ryno! Ryno! Immerzu diese rote Frau … die Frau vom Ausguck! Mein Gott! Sie! Immerzu! Jag sie weg, Ryno, jag sie weg! Nimm sie nicht so in die Arme, du wirst mich töten … Jag sie weg! Ich kenne sie nicht, diese gräßliche Frau … Wie sie mich durch den Nebel angeschaut hat! Ihr Blick versengte den Nebel und mein Herz … O! Mein Gott!« Und nach einer entsetzten Pause, fuhr sie mit noch größerem Entsetzen fort: »Wie? Sie geht nicht, diese Frau …? Da ist sie, jetzt, da sitzt sie auf dem Stroh … mit meinem Gatten … mit Ryno. Da!« schrie sie, »da!« und ihr blinder Finger, ebenso wie ihr – trotz der Erweiterung der Pupillen – blinder Blick waren auf eine Stelle an der Wand gerichtet. Sie saß mit aufgelöstem Haar in ihrem Bett: »Aber ich will nicht, daß sie dich vor mir küßt, Ryno! Jage sie weg! … Er jagt sie nicht weg!« fuhr sie fort, indem sie voll Angst die Hände rang. »O, jetzt küßt er sie! Ah! Unglückliche Hermangarde, schau durch das Loch im Fensterladen, schau! Schau!« und sie fiel zuckend auf ihr Lager zurück. Ryno zerriß es das Herz und sein Mitleid war grenzenlos. Er weinte wie ein Kind. »O! Weine nicht«, sagte sie, als hätte sie seine Tränen duch eine Wahrnehmung, die höher war als alle Vernunft und alle Sinne, gesehen; »weine nicht! Weinst du, weil ich sage, du sollst sie wegjagen? Behalte sie in den Armen, wenn du sie liebst, aber verstopfe das Loch im Laden … damit ich euch nicht mehr sehe und weggehe! Damit ich weggehe … Mir war entsetzlich kalt unterwegs, mein armer Ryno«, fuhr sie in einem einfachen Erzählton fort. Und sie begann zu zittern. Ihre Zähne klapperten. Ryno stand solche Ängste aus, daß er wünschte, das Delirium würde auch ihn erfassen und seinen Verstand zum Schweigen bringen. »Ach, wenn meine Großmutter das wüßte!« sagte sie träumerisch, ohne Wissen um die unschuldige Grausamkeit dieser Worte. »Aber habe keine Angst, Ryno, ich werde es ihr nicht sagen … Sie braucht es nicht zu wissen, nicht wahr, mein Liebster? Es ist so leicht zu sterben, ohne zu reden …!« Und sie schwieg, um zu zeigen, daß sie schweigen konnte, aber Ryno war derjenige, der starb. Ja, er starb, gestraft, gezüchtigt, gemartert durch dieses Delirium, in dem sein entsetztes Gewissen so etwas wie die Stimme Gottes vernahm.

Die grauenvolle Krise Hermangardes hielt einen ganzen Tag lang an. Der Arzt fürchtete eine Zeitlang sogar einen tödlichen Blutandrang im Gehirn. Aber Vorfälle anderer Natur entlasteten das Gehirn. Ryno, der sie nicht einen Augenblick verlassen hatte, wartete unruhig darauf, daß sie das Bewußtsein wiedererlangte. Am nächsten Tag gegen Mitternacht kehrte es zurück – wahrscheinlich zur selben Zeit, zu der sie es am Abend zuvor verloren hatte. Ihre Augen, die sich in größter Niedergeschlagenheit geschlossen hatten, öffneten sich sanft und schauten wach um sich. »Wo bin ich?« fragte sie mit schwacher Stimme. Aber sie hielt inne, erinnerte sich plötzlich und zog ihre Hand, die ihr Gatte ergriffen hatte, zurück, als wäre sie von einer Schlange gebissen worden. Eine instinktive Bewegung des Grolls und der Eifersucht, die sie gleich wieder zurücknahm, indem sie sie ihm wieder überließ. Ach! Er sagte nichts, aber er hatte die Bewegung gut verstanden. Er senkte nur die Augen. Als er sie wieder hob, sah er, daß sie ihn betrachtete, während in aller Stille zwei Tränenbäche über ihre Wangen liefen … Das war alles, alles, und für immer! Als sie wieder bei Sinnen war hatte diese Frau, die für diese verderbte Welt zu himmlisch war, die jungfräuliche Unschuld zurückgewonnen, die ihre schützende Hand über das Geheimnis ihrer Seele breitete, so wie sie die überraschte Schamhaftigkeit über das Geheimnis ihres Körpers breitet. Bisher war es der bloße Verdacht gewesen, der sie verzehrt hatte. Jetzt besaß sie die traurige Gewißheit, wie Ryno während ihres Deliriums erfahren hatte. Sie würde von nun an weiterleben, ohne zu klagen, mit einem resignierten Lächeln auf den geschlossenen Lippen und mit einem Schwert in der Brust, das bis zum Stichblatt darin steckte, wie bei der *Mater dolorosa* des *Stabat*.

Für eine edle Seele wie Ryno war dieses hochherzige Schweigen, diese rührende großmütige Zurückhaltung so etwas wie eine unerbittliche, verdiente Folter, die lange andauern würde. Warum sollte sie auch aufhören? Das Unrecht, das er begangen hatte, war nicht wieder gutzumachen. Hermangarde konnte es verzeihen; aber er kannte diese Seele, die in ihren Tiefen alles verschloß und nichts davon wieder herausgab, wie das Grab. Beim Verzeihen würde sie sich erinnern. Sie würde nie vergessen. Wenn aber das Verzeihen kein Vergessen ist, dann macht es nur demjenigen Ehre, der verzeiht; für denjenigen der Reue empfindet, ist es nur eine weitere Demütigung, eine giftige Zutat zu seinem Schmerz. Ach! Die Zukunft dieser Ehe ging auf zweifache Weise in die Brüche. Hermangarde konnte der moralischen und physischen Erschöpfung dieser Nacht, in der sie heimlich nach Bas-Hamet gegangen war, keinen Widerstand leisten. Sie kam vor der Zeit mit einem toten Kind nieder, und sie überlebte es nur wie durch ein Wunder, Kraft der Jugend, die in ihr steckte. »Ach!, warum«, dachte sie, »habe ich es nicht wie meine Mutter gemacht, die bei meiner Geburt gestorben ist? Das wäre für mich und mein totes Kind besser gewesen!« Und ihr Schmerz verstärkte sich noch durch einen Gedanken, den sie nicht aussprach. Mit ihrem toten Kind beweinte sei gleichzeitig ihre Hoffnungen auf eine weitere Mutterschaft. Sie wußte, daß sie nie wieder ein Kind bekommen würde … Würdiger, den Namen Hermine zu tragen, als ihre Großmutter, Madame de Flers, fühlte sie, daß ein einziger Makel wenn auch nicht die Frau, die Ryno liebte, so doch die, die er geheiratet hatte, hatte sterben lassen … Während der drei Wochen, die sie das Bett hütete, legte sie im stillen Gebet jeden Tag eines dieser Gelübde, die man angesichts ihrer Jugend für voreilig hätte halten können, vor der kleinen Statue der heiligen Jungfrau ab, ihrer Reliquie aus Kindheitstagen, die die eheliche Liebe nicht aus ihren Bettvorhängen verbannt hatte. Und ungeduldig wartete sie auf den Tag, an dem sie es, vom Krankenlager auferstanden, an dem meerblauen Altar jenes Sterns des Matrosen, der auch der Tröster der unglücklichen Frauen ist, in der armen Kirche von Carteret würde erneuern können.

Und der Tag kam. Ryno, der sie kein einziges Mal verlassen hatte und in dessen Brust all ihre Schmerzen widerhallten, hatte die Zeit ihrer Rekonvaleszenz aus Vorsicht so lange wie möglich hinausgezögert. Er wollte nicht, daß sie zu früh ausginge. Er war sanft zu ihr, so wie sie sanft zu ihm war; manchmal überraschten sie sich dabei, wie sie zärtlich zueinander waren, aber beide waren traurig, als wären sie sich der Unwiederbringlichkeit ihrer Liebe bewußt – einem Beobachter hätten ihre Gefühle ein rührendes, aber unlösbares Rätsel aufgegeben. Während ihrer Krankheit hatte Ryno sie mit einer Hingabe gepflegt, hinter der sich der Wunsch nach einer unmöglichen Wiedergutmachung verbarg. Das Allheilmittel war nicht mehr in seinen Händen. Er, dieser Mann, der für den äußeren Erfolg geschaffen war, dieser Pascha der Salons, der seinen Geist wie eine Fanfare erschallen lassen konnte, hatte sich bereit gefunden zu kleinsten Handreichungen, zu tausenderlei liebevollen Schlafzimmerdiensten, wie sie Frauen verrichten, wenn sie die, die sie lieben, pflegen. An dem Tag, als sie den Wunsch äußerte, in die Kirche zu gehen, prüfte er das Wetter, die Temperatur, befahl, daß man den Wagen anwärmte und machte Anstalten, sie zu begleiten. Sie lehnte seine Begleitung ab. Sie sagte, sie wünsche bei ihrer Andacht allein zu sein. Er beharrte nicht darauf, und sie fuhr los.

Es war ein Tag Ende Februar – ein Wintertag, den eine bleiche Sonne für einig Stunden badete und der fast so mild war wie ein Herbsttag. Nervös geworden durch das abgeschlossene und leidvolle Leben, das er seit drei Wochen geführt hatte, ging Marigny zum Luftholen auf die Treppe hinaus, die von den Mauern des Herrenhauses zum Strand hinabführten. Er war nicht böse darüber, allein zu sein. Tausenderlei sich widersprechende Gedanken bestürmten ihn. Er dachte an Hermangarde und an Madame de Flers, der er nur geschrieben hatte, um ihr die Fehlgeburt seiner Frau mitzuteilen. Er dachte auch an Vellini, dieses Verhängnis seines Lebens, die Ursache des Unglücks, das geschehen war. Während Hermangardes Krankheit hatte er mehrere Briefe von der Malageserin erhalten; außerdem hatte er sie vom Fenster aus mehrere Male gesehen, entweder wie sie am Strand entlangging, den Blick immer auf das Herrenhaus gerichtet, oder wie sie mit den Fischern auf deren Boot aus dem Hafen ins Meer hinaussegelte. »Welche Geduld hat sie in diesen drei Wochen aufgebracht«, sagte er sich in Gedanken an den ungestümen Charakter dieser Frau, den er nie hatte zähmen können. An diesem klaren und frischen Morgen lag etwas in der Luft, das ihm sagte, daß sie nicht fern sei. Es gibt Menschen, die man riecht, ohne daß man sie sieht und deren Geruch uns der Wind von weither zuträgt! Ein Segelboot fuhr langsam in den Hafen ein. Obwohl er unter den braunen Segeln, die sich blähten und der leichten Nußschale aus schwarzem Holz eine geheimnisvolle und bizarre Mütze überstülpten, nichts erkennen konnte, dachte er, sie müsse dort sein. Er ging also zu den Strandsteinen hinab, die den

Hafen säumten, und trat ans Ufer. Bei seinem Erscheinen hielt das Boot an und drehte sich auf der Stelle, als versuche es, zu seinen Füßen anzulegen. Er sah, daß seine Ahnung richtig gewesen war. Sie war auf dem Boot, halb verborgen hinter den Segeln und dazu unkenntlich durch ihre Tracht (hatte sie ihm nicht versprochen, vorsichtig zu sein?). In ihrem Mäntelchen aus weißem Ratin, mit der hochrot gefütterten Kapuze und dem mit der Nachlässigkeit einer Kreolin um den Kopf gebundenen Schal, hätte man sie für Bonine Bas-Hamet oder für irgendein anderes Mädchen dieser Küste halten können; denn sie nehmen ihre hohen Hauben aus Angst vor dem Wind ab, wenn sie aufs Meer hinausfahren. Trotz seiner sorgenvollen Miene mußte Marigny lächeln, als er die Señora Vellini in dieser Kostümierung sah.

»Komm her, Ryno!« sagte sie, aber auf Spanisch, »wir werden um die Klippen fahren, und ich werde dich bei den Dünen an Land setzen. Hermangarde ist wieder gesund, und ich lebe schon drei Wochen ohne dich!«

Er zögerte. *»Caramba!«* rief sie ungeduldig. Er überlegte, daß er vor Hermangarde, die in der Messe war, im Herrenhaus zurück sein würde, und zögerte nicht länger. Das Schiff verließ den Hafen, fuhr rasch zwischen den beiden Leuchtfeuern hindurch und schoß ins Meer.

15. KAPITEL

Das Teufelsgrab

»Vellini«, sagte Ryno, ebenfalls auf Spanisch, um von den beiden Fischern nicht verstanden zu werden, die das Boot, das wie ein Fisch zwischen zwei Wellen dahinglitt, lenkten, »Vellini, ich rechne eigentlich mit Vorwürfen. Seitdem ich deine kaum wiedergefundenen Arme verlassen habe, sind drei Wochen vergangen, in denen ich dir fern blieb und nicht einmal auf die Briefe antwortete, die du mir geschickt hast; aber meine Entschuldigung, meine arme Freundin, hat Gründe, die du nicht kennst. Du weißt nicht, was im Herrenhaus passiert ist.«

»Deine Entschuldigung steht hier!« sagte sie, indem sie leicht sein Gesicht berührte. Und tatsächlich war sie dort deutlich zu lesen! Er sah aus, wie jemand, der gerade dem Tod entkommen ist. Die mangelnde frische Luft, die Leiden und der bedrohliche Gesundheitszustand Hermangardes, die mit Mitleid vermischte Liebe, die er für sie empfand, seine Gewissensbisse, und schließlich der Überdruß an all dem, denn der Mensch wird seiner Leiden wie seiner Freuden überdrüssig – der Überdruß überschattet sein ganzes Tun und Lassen –, hatten seinen Gesichtszügen einen verwüsteten Ausdruck verliehen, der schaudern machte.

»Ja«, entgegnete er, »aber, die Anklage steht hier«. Und wie sie seine Stirn berührt hatte, berührte er ihre braune Wange. Sie war fast genauso verändert wie er. Die drei Wochen hatten sie gezeichnet. In der grellen Atmosphäre eines nebelfreien Meers, in diesem strengen Licht eines blauen Himmels, das die kleinsten Falten auf den Gesichtern wie auf der Meeresoberfläche hervortreten ließ, sah er überall die Spuren der Leidenschaft, die sie in ihr Herz hatte zurückdrängen müssen, und die ihre Züge noch gelber gemacht hatte.

»Es ist keine Anklage«, sagte sie, ernst und sanft, wie er sie noch nie gesehen hatte. »Ich wußte alles, Ryno.«

»Nein, du wußtest nicht alles«, erwiderte er. »Das Unglück ist über mein Haus hereingebrochen. Meine arme Hermangarde war in Lebensgefahr. Du wußtest es wie alle anderen, wie die Dienstboten, die mich umgaben, wie das Dorf, wie der Fischer, der mir deine Briefe brachte und nichts als verzweifelte Gesichter im Haus sah. Aber es gab etwas, das du nicht wußtest, Vellini, denn niemand außer mir und ihr wußte es … daß du und ich die Ursache für ihre seelischen und körperlichen Leiden waren, die sie trotz der Kraft ihrer Jugend fast zerbrochen hätten; daß wir ihre Mörder gewesen wären, wenn sie nach all diesen Tagen gestorben wäre!«

Sie blickte ihn starr vor Verwunderung an. Sie saßen am Fuß des Segels, mit dem Rücken zu den Fischern, die am anderen Ende des Boots ruderten. Die Brise wehte günstig und sie durchschnitten die Brandung, als wollten sie in sieben Viertelstunden Jersey erreichen, das bei dem klaren Wetter deutlich wie ein von Waschfrauen in der Sonne ausgebreitetes Stück Linnen vor ihnen lag.

»Ja«, wiederholte er, ihren Blick verstehend, »wir wären ihre Mörder gewesen! Als ich dich vor drei Wochen in Bas-Hamet verließ, dich, meine Vergangenheit, die mit grausamer Wollust wieder aufgeflammt war, und nach Carteret zurückkam, fand ich Hermangarde angekleidet und bewußtlos auf ihrem Bettrand liegend. Sie, diese mit allen Annehmlichkeiten des Lebens aufgewachsene Frau, war in der Nacht, heimlich, alleine, zu Fuß, durch Schnee und Kälte, über den Strand und die Dünen nach Bas-Hamet gekommen, den Gefahren durch Schmuggler und Matrosen ausgesetzt. Sie hat allem die Stirn geboten und ist gekommen, getrieben von einer lange schwelenden Eifersucht. Sie hat uns durch den Spalt im Laden deiner Hütte gesehen, und sie hat nicht geschrieen; sie hat die Kraft besessen, dort auszuharren und so wie sie gekommen war, wieder zu gehen, aber mit Gewißheiten und Bildern im Herzen, die schlimmer als der Tod waren. Gott, der Mitleid mit ihr hatte, hat ihr Kräfte verliehen, und sie ist erst nach ihrer Heimkehr am Fuß ihres Bettes zusammengebrochen. Dort habe ich sie gefunden … Ach, Vellini! Ich werde niemals vergessen, wie ich sie in meine Arme nahm, die noch warm von dir waren, und wie ich sie mit dem Leben, das du darin gelassen hast, wieder erwärmte.

Sie war lange Zeit in einem hoffnungslosen Zustand. Nur aus ihren Fieberphantasien erfuhr ich, was geschehen war – denn seitdem, hältst du das für möglich?, hat sie kein Wort der Klage oder des Vorwurfs geäußert. Sie hat einen sanften Stolz, den du bewundern würdest.«

»Arme Hermangarde!« sagte Vellini bewegt, und eine Träne zeigte sich an den Wimpern dieser Augen, die die Männer grausam fanden. Ryno war gerührt von dieser Träne. Er trank sie mit einem dreifachen Durst nach Liebe, Großherzigkeit und Gerechtigkeit von ihren Augen. Ach, die Verführung durch Großherzigkeit ist bei treuen Seelen die sicherste! Wenn unsere alten Maitressen über unsere jungen Ehefrauen weinen, fügen sie dem Zauber der Vergangenheit einen noch unwiderstehlicheren Reiz hinzu. Verzeiht man sich nicht die Fehler, die man begangen hat, wenn diejenigen, derentwegen man sie begangen hat, hochherzige Geschöpfe sind? Um über edle Seelen zu herrschen, gibt es nichts Wirkungsvolleres, als sich gut zu zeigen.

Er schwieg, und auch sie redete nicht mehr. Was hätte sie sagen sollen, diese wilde Frau, die nichts anderes kannte als die Liebe und ihre Rasereien, und der die Liebe nun zum erstenmal, stumm und durch die Kraft reinen Stolzes entwaffnet, begegnete? Die Nußschale wiegte die beiden wie ein Vogelnest, das in den Zweigen eines Baums im Wind schaukelt, und ihr gewölbter Boden zerteilte unablässig die anrollenden Wellen. Das vom Bug des Boots aufgewühlte Wasser bildete Schäfchen, wie die Küstenbewohner sagen, deren Seemannssprache sich aus den Erinnerungen ihres früheren Hirtenlebens speist. Sie hatten mittlerweile die Klippen umfahren und dort gewendet. Das Boot lag ruhig auf dem glatten Meer, das wie ein Quecksilberbecken spiegelte, und die Fischer warfen ihre Netze aus, während sie darauf warteten, daß Vellini ihnen befahl, Ryno unterhalb der Dünen abzusetzen.

»Ja, arme Hermangarde!« sagte Ryno wie ein melancholisches Echo. »Sie hat grausam unter uns gelitten. Sogar ihre Mutterschaft war davon betroffen; ihr Kind ist gestorben wie unseres, Vellini.« Und in einem bitteren Ton, der den verzweifelten Zustand seiner Seele zeigte, fügte er hinzu: »Was Kinder angeht, bin ich nicht glücklich!«

Vellini senkte den Kopf, um vor ihrem alten Geliebten den wilden Blitz zu verbergen, der ihre Pupillen durchzuckte. Eine unwillkürliche Freude, die stärker war als ihre großherzige Natur, hatte bei den letzten Worten Rynos Einzug in ihr Herz gehalten. Sie erinnerten sie zwar an eine dunkle Epoche ihres Lebens, an den Verlust eines geliebten Wesens, das ihr der Tod von der Mutterbrust gerissen hatte, an ihre unvergessene Juanita; aber der Gedanke, daß Rynos Frau ihr nun nicht durch ein Kind, das sie seiner väterlichen Liebe schenkte, überlegen sein würde, ließ ihr Herz unendlich anschwellen.

Sie schwiegen erneut. Hätten ihre Worte ihre Gedanken ausdrücken können ...? Schulter an Schulter überließen sie sich unter dem Segel, das die Sonne mit ihren schwachen Strahlen erwärmte, dem wollüstigen Schaukeln der bläulichen Wogen. Ryno spürte, wie sich in der salzigen Seeluft seine Lunge und sein Herz, die so lange eingeengt und eingezwängt gewesen waren, ausdehnten. Trotz des Mitleids und der Liebe, die er für seine Frau empfand, fühlte er sich in der Nähe der Frau, die er nicht mehr liebte, wohler, als an der Seite der Frau, die er liebte. War das verwunderlich? Sein Umgang mit Vellini war gerade und aufrichtig; der mit Hermangarde war es nicht. Ist das Vertrauen nicht die Lebensluft des Herzens? Das Glück derer, die sich lieben, sind Geständnisse. Er wußte es, er genoß es, und jedes Gefühl, unter dem sich sein Herz einen Spalt breit öffnete, war ein weiteres Glied in der Kette, die ihn an Vellini fesselte.

Bald gaben sie das Zeichen, ans Ufer zu fahren, und das Boot, das von Männern, die alle Klippen der Küste wie die

Bleistücke ihrer Netze kannten, gesteuert wurde, setzte sie an einer kleinen, engen Bucht, einem halbmondartigen Einschnitt zwischen zwei Riffen, ab. Die Fischer kehrten zu ihren Netzen zurück. Da noch Zeit war, erklommen sie auf einem versteckten, sandigen Pfad die Felswand, deren höchsten Punkt sie bald erreichten. Vellini wollte Ryno, wie sie sagte, eine Art Höhle zeigen, die geheimen Rendezvous' Schutz bieten könnte. Sie hatte sie auf ihren einsamen Spaziergängen entdeckt. Diese Höhle war im übrigen in der Gegend sehr berühmt und von einem eigenartigen Aberglauben umgeben. Man nannte sie *das Teufelsgrab*, und man sagte, *er gehe dort um*. Die älteren Küstenbewohner erzählten, in längst vergangenen Zeiten habe der Teufel dort mit dem heiligen Georg gekämpft. Der große Heilige habe ihn unter seinem Kriegspferd begraben und ihm eine tödliche Wunde beigebracht. Nach dem Kampf habe der Heilige, ehe er wieder in den Himmel aufstieg, seine Lanze in den Boden gepflanzt, und an der Stelle sei später die Kirche errichtet worden, die seinen Namen trägt. Sie zeigten ihren Kindern die rötlichen Marmoradern, die das bläuliche Felsgestein wie das eingetrocknete Blut des Bösen durchzogen, und die weder der Regen noch die Hand der Jahrhunderte hatten tilgen können. Vellini war schon öfter hierhergekommen, um sich auf eine dieser Felstafeln zu setzen, die wie Grabplatten aussahen, und sie war durch einen von den herumliegenden Gesteinsbrokken halb verdeckten Spalt in eine Art unterirdisches Gewölbe gelangt, das man nur gebückt erreichte, in dem man jedoch, einmal darin, aufrecht stehen und herumgehen konnte. Wahrscheinlich hatten hier schon manche Schmuggler der Umgebung ihre Rumfässer und ihre Kisten mit englischem Seidenzeug gestapelt. Durch natürliche Schartenschlitze im Gestein fiel das Licht nur tropfenweise herein, ebenso wie die Geräusche von draußen nur abgeschwächt und gemildert hereindrangen. Kein anderer Ort war durch die Laune des

Geländes besser geeignet, frevelhaften Vorhaben oder verfolgtem Glück Unterschlupf zu bieten, als dieses Teufelsgrab, das der Satan, dessen Sarkophag es war, für seine Lieblinge unter den Lebenden bereithielt. Dorthin führte Vellini Ryno. Man sah in diesem Gewölbe eine alte, morsche Bank, deren Vorhandensein zeigte, daß dieser einsame und verlassene Ort einst häufig aufgesucht wurde und fast bewohnt gewesen war. Unabhängig von den Schmugglern, die an dieser Küste heimisch waren und die sich dort versteckten, hatte er vielleicht damals, als der ganze Westen sich erhob, zwischen zwei Gezeiten einigen der Agenten der Prinzen, die mit den Chouans in Verbindung standen, als Unterschlupf gedient, zum Beispiel jenem Quintal, dem Helden von Saint-Sauveur-le-Vicomte, der ganz allein als Kurier mit einem Ruder und einem Gewehr in einem Boot durch die Riffe, an denen häufig Schiffe zerschellten, von Portbail nach Jersey fuhr, um seinem König zu dienen. Ryno und Vellini setzten sich auf diese vergessene Bank, die an manchen Abenden auf ihren schwankenden, grünlichen Brettern gewiß mehr als eine Tochter eines Zollbeamten sah, die ein verliebter Schmuggler hierhergelockt hatte, der an diesem Abend, indem er sie eroberte, doppelte Beute machte. Heute setzte sich ein Paar auf diese Bank, das noch besser zum Charakter dieser fast unzugänglichen, verborgenen, schwarzen, tiefen Höhle paßte, die wie geschaffen war, ihre Schatten in den Abgrund zweier Seelen zu werfen, die bar jugendlicher Liebesgefühle, jedoch voll gärender Erinnerungen und wilder Begierden waren.

»Ryno«, sagte Vellini mit einem Lächeln, hinter dessen Fröhlichkeit sich Trauer verbarg, »das ist nun unser Boudoir! Hier werden wir uns in Zukunft treffen müssen. Du kannst nicht mehr nach Bas-Hamet kommen. Du würdest den Verdacht und die Eifersucht Hermangardes wecken. Da wir sie unglücklich gemacht haben, müssen wir ihr mehr als je zuvor Schmerzen ersparen. Cariño, hier werde ich dich jeden

Tag zu dieser Zeit erwarten. Gleich ob du kommen wirst oder nicht, ich werde immer hier sein. Ich bin unabhängig wie die Luft und die Welle, ich bin unabhängig von allem … außer von dir. Du besitzt diese Unabhängigkeit nicht. Deine Hand ist an die Hand einer Anderen gebunden, nicht an die meine. Du, Ryno, könntest nicht, wie ich, jeden Tag zur selben Zeit hierherkommen, ohne das Herz deiner Frau zu beunruhigen und zu quälen. Du liebst sie noch; mich liebst du nicht mehr! Sie wird mir oft vorgezogen werden. Aber wenn dich die unzerstörbaren Erinnerungen unseres Lebens und der Ruf des Bluts, das sich in unserer Brust vermählt hat, zur Vellini treiben, dann steig hier herauf, Ryno, hier wirst du sie finden, deiner harrend und beständig an dich denkend, im Schoß der Erde das verbergend, was zu sichtbar ist, wenn man es nur im eigenen Schoß verbirgt!«

Sie sagte das mit einer so vibrierenden Energie, und ihre Blicke hingen so wild an den Stalaktiten der Felsenmauern, daß Ryno, der sie auf dem Meer so sanft erlebt hatte, immer noch hingerissen von diesen himmlischen Kontrasten, mit einem ungezügelten Impuls an sich riß: »O Karfunkel meiner Höhle!« rief er poetisch, »ja, ich werde hierherkommen und mich neben dich setzen! Du wirst mich darüber hinwegtrösten, daß ich Hermangardes Liebe verletzte. Die Tage, die ich mit ihr zusammen verbringen werde, werden in Zukunft noch trauriger sein. Ich kenne sie. Auch wenn sie mich noch mehr liebte, würde sie sich mir nicht mehr hingeben. Die verletzte Liebe wird sich lange über den Trümmern einer zerstörten Intimität dahinschleppen. Es wird nicht wie bei uns sein, Vellini, wo die Intimität, selbst als die Liebe tot war, nicht sterben konnte. Ach ja! Ich werde kommen. Mein schöner schwarzer Diamant, der sich wieder in sein Ganggestein eingeschlossen hat, ich werde dich befreien, um unser zehn Jahre lang ineinander verflochtenes Leben in dem dunklen Spiegel deines Feuers zu betrachten!«

Nach diesen Versprechungen erhoben sie sich und begaben sich zum Ausgang der kreisrunden Grotte; denn Ryno wollte nicht zu lange wegbleiben. Als sie die unterirdische Düsternis verließen und wieder die frische Luft um sich spürten, war es ein Uhr mittags. Das Wetter war immer noch ruhig, frisch und klar. Das Meer entrollte seine Schaumtücher unter den Klippen, aber in der Ferne glitzerte es mit einem sanften Schimmer wie Damaszenerstahl. Das Boot, das sie hinter den Riffen abgesetzt hatte, bewegte sich in Richtung Portbail und fischte immer noch. Es sah aus wie ein beweglicher Punkt, umgeben von seinen zierlichen, flatternden Segeln, wie eine Möwe, deren Federn sich im Wind sträuben. Sie unterhielten sich und wähnten sich alleine, als sie plötzlich von einem Menschen überrascht wurden, der auf dem *Teufelsgrab* saß und offenbar gekommen war, während sie in das Gewölbe hinabgestiegen waren. Es war der alte Bettler von Sortôville-en-Beaumont, der eines Abends am Strand bei dem Feuer, das angezündet worden war, um die spanische Brigg auszubessern, in Vellinis Anwesenheit die Geschichte von der weißen Caroline erzählt hatte. Er kehrte von seiner Runde in die Nachbardörfer zurück und ruhte sich für einen Moment aus. Seinen Stock mit der eisernen Spitze, den er der Hunde wegen bei sich trug – denn Menschen greifen Arme nicht an – und den er brauchte, um über die Wassergräben zu springen, lag neben ihm. Er hatte die Riemen seines Bettelsacks aufgeknotet und hielt sein Mittagsmahl mit den Brotkrusten, die ihm die Bauern der Umgebung geschenkt hatten. Unter dem von Wind und Wetter rotverfärbten Hut geduckt, der mit seiner breiten Krempe dem Deckel eines Kalkofens glich, überließ er sich dem animalischen Vergnügen des Essens mit der Andacht eines Einsiedlers. Angesichts der herrlichen Natur, die seiner Seele nichts sagte, verschlang er sein steinhartes Brot, eine Art Saturn, alt, blind und taub für die Welt um sich herum. Er gehörte zu den samstäglichen Stammgästen im Herrenhaus. Ryno, der vielleicht den Küchenklatsch des Bettlers fürchtete, leerte seine Börse in den Hut, den er ihm hinhielt.

»Der liebe Gott und die heilige Jungfrau und alle Heilige des Paradieses mögen Sie segnen, Monsieur de Marigny!« sagte er mit seiner schleppenden Stimme. »Sie sind der Vater der armen Leute.«

Er warf Vellini einen wissenden Blick aus dem Augenwinkel zu, den Blick eines niedernormannischen Bauern, der alles versteht und so tut, als ahnte er nichts.

»Gutes Wetter für den Feldbau!« sagte er mit der Zutraulichkeit einfacher Menschen, die ungefragt losreden, »und gutes Wetter für den Fischfang! Wette, daß die Fischer dort«, fügte er hinzu, indem er auf das Segel deutete, das, silbrig schimmernd wie der Rücken eines Fischs in der Sonne, das Meer durchpflügte, »noch ehe die Glocke von Barneville das Angelus läutet, Dutzende von Rochen im Netz zappeln sehen.«

»Kehrt ihr heute noch nach Barneville zurück, Alter?« fragte Marigny, um seine Bemerkung nicht unbeantwortet zu lassen; denn nicht zu antworten, erscheint diesen einfachen Menschen wie die letzte Verachtung des Stolzes.

»Mal sehen«, antwortete der mit dem Bettelsack. »Vielleicht geh ich noch weiter bis zur Prieuré von La Taille, zu den Hallots. Ich muß mich beeilen, denn sie sperren die Scheune schon früh zu, und wenn ich nicht vor Einbruch der Dunkelheit dort bin, muß ich bis zur Mühle weitergehen«, und mit diesen Worten schwang er seinen Beutel, der einem angeschwollenen Schlauch glich, auf seinen immer noch kräftigen Rücken. »Es wird Zeit, daß ich mich auf den Weg mache«, setzte er hinzu, denn die Flut steigt an, in weniger als zwei Stunden wird der Steg bei Carteret unter Wasser stehen.«

Ryno sah Vellini an. »Ich verstehe «, sagte sie in der wohlklingenden Sprache ihrer Heimat, die zwischen sie beide und die übrige Welt einen tönenden Schleier legte. »Ich muß nach Les Rivières zurück, und der Weg wird unbegehbar, wenn ich mich nicht beeile. Dann also bis morgen, bis übermorgen, bis die Tage, mein armer Ryno! Vellini wird nie die letzte an unserem geheimen Treffpunkt sein.«

»Ich begleite euch, Alter«, sagte sie mit kühner Selbstverständlichkeit, dem schönsten Kleinod ihrer aufrichtigen Natur, zu dem Bettler. »Ich muß nach Bas–Hamet, und ich werde bis unterhalb von Barneville mit euch gehen.«

»Wenn es so ist, dann lassen Sie uns aufbrechen, meine kleine Dame!« sagte der Vagabund, der, seitdem er in diesen Gegenden von Tür zu Tür zog, noch nie einen solchen Weggefährten gehabt hatte. »Von hier nach Bas-Hamet ist es ein ordentliches Stück für Ihre kleinen Füße, und auf dem Flugsand der Dünen bewegt man sich nicht so leicht wie auf dem Pflaster des Mittelgangs einer Kirche. Es wird Zeit, daß wir uns auf die Socken machen.«

Und sie gingen zusammen los, als hätten sie sich schon immer gekannt. Ryno sah, wie sie die Klippen hinabstiegen und folgte dem langen Leinenkittel des Bettlers und dem Ratinmäntelchen von Vellini mit den Blicken bis an die Häuser von Carteret. Sie gingen gemächlich und unterhielten sich miteinander. Ryno konnte nicht umhin, die Anpassungsfähigkeit Vellinis zu bewundern, die sich in Gesellschaft eines Bettlers ebenso leicht bewegte wie in der glänzendsten Gesellschaft Frankreichs oder Spaniens. Er, der mit den verschiedenen Reizen so vieler Frauen Erfahrung hatte, fühlte, daß selbst eine übersättigte Seele ihrer nicht überdrüssig werden konnte. Jeden Augenblick offenbarte sie neue köstliche Züge, Düfte, die man noch nie gerochen hatte. Sie war wirklich die Maitresse, die – wie Madame de Flers eines Abends gesagt hatte – ein ganzes Serail in ihrer Person vereinigte. Obwohl in ihren Adern das Blut der Goten und der Sarazenen floß, und sie im Alkazar zur Welt gekommen war, lebte sie mühelos mit Fischern und Bettlern, so sehr war sie vom Blick jener Bettlerin gezeichnet, der ihre Mutter eines Sonntags, als sie den Vespergottesdienst verließ, in der dunklen Vorhalle der Kirche von Malaga ein Almosen gab!

16. KAPITEL

Die andere festigt das Band

Als Marigny das Herrenhaus betrat, war Hermangarde schon seit einiger Zeit aus der Kirche zurück. Die Stunden, die sie dort verbracht hatte, hatten für sie einen feierlichen, eindrucksvollen und traurigen Charakter besessen. Hatte sie dort nicht für sich alleine die Begräbnisfeier ihres Glücks begangen? Sie hatte der Messe beigewohnt; dann hatte sie sich vor den schlichten Altar der heiligen Jungfrau gekniet, dessen Pfeiler mit den Bändern der jungen Mädchen der Gegend geschmückt waren, und dort, unter den leichten Schiffen aus Elfenbein oder bemaltem Holz, *ex-votos*, welche Matrosen, die aus Seenot gerettet worden waren, im Gewölbe dieser Küstenkirche aufgehängt hatten, hatte sie der Mutter Gottes die Trümmer ihres Schiffbruchs dargebracht – ihr Eheleid, den Verlust eines Kindes, das nie würde ersetzt werden können. Es war das erste Mal seit ihrer Hochzeit, daß sie mit einer solchen Inbrunst betete, denn das Glück, für das sie hinreichend bestraft worden war, hatte in ihrer Seele den Platz verschlungen, der Gott gebührte. Trotz des Kummers, der sie niederdrückte, empfand sie die Wirkung des Gebets, das das Herz wie eine Flamme zu Gott emporschickt, und das dieser wie eine Besänftigung ins Herz zurückfallen läßt. Sie war nicht getröstet, aber sie fühlte sich etwas widerstandsfähiger. Sie konnte den Anblick dieses Hauses besser ertragen, das der Schauplatz der größten häuslichen Glückseligkeit gewesen war, die je existierte, und dessen Gegenstände sie alle mit trostloser, stummer Beredsamkeit an das Glück erinnerten, das sie verloren hatte.

Nachdem sie an ihre himmlische Mutter gedacht hatte, dachte sie nun an ihre irdische Mutter und begann, solange sie auf Ryno wartete, einen Brief an Madame de Flers. Während der Zeit ihrer Krankheit hatte Ryno die Neuigkeiten von Carteret nach Paris gemeldet. Seine Briefe waren nur in Eile am Krankenlager verfaßte, kurze Bulletins über den Gesundheitszustand seiner Frau gewesen, die Zärtlichkeit und Unruhe erkennen ließen. Hermangarde dachte, nach all jenen Nachrichten würde der Marquise ein langer Brief von ihr guttun und ihr zeigen, daß ihr Kind wieder gesund sei. »Arme Großmutter«, murmelte sie, die Augen gebadet von jenen ewigen Tränen, die man immer für die letzten hält und die nie die letzten sind, »Sie ahnen nicht, daß das Glück, das Sie für Ihre Tochter geschaffen haben, nicht mehr existiert!« Und sie nahm das Medaillon mit dem Portrait dieser Königin aller Großmütter, das sie trug, und küßte es mit einer heiligen Glut der Verehrung und der Verzweiflung. Würde sie ihr von den Ereignissen berichten, die über sie hereingebrochen waren? Hatte sich das schon häufig empfundene Bedürfnis, sich ihrer Großmutter anzuvertrauen, ihr alles zu offenbaren und sich die Tränen von diesen alten Händen, die sie gewiegt und gesegnet hatten, trocknen zu lassen, durch die endgültige Gewißheit ihres Unglücks verstärkt? Ach, das Bedürfnis, sich jemandem anzuvertrauen, das Bedürfnis, sein Haupt an eine andere Brust zu lehnen, wenn man leidet, empfand sie mit einer Heftigkeit, die ihr Unglück nur noch größer machte, denn sie hatte sich entschlossen, diesem Bedürfnis nicht nachzugeben. »O, meine Mutter«, sagte sie innerlich, indem sie eine Büste jener Antoinette de Flers, der Comtesse de Polastron, ansah, die in einer Ecke des Salons stand und mit einem schwarzen Flor bedeckt war, den die Marquise seit dem vorzeitigen Tod ihrer Tochter nicht abgenommen hatte, »o, meine Mutter, meine Geburt hat Ihnen das Leben gekostet, aber das Wissen, daß das Glück Ihres Kindes zerstört ist, soll nicht der, die Eure Stelle eingenommen hat, das Leben kosten. Bitten Sie Gott, daß er mir die Kraft gibt, gegenüber meiner einzigen Freundin auf dieser Erde Schweigen zu bewahren!« Und im Überschwang, sich opfern zu wollen, hob sie den schwarzen Schleier, der die gefühllose Büste verhüllte, und küßte den leblosen Ton, wie sie vorhin das Elfenbein ihres Medaillons geküßt hatte. Sie stützte sich auf ihre Liebesgefühle um ihren Liebesgefühlen zu widerstehen! Als sie die Schreie des Herzens erstickt hatte, setzte sie sich wieder an ihren Schreibtisch, wie eine Trappistin, die von ihrem Altar zurückkehrt, nachdem sie ihr Schweigegelübde abgelegt hat, und ihr edles Herz führte ihre Hand so sicher beim Schreiben des von Zärtlichkeit durchtränkten Briefs, daß die Marquise weiter in dem Glauben leben konnte, ihr Meisterwerk des Glücks habe Bestand.

Sie hatte ihren Brief noch nicht beendet, als ihr Mann zurückkehrte. Für gewöhnlich war sie dem heißgeliebten Mann mit hochbeglückter Seele entgegengeeilt und hatte seinen Lippen die schöne Stirn zum Empfang geboten, als wäre sie der Kelch der Liebe! Heute erhob sie sich langsam und bot ihm mit einer keuschen, traurigen Anmut ihre langen goldenen Flechten zum Kuß. In dieser zurückhaltenden Geste zeigte sich eine gefaßte und stolze Entschlossenheit! Mit ihrem violetten Kleid, diesem erloschenen Purpur, der Farbe der Trauerkleidung der Königinnen (war sie nicht eine Königin in Trauer, und erstarb der Purpur der verwundeten Liebe nicht im Dunkel der heimlichen Schmerzen …?), hatte sie einen so erhabenen Ausdruck unterdrückten Leids und niedergekämpfter Liebe, daß Ryno sie wie ein Heiligenbild küßte. »Ich schreibe an unsere Mutter«, sagte sie, »und ich habe eine

Seite für dich freigelassen.« Hatte sie an Ryno eine Unruhe bemerkt über die Eröffnungen, die sie der Marquise machen könnte, und wollte sie ihn beruhigen, indem sie ihm den offenen Brief unter dem Vorwand, ein paar Zeilen darunter zu schreiben, aushändigte? Ihr Zartgefühl war jedoch überflüssig; Ryno war ebenso zartfühlend wie sie. Er las kein Wort des Briefs, der entfaltet vor ihm lag. Bedurfte es auch nur einer Silbe, um sicher zu sein, daß sie schweigen konnte? In ihrem Delirium hatte sie gesagt: »es ist so leicht zu sterben, ohne zu reden!« Das Delirium hatte nicht gelogen.

Aber dieses großartige Schweigen, das sie unter Einsatz ihres Lebens wahrte, dieses Zurückdrängen ihres Kummers in ihre Seele, mischten nicht nur eine zärtliche Bewunderung in die Liebe, die Marigny für sie empfand, sondern weckten in ihm edle Bedenken an seinem eigenen Verhalten. »Ihr mag es zustehen«, dachte er, »die Ruhe der letzten Tage ihrer Großmutter zu schonen und, indem sie sich die bittere Süße versagt, ihr Herz auszuschütten, den Gatten nicht anzuklagen, aber zeige ich, der ich schuldig bin, Größe, wenn ich ihr Schweigen nachahme und, nachdem ich sie betrogen habe, nun auch noch die Marquise betrüge, die mir ein so großes Vertrauen entgegengebracht hat? Ich liebe Hermangarde immer noch; aber kann sie sich wirklich noch geliebt glauben nachdem, was sie entdeckt hat? Wird sie, die kaum der Jugend entwachsen ist, verstehen, daß ich sie lieben kann und dennoch in meiner Seele die vernichtende Wirkung von zehn Jahren, die ich mit Vellini verbracht habe, bewahre …? Bedingungslos, wie man ist, wenn man sehr jung ist; stolz, rein und eifersüchtig, wird sie nichts von jenem Übel lodernder Erinnerungen verstehen, dessen Opfer ich bin. Wenn ich ihr von meinen Gefühlen erzählte, würde sie vielleicht meine aufrichtigsten Worten einer Ausschweifung zuschreiben, die ihrer unwürdig wäre, und von der sie sich mit gesenkten Augen abwenden würde. Nein, ihr Schweigen gebietet mir, im

Umgang mit ihr ebenfalls zu schweigen. Aber soll ich gegenüber der Marquise, dieser einzigartigen Frau, die alles versteht und mein Leben schon kennt, ebenfalls feige schweigen ...? Schulde ich ihr nicht ein vollständiges Geständnis, wo ich ihr schon das halbe gemacht habe ...?« Und unablässig wälzte er solche Gedanken in seinem Kopf. Was ihn noch zögern ließ war, einer Frau in ihrem hohen Alter einen Schmerz zuzufügen, an dem sie leicht sterben konnte. Aber der Gedanke an die kraftvolle Geschmeidigkeit dieses Geists, der durch alle Erfahrungen des Lebens gegangen war, flößte ihm Mut ein; das Vertrauen auf jene Lebensklugheit der Greise, die verhindert, daß moralische Wunden zu tödlichen Wunden werden, so wie die Klugheit der jungen Leute verhindert, daß sie an körperlichen Wunden zugrundegehen.

Die Tage, die verstrichen, stachelten den Wunsch weiter an, der Marquise alles zu sagen. Sie verliefen stumm, verschlossen und gezwungen, äußerlich jedoch fast in den gewohnten Bahnen; aber unter dieser Spur, die nur an der Oberfläche sichtbar war, gab es eine tiefgehende Veränderung: die vollständige Verwüstung ihrer Intimität. Sie litten entsetzlich darunter. Sie waren beide verliebt, aber sie unterdrückten die Gefühle, die sie füreinander empfanden und erschöpften so ihre Kräfte in einem Beisammensein, das unterschwellig glühte. Manchmal, wenn Ryno mehrere Stunden neben dieser Frau, die so schön und sanft, so ernst und gefaßt war, auf jener Causeuse verbracht hatte, auf der sie sich noch vor kurzem den zärtlichsten Vertraulichkeiten hingegeben hatten, überkam ihn der Wunsch, dieses Eis zu brechen, und Liebe, Mitleid und Reue drängten ihn, sie in die Arme zu nehmen und ihr das Innerste seines Herzens zu enthüllen ... aber der Gedanke, daß sie ihm nicht glauben würde, hielt ihn zurück. Und doch hatte er sie tatsächlich nie so sehr geliebt wie jetzt. Nie war sie ihm so rührend erschienen wie in der stillen und bleichen Ergebenheit in ihr Unglück ...

Diese Liebe ohne Vertrauen, dieses Leben, das danach verlangte, sich zu verströmen und das es zurückzuhalten galt, weckten, in ihm noch mehr als in ihr, immer wieder unterdrückte und immer wieder neu hervorbrechende bittere Gefühle … Eines Abends klagte er Vellini sein Leid. Ihr gegenüber konnte er wenigstens die Gedanken äußern, an denen er erstickte! Sie erleichterte ihn, indem sie ihm zuhörte. So fügte sich ein neues Glied in die Kette ihres Schicksals! Vellini war nicht nur die Frau der Vergangenheit; die alte Maitresse, die, wie die Könige von Gottes Gnaden, kraft der Tradition der Erinnerung regierte; der Genius der Trümmer seiner Jugend; sie war auch die Frau, zu der er offen sein konnte, der er alles sagen konnte, in deren Gegenwart ihm das Herz vertrauensvoll aufging, wenn er erschöpft war und Atem holen mußte!

»Ja, Vellini«, sagte er eines Abends in jener Höhle, die ihren Treffen Schutz bot; »ja, Vellini, dieses Leben ohne Hingabe, ohne Wahrhaftigkeit ist mir unerträglich. Mein Mut ist zu Ende … ich ersticke! Die Stirn deines Ryno ist nicht dazu geschaffen, eine Maske zu tragen. In nicht allzuferner Zeit, ich spüre es, wird die Maske oder die Stirn zerspringen.«

Der Tag verklang in der Abenddämmerung. Sie hatte in dem dunklen Gewölbe eine jener Harzfackeln angezündet, wie sie die Fischer nachts außen an ihren Kähnen anbringen, um die Fische zu täuschen. Sie betrachtete ihn in dem rötlichen Licht … Beim Anblick ihres unglücklichen ehemaligen Geliebten regte sich kein Mitleid in ihr, nur kalte, tiefe, unbarmherzige Neugier. Sie beobachtete das zerrüttete Gesicht Rynos, wie der Chirurg die letzten krampfartigen Bewegungen der Nerven beobachtet, ehe sie aufhören zu zucken.

Man weiß, daß sie die exaltierte Überzeugung hatte, daß die Liebe Marignys zu Hermangarde nur von kurzer Dauer sein würde, und sie fragte sich, ob diese Schmerzen die letzte Phase anzeigten.

»Du liebst sie also immer noch, da du so leidest?« fragte sie mit ihrer tiefen, tragenden Stimme.

»Ich habe sie nie mehr geliebt!« sagte Ryno mit leidenschaftlicher Wehmut. »Weder ihre Kälte, noch mein Schuldbewußtsein, noch der Rausch, den ich an deiner Brust stille, Vellini, noch die Intimität von zehn Jahren, die wir an dieser verlorenen Küste im geheimen erneuert haben und die mich von der Liebe, die ich für sie empfinde, eigentlich mit aller Gewalt ablenken müßte, haben sie in meinem Herzen abgeschwächt. Ich liebe sie noch genauso, als wäre sie das junge Mädchen von vor fünfzehn Monaten! Was sage ich? Ich liebe sie mehr denn je. Das, was ich für dich empfinde gleicht in nichts dem, was ich für sie fühle. Ihr seid nur dem Namen nach Rivalinnen. Du bist eines jener Wesen, für die es keinen Namen gibt, eine unerklärliche Macht, bestehend aus dem Trümmerhaufen einer zerstörten Liebe, aus welchem an gewissen Tagen wie aus halberloschener Lava wieder Flammen schlagen. Aber sie, Vellini, sie ist die Liebe selbst, mit ihrer Wollust und ihren Leiden. Mein Durst nach dem Glück, das sie mir geschenkt hat, ist unstillbar. Selbst als ich deine roten Lippen mit den meinen wieder berührte, habe ich ihn nicht verloren, o, mein Feuerbrand! Du hast mich nichts von ihr vergessen lassen. Ihre verletzte Liebe verweigert mir das Glück in ihren Armen, aber dieser Stolz macht sie in meinen Augen noch edler und schöner. Sie steigert mein Verlangen ins Unerträgliche. In ihrer Nähe zu leben, wie ich es tue, alle Kleinigkeiten des häuslichen Alltags zu teilen, und nicht zu wagen, dieser Frau, die doch mir gehört, die vor den Augen Gottes und der Menschen und im Namen der heiligsten Gefühle und der ehrwürdigsten Gesetze meine Frau ist, zu zeigen, was sie mir bedeutet, mit der Last meiner Seele ehrerbietig an ihre Füße gekettet auszuharren und jeden Augenblick an dieser Marter zu sterben, ach Vellini! das wirst du nie verstehen, du, die du immer tust, was du willst und noch nie lange deiner ungestümen Natur widerstanden hast! Aber laß dir von mir sagen, daß es mehr als grausam ist!«

Seine Qualen war so tiefempfunden, daß sie alle beide in Schweigen verfielen, er vom Reden, sie vom Zuhören ... Man vernahm nur den Wind, der durch die Felsspalten pfiff, und das Knistern des brennenden Harzes ... Ryno, halb zusammengebrochen über der Bank, auf der sie saß, hatte mit der Selbstvergessenheit einer erschöpften Seele seinen Kopf auf die Knie seiner alten Maitresse gelegt, die ihn tröstete, indem sie ihm zuhörte. Welch merkwürdiges Geständnis einer Liebe, die nicht ihr galt! Sie glitt mit ihren zarten Fingerspitzen über seine Schläfen, als wollte sie seinen Schmerz magnetisieren. Sie verstand gut, daß er litt; für jene Empfindlichkeiten eines unüberwindlichen Stolzes jedoch, die sich wie eine unsichtbare, aber undurchdringliche Mauer aus Kristall zwischen Marigny und Hermangarde legten, hatte diese außergewöhnliche Frau kein Verständnis, deren seelische Augen von der Liebe geblendet waren, so wie fleischliche Augen manchmal von der Sonnenglut geblendet werden; dieses verstockte Geschöpf, das nie zugeben würde, daß es in der menschlichen Seele etwas gibt, das es mit der Liebe aufnehmen könnte.

So verharrte sie stumm und verwundert und betrachtete dabei Rynos Kopf auf ihren Knien; ihre Augen waren von den schwarzen Wimpern bedeckt, und im Schatten ihrer vorgewölbten Stirn huschte irgendein verächtliches Lächeln über ihre Lippen, über diese Lippen, die von so vielen Küssen umgepflügt worden waren und auf denen nie etwas anderes als Liebe und Zorn gefunkelt hatten. Über Ryno gebeugt bedeckte sie ihn ganz mit ihrem Oberkörper, während sie ihn betrachtete. Er sah sie von unten im qualmenden Fakkelschein, der die Umrisse ihrer Büste wie in einem Traumbild zitternd verschwimmen ließ. Ihre Blicke flossen ineinander wie zwei Ströme, die sich vereinen; magnetisiert durch die Finger, die an seinem Haaransatz entlangstrichen, spürte

Marigny, wie sich seine gereizten Nerven nach und nach entspannten und sich sein ganzes Wesen in einer unaussprechlichen Mattigkeit verlor. Blaue Lichter spielten wie flackernde Sterne vor seinen müden Augen, als fielen sie aus den faszinierenden Blicken Vellinis auf ihn herab. Unbestimmte Töne erklangen in seinem Kopf und in seinen Ohren, als erreichten ihn die Schwingungen des Äthers durch das Schweigen. Obwohl die Grotte kalt war, umhüllte und durchdrang ihn eine feuchte, beunruhigende Wärme. Kam sie von den Knien, die seinem erschöpften Kopf als Kissen dienten? Er wußte es nicht; er fragte es sich nicht; aber er litt weniger auf den Knien dieser Frau, deren Seele keiner anderen Seele glich. Er hatte das Gefühl, daß sie sein Herzklopfen mäßigte. Ganz allmählich schläferte sie den Seelenkummer mit dem tiefen Stachel der Wollust ein, der ihn wie beginnende Fieberschauer erzittern ließ. Wunderte er sich darüber …? Unfähig, anders zu trösten, als Gerüche und Getränke es vermögen, betäubte diese Frau, die eher ein Hauch als eine Seele war, den Schmerz mit den Wogen ihres Atems, dem gestirnten Magneten ihrer Augen, der prickelnden Haut ihrer Hände. Was man von den Feen erzählt, die diejenigen, die sie mit ihrem Stab berühren und beschenken, verzaubern; was man von den Zaubertränken der Magierinnen sagt, beides traf auf sie zu, und sie hätte es glaubhaft erscheinen lassen können; und er, der diese spürte, er, dessen Herzenswunden sie mit der federleichten Berührung ihrer Hände heilte und dessen Adergeflecht sie mit Strömen lebendiger Elektrizität durchpulste, er konnte in seinem halluzinatorischen Zustand nicht umhin, an diese übernatürlichen Geschöpfe zu denken, deren Beschwörungen früher eine so große Macht besaßen, an jene Zaubertränke, von denen sie ihm seit zehn Jahren mit einem unverbesserlichen Aberglauben, den er nicht hatte besiegen können, erzählt hatte, und er sagte mit dem Fieber, das ihr Fieber in ihm entfachte:

»O Vellini, Magierin meines Lebens, wenn ich mit dir zusammen bin, glaube ich manchmal, daß es Zaubertränke gibt, die unser leidendes Herz einzuschläfern vermögen. Ach! wenn es sie gäbe, meine Herzensbezwingerin, ich würde dich bitten, sie mir einzuflößen!«

»Ja, es gibt sie«, antwortete sie, glücklich darüber zu sehen, daß Ryno für einen Augenblick ihre verrückten Überzeugungen teilte, die er immer belächelt hatte.

Mein Gott! Der Zaubertrank war sie selbst. Und wie sie ihm seinen Duft in den unmerklichen Liebkosungen eingeflößt hatte, flößte sie ihm nun seine Essenz in jenen Umarmungen ein, in denen zwei Körper wie zwei sich durchdringende Flüssigkeiten miteinander verschmelzen. Die Zeit verging. Die Fackel war heruntergebrannt ... Ryno, der halb ohnmächtig geworden war unter den Empfindungen, die seine Seele aller Leiden enthoben zu haben schienen, kam erst wieder zur Besinnung, als er etwas Feuchtes, Warmes spürte, das über seine Stirn und seine Wangen rann, und das die Luft der Grotte kühlte und trocknete ... Sie waren wie verloren in der tiefen Dunkelheit. Als sie die Höhle verließen, war die Nacht vorgerückt, schwarz, aber schön wie die Tochter des Hohelieds. Das Meer breitete sich aus, ohne daß man es sah, und die Dünen der Strände zeichneten in der dunkelverhangenen Luft nur eine schwache Schlangenlinie zwischen dem Sand und dem Himmel am Horizont.

Es war eine jener guten Nächte, die die Schmuggler an diesem Küstenstrich segnen (wenn sie überhaupt etwas segnen!). Im Schutz der Finsternis kletterten Ryno und Vellini gemeinsam die Felswand hinunter, die sie für gewöhnlich auf dem Rückweg getrennt hinabstiegen. Marigny begleitete die Malageserin bis zu dem Steg; und indem er diese unerschrokkene Frau, die seinetwegen eine Meile weit, nur von ihrem Dolch und ihrer Unerschrockenheit begleitet, durch die Dünen ging, in die Arme und küßte sie noch einmal mit dem

Gefühl eines Mannes, dessen Leiden unterbrochen gewesen waren, und der nun wieder zu seinem Schmerz zurückkehrt. Mit langsamen Schritten ging er auf das Herrenhaus zu und hörte, wie Vellini auf dem Weg nach Les Rivières die alte spanische Romanze sang:

Yo me era Mora Morayama
Morilla d'un bel catar, etc.

Die Stimme entfernte sich und wurde immer samtiger, während sie sich entfernte. Aber sie war durchdringend und von einem so männlichen Klang, daß sie in der Weite widerhallte, als ob der feuchte Sand des Strandes schallendes Marmorpflaster wäre. Worte, Melodie, Stimme, Ausdruck, alles war für diese Küste neu, die noch nie einen solchen Gesang vernommen hatte. Ryno hörte ihn immer noch, als er die Treppen zum Herrenhaus hinaufstieg, und die letzten Klänge zitterten noch in seinen Ohren, als er den Salon betrat, in dem sich seine Frau aufhielt. Hermangarde, die sich noch zu schwach fühlte, um ihren Gatten jedesmal zu begleiten, wenn er spazierenging, und die zudem fürchtete, unerwünscht zu sein, da sie den Verdacht hegte, daß er von Zeit zu Zeit wieder nach Bas-Hamet zurückkehrte, um diese Frau zu treffen, die aus dem Nichts aufgetaucht war, und die der alte Griffon *die Mohrin von Les Rivières* nannte, war zu Hause am Kaminfeuer geblieben, um ein Stickerei für den Sessel ihrer Großmutter zu beenden. Ryno betrat den Salon, in dem sie sich alleine befand, mit leisen, durch den dicken Teppich gedämpften Schritten, aber sie wußte auch, ohne den Kopf zu heben, daß er da war.

»Endlich bist du da!« sagte sie, und um das *endlich* nicht wie einen Vorwurf klingen zu lassen, fügte sie in jenem beiläufigen Ton, unter dem sie ihren Schmerz verbarg, hinzu: »Ich habe mit dem Tee auf dich gewartet.«

Tatsächlich standen zwei Tassen aus durchsichtigem rosa Porzellan auf dem Tisch. Bei diesen Worten hob sie den Kopf und blickte ihn mit einem milden aber traurigen Lächeln an; aber das Lächeln erstarb … Ein unaussprechliches Entsetzen ergriff sie, und sie wurde kreidebleich.

»O, mein Gott!« rief sie, »was ist passiert? Woher kommt das Blut auf deinem Gesicht …? Wer hat sich verletzt …?« Und sie stürzte zu ihm, aber ihre Füße versagten den Dienst.

Da stürzte er zu ihr. Er hatte sich im Kaminspiegel gesehen. Sein mit angetrocknetem Blut beflecktes Gesicht bot einen gräßlichen Anblick.

Das also war es, was er in der Höhle auf seinem Gesicht gespürt hatte. Der letzte Wahnsinn seiner wahnsinnigen Wilden, die glaubte, der Zauber des Bluts erkläre die Treue des Herzens! Als er sie, den Kopf auf ihren Knien und in einer Geistesverwirrung, die er sich vorwarf, um einen Zaubertrank gebeten hatte, hatte sie sich mit den Zähnen eine Ader aufgebissen, um ihm den Trank zu geben, den er kannte und dessen geheimnisvolle Wirkung denjenigen, der davon getrunken hat, alles vergessen läßt – außer ihr.

17. KAPITEL

Die überflüssige Aufrichtigkeit

Der eben berichtete Vorfall hatte keine anderen Folgen, als Hermangarde heftig erschreckt und Ryno die willkommene Gelegenheit gegeben zu haben, sie zu stützen. »Ich werde mich unbemerkt am Zweig einer Hecke aufgerissen haben«, sagte er, »und das Blut des Kratzers wird in der Abendluft angetrocknet sein. Wenn ich es abwische« – und er wischte es ab –, »kommt keines mehr nach.« Nein, es kam keines mehr, aber wischte er auch den Eindruck weg, den er auf diese Frau gemacht hatte, für die sein ganzes Leben immer mehr zu einem Geheimnis wurde, und zu der er in der Nacht blutverschmiert wie ein Verwundeter oder ein Mörder zurückkehrte …? Sie wollte in seinen Haaren nachsehen, um sicherzugehen, daß sich die Wunde, von der er sprach, geschlossen hatte, aber er ließ es nicht zu. Er überging es mit scherzhaften Worten, und sie, für die die kleinsten Dinge eine grausame Bedeutung annahmen und die vor allem fürchtete, mit ihrem Mitleid eine Indiskretion zu begehen, bestand nicht weiter darauf und beruhigte sich so gut sie konnte an seinem Anblick. In die Einsamkeit ihrer Seele zurückgekehrt, nahm sie seit einiger Zeit nur noch die exzentrischen Seiten des Lebens ihres Gatten wahr, das sie vor kurzem noch so vollständig geteilt hatte. Sie wußte, daß es für ihn neben dem Leben, das er in ihrer Nähe verbrachte, ein anderes gab, das sich jenseits der schützenden Mauern abspielte, an dieser trügerischen Küste, in der sie lange Zeit eine Freundin gesehen hatte und an der sie sechs Monate eines unbeschreiblichen Glücks verbracht hatte, das, so wie die Dinge standen, hier sterben mußte, wie es in Paris gestorben wäre. Alles, was sie von dieser anderen Existenz gesehen und erfahren hatte, seit der erste Zweifel an Rynos Treue ihr Herz zu zerfressen begann, war von einer Unbestimmtheit und Fremdheit, die dazu angetan waren, diese entsetzlichen Zweifel zu nähren.

Und tatsächlich nahm Rynos Untreue mit jedem Tag zu! Es ist eine schreckliche aber wahre Tatsache – und daraus erklären sich vielleicht teilweise die Widersprüche, aus denen das menschliche Herz zusammengesetzt ist! –, sie nahm zu während er Hermangarde mit einer Liebe liebte, die durch sein Schuldbewußtsein angefacht wurde. Ach! wenn man nur unglücklich ist, kann ein düsterer Friede über den erloschenen Kohlen unserer qualmenden Seligkeiten herrschen; aber wenn man schuldig ist, ist kein Friede mehr möglich, und das Herz quält sich wie ein sich krümmender Skorpion, dem es nicht gelingt, sich mit seinem eigenen Stachel zu töten! Ryno kannte dieses wütende und vergebliche Sichwinden. In der Zerrissenheit seines Wesens verstand er, was die Heilige Schrift von besessenen Seelen berichtet. War er nicht die Beute von zwei entgegengesetzten Gefühlen, die in ihm kämpften und sich abwechselnd niederrangen? Tatsächlich empfand er in der Nähe Hermangardes, dieser königlichen Lilie mit dem goldenen Herzen in ihrem schneeweißen Kelch, ein reines, wahres Verlangen nach Liebe, das durch die Erinnerung an die köstlichsten Genüsse verdoppelt wurde, aber dieses Verlangen glich dem Vogelflug im luftleeren Raum, denn der Stolz der verratenen Liebe Hermangardes hatte einen leeren Raum um sie geschaffen; bei Vellini dagegen, bei diesem dunklen Mohn mit dem verbrannten Herzen, die ihm nach dem Rausch den schweren Schlaf wie ein befreiendes Nichts eingab, fand er eine glühende Befriedigung sowohl seiner Sehnsucht nach der verlorenen Intimität, wie seines Dursts nach den Lippen einer Frau und seines Verlangens nach Umarmungen, die ihn angesichts des schönen verschlossenen Mieders von Hermangarde erfaßten, das er so oft geöffnet und gegen sein Herz gepreßt hatte und nun mit dem Gefühl eines Mannes betrachten mußte, dem man einen Arm abgehackt hat, und dessen verstümmelter Rumpf vor Leidenschaft und machtlosem Willen kocht! Das war der Grund, weshalb es ihn unablässig, hungrig nach Intimität, Vertrauen, Zärtlichkeit, zu beiden Frauen hinzog, weshalb er sich der einen in die Arme warf, die – leider! – die Vergangenheit war, und die ihn, übersättigt von Zärtlichkeiten, betäubt von sinnlichen Eindrücken, zu der anderen zurückschickte, die die Liebe war, und deren bloßer Anblick sein Wesen erneuerte und alle seine schmerzlichen Gefühle wieder aufleben ließ. Er war Märtyrer und Sybarit in einer Person, und es war ihm bewußt, daß die besten Dinge seines Lebens, Würde, Charakter, Intelligenz, Pflichtgefühl und Glücksempfinden, zwischen den beiden Mühlsteinen dieser unbefriedigenden und notwendigen Wollust und jener im Schoß dieser dumpfen Wollust jedesmal wieder erlittenen Qualen zerrieben wurden. Er war unzufrieden mit sich wie alle Seelen, die sich durchschauen und sich nicht beherrschen. Seine Vernunft raste in dem Geschirr seiner entsetzlichen Leidenschaft, die uns das Herz mit ihren Riemen zusammenschnürt, und die dieses nur unter der Gefahr, dabei zu zerspringen, sprengen kann. Ach! die Seele des Menschen ist nicht vollkommen; sie ist der Entwurf eines Götterhaupts, hervorgegangen aus der ungestalten Form eines herumliegenden Blocks! Sie schleppt immer die Schlacken des Chaos hinter sich her, wie die muskulöse Kruppe des Löwen bei Milton, die sich in ihrem Kot reckt. Ryno fühlte es. Er gestand sich immer mehr ein, daß sein Herzensverhalten gegenüber seiner Frau schändlich war, und dennoch hielt er plötzlich inne, wenn ihn der Hang zur Aufrichtigkeit antrieb, sich ihr zu Füßen zu werfen. Er befürchtete, das heilige Geschöpf, und mit ihr ihr ganzer Stolz, würden sich vor ihm aufbäumen wie vor einem Verräter, wie vor einem, der die Liebe verleugnete, wenn er ihr, wahr wie Gott selbst, sagte, daß er nur sie liebte ... Und ähnlich einem störrischen Pferd, das zurückschreckt weil es den Abgrund wittert, zog er sich zu Vellini in die Dünen zurück! ... Die Überzeugung, daß er nicht verstanden werde, befiel ihn, bedrängte ihn und engte ihn, ihn und seine Gedanken, wie ein unlösbares Knäuel von Schlangen ein. Er griff zum Rettungsring der Leidenden: Er entwarf einen Abdruck seiner Seele; er prägte seinen wirren Schmerz wie in Gips in einen Brief an Madame de Flers, den zu schreiben er lange gezögert hatte und den er nun schrieb, getrieben durch das menschliche Bedürfnis zu beichten, das stärker ist als das Bedürfnis zu atmen. Als er diesen Brief geschrieben hatte, in dem Feder und

Herz, ähnlich einem Wasserfall, der von Stufe zu Stufe in den Abgrund stürzt, einen Widerstand nach dem anderen hatten überwinden müssen, wagte er nicht, ihn noch einmal zu lesen. Er wagte nicht, sich noch einmal der schwindelerregenden Gischt auszusetzen, die aus den stürmischen Wogen seiner Seele aufgestiegen war, und er fragte sich immer noch, ob er dies dem geschwächten alten Gemüt der heroischen Freundin, die ihm ihre Tochter anvertraut hatte, zumuten durfte – da beantwortete eines jener Ereignisse, die dem bloßen Auge eines äußerlichen Beobachtens nicht erkennbar sind, diese Frage und führte zur Absendung des Briefs, so, wie eine reife Frucht, berührt von Kinderhand, vom Baum fällt.

Vellini, die etwas kränkelte, hatte Bas-Hamet einige Tage nicht verlassen, und Ryno, dem Unglücklichen, der seinen Mohnsaft brauchte, fehlten die Betäubungsmittel seiner *Torpille*, wie er sie nannte. Er hatte sie zwar besucht. Aber er hatte sie zigarrerauchend in ihrer Hängematte angetroffen, jenem düsteren Überdruß an allem verfallen, der sie manchmal überkam; gelb, faltig und abgespannt, als sei ein schrecklicher Schirokko über sie hinweggefegt. Als er zu Hermangarde zurückkehrte, dieser Isolde mit den weißen Händen, die immer heiter wie die personifizierte Resignation und von einer unveränderlichen Schönheit wie Quellwasser war, hatte er den Unterschied, der zwischen den beiden Frauen bestand, besser ermessen. An diesem Abend setzte er sich, hingerissen von der Liebe, die er für die Schönere und Anbetungswürdigere von beiden empfand, und im Bestreben, ihr zu gefallen, neben sie, als wäre sie nicht seine Frau sondern das junge Mädchen von vor fünfzehn Monaten, von dem er sein ganzes Glück erwartete. Angeregt durch diese azurblauen Augen, die in seiner Seele ein ganzes Firmament aufspannten, war er beredt wie die reine Leidenschaft und verführerisch wie die geschickteste Kokette. Er fand reizende, tiefe Worte, die wie der Diamant magnetisieren und die angezogene Seele mit den

Zacken ihrer Strahlen festhalten. Sie empfand es, sie spürte es stärker als ihr lieb war; sie sah, daß er sie bezauberte. Sie bekam offenbar Angst vor ihrer eigenen Verwirrung, denn sie legte ihm ihre zitternde Hand auf den Mund und sagte mit tonloser Stimme:

»Schweig still!«

Er hatte seine Lippen in die feuchte Muschel jener Hand getaucht, die sich auf seinen dürstenden Mund legte. Aber das Prickeln dieser angebeteten zarten Wülste in den so empfindlichen Nerven der Hand erregte zu lebhafte Empfindungen in dieser Frau, die beim geringsten Hauch Rynos wie eine Äolsharfe vibrierte. Rasch drehte sie die Hand um und bot den Lippen ihres Gatten nur noch den Handrücken, denn sie wollte der Erschütterung, die sie kannte, und der Allgewalt einer Berührung, die sie in den Stunden des Wonnetaumels erfahren hatte, aus dem Weg gehen! Ryno verstand diese einfache Bewegung, diese Vorsichtsmaßnahme gegen sich selbst, diese undurchdringliche Mauer einer umgewendeten Hand, die sie zwischen sich und ihm errichtete und dies, ja, nur dies, ließ ihn bis zur Unerträglichkeit empfinden, daß er allein war, zurückgeworfen in die unendliche Einsamkeit seiner Liebe zu ihr – und noch am selben Abend wurde der Brief an Madame de Flers abgeschickt.

»Wie lange habe ich geschwankt, ehe ich Ihnen schrieb!« hieß es in dem Brief. »Wie schwer ist es mir gefallen, mein Herz an den Gedanken zu gewöhnen, daß ich Ihnen Kummer bereiten werde! Aber ich muß es tun, die Pflicht, Ihnen gegenüber aufrichtig zu sein, erfordert es. Sie werden alles erfahren. Aber, meine edle Mutter, noch ist es wiedergutzumachen. Seien Sie beruhigt; Sie können es sein. Lesen Sie die Zeile, die folgt, um Kraft zu haben, fortzufahren. Ich liebe Ihre Hermangard noch immer. Ich liebe sie vielleicht noch mehr als an dem Tag, an dem Sie sie mir gegeben haben. Nun können Sie weiterlesen! Der Rest ist seltsam, ungeheuerlich, fluchbeladen! – aber ich liebe sie. Das Glück für Sie, liebe Mutter, für Hermangarde, für mich kann wieder aufleben. Noch gibt es Hoffnung.

Ja, lassen Sie mich Ihnen jenen Satz wiederholen, den ich mir selbst immer wieder wiederhole: Ich liebe Hermangarde! Aber ich habe auch eine andere Frau geliebt, und diese Frau kennen Sie; ich habe Ihnen mein Leben mit ihr erzählt. Ich habe Ihnen von ihrer Kraft, ihrem Zauber, ihrem Bann erzählt. Ich habe sie Ihnen geschildert, ohne Ihnen auch nur annähernd einen Eindruck von ihr geben zu können, von dieser ungreifbaren Chimäre, die man gesehen haben muß, mit deren Leben man seinen Lebensstrom vereinigt haben muß, um für alle Zeiten die schillernden Schattierungen widerzuspiegeln und den feurigen Glanz und den brennenden Geschmack in sich zu tragen! Sie, meine Mutter, die Sie die Macht der Frauen kennen, haben vielleicht gezittert bei dem, was ich Ihnen von ihr erzählt habe! Als ich Ihnen von Vellini sprach, hatte ich jedoch den Eindruck, Sie hätten sie auch manchmal bewundert. Männer bewundern diejenigen, die sie mit Füßen treten; warum sollten Frauen nicht noch viel mehr Frauen bewundern, die die Herzen der Männer mit Füßen treten? Nun, Marquise, das, was zu befürchten war, ist eingetreten. Das, vor dem ich fliehen wollte, als ich Paris verließ, hat mich erreicht. Die alte Maitresse von zehn langen Jahren, die Vellini, die ich feierlich verlassen habe für die reinen und legitimen Freuden einer Liebesheirat, hat sich in ihrer Einsamkeit und ihrer Verlassenheit, die sie zunächst wie eine Befreiung aufnahm, gelangweilt, und ist mir bis nach Carteret gefolgt.

Ach, es ist eine ganz einfache Geschichte! Eine Geschichte, die alle Frauen auswendig kennen. Zu demjenigen zurückkehren, der einen verlassen hat, versuchen, die zerrissenen Bande wieder zu knüpfen; das Wesen verfolgen, das meinte, es müsse an einem gelangweilten und von der Liebe erschöpften Herzen sterben; es verfolgen, weil es wagt, anderswo zu leben; sich durch die Abwesenheit erfrischen und neu entzünden; spüren, wie die Asche, die man für erkaltet hielt, unter dem Knistern eines Feuers, das für immer erloschen schien, wieder aufflackert; durch tausend gleichzeitig empfangene elektrische Schläge die Galvanisation einer neuen Liebe für eine andere spüren, einer Liebe, die eine Beleidigung für die Vergangenheit, eine Schmach für die verlorene Schönheit und eine Quelle ständiger, ohnmächtiger Eifersucht ist; in einer äußersten Anstrengung alles wiederhaben wollen; glauben, man könne zurückerobern, wieder Besitz ergreifen, etwas auferstehen lassen, dem Schicksal noch einmal den Handschuh hinwerfen, ehe man stirbt; ja, das ist eine bekannte Geschichte, die Sie mit Ihrer langen Lebenserfahrung bestimmt schon wiederholt gesehen haben. Aber hören Sie mir zu, o, meine Mutter!, und sagen Sie mir, ob Sie je gesehen haben, daß sie sich so zutrug, wie ich sie Ihnen gleich erzählen werde.

Es war am Tag Ihrer Abreise. Sie verließen uns, und mit Ihnen schien uns unser guter Geist zu verlassen, der treue Schutzengel eines Glücks, wie es zwei Menschen, die sich lieben, noch nie sechs Monate lang erlebt hatten … Nein! Sie waren noch keine drei Stunden weg, da sah ich in jener Gegend, wo sie uns im Schoß einer von Ihnen geschaffenen und behüteten Glückseligkeit zurückließen, plötzlich Vellini wie eine stumme und finstere Erinnerung vorbeifahren. Ihre Hermangarde war an meiner Seite. Meine Augen und mein Herz waren erfüllt von ihrem lichtumrahmten Gesicht, das durch die abgöttische Verehrung des glücklich Liebenden noch idealisiert wurde. Und dennoch löste der Anblick dieses anderen düsteren, tonfarbenen Gesichts von Vellini, das die Zeit ausgezehrt und meine Hände während einer jahrelangen rasenden Leidenschaft geknetet und verformt hatten, eine unglaubliche Erschütterung in meinem Herzen aus! Wie ein rächender Pfeil schoß sie in das bodenlose Vergessen, in das ich sie versenkt hatte, und ähnlich einem Blitz, der einen ruhigen Himmel durchzuckt, durchdrang sie meine Seele und mein ganzes Glück. Warum sollte ich Ihnen etwas verheimlichen, Marquise? Ich hatte seit meiner Heirat mehrere Male Briefe von ihr erhalten, und ich hatte nie darauf geantwortet. Vielleicht war sie, durch dieses Schweigen verletzt – oder vielmehr, nein, nicht einmal verletzt, sondern einfach ihren Gedanken und ihren Erinnerungen nachgebend, die stärker waren als die Zerstreuungen ihres Lebens und der Widerstand ihres Willens –, gekommen, um zu sehen, ob ihre Gegenwart vielleicht mehr über meine Seele vermöchte als die Schriftzeichen ihrer Hand. Sie erinnern sich, wie unbändig ihr Glaube an sich selbst war. Sie erinnern sich, wie sie sich eines Abends die Ader öffnete, und aus welcher sinnlichen und blutigen Quelle sie den schwärmerischen Gedanken schöpfte, daß wir nie getrennt werden würden. Sie kam, um zu sehen ob das alles nicht wirklich der Wille des Schicksals sei, und ob ich ihm am Herzen Hermangardes entkommen könne, während sie inmitten ihres zerstreuten Lebens fühlte, daß sie ihm nicht entkommen konnte! Im übrigen war es nicht kleinliche Eifersucht, nicht ein Gefühl des Hasses, nicht Begierde, nicht die Absicht, eine Verbindung zu stören, die die Eitelkeit jeder anderen Frau verletzt hätte, die sie an den Ort trieb, wo ich ein glückliches Leben führte. Sie kam ohne einen festen Plan hierher, unter dem Zwang einer gebieterischen Anziehungskraft, nur aus *Tollheit Ryno zu sehen,* wie sie in ihrer vertrauten, kräftigen Sprache sagte … Aber wer hätte es geglaubt? Hätte ich es selbst geglaubt? Als sie zu mir kam, übertrug sich die Anziehungskraft, die sie zu mir führte, auf mich! Sie hauchte sie mir aus der Ferne ein. Sie sandte sie mir durch ihren Blick, wie nach den Erzählungen kalabrischer Hirten manche Augen die schreckliche Fähigkeit besitzen, den Tod zu schicken. Obwohl ich sie kaum gesehen hatte – so schnell kreuzten sich unsere Wege auf der Straße, auf der Sie eben verschwunden waren! –, nahm ich einen Eindruck der Vergangenheit, die sich in dieser Frau verkörperte, mit in unser Haus nach Carteret, in jenes *halkyonische Nest* einer ungetrübten Liebe, und plötzlich erwachten Myriaden von Erinnerungen in meinem Herzen! Ich glaubte, der Staub unseres Trümmerhaufens, der wie Gold funkelt, wenn ihn ein Strahl der Erinnerung streift und färbt, würde unter all den reinen Zärtlichkeiten, die Hermangarde unablässig ausgoß, in sich zusammenfallen und zur Ruhe kommen. Ich täuschte mich. Keiner der Goldfunken, die das nicht mehr existierende Leben enzündet hatte, erlosch, nachdem er aufgewirbelt worden war. Sie hefteten sich an mein Herz, wie aufgebrachte Bienen sich an ein Gesicht heften. Weder die Küsse und die Liebkosungen Hermangardes, noch die innigste Hingabe, nichts konnte die Stürme der Erinnerungen aufhalten, die in mir zu toben begannen wie strudelndes Wasser in einem Abgrund. Vergeblich tauchte ich wieder in die Fluten der heiligen Intimität der Ehe ein, wie man in einer Flut reinen Essigs den Krankheitskeim der Pest zu ertränken und zu neutralisieren versucht. Es nützte nichts! Die Vergangenheit, die eine Sehnsucht in der Zeit ist, ähnlich dem Heimweh, das eine Sehnsucht im Raum ist, ließ mich nicht mehr los, und begann, eine uneingeschränkte, wunderbare, unendliche Liebe, die bisher sich selbst genügt hatte, durch wahnwitzige Träume zu profanieren. Oh, wie habe ich mich dagegen gewehrt, teure Marquise! Wie hat sich der Stolz meiner ritterlichen Liebe zu Ihrer Tochter aufgebäumt gegen diese unsichtbaren Dornen, die den Löwen zum Schäumen brachten! Ähnlich den Mystikern der göttlichen Liebe empfand ich alle Skrupel der Seelen, die Gott durch ein schwärmerisches Gefühl zu beleidigen befürchten, und die Träume die mich verfolgten, kamen mir wie eine latente Untreue und ein unfreiwilliger Verrat vor. Ich kämpfte dagegen an, wie der Krieger bei Tasso gegen die Phantome im Zauberwald kämpft. Ich war mir sicher (ich hätte darauf schwören können!), daß meine Liebe zu Hermangarde niemals die Beute jener verlorenen Illusionen sein würde, deren Gespenster ein so trauriges und reizendes Lächeln zeigen, wenn sie einen anschauen, jener *remembrances*, wie die Engländer in ihrer tiefsinnigen Sprache sagen, die besser als die Blume des Rheins das unwiderstehliche *Vergiß mein nicht* singen. Ich war mir sicher, daß die Wirklichkeit meiner Liebe für sie nicht ins Wanken geraten würde, angesichts der Phantasmagorie der Erinnerung des Herzens, einer Erinnerung, die unbarmherziger und schärfer ist als jede andere; angesichts jener Bilder eines vergangenen Lebens, die wir auf ein einziges Zeichen hin plötzlich in unserer Seele wiederentdecken, und über die wir uns erschreckt und entzückt beugen, wie sich Kinder über einen heruntergefallenen Spiegel beugen. Aber ich wollte nicht, daß diese Eindrücke auch nur die äußersten Spitzen der Blüten meiner Liebe streiften und, sei es auch nur für eine Stunde, deren unvergleichliche Reinheit trübten.

Ich wollte es nicht … Ach, Marquise! Noch heute lache ich ein wildes Lachen über den Gedanken, daß *ich nicht wollte*! Als ob der energischste Wille etwas über eine Sache vermöchte, die ebenso zu unserem Wesen gehört, wie schon gelebt, schon gefühlt, schon geliebt zu haben! Man kann die Liebe daran hindern, ins Leben zu treten. Aber kann man das, was war, daran hindern, gewesen zu sein? Nein! Selbst Gott, so allmächtig er ist, könnte dies nicht! Ich wollte nicht …! Und Vellini brauchte sich nur ein zweites Mal an jenem Strand zu zeigen, an den ich vor ihr geflüchtet war, um mich wieder in die Sklaverei jener knechtischen Vergangenheit zurückzustoßen, die unvergänglich ist wie der Gedanke und unzerstörbar in uns weiterlebt. Ach, die Vergangenheit, die allgewaltige Vergangenheit! Ihre Macht allein schien auszureichen, denn Vellini fügte die ihre nicht hinzu. Außer jenem bitteren und geheiligten Reiz der Erinnerungen besaß sie nichts, was die Gaben der Jugend, der Schönheit und der Liebe, die in Hermangarde wie ein zauberhaftes Himmelsbukett erblühten, hätte aufwiegen können. Vellini war nicht mehr jung. Jedes Jahr, das über sie hinweggegangen war, hatte seine Spuren hinterlassen. Es gab keine Falte in ihren Zügen, keinen Winkel in ihrer Seele, keine flaumige Stelle an ihrem bronzefarbenen Körper, die ich nicht gekannt hätte, die nicht auf meinen Lippen eingraviert oder in mein Gedächtnis eingewachsen gewesen wären ... Für mich war sie nur noch ein Wesen, das ich geprüft, besessen und abgetan hatte, ein Wesen, das keine Entdeckungen und Geheimnisse mehr bot. Und dennoch, als ich sie eines Morgens an den Klippen wiedersah, wo sie sagte, daß sie hierherkäme, um auf mich zu warten; als ich sie die Dinge wiedersagen hörte, die ich tausendmal gehört hatte, die alten Refrains ihres Lebens, die *auld songs* unseres langen Zusammenseins, da fühlte ich mich erneut verstrickt in ich weiß nicht was für ein unsichtbares Netz, das sich immer enger um mich zusammenzog, je mehr ich daran zerrte, ein unentwirrbares, verlorenes Bündel unter ihren Füßen! Ich werde Ihnen eines Tages die Einzelheiten dieser Begegnung erzählen. Sie zeigte sich dabei nicht als neue Frau, sondern als die Frau der Vergangenheit. Ich widerstand ihr. Ich stieß sie zurück. Ich machte es ihr schwer. Ich umgab mich mit meiner Liebe zu Hermangarde; ich ließ diese Liebe funkeln wie einen Talisman und wie eine Waffe, mit der ich ihr Herz beunruhigte. Sie griff zu keinem dieser äußersten Mittel und zu keiner dieser ausgezeichneten Übertreibungen, die Frauen, die um ihre Herrschaft kämpfen und ihren letzten Altar verteidigen, für gewöhnlich gebrauchen. Sie zeigte nicht eine jener genialen Koketterien, denen man bei Frauen, die den letzten Trumpf ihres Herzens ausspielen, begegnet. Sie war auch nicht eine jener Eifersüchtigen, die eine Rivalin vor den Füßen ihres Liebhabers klein machen, mit Worten, die wir nicht anders als bewundern können, weil in ihrem Haß so viel Intelligenz und in ihrer Grausamkeit so viel Liebe aufscheint! Nein!, sie war nicht mehr und nicht weniger die, die sie immer für mich gewesen war – das zornige, freiheitsliebende, ungebändigte Kind; die abergläubische an das *gemeinsam getrunkene Blut* Glaubende; die verhangene, dunkle, stumpfe Stirn, die sich mir immer mit demselben Willen, derselben Begierde, demselben Gedanken zuwandte und mich so verführte! Aber all das, Marquise, war unser Leben; es waren zehn Jahre, die uns im Innersten unserer Seelen verbanden; es war mehr, als es bedurft hätte, damit ich selbst bei unserer Hermangarde noch so etwas wie ein Aufwallen des Bedauerns und die bittere Glut eines durch die Gegenwart dieser wiedergefundenen Vellini aufgepeitschten, schäumenden Bluts spürte! Und warum sollte ich es Ihnen, Marquise, nicht gestehen, Ihnen, die Sie alles verstehen? Die Erinnerungen, deren Sklave ich war, waren nur die Hälfte der Herrschaft, die Vellini über mich besaß. Als lebendiges Gespenst der Vergangenheit verfügte sie nicht nur über den grausamen Reiz der Melancholie; sie verfügte auch, und sie verfügte jederzeit, über die Tyrannei der sinnverwirrendsten Gefühle. Sie goß einem eine ganze wiedererstandene Jugend in Körper und Seele! Wenn man sie wiedersah, spürte man den längst gestillt geglaubten Durst und alles längst erloschen geglaubte Feuer … Durch eine verhängnisvolle Verknüpfung, die im übrigen die Beständigkeit der Leidenschaften, die sie eingeflößt hatte, und die Unmöglichkeit, sich davon zu lösen, erklärte, die alle Gefühle auszeichnete, deren Gegenstand sie gewesen war, machte sie aus jedem Bedauern wieder eine Begierde und entzündete das schwere Feuer der Wollust bis in die Tiefen der Traurigkeit, ähnlich einem Vulkan, der aus seinem erloschenen Krater erneut glühende Lava ausspeit. Gab es zwischen meiner Seele und ihrem schrecklichen Blick geheimnisvolle Wirkungen, wie sie zwischen den Gestirnen und den Elementen bestehen sollen? … Ich weiß nicht … Aber wenn ich dieses seltsame, dunkle Auge auf meinen Augen ruhen fühlte, das, wie das gewisser thrakischer Zauberinnen, so tief war, daß es zwei Augensterne zu haben schien, dann begannen sich in meiner Seele die Ablagerungen eines toten Meeres von Leidenschaften, Gärstoffen und Träumen zu rühren, die die Zeit dort eingeschlossen hatte, und die dort schliefen wie die Trümmer der sündigen Städte in ihrem modrigen stickigen Wasser. Gegen diese Eindrücke, die aus dem Abgrund der Seele wieder auferstanden, war die Liebe Hermangards ein Talisman, der mich nicht mehr zu schützen vermochte! Und auch ihre Schönheit vermochte es nicht mehr! Ich kehrte jeden Tag sehnsuchtsvoll dorthin zurück, um meine untreuen Augen auszuwischen, die zu lange auf dieser Vellini verweilt waren, mit der sie sich vollgesogen hatten wie mit einem glühendheißen Sand, der sie versengte; aber weder meine Augen noch meine Seele verloren bei der Betrachtung der angebeteten Vollkommenheit Hermangardes den Eindruck, den sie beim Anblick jener alten Maitresse gewonnen hatten, die zehn Jahre meines Lebens in sich versammelte, dieser Nachtmahre meiner jungen Nächte, dieser verblühten Blume der *Huertas* von Malaga! So wurde die bewundernswerteste Schönheit einmal mehr von der unbegreiflichen Häßlichkeit besiegt, die ich lange Zeit allem anderen vorgezogen hatte, und deren Besitz zweifellos eine dieser Verderbtheiten in mir bewirkt hatte, die mein Verstand niemals akzeptierte, aber die ich nie – soll ich sagen, aus meinem Herzen? – hatte herausreißen können … Die magere Gestalt Vellinis, die wieder in meinem Leben erschienen war, verfolgte meine Gedanken unablässig. Wenn mein Kopf auf Hermangardes Schulter lag, und meine Stirn in jenem Lilienbüschel vergraben war, das mich mit den schönsten Düften überschüttete, träumte ich nur von Vellini; mit dürstenden

Nüstern sehnte ich mich nach dem Duft der kupferfarbenen Haut, den ich so viele Nächte lang getrunken hatte! Vergebens suchte ich auf der marmornen Oberfläche dieses Engelskörpers, bei dem meine Gedanken verweilten und der mir gehörte, wie der Friede des Himmels denjenigen gehört, die ihn bewohnen, die sinnlichen Ausdünstungen, die ich auf dem Busen Vellinis eingeatmet hatte, diesen erregenden Geruch des menschlichen Tiers, der die wildesten Seiten unserer Sinnenlust weckt und uns in jenen Rausch versetzt, der, leider, nicht tödlich wirkt wie der Manzanillarausch, sondern, wenn man ihm einmal erlegen ist, für das ganze Leben krank macht! Sie sehen, Marquise, ich versuche, mir meine Tollheit zu erklären und mich für die unglaubliche Faszination, die die Malageserin auf mich ausübt, zu rechtfertigen! Manchmal konnte ich nicht umhin zu denken, daß das, was mir beim Gedanken an sie die verwirrende Glut dieser Begierden einflößte, eine jener krankhaften und unnatürlichen Ursachen habe, die die menschliche Einsicht ebenso wie den menschlichen Willen verblenden. Ich fragte mich, ob ich in den zehn Jahren, in denen ich mit ihr und von ihr gelebt hatte, einen Geschmack entwickelt habe, der mir zur Gewohnheit wurde und der sich nicht mehr verliert, sondern im Gegenteil immer nach noch Schärferem verlangt. War sie für mich auf einer anderen sinnlichen Ebene eines jener feurigen Gewürze, nach deren Genuß alles andere fad und geschmacklos wirkt? Hatte Vellini, dieser *sangre azul* eines afrikanischen Spaniens, wie die Frauen Javas, die Betel kauen und den europäischen Männern ein scharfes Vergnügen bereiten, das diese nie mehr vergessen, wenn sie es einmal genossen haben, mit dem anregenden und befeuernden Kaviar ihrer Liebkosungen in den Quellen meines Lebens den Durst nach jenem Feuer entzündet, der nicht durch Feuer zu stillen ist, selbst nicht in der Hölle …? Ach, alle die Fragen, die ich mir stellte, zeigen Ihnen deutlich meinen seelischen Zustand!

Er war schrecklich. Ich kämpfte und ich fühlte, daß ich besiegt war. Ich schauderte angesichts meiner Begierde, und meine Begierde wurde durch meinen Schauder noch größer. Irgend etwas Abnormes, Verderbtes, Wahnsinniges trieb mich der Malageserin in die Arme, ähnlich der rasenden Gier einer Schwangeren nach einer unreifen oder verfaulten Zitrone. Ich entschloß mich, mich von jenen ständigen Zwangsvorstellungen, die das Blut in meinen Adern reizten und entzündeten, zu befreien; den beispiellosen Zauber, der abwechselnd meine Seele und meine Sinne betörte, zu brechen; die Limone, von der ich glaubte, sie sei ausgepreßt, ein letztes Mal auszusaugen, damit nichts von jenen Säften in ihr zurückbliebe, die mich vergiftet hatten: Kurz, durch all das einen äußersten Ekel zu erzeugen, der mich gereinigt und ungeteilt Hermangarde, meinem Glück, wieder zu Füßen werfen würde!

Ach, Marquise, ich weiß nicht, ob es einen anderen Weg gegeben hätte; aber an dem Punkt, an dem ich mit Vellini angelangt war, glaubte ich wirklich, es bliebe mir kein anderer. Hätten Sie, die Sie sich nie scheuten dem Mann gegenüber, den Sie für Ihre Tochter gewählt hatten, aufrichtig zu sein; Sie, deren Geist allein durch die Tatsache seines hohen Ranges über die Vorurteile, die Heuchelei und die Falschheit der Gesellschaft erhaben ist, geglaubt, daß ich mich täuschte ...? Hätten Sie meine Entscheidung unbesonnen gefunden ...? Ein Brief, den ich von Vellini erhielt, befestigte den Plan, den ich seit langem voller Bedenken in meinem Kopf bewegt hatte. Die Malageserin wohnte in Bas-Hamet bei Les Rivières. Sie hatte sich bei Fischern zurückgezogen, wo sie mit einer natürlichen Anpassungsfähigkeit lebte, die sie vielleicht der doppelten Rasse verdankt, aus der sie hervorgegangen ist. Eines Abends verließ ich die schlafende Hermangarde und eilte nach Bas-Hamet. Die Leidenschaft, die mich trieb, war furchtbar; aber ich wiederholte mir, daß ich mich auf das gewagte Spiel mit diesem verdammten Herzen, das ich nicht mehr verstand, einlassen müßte! Ich redete mir ein, daß ich danach ruhig unter mein häusliches Dach zurückkehren würde; daß ich auf ein einziges Mal alle unterdrückten Erinnerungen, die immer noch zuckten, ersticken würde; daß ich den rasenden Durst nach den Liebkosungen von einst in den letzten Küssen zweier verblühter Lippen ertränken könnte. Ich prophezeite mir, daß sich am nächsten Morgen kein Gespenst der Vergangenheit mehr zwischen mein Herz und Hermangarde drängen würde. Ich glaubte es, Marquise … und es wäre vielleicht wahr geworden, wenn die Frau, zu der ich eilte, nicht Vellini gewesen wäre. Obwohl ich ihr nicht geantwortet hatte, erwartete sie mich in ihrer Hütte; sicher, daß ich kommen würde, bewaffnet mit dem Glauben, der ihre Stärke ist; schwärmerisch und gekleidet wie eine indische Begum, sinnlich und schmachtend wie eine Kadin, die ihren Herrn erwartet, ihren Stolz darein setzend, nicht mehr stolz zu sein und auf ihren geschmeidigen Lenden in Demut vor seinen Füßen zu vergehen. Ich kann Ihnen unmöglich die Einzelheiten dieser abwechselnd glücklichen und traurigen Nacht beschreiben, Marquise, in der eine atemlose und entsetzliche Lust meine Gewissensbisse verbrannte und die tränenerstickte Stimme der Liebe zum Schweigen brachte! Ich bin daraus wie aus einem Traum erwacht, dessen Verwirrung einen noch lange gefangenhält, an den man sich jedoch nicht mehr genau erinnern kann! Vier lange Stunden einer Winternacht verweilte diese wollüstigste Frau der Welt, die allen Überfluß des Lebens Gewohnte, das verhätschelte Kind der prunkliebenden Herzogin von Cadaval-Aveïro, die Frau, die dieser merkwürdige englische Nabob, Sir Reginald Annesley, geliebt und geheiratet hatte, die Launenhafte, die lächelnd ihre braunen Füße auf den nackten Busen ihrer prächtigen Oliva setzte, wie es eine Favorit-Sultanin mit ihrem Sklaven gemacht hätte, in dieser mit Stroh gefüllten Hütte, die einer Scheuer glich, auf den getrockneten Halmen zusammengerollt vor einem Reisigfeuer und genoß die Wärme, das Licht und die Asche wie ein Salamander; und ihre Kraft und ihre Souveränität entfaltete sich in dieser kahlen normannischen Fischerkate strahlender als auf dem Diwan in der Rue de Provence, in den Spitzen und dem Brokat ihres Alkovens! Nie verstand ich besser, daß ihr ganzer Reiz nur von ihr selbst ausging; nie verstand ich besser, daß sie das Leben um sich herum verwandelte, ebenso, wie sie es auf ihrem mürrischen, dumpfen, etwas harten Gesicht verwandelte, wenn darauf plötzlich ihr Lächeln und ihr flammender Ausdruck aufgingen, wie ein Sternenwirbel, der auf irgendeinen himmlischen Paukenschlag hin unerwartet im Nachthimmel aufleuchtet. Ach ja! Die Nacht, die ich auf ihrem Herzen zubrachte, ist unbeschreiblich! In den feurigen Augenblicken, die mit der Geschwindigkeit einer über eine Lunte eilenden Flamme vergingen, kämpfte ich nicht mehr, ich ergab mich! Ich wollte meine ganze Vergangenheit in diesen wenigen Stunden des Deliriums zusammenfassen und vernichten. Wieder auf die geflügelte Kruppe meiner Chimäre, die ich zehn Jahre lang besessen hatte, aufgestiegen, stachelte ich ihre Glut heftig an, beschleunigte den wütenden Ritt, versuchte, sie unter meinem Schenkeldruck zu zerbrechen, damit sie, wenn wir beide vom Himmel herabfielen, nie wieder ihren verführerischen Rücken meinen erschöpften Kräften anböte! Ach, Marquise, auch das war ein Irrtum! Dieser verzweifelte Versuch mußte mißlingen. Der Ekel, der reinigende Ekel, mit dem ich gerechnet hatte, stellte sich nicht ein. Vellini, die Zigeunerin, sprach von Verhängnis, und tatsächlich ließ sie mich daran glauben! Hatte sie mich verhext …? So wie sie dalag, ausgestreckt auf den zerwühlten Halmen, erstarrt wie eine sonnentrunkene Schlange, erinnerte sie mich tatsächlich an all jene zauberischen Wesen, von denen die Dichter träumten und die sie zu Symbolen der unbezähmbaren menschlichen Leidenschaften machten; an jene Melusinen, halb Frau halb Schlange, jene schönen, mißgestalteten Doppelnaturen, die mit einer Liebe geliebt werden wollen, die so mißgestaltetet und unnatürlich ist wie sie; und ich sagte mir, daß die Dichter bestimmt durch Frauen wie Vellini zu solchen Geschichten inspiriert worden seien.

So verließ ich sie nicht geheilt, wie ich gehofft hatte; nein, meine Adern waren nur noch mehr gefüllt mit dem Gift, das sie in mich gegossen hatte, und mein Kopf und mein Herz, in denen ich so viele Erinnerungen hatte ersticken wollen, waren um eine Erinnerung reicher! Als ich über die langen Sandstrände, deren großartigen Anblick Sie kennen, nach Hause zurückkehrte, waren alle meine Gewissensbisse wieder erwacht, jedoch vermehrt um die Wut über einen mißlungenen Versuch, der sich gegen mich gewandt hatte. Vellini hatte mir meinen freien Willen geraubt! ›Deine Frau möge glücklich sein und geliebt werden‹, hatte sie beim Abschied mit einem unerwarteten Ausdruck und noch unerwarteteren Gefühlen gesagt, ›aber Stunden wie diese sollen meine Rache für deine Liebe und ihr Glück sein! Sie alle Tage, ich ab und zu!‹ Und ich, der ihren Gedanken verstand, nahm die Aufteilung, die sie mir vorgeschlagen hatte, an, da ich mir ein Leben ohne diese unglaubliche Maitresse, die selbst vor der schrecklichsten Rivalin keine Furcht zeigte, nicht mehr vorstellen konnte. Meine einzige Sorge war, Hermangarde eine Beziehung zu verheimlichen, die ich unmöglich aufgeben konnte, und das Glück dieser edlen Frau und die Würde unserer Liebe zu retten. Ja, Marquise, ich liebte Hermangarde und liebe sie immer noch! Werden Sie das glauben, nach dem, was ich Ihnen geschrieben habe ...? Werden Sie glauben, daß ich neben jenem Gefühl ohne Namen (denn ich nenne es nicht Liebe), das mich an die Malageserin bindet, immer noch jene Liebe für Ihre Hermangarde im Herzen trage, die Sie gesegnet haben? Teure Mutter, jemand anderes als Sie würde es nicht für möglich halten. Geister, die weniger scharfsichtig und weniger erfahren sind als Sie, Köpfe, die nicht wie Sie die unendliche Vielfalt der menschlichen Seele und die seltsamen Probleme, die sich darin verbergen, kennen, würden nicht an einen so schrecklichen Widerstreit in einem einzigen Herzen glauben. Und doch ist nichts wahrer als das! Ich liebte Hermangarde! Ach, ich muß es Ihnen immer wieder wiederholen, vor allem jetzt, wo ich zum Schluß des Berichts komme, den ich Ihnen zu geben wage, und der für mich noch schmerzhafter ist als für Sie.

Ich kehrte ins Haus zurück, Marquise, beherrscht von allen Widersprüchen einer schuldigen Seele, die sich verloren fühlt. Ich hatte das Gefühl, Vellini verfallen zu sein … Die Türen, die ich sorgfältig geschlossen hatte, standen halboffen, und ein dunkle Vorahnung befiel mich. Ich trat in Hermangardes Zimmer und erhielt die schreckliche Bestätigung der Wahrheit. Die Unglückliche lag ohnmächtig am Bettende, das sie nur noch mit Mühe erreicht hatte. Sie war halb entkleidet. Sie hatte den wahnwitzigen Mut gehabt, sich über den schneebedeckten Strand bis nach Bas-Hamet zu schleppen, und sie hatte alles gesehen …! Ich erfuhr es aus ihren Fieberphantasien, in den Tagen und Nächten, die ich an ihrem Kopfkissen wachte, während der Arzt um ihr Leben bangte. Sie verriet in jenem fürchterlichen Zustand, in dem sie ohne Bewußtsein dalag, ohne es zu wollen, daß sie das, was ich glaubte vor aller Augen verborgen zu haben, durch den Spalt eines schlecht gefugten Fensterladens beobachtet hatte. Die Unglückliche, Sklavin einer zu heftigen Eifersucht, hatte mitangesehen, wie ich die Nacht in den Armen einer anderen verbrachte! Wie hatte sie dort, beim Anblick dieser Szene, die sämtliche Fasern ihres Herzens zerreißen mußte, ausharren können, ohne zu schreien, ohne vor Entsetzen im Schnee zusammenzubrechen …? Ihr Delirium verrriet es mir nicht, und als sie dem Tod, der schon sicher schien und dessen Ursache ich war, entkommen war, o, mein Gott!, da hat ihr Mund ein Schweigen bewahrt, das mir mehr weh tat, als es alle Klagen getan hätten, und das sie nie auch nur mit einem Wort gebrochen hat. O! Wie mußte sie in ihrer Liebe, in ihrem Stolz, in dem ganzen Zartgefühl ihres Herzens verletzt gewesen sein, um in der Nacht loszugehen und dem Mann nachzuspionieren, den sie liebte und dem sie nicht mehr vertraute! Sie war Vellini mehrfach am Strand begegnet, und zweifellos hatte sie in dieser Frau, die man nicht übersehen kann, wenn man ihr begegnet, die Rivalin erkannt, die ihr das Schicksal verbarg. Schon länger hatte ein schrecklicher Verdacht Einzug in ihr Herz gehalten. Sie hatte ihn dort begraben, aber gegen ihren Willen war er wieder auferstanden ... Und ich, der ich sah, wie er ihr Leben innerlich verwüstete, zerstörte ihn nicht! Ich wagte nicht einmal, daran zu rühren, so ungestüm herrschte Vellini über mich! Sollte ich lügen, Marquise ...? Ach, das wäre für mich ebenso grausam und für die Ehre Ihrer Enkeltochter ebenso demütigend gewesen wie schweigen! Diejenigen, die lieben, sind die wahren Hellseher; mit Lügen richtet man nichts bei ihnen aus. Lügen wäre meiner unwürdig gewesen und hätte mich in den Augen Hermangardes ebenso wie in meinen eigenen erniedrigt, ohne ihr die Ruhe zurückzugeben. Nach jener verhängnisvollen Nacht in Bas-Hamet hatte die unbestreitbare Wirklichkeit die Ahnung des Herzens bestätigt. Es war für Hermangarde der letzte Schlag, der ihr Unglück besiegelte! Sie hätte leicht daran sterben können; sie ist nicht gestorben. Aber das Kind, das sie in ihrem Schoß trug, ist daran gestorben! Sie jedoch wurde, nachdem sie jenem Schreckenstod entronnen war, der sie halb umgebracht hatte, wieder die von Ihnen erzogene stolze, keusche Hermangarde, die Ihr Blut in den Adern hat und die es versteht, wie Sie es an ihrer Stelle verstanden hätten, ihre Tränen zu unterdrücken – denn Frauen von so edler Abstammung wie Sie leiden schweigend und mit der heldenhaften Einfachheit, die Ihre Vorfahren dem Tod entgegenbrachten, an den Wunden Ihres Herzens.

Und sie ist sich nicht untreu geworden! Sie ist nicht schwach geworden unter den Zangen dieser Folter, die jeden Tag von neuem beginnt! Seit drei Wochen ist sie nun wieder gesund und verbirgt ihren Kummer, den ich zu sehr ahne, um ihn nicht zu teilen, hinter einer ruhigen Stirn und dem göttlichsten Lächeln. Sie ist sanft und schön wie eine Märtyrerin, die, auf flammende Rosen gebettet, in einem unlöschbaren Scheiterhaufen liegt … Aber die Märtyrerin hat die Würde der gekränkten Frau nicht vergessen. Sie hat sich mir völlig entzogen, so wie sie sich mir vorher hingab. Sie legt eine Kühle an den Tag, die ich respektieren muß und die ich bewundere, unter der ich jedoch mit der ganzen Kraft meiner Liebe leide! Ach, teure Mutter, unsere Intimität ist zu Ende! Unsere Ehe hat keine göttliche Bedeutung mehr! Sie ist nicht mehr jene tiefe Vereinigung zweier ineinander verschmolzener Herzen, wie sie es sechs Monate lang gewesen ist! Dem äußeren Anschein nach hat sich nichts zwischen uns verändert, und doch ist alles anders! Wir lieben uns immer noch, aber in dem Leben, das mein Unrecht und ihre gekränkten Gefühle uns bescheren, ist die Liebe nur noch ein weiteres Unglück. Was ist aus dem alten Herrenhaus in Carteret, diesem *halkyonischen Nest*, geworden, das Sie Ihrer Tochter vermachten, damit sie dort ihr Glück hütete? Es birgt heute nur noch Kummer und Gewissensbisse. Und ich bin der Unglücklichste, Marquise, weil ich allein der Schuldige bin. Werden Sie Mitleid mit mir haben …? Ich verdanke Ihnen so viel, Sie sind so gut! Als die Welt gegen mich war, haben Sie mir ein so beherztes Vertrauen geschenkt, daß ich erröten müßte, wenn ich Ihnen nicht alles bekennen würde, wenn ich nicht zu Ihnen sagte: ›Dieses Unheil habe ich angerichtet, verzeihen Sie mir, verdammen Sie mich, aber wissen sollen Sie es!‹ Hermangarde wird es Ihnen nicht sagen, aber was bei ihr edel ist, wäre bei mir unwürdig. Ich möchte nicht das schreckliche Risiko Ihrer Verachtung eingehen, die ich verdienen würde, wenn ich nicht alle Schleier zerreißen und mein ganzes Herz vor Ihren Füßen ausschütten würde! Ich möchte nicht, daß Sie den Enkelsohn, den Sie gewählt haben, verachten, jenen Ryno, dem Sie die Hand gereicht haben und dem Sie Ihr eigenes Blut in aller Reinheit schenkten! Ihre Achtung ist mir mehr wert als Ihr Leben, und Gott weiß, daß ich das meine gerne für das Ihre geben würde! Ach, ich habe gezittert und ich zittere immer noch, ob dieser Brief nicht ein zu harter Schlag in Ihrem hohen Alter ist! Aber betrogen zu werden, Mutter, ist schlimmer als zu sterben! Ich möchte Sie lieber getötet haben als Sie verraten zu haben, auch wenn ich danach untröstlich wäre und Ihnen aus Verzweiflung nachsterben würde! Verzeihen Sie mir die fürchterlichen Worte, die mir entschlüpfen! Sie werden nicht sterben! Sie stehen unter dem Schutz eines unsterblichen Geistes, der zwar eine furchtbare Empfindsamkeit in Sie legte, die Sie jedoch immer beherrscht haben. Ihre Güte wird Ihnen helfen. Die Liebe zu Ihren Kindern wird Ihnen Mut einflößen. Sie werden nicht sterben; Sie werden für uns leben! Wir brauchen Sie, Mutter! Nur Sie können das Glück, das Sie geschaffen haben, erneuern, nur Sie können meine Arme wieder um die göttliche Frau legen, die Sie mir gegeben haben, und uns ein zweites Mal vermählen. Mit Ihrer eindrucksvollen Lebenserfahrung, mit der nachsichtigen und verständnisvollen Klugheit, die man an Ihnen liebt und achtet, werden Sie Ihrer Hermangarde die Widersprüche des Herzens eines Mannes, der liebt und der dieser Liebe die Treue gebrochen hat, erklären. Ihnen wird sie glauben! Mir würde sie nicht glauben. Wenn es Vergebung und Begnadigung für eine solche Schuld gibt, werden sie auf Ihr Wort hin aus ihrem Herzen in das meine fließen. Es ist unmöglich, daß alles zwischen uns aus ist, aus zwischen zwei Wesen, die nicht einen Augenblick aufgehört haben, sich zu lieben! Ach, wenn

Sie wüßten, wie mein Schuldbewußtsein ihr gegenüber die Kraft meiner Liebe verdoppelt hat! Wenn Sie wüßten, wie die Bewunderung für diese Frau, die eine verletzte Liebe unter einer beredten Frostigkeit verbirgt, sich mit der Bewunderung verbindet, die Sie haben wachsen sehen und die in meinem Herzen nie nachgelassen hat! Wenn Sie meine Gefühle lesen könnten, würden Sie noch Hoffnung haben ... Der Schmerz, den ich Ihnen heute bereite, wäre weniger heftig. Sie würden sich sagen, daß das Beste von Ryno immer noch Ihrer Tochter gehört, trotz des Sogs der Erinnerungen, und Sie würden Hermangarde eine Entschuldigung diktieren, die das Glück der vergangenen Tage wieder aufleben lassen und es noch ergreifender machen würde!

Und nun habe ich Ihnen alles gesagt, meine hochherzige Mutter. Ich habe die Beichte vor Ihnen abgelegt. Ich habe Ihnen gegenüber gehandelt, wie die katholische Kirche – diese Quelle aller Wahrheit – gebietet, daß man Gott gegenüber handeln soll. Waren Sie nicht in Ihrer Güte und Ihrem Vertrauen, das der schönste Strahl der Güte zwischen den Menschen ist, der Gott meines Lebens? Ich komme zu Ihnen wie zu einem Beichtiger: ›Bestimmen Sie die Richtung meines Lebens; ich lege meine Seele in Ihre Hände. Beschützen Sie mich vor mir selbst. Geben Sie mir Ihren Rat, ich werde ihn befolgen. Alles was Sie, meine vortreffliche Mutter verlangen, werde ich tun!‹ Sie wissen jetzt, was Vellini für Ryno ist. Sie werden jetzt verstehen, was ich Ihnen einige Zeit vor meiner Heirat eines Abends gesagt habe, als ich Ihnen von den zehn Jahren meines Lebens, die ich mit ihr verbracht habe, erzählte. Damals wollte ich möglichst weit weggehen, um ihr zu entkommen. Ich kannte den verwirrenden Zauber dieses ungewöhnlichen Geschöpfs, das man liebt und das man, vielleicht weil man es zu sehr liebt, verachtet! Ich kannte die Last der Vergangenheit auf meiner Seele. Ja, ich hatte eine unbestimmte Ahnung von dem, was kommen mußte ... Aber das

Glück, von Hermangarde geliebt zu werden, erstickte diese Ahnung in meinem Herzen, das von der Leichtgläubigkeit der Jugend geleitet wurde! Nun, was ich vorhatte, führte ich durch. Ich ging mit meiner Frau ans andere Ende der Welt, um nur noch ihr zu gehören, um Vellini nie mehr zu sehen, die immer noch stärker war als meine Seele, an deren Stärke ich in meinen stolzen Tagen geglaubt hatte! Gerade komme ich von diesem rätselhaften Geschöpf, das zu verstehen wahrscheinlich nur Sie, Marquise, in der Lage wären, wenn Sie sie kennen würden … Ich habe sie kalt, matt, zerschlagen in ihrer Kate zurückgelassen, wo sie sich stumpf und trübsinnig wiegte, die Stirn verhangen mit einem Brodem, der dichter war als alle giftigen Ausdünstungen des Camarina-Sees, wenn ein Blitz in ihn einschlägt und ihn aufwühlt. Ich habe sie häufig so verlassen, im Glauben, dieser Überdruß, diese Häßlichkeit, dieser Stumpfsinn, diese Verfinsterung, diese Zerrüttung würden ewig anhalten, aber leider täuschte ich mich jedesmal! Am nächsten Tag oder schon eine Stunde später ließ sie plötzlich mit einem ihrer Worte, mit einem ihrer Blicke, der von der Seite in den meinen fiel, mit einer Biegung ihrer geschmeidigen Gliedmaßen, deren eisenharte Gelenke samtige Bewegungen ausführten, die Begierden, die auf dem Grund meiner Seele zusammengerollt lagen, aufsteigen, wie die Sonne die Winden dazu veranlaßt, sich ihr zuzuwenden …! Könnte ich doch sicher sein, daß ihre ewige Zauberkunst ein Ende hat und sagen: ›Heute habe ich sie zum letzten Mal gesehen!‹ Aber dazu müßte ich flüchten, müßte Carteret verlassen, wohin Sie dieses Frühjahr zurückkommen werden, und wo wir so friedliche Tage verbracht haben. Wir müßten uns für lange Zeit von Ihnen trennen, die Sie ein lebendiger Teil unseres Glücks sind! Ach, das wäre für alle drei hart, ich weiß es. Aber wenn Sie diese Trennung beschließen, die ich schon immer für notwendig gehalten habe, werde ich Ihnen ohne Murren folgen. Ich werde nicht weniger mutig sein als Sie. Sagen Sie also, was ich tun soll, teure Mutter. Soll ich mit meiner Frau eine längere Reise machen …? Was meinen Sie? Ist es nicht das Sicherste, diese Vellini nicht mehr zu sehen? Sobald ich sie sehe oder die Gelegenheit habe, sie zu treffen bin ich zu allem fähig. Sie verkörpert zu sehr die Erinnerung und diese Verkörperung ist so glühend …! Ach, ich bin es leid und es macht mich ungeduldig, daß ich mich nicht dem Einfluß dieses bedauernswerten Geschöpfs entziehen kann, das ich noch mehr zerbrochen habe, indem ich es an mein Herz drückte! Ich leide entsetzlich darunter, daß ich zwischen zwei entgegengesetzten Gefühlen zerrieben werde! Um dem ein Ende zu bereiten, würde ich es eher machen, wie jener Gefangene, der sich mit der Axt, die seine Henker vor seinen Füßen liegen ließen, die Hand abschlug, die sie im Stein festgemauert hatten. Ich werde mir die Scharniere dieses elenden Herzens durchtrennen, das zu zwei Frauen hingezogen wird, und werde zu Hermangarde sagen: ›Es ist nicht meine Schuld, daß ich Vellini geliebt habe, ehe ich dich kennenlernte! Warum hat Gott uns nicht am selben Tag geschaffen und uns von Lebensbeginn an Seite an Seite aufwachsen lassen? Aber tröste dich, meine zärtliche Freundin, wenn das Herz, das wir in unserer Brust tragen, kein entsetzlicher Polyp ist, und wenn es mit seinen Erinnerungen nicht jeden tödlichen Schlag abwehrt, den man ihm versetzt, dann gehört dir das meine fortan ungeteilt. Ich habe es verstümmelt, aber ich habe es frei gemacht und gereinigt, damit es nur noch dir allein gehört, und kein Atom, das darin existiert, an etwas anderes als an dich erinnert.‹

Ryno.«

Was hätte ein solcher Brief bewirkt, wenn die Marquise de Flers ihn erhalten hätte? Unglücklicherweise kamen, wenige Tage nachdem er abgeschickt worden war, Neuigkeiten aus Paris ins Herrenhaus und verbreiteten dort düstere Sorgen. Ryno mußte befürchten, seiner Wohltäterin und Großmutter jenen verhängnisvollen Schlag versetzt zu haben, den er befürchtet und dessentwegen er seine Bekenntnisse so lange zurückgehalten und seine Beichte so lange aufgeschoben hatte. Die Comtesse d'Artelles schrieb Hermangarde. Sie teilte ihr mit, daß die Marquise von einem plötzlichen Unwohlsein befallen sei, und sie drängte die Jungvermählten, so schnell wie möglich nach Paris zu kommen; denn Madame de Flers, für die in ihrem Alter jede Unpäßlichkeit eine Bedrohung darstelle, wolle sie sehen und umarmen, falls sie sterben sollte. Ryno las aus den gezwungenen, düsteren Worten des Billets, das eine erregte Hand geschrieben hatte, daß die Krankheit schlimmer war als die Comtesse sagte. Er wollte die Angst seiner Frau nicht noch vermehren, indem er ihr seine Befürchtungen anvertraute, aber er fragte sich, ob sein Brief (und er bedauerte es!) nicht der Anlaß für eine Katastrophe war, an der er im Grunde seines Herzens nicht zweifelte.

Sie verließen Carteret in großer Eile und waren so sehr mit dem besorgniserregenden Zustand ihrer Großmutter beschäftigt, daß sie keine Zeit fanden, sich umzudrehen und einen letzten Blick des Bedauerns auf jene Küste zu werfen, an der sie glücklich gewesen waren. In wenigen Stunden wurde das verlassene halkyonische Nest wieder das leere, einsame Herrenhaus, über dessen grauem Dach die Seewinde schon seit so langer Zeit ihr anhaltendes, gleichgültiges Lied sangen! Die Ahnungen, die das Billet Madame d'Artelles in Marigny geweckt hatte, täuschten ihn nicht. Als er und seine Frau in der Rue de Varennes ankamen, lebte die vortreffliche Marquise nicht mehr. Madame d'Artelles brachte Hermangarde das plötzlich eingetretene Unglück, das niemand hatte voraussehen können, schonend bei. Sie berichtete ihr, ganz gebrochen über den Verlust ihrer alten Freundin, daß sie, wie gewöhnlich in ihrem Sessel im grau-rosa Boudoir sitzend, gestorben sei – daß sie dort friedlich, fast köstlich erloschen sei wie eine Lampe nach dem letzten Tropfen wohlriechenden Öls. Sie hatte nicht gelitten: sie war verklungen. Nie waren die Worte: »Sie ist gegangen« für »sie ist gestorben« richtiger und passender. Am Tag gab es keine Anzeichen für dieses plötzliche, sanfte Ende. Nur am Abend hatte sie zu Madame d'Artelles gesagt: »Meine teure Comtesse, ich glaube, heute Abend wünsche ich Ihnen zum letztenmal eine gute Nacht. Warum lebe ich denn noch? Meine Arbeit ist vollbracht. Die beiden sind glücklich. Es gibt keinen Grund mehr, auszuharren.« Madame d'Artelles wollte sie mit diesen Träumen von einem baldigen Tod nicht alleine lassen, und so verschied sie nachts mitten in einem huldreichen Satz, während sie sich mit jener Freundin unterhielt, die vierzig Jahre lang ihre Gesprächspartnerin gewesen war.

Marignys Befürchtung war also nicht zutreffend gewesen. Die Marquise war im Glauben gestorben, sie seien glücklich. Gott hatte ihr den Schrecken über die Enthüllungen Rynos erspart. Als jener Brief in Paris ankam, in dem er seine Seele, die wie an einem Schlagfluß unaussprechlicher Gefühle zu ersticken drohte, hatte erleichtern wollen, lebte die Marquise nicht mehr, und die Comtesse bewahrte den Brief, dessen Handschrift ihr vertraut war und der sich an niemanden mehr richtete, auf, ohne das Siegel zu brechen. Durch einen jener Zufälle, aus denen sich das geheimnisvolle Geflecht des menschlichen Dramas zusammensetzt, gab Madame d'Artelles einige Tage nach der Ankunft von Monsieur und Madame de Marigny Hermangarde den versiegelten Brief, als legte sie ihn in die Hand zurück, die ihn geschrieben hatte. Sie war so lange Zeuge der engen Gemeinschaft gewesen, die zwischen Hermangarde und Ryno in allen Dingen bestand, und glaubte außerdem wie die Marquise, das Glück der Zärtlichkeit sei noch an keiner Klippe zerschellt, daß sie nicht auf die Idee kam, die Frau, die mit den Gedanken ihres Mannes dachte, könnte den Inhalt eines Briefs nicht kennen, den letzterer geschrieben hatte. Sie übergab ihn ihr also ganz selbstverständlich, und Hermangarde öffnete ihn, ohne allzusehr auf das zu achten, was sie tat, denn ihre Gedanken kreisten ausschließlich um den Tod ihrer Großmutter, und nichts konnte sie von ihrem Kummer ablenken ... Als sie jedoch mit der Lektüre begonnen hatte, konnte sie nicht wieder aufhören. Die Gefühle, die sie trieben, die sie an den Bericht fesselten, der voller Trauer, voller Gewissensbisse, voller grausamer Herzenskämpfe war und ein grelles Licht auf jene *Mohrin von Les Rivières*, jene unbekannte, erahnte, auf den ersten Blick gehaßte Rivalin warf, waren zu lebhaft, zu beherrschend, als daß sie diese herzergreifenden Details nicht zu Ende gelesen hätte. Sie stürzte sich darauf, sie wälzte sich darin, verfolgt, getrieben von den Schreien, den Erklärungen, den Überlegungen Rynos, die an ihrem Herzen, an ihren Gedanken zerrten wie wilde Spürhunde, die einen Hirsch hetzen. Als sie am Ende dieser Beichte angekommen war, in der Ryno seine Großmutter bat, ihn der Frau zurückzugeben, die er liebte, und ihn von der zu befreien, die er nicht mehr liebte, ging sie diesen Brief Seite für Seite, Zeile für Zeile, fast Wort für Wort noch einmal durch, als streifte sie, mit dem schmerzlichen Vergnügen, ihr Blut von den Dornen tropfen zu sehen, noch einmal durch ein Gestrüpp, an dem sie sich blutig gerissen hatte. Eine Seele, die weniger königlich als die ihre gewesen wäre, hätte vielleicht die Stimme der Liebe gehört, die sich unter dem Bedauern und unter den Eindrükken verbarg, gegen die er sich auflehnte, um sie besser zu besiegen. Sie hätte Mitleid empfunden. Nicht Hermangarde! Sie fachte nur ihre Verzweiflung an, indem sie in dieses Meer der Bitterkeit eintauchte. Sie hatte kein Verständnis für die geteilten Reiche und auch nicht für das Herz des Mannes, das der Erdkugel gleicht, auf der er sich bewegt, und dessen eine Hälfte in Licht getaucht ist, während die andere in Finsternis versinkt. Sie hatte den Leitfaden zum Herzen ihres

Mannes verloren. Sie verirrte sich in diesem Labyrinth eines Männerherzens. Als Marigny zurückkehrte fand er sie an dem Tischchen ihrer Großmutter sitzend vor, wo sie noch immer jenes Rätsel las, das sich für sie nur löste, indem sie es zerriß. Er trat zu ihr. Seine Gesichtszüge zeigten ihr seine Erregung.

»Ach«, rief er, befreit von der Last eines Schweigens, das die Hälfte einer Lüge war, »jetzt weißt du alles. Hast du mich verstanden, wirst du mir verzeihen …?« Und er nahm sie zum ersten Mal, seit sie wußte, daß er ihr untreu war, in die Arme.

Sie wurde von jenem geheimnisvollen Schauder erfaßt, der aus Schrecken, Wollust und Begierde besteht, und den junge Mädchen spüren, wenn wir sie zum ersten Mal an unsere Brust drücken. War sie nicht wieder zu einem jungen Mädchen geworden in der Frostigkeit dieser Ehe, die plötzlich durch den Stolz der gekränkten Liebe zu Eis erstarrt war, wie jene weiße Blume, die unter dem Schnee blüht und diesen in der Wintersonne durchbricht …?

»Hermangarde«, fuhr Marigny fort, »Du siehst, ich liebe dich! Es war kein Zufall, es war der Wille unserer Großmutter, daß Madame d'Artelles den Brief nicht mir sondern dir aushändigte. Es ist eine letzte Möglichkeit, uns noch im Tod zu beschützen und uns aus der Tiefe ihres Grabs heraus wieder zusammenzuführen. Das, was ich dir nicht zu sagen gewagt hätte, erfährst du durch sie … Ja! Ich habe schwere Schuld auf mich geladen, ich habe mich hinreißen lassen, aber ich halte dem nur ein Wort entgegen: ›Ich liebe dich!‹ Kann dieses Wort, gesagt, wie ich es sage,« – und er sagte es mit der Verführungskraft einer aufrichtigen Liebe – »nicht alles auslöschen?«

»Man liebt nicht zwei Frauen«, entgegnete sie mit dem Ausdruck, den Christine von Schweden gehabt haben muß, als sie beim Anblick ihrer Krone mit dem Satz *Ich mache mir nichts daraus und sie bereitet mir kein Vergnügen* dem Thron entsagte.

»Aber«, antwortete er, und hielt sie dabei immer noch in seinen Armen, »ich liebe nicht zwei. Ich liebe nur eine. Vellini hat nur die Erinnerungen, du aber hast die Liebe!«

»Um so schlimmer«, sagte sie ohne Bitterkeit und richtete sich in den Armen Rynos auf, unerbittlich wie die Gerechtigkeit, traurig wie das letzte Wort des Schicksals. »Es wäre besser, wenn sie alles hätte … Du wärest glücklich und könntest mich vergessen, mich, die keine Erinnerungen von zehn Jahren hat, um dich damit zu fesseln! Du würdest nicht leiden wie ich leide. Du würdest nicht erfahren, was das ist, Liebe ohne Hoffnung und ohne Vertrauen, denn, Ryno, *ich glaube dir nicht mehr!*«

18. KAPITEL

Die Meinung zweier Welten

Schon über ein Jahr lang stand das Herrenhaus von Carteret nun leer, und alles dort war ebenso traurig, unbelebt und stumm wie vor der Ankunft von Madame de Flers und ihren Kindern. Seit jenen Tagen war die *Wohnung der Herrschaften*, wie die Pächter des Herrenhauses, die in einem der Nebenhöfe wohnten, sagten, fest verschlossen geblieben. Nur wenn ein Sonnenstrahl auf den Strand fiel, öffnete man die Jalousien und die Fenster und lüftete die Draperien der Räume ein wenig. Das hatte man auch an diesem Abend getan. Der Juni ging seinem Ende zu, und das Wetter war der Jahreszeit würdig: es war noch Frühling, aber der Sommer nahte.

Der Himmel hatte die Schönheit eines südlichen Himmels. Die Sonne, die schon halb im Meer versunken war, schien sich darin aufzulösen und gab ihm das Aussehen eines Goldsees, so spiegelglatt war das Wasser. Die einstöckigen, weißen Häuser von Carteret waren rosa gefärbt von den flachen Strahlen dieser Sonne, die sanft am Horizont verschwand und nur noch die Dinge beleuchtete, die sich auf derselben Höhe wie das Meer befanden in dessen Schoß sie nach und nach versank. Alles was diese Höhe überstieg, die Klippen, die Gipfel der Dünen, die Kirche und ihr Glockenturm, der spitz und weiß emporragte wie die alten Trachtenhauben der Bäuerinnen des Cotentin, die Pappeln mit den zitternden grünlichen Wipfeln, die auf dem Schutzwall des Friedhofs standen und die man vom Strand aus durch den Einschnitt des Wegs, der zur Kirche hinaufführte, sah, waren wie erloschen, nachdem sie lange in funkelndes Licht getaucht gewesen waren, und sie hatten in einem noch hellen Himmel, der jedoch keine Schattierungen mehr zeigte, wieder die reine Klarheit ihrer eigenen Farben angenommen. Trotz der vorgerückten Stunde und obwohl ein leichter Wind aufkam, glühte die Luft wie ein Ofen. Der Sand bewahrte die Spuren der sengenden Sonne, die den ganzen Tag auf ihn niedergebrannt war. An diesem Abend war der Strand belebter als sonst. Die Dorfkinder trieben sich, kaum bekleidet, in verschiedenen Grüppchen am Hafen herum. Die einen ließen flache Kieselsteine über das Wasser hüpfen, die anderen planschten mit nackten Füßen in Löchern, die sie in den Sand gegraben hatten und die das Meerwasser, das überall durchsickerte, rasch füllte. Die Bauernjungen der weiter im Land gelegenen Höfe trieben schwere, mit Tang beladene, Arbeitspferde vor sich her, und die Zollbeamten, die eine nächtliche Razzia an der Küste durchführen mußten, bereiteten in der Hafenbucht ihre *patache* vor, ein kleines Boot mit einem dreieckigen Segel, das noch viel poetischer ist als sein Name. Der alte Griffon, der auf den Stufen jener Treppe saß, die vom Hof des Herrenhauses zum Strand hinunterführte, wärmte sich an diesen letzten Strahlen eines schönen, goldenen, langen, prächtigen Abends! Unbeweglich wie eine Statue saß er da, mit seinen weißen, blicklosen Augen, die das Meer nicht mehr sahen – diese glühende Liebe seines Lebens –, die einzige Sache auf der weiten Welt, die er bedauerte, durch den Nebel seiner Blindheit nicht mehr sehen zu können.

Es war die herzergreifende und feierliche Stunde, in der er so viele Male auf der schwankenden Schiffsbrücke in den Meeren, die er durchkreuzte, jenes Ave Maria der Dämmerung an die Jungfrau Maria gerichtet hatte, das die Matrosen auf See an das Angelusläuten der heimatlichen Glocken erinnert. Barneville läutete es mit ernstem Klang von seinem viereckigen Turm, und der Glockenturm von Carteret wiederholte es in einem zitternden, hellen Ton. Der einstige Matrose hörte, verloren in die Erinnerungen seiner Jugend, die das Alter und die Blindheit durch ihren doppelten Schattenwurf noch deutlicher hervortreten lassen, diese Geräusche eines zuendegehenden Tages, dessen Licht er nicht mehr sah. Plötzlich wurde er durch einen schweren Schritt, den er auf den Muscheln, mit denen der Strand übersät war, erkannte und durch das Geräusch eines Stocks, der gegen die Treppen schlug, auf denen er saß, aus seinen Träumereien gerissen.

»Guten Abend, Vater Griffon«, sagte die schleppende Stimme des Bettlers, der uns in dieser Geschichte schon begegnet ist, »was sitzt ihr denn hier wie ein Säulenheiliger bei dem schönen Wetter und gafft die Möwen an?«

»Eh!« antwortete der Matrose, »ich wärme mir meine alten Rippen in der Sonne, die ich nicht mehr sehe, und die ich gerne auf meinen Knochen spüre. Möwen! Ach, wenn ich nur noch einen Schwanz von diesen armen Tieren sehen könnte! Meine Augen haben ihren Dienst aufgegeben; es ist kein Licht mehr in den Schalen: es ist aus, mein Freund! Wenn mir früher jemand gesagt hätte, daß ich, Griffon, der Bootsmann der *Espérance*, mich eines Tages stundenlang wie ein Krüppel auf diese Hündinnen von Steinen hocken würde, ohne auch nur das Ende eines Taus zwischen den Fingern zu halten, hätte ich voller Verachtung mit den Achseln gezuckt, und doch, der Teufel soll mich holen!, es wäre die reine Wahrheit gewesen! Ja, es wäre die reine Wahrheit gewesen«, wiederholte er nach einer Pause, mit der eigenartigen Melancholie der Männer, die einmal gewohnt waren zu handeln und dies nicht mehr können. »Es stand geschrieben, daß Jean François Nicolas Griffon mit seinen Augen, die er nun nicht mehr hat, viele Besatzungen untergehen sehen sollte, aber daß er, unter so viel tapferen Männern, dem Untergang, dem Sturm, dem Hunger, der Wut der Kanonen und der Wogen entkommen würde, um schließlich elendiglich an Land zu sterben, wie ein mit dem Netz ans Ufer geschleppter Lachs, der nicht mehr genug Kraft hat, um ins Wasser zurückzuspringen.«

»Bah!« sagte der Bettler, der, wie alle seinesgleichen, seine eigene Philosophie hatte. »Was macht's, wo man stirbt? Was macht's in welchen Graben man uns stößt, wenn der Bettelsack ein Loch hat! Wurm oder Fisch, das ist einerlei, wenn es um unser Aas geht … Aber ihr seid noch verdammt rüstig, Vater Griffon, ihr werdet den Anker noch nicht so bald lichten, wie man bei euch Matrosen sagt.«

Während er so, Hand und Kinn auf seinen Stock gestützt, redete, sah er, daß die Fenster des großen Salons des Herrenhauses, die für gewöhnlich geschlossen waren, offen standen, und daß der Wind die purpurnen Samtvorhänge, die ein letzter Sonnenstrahl erreichte, über die Fensterbretter wehte.

»Sieh an«, sagte er mit dem Blick des Bettlers, dem nichts entgeht, – denn wer hat es im Leben nötiger, ein guter Beobachter zu sein als ein Bettler? – »sieh an, die Fenster des Herrenhauses sind weit geöffnet. Sind die Herrschaften zurück oder erwartet man sie in den nächsten Tagen?«

»Nein!« erwiderte Vater Griffon. »Die Pächterin hat mir kürzlich gesagt, daß sie nicht da sind, und es ist auch nicht die Rede davon, daß sie kommen werden. Die Marquise ist letztes Jahr gestorben, als die jungen Leute weggefahren sind; Carteret gehörte ihr, und sie liebte dieses Gut, das ja schließlich ein schöner Besitz ist! Aber die Kinder haben nicht immer den Geschmack der Väter: Sie denken nicht wie die Alten. Vielleicht wird man die Besitzer des Herrenhauses nicht so bald wieder hier sehen.«

»Der liebe Gott möge uns beschützen!« sagte der Bettler. »Sie taten ebensoviel Gutes wie die Marquise, so jung sie waren. Als sie sich zurückzog, und die beiden allein im Herrenhaus zurückblieben, änderte sich nichts! Es gab auch weiterhin zu tun in Carteret für diejenigen, die arbeiten wollten und Almosen gab es ebenfalls für alle, die, wie ich, vom Alter gebrochen sind und keinen Pflug und keine Sense mehr halten können.«

»Stimmt!« antwortete Vater Griffon. »Sie sind von edler Abstammung; es sind gute Leute, vom alten Schlag, hilfreich und gesund wie Meerwasser. Ihr habt eine gute Tür verloren, als sie abgereist sind, Vater Loquet!«

»Das ist richtig! Und gleichzeitig habe ich mit dem Tod der verblichenen Comtesse de Mendoze, die zum Sterben auf ihr Gut in La Haie d'Hectot gekommen ist, eine andere verloren, die mindestens so gut war. Noch eine würdige Frau, und so früh dahingegangen … an Schwindsucht, wie man sagt. Ach, es ist ein großes Unglück für das Land, wenn die Herrschaften gehen, und nur noch die Pächter auf den Gütern zurückbleiben!«

Und da es trotz der Tageszeit an diesem Strand und drei Schritte entfernt von dieser Mauer, auf die die Sonne den ganzen Tag geprallt war, heiß war, nahm er seinen breitkrempigen Hut ab, stülpte ihn über seinen Stock und wischte sich mit dem Handrücken den Schweiß von der faltendurchzogenen Stirn, an der die grauen Haare festklebten.

»Erstaunlich!« sagte er. »Überall, in Barneville und Carteret, schlägt es halb sieben Uhr, und es ist noch heiß wie um die Mittagszeit. Ich komme von weit her und habe noch einen weiten Heimweg; ich werde ein Glas guten Cidre trinken, um meinen Schweiß zu trocknen.«

An seinem heiteren Gesichtsausdruck und seinem Bettelsack, den er, prall gefüllt mit den Almosen, die er erhalten hatte, über der Schulter trug, sah man, daß er einen guten Tag gehabt hatte.

»Wenn ihr nicht so faul wäret wie ein Siebenschläfer«, fuhr er fort, »würde ich euch vorschlagen, mich nach Bas-Hamet de la Butte zu begleiten. Ich habe heute ein paar armselige Sous in den Pfarrhäusern eingeheimst, und wir könnten, als gute Freunde aus alten Tagen, einen Schoppen oder auch einen Krug zusammen leeren. Wie wär's, mein alter Kumpel?« fügte er mit seiner schnarrenden Stimme freundlich hinzu. »Die gute Charline hat kürzlich ein Faß mit dem herrlichsten Tropfen von Barneville gekauft. Es ist der beste Cidre der Küste: bitter im Mund und süß im Magen!«

»Danke!« antwortete der Bootsmann der *Espérance*, »ich würde es nicht ablehnen, wenn es nach Bas-Hamet nicht so weit wäre, und wenn ich meine Augen hätte, um bei einbrechender Nacht zurückzufinden. Aber um die Zeit ist es, blind wie ich bin, zu spät, um alleine ohne Kompaß in einer Sandwüste zu zu segeln, denn ich gehöre nicht zu jenen Blinden, die sich alleine zurechtfinden, wie ich auch schon welche gesehen habe ... Und – verdammt nochmal! – der gute Cidre von Charline wird mich den Weg auch nicht leichter finden lassen.«

»Wenn es nur das ist«, erwiderte der Bettler, der an diesem Abend ein guter Kumpan war, »erhebt euch und kommt mit! Heute ist der Vorabend des Johannistags, des längsten Tags des ganzen Jahres; wir haben Zeit genug einen Krug oder auch zwei und sogar ein Glas Gin auszupicheln, ehe es endgültig dunkel wird. Auch wenn ich noch den ganzen Weg nach Sortôville zurückgehen muß, meine Beine sind noch nicht so schwach, daß ich euch nicht bis zum Steg zurückbegleiten könnte. Eine alte Nachteule wie ich hat keine Angst davor, sich auf dem Weg zu verspäten und bewegt sich bei Nacht ebenso gut wie bei Tag.«

»Also, abgemacht!« sagte Griffon, indem er sich von den Stufen erhob. Und sie schlugen den Weg nach Bas-Hamet ein, indem sie den Sandstrand diagonal durchschnitten, um schneller in die Schenke von La Butte zu kommen. Die Sonne war im Meer versunken. Sein Spiegel, glatt wie ein Wasserbecken, verwandelte ihren goldenen Widerschein in violette Farben, die ihrerseits in dem Grün aufgingen, das dieses Meer am Abend annahm und es einer Wiese gleichen ließ. Die offene See war prächtig und ruhig. Der Westwind trug nur den eintönigen Gesang der Viehhirten übers Land, die um Barneville herum vom Melken zurückkamen oder zum Melken gingen. Als sie an einen der kleinen Meeresarme kamen, die die Ebbe häufig im Sand vergißt, zogen sie ihre Schuhe aus und wateten barfuß durch das von allen Gärungsprozessen eines schönen Sommerabends laue Wasser. Alle beide waren es gewohnt, in jenem Sand zu gehen, in dem man bis zu den Knöcheln einsank. So kamen sie rasch an ihr Ziel. Als sie an der Stechpalme auf dem Hügel vorbeikamen, war es noch heller Tag, obwohl man schon eine dünne, blasse Mondsichel am Himmel sah, dessen Blau immer dunkler wurde... Der Tang, der vor den wenigen Häusern von Gros-Hamet ausgebreitet lag, atmete den starken Seegeruch aus, den er beibehält, wenn die Sonne ihn getrocknet hat. Schon bevor sie die Hütte von Madame Charline betraten, hörten sie die kreischende Stimme dieser verehrungswürdigen Gevatterin, die sich unerträglich über die anderen Stimmen erhob, und das brutzelnde Geräusch eines Bratens, während die zerlassene Butter auf dem Herd auf den Fisch zu warteten schien, der in ihr schwimmen sollte. Charline Bas-Hamet saß in der

Tat vor dem prasselnden Feuer auf einem Hocker. Sie bereitete eine Mahlzeit für mehrere Personen, unter denen sie den Fischer Capelin erkannten. Ein langer, mit einem Tischtuch und Zinntöpfen gedeckter Tisch zierte diese Art schwarzer, verrauchter Küche, die jedoch sauber war, denn ihr Boden wurde mehrmals am Tag aufgewaschen und gekehrt. Charline liebte ihren Besen mehr als die Hexen den ihren. Wenn sie sich genug mit ihm hier und da in ihrem Haus vergnügt hatte, ging sie zu anderen Tätigkeiten über, polierte unablässig ein kleines Nußbaumbuffet sowie das Geschirr und die englischen Tassen, die darin standen, um ihnen, wie sie sagte, einen Glanz zu geben, der die Gäste zum Trinken und Essen einlade. In den beiden Ecken dieses Raums, der, zusammen mit der Scheune, die sie, wie wir gesehen haben, der Señora Vellini überlassen hatten, die ganze Wohnung der Bas-Hamets bildete, befanden sich zwei Alkoven, der eine mit Vorhängen aus grünem Serge für die beiden Töchter, die schwesterlich zusammenschliefen; der andere, mit Vorhängen aus blauem Serge, einer gelben Borde und Quasten, für den Vater und die Mutter. Das war das Hochzeitsbett. Unter seinem etwas vergilbten Himmel war jener Honigmond, aus dem die mürrische Laune Charlines häufig einen Feuermond gemacht hatte, mehr als achtundzwanzig Jahre lang auf- und untergegangen. Ein schmales Fenster am Tischende erhellte dieses Ensemble, zusammen mit einer niedrigen Tür, die in einen kleinen Gemüsegarten führte, und einer größeren, die sich zu den Dünen hin öffnete. Diese wurde, der normannischen Landesitte entsprechend, nur nachts geschlossen und verriegelt, wie in den alten Zeiten von Herzog Rollon.

»Guten Abend alle zusammen!« riefen unsere beiden Freunde beim Eintreten und setzten sich auf die Bank, die rund um den Tisch und in der Nische unter dem geöffneten Fenster stand. »Charline, bringt uns einen Schoppen aus eurem neuen Faß«, sagte der Bettler, der sich im Keller von

Bas-Hamet auszukennen schien, »und«, fügte er hinzu wie jemand, der etwas springen lassen will, »wenn ihr noch ein paar Flohkrebse und ein Stück Weißbrot dazu habt, her damit!, denn der Abendwind und der Marsch haben den Appetit angeheizt und es ist nicht jeden Tag der Vorabend vom Johannistag.«

»Flohkrebse und Cidre lasse ich gelten!« sagte Vater Griffon, »aber ich möchte mich an der Zeche beteiligen, wie mein Kumpel mit dem Bettelsack. Euer Braten riecht gut, Mutter Charline! Gebt uns etwas davon und eine tüchtige Flasche von dem Gin, der den Grünröcken ein Schnippchen geschlagen hat, damit auch etwas für den Kameraden Capelin und euern Mann übrigbleibt, wenn er vom Fischfang zurückkommt; denn er ist ein alter Matrose wie ich, der Vater Bas-Hamet, und wir sind uns in Indien begegnet, zu einer Zeit, als weder meine Augen noch meine Fingerspitzen froren!«

Das zweite der Kinder dieser Fischerschenke, ein kleines zwölfjähriges Mädchen, mager wie eine Heuschrecke, mit hochgekrempelten Ärmeln und dünnen Armen, deren flachsblonde Haare über einen Nacken fielen, den die Sonne mehr verbrannt als gebräunt hatte, weil er von Natur aus bleich war, stellte den gewünschten Braten auf den Tisch, und Capelin, der Krabbenfänger setzte sich, ohne Umstände zu machen, zu den beiden Gastgebern.

»Danke für meinen Mann«, sagte Charline, »aber trinkt ohne ihn, gute Leute. Er ist in Jersey und wird nicht vor Ende der Woche zurückkommen. Er ist gestern abend bei Flut aufgebrochen.«

»Hattet ihr gestern Abend einen guten Fang, Kamerad Capelin?« fragte Griffon seinen Tischgenossen.

»Ach, das Meer ist besser als die Menschen«, antwortete Capelin, während er einen Henkelbecher voll Cidre hinunterschüttete, den er in der Asche gewärmt hatte. »Es gibt immer etwas her, aber die Leute kaufen nichts. Wir werden dieses Jahr verhungern, wenn wir nicht bis nach Valognes oder nach Cherbourg gehen, um unseren Fisch loszuwerden. Das mag für Pierre le Caneillier angehen, der einen Klepper hat, aber für mich, der ich den Weidenkorb auf dem Rücken tragen muß, ist es ärgerlich. Die guten Häuser des vergangenen Jahres gibt es nicht mehr. In *Les Eaux de la Taille* sind höchstens noch alte Geizkrägen, die um jedes Ei feilschen, und das Herrenhaus von Carteret steht leer, ebenso wie das Schloß von La Haie d'Hectot.«

»Werden die Herrschaften nicht nach Carteret zurückkommen?« fragte Charline.

»Es sieht nicht danach aus«, antwortete Griffon.

»Ach!«, setzte Capelin mit gewichtiger Miene hinzu, »der schönen Dame gefiel es hier nicht mehr. Sie langweilte sich. Sie ist darüber sogar krank geworden. Seit dem Tod der Marquise gab es Spannungen in der jungen Ehe. Die Herrschaften können noch so viel frischen Fisch auf ihrer Tafel haben, sie sind trotzdem häufig unglücklich.«

»Oh, da täuscht ihr euch aber gehörig, Vater Capelin«, warf die braunhäutige Bonine mit ihrer frischen Stimme ein, die auf einem anderen Tisch im Hintergrund des Raums Hauben bügelte und ihr Bügeleisen, das blau und glatt wie Stahl war, vor ihre runde, rote Wange hielt. »Ich habe Madame de Marigny in Carteret in der Messe gesehen, und ich kann versichern, daß sie ganz glücklich aussah.«

»Ja, ja«, sagte Capelin wie jemand, der sich seiner Sache vollkommen sicher ist, »am Anfang, aber nicht am Schluß! Offenbar hat es zwischen den Eheleuten Auseinandersetzungen gegeben, die niemand kennt und von denen niemand etwas weiß … Die Kammerzofe, Mademoiselle Nathalie, eine gewitzte Person, die, wie man weiß, mehr als einem Jungen in Carteret den Kopf verdreht hat, sagte es jedem laut genug, der es hören wollte. Auch ich habe Madame de Marigny gesehen, und öfter als ihr, Mademoiselle Bonine, wenn ich Krebse oder Hummer ins Herrenhaus brachte. Sie kam manchmal in die Küche herunter, und ich kann euch auf meinen Platz im Paradies schwören, daß sie genauso traurig aussah ... wie ihr, Mademoiselle Bonine, wenn es stürmt und Richard le Caneillier auf See ist.«

Bei diesen Worten wurden die ohnehin schon roten Wangen der armen Bonine so rot wie die Kohlen unter ihrem Dreifuß, die dazu dienten, ihr Eisen zu erhitzen.

»Es ist so, wie ich es euch sage!« fuhr Capelin fort, der sich immer wichtiger vorkam, weil man seinem Klatsch Aufmerksamkeit schenkte. »Es gab etwas zwischen Baum und Borke, und die Ursache für diesen Zwist war bei euch, Mutter Bas-Hamet.«

»Schweigt, altes Lästermaul!« rief Bonine empört, indem sie ihr Eisen auf das Linnen hieb, das sie gerade bügelte und in ihrer ungestümen Unachtsamkeit versengte.

»Wer?« fragte Charline, deren Stimme sich plötzlich in unbekannte Oktaven menschlicher Musik aufschwang.

»Ah! Die *Mohrin*, die Spanierin? Hat man in Carteret über sie gesprochen?«

»Bei Gott!« sagte der Krabbenfischer, »diese Geschichte ist allgemein bekannt. Die hübsche Marie Meslin, die Sansonnet und die Lampérière haben sie an allen Waschplätzen der Gegend herumerzählt. Ich bin mir sicher, Mutter Charline, daß ihr sie ebenso gut kennt wie ich. Sie sagten, diese schreckliche kleine *Mohrin*, die bei euch wohnte, und der ich so oft am Strand begegnet bin, sei eine *Verflossene* von Monsieur de Marigny, die er verlassen habe, um seine Frau zu heiraten, und die ihn seit einiger Zeit verfolge wie eine Schreckensvision! Und sie verbreiteten, sie sei eine Zauberin gewesen und habe ihn so gut verzaubert, daß er sich nicht mehr von ihr lösen konnte. Das war vielleicht eine Verleumdung, denn ich glaube nicht, daß es Weibsbilder gibt, die die Männer reiten, wie der Werwolf den Teufel reitet. Man hat immer ein kräftiges Reisigbündel zur Hand – nicht wahr, Mutter Charline? –, mit dem man die Frauen traktieren kann, wenn sie zu aufsässig werden. Ob es nun stimmt oder nicht, jedenfalls gab es diese Gerüchte! Und man schenkt ihnen Glauben, wenn man sie gesehen hat, denn, bei meiner Seele, sie sah aus wie ein böser Geist. Ihr höllenschwarzes Gesicht vergißt man nicht. Wenn ich ihr abends am Strand begegnete, hätte ich es, Gott behüte mich!, vorgezogen, der weißen Caroline zu begegnen. Erinnert ihr euch noch daran, Vater Griffon? Eines Abends in der Dämmerung wärmte sie sich mit uns unten am Hafen an einem Feuer, das die Matrosen angezündet hatten, um ihr Schiff zu teeren. Damals haben eure Augen noch gesehen. Die schöne Dame kam ebenfalls herunter. Erinnert ihr euch, mit welchem Blick sie sie die ganze Zeit ansah? Und seit jenem Abend ist Madame de Marigny ständig krank gewesen. Man sagt, es gäbe Augen in denen man das Schicksal lesen könne, und die die Macht hätten, zu töten.«

»In Sizilien und auf Korsika habe ich davon gehört«, sagte der alte Griffon, »aber ich habe nie den Beweis dafür erhalten, und der Schiffsprediger der *Espérance* sagte, es sei eine Todsünde, an solche Albernheiten zu glauben, die der Teufel, der alte Feind der Menschen, diesen in den Kopf gesetzt habe.«

»Sünde oder nicht«, entgegnete Capelin, »das war die Rede an dieser Küste. An allen Türen, an denen ich meinen Fisch verkaufe, sprach man darüber. Und man sagte noch mehr, Mutter Charline. Einige behaupteten, daß ihr mehr darüber wißt, als ihr erzählen wollt, und daß Monsieur Marigny nachts häufig nach Bas-Hamet gekommen sei, um die *Mohrin* zu besuchen.«

»Die das sagen lügen!« rief die arglose Bonine, deren Stimme fast so hoch anstieg, wie die ihrer Mutter.

»Oh! Oh! Mademoiselle Bonine!«, meinte der Krabbenfischer mit einem ironischen Ton in der Stimme, »man braucht nicht beim geringsten Wort, das lachend gesagt wird, wie kochende Milch aufzuschäumen! Daß die *Mohrin* euch die beiden Ringe geschenkt hat, die ihr an den Fingern tragt, und daß sie euch manchmal in ihren Zauberspiegel blicken ließ, in dem ihr sehen konntet, ob euer Geliebter anderen den Hof macht, wenn er auf dem Jahrmarkt von Portbail tanzte, ist noch lange kein Grund dafür, so heftig auf seine Tugend zu schwören.«

Bonine beugte sich über das Bügeleisen, das weniger glühte als ihr Kopf, und die hereinbrechende Dunkelheit verhinderte, daß man ihr Gesicht genau erkennen konnte. Es stimmte, daß sie die beiden Ringe, die ihre rundlichen, rosigen Finger schmückten, von Vellini geschenkt bekommen hatte, und daß Capelin eines Tages, als er auf dem Feldweg am Ende des Gartens entlangging, gesehen hatte, wie die Spanierin dem unwissenden jungen Mädchen ihren Bleispiegel zeigte und gehört hatte, wie sie ihr abergläubische Dinge einredete.

»Und – sonst noch etwas?« sagte Charline, die ihre beiden Fäuste in die hohlen, vertrockneten Flanken stemmte und ganz unvermittelt ihrer armen, verwirrten Tochter zu Hilfe eilte. »Was kümmern euch alten Sünder die Ringe meiner Tochter und ihre Geliebten? Euer Schandmaul zieht heute Abend wohl über alle her, verdammter alter Kiepenträger! Ich frage euch, was geht euch das Tun und Lassen der *Mohrin* an? Schuldete sie euch etwas, das sie nicht bezahlt hat, daß ihr einen solchen Unsinn über sie verbreitet? Die üble Nachrede eines Schwätzers, wie ihr es seid, ist eine ausgezeichnete Garantie für die Zügellosigkeit einer Frau, deren kleiner Fingernagel mehr wert ist als euer ganzer armseliger Körper, ja, selbst für den Ruf aller anständigen Frauen zwischen Carteret und Portbail!«

Alle unsere Gäste, die damit beschäftigten waren, ihren Gin zu schlürfen, brachen bei der Explosion der mütterlichen Wut Charlines in Lachen aus. Sie waren offensichtlich an das durchdringende Kreischen dieser stählernen Stimme, die wie ein chinesischer Gong vibrierte, gewöhnt, denn sie ließen sich nicht davon abhalten, weiter zu trinken und ihre Späße zu machen, während der Krabbenfischer, die Situation beherrschend, unbekümmert und ruhig erwiderte:

»Viel Lärm um nichts, Mutter Bas-Hamet! Aber Worte sind keine Gründe! Ihr habt vielleicht die euren, um nicht über diese Herumtreiberin zu sprechen, die wieder verschwunden ist, ohne daß man überhaupt wußte, woher sie kam. Aber fragt einmal eure Nachbarin, die kleine Witwe Montmartin, ob sie nicht jede Nacht das schwarze Pferd von Monsieur de Marigny, angebunden an der Seitentür, gesehen hat, während ihr schlieft, ihr, euer Mann und eure Töchter, ohne etwas von dem Hexensabbat zu ahnen, den die *Mohrin* in eurer Scheune mit ihrem alten Liebhaber veranstaltete! Die Hufe des Pferds – das sich weniger als sein Herr amüsierte und während des Wartens stampfte – waren auf der Tangdecke, die vor eurer Tür ausgebreitet war, kaum zu hören. Aber die Montmartin, die seit dem Tod ihres seligen Gatten, der unter seinen eigenen Karren gekommen ist, nicht mehr schläft und nachts aufsteht, um ihre kleine Öllampe anzuzünden, hat Monsieur de Marigny mehr als einmal gesehen, und sie war so erschüttert darüber, daß sie es mir damals sagte, und sie wird es bestimmt nicht vergessen haben!«

Charline schwieg. Im Grunde war sie begierig auf Klatschgeschichten. Man darf sich nicht täuschen! Sie hatte die Spanierin nur verteidigt, um die angegriffene Bonine in Schutz zu nehmen. Aber sie hatte nichts gegen die Details, die Capelin berichtete, und sie hörte sie mit einem Vergnügen, das dadurch noch größer wurde, daß sie es verbarg.

»Schließlich« sagte der Krabbenfischer wie ein Kanzelredner, der sich seinen besten Beweis für den Schluß aufbewahrt, »werdet ihr mir kaum abstreiten können, was ich selbst gesehen habe, gute Mutter!, und besser als ich euch sehe, obwohl es hier auch schon ziemlich dunkel ist. Üble Nachrede ist das eine. Aber hier handelt es sich nicht mehr um das, was andere gesagt haben. Ich selbst, Capelin, der hier am Tisch sitzt, so wahr ich lebe und so wahr Gott Gott ist, habe diesen Winter Monsieur de Marigny getroffen, als er von Bas-Hamet zurückgekommen ist. Glaubt mir, er wollte dort um diese Zeit und bei diesem Wetter nicht, wie man sagt, Pflaumen pflükken; denn es war so scheußliches Wetter, daß man keinen Hund vor die Tür gejagt hätte, und der scharfe Ostwind blies über den Sand, als ob er einem das Gesicht in tausend Teile zerschneiden wollte.«

»Vielleicht hattet ihr ein Glas zuviel getrunken?« sagte die Wirtin der Schenke von La Butte, wie ein Reiter, der mit seinem Degen zustößt, während er die Zügel seines Pferds anzieht.

»Nein, auf mein Wort!« entgegnete der Berichterstatter. »Es war nach Mitternacht und ich kam vom Krabbenfischen zurück. Ich hatte nichts gefangen. Meine Kiepe war leer. Es war eine schlechte Nacht gewesen, als wären die weiße Caroline oder der Schreier in den Dünen unterwegs. Und tatsächlich hatte ich auch die Caroline ums Herrenhaus herumstreifen sehen. Ich hätte sogar schwören können, daß sie hineingegangen ist, und als ich sie nicht mehr sah, wie ich an dem Tor vorbeikam, sagte ich mir: ›Droht den Bewohnern des Herrenhauses ein Unglück? – oder warum spukt die Caroline nachts bei ihnen ums Haus?‹ Und ich ging weiter, ohne mich umzudrehen, denn ich mag nicht mit ihr zusammentreffen, das ist die reine Wahrheit! Da hörte und sah ich am Ende des Stegs, an dessen Geländer ich mich festhielt, das Pferd von Monsieur de Marigny, das mit allen Vieren durchs Wasser watete. ›Aha‹, sagte ich mir, mich an alles, was das Zimmermädchen erzählt hatte, erinnernd, ›er kommt gewiß von der *Mohrin* in Bas-Hamet‹. Er erkannte mich so wie ich ihn, und wir redeten ein paar Worte. Aber im Grunde seines

Herzens war er nicht glücklich über diese Begegnung und hätte mich lieber tausend Meilen weit weg gewünscht … Er hielt nicht an, und als er an mir vorbei war, sah ich, wie er losritt, als säße ein Teufel auf der Kruppe seines Pferdes. Die *Mohrin*, die Caroline, das Wetter, alles ließ merkwürdige Gedanken in meinem Kopf aufkommen … Um am Strand in dieser Hundskälte herumzureiten, wenn man reich ist, wie Monsieur de Marigny und nicht für sein täglich Brot arbeiten muß wie ich, und vor allem, um zu einer solchen Stunde eine Frau wie die seine, eine Perle von Frau, wie man sie im ganzen Land nicht gesehen hat, zu verlassen, mußte der Teufel mit im Spiel sein, und alle Geschichten der Waschplätze kamen mir wieder in den Sinn! Er war so sehr mit im Spiel, daß, Gott helfe mir, schon am nächsten Tag – ich habe es in meinem Gedächtnis und mit einer Kerbe im Griff dieses Messers festgehalten – die arme Madame de Marigny auf den Tod erkrankte und seit jenem Tag nie wieder glückliche Augen und eine gesunde Farbe zeigte!«

Und er schlug mit seinem Messer – jenem Messer, das er gerade zum Zeugen aufgerufen hatte – auf den Tisch, vor dem er saß. Als er schwieg, herrschte einen Moment Stille … Charline und Bonine waren durch diese Geschichte, die er mit so aufrichtiger Anteilnahme erzählt hatte, zum Verstummen gebracht worden. Endlich war es Nacht. Durch das offene Fenster sah man den Mondschein in der Stechpalme auf dem Hügel spielen, und das Haus warf seinen Schatten auf den Tang. Das Innere der Hütte versank in Dunkelheit. Nur noch ein Rest Glut im Herd und das Kohlenfeuer, das Bonines Bügeleisen erhitzte, warfen einen schwachen Schein. Abergläubisch, wie man an dieser Küste war, wo der Glaube an Wunder noch lebte, standen sie im Bann des leidenschaftlichen Berichts von Capelin. Die arme Bonine war die Verstörteste. Sie hatte das Gefühl, die Ringe wickelten sich um ihre Finger wie kleine zischende Schlangen mit feurigen Zungen, und sie zitterte vor Angst, sich zu sehr an eine Freundin des Teufels gehängt zu haben.

»Nun«, sagte Charline, die im Grunde ein mutiges und tapferes Frauenzimmer war, »ob der Teufel nun mit im Spiel war oder nicht, die *Mohrin* war trotz allem kein schlechtes Geschöpf! Sie hatte ihre Ideen und ihre kleinen Eigenheiten, aber das haben alle bedeutenden Menschen. Wenn sie Madame de Marigny Kummer bereitet hat, ist dies ein Unglück, ja, und ich entschuldige sie nicht; denn man muß die Ehemänner ihren Frauen lassen. Aber wir, die wir sie beherbergt haben, wir haben ihr nichts vorzuwerfen. Ganz im Gegenteil! Ich habe oft gesehen, wie sie die Armen beschenkte, die an ihrer Tür klagten. Sie war großzügiger als viele der Reichen, die schöne Ländereien in der Gegend besitzen.«

»Ja, das ist wirklich wahr!« sagte der Bettler Loquet, der bis dahin geschwiegen hatte, weil er damit beschäftigt gewesen war, für wenigstens zwei Tage zu essen und zu trinken. »Es stimmt, sie war mildtätig und nicht stolz! Ich weiß nicht, ob sie mit dem Pferdefuß einen Pakt geschlossen hat, aber ich weiß mit Bestimmtheit, daß das Geld, das sie mir zugesteckt hat, meine Tasche nicht verbrannte, und daß sie mir mehrmals mehr gab, als irgend jemand sonst, seit ich in dieser Gegend umherstreife ... Besonders eines Tages, als ich sie mit Monsieur de Marigny traf, wie sie zusammen aus dem *Teufelsgrab* kamen – wahrhaftig! aus dem *Teufelsgrab*! –, was sie dort machten, weiß ich nicht!, aber sie kamen da heraus. Monsieur de Marigny, der den Armen gegenüber ebenfalls großzügig war, schüttete mir seine ganze Börse in meinen großen Hut! Sie unterhielten sich in einer fremden Sprache, aber die *Mohrin* sagte, sie wolle mit mir nach Bas-Hamet zurückgehen, und tatsächlich begleitete sie mich mit ihren kleinen hübschen Füßen leichtfüßig wie eine Bachstelze und redete und lachte mit einem alten Mann wie mir, und als wir unten am Weg nach Barneville waren, gab sie mir ebenfalls alles, was sie bei sich trug, so daß ich an diesem Tag einen Lohn hatte wie seither nie wieder, und wie ihn mir der liebe Gott wahrscheinlich nicht nocheinmal schicken wird!«

* * *

So unterhielt man sich eines Abends an diesem wilden und abgelegenen Küstenstrich von La Manche in einer Schenke der Viehknechte, der Fischer und der Bettler über Vellini. Sie hatte nur eine kurze Zeit an dieser Küste gelebt, und schon waren alle diese einfachen Menschen, die sie kennengelernt hatten, erfüllt von ihr und redeten nur noch von ihr. Die *Mohrin*, wie sie sie nannten, war Gegenstand ihrer Unterhaltungen und haftete in ihrer Erinnerung. Sie würde vielleicht bald in die Legenden der Abendstunden eingehen, wie die weiße Caroline, die ebenfalls in ihrem Leben und in ihren Unterhaltungen immer wiederkehrte. Sie beschäftigte die Phantasie dieser urwüchsigen, einfachen Menschen, wie sie die Phantasie der gebildetsten und fähigsten Männer, der anspruchvollsten und blasiertesten, was den Geschmack, der hochmütigsten, was den Genuß, der kompliziertesten, was die Wahl betraf, beschäftigt hatte. Die einen wie die anderen kamen zu demselben Schluß, wenn sie von der Spanierin sprachen. Die Männer haben fast alle die gleichen Gedanken, wenn es um die gleichen Geheimnisse geht, und Vellini war von einem Geheimnis umgeben, dessen Wirkung und Macht man wohl beschreiben konnte, das sich jedoch der menschlichen Beobachtung und Erklärung entzog.

An demselben Abend, an dem unsere Niedernormannen bei Charline miteinander plauderten – denn im Spiel des Lebens gibt es bisweilen ein merkwürdiges Zusammentreffen der Umstände –, fand sich der Comte de Prosny in Paris bei Madame d'Artelles ein, mit der pünktlichen Genauigkeit einer Uhr, deren Triebfeder sie seit vierzig Jahren war.

Er hatte im Café des Anglais, seinem üblichen Restaurant, diniert, alleine, nur mit sich selbst als Tischgenossen, wie Lukullus bei Lukullus. Es war seine Gewohnheit, alleine zu dinieren. Er hatte beobachtet, daß Konversation – dieses reizende hors-d'œuvre für die, die sich an der Tafel unterhalten wollen, und die achtlos mit gespitzten Lippen Fasanenflügel oder getrüffelte Ortolansuppe kosten – für diejenigen, die wirklich zu essen verstehen eine Zerstreuung und Ablenkung ist. Daher ließ er, wie die Asketen, die in der Wüste ihr Zwiegespräch mit Gott verdoppeln – wie die Liebenden, diese anderen Asketen, die ihre Maitressen in die Einsamkeit schleppen, damit die gleichgültigsten Strahlen ihrer Augen niemand anderen treffen –, den Genüssen der Tafel jene einsame Konzentration angedeihen, die die Intensität des Vergnügens durch die Absage an alles, was nicht das Vergnügen selbst betrifft, vervielfacht. Als er seine Tasse Kaffe in dem kleinen, blauen Salon bei Tortoni, den Talleyrand so sehr schätzte, fertiggetrunken hatte, war er gemächlich in die Oper gebummelt; anschließend hatte er sich zu Madame d'Artelles begeben, nicht ohne vorher einen großen Bogen durch die Rue de Provence zu schlagen, von wo ihn eine kleine niedrige Kutsche in den Faubourg Saint-Germain brachte. Eloy de Bourlande-Chastenay, Comte de Prosny, war immer noch der gleiche Mann. Sein magerer und großer Körper, den die Vergnügungen seiner Jugendzeit nicht zu zerstören vermocht hatten und den ein alles beherrschender Egoismus in seinen erstarrten Säften schließlich härtete, zeigte die Standfestigkeit einer Pyramide unter seiner gelben und vertrockneten Papyrushülle. Seit seinem ersten Auftreten in dieser Geschichte war er (wie man sagt) keinen Tag und keine Stunde gealtert. Wer weiß?, vielleicht wären wir unsterblich, wenn unser Körper nicht mehr dächte! In diesem Fall könnte der gedankenleere, alte Prosny das mumifizierte Alter repräsentieren. Sein Adlerauge – das immer erstaunt blickte, sofern es nicht unerbittliche Neugier erkennen ließ – hatte seinen grünen Glanz so wenig verloren wie ein hundert Jahre alter Smaragd den seinen verliert, wenn er, in eine gotische Fassung eingelassen, den Arm einer alten, faltigen Frau schmückt. Er wäre fast Zeuge des stillen Todes der Marquise de Flers geworden, dieser Frau, die, besser als Mirabeau, im Sterben die Lumpen der Monarchie mit sich genommen hatte und eine Güte, die würdig gewesen wäre, ewig zu dauern. Obwohl sie seine Altersgenossin und seine Freundin gewesen war, hatte ihn ihr Tod kein Zähneklappern und keine Viertelstunde Schlaf gekostet. Von langer Hand machte er sich auf den doppelten Schock eines noch grausameren Verlusts in der Person von Madame d'Artelles, der siamesischen Schwester Madame de Flers, gefaßt, die seit dem Tod ihrer anderen Hälfte ihr Leben nur noch dahinschleppte. Die Comtesse d'Artelles war ihm zwar durch einen vertrauten Verkehr verbunden, der mit der Zeit durch die Gewohnheiten des täglichen Lebens immer enger geworden war; aber er war ein Mann, der ein ganzes Geschlecht von Freunden und alten Maitressen mit der Teilnahmslosigkeit eines Totengräbers hätte beerdigen können. Gewohnheitsmäßig sah man ihn jeden Tag zur selben Stunde im Salon von Madame d'Artelles. Dieser ovale und reich ausstaffierte Salon, in dem sich die kränkelnde Comtesse in einem Lehnsessel aufhielt, vor dem er sich, ihr gegenüber, niederließ, glich einem der Freundschaft und der Erinnerung geweihten Tempel. Am Abend wurde er vom verschwimmenden Schimmer einer Silberlampe gebadet, einem Meisterwerk der Ziselierkunst, das die Marquise ihr geschenkt hatte, deren Portrait sich auf der Wandtäfelung in verschiedenen Ausgaben und aus unterschiedlichen Lebensepochen wiederholte. Eine Überfluß von Skabiosen und Veilchen füllte die Vasen auf den Konsolen; denn Madame d'Artelle duldete nur Trauerblumen um sich, die der Einbildungskraft durch die Sinne eine melancholische Stimmung einflößten. Für gewöhnlich, wenn Monsieur de Prosny dieses dämmrige Asyl der *braunen Gedanken*, wie Madame de Sévigné sagte, betrat, legte der alte und geschmeidige Praktiker des Anstands, der den Kummer der verwitweten Königin seiner Gefühle kannte, die Höflichkeit einer Trauer an den Tag, die der ihren entsprach. Er stimmte sich auf ihre Seufzer ein. Für die Bedürfnisse dieser sich allabendlich wiederholenden Situation, prägte er jenen Ausdruck auf sein Gesicht, den er lange Zeit zum Tod seiner Frau wiederholt hatte: Eine Medaille, die zu Ehren ihres Gedächtnisses und zur Erinnerung an seine Erlösung geschlagen worden war, und die sich beim vielen Vorzeigen abgenutzt hatte. Die Comtesse dankte ihm diese Trauer, die er an ihrer Schwelle anlegte, und die sie für ein immerwährendes Mitgefühl hielt. Aber an diesem Abend war er mit einer fast anstößig erleichterten Miene bei ihr eingetreten, und sie hatte dies bemerkt. Ein Ausdruck zurückgehaltener Ironie umspielte seine Mundwinkel.

»Nun, meine liebe Comtesse«, hatte er zu ihr gesagt, ohne sich nach ihrem Ergehen zu erkundigen, und hatte ihr mit einer Zerstreuung die Hand geküßt, als küßte er den Ring eines Bischofs und nicht die Hand einer Frau, die er einst geliebt hatte, »werden Sie meinen Prophezeiungen in Zukunft Glauben schenken?«

»Was wollen Sie damit sagen?« entgegnete Madame d'Artelles, die an ihrem ewigen Strickzeug arbeitete, »und was für eine Mücke hat sie gestochen, Monsieur de Prosny? Sie tanzen als wäre es eine Tarantel gewesen. Man könnte meinen, sie machten Flugversuche.«

»Um Ihnen zu beweisen, daß das nicht so ist, setze ich mich«, sagte er, wobei er sich in einen Lehnsessel fallen ließ. Sein Spazierstöckchen, dieses Accessoire eines Stutzers, das alle Tändeleien seiner allzu vertändelten Jugend überlebt hatte, wippte zwischen seinen übereinandergeschlagenen Beinen in einer Bewegung, die den Stolz eines Triumphators erkennen ließ.

»Was ich damit sagen will, Comtesse, ist, daß meine Voraussagen eingetroffen sind!« fuhr er mit feierlicher Miene fort, indem er zwischen jedem Wort eine Pause machte, als ob er seinen Erfolg bejubelte, und seine Wange mit der Zunge ausbeulte, während er die Wirkung studierte, die er bei Madame d'Artelles hervorrief. »Nach achtzehn langen Monaten der Ungewißheit habe ich *gerade eben* den Beweis für etwas erhalten, das ich seit langem vorausgesehen und vorausberechnet hatte, wie man eine Eklipse im voraus berechnet. Und es ist in der Tat eine Eklipse! Das Muster eines Ehegatten, Monsieur de Marigny …«

»Monsieur de Marigny?« fragte die Comtesse, indem sie den Kopf mit einem Fragezeichen im Blick erhob.

»Hat sich benommen wie der Hund in der Bibel, Comtesse!« sagte de Prosny. »Er ist zurückgekehrt … Sie wissen schon wohin.«

»Aber das ist höchst unanständig, was Sie da sagen, Vicomte!« entgegnete Madame d'Artelles, die ihre Bibel kannte und die manchmal eine Predigt besuchte.

»Aber sagen ist nicht gleich tun!« erwiderte der alte Zyniker; »und ich übernehme es nur, Ihnen eine Sache zur Kenntnis zu bringen, über die Sie sich, wenn Sie sie gehört haben, selbst eine Meinung bilden können. Lassen Sie uns sehen!« fügte er hinzu, indem er seine Uhr aus der Tasche zog und sie mit der Wanduhr verglich, »es ist genau Viertel vor elf. Wo glauben Sie, daß sich Monsieur de Marigny, dieses Genie der ehelichen Liebe, zur Zeit, auf wundersame Weise, in die schwefelhaltige Haut eines Libertin geschlüpft, befindet …?«

»O, mein Gott!« rief Madame d'Artelles, »meine arme Freundin, die Marquise de Flers hat also gut daran getan zu sterben …?«

»Er ist«, fuhr Monsieur de Prosny fort, indem er über die herzergreifende Äußerung der Comtesse hinwegging, ohne ihr mehr Gehör zu schenken als ein Wagenrad den Schreien derer, die es zermalmt, »in der Rue de Provence, Nr. 46, bei der Señora Vellini.«

»Ist das wirklich wahr?« fragte die Comtesse, die es nicht glauben wollte.

»Und ob es wahr ist, bei Gott!« sagte der Vicomte. »Ich habe ihn selbst hineingehen sehen, und sein Wagen – die schwarze Kutsche mit dem isabellfarbenen Gespann, den Rosetten aus gelben Bändern an den Köpfen der Pferde und dem gevierteilten Wappen der de Marignys und der de Polastrons am Schlag –, der vor der Tür hielt als habe man nichts zu verbergen, bestätigt denjenigen, die vorbeigehen, die Tatsache in ausreichender Weise. Was die Etikette angeht, mangelt es an nichts! Marigny schätzt das Inkognito nicht. Mir gefällt an ihm, daß er seine Ehre daransetzen wird, unpopulär zu sein, wenn er eines Tages Minister wird. Ich kenne niemanden, der der öffentlichen Meinung den Fehdehandschuh gekonnter ins Gesicht wirft als er.«

Die Comtesse ließ ihr Strickzeug stumm, gedemütigt und bestürzt in den Schoß fallen, denn, wie man gesehen hat, hatte sie an die Umkehr Monsieur de Marignys kraft des großen Wundermittels der ehelichen Liebe geglaubt.

»Er war mit seiner Frau in der Oper«, fuhr Monsieur de Prosny fort. »Er ist fast gleichzeitig mit mir aufgebrochen, und ich habe gesehen, wie er unter dem Säulengang in seinen Wagen stieg; es war nach dem zweiten Akt. Er ließ Madame de Marigny allein in einer Loge mit Madame de Spaur und Madame de Vanvres zurück und eilte wie ein befreiter Gefangener zu seiner alten Maitresse, als hätte er nicht die schönste und interessanteste Person von Paris zur Frau!«

»So sind die Männer!« sagte Madame d'Artelles; »und dennoch, Sie mögen mir glauben oder nicht, Monsieur de Prosny, ich schwöre Ihnen, daß er Hermangarde geliebt hat, und daß ich Zeuge dieser Liebe gewesen bin, die ich nie vergessen werde!«

»Und Sie tun gut daran«, erwiderte de Prosny, »damit sich wenigstens jemand daran erinnert; denn er erinnert sich wahrscheinlich nicht mehr daran!«

Hier trat eine Pause zwischen den beiden Siebzigjährigen ein. Aber Beelzebub und Baal Peor, die die Teufel der Ehe sind, tanzten ihren Tanz in den Gedanken des alten Prosny; denn philosphisch meinte er, mit einem Lächeln, das wahrscheinlich alle Teufel zeigen, wenn sie guter Dinge sind:

»Ist dieses Ende, das ein Wiederanknüpfen ist, denn erstaunlich? Konnte de Marigny, von dessen Leidenschaft wir gewußt haben, denn ewig in der Einsamkeit von Carteret im Angesicht der Vollkommenheiten seiner Frau Gemahlin leben und seine Tage damit zubringen, sich in seinem Glück zu spiegeln – wie ein indischer Fakir, der sich in seiner Nasenspitze spiegelt und vierzig Jahre seines Lebens damit zubringt, über die Silbe ›Boum‹ zu meditieren …?«

»Doch, Monsieur de Prosny, es ist erstaunlich!« sagte die Comtesse wehmütig. »Solche Ausschweifungen erstaunen immer. Nun findet«, fuhr sie nach kurzem Schweigen fort, »die Traurigkeit Hermangardes ihre Erklärung! Es ist also nicht nur der Tod ihrer Großmutter, der ihr schönes Gesicht mit dieser tiefen Blässe überzog und ihrem Blick jenen jammervollen Ausdruck verlieh, den man so wenig versteht und der so weh tut! Die Marquise de Cagny sagte erst neulich zu mir: ›Warum legt die schöne Madame de Marigny, deren Heirat allen jungen Mädchen so den Kopf verdreht hat, daß sie nur noch Liebesheiraten eingehen wollen, in der Öffentlichkeit denn eine so große Traurigkeit an den Tag …? Man könnte meinen, sie habe einen verborgenen Kummer oder irgendeine geheimnisvolle und schmerzhafte Krankheit. Ist der Tod ihrer Großmutter schuld an ihrem Aussehen? Oder sind es die Folgen ihrer Fehlgeburt …? Auf alle Fälle ist es kaum möglich, weniger glücklich auszusehen als diese junge Frau, die doch so glücklich sein sollte.‹«

»Jetzt könnten Sie die Antwort geben«, sagte der Vicomte, »und die Neugier von Madame de Cagny befriedigen. Hermangarde ist einer alten Maitresse geopfert worden, und sie weiß es, obwohl sie darüber schweigt. Das ist die ganze Geschichte und diese Geschichte ist nicht neu. Die Vellini täuschte sich nicht, als sie eines Abends, während sie mit ihrem Pantoffel herumspielte und ihn mir dabei fast an den Kopf schleuderte, sagte, ihre Verbindung mit Monsieur de Marigny sei unlösbar. Sie wußte, welche Kraft ihre Fesseln besaßen. Sie kannte die unfehlbare Macht ihrer Köder und verstand es, mit dem immer gleichen Haken den Fisch, den sie zehn Jahre lang in der Pfanne sämtlicher Lüste geschmort hatte, aus den Armen einer neuen, charmanten Frau zurückzuangeln! Danach soll keiner mehr sagen, den Männern fehle es an Treue und Beständigkeit!«, fügte Monsieur de Prosny hinzu, indem er feierlich seine Tabakdose öffnete, als seien darin alle Geheimnisse der menschlichen Seele verwahrt.

»Schweigen Sie, Vicomte!« sagte Madame d'Artelles ungeduldig. »Wollen Sie eine solche Schändlichkeit Treue und Beständigkeit nennen?«

»Es ist deshalb eine Schändlichkeit«, sagte Monsieur de Prosny, der sich plötzlich als Moralist zu erkennen gab, »weil diese Vellini nicht aus Ihrem Faubourg ist, meine teure Comtesse; denn sie alle im Faubourg Saint-Germain haben die durch Jahre des Zusammenlebens geheiligte *liaison* von Madame d'Hénoës und Monsieur de Fargirens nach einiger Zeit sehr rührend gefunden, und heute ist sie endgültig und offiziell anerkannt… Es ist deshalb eine Schändlichkeit, weil es die Vellini ist, die Monsieur de Marigny an ihre Röcke bindet. Aber nehmen Sie einmal an, es handelte sich um Madame de Marigny, die Señor Vellino, den Sekretär des spanischen Botschafters, der nach zehn Jahren, inzwischen verheiratet, zurückkehrt, trotz seiner Ehe in den Taubenschlag ihrer Lieben von zehn Jahren lockte, dann würden Sie und alle Frauen, die die Meinung in diesem Land machen, ein Bataillon gerührter moralischer Amazonen zu ihrem Schutz aufstellen, um eine so gefährliche Situation zu kaschieren und zu entschuldigen, und sie wären so geistreich, daß sie vielleicht sogar Erfolg hätten!«

»Und wir hätten recht!« rief Madame d'Artelles, die sich wie alle Frauen auf die Seite ihrer Geschlechtsgenossinnen stellte und die Moralität der menschlichen Handlungen weniger in den Dingen selbst als in einer gewissen Modellierung der Gefühle und der Einstellungen sah. »Wollen Sie eine anständige Frau, einen Engel wie Madame de Marigny, mit einer Frau wie dieser alten Larve Vellini vergleichen, die in ihrer Person nicht den Schatten einer Entschuldigung für all das Unrecht bietet, dessen sich de Marigny gegenüber einer Frau schuldig macht, die wirklich die Vollkommenheit selbst ist …?«

»Es ist nicht einfach nur eine Frage des Äußeren«, meinte de Prosny, der sich manchmal immer noch als *avocat de sept heures* erwies und einen logischen Scharfblick an den Tag legte; »wissen Sie denn, ob die Vellini nicht unter ihrem weiten Umhang der Spanierin eine Rechtfertigung für Monsieur de Marigny bereithält …? Madame de Staël, deren Haut wie unsere aufgestülpten Stiefel aussah, wenn wir welche tragen würden, sagte, Gott habe ihre wahren Züge nicht auf ihrem Gesicht eingeprägt. Und erinnern Sie sich nicht an die berühmte Geschichte der Maitresse des Herzogs von York in den Memoiren von Grammont, die durch ihren Sturz vom Pferd Stück für Stück die Meinung des englischen Hofs ins Wanken brachte. Die Vellini, die man für ein weibliches Pendant eines Kentauren halten könnte und die sich wie der geschickteste Zirkusreiter aufs Pferd schwingt, wird uns über diesen fraglichen Punkt weniger Aufklärung geben, als Monsieur de Marigny uns geben könnte. Aber, Comtesse, wenn ich Ihnen zugestehen würde, daß sie so häßlich ist wie … alles was es an Häßlichem gibt, gehören Sie nicht zu den Spiritualisten in Ihrem Faubourg Saint-Germain? Und wäre die Beständigkeit Monsieur de Marignys also nicht noch viel verdienstvoller, wenn man sie durch Ideen … durch irgendwelche Ideen erklären…?«

»Ach, hören Sie auf, Vicomte!« sagte Madame d'Artelles, indem sie die spöttischen Reden des alten Wüstlings unterbrach, der sich Ironie erlaubte. »Sie wissen ganz genau, womit man sie erklären könnte, und Sie an erster Stelle!, ohne daß Monsieur de Marigny daraus viel Ruhm erwachsen würde, denn er wird zweifellos unbußfertig in rasender Begierde sterben.«

»Rasende Begierde, übergegangen in einen chronischen Zustand, ohne deshalb den fiebrigen Zustand aufgegeben zu haben«, erwiderte Monsieur de Prosny, »das ist vielleicht die beste Definition, die man für die Liebe finden kann. So viel steht fest, auch wenn Monsieur de Marigny eines jener Gefühle in seinem Herzen hätte, aus dem Sie und die anderen Frauen Religionen machen und die die sieben Sakramente der Liebe enthalten, würde er mit seiner Señora Vellini nicht anders verkehren, als er es in diesem Moment tut.«

»Sie hat ihm die Seele vergiftet!« rief Madame d'Artelles, erregt durch die Entrüstung, die während des Resumées des alten Prosny in ihr aufgestiegen war.

»Ich leugne es nicht«, erwiderte der Vicomte, »aber mit welchem Gift, Comtesse? Das ist die Frage. Sie hat in ihm das unendliche, ewige Bedürfnis nach ihr geweckt, das die reizendsten Personen vor Hermangarde und vor allem Hermangarde selbst nicht einschläfern und nicht vergessen machen konnten. In der Liebe, selbst in der ehelichen, zählt, wie in der Politik, nur der Erfolg. Und ist der Erfolg der Liebe nicht wie der von Regierungen Glanz und Dauer? Nun, das ist das Werk dieser Vellini, die Sie so verachten Comtesse! Wenn wir in den Zeiten der Eléonora Galigaï lebten, von der sie einiges hat mit ihrer sonnenverbrannten Magerkeit und dem kabbalistischen Feuer ihrer schwarzen Augen, könnte man, meiner Treu, sehr gut glauben, sie habe einen Pakt mit dem Teufel geschlossen. Glücklicherweise leben wir im neunzehnten Jahrhundert; und im übrigen gleicht die Seele de Marignys nicht der der schwachen Maria de Medici. Sie haben es selbst gesagt: im Umgang mit Frauen regiert ein Mann mehr als er regiert wird, so daß ... so daß ... man folgern muß, daß sie der Teufel in Person ist mit seinem ganzen Gefolge von Versuchungen!«

Und er schwieg, in Gedanken an die Versuchungen, von denen er sprach und die er, der von den Orgien des Direktoriums erschöpfte alte Mann, manchmal wie kleine Feuerzungen, die in den Adern seines stagnierenden Bluts flackerten, gespürt hatte ... Er beulte seine Wange mit seiner Zunge aus, eine Gewohnheit von ihm, und sann nach ... Unübersetzbare Gedanken, die sein korrumpiertes Gehirn häufig geplagt hatten, verflochten sich in seinem Kopf und tanzten dort, sich an den Händen haltend wie die zwölf schönen Schwestern von Guido Reni, denen sie nicht glichen. Seine Zerstreutheit entrückte ihn ... man wußte nicht wohin! Wo glaubte er sich? In seinem Sessel glich er dem Herzog von Brancas, dem Ménalque von La Bruyère, der in seinem Graben hingestreckt lag als wäre er in seiner Karosse, und sich traben sah, ohne aus seinem Sumpfloch herauszukommen. Madame d'Artelles, die Sultanmutter seines Lebens, die noch wie früher in dem Pergament dieser Seele – die auf den Wärmeplatten der Laster immer noch knisterte, vorausgesetzt diese waren gut geheizt – lesen konnte, war zweifellos empfindlich getroffen, als sie sah, wie ihr alter Cicisbeo sich in ihrer Gegenwart anstößigen Zerstreuungen hingab. Sie gab ihm den Hieb zurück. Mit jener naiven Bosheit, die den Frauen eigen ist und die man unter der würdevollsten Haut findet, wenn man ordentlich daran kratzt, nahm sie ihre Stricknadel und stach mit aller Kraft in das Knie des alten Stutzers. Ein grausamer Spaß, der gleichzeitig eine kleine Rache und eine Lehre sein sollte.

»Schlafen Sie, Monsieur de Prosny?« fragte sie scheinheilig.

Trotz seiner Gicht und seiner schweren Verdauung sprang er auf wie ein galvanisierter Frosch.

»Zum Teufel!« rief er, »nein, Comtesse, ich habe nicht geschlafen. Sie haben wirklich eine verdammt scheußliche Art, die Leute aufzuwecken!« fügte er hinzu, während er sein Knie mit der linken Hand rieb. »Sie stechen zu wie ein Pikador!«

»Das wird Sie an das Land dieser Vellini erinnern«, sagte Madame d'Artelles.

Und während er die Wirbel seines langen Rumpfs streckte und sich erhob, fuhr sie fort: »Verlassen Sie mich? Schlägt Sie meine Stricknadel in die Flucht?«

»Nein«, antwortete er, »aber es ist elf Uhr und höchste Zeit, zum Whist im Club in der Rue de Grammont aufzubrechen. Wenn irgendeine Plaudertasche heute Abend den Wagen von Monsieur de Marigny in der Rue de Provence vor der Tür der Señora gesehen hat, wird es dort hoch hergehen. Erinnern Sie sich an die Wetten, die de Marignys Freunde bei seiner Hochzeit abgeschlossen haben? Sie sind nun verloren oder gewonnen! Die Würfel sind gefallen. Heute wird abgerechnet. Rupert hat hoch und heilig versprochen, daß er dem ganzen Club ein famoses Souper spendieren werde, wenn er seine dreihundert Ldor gewinnt, und ich soll das Menu auswählen. Die jungen Leute haben sich daran erinnert, daß ich Gast bei den Soupers von Cambacérès gewesen bin, und sie wollten mein hohes Alter mit diesem letzten Zeichen ihrer Achtung ehren … so daß …«

»Das ist wirklich schmeichelhaft!« unterbrach ihn Madame d'Artelles ironisch. »Wie entsetzlich! So das Glück einer Frau zu verschmausen!«

»Mein Gott, es waren ja nicht wir, die sie den Muränen vorgeworfen haben«, sagte der Vicomte, »das soll Marigny mit seinem Gewissen abmachen! Wir haben uns nur um das Souper zu kümmern!«

Und mit diesen Worten verabschiedete er sich von der Comtesse d'Artelles und ging in den Club in der Rue de Grammont.

Anhang

Vorwort des Autors von 1858

Dies Buch wurde 1851 zum ersten Mal veröffentlicht. Verblendung durch Eigenliebe ist nicht unsere Sache. Aus der Distanz von sieben Jahren betrachtet und zu einer Zeit, in der sich Überzeugungen durch Bewährung und Kampf herausbilden, ist dieses Buch in unseren Augen nicht mehr das, was es hätte sein sollen. Obwohl wir eine Passage, die in zu lebhaften Farben gemalt war, gestrichen haben – denn der Geschmack, der auch eine Frage des Anstands ist, ist das Gewissen der Kunst – wissen wir besser als irgendjemand, was dem Buch fehlt. Deshalb würden wir es nicht nur nicht nocheinmal schreiben, sondern wir würden auch nicht wollen, daß es noch einmal geschrieben würde.

Wenn wir es heute erneut veröffentlichen, dann deshalb, weil es eine künstlerische Absicht verfolgt, und die Kunst schließt die Leidenschaft mit ein, die ihr das Leben und auch den moralischen Gehalt gibt. Tatsächlich wurde dieser Roman vor allem als Gegenentwurf zu dem zu hoch gelobten *Adolphe* geschrieben, diesem fürchterlichen Meisterwerk der Analyse und des eisigen Stils, das jedoch bis in seine Kälte hinein das 19. Jahrhundert und seine Herzensarmut widerspiegelt.

In einer Zeit, in der solche Kälte des Geistes und des Herzens unbestritten ist, in der die gealterten und verderbten Seelen sich nacheinander verabschieden, ohne überhaupt noch die Kraft zu besitzen, sich voneinander zu trennen und abzufallen, in der die Scheidung, die zurecht aus den

Gesetzen gestrichen wurde, sich tief in den Sitten verwurzelt wiederfindet, und die schwachen und blasierten Männer (sagen wir es ruhig brutal) das Leben nur noch als eine traurige Prasserei verstehen, mit Frauen vor und nach dem Dessert, in einer solchen Zeit war es nötig, eine schreckliche Treue einzufordern und darzustellen; und das hat *Die alte Maitresse* getan. Unter diesem sowohl kühnen wie vorsichtigen Titel, der seinen Index auf der Stirn trägt und für den gutwilligen Leser eine verschlossene Tür und zugleich ein Pranger ist, wollte der Autor der völligen Verderbtheit der heutigen Zeit den kräftigen Kontrast einer relativen Verderbtheit gegenüberstellen.

Diese triebhafte Treue zur Frau, selbst wenn sie gegen die Sitten verstößt, ist die scharfe Kritik an einem Jahrhundert, das den wahren Liebhaber nicht gesehen hat, weil es keine Liebe mehr kennt, sondern nur noch die Libertinage. Trotz der herausragenden Qualitäten der Frau, die er geheiratet hat, bricht Marigny (der Held des Buchs) de facto die Ehe, indem er seine alte Maitresse nicht heiratet. Seine Ehe ist ein Frevel an dieser *Frau seiner Jugend*, die jemals zu vergessen die alten Bücher der jüdischen Weisheit verbieten und die ihn in das geheimnisvolle Joch einer unzerstörbaren Treue spannt. Die alte Maitresse wäre seine Tugend gewesen, wenn er sie geheiratet hätte, und indem er sie nicht heiratete, ist sie zu seinem Laster geworden! Das ist das vollkommene Gegenbild von *Adolphe*. Nachdem der Autor aus seinem Buch entfernt hat, was ihm übertrieben schien, hielt er es für seine Pflicht, diese wenigen Zeilen zu schreiben. Ohne sie hätte man vielleicht die Absicht eines Romans nicht verstanden, der jene unerschütterliche Ritterlichkeit der Jugendliebe zeigen will, die dem Herzen einen unauslöschlichen Stempel aufprägt.

Nachdem der Autor das Werk auf diese Weise ins richtige Licht gerückt hat, kann er nun hoffen, daß man seine Gedanken nicht mehr verfälscht. Bücher soll man nicht verteidigen. Sie sind das, was sie sind. Wenn man es trotzdem versucht (indem man sie mit Meisterwerken vergleicht) gewinnen sie nichts, und der Autor verliert dabei.

Paris, den 25. März 1858

Vorwort des Autors von 1865

Der vorliegende Roman wurde 1851 zum ersten Mal veröffentlicht.

Zu der Zeit hatte der Autor noch nicht den Weg der Überzeugungen und Ideen eingeschlagen, denen er inzwischen sein Leben verschrieben hat. Er war nie ein Feind der katholischen Kirche gewesen. Er hatte sie im Gegenteil immer als das Schönste und Größte bewundert und gepriesen, das es selbst nach menschlichen Begriffen auf Erden gibt. Aber er war Christ durch Taufe und Ehrfurcht, nicht aus Glauben und Bekenntnis, wie er es heute durch Gottes Gnade ist.

Und da er seinen Geist nicht nur von den Lehren, denen er vorübergehend anhing, befreit hat, sondern auch, gemäß seiner Tätigkeit und seiner Kräfte, diese Philosophie bekämpft hat und bis zum letzten Atemzug bekämpfen wird, haben es die Freigeister, mit der ihnen eigenen Loyalität und Großzügigkeit des Denkens, nicht versäumt, seinem Katholizismus jüngeren Datums einen Roman älteren Datums entgegenzuhalten, der sich erkühnt, den Titel *Die alte Maitresse* zu tragen, und der in der Absicht geschrieben wurde, nicht nur den Rausch, sondern auch das Joch der Leidenschaft zu zeigen.

Nun, diesen angeblichen Widerspruch zwischen einem solchen Buch und seinem Glauben beabsichtigt der Autor der *Alten Maitresse* heute zu entkräften. Obwohl es den Freigeistern beliebt, dies zu behaupten, wendet er sich mit Bestimmtheit gegen die Meinung, sein Buch, für das er die volle Verantwortung übernimmt, da er es neu auflegt, stehe tatsächlich in Widerspruch zu den Lehren, die in seinen Augen die Wahrheit selbst sind. Mit Ausnahme eines ausschweifenden Details, dessen er sich schuldig bekennt, eines *Details von drei Zeilen*, das er in der Ausgabe, die er heute dem Publikum vorlegt, gestrichen hat, verdiente *Die alte Maitresse*, als er sie schrieb, zu all jenen Werken der Literatur und Kunst gezählt zu werden, deren Gegenstand die Darstellung der Leidenschaft ist, ohne die es weder Kunst noch Literatur noch ein moralisches Leben gäbe, denn die Maßlosigkeit der Leidenschaft ist der Mißbrauch unserer Freiheit.

Der Autor von *Die alte Maitresse* war also damals wie heute nichts anderes als ein Romancier, der die Leidenschaft so gemalt hat, wie sie ist und wie er sie gesehen hat, der sie aber, indem er sie malte, auf jeder Seite seines Buchs verdammte. Er hat weder mit ihr noch für sie gepredigt. Wie die Romanciers der Freigeister hat er die Leidenschaft und ihre Freuden keineswegs zum Recht des Mannes und der Frau und zur Religion der Zukunft ernannt. Er hat ihr, das ist wahr, so kräftig er konnte, Ausdruck verliehen, aber ist es das, was man ihm zum Vorwurf macht? ... Soll er sich der Glut der Farben wegen, die er als Maler gebrauchte, katholischerseits anklagen? ... Mit anderen Worten, ist der Vorwurf, den man ihm anläßlich der *Alten Maitresse* macht, nicht sehr viel schwerwiegender und allgemeiner als die Bedeutung eines Buchs, über das man erst sprach, als man einen Grund hatte, es seinem Autor an den Kopf zu werfen? Und ist dieses Problem nicht in der Tat das des *Romans* überhaupt, mit dem sich zu befassen die Feinde des Katholizismus uns, den Katholiken, verbieten?

Ja, das ist die Frage! So gestellt, ist sie ärgerlich und komisch. Denn sehen Sie! Nach der Moral der Freigeister haben die Katholiken nicht das Recht, sich mit dem Roman und der Leidenschaft zu beschäftigen und dies unter dem Vorwand, ihre Hände seien zu rein dazu, als ob nicht alle Wunden, die Blut oder Gift verspritzen, von reinen Händen stammten! Die Katholiken dürfen sich auch nicht mit dem Drama befassen, denn auch dort herrscht Leidenschaft. Sie dürfen sich weder mit der Kunst noch mit der Literatur, noch mit irgendetwas beschäftigen, sie dürfen sich nur in einem Winkel niederknien, beten und die Welt und die Freigeister in Ruhe lassen. Gewiß! Ich glaube es gerne, daß sich die Freigeister dies wünschen! Es mag einerseits lächerlich erscheinen, andererseits hat ein solcher Gedanke seinen tieferen Grund. Ich glaube gerne, daß sie sich unserer am liebsten durch ein solches Scherbengericht entledigen würden, um dann, nachdem sie uns alle Wege und Bereiche des Denkens versperrt haben, sagen zu können: »Diese armseligen Katholiken! Sie bewegen sich wirklich außerhalb aller Bahnen menschlicher Vernunft!« Aber offen gesagt brauchen wir eine andere Begründung als diese, um mit einem demütigen und folgsamen Herzen die Lektion hinzunehmen, die uns die Feinde des Katholizismus gütigerweise über die katholischen Konsequenzen unserer Handlungen und die Erfüllung unserer Aufgaben erteilen.

Und außerdem, um auch darauf zu sprechen zu kommen, woher kennen sie denn den Katholizismus? … Sie wissen nicht das Geringste darüber. Sie verachten ihn zu sehr, um ihn jemals studiert zu haben. Ist es ihr Haß, der hinter dem Buchstaben den Geist erahnt? Das in moralischer und intellektueller Hinsicht so Herrliche am Katholizismus ist, daß er verständnisvoll und unermeßlich ist, daß er die ganze menschliche Natur und deren verschiedene Lebenssphären in sich begreift und über das hinaus, was er in sich begreift, auch noch die großartige Maxime aufstellt: »Weh dem, der an allem Anstoß nimmt!« Der Katholizismus hat nichts Prüdes, Sprödes, Pedantisches, Unruhiges. Das überläßt er den falschen Tugenden, dem mönchischen Puritanismus. Der Katholizismus liebt die Künste und erträgt ihre Kühnheiten, ohne zu zittern. Er läßt ihre Leidenschaften und ihre Gemälde zu, weil er weiß, daß man daraus Lehren ziehen kann, selbst wenn der Künstler dies nicht tut.

Unreine Geister finden in Michelangelos Gemälde (*Das jüngste Gericht*) entsetzlich anstößige Szenen und in mehr als einer Kathedrale Dinge, die einen Protestanten dazu veranlaßt hätten, seine Augen mit dem Taschentuch eines Tartuffe zu bedecken. Verdammt sie der Katholizismus etwa, lehnt er sie ab und hat er sie getilgt? ... Haben nicht vielmehr die größten und heiligsten Päpste Künstler gefördert, deren Werke die Protestanten in ihrer Sittenstrenge als Sakrileg verabscheut hätten und *haben*? ... Wann hat der Katholizismus je verboten, von Taten zu berichten, die aus Leidenschaft begangen wurden, so schrecklich und so verbrecherisch sie auch sein mochten, ihre erschütternde Wirkung zu nutzen, Licht in den Abgrund des menschlichen Wesens zu werfen, selbst wenn sich auf dessen Boden Blut und Schlamm findet; oder etwa verboten, Romane zu schreiben, das heißt, eine *mögliche* Geschichte, vorausgesetzt sie ist nicht *wirklich*, das heißt mit anderen Worten, eine menschliche Geschichte? ... Zu keiner Zeit! Er hat im Gegenteil alles erlaubt, aber unter der unumstößlichen Bedingung, daß der Roman niemals die Laster verteidigt und den Irrtum predigt; daß er sich niemals zu behaupten erlaubt, das Gute sei das Böse und das Böse das Gute, und daß er die Wahrheit nicht zu Gunsten gemeiner oder gottloser Lehren verdreht, wie die Romane der Madame Sand und Jean-Jaques Rousseaus. Unter diesem Vorbehalt hat der Katholizismus sogar erlaubt, Laster und Irrtum in ihren Manifestationen zu malen, und sie erkennbar zu malen. Er stutzt dem Genie keineswegs die Flügel, wenn Genie vorhanden ist ...

Er hätte Shakespeare, wenn Shakespeare katholisch gewesen wäre, nicht daran gehindert, jene großartige Eröffnungsszene von *Richard III.* zu schreiben, in der die untröstliche Frau, die dem Sarg ihres Gatten folgt, der von seinem Bruder vergiftet wurde, dem Mörder, nachdem sie die schrecklichsten Verwünschungen gegen ihn ausgestoßen hat, am Ende ihren Ehering überreicht und sich seiner falschen, blutschänderischen Liebe hingibt. Das ist verabscheuenswert, entsetzlich, Einfältige sagen sogar *unglaubwürdig*, weil dieser widerwärtige Wandel eines Frauenherzens in dem kurzen Zeitraum einer einzigen Szene stattfindet – was die Sache meiner Meinung nach erst recht glaubwürdig macht; ja, es ist verabscheuenswert und entsetzlich, aber als menschliche Wahrheit ist es schön, zutiefst grausam, gräßlich schön, und die Wahrheit und die Schönheit, gleich in welcher Erscheinungsweise, werden vom Katholizismus, der die absolute Wahrheit ist, keineswegs unterdrückt oder abgetan. Und beachten Sie! Shakespeare zieht keine Lehre daraus. Er sagt dem Zuschauer nicht, noch läßt er es ihm sagen: »Richard III. ist im Recht. Diese Frau, die er auf dem noch warmen Körper ihres ermordeten Mannes verführt, ist im Recht, wenn sie sich von dem mörderischen Schwager, der nun König ist, verführen läßt.« Nein, er sagt: »Das ist so«, und er zeigt es mit dem herrlichen Gleichmut des Künstlers, der gelegentlich seinen Gleichmut auf so wirksame Art zeigt, daß sich das Herz in der Brust zusammenzieht und das Gehirn einen Schlag erhält, als ob ein Blitz hineinführe.

Begeben Sie sich nun von Shakespeare herab zu allen Künstlern und Sie verstehen das Verfahren der Kunst, dem der Katholizismus Absolution erteilt und das darin besteht, nichts von der Sünde oder dem Verbrechen, das man darzustellen beabsichtigt, zu verharmlosen.

Aber der Katholizismus geht darüber hinaus und noch weiter. Manchmal ist das Laster liebenswert. Manchmal hat die Leidenschaft, wenn sie von sich erzählt oder spricht, eine fast betörende Beredsamkeit. Wird der katholische Künstler angesichts der Verführungskraft des Lasters den Rückzug antreten? Wird er die Beredsamkeit der Leidenschaft ersticken? Wird er darauf verzichten, das Laster oder die Leidenschaft zu malen, weil beide mächtig sind? Sollte Gott, der beide der Freiheit des Menschen anheimgestellt hat, nicht dem Künstler gestatten, sie seinerseits in seinem Werk zu zeigen? … Nein! Gott, der Schöpfer aller Welten, verwehrt dem Künstler keine davon, vorausgesetzt, ich wiederhole es, der Künstler macht daraus nicht ein Instrument der Sittenverderbnis. Der Katholizismus verkrüppelt nicht die Kunst aus Angst vor dem Skandal. Mitunter ist ein Skandal sogar sinnvoll.

Viele Maler haben sich darin gefallen, die Schönheit dieser Schlächterin, dieser Handlangerin der Herodias, der *Mörderin* Johannes des Täufers, so strahlend wie Gold, Purpur und Schnee zu malen; ihre Inspiration enthält etwas (man lasse mir dies Wort durchgehen) Katholischeres, als man glaubt. Die Künstler haben Salome keines ihrer Reize beraubt. Sie haben sie beim Betrachten des abgeschlagenen Hauptes, das man ihr hinhält, in göttlicher Schönheit dargestellt; diese Göttlichkeit macht sie noch teuflischer! So soll die Kunst zu Werke gehen. Die Aufgabe des Künstlers ist es, das zu malen, was ist, die menschliche Wirklichkeit, gleich ob Verbrechen oder Tugend, einzufangen, und sie durch die Allmacht der Inspiration und der Form zum Leben zu erwekken, die Wirklichkeit zu zeigen, sie bis zum Ideal zu beleben. Aus katholischer Sicht stehen die Künstler unterhalb der Asketen, aber sie sind keineswegs Asketen; sie sind Künstler. Der Katholizismus bringt die Verdienste in eine Rangordnung, aber er verstümmelt den Menschen nicht. Die Berufung eines jeden von uns liegt in seinen Fähigkeiten. Der Künstler ist kein *Polizeipräfekt der Gedanken.* Wenn er eine Wirklichkeit *erschafft*, indem er sie malt, vollbringt er sein Werk. Verlangt nicht mehr von ihm!

Aber ich höre den Einwand und ich kenne ihn … Und die Moral seines Werks? Und der Einfluß seines Werks auf die öffentliche Moral, die ohnehin schon erschüttert ist? Etc., etc, etc.

Auf all das antworte ich unbekümmert: Die Moral des Künstlers liegt in der Kraft und der Wahrheit seines Gemäldes. Indem er die Wirklichkeit malt, indem er ihr Leben einflößt und einhaucht, ist er moralisch genug gewesen; er ist wahr gewesen. Wahrheit kann nie Sünde oder Verbrechen sein. Wenn man die Wahrheit mißbraucht, umso schlimmer für den, der sie mißbraucht. Wenn man aus einem lebendigen und wahren Kunstwerk verwerfliche Schlüsse zieht, um so schlimmer für den Vernünftler, der sich dessen schuldig macht. Der Künstler hat mit den Schlüssen nichts zu tun. Man wird sagen: »Er hat dazu beigetragen«. Hat Gott zum Verbrechen und zur Sünde der Menschen *beigetragen*, indem er die freie Seele des Menschen schuf? Hat er zum Bösen, dessen die Menschen fähig sind, *beigetragen*, indem er ihnen all das gab, was sie mißbrauchen, indem er ihnen seine herrliche, friedliche und heitere Schöpfung in die Hände, unter die Füße, in die Arme gab? … Ach! Ich habe Leute gekannt, die eine so gestörte und ausschweifende Einbildungskraft besaßen, daß sie beim Anblick der gesenkten Wimpern von Raffaels Madonnen die Geißel der Begierde spürten. Hätte Raffael mit dem Malen aufhören sollen, um dieser Gefahr aus dem Weg zu gehen, hätte er seine *Madonna Alba*, seine *Madonna della sedia* und all seine Meisterwerke der Reinheit, zwanzigmal wiederholte Apotheosen der menschlichen Jungfräulichkeit, ins Feuer werfen sollen? Ist gewissen Leuten nicht alles ein Ärgernis, ein Stein des Anstoßes? … Soll die Kunst untergehen, besiegt durch Erwägungen, die auf alle Schwächen Rücksicht nehmen? Soll man ihr mit einem umfassenden System von Vorsichtsmaßnahmen begegnen, das nichts erlaubt, was irgendwie gefährlich sein könnte, das heißt letzten Endes *gar nichts*?

Der Künstler wird zum Schöpfer, indem er die Dinge wiedergibt, die Gott gemacht hat und die der Mensch verfälscht und auf den Kopf stellt. Wenn er sie genau und klar wiedergegeben hat, dann beweist er als Künstler zur Genüge die

Moral, die er haben muß, soviel ist sicher. Wer über Klugheit und Scharfsinn verfügt, kann aus seinem Werk, das an nichts als der Wahrheit interessiert ist, immer die darin mitunter verborgen enthaltenen Lehren ziehen. Ich weiß sehr wohl, daß man manchmal gezwungen ist, danach zu schürfen, aber die Künstler schreiben für ihresgleichen oder zumindest für die, die sie verstehen. Und im übrigen: Ist die Unergründlichkeit ein Verbrechen? … Zweifellos ist die katholische Weisheit umfassender, freier und stärker als es sich die Herren Moralisten der Freigeisterei vorstellen. Sie brauchen nur die Jesuiten zu fragen, jene erstaunlichen Politiker des menschlichen Herzens, die ein so großartiges Verständnis für die Moral besaßen und sie von so weit oben betrachteten, während die Jansenisten sie, im Gegensatz dazu, herabsetzten, von unten betrachteten und auf diese Weise verengten, verdummten und verhärteten! – oder auch einen jener Kasuisten mit dem Sinn für Unterscheidung und Erleichterung, von denen die Kirche, vor allem in Italien, so viele hervorgebracht hat, dann werden sie erfahren, denn sie wissen es nicht, daß uns keine Vorschrift die Leidenschaft entwenden wird, deren Geschichte der Roman schreibt, und daß der enge, grämliche und skrupulöse Katholizismus, den sie uns andichten, nicht der ist, der zu allen Zeiten sowohl in geistiger wie moralischer Hinsicht die Zivilisation der Welt ausmachte.

Und dies ist keineswegs eine zum Vergnügen und zur Rechtfertigung erfundene Theorie, es ist der Geist des Katholizismus selbst. Der Autor der *Alten Maitresse* verlangt, in diesem Licht beurteilt zu werden. Der Katholizismus ist die Wissenschaft von Gut und Böse. Er erforscht die Lenden und die Herzen, zwei Kloaken, die, wie alle Kloaken, mit entzündlichem Phosphor gefüllt sind; er blickt in die Seele: Genau das hat der Autor der *Alten Maitresse* gemacht. Findet sich dort das, was er gezeigt hat? … Er hat die Leidenschaft und ihre Schuldhaftigkeit geschildert, aber hat er sie in den

Himmel gehoben? … Er hat ihre Macht, ihre Unersättlichkeit geschildert, und die Hindernisse, die sie unserem freien Willen in den Weg stellt. Er hat weder der Leidenschaft noch dem Katholizismus etwas von ihrer Größe genommen, indem er sie abgebildet hat. Entweder wird dem Roman *Eine alte Maitresse* für alles, was er ist, Absolution erteilt, oder man muß auf diese Sache, die sich Roman nennt, ganz verzichten. Entweder muß man darauf verzichten, das menschliche Herz zu malen, oder man muß es malen wie es ist.

Lediglich die Herren Freigeister, die sich bekanntermaßen so sehr um das Gemeinwohl sorgen, konnten *Die alte Maitresse* subversiv finden. Ausgerechnet diesen Roman! Der Autor hätte beim Erzählen der traurigen Geschichte leicht unparteiisch bleiben können, aber er war es nicht! Er hat Marigny, den schuldigen Ehemann, verurteilt! Er hat ihm Gewissensbisse und sogar Schamgefühle gegeben! Er hat ihn vor seiner Großmutter die Beichte ablegen und sich selbst für schuldig erklären lassen! Aber als Marigny seine Frau schließlich um Vergebung bittet, vergibt sie ihm nicht! Kein Romancier war mehr Großinquisitor Torquemada seiner Helden als der Autor von *Die alte Maitresse*. Sein Buch soll subversiv sein? Kann man denn nur noch Grandissons malen, ohne Gefahr zu laufen, verdächtigt zu werden? … Ja, die Leidenschaft ist revolutionär, aber eben deshalb ist es wichtig, sie in ihrem ganzen merkwürdigen und verabscheuenswerten Glanz zu zeigen. Unter dem Gesichtspunkt der höheren Ordnung ist eine Geschichte gut, wenn sie die Geschichte der Revolutionen schreibt.

Das war es, was wir den Herren der Freigeisterei zu sagen hatten! Wir wollen mit einem Wort ihres Meisters schließen: »Es gibt *feigen Anstand*«, sagte Rousseau.

Der Katholizismus kennt ihn nicht.

1. Oktober 1865

Anmerkungen

SEITE 7] *Die Könige dieser Welt* … steht nur der Erstausgabe von 1851 als Motto voran; in den späteren Ausgaben ersetzt es der Autor durch das Motto »Perseverare diabolicum« (»im Irrtum verharren ist teuflisch»).

SEITE 9] *Dichter der Seeschule* (Lake School) ist die ursprünglich ironische Bezeichnung für das Dichtertrio der englischen Romantik William Wordsworth (1770-1850), Samuel Taylor Coleridge (1772-1834) und Robert Southey (1774-1843); sie spielt auf den gemeinsamen Aufenthaltsort der Freunde im Lake District an. Barbey war ein Bewunderer von Wordsworth und übersetzte mehrere seiner Gedichte.

SEITE 15] *Lovelace* heißt der skrupellose Verführer in Samuel Richardsons (1689-1761) Roman »Clarissa Harlowe« (1748), der die Titelheldin gefangenhält und schließlich vergewaltigt.

Choderlos de Laclos (1741-1803) ist der Autor des Briefromans »Gefährliche Liebschaften« (»Les Liaisons dangereuses«, 1782), in dem er die Intrigen libertiner Adliger seiner Zeit schildert.

SEITE 18] *Katilinarische Rede* ist eine Anspielung auf Ciceros Reden gegen die Verschwörung des Catilina.

SEITE 20] *Francesco Petrarca* (1304-1374) hat mit seinen Sonetten an Laura ein für Jahrhunderte gültiges Vorbild europäischer Liebesdichtung geschaffen. In dieser Form der Dichtung bleibt die Liebe unerfüllt, und bereits Pierre de Ronsard mokierte sich in der Mitte des 16. Jahrhunderts über die vergeblichen ›Liebesmühen‹ Petrarcas.

SEITE 21] *Charles-Joseph, Prince de Ligne* (1735-1814) diente der österreichischen Kaiserin Maria-Theresia als Feldherr und Diplomat. Er stand in persönlichem Kontakt mit vielen bedeutenden Autoren von Voltaire und Rousseau über Madame de Staël bis hin zu Casanova und hinterließ selbst ein eindrucksvolles und vielschichtiges literarisches Werk. Außerdem war er als Frauenheld bekannt.

SEITE 22] *I promessi sposi* (»Die Verlobten«, 1827) von Alessandro Manzoni ist einer der bedeutendsten italienischen Romane. Das junge Paar wird zu Beginn gewaltsam getrennt und vermag erst nach vielen hunderten von Seiten den Bund der Ehe zu schließen.

SEITE 24] *Pierre de Bourdeille, Seigneur de Brantôme* (um 1540-1614) mußte seine militärische Laufbahn nach einem schweren Sturz vom Pferd beenden und schrieb »Les Vies des Dames galantes«, Chroniken voller Anekdoten und Skandalgeschichten über den französischen Adel und Königshof. Sie erschienen posthum im Jahre 1665.

Madame Tartuffa ist eine Anspielung auf den Frömmigkeit heuchelnden Tartuffe in Molières gleichnamigem Lustspiel von 1669.

Die *Nachfolge Jesu* (»De imitatione Christi«, 1418) des Thomas a Kempis (um 1380-1471) ist nach der Bibel vermutlich das am weitesten verbreitete christliche Werk.

SEITE 25] *Gabrielle de Polastron, Duchesse de Polignac* (1749-1793), war die Gattin von Jules Armand de Polignac (1745-1817) und erhielt als Favoritin Marie-Antoinettes erhebliche Zuwendungen aus der königlichen Schatulle. Dies wie auch ihre ultra-monarchistische Haltung trug wesentlich zum schlechten Ruf der Königin bei, die ob der enormen Begünstigungen der Familie Polignac in zahlreichen Pamphleten eines lesbischen Verhältnisses zu ihrer Favoritin bezichtigt wurde.

Crécy: Johann von Böhmen (1296-1346) ist tatsächlich blind in den Krieg gezogen und 1346 in der Schlacht von Crécy gefallen.

SEITE 26] Der *Abbé de Percy* war ein Freund Barbeys, der ihn auch im »Chevalier des Touches« verewigte.

Die *Northumberlands* waren ein englischer Zweig der Familie.

Hotspur ist der Beiname Henry Percys in Shakespeares »Heinrich IV.«.

Henri de la Rochejaquelein fiel 1794 im Kampf der Chouans gegen die Revolution, hier ist aber etwas abfällig von seinem jüngeren Bruder die Rede, der unter Napoleon in der kaiserlichen Armee diente.

Louis-Antoine de Crillon war Offizier in der spanischen Armee, trat aber nach der Eroberung Spaniens durch die französischen Truppen in den Dienst Joseph Bonapartes, des zum König ernannten ältesten Bruders Napoleons.

SEITE 28] *Albenga* liegt an der ligurischen Riviera, nordwestlich von Genua. Die Anspielung ist nicht völlig nachvollziehbar, allerdings gibt es eine stark gebogen gewachsene Zucchini-Sorte mit dem Namen Trompetta d'Albenga.

SEITE 29] *Erigones* Vater Ikarios gewährte Dionysos Gastfreundschaft, woraufhin dieser ihn den Weinbau lehrte. Sie gilt als Geliebte des Gottes und wird als Bacchantin dargestellt.

François Fénelon (1651-1715), einflußreicher Prediger, dem die Erziehung des Enkels von Ludwig XIV. anvertraut wurde, der aber 1699 in Ungnade fiel, nachdem sein »Télémaque«, ein Erziehungsbuch für seinen Zögling, bekannt wurde, da man darin eine Kritik der herrschenden Zustände zu erkennen vermeinte.

Der *Pyrrhichische Tanz* war im alten Griechenland ein Waffentanz, bei den Römern ein dramatisches Ballett.

SEITE 30] *Sébastien-Roch Nicolas de Chamfort* (1741-1794), erfolgreicher Lyriker, Theaterautor und Moralist, dessen »Maximes« jedoch erst im Jahr nach seinem Tod von einem Freund herausgegeben wurden.

SEITE 31] *Karl der Große* soll sich einer Legende nach in den Bodensee verliebt haben, nachdem der magische Ring seiner verstorbenen Geliebten im See versenkt worden war.

Der *Manzanillabaum* ist ein tropisches Wolfsmilchgewächs, dessen Gift so stark sein soll, daß der Aufenthalt in seiner Nähe schon zur Gefahr wird. Sein Milchsaft ruft tatsächlich schwere Hautentzündungen hervor.

SEITE 33] Diesen Ausspruch über Gabrielle d'Estrées, die langjährige Geliebte von Heinrich IV., hat Barbey einer apokryphen Schrift, der »Histoire des Amours du grand Alcandre«, entnommen, die von *Louise de Lorraine, Princesse de Conti* (1574-1631) stammen soll.

SEITE 35] *Gedankenvolle Dichter:* 1849 las Barbey Balzacs »Séraphita«, wo sich eine ähnliche, an Swedenborg angelehnte Darstellung von Engeln findet, die ein ebensolches Gewand tragen.

SEITE 36] *Éloa*, der Überlieferung nach ein Seraphim, heißt der aus Mitleid gefallene Engel in Alfred de Vignys gleichnamigem Gedicht von 1823, das Barbey in höchstem Maße bewunderte.

Cäsar und die Gefahr ...: »Danger knowes full well / That Caesar is more dangerous then he. / We heare two Lyons litter'd in one day, / And I the elder and more terrible, / And Caesar shall go foorth«, aus: William Shakespeare (1564-1616), »Julius Caesar« (II, 2).

SEITE 37] *Lara* ist die düstere, mysteriöse Titelfigur der gleichnamigen Verserzählung Lord Byrons.

SEITE 42] *Capua* diente Hannibals Truppen als Winterlager. Die dargebotenen Genüsse sollen diese so sehr verweichlicht haben, daß sie daraufhin den Krieg gegen Rom verloren.

SEITE 43] *Antoine de Roy* (1764-1847) war zwischen 1818 und 1829 wiederholt Finanzminister.

Zopfpaare sind eine Frisur, die von der reaktionären Jugend nach dem Sturz Robespierres am 9. Thermidor (21. Juli 1794) getragen wurde.

SEITE 44] Historisch. *Le petit Capet* (der kleine Hut) bezeichnete Ludwig XVII., *dix-huit boutons* (achtzehn Knöpfe) Ludwig XVIII. Die Epoche lieferte großartige Beispiele persönlichen Heroismus'. Richelieus Monarchie, die in der Vergangenheit undankbar gegenüber dem Adel Frankreichs war, hatte einen Weg gefunden, es in der Zukunft zu sein. Die letzten Schlachten des französischen Adels für das Königtum waren Duelle. [Anmerkung des Autors].

Die Mitglieder der Königsfamilie wurden in der Revolution zu *Bürgern Capet*, nach dem König Hugo Capet (987-996), von dem alle späteren französischen Könige abstammen. Ludwig XVII. ist der Sohn Ludwigs XVI., der nach dem Tod seines Vaters unter der Guillotine von den Royalisten als König betrachtet wurde und 1795 zehnjährig in Gefangenschaft starb. *Achtzehn Knöpfe* trugen die Anhänger von Ludwig XVIII., dem jüngeren Bruder Ludwigs XVI., der nach dem endgültigen Sturz Napoleons 1815 den Thron bestieg.

Bernard de Fontenelle (1657-1757) war mit seinen »Dialogen über die Mehrheit der Welten« (1686) ein Wegbereiter der Aufklärung, hatte diese Rolle aber lange »überlebt«, als er fast hundertjährig starb.

SEITE 45] *Don Gusman Brid'Oison* heißt die stotternde Figur eines Juristen in Beaumarchais' »Hochzeit des Figaro« (uraufgeführt 1784).

SEITE 50] Der *Hippogryph* ist ein Fabelwesen mit Kopf und Flügeln eines Adlers und dem Hinterleib eines Pferds aus Ariosts »Rasendem Roland«. Eine Bronze nach einem Model von 1844, die Angelica in Ruggieros Armen auf dem Rücken des Hippogryphen zeigt, ist heute im Musée d'Orsay zu sehen. Möbel mit stilisierten Elementen von (Fabel-)Tieren kamen unter Napoleon in Mode. In Théophile Gautiers Roman »Mademoiselle Maupin« (1835) wartet D'Albert darauf, von einem Hippogryphen in eine andere Welt entführt zu werden.

SEITE 51] Die *Maremma* ist eine Landschaft an der Westküste Mittelitaliens, die früher sehr sumpfig und Malaria verseucht war.

SEITE 57] Den *Thyrsos*, einen mit Efeu oder Weinlaub umrankten Stab, trugen die Mänaden bei Umzügen zu Ehren des Dionysos.

711 führte die Niederlage Roderichs (span. Rodrigo) in der Schlacht am Rio Guadalete gegen die Mauren zum Untergang des westgotischen Reichs. Laut der *Romance de la fatal desenvoltura de la Cava Florinda* hatte er die Titelheldin verführt, geschwängert und sein Eheversprechen gebrochen, weshalb ihr Vater Spanien aus Rache an die Mauren verkauft haben soll.

SEITE 59] Karl der Kühne (1433-1477), der letzte Herzog von Burgund, erlitt 1476 bei *Grandson* eine vernichtende Niederlage, bei der die Schweizer große Teile der burgundischen Artillerie und viele Schätze, darunter Karls Herzoghut, seinen goldenen Stuhl, sein goldenes Siegel sowie seine Diamanten, erbeuteten. Wenig später konnten die Eidgenossen ihn bei Murten erneut schlagen, und am 5. Januar 1477 fiel er vor Nancy.

SEITE 61] Der Sarazenenkönig *Agramant* ist Heerführer der feindlichen Truppen in Ariosts (1474-1533) Epos »Der rasende Roland«. Die Zwietracht in seinem Lager führt zur Niederlage.

SEITE 62] *James Macpherson* (1736-1796) war ein schottischer Dichter und verfaßte die Gesänge, die angeblich von dem keltischen Barden Ossian stammten und die Dichtung der Empfindsamkeit stark beeinflußten.

SEITE 67] *Florinda perdio su flor* ist ein Zitat aus der *Romance* (vgl. S. 57) und bedeutet: »Florinda hat ihre Blüte verloren«.

SEITE 70] *Lord Byron* soll eine Uhr ins Feuer geworfen haben, nachdem Keans äußerst populäre Darstellung des Sir Gilles Overreach in dem Renaissance-Drama »A New Way to Pay Old Debts« ihn in höchste Erregung versetzt hatte.

SEITE 75] *Fabel* ist eine Anspielung auf die Fabel Lafontaines vom verliebten Löwen (»Le lion amoureux«, Fables IV, 1), nach der Mädchen Liebhaber mit »langer Mähne« bevorzugen: Fille se coiffe volontiers / D'amoureux à longue crinière.

SEITE 76] *Guillaume Tell*, die letzte Oper von Gioacchino Rossini (1792-1868), wurde am 3. August 1829 an der Pariser Oper uraufgeführt. Der Roman soll aber in den 30er Jahren des 19. Jahrhunderts spielen.

SEITE 89] *Chadidscha*, die erste Frau Mohammeds, war fünfzehn Jahre älter als er. Allerdings war sie die einzige, die ihm Kinder schenkte, und er liebte sie sehr.

SEITE 92] Die Ehe der Tochter eines Hufschmieds mit dem 35 Jahre älteren englischen Botschafter im Königreich Neapel, Lord Hamilton, war bereits ein Skandal. Doch *Emma Hamiltons* (1761-1815) Schönheit und ihre Inszenierungen lebender Bilder machten sie zu einer Berühmtheit in ganz Europa, die von vielen Malern portraitiert wurde. Seit 1798 war sie die Geliebte des Admirals Horatio Nelson, mit dem sie eine Tochter, Horatia, hatte, und lebte bis zum Tod ihres Gatten 1803 in einer Dreiecksbeziehung mit beiden Männern.

SEITE 93] Das *Tortoni* und das »Café de la Paix« waren zu jener Zeit Treffpunkte der mondänen Pariser Welt.

SEITE 96] *»O strange! very strange!«* ist ein falsches Zitat. Richtig ist indes, daß Shakespeare im »Hamlet« subtil mit dem Wort »strange« spielt. So sagt Horatio nach der ersten Szene nach Erscheinen des Geistes »'Tis strange.« Und Hamlet kommentiert Horatios Erzählung in der folgenden Szene mit den Worten »'Tis very strange.«

Juno (Hera) will ihren Gatten *Jupiter* (Zeus) verführen, um ihn vom Kampfesgeschehen in Troja zugunsten der Griechen abzulenken. Sie vereinigen sich auf dem Gargaron (nicht auf dem *Berg Ida*) in eine goldene Wolke gehüllt. (Ilias, 14. Gesang)

SEITE 97] Im Viertel um *Notre-Dame de Lorette* wohnten viele junge Frauen mit einem freizügigen Lebensstil, weshalb »lorette« heute auf Französisch »leichtes Mädchen« bedeutet.

SEITE 101] *meneo:* span. »Hüftschwung«.

SEITE 123] *Clorinda,* Amazone aus Tassos (1544-1595) Versroman »Das befreite Jerusalem«, stirbt im Kampf gegen ihren geliebten Tancredi, den Anführer des christlichen Heeres, der sie ebenso liebt, aber in ihrer Rüstung nicht erkennt.

SEITE 141] *cuchillo:* span. »kleiner Dolch«. 1843 schreibt Barbey dem Freund Trebutien über seine spanische »Maîtresse«: »Sie ist aus Malaga, braun, golden, mit dem Duft des Weines ihrer Heimat. Aber sie ist etwas weniger süß und spielt gern mit dem Cuchillo.« Diese Geliebte hat ihn offensichtlich zur Figur der Vellini inspiriert.

SEITE 141] *Tilbury* ist eine einachsige, elegante Kutsche, die 1814 erstmalig vom Londoner Kutschenbauer Tilbury gebaut wurde und im 19. Jahrhundert sehr beliebt war.

SEITE 145] *Margherita Cogni:* Lord Byron (1788-1824) berichtet in seinen Memoiren, daß Margherita Cogni, eine Bäckerstochter, ihren Gatten verließ und sich gegen Byrons Willen bei ihm einquartierte. Als er sich von ihr trennte, verletzte sie ihn mit einem Messer.

SEITE 151] *Zahuri* bezeichnet nach einem spanischen Aberglauben Menschen, die ins Erdinnere schauen können.

SEITE 156] »Der letzte Akt ist immer blutig, so schön die Komödie sonst auch sein mag; man wirft etwas Erde auf den Kopf, und das war's *für alle Zeiten.*« Fragment 210 aus den Pensées von Blaise Pascal (1623-1662).

Der Flame Jean Bart (1650-1702) war als Korsar in Diensten Ludwig XIV. so erfolgreich, daß er 1696 zum Befehlshaber der französischen

Marine ernannte wurde, die seitdem nicht weniger als 27 Schiffen seinen Namen gab.

SEITE 161] *Es verdadero:* span. »Es ist wahr«.

SEITE 162] Die *Witwe von Malabar oder die Macht der Sitten* (1770) ist eine Tragödie von Antoine-Marin Lemierre (1723-1793), die 1782 unter dem Titel »Lanassa« auf die deutsche Bühne kam.

Der *Marquis François de Bassompierre* (1579-1646) gewann zunächst die Gunst Heinrichs IV., wurde von dessen Witwe Maria de Medici zum Generalobersten der Schweizergarde und schließlich von deren Sohn Ludwig XIII. zum Maréchal de France ernannt. Dennoch wurde er 1631 für zwölf Jahre bis zu Ludwigs Tod in die Bastille gesperrt. Dort schrieb er seine Memoiren (»Journal de ma vie«), die Barbey mit Vergnügen las. Für die Großtat, seinen mit Wein gefüllten Stiefel auszutrinken, war er berühmt.

SEITE 164] *Adolphe* ist der Titelheld des gleichnamigen Romans von Benjamin Constant (1767-1830), den selbst eine lange, turbulente Beziehung mit Madame de Staël verband. In seinem Roman beschreibt er, wie der Titelheld Elléonore erobert, die alles für ihn aufgibt, woraufhin seine Gefühle für sie erkalten, ohne daß er sie verlassen kann.

SEITE 168] *Julie de Lespinasse* (1732-1776) war eng mit D'Alembert, einem der Väter der »Encyclopédie« verbunden; in ihrem Salon verkehrten viele der großen Aufklärer. Ihrer Liebe zum Sohn des spanischen Botschafters war keine Erfüllung beschieden, da seine Familie erfolgreich die Eheschließung hintertrieb. Halb aus Verzweiflung ging sie eine Beziehung zum Colonel de Guibert ein, der indes eine andere Frau heiratete, woraufhin sie – 44jährig – verstarb.

SEITE 172] *Ellénore* heißt die weibliche Titelfigur in Constants Roman »Adolphe«. Sie ist die Maitresse des Titelhelden, die er nicht zu verlassen vermag, obwohl er sie nicht mehr liebt.

SEITE 186] Die *Liaisons dangereuses* von Choderlos de Laclos (1741-1803) ziehen sich wie ein roter Faden durch den Roman.

SEITE 187] *Der Traum:* berühmtes Gedicht von Lord Byron (1788-1824), in dem sich der Protagonist vor dem Traualtar einer alten Liebe erinnert.

SEITE 193] *Arsinoé* ist der Prototyp der scheinheiligen Prüden in Molières Komödie »Der Menschenfeind« (1666).

SEITE 204] *Sophie Arnould* (1740-1802) war eine erfolgreiche Opernsängerin und für ihre Bonmots so berühmt, daß sie von Albéric Deville gesammelt und 1813 unter dem Titel »Arnoldiana« publiziert wurden. Die Äußerung, nach der die Gicht das Kreuz des Saint-Louis der Galanterie sei, ist von Chamfort überliefert. Damit spielt sie offenbar auf die Abschaffung dieser hohen militärischen Auszeichnung 1792 an. Ihre vorübergehende Wiedereinführung in der Restauration erlebte sie nicht mehr.

SEITE 208] *Die Herrschaften* (Kyriotetes) gehören zur Triade der mittleren Engelchöre. Ihre Aufgabe ist es, die Pflichten unterer Engel zu bestimmen, wobei sie selbst Gott oder den höheren Engeln unterstehen.

Sir Walter Raleigh (1552-1618): engl. Staatsmann und Seeheld, Verehrer und Günstling von Königin Elisabeth; die Geschichte, auf die hier angespielt wird, erzählt Walter Scott in seinem Roman »Kenilworth«.

SEITE 210] *Malvina* ist die hochsensible, romantische Titelheldin eines Romans von Marie (Sophie) Cottin (1770-1807).

Schloß Carteret gehörte den Lefebvre d'Anneville, die mit Barbeys Familie verschwägert waren, so daß der Autor in seiner Kindheit dort die Ferien verbrachte.

SEITE 214] *jener Weise:* Vauvenargues. [Anmerkung des Autors]
Auch hier zitiert Barbey frei aus dem Gedächtnis. Genau schreibt der Moralist Vauvenargues (1715-1747): »Wenn man alt wird, muss man sich schmücken«; eine Maxime, die Barbey im Alter selbst beherzigte.

SEITE 222] *La religieuse Portugaise* ist eine Anspielung auf den angeblich ins Französische übersetzten Briefroman »Lettres Portugaise traduites en français«. Die Liebesbriefe einer verlassenen portugiesischen Nonne erschienen 1669 anonym, wurden aber in Wirklichkeit von Gabriel-Joseph Guilleragues auf Französisch verfaßt.

SEITE 225] *Halkyonisches Nest:* Alkyone, Tochter der Windgottes Äolos, stürzt sich ins Meer, als der Leichnam ihres Gatten Keyx ans Ufer gespült wird. Beide werden in Eisvögel (Halkyone) verwandelt, die ihr Nest in jedem Winter auf dem Meer bauen sollen, während das Wasser ruhig bleibt, weshalb Seeleute diese Zeit als die halkyonischen Tage bezeichnen.

SEITE 226] In Tassos Epos »Das befreite Jerusalem« gelingt es der Zauberin *Armida* nur unter Vorspiegelung falscher Tatsachen, den Kreuzritter Rinaldo an sich zu binden. Zahlreiche Komponisten und Maler haben sich von dieser Geschichte inspirieren lassen. Eine kokette Darstellung des Paares von Boucher aus dem Jahr 1734 hängt im Louvre wie auch eine frühere Darstellung (ca. 1620) von Domenichino, in der Rinaldo, wie in Tassos 16. Gesang, tatsächlich einen Spiegel hält, während Armida sich frisiert.

Kykladeninseln: Wie bereits der Hinweis auf Armida macht auch die Anspielung auf Lord Byrons satirisches Epos »Don Juan« (1819-1824) deutlich, daß die Liebe des jungen Ehepaares unter keinem glücklichen Stern steht, denn als Don Juan nach langer Irrfahrt auf einer der Kykladen mit der Piratentochter Haidée die große Liebe entdeckt, wird er von deren Vater dem Meer ausgeliefert.

SEITE 229] *Minna* ist eine Figur aus Walter Scotts Roman »Der Pirat« (1822). Die Landschaftsdarstellungen könnten Barbey inspiriert haben.

SEITE 241] In der *Rue de Gramont* traf sich der Cercle de l'Union, der 1828 von Agénor de Gramont, Duc de Guiche, begründet wurde und äußerst elitär war. 1870 von Napoleon III. zum Außenminister ernannt, trug Gramont wesentlich zum französischen Debakel bei.

SEITE 242] *Boabdil* war der letzte maurische König Granadas im 15. Jahrhundert, und in Vellinis Adern soll maurisches Blut fließen. Byron erwähnt ihn im 1. Gesang des »Don Juan«.

SEITE 243] Rosalie Catherine Gérard, genannt *La Duthé* (1748-1820), war Tänzerin und berühmte Courtisane, die vielen Malern Modell stand und Maitresse verschiedener Mitglieder des europäischen Hochadels war, so auch des Comte d'Artois, des späteren Karl X.

SEITE 246] Balzac zitiert diesen *Ausspruch des Fürsten Talleyrand* (1754-1838), Minister unter nicht weniger als sechs Regimen von der Revolution bis hin zur Juli-Monarchie Louis-Philippes, in seiner Erzählung »Ein Fürst der Bohème«. Es soll Talleyrands Antwort auf die Frage eines Gläubigers, ob er an ihn denke, gewesen sein.

SEITE 254] Der *heilige Franz von Sales* (1567-1622) führte ein Lebens in vertrauensvoller Hingabe an Gott, konnte fast alle Einwohner des Chablais in der Diözöse Genf vom Calvinismus zum Katholizismus bekehren und publizierte 1609 seine »Anleitung zum frommen Leben«, bis heute eines der wichtigsten Werke des Christentums.

SEITE 255] *Sigamber:* Stamm der Franken, dem König Chlodwig I. angehörte. In der Schlacht von Zülpich gegen die Alemannen (496) gelobte Chlodwig im Fall eines Siegs den christlichen Glauben anzunehmen. Der heilige Remigius soll bei der Taufe die legendären Worte gesprochen haben: »Beuge nun, stolzer Sigamber, dein Haupt, verbrenne, was du angebetet hast und bete an, was du verbrannt hast.«

SEITE 256] *Novenen* sind katholische Andachtsübungen, oft vor hohen Feiertagen, die sich über neun Tage erstrecken.

SEITE 259] *Briseis* ist eine Beutesklavin des Achill, die ihm vom griechischen Heerführer vor Troja, Agamemnon, genommen wird, woraufhin Achill sich weigert, weiterhin für die Griechen zu kämpfen.

SEITE 265] *Imitatio* (vgl. S. 24).

Nach dem Tod von Karl II. erklärt Ludwig XIV. seinen 17jährigen Enkel Philippe zum König von Spanien, verheiratet ihn im folgenden Jahr mit Marie Louise von Savoyen und macht Marie-Anne de la Trémouille, *Princesse des Ursins* (1642-1722), eine Freundin Madame de Maintenons, zu deren erster Hofdame. Sie galt als französische Spionin, hatte großen Einfluß auf den jungen König, wurde aber nach Philippes zweiter Eheschließung 1714 entlassen. Saint-Simon bezeichnet sie als ungeheuer geistreich und Meisterin der Intrige.

SEITE 270] *Bradamante* ist in Ariosts Epos »Der rasende Roland« eine christliche Kriegerin, die in ihrer Rüstung oft für einen Ritter gehalten wird.

SEITE 284] Die Liebe *Francescas* zu ihrem Schwager *Paolo* sowie die grausame Bestrafung des Paares schildert Dante im 5. Buch des Inferno der Göttlichen Komödie. Angespielt wird hier vermutlich auf die berühmte Darstellung Ary Scheffers, die dieser 1835 gemalt und zwanzig Jahre später selbst kopiert hat. Das zweite Bild hängt heute im Louvre.

SEITE 320] *Pierre-André de Suffren* (1726-1788) war französischer Vizeadmiral und kämpfte in Indien siegreich gegen die Engländer.

SEITE 329] Auf Ingres (1780-1867) Gemälde »Das Martyrium des heiligen *Symphorian*« überragt ein römischer Soldat zu Pferde die Menge. Das Bild kam aber beim Salon von 1834 schlecht beim Pariser Publikum an, woraufhin Ingres nach Rom ging.

SEITE 333] *Ludwig IX.* (1214-1270), auch der Heilige Ludwig, brach 1248 mit zahlreichen Adligen zum siebten Kreuzzug auf, der zunächst nach Zypern führte, wo die Kreuzfahrer überwinterten. Die Episode soll belegen, daß die Flers aus ältestem Adel sind.

Mathieu de Montmorency war, obwohl aus ältestem französischen Hochadel, einer der ersten Abgeordneten der Generalstände, die sich wie Talleyrand (vgl. S. 246) den Vertretern des Dritten Standes anschlossen und für die Abschaffung der Adelsprivilegien stimmten.

SEITE 342] *abannico:* span. »Fächer«.

SEITE 345] *Klephten* waren griechische Widerstandskämpfer gegen die osmanische Herrschaft. Ihr Beitrag an der Befreiung Griechenlands war eher moralischer als militärischer Natur.

SEITE 348] *Robert Burns* (1759-1796) war ein schottischer Dichter und Vorläufer der Romantik, der auch auf die Autoren der »Lake School« (vgl. S. 9) großen Einfluß ausübte.

SEITE 353] *Eselshaut* ist die Titelfigur eines bekannten Märchens von Charles Perrault (1628-1703). Darin will ein König seine Tochter verheiraten, die von ihm Kleider wie die Sonne oder der Mond verlangt, schließlich sogar das Fell seines Dukatenesels. Als der Vater all ihre Wünsche erfüllt, flieht sie in das Eselsfell versteckt und verdingt sich als Magd. Sonntags schließt sie sich in ihre Kammer ein und legt die schönen Kleider an, wobei ein Prinz sie – allerdings in ihrem Sonnenkleid – durchs Schlüsselloch erblickt und schließlich zur Frau nimmt. Die Brüder Grimm erzählen ihre Fassung der Geschichte in »Allerleirauh«.

SEITE 363] *Emanuel Swedenborg* (1688-1772), »Wonnen der Weisheit über die eheliche Liebe sowie die Wollüste der Torheit über die buhlerische Liebe«. Barbey war durch die Lektüre von Balzacs Roman »Seraphita« auf Swedenborg aufmerksam geworden.

SEITE 369] *»die schwor, daß es wahr sei«* zitiert aus Robert Burns »The Brigs of Ayr« (»The drowsy Dungeon-clock had number'd two / And Wallace tower had sworn the fact was true«). [Anmerkung des Autors]

SEITE 386] Als *Chouans* bezeichnet man königstreue Aufständische, die gerade im Nordwesten Frankreichs die Revolution bekämpften (vgl.

Nachwort). Michel Quintal war einer von ihnen und wurde 1809 hingerichtet. Quintal ist außerdem im Deutschen wie im Französischen eine alte Bezeichnung für den Zentner.

Saint-Sauveur-le-Vicomte im Cotentin, südlich von Cherbourg, ist der Geburtsort von Barbey.

SEITE 400] *Schwarz bin ich aber schön* (»Nigra sum sed formosa«) äußert die weibliche Stimme im Hohelied Salomons.

SEITE 401] *Yo me era mora* lautet der Anfang einer alten spanischen Ballade, die auf das maurische Blut anspielt, das in Vellinis Adern fließt.

SEITE 405] *Kruppe des Löwen bei Milton* spielt auf eine Episode der Schöpfungsszene in John Miltons (1608-1674) »Verlorenes Paradies« an.

SEITE 406] *La torpille* (Zitterrochen), lautet der Spitzname von Esther Gobseck, der weiblichen Hauptfigur in Balzacs »Glanz und Elend der Kurtisanen«. Aus Liebe zu Lucien de Rubempré wird sie die Geliebte des steinreichen Financiers Nucingen, um ersterem zu Geld zu verhelfen, bringt sich aber aus Liebe um, nachdem der »Handel« vollzogen ist. Zitterrochen können Beutefische durch heftige elektrische Entladungen lähmen, weshalb Sokrates in Platons »Menon« mit einem solchen verglichen wird, da er alle, die sich ihm nähern, betäube.

SEITE 418] *Kadin:* Frau des Sultans.

Nabob ist ein indischer Fürstentitel, übertragen auf oft mit fragwürdigen Methoden in Ostindien zu Reichtümern gelangte Engländer.

SEITE 426] *Camarina* ist eine sizilianische Stadt, benannt nach der Nymphe Kamarina. Sie war von Sümpfen umgeben.

SEITE 439] Der Wikinger *Rollo* (ca. 860-930) erhielt 911 von Karl dem Einfältigen die Grafschaft Rouen als Lehen. 912 wurde er auf den Namen Robert getauft und ist Stammvater der Herzöge der Normandie.

SEITE 440] *Grünröcke:* die Zollbeamten. [Anmerkung des Autors]

SEITE 452] *Marquise de Sévigné,* Marie de Rabutin-Chantal (1626-1696), ist bis heute bekannt durch ihre »Correspondances«, dem ausgedehnten Briefwechsel mit ihrer Tochter.

SEITE 459] *Leonora Galigai* war die Tochter eines Tischlers, hatte aber als Milchschwester eine so enge Bindung zu Maria de Medici, daß sie diese nach ihrer Hochzeit mit Heinrich IV. nach Frankreich begleitete. Nach dem Tod des Königs konnte sie große Reichtümer unter Marias Regentschaft erlangen, doch 1617 ergriff Ludwig XIII. gewaltsam die Macht, verbannte seine Mutter, ließ ihren Favoriten, den Ehemann Leonoras ermorden, während diese selbst der Hexerei angeklagt und hingerichtet wurde. Die Princesse de Conti (vgl. S. 33) schrieb, sie sei so häßlich gewesen, daß man sie nicht anschauen konnte.

Vermutlich handelt es sich um eine Anspielung auf das Aurora-Fresco (1614) *Guido Renis* (1575-1642), eines seiner berühmtesten Werke. Das Deckengemälde im römischen Casinò Rospigliosi-Pallavicini zeigt die Blumen streuende Göttin der Morgenröte gefolgt vom Sonnenwagen, den die Horen umringen. Es sind allerdings nur sechs der zwölf Töchter des Zeus abgebildet, die sich an den Händen halten.

SEITE 461] *... die sie den Muränen vorgeworfen haben:* Seneca berichtet: »Augustus war bei Vedius Pollio zu Tische. Von dessen Sklaven hatte einer ein Kristallgefäß zerbrochen. Vedius gab den Befehl, ihn sofort umbringen zu lassen, aber er solle eines nicht gewöhnlichen Todes sterben: Man solle ihn den Muränen vorwerfen, deren er sehr große in seinem Fischteich hielt.« (de clem. 1,18 von de ira 3,40)

CAROLIN FISCHER

Nachwort

Barbey d'Aurevilly war ein Exzentriker. Geboren wurde er 1808, an einem der nördlichsten Punkte des Napoleonischen Kaiserreichs, im Cotentin, jener normannischen Halbinsel, die in den Kanal hineinragt und an deren Spitze Cherbourg liegt. In diesem rauhen, abgelegenen Zipfel Frankreichs spielen auch zahlreiche Geschichten Barbeys. Nostalgie könnte man als Grund unterstellen, denn die meisten dieser Romane und Erzählungen schrieb er zwischen 1836 und 1856, also in den zwanzig Jahren, in denen er – nach dem Zerwürfnis mit seiner Familie – keinen Fuß auf den Boden der Normandie setzte. Doch neben der geographischen Beschwörung der Heimat prägt eine ganz andere, zeitliche Sehnsucht sein Werk: die Verherrlichung des 18. Jahrhunderts und des *Ancien régime.*

Diese beiden Aspekte stehen zwar nur im Hintergrund der bewegten Handlung der *Alten Maitresse*, aber wie die Kulisse im Theater bilden sie den Rahmen der Geschehnisse. Trotz der aufrichtigen Liebe zu seiner engelsgleichen Gattin Hermangarde de Polastron vermag Ryno de Marigny sich nicht von Vellini, seiner alternden Geliebten, loszureißen. Und dieser Zwiespalt spiegelt sich im Kontrast zwischen dem mondänen Leben des Adels in Paris und der relativen ›Rückkehr zur Natur‹ eben dieser Menschen auf ihren Landsitzen. Während in der Hauptstadt die wappenverzierte, eigene Kutsche das einzig denkbare Fortbewegungsmittel zu sein scheint, unternehmen die drei Protagonisten im Cotentin ausgedehnte Spaziergänge entlang der Küste, auf den Kreidefelsen und über die Heide.

Auf diesen Wegen und Umwegen begegnen sie Menschen, die zwischen den adligen oder hochadligen Figuren Barbeys meist keinen Platz finden: Menschen aus dem einfachen Volk. Der *vox populi* wird gerade im letzten Kapitel des Romans breiter Raum gewidmet, was dem Autor die Gelegenheit gibt, seine erzreaktionäre Haltung durchscheinen zu lassen:

»Der liebe Gott möge uns beschützen!« sagte der Bettler. »Sie [Hermangarde und Ryno] taten ebensoviel Gutes wie die Marquise, so jung sie waren. Als sie sich zurückzog und die beiden allein im Herrenhaus zurückblieben, änderte sich nichts! Es gab auch weiterhin zu tun in Carteret für diejenigen, die arbeiten wollten, und Almosen gab es ebenfalls für alle, die, wie ich, vom Alter gebrochen sind und keinen Pflug und keine Sense mehr halten können.«
»Stimmt!« antwortete Vater Griffon. »Sie sind von edler Abstammung; es sind gute Leute, vom alten Schlag, hilfreich und gesund wie Meerwasser. Ihr habt eine gute Tür verloren, als sie abgereist sind, Vater Loquet!«
»Das ist richtig! Und gleichzeitig habe ich mit dem Tod der verblichenen Comtesse de Mendoze, die zum Sterben auf ihr Gut in La Haie d'Hectot gekommen ist, eine andere verloren, die mindestens so gut war. Noch eine würdige Frau, und so früh dahingegangen … an Schwindsucht, wie man sagt. Ach, es ist ein großes Unglück für das Land, wenn die Herrschaften gehen und nur noch die Pächter auf den Gütern zurückbleiben!«

Hier erweist sich Barbey d'Aurevilly als Vorläufer Maupassants, der 1850, genau zwischen der Vollendung und der Publikation der *Alten Maitresse*, geboren wurde. In diesem Dialog zwischen dem alten, blinden Fischer Griffon und einem

Bettler scheint er einerseits dem Volk ›aufs Maul‹ zu schauen; zum anderen läßt er keinen Zweifel daran, daß die materielle Seite des Lebens, sprich: der schnöde Broterwerb, im Mittelpunkt ihrer Überlegungen steht und als Grundlage ihres Urteils dient. Die Herrschaft wird gelobt, weil sie großzügig milde Gaben verteilt, weshalb Vellini – trotz ihrer Absonderlichkeit – der Landbevölkerung in guter Erinnerung bleibt. Noch deutlicher zeigt sich Barbeys Einschätzung des eigenen Standes, wenn es als Unglück für die ganze Gegend gilt, daß die »Herrschaften« sich nicht mehr auf ihren Landsitzen zeigen, da sie die wirtschaftliche Entwicklung der Region beförderten, denn im Umkreis des bewohnten Schlosses gab es Arbeit für alle. Die Äußerung des alten Griffon, der, fern aller Vorstellungen von Dekadenz, die »edle Abstammung« dieser Menschen lobt, die »gesund wie Meerwasser« seien, unterstreicht diese überaus positive Einschätzung des Adels.

Letzterem scheint der frühe Tod der Comtesse de Mendoze, die weniger der Schwindsucht als ihrer unerfüllten Liebe zu Ryno erliegt, zwar zu widersprechen, aber es ist mehr als typisch für Barbey d'Aurevilly, daß er als Schwarz-Weiß-Malerei angelegte Muster immer wieder durchbricht. Denn er präsentiert uns einen Adel, der eben weit davon entfernt ist, über jeden Zweifel erhaben zu sein. Mag man Rynos Treuebruch gegenüber der eigenen Gattin noch als allgemein menschliche Schwäche entschuldigen, so kritisiert der Vicomte de Prosny in aller Offenheit den Dünkel der Damen des Faubourg Saint-Germain, denen Marignys Liason mit Vellini vor allem deshalb ein Dorn im Auge ist, weil diese nicht zu ihnen gehört. Und der Autor fügt gleich noch eine Bosheit gegen die Madame d'Artelles hinzu, daß sie nämlich die Moral der menschlichen Handlungen weniger nach deren Grund als nach deren Form beurteile.

»Es ist deshalb eine Schändlichkeit«, sagte Monsieur de Prosny, der sich plötzlich als Moralist zu erkennen gab, »weil diese Vellini nicht aus Ihrem Faubourg ist, meine teure Comtesse [...]!«
»Und wir hätten recht!«, rief Madame d'Artelles, die sich wie alle Frauen auf die Seite ihrer Geschlechtsgenossinnen stellte und die Moralität der menschlichen Handlungen weniger in den Dingen selbst als in einer gewissen Modellierung der Gefühle und der Einstellungen sah.«

Die letzten Zeilen des Romans machen dann deutlich, daß Barbey die hohen Herren nicht mehr estimiert als die Plebs. Während die einen sich bei Charline Bas-Hamet den Bauch vollschlagen und bei Cidre und Wacholderschnaps den Alltag vergessen, sind die Mitglieder des vornehmen Clubs blasiert genug, über das Eheglück Marignys Wetten abzuschließen und den Einsatz in ein lukullisches Mahl umzusetzen, das letztlich dem frittierten Fisch bei Charline entspricht.

Royalistische Überzeugungen

Doch ginge man gänzlich falsch zu glauben, Barbey sei im Grunde seines Herzens Demokrat gewesen. Er war lediglich so sehr Dandy, daß es ihm in seiner Distanz zu den Zeitgenossen keinerlei Probleme bereitete, Schwächen dort bloßzulegen, wo er sie vorfand. Dies um so weniger, als der vorherrschende Zug des Dandytums für ihn darin bestand, »immer das Unvorhergesehene zu tun, das, womit der an das Joch der Regeln gewöhnte Geist am wenigsten rechnen kann.« Er fürchtete sogar um die Zukunft dieser »Seinsweise [...], denn sie ergibt sich aus diesem Zustand endlosen Kampfes zwischen Anstand und Langeweile.«*

---

* Barbey d'Aurevilly: Über das Dandytum, S. 30.

Allerdings hatte er nichtsdestoweniger eine dezidierte politische Position, die ihm in die Wiege gelegt worden war. Nach der Französischen Revolution war es zu heftigem Widerstand gerade im Nordwesten des Landes, so auch in der Heimat des Autors gekommen, vor allem gegen die Zerstörung der Kirchen und den Schwur auf den Staat, der den Priestern auferlegt wurde. Als schließlich eine große Anzahl junger Männer zwangsrekrutiert wurde, brach die offene Revolte der *Chouans* los, die in verschiedenen Wellen bis 1800 währte und wiederholt zu bürgerkriegsähnlichen Auseinandersetzungen mit tausenden von Toten führte. Bald übernahmen königstreue Adlige die Führung der Bewegung, die als Volksaufstand begonnen hatte. Verschiedene Namen sind historisch überliefert, doch liegt es in der Natur der Sache, daß viele der Rebellen nicht aktenkundig wurden. So war es Teil der Familienlegende, daß ein Onkel Barbey d'Aurevillys in diesen Kriegen verschwunden sei und sein Pate eine bedeutende Rolle gespielt habe. *Die Chouans*, denen Balzac seinen gleichnamigen Roman widmete, kämpften für Gott und den König – zwei Instanzen, denen Barbey und seine Familie sich auch nach dem endgültigen Niedergang der französischen Monarchie verpflichtet fühlten. Dies zeigt bereits das Motto, das er der *Alten Maitresse* voranstellte: »Die Könige dieser Welt und selbst Gott belohnen die Treue.« Als überzeugter Royalist publizierte er 1850 während der abschließenden Arbeit an der *Alten Maitresse* politische Artikel in der Zeitschrift *La Mode*. Hinter diesem unverfänglichen Titel verbarg sich ein Blatt streng legitimistischer Ausrichtung, die auf eine Wiederherstellung der Bourbonen-Herrschaft abzielte. An die Macht gekommen war diese Linie der französischen Könige 1589 mit der Thronbesteigung Heinrichs IV. Über zweihundert Jahre, bis zur Enthauptung Ludwigs XVI. im Jahre 1793 konnten sie sich dort behaupten und nach der Restauration übernahmen Ludwigs jüngere Brüder als Ludwig XVIII.

(1815-1824) und dann Karl X. das Lilienbanner, bis Karls reaktionäre Politik 1830 in die Juli-Revolution mündete.

Noch zwanzig Jahre später also setzte sich Barbey für die Regierungsform und Autorität ein, die er für die einzig legitime, weil gottgegebene hielt. Dies war unbestreitbar wenig opportun in einer Zeit, da der Neffe des großen Napoleon zunächst als Präsident der französischen Republik und, nach dem Staatsstreich von 1851, als Kaiser Napoleon III. regierte. Doch Anpassung kam für diesen Autor ohnehin nie in Frage: kompromißlos war er im Leben wie im Schreiben.

Barbeys Leben

Als Konsequenz aus diesem prägenden Charakterzug finden sich viele Brüche in seiner Biographie: Jules-Amédée Barbey kam am 2. November 1808 zur Welt. Der soziale Aufstieg seiner Familie, die erst wenige Jahrzehnte zuvor in den Adelsstand erhoben worden war, wurde durch die Revolution jäh gebremst, woraus sich ihre äußerst konservative Einstellung erklärt wie auch Jules Traum von einer Offizierslaufbahn. Da er ihn nicht realisieren kann, studiert er nach den Wünschen seines Vaters Jura in Caen. Dort lernt er den Buchhändler Trebutien kennen, mit dem er einen intensiven Briefwechsel führt, bis es 1858 zum endgültigen Zerwürfnis kommt, doch die Briefe sind erhalten und geben genaue Einblicke in Barbeys emotionales und intellektuelles Dasein.

Während seines Studiums geht er in offene Opposition zur Familie, indem er liberale und republikanische Ideen vertritt, und zieht 1833 nach Paris. Dort führt er eine gleichermaßen prekäre wie elegante Existenz als Dandy, der für verschiedene Zeitschriften schreibt und wiederholt vor seinen Gläubigern fliehen muß. Trotz aller Versuche, als Autor bekannt zu werden, gelingt ihm dies mit seinem ersten Roman, der *Alten*

Maitresse, nicht auf Anhieb. Doch die Polemiken, die er selbst als Kritiker entfacht – so mit Verrissen von Flauberts *Madame Bovary* oder Victor Hugos *Les Misérables* – oder die sich aus der Diskrepanz zwischen seiner Rückkehr zum Katholizismus und der sinnlichen Intensität seiner Werke ergeben, führen schließlich zum gewünschten Erfolg.

1864 und 1865 erscheinen zwei weitere Romane, *Der Chevalier des Touches* und *Ein verheirateter Priester*. Der Chevalier des Touches ist eine historische Gestalt, einer der Helden der Chouanerie, derer Barbey sich bdiente, um andere adelige Figuren ihre Erinnerungen an die Revolution erzählen zu lassen. Das zweite Buch hingegen behandelt das Thema Sünde und Vergebung; letztere setzt allerdings aufrichtige Reue voraus, an deren Mangel die Helden tragisch scheitern.

Seiner Zähigkeit hat Barbey es zu verdanken, daß er im Pensionsalter endlich die Stellung erreichte, für die er sein Leben lang gekämpft hatte: Von 1872 bis zu seinem Tode im Jahre 1889 schrieb er für den *Constitutionnel* und trat somit die Nachfolge von Sainte-Beuve an. »Jenes Sainte-Beuve, der als Meister der Literaturkritik auf dem Thron sitzt, als Barbey d'Aurevilly um 1840 herum seine Laufbahn beginnt, und den er vergeblich mit niedrigsten Schmeicheleien umwirbt, bis er ihn zu guter Letzt mit wildem Haß verfolgt. Im Lauf von fünfzehn Jahren macht er aus dem Mann, dessen Freundschaft er einst suchte, einen erbitterten Rivalen.«*

1874 schließlich erschienen die *Diaboliques*, Erzählungen, die neben der *Alten Maitresse* als sein Meisterwerk gelten. Zwar beschlagnahmte die Polizei diese wahrlich extravaganten und alle moralischen Normen sprengenden Erzählungen voller Leidenschaften, doch sein Ruhm als Autor war damit gesichert.

---

* Lionel Richard: Nachwort in Jules Barbey d'Aurevilly, Gegen Goethe, S. 103.

Seine Sehnsucht nach dem 18. Jahrhundert und dem *Ancien régime* betont Barbey in wohl keinem anderen seiner Werke so nachdrücklich wie in der *Alten Maitresse*, die in den politisch unruhigen Zeiten der 48er Revolution entstand – eine Sehnsucht, die man durchaus als Ausdruck royalistischer Bestrebungen einer erst kürzlich nobilitierten Familie verstehen kann.

So sind ›normale‹ Menschen unter seinen Figuren nicht anzutreffen. Sie alle sind Ausnahmeerscheinungen, woran der Leser immer wieder erinnert wird. Bereits im kurzen ersten Kapitel lässt er – zumindest retrospektiv betrachtet – nicht den geringsten Zweifel an ihrem Schicksal. Hermangarde de Polastron trägt einen Namen, der Aufstieg und Niedergang der französischen Monarchie in sich vereint: Ihr Vorname ist karolingisch – Irmingard oder Ermengard hieß die Schwiegertochter Karls des Großen und Gattin Kaiser Ludwigs des Frommen. Eine geborene Polastron hingegen war die berüchtigte Herzogin von Polignac, Favoritin von Marie-Antoinette, die wesentlich zum schlechten Ruf der Königin beigetragen hat. Doch jener Epoche steht sie trotz der liebevollen Erziehung ihrer Großmutter offensichtlich sehr fern: »Hermangarde trug ihren karolingischen Namen im übrigen zu recht. Sie war stolz, stolz und zartfühlend – eine verhängnisvolle Kombination!« So bleibt bei genauer Lektüre vom ersten Augenblick kein Zweifel an der sinistren Zukunft dieser alle überstrahlenden, engelsgleichen Schönheit, die überdies – mit Halbheiten wird dieser Autor uns nicht behelligen – »eine der reichsten Erbinnen Frankreichs« ist.

Geld allein macht bekanntlich nicht glücklich, doch nach einer mehr als vierzig Jahre währenden Freundschaft kann Madame d'Artelles zur Marquise de Flers sagen: »Sie hatten das ungewöhnliche Glück, zu lieben und geliebt zu werden.«

Denn im 18. Jahrhundert galt die Liebe zwischen Eheleuten durchaus als ungewöhnlich, umso mehr unter Adligen, wo offizielle Verbindungen in der Regel nicht aus emotionalen Motiven eingegangen wurden. Um den Unterschied zwischen den Epochen wissen die beiden alten Damen nur zu gut, die nie auf den Gedanken gekommen wären, von ihren Gatten Treue zu fordern: »Wir sind in der Zeit Laclos' aufgewachsen, meine Teure, und wir gehören einer Epoche an, in der man solche Dinge leicht verzieh!« Choderlos de Laclos, Autor der *Gefährlichen Liebschaften*, steht hier als Chiffre für eine Geisteshaltung, die um 1850 gründlich aus der Mode gekommen war.

Ebenfalls mit einer literarischen Anspielung wird Ryno de Marigny, Hermangardes Verlobter und späterer Ehemann, eingeführt: als Lovelace, der kaltblütige Verführer aus Richardsons *Clarissa*. Zwar nennt die Marquise den Namen ironisch und der Fortgang zeigt, daß Ryno ein solcher Schuft nicht ist; dennoch bricht er Hermangardes Herz. Deren Gegenspielerin, die Vellini, charakterisiert die alte Marquise in einem Wort: Sie sei eine »maîtresse-serail«, ein ganzes Serail in einer einzigen Frau! Ihr Wesen ist derart extravagant, daß es selbst zwischen all diesen Ausnahmeerscheinungen hervorsticht. Wie die überspanntesten weiblichen Figuren in Barbeys Erzählungen, die er 1874 unter dem Titel *Les Diaboliques* publizierte und die sofort gerichtlich verfolgt wurden, stammt Vellini von der Iberischen Halbinsel. Ihre Herkunft als Frucht der grotesken Liebe einer Herzogin zu einem Torero sowie ihre Erziehung sollen den bizarren Charakter erklären, da ihre Verstiegenheit noch ausgefallener ist als diejenige anderer Protagonistinnen, wie etwa der Herzogin von Sierra Leone in *Rache einer Frau*.

Weniger konturiert und eigenwillig sind die Nebenfiguren, die sich primär durch ihre Beziehungen auszeichnen: die Comtesse d'Artelles, die ihre Freundin seit über vierzig Jahren täglich besucht, und der nicht minder treue Vicomte de Prosny, der die Comtesse daran erinnert, »daß ich seit zwanzig Jahren nicht ein einziges Mal meine Perrücke aufsetzte, ohne Ihnen, wie der Königin meines ganzen Lebens, als erster den Anblick der neugewellten Locken zu gönnen!« Man erkennt demnach schon am Lebensrhythmus dieser Herrschaften, daß sie aus einer vergangenen Zeit stammen. Madame de Mendoze schließlich, die bereits zu Beginn der Handlung vom Tode gezeichnet ist und aus lauter Liebe zu Ryno ihr eigenes Ende provoziert: Sie läßt es sich nicht nehmen, ihn so oft wie möglich zu sehen und erscheint sogar zu seiner Hochzeit mit Hermangarde, obwohl sie nur zu gut weiß, daß diese seelische Qual ihr physisches Leiden gravierend verstärkt.

Lichtgestalt des Buches ist die ehrwürdige Marquise de Flers, die sich mit aller Sympathie des Erzählers über die »Moralapostel unserer Zeit« sowie die »hohen Ansprüche des 19. Jahrhunderts« mokiert. Dies könnte zu der irrigen Ansicht verleiten, daß der Roman einen Angriff auf die Prüderie der Epoche darstellt, die man gern auch als Viktorianisches Zeitalter bezeichnet. Dem widerspricht der Autor in seinen Vorreden jedoch vehement.

Reaktionen auf den Roman

Bereits 1845 hatte er mit der Arbeit an der *Alten Maitresse* begonnen, war früh in Verhandlungen mit Verlegern getreten, doch als das Buch 1851 nach diversen Schwierigkeiten erschien, wurde es von der Öffentlichkeit kaum wahrgenommen.

In der völlig konventionellen Widmung der Erstausgabe an den Vicomte d'Ysarn-Freissinet geht Barbey auf den langwierigen Schaffensprozeß ein und bringt seine Hoffnung zum Ausdruck, der Vicomte möge in dem Werk »de peinture vraie et d'observation réelle« finden. Die wenigen, kurzen Kommentare der Presse hoben vor allem auf den außergewöhnlichen Charakter des Buches ab, einer der »sonderbarsten, gefährlichsten« Romane, der der Feinfühligkeit intelligenter »Gourmets« bedürfe, um seine »délicatesse« angemessen zu würdigen. Nun entstand die *Alte Maitresse* genau zwischen Barbeys innerer Rückkehr zum Katholizismus und seiner manifesten Wiederaufnahme religiöser Praktiken im Jahre 1855. Dies wiederum provozierte seine Kritiker zu dem deutlichen Hinweis auf die Unvereinbarkeit zwischen orthodoxer Gesinnung und einem solchen Kunstwerk: Sie warfen dem Autor vor, in der Darstellung von »Freuden der Fleischeslust und Bordellszenen« zu schwelgen.

Dabei handelte es sich um eine Retourkutsche, denn Barbey hatte seinerseits als Rezensent die Autoren des Realismus vehement angegriffen. Seine Attacke gegen *Madame Bovary*, die er 1857 veröffentlichte, ist ein Höhepunkt seiner Polemik. In diesem Kontext muß man auch die Äußerung verstehen, die Anfang 1858 im *Journal des débats* erschien, es handele sich bei der *Alten Maitresse* um »die unerträgliche Zurschaustellung mühsamer Preziosität, schlechten Geschmacks, geborgter Paradoxa und raffinierten Schmutzes«.

Damit stand auch Barbey vor der Frage nach dem Verhältnis von künstlerischer Freiheit und Moral, die gerade im Jahr zuvor die französische Öffentlichkeit heftig bewegt hatte. Waren doch zwei der wichtigsten Werke der modernen europäischen Literatur publiziert und gerichtlich verfolgt worden: Flauberts *Madame Bovary* und Baudelaires *Fleurs du Mal.* Während Flaubert sich erfolgreich dagegen verwehren konnte, in seinem Werk die Unzucht verherrlicht zu haben, fielen einige Gedichte Baudelaires der Zensur zum Opfer. In diesem Klima nun wollte Barbey seine *Alte Maitresse* zum zweiten Mal herausbringen, und sah sich – zumal als gläubiger Katholik – einem erheblichen Rechtfertigungsdruck ausgesetzt.

Wie wenig unsittlich der Roman tatsächlich sei, sehe man schließlich auch daran, daß lediglich drei Zeilen durch die Selbstzensur des Autors hätten getilgt werden müssen. Typisch für diese Form der Zensur ist hierbei, daß aller Sinnenrausch nicht als anstößig galt, solange keine Details körperlicher Zweisamkeit preisgegeben werden, denn gestrichen wurde:

Der dunkle Kopf Rynos lag unterhalb des Schoßes der Spanierin, die mit einer Hand mit ihrem Spiegel spielte.
War es der Arm dieser Frau, der den Hals Rynos umschlang? Oder war es ihr schlankes Bein – für ihren Arm war es fast zu weiß –, das sanft über den Schultern ihres ehemaligen Geliebten lag, der sich an sie schmiegte?

Als moralische Belehrung versucht er seinen Roman anzupreisen, als Gegengewicht zur »absoluten Verdorbenheit seiner Zeit«, in der es keine Liebe mehr gäbe, sondern nur noch Libertinage. Ryno hätte seine alte Maitresse heiraten müssen, um aus ihr seine »Tugend« zu machen, doch vergißt der Autor bei diesem Vorschlag, daß er Vellini als Lady Anneslay kennenlernt, er sie folglich gar nicht zu seiner Gattin hätte machen können.

Kein Wunder, daß Barbey von den katholischen Ratgebern, an die er sich gewandt hatte, nahegelegt wurde, er möge, wenn er das Buch schon publiziere, auf diese Rechtfertigung verzichten und aller Kritik lediglich »das Bedauern entgegenzusetzen, sich geirrt zu haben«.

Nichtsdestoweniger oder vielleicht gerade wegen dieser öffentlich geführten Debatte im Vorfeld hat der Roman bei seiner zweiten Auflage großen Erfolg und wird 1866 ein drittes Mal gedruckt, diesmal indes mit einer langen, apologetischen Vorrede des Autors. Er bekräftigt seinen Katholizismus und erklärt, daß er in seinem Glauben noch nicht gefestigt genug gewesen sei, als er das Buch schrieb. Dennoch stünde es nicht im Widerspruch zu den Lehren, »die in seinen Augen die reine Wahrheit verkünden«, denn die dargestellten Leidenschaften würden auf jeder Seite verurteilt.

Er versucht eine katholische Ästhetik zu entwickeln, gemäß der Überzeugung, daß dem Reinen alles rein ist. Folglich kommt es nicht darauf an, was dargestellt wird, sondern in welchem Licht der Künstler selbst sein Sujet präsentiert. Die falschen Schlüsse des Betrachters können ihm aber nicht zum Vorwurf gemacht werden. So wie »unreine Geister« in Michelangelos *Jüngstem Gericht* »schreckliche Unschicklichkeiten« entdeckten und selbst die züchtig gesenkten Wimpern einer Madonna Raffaels wie die »Peitsche der Wollust« auf eine »zügellose Vorstellungskraft« zu wirken vermögen, so kann natürlich auch ein Schriftsteller völlig missverstanden werden.

Doch »die Moral des Künstlers liegt in der Kraft und Wahrhaftigkeit seiner Darstellung.« Seine abschließende Verteidigung nutzt Barbey, um einmal mehr gegen Flaubert auszuholen. Dessen prägendes Stilmittel, die »impassibilité«, die scheinbare Gleichmut der Erzählerinstanz, die gänzlich unbeteiligt und kommentarlos das Geschehen wiedergibt, weist er weit von sich: »Er hat Marigny verurteilt, den schuldigen Ehemann! Er hat ihm Gewissensbisse gegeben und sogar Scham!« Diese Selbstdarstellung des Autors ist zwar nicht völlig falsch, doch am Ende des Romans erfahren wir, daß es mit diesen sittlichen Regungen des Helden nicht allzu weit her sein kann, da er seine Frau in der Oper sitzen läßt, um zur Geliebten zu fahren, ohne die mindeste Rücksicht zu nehmen:

»Und ob es wahr ist, bei Gott!« sagte der Vicomte. »Ich habe ihn selbst hineingehen sehen, und sein Wagen – die schwarze Kutsche mit dem isabellfarbenen Gespann, den Rosetten aus gelben Bändern am Kopf der Pferde und dem geviertteilten Wappen der de Marignys und der de Polastrons am Schlag –, der vor der Tür hielt als habe man nichts zu verbergen, bestätigt denjenigen, die vorbeigehen, die Tatsache in ausreichender Weise.«

Die Frage nach der moralischen Position des Erzählers muß also offen bleiben. Die literarische Bedeutung des Autors hingegen illustriert ein Blick in die Literaturgeschichte. So lautete eine der ersten Reaktionen auf die *Alte Maitresse*: »Seit dem Tod des berühmten und auf ewig betrauerten Balzac haben wir noch kein Buch dieses Wertes und dieser Stärke gesehen.« Nun war Balzac erst 1850, im Jahr zuvor verstorben, doch steht Barbey mit seiner präzisen Gestaltung der Figuren und der sorgfältigen Schilderung der bedeutungsträchtigen Schauplätze eindeutig in Balzacs Tradition, über die er sich allerdings hinwegsetzt.

Gleichzeitig beweist dieser Roman, daß Barbey zu Recht als Vorläufer der literarischen Décadence gilt. Die drei jungen Protagonisten leiden letztlich unter einem heftigen *mal de vivre* und sind Prototypen dekadenter Charaktere. Vellini als *femme fatale*, Hermangarde als *femme fragile*, die trotz ihrer großen innerlichen Stärke an der zerbrochenen Liebe verzweifelt, und Marigny selbst, der zwischen Ideal und Sinnlichkeit hin und her gerissen ist. Vellinis Ehemann, Lord Annesley, nimmt die zahlreichen perversen Engländer vorweg, die die Literatur des *Fin-de-siècle* bevölkern. Und die Beschreibung der eigenwilligen Wohnung der Vellini hat zwar Huysmans nicht als Vorbild für die Gestaltung des Interieurs von des Esseintes Bleibe gedient, doch ist sein Hauptwerk der Décadence, *Gegen den Strich*, ohne Barbey d'Aurevilly nur schwer denkbar.

Weniger bekannt hingegen ist die Feststellung, daß noch Marcel Proust auf seiner *Suche nach der verlorenen Zeit* maßgeblich von Barbey d'Aurevilly beeinflußt wurde. Sicher konnte sich Proust in seiner Kritik an dem französischen Literaturpapst Sainte-Beuve von Barbeys vehementer Polemik gegen dessen »fameuse méthode« inspirieren lassen, die darin besteht, die Biographie eines Schriftstellers der Interpretation seiner Werke zu Grunde zu legen. Ob man allerdings Proust zum »Nachfolger« Barbeys ausrufen möchte, wie Brian G. Rogers dies tut, mag dahingestellt sein; dessen intensive Lektüre der Werke seines ›Vorgängers‹ zu Beginn des 20. Jahrhunderts aber spiegeln sich zumindest in den Beschreibungen der Normandie wieder, und Swanns Liebe zu Odette ist zweifellos eine modernere Variante von Rynos Leidenschaft für Vellini.

Engel und Teufel?

Doch ist Ryno de Marigny nicht nur einer Frau verfallen, sondern er liebt auch eine zweite. Auf den ersten Blick sind beide anschaulich einander entgegengesetzt: die blonde, weißhäutige, schöne, gläubige Jungfrau aus altem Adel steht der schwarzhaarigen, dunkelhäutigen, häßlichen, abergläubischen Courtisane illegitimer Abstammung gegenüber. Gleichwohl sind es eben nicht ein reiner Engel und eine Teufelin, die gegeneinander kämpfen. Zwar ist Hermangarde die rechtmäßige Ehefrau, die von Marigny betrogen wird, doch ist sie außerstande, auch nur einen Fehltritt zu verzeihen, während die stolze Südländerin sich selbst völlig aufgibt, nur um dem Mann nahe zu sein, den sie rückhaltlos liebt.

Ähnlich geschickt läßt Barbey auch andere Grenzen zerfließen: Immer wieder erklärt er Aberglauben durch natürliche Phänomene. So ist der Geist der weißen Caroline, der dem Fischer erscheint, niemand anderes als Hermangarde, die durch die Nacht irrt, um sich ihres Unglücks zu versichern. Und Vellinis Einbildung, daß die Blutsbrüderschaft Marigny für immer an sie gebunden hat, stehen überzeugende psychologische Motive gegenüber. Wenn sie indes in ihrem kleinen Zauberspiegel zu sehen vermeint, daß der Geliebte auf dem Weg zu ihr ist, liefert der Erzähler uns keine Erklärung. Wir müssen entweder an ihre Zauberkräfte glauben oder uns mit dem Vertrauen in ihre weibliche Intuition behelfen.

Die vermeintlich klare Bipolarität beider Frauen wird mithin zumindest partiell aufgehoben und ist eben nicht der Grund für das Scheitern einer Ehe, die unter glücklichsten Vorzeichen geschlossen worden zu sein schien. Hingegen wird die eigentliche Ursache für das tragische Ende schon auf den ersten Seiten des Romans angedeutet, wenn Hermangardes Großmutter kundtut: »Wir sind in der Zeit Laclos' aufgewachsen«.

Sie und die Frauen ihrer Generation hatten es noch gelernt, selbst mit gefährlichen Liebschaften umzugehen, doch der Wandel der Zeiten und Mentalitäten hat dieses *savoir vivre* begraben. Im Leben war Choderlos de Laclos der treueste Ehemann und rührendste Familienvater, den man sich denken kann. Nicht allein deshalb lässt sich sein Roman auch als Warnung davor verstehen, gegen die eigenen Gefühle zu handeln, denn dies bringt selbst den überzeugtesten Libertin wie Valmont zu Fall, oder – auf ganz andere Weise – Hermangarde, Ryno und Vellini.

Der Tod der Marquise schließlich besiegelt das ›Ende‹ des 18. Jahrhunderts und seines Esprits, die Hermangardes Lebensglück hätte retten können. Ryno und vor allem Hermangarde zerbrechen nicht an den Geschehnissen, sondern an der Prüderie und Engstirnigkeit des 19. Jahrhunderts, wobei letztere durch Hermangardes Charakter verstärkt wird. Zwar bleibt der Marquise de Flers der Kummer ob des Unglücks ihres ›Kindes‹ erspart, doch dürfen wir mit Ryno de Marigny glauben, daß deren Lebensklugheit aus einer vergangenen Epoche das Scheitern dieser Ehe noch im Viktorianischen Zeitalter hätte abwenden können.

Die vorliegende Übersetzung folgt dem Text der Erstausgabe » Une vieille Maîtresse« von 1851, abgedruckt in der Bibliothèque de la Pléiade, vol. 174, Gallimard, Paris 1964 / 2002.

Herausgegeben von Carolin Fischer.

Liberté • Égalité • Fraternité
RÉPUBLIQUE FRANÇAISE
AMBASSADE DE FRANCE
EN
REPUBLIQUE FEDERALE
D'ALLEMAGNE
BUREAU DU LIVRE

Dieses Buch erscheint im Rahmen des Förderprogramms des französischen Außenministeriums, vertreten durch die Französische Botschaft in Berlin.

Cet ouvrage, publié dans le cadre du programme d'aide à la publication, bénéficie du soutien du ministère des Affaires Etrangères, représenté par le service culturel de l'Ambassade de France à Berlin.

Göhrener Straße 7, 10437 Berlin, info@matthes-seitz-berlin.de

www.matthes-seitz-berlin.de

Erste Auflage, Berlin 2008.
Gestaltung und Satz: Tropen Studios, Leipzig
unter Verwendung des Gemäldes »Phèdre« (1880)
von Alexandre Cabanel
Druck & Bindung: GGP Media GmbH, Pößneck

ISBN 978-3-88221-703-2